9

DU MÊME AUTEUR

Chez le même éditeur

Et si c'était vrai..., 2000

Où es-tu ?, 2001

Sept jours pour une éternité..., 2003

La Prochaine Fois, 2004

Vous revoir, 2005

Mes amis, mes amours, 2006

Les Enfants de la liberté, 2007

Toutes ces choses qu'on ne s'est pas dites, 2008

Le Premier Jour, 2009

La Première Nuit, 2009

Le Voleur d'ombres, 2010

L'Étrange Voyage de Monsieur Daldry, 2011

Si c'était à refaire, 2012

Un sentiment plus fort que la peur, 2013

Une autre idée du bonheur, 2014

Elle et lui, 2015

L'Horizon à l'envers, 2016

La Dernière des Stanfield, 2017

Une fille comme elle, 2018

Ghost in Love, 2019

C'est arrivé la nuit, 2020

Le crépuscule des fauves, 2021

Marc Levy

C'EST ARRIVÉ LA NUIT
Suivi de
LE CRÉPUSCULE DES FAUVES

roman

Dessins de Pauline Lévêque

Robert Laffont | Versilio

ISBN 978-2-221-25681-7
Dépôt légal : novembre 2021
Éditions Robert Laffont – 92, avenue de France 75013 Paris
Éditions Versilio – 28, rue Bonaparte 75006 Paris

C'EST ARRIVÉ LA NUIT

« Ceux qui vivent, ce sont ceux qui luttent. »

Victor Hugo

Aux huit personnes dont je ne peux révéler les noms
et sans qui cette histoire n'aurait jamais vu le jour.

Toute ressemblance avec des personnes existantes
ou des faits réels serait bien sûr pure coïncidence…

Salle de visioconférence.
L'écran scintille, le haut-parleur grésille.
Connexion établie à 00 h 00 GMT par protocole crypté.

— *Vous m'entendez ?*

— Je vous entends très bien, et vous ?

— *Le son est clair, mais je ne reçois pas encore l'image.*

— Cliquez sur le bouton vert en bas de votre écran, celui avec une icône représentant une caméra, voilà, maintenant nous nous voyons. Bonjour.

— *Comment dois-je vous appeler ?*

— Ne perdons pas de temps, j'ignore si nous pourrons rester là très longtemps.

— *Nous sommes le…*

— Il était convenu avant de fixer cet entretien qu'il n'y aurait aucune indication de date ou de lieu sur l'enregistrement.

— *Alors, commençons…*

00 h 02 GMT. Début de retranscription.

— *Un jour viendra où des étudiants s'interrogeront sur vos choix, sur un parcours qui vous a conduite à la clandestinité et privée de la plupart des réjouissances qu'offre la vie. Qu'aimeriez-vous leur dire avant qu'ils vous jugent ?*

— Que le sort des autres me préoccupait autant que le mien. Le sentiment que j'éprouvais m'a forcée à regarder le monde au-delà de ma seule condition, à ne pas me contenter de m'offusquer, de protester, de condamner, mais à agir. Et le Groupe 9 en était le moyen. Pourquoi ? Afin que d'autres se préoccupent aussi d'un avenir qui deviendrait inéluctablement le leur, avant qu'ils en comprennent les conséquences. Pour préserver leurs libertés… la liberté ! J'imagine que, formulé ainsi, cela peut paraître grandiloquent, mais vous penserez bien à écrire dans votre article qu'au moment où je me confie à vous, mes amis et moi sommes activement recherchés et risquons d'être éliminés ou de passer le restant de nos vies enfermés. J'espère que cela apportera une touche d'humilité à mon propos. Tout cela finalement, je l'ai fait parce que j'aimais, parce que j'aime. La peur est venue ensuite.

1.

La première nuit, à Oslo

À 1 heure du matin, la pluie, rabattue par le vent, tambourinait sur les toits d'Oslo. Ekaterina croyait entendre tomber des volées de flèches tirées depuis la ligne d'horizon. La veille encore le ciel était dégagé, mais plus rien ne ressemblait à hier. De la fenêtre de son studio, elle contemplait la ville dont les lumières s'étiraient jusqu'au rivage. Ekaterina avait recommencé à fumer, ce qui l'inquiétait moins que de devoir arrêter à nouveau. Elle avait allumé une cigarette pour tuer l'ennui, calmer son impatience. Dans son reflet, à la fenêtre, elle constata la fatigue accusée par ses traits.

Un déclic la tira de ses pensées, elle se précipita sur son ordinateur pour consulter le courriel qu'elle attendait. Pas de texte, seulement un fichier contenant deux pages d'une partition musicale. Pour les déchiffrer, ce n'était pas en solfège mais en codage qu'il fallait être expert. Installée dans son fauteuil, Ekaterina s'amusa de ce défi. Elle dénoua ses cheveux, redressa les épaules, jeta un regard à son paquet de cigarettes, renonçant à en griller une autre, et s'attela au décryptage. Dès qu'elle eut compris la teneur du message, elle tapa en retour quelques mots sibyllins.

— Que viens-tu faire dans ma ville, Mateo ? Nous étions censés ne jamais nous rencontrer.

— Je te l'expliquerai le moment venu, si tu as bien compris *où*.

— *Où*, presque trop facilement, mais tu ne m'as pas indiqué *quand*, pianota Ekaterina.

— Va dormir sans tarder.

Mateo ne suggérait pas à Ekaterina d'aller se coucher, mais de couper la connexion. La paranoïa de son ami n'allait pas en s'améliorant. Elle s'était souvent demandé quel genre d'homme il était, à quoi il ressemblait, quelles étaient sa taille, sa corpulence, la couleur de ses cheveux… Blonds, bruns, peut-être roux comme les siens, à moins qu'il ne soit chauve. Elle était encore plus curieuse de sa voix. Mateo parlait-il vite ? Avait-il une élocution posée ? La voix était ce qui la séduisait le plus chez un homme. Belle, elle pouvait occulter bien des défauts ; pédante, gouailleuse, trop haut perchée, elle disqualifiait tout prétendant, même le plus sublime. Ekaterina avait le don de l'oreille absolue. Selon les circonstances, c'était une bénédiction ou une calamité. Étrangement, elle ne s'était jamais interrogée sur l'âge de Mateo. Elle s'imaginait être la doyenne du Groupe, une jeune doyenne, mais elle se trompait.

Les doigts suspendus au-dessus du clavier, elle hésita et finit par partager son inquiétude :

— Si le temps n'évolue pas, il faudra changer nos plans.

La réaction de son interlocuteur se fit attendre. Enfin, Mateo lui donna une information qui semblait le préoccuper davantage que la météo du lendemain.

— Maya ne répond plus.

— Depuis quand ? pianota Ekaterina.

L'écran resta inerte. Elle comprit que Mateo avait brusquement mis fin à leur échange. Elle ôta la clé USB de son ordinateur, interrompant à son tour la liaison avec le serveur relais qui empêchait que l'on puisse la localiser. Elle retourna à la fenêtre et s'inquiéta en voyant que la pluie redoublait d'intensité.

Ekaterina occupait un logement au dernier étage d'un immeuble qui hébergeait des enseignants de la région. Une tour rectangulaire haute de quatorze étages, en briques et bardages, se dressant au croisement de Smergdata et de Jens Bjelkes Gaten. Les cloisons étaient si fines que l'on entendait tout ce qui se passait dans les studios adjacents. Ekaterina pouvait se dispenser d'une montre, elle reconnaissait chaque heure de la journée et de la nuit à ses bruits. Le voisin de palier venait d'éteindre sa télévision. Il devait être 1 h 30, le moment de prendre un peu de repos si elle voulait avoir les idées claires au réveil. Elle éteignit sa lampe de bureau et traversa la pièce jusqu'à son lit.

Le sommeil ne venait pas. Ekaterina ressassait ce qu'elle devrait accomplir. Dès 8 heures, elle s'installerait à la terrasse du Café du Théâtre, au pied de l'hôtel Continental, où aux beaux jours les clients prenaient leur petit déjeuner. Son sac contiendrait un appareillage électronique léger, un modem, un analyseur de fréquences, un séquenceur de codes. Elle aurait dix minutes pour pirater et détourner le réseau Wi-Fi du palace. Le tour accompli, tous les portables qui s'y connecteraient seraient à sa merci.

— Ne vous méprenez pas, aucun membre du Groupe 9 n'irait gâcher ses talents à voler des numéros de cartes de crédit ou pirater le contenu de messageries à des fins criminelles. Il existe trois sortes de hackeurs. Les Black Hat courent après l'argent ; ce sont des malfaiteurs qui opèrent dans le monde numérique. Les White Hat, souvent d'anciens délinquants du Web, ont choisi de mettre leur expertise au service de la sécurité informatique. La plupart travaillent pour des agences gouvernementales ou de grandes entreprises. Les mauvais hackeurs finissent toujours par se faire prendre, les très bons par se faire recruter. Black ou White, ceux qui excellent forment une caste à part et se livrent une guerre permanente où tous les coups sont permis. Gagner n'est pas seulement une histoire de gros sous, mais plus souvent une question de gloire, d'honneur ou d'ego.

— *Et à laquelle de ces deux catégories appartient Ekaterina ?*

— À aucune. Comme tous les membres du Groupe, Ekaterina est une Grey Hat, une hors-la-loi qui œuvre pour le bien. Elle n'a jamais chassé que de gros gibiers et ce jour-là, elle en traquait un de taille. Stefan Baron, un puissant salopard.

Baron était un lobbyiste fortuné à qui ses succès avaient donné des ailes.

Après avoir servi les intérêts des conglomérats pétroliers, charbonniers et agrochimistes, arrosé parlementaires et sénateurs pour faire abroger des lois environnementales, il s'était lancé dans un business plus lucratif encore. De lobbyiste, il était devenu « conseiller en communication politique », un terme qui désignait en fait un propagandiste sans scrupule, un fabricant de théories complotistes, de crimes imaginaires, toujours imputés à des étrangers en situation illégale, ou de mesures prétendument adoptées par les gouvernements afin d'en accueillir toujours davantage. Baron orchestrait avec brio un arsenal de fausses nouvelles, savamment diffusées par ses émules sur les réseaux sociaux, nouvelles destinées à apeurer les gens, annonçant la disparition inexorable des classes moyennes, la destruction de leur culture et un avenir sans espoir. La peur était son fonds de commerce. Il semait le chaos pour s'enrichir, faisant grimper ses clients dans les sondages jusqu'à les porter au pouvoir.

C'est à ces fins qu'il avait entamé sa deuxième tournée européenne. D'une capitale à l'autre, Baron rencontrait les dirigeants de groupuscules et partis extrémistes pour déceler des leaders, leur vendre ses services et les aider à remporter les suffrages. Chaque pays tombant sous la coupe d'un autocrate devenait une source de profit à long terme. S'il parvenait à faire basculer le continent, il s'assurerait d'entrer dans le cercle des très grandes fortunes planétaires. Baron menait ses campagnes tambour battant, surfant sur les conflits mondiaux et leur triste cortège de réfugiés.

La carte de l'Europe accrochée derrière son bureau avait pris l'allure d'un jeu de société grandeur nature où chaque petit drapeau épinglé témoignait de ses récentes victoires. La

Hongrie, la Pologne, ou encore la Crimée que ses clients russes avaient annexée après que l'Ukraine eut été assiégée par des milices. L'Italie, où son poulain avait triomphé. Rien ne semblait pouvoir entraver sa route.

Alors comment Baron aurait-il pu imaginer qu'un petit groupe de hackeurs ose s'en prendre à lui ! Ekaterina la première doutait parfois de la réussite de leur projet. Oui, mais… Son grand-père avait appartenu à la Résistance en des temps où le combat des justes paraissait plus improbable encore, cela ne l'avait pas découragé pour autant. Et ce n'était pas en ruminant ces pensées qu'elle allait trouver le sommeil.

Ekaterina ôta son tee-shirt et le jeta au pied du lit. Pourquoi ne pas apaiser la tension qui l'empêchait de dormir en se donnant du plaisir ? À elle, et probablement à son voisin qui ne manquerait pas d'épier son souffle mêlé au grondement de la pluie qui continuait de battre les fenêtres.

Avant de fermer les yeux, elle eut, comme chaque soir, une pensée pour celles et ceux qui passaient la nuit dehors, pensée qui la renvoyait à sa jeunesse…

À dix ans, Ekaterina avait assisté à son premier meurtre. C'était dans une impasse d'Oslo où elle avait trouvé refuge un soir où sa mère était rentrée plus ivre que de coutume. Un tableau de la rue quand on y passe sa vie. À douze ans, lasse des insultes, du renoncement d'une femme qui n'avait jamais voulu d'elle, Ekaterina était partie pour de bon, allant chercher la paix sur les bancs des parcs, où elle dormait le jour, à l'abri des ponts, où elle lisait la nuit, et, dès les premiers froids venus, dans les caves d'immeubles dont elle crochetait les serrures avec une agilité remarquable. À l'âge supposé de l'innocence, Ekaterina avait largué les amarres. Livrée à elle-même, elle avait très vite appris à se nourrir de ce qu'elle piochait dans les poubelles. Qu'importait l'hygiène pour une gamine qui n'avait jamais vu de brosse à dents. Son enfance avait été marquée par la litanie maternelle : « Née de rien, tu n'es rien et ne seras jamais personne. »

— Ekaterina vient d'avoir trente-six ans, elle est professeure de droit à la faculté d'Oslo, activiste clandestine et hackeuse membre du Groupe 9.

— *Comment a-t-elle rejoint le Groupe ?*

— Plus que nos talents particuliers en codage, ce sont nos histoires personnelles qui nous ont réunis et une volonté commune qui nous a fédérés autour d'un projet dont nous n'avons pas immédiatement deviné la portée. Mais revenons à cette soirée du début de l'été dernier.

Pendant qu'Ekaterina se donnait du plaisir, Mateo restait songeur. Il effaça toute trace de son passage sur l'ordinateur du centre d'affaires de l'hôtel Continental avant de le quitter, traversa le hall désert, et fit un dernier repérage avant de rejoindre sa chambre. Si la pluie durait, il serait là en renfort, il aurait juste à envoyer un message à sa complice pour lui faire savoir qu'il prenait la main et qu'elle devait quitter les lieux ; encore fallait-il qu'elle obéisse à ses consignes, ce dont il n'était pas certain.

OSLO

2.

Le premier jour, à Oslo

Au petit matin, Ekaterina monta dans un tramway, son sac à l'épaule. Elle se demandait si la tension qu'elle ressentait était liée à sa mission, à l'idée de rencontrer enfin Mateo, ou au fait de ne pas savoir pourquoi il enfreignait la règle en lui fixant rendez-vous. Mais après tout, pensa-t-elle, pourquoi suivre les règles quand on vit en marge de la loi ? Elle descendit à la station Théâtre National et n'avait plus que quelques pas à faire pour atteindre sa destination. La pluie avait cessé mais le ciel était encore menaçant et la terrasse trempée demeurait fermée. L'occasion était trop belle ; n'hésitant qu'un instant, elle décida de prendre le risque d'opérer depuis l'intérieur de l'établissement.

Le café de l'hôtel Continental avait des airs de brasserie viennoise. De grands lustres pendaient aux voûtes du plafond, éclairant un luxe de facture XIXe siècle. Une vingtaine de tables étaient réparties dans la rotonde. Un escalier en fer forgé grimpait vers une coursive où devaient se tenir jadis les musiciens qui jouaient pour les convives. La salle se prolongeait vers un bar derrière lequel des boiseries sculptées encadraient un large miroir. Ekaterina repéra deux alcôves. Les banquettes en cuir noir adossées à des panneaux d'acajou y offraient une planque parfaite. Elle en déduisit que sa cible choisirait l'un de ces recoins et les hommes assurant sa sécurité le box voisin. Elle s'assit à une petite table en bordure de la vitrine, proche de la porte. Le café était encore peu fréquenté, une dizaine de clients prenaient leur petit déjeuner. Ekaterina commanda un thé, des œufs Benedict, et demanda au serveur le code d'accès au Wi-Fi de l'hôtel. Dès qu'il s'éloigna, elle ouvrit sa sacoche, activa son modem et lança depuis son portable l'application qui lui permettrait d'accomplir sa mission. Prenant le contrôle du relais Wi-Fi, elle créa sa copie conforme, lui attribua le même nom et modifia les paramètres du réseau original, pour le rendre invisible. Les hackeurs malveillants piègent avec cette technique les voyageurs trop heureux de bénéficier d'une connexion gratuite dans les lieux touristiques. Leurs données sont piratées en un clin d'œil.

Ekaterina posa son smartphone à côté de son assiette avant d'attaquer tranquillement ses œufs.

Stefan Baron entra dans le café dix minutes plus tard par la porte communiquant avec le hall de l'hôtel. Comme elle l'avait supposé, il prit place dans le dernier box et le responsable de sa sécurité dans le box voisin. Le client de Baron arriva peu après. Ils échangèrent une poignée de main. Visage tendu pour l'un, affable pour l'autre. Les yeux rivés à son écran, Ekaterina relevait les identifiants des portables qui se connectaient à son réseau. Le garde du corps consultait le sien, pas Baron, ni l'homme avec lequel il conversait. Dès lors, il suffisait d'observer le flux d'activité pour déterminer à qui appartenait chaque appareil.

Effleurant une touche sur son smartphone, elle activa leur micro. Tout se déroulait comme prévu. Son matériel enregistrait la conversation et aspirait les données de Baron et de son client à chaque seconde ; il faudrait ensuite les décrypter, cela prendrait bien plus de temps, Ekaterina s'en chargerait une fois rentrée chez elle.

Tout se déroulait comme prévu jusqu'à ce qu'un clignotement sur son écran fasse sourciller l'agent de sécurité. Comme une interférence quand son portable tentait de se reconnecter au réseau original de l'hôtel. Ekaterina avait commis, en recopiant le nom du Wi-Fi, une petite faute de frappe qui n'allait pas rester sans conséquence. Le garde du corps s'étonna que le « n » au centre du mot Continental apparaisse par intermittence. Le phénomène s'accentuait au fur et à mesure que le modem caché dans le sac d'Ekaterina perdait en puissance, la charge de sa batterie s'amenuisant.

L'homme se leva soudainement, contourna la banquette et souffla un mot à l'oreille de son patron. Baron sortit son téléphone de sa poche. Voyant le garde du corps s'en emparer et l'éteindre, Ekaterina demanda la note au serveur. Elle ramassa le sac à ses pieds, en évitant de croiser le regard de l'homme de main de Baron qui observait la salle. Dans une gare, un aéroport ou sur une esplanade, il est quasi impossible de repérer un hackeur, mais dans un restaurant, l'exercice est moins ardu. Le garde du corps scrutait les visages des rares clients et son instinct ne le trompa pas. Il se dirigea vers Ekaterina, accéléra le pas en la voyant se lever et n'eut plus aucun doute quand le serveur apostropha la jeune femme qui se ruait vers la sortie sans avoir payé.

L'homme à ses trousses, Ekaterina traversa la rue Stortingsgata et courut vers le square du Théâtre National, pour gagner les jardins de la patinoire à ciel ouvert. Joggeuse aguerrie, elle avait du souffle, et enchaînait de longues foulées. Elle bénéficiait par ailleurs d'une expérience de la fuite acquise aux jours de son adolescence tumultueuse. Le garde du corps avait pour lui un entraînement militaire et des états de service costauds.

Déboulant sur Karl Johans Gate, une artère à double sens, Ekaterina manqua se faire renverser par une moto et perdit l'équilibre. En se rétablissant de justesse, elle se retourna et découvrit que son assaillant, encore à bonne distance, avait sorti un pistolet, ce qui lui glaça le sang. Que pouvait bien contenir le portable de Baron pour que son garde du corps brandisse une arme dans les rues d'Oslo ?

Cela devait faire quinze ans qu'elle n'avait pas dû faire face à une telle menace.

À l'époque où elle vivait dans la rue, elle avait été pourchassée par des commerçants auxquels elle avait chapardé de quoi se nourrir, avait échappé à quelques coups de couteau lors de rixes, mais jamais elle n'avait risqué de se faire tirer dessus ! La peur lui redonna toute son énergie, de vieux réflexes ressurgirent. Se fondre dans la foule pour se mettre à l'abri. Mais les trottoirs qu'elle remontait en courant étaient peu fréquentés. Une vieille dame, un manutentionnaire chargeant des caisses devant un magasin… Elle bifurqua dans Rosenkrantz' Gate, passa devant un Deli, un pub encore fermé et contourna un camion de livraison. Virage à gauche, pour longer la façade du Théâtre du Nord, fermé le matin.

Ekaterina courait à perdre haleine, redoutant qu'une main la saisisse au col, qu'un coup de pied la fasse chuter, pire encore : qu'une balle l'arrête dans sa course. L'homme oserait-il faire feu en pleine ville ? Pourquoi pas, si son arme était pourvue d'un silencieux. Jusqu'où serait-il prêt à aller pour récupérer les données qu'elle avait volées ? Une idée lui traversa l'esprit. Nouveau virage à gauche vers le Paleet, un centre commercial où la bourgeoisie locale et les touristes affluaient dès l'ouverture. Une pléthore de commerces sur deux niveaux, l'endroit idéal pour disparaître. Plus que cent mètres. Elle eut envie de regarder en arrière, et renonça. Son expérience de la fuite lui avait appris à ne pas céder à cette tentation. Se retourner oblige à ralentir et vous coûte des secondes décisives, une erreur qu'elle avait déjà commise lors de sa glissade.

Ekaterina poussa un hurlement de lutteur pour vider ses poumons et faire le plein d'oxygène. Les portes du Paleet étaient en vue. Si son assaillant ne la descendait pas, elle pourrait toujours se débattre, le rouer de coups, crier au viol, elle était à bout de souffle, pas à bout de ressources.

Elle surgit dans le *mall*, et grimpa les marches de l'escalator jusqu'au premier étage, bousculant tous ceux qui se trouvaient sur son passage. Sa poitrine la brûlait. Elle devait s'arrêter, le temps que son rythme cardiaque ralentisse.

Du premier étage, appuyée à la balustrade, elle inspecta le rez-de-chaussée. Un bref instant, elle eut l'espoir d'avoir semé l'homme de main de Baron, mais il apparut dans la rotonde.

Il s'adressait à un agent de sécurité. L'agent hocha la tête et s'empara de son talkie-walkie. Le garde du corps avait dû le convaincre de demander au PC de sécurité qu'on la traque sur les écrans de surveillance. Il était temps de mettre un terme à ce petit jeu du chat et de la souris. L'homme releva les yeux. Elle le fixa avec défiance et entra dans un magasin de vêtements juste derrière elle. Il n'allait pas tarder à la rattraper, et devait déjà gravir les marches de l'escalator. Ekaterina attrapa un foulard luxueux : 300 euros. Qui pouvait débourser une telle somme pour un morceau d'étoffe ? Certainement pas elle avec son salaire d'enseignante. Le foulard en main, elle attendit. Dès que le garde du corps entra, elle alla à sa rencontre et se plaqua contre lui. Surpris, il l'agrippa par le bras.

— Pourquoi ne pas avoir une conversation entre adultes au lieu d'en venir aux mains ?

L'homme la regarda, stupéfait, Ekaterina en profita pour glisser le foulard dans la poche de son veston et lui asséna un violent coup de pied au tibia, le forçant à relâcher son emprise. Elle s'échappa aussitôt. Le garde du corps se rua derrière elle, déclenchant la sonnerie du portique antivol situé à l'entrée du magasin. Pendant qu'un vigile l'interpellait, Ekaterina ressortait du centre commercial avec quelques longueurs d'avance.

— Enfoiré ! grommela-t-elle en frottant son bras endolori.

La partie n'était pas finie pour autant. Dans la rue, elle usa de ses dernières forces pour gagner la station de tramways. En montant à bord de la rame qui s'apprêtait à partir, Ekaterina était encore sous le choc. Les jambes et le souffle coupés, elle s'écroula sur une banquette alors que le tram oscillait sur ses rails. Au fond de sa poche, son portable vibra. D'une main tremblante elle le sortit pour lire le message affiché sur l'écran :

Le concert commence dans une heure.

Une allusion de Mateo à la partition reçue la veille. Par chance, elle avait emprunté la ligne 19 dont le terminus était la station de Ljabru, le long de la côte, en face de l'île de Malmö, la destination que lui avait communiquée Mateo.

— Comment trouverai-je la bonne rangée de fauteuils ? texta-t-elle.

— Je te ferai signe, à plus tard.

Le tramway se traînait, il mettrait vingt minutes à atteindre Ljabru. Le regard perdu vers la mer, Ekaterina s'inquiétait de savoir comment Mateo la reconnaîtrait. Mais pas seulement de cela. Est-ce qu'il s'était posté aux alentours du Café du Théâtre ? Avait-il assisté à sa débandade ? Et qu'était-il venu faire à Oslo ? Était-ce lié à l'absence de Maya ? D'ailleurs, qu'avait-il voulu dire par « Maya ne répond plus » ? L'avait-on arrêtée ? Avait-elle pris ses distances avec le Groupe ?

En chemin, le tram s'arrêta à la station Hôpital. Pour chasser de mauvais souvenirs, Ekaterina regarda sa montre en attendant que la rame redémarre. Deux ans avaient passé depuis la mort de sa mère. Étrange tour du destin que d'avoir dû fermer les yeux d'une femme qui n'avait jamais voulu d'elle.

Ses derniers mots avaient été « Quel gâchis ». Un gâchis dont sa fille avait refusé qu'il définisse sa vie.

Le cabanon rouge du terminus apparut enfin. Ekaterina descendit et se dirigea vers l'adresse que lui avait indiquée Mateo.

Dix minutes plus tard, elle arriva devant la petite imprimerie de Ljabru.

Un vieil homme, penché sur une presse, aplanissait avec d'infinies précautions une large feuille de papier. Ekaterina toussota pour signifier sa présence, craignant de l'interrompre dans ce qui semblait être une tâche délicate. L'homme, d'une élégance qui la surprit, se redressa. Elle s'excusa de faire ainsi intrusion chez lui, forcée d'expliquer qu'on lui avait « demandé » de se rendre dans son imprimerie.

— Un atelier de lithographie, corrigea-t-il d'une voix aimable. D'ailleurs, si vous êtes venue pour commander des faire-part ou du papier à lettres, je vais devoir vous recommander l'un de mes confrères.

— J'avais rendez-vous avec un ami, mais comme vous êtes seul dans cet atelier, il n'est pas impossible que je me sois aussi trompée de lieu.

— Voulez-vous voir comment on imprime une lithographie ? questionna le vieil artisan.

Sans attendre, il actionna une roue à six bras rayonnants.

— Le moulinet fait avancer le chariot ; lorsque la feuille se trouve sous la pierre encrée, la magie opère. Comment vous appelez-vous ? demanda l'homme, affairé à son travail.

Ekaterina se présenta. Le lithographe s'arrêta net et parut confus.

— Quel idiot ! Et je vous ennuie avec des détails dont vous n'avez que faire. Mateo vous attend sur le rivage, au centre nautique. Un bien grand mot pour désigner un quai où sont amarrées quelques barques, mais allez comprendre où les gens vont placer leur ego ! Je lui avais suggéré de vous accueillir ici, mais vous le connaissez, Mateo est un garçon qui aime la complication.

— Et vous, vous le connaissez depuis longtemps ?

— Vous lui poserez la question directement, répondit le vieil homme qui avait retrouvé le sourire. Il y a une bicyclette derrière mon atelier, prenez-la. À pied vous en auriez pour un bon quart d'heure. Faites attention, le frein avant est un peu sec.

Ekaterina remercia le lithographe, contourna l'imprimerie et enfourcha le vélo qu'il avait généreusement mis à sa disposition. Remarquant qu'il était neuf, elle se demanda s'il appartenait vraiment au vieil homme ou si Mateo ne l'avait pas plutôt acheté à son intention… comme s'il avait prévu les évènements qui s'étaient produits ce matin.

— *Qui est Mateo ?*

— Un homme intéressant, compliqué, comme l'expliquait le lithographe… plus complexe que compliqué, pour lui rendre justice. Même son physique n'est pas commun. Mal rasé, vêtu de jeans, avec son bob vissé sur la tête… on croirait un bourlingueur qui navigue à longueur d'année ! Mais qu'il passe un smoking et voilà qu'il ressemble à un lord.

— *Il porte plus souvent le jean ou le smoking ? Ce côté caméléon, c'est l'apanage du séducteur ?*

— Au contraire, Mateo ne cherche pas à attirer les regards, il ressent le besoin de se fondre dans son environnement, d'être un observateur invisible… et toujours en contrôle. Les blessures de l'enfance laissent des cicatrices qui ne disparaissent jamais.

— *La règle instaurée entre les membres du Groupe de ne jamais se rencontrer, c'était pour empêcher qu'on vous associe les uns aux autres ?*

— Précisément.

— *Alors pourquoi Mateo enfreignait-il cette règle ?*

— Parce que les données contenues dans le portable du client de Baron justifiaient de prendre des risques exceptionnels.

— *Mais Mateo et Ekaterina n'en avaient pas encore pris connaissance !*

— Eux non, moi si.

Le Grand Hôtel
OSLO

3.

Le premier jour, à Oslo

Pédalant le long des rues étroites qui descendaient la colline, Ekaterina se jura qu'arrivée à destination, si un préposé du centre nautique lui enjoignait de poursuivre ce jeu de piste jusqu'à l'île de Malmö, elle enverrait un texto à Mateo pour lui dire d'aller se faire voir. Et celui-là n'aurait pas besoin d'être crypté. Elle pesta en abandonnant le vélo à l'entrée du quai. Quelques tables devant un comptoir en bois dont une était occupée par un homme dans la quarantaine lisant son journal et qui avait peu de chances d'être son correspondant italien. Personne d'autre. Seule lumière à ce tableau, le lithographe avait été sévère, l'endroit ne manquait pas de charme avec sa guinguette peinte en bleu, comme transportée d'une île grecque. Ekaterina avait faim. Au comptoir, elle consulta une carte plastifiée dont le contenu se résumait à trois variétés de sandwichs, un vin blanc bon marché, une bière locale et quelques sodas.

Le propriétaire sortit de la guinguette, chevelure et barbe rousses, portant une caisse de bières. Il lui souhaita la bienvenue et demanda si elle voulait déjeuner.

— N'importe lequel de vos sandwichs fera l'affaire, à condition qu'il ne soit pas de la veille, répondit-elle.

Il les préparait lui-même chaque matin, assura-t-il. Son préféré était le saumon-concombre. Ekaterina opina de la tête et suivit son conseil.

— À part ce type attablé derrière moi, vous n'avez vu personne ? J'ai rendez-vous.

Pour toute réponse, le patron prit une Mack dans la glacière, et la décapsula avant de la poser nonchalamment sur le comptoir.

— Des pêcheurs… qui sont partis tôt ce matin et ne rentreront qu'en fin d'après-midi, maugréa-t-il. Mais ce type, comme vous dites, qui agite le bras, on dirait qu'il cherche à attirer votre attention.

Ekaterina se retourna, son regard croisa celui de l'homme. Il avait posé son journal et lui faisait signe de le rejoindre. Elle emporta sa bière et son sandwich, et avança vers lui, intriguée.

— Mateo ?

— Qui d'autre ? répondit-il d'une voix posée.

Elle prit place sur la chaise en face de lui, silencieuse.

— Un Italien aux yeux bridés, c'est ça qui t'étonne ?

— Non… Enfin si, balbutia Ekaterina.

— Enfant, je m'appelais Mao, mais lorsque j'ai débarqué à Rome, les gens m'ont rebaptisé Mateo, c'était, paraît-il, préférable… pour l'intégration.

— D'où viens-tu ?

— De Rome, je viens de te le dire.

— Et avant Rome ?

— C'est une longue histoire qui t'ennuierait.

— J'ignore ce qui a foiré ce matin, enchaîna Ekaterina, mais…

— Il est trop tard pour te poser la question, l'interrompit Mateo. Je t'avais pourtant envoyé un message pour te dire de me laisser agir.

— Pas reçu. Et puis pourquoi t'aurais-je laissé agir, c'était ma mission. Tu ne me faisais pas confiance ?

— C'est à la météo que je ne faisais pas confiance… sachant que tu devais opérer depuis la terrasse. Et pour une proie de cette taille, je préférais être prévoyant. J'ai bien fait, n'est-ce pas ?

L'arrogance de Mateo braqua Ekaterina.

— Tu étais dans le café ? demanda-t-elle sèchement.

— Je n'aurais pas commis cette imprudence. Je planquais dans le hall de l'hôtel, l'emplacement idéal pour pirater le réseau sans risquer d'être vu. Un simple repérage t'aurait évité tous ces ennuis.

Ekaterina n'était pas du genre à se laisser prendre de haut et encore moins à recevoir de leçon. Elle allait le remettre à sa place, en commençant par lui rappeler qu'il n'y avait pas de hiérarchie dans le Groupe.

— C'est toi qui as foutu le bordel en parasitant mon modem, nos connexions se sont télescopées.

Mateo ricana.

— Comment pouvais-je deviner que tu ne suivrais pas mes instructions ? Je l'ai compris quand tu as pris la fuite.

— Tes instructions ? Mais tu te prends pour qui ? Et puis merci d'être venu à mon secours !

— Il y a deux minutes tu me reprochais de ne pas t'avoir fait confiance. Tu vois que si. Je ne doutais pas que tu sèmerais cet homme, Oslo est ta ville. Et puis il fallait bien terminer ta mission.

Elle en avait assez entendu, elle repoussa sa chaise, prête à partir, ce qui ne perturba nullement Mateo.

Il sortit une carte mémoire de sa poche et la posa sur la table.

— Voilà le contenu du portable de Baron, ainsi que celui du type avec lequel il avait rendez-vous ; en prime, j'ai réussi à placer un mouchard dans leurs téléphones.

Ekaterina regardait la puce, déconcertée, agacée aussi que Mateo lui ait damé le pion.

— Je serais surprise que ton mouchard fonctionne encore, dit-elle en se rasseyant. L'homme de main de Baron n'est pas un simple garde du corps, sinon je ne me serais pas fait surprendre. Il a dû détruire la carte SIM et la remplacer par une autre.

— C'est probable, mais pas le BlackBerry dernier cri de son patron, un modèle devenu rare qui vaut dans les 1 000 dollars. La radinerie de Baron est légendaire, il suffit de voir comment il s'habille. Mon mouchard est dans le coprocesseur de l'appareil... Il peut remplacer sa carte SIM autant de fois qu'il voudra, cela ne changera rien. Maintenant, tu peux applaudir et reconnaître que tu as affaire à un homme aux ressources insoupçonnées.

— Et d'une modestie insoupçonnable... En attendant, il sait que nous en avons après lui.

— La conversation avec son client semblerait démontrer le contraire.

— Son client s'appelle Vickersen, c'est le président du parti de la Nation, un néonazi et un grand mégalo.

— Eh bien, la mégalomanie de Vickersen nous a tirés d'un mauvais pas. Il a conclu sans le moindre doute que tu étais une journaliste qui s'intéressait à lui et à lui seul. Je ne te cache pas qu'il y a eu une certaine gêne après ton départ, mais il a rassuré Baron, lui expliquant que la presse de gauche ne le lâchait plus… rançon de sa notoriété grandissante.

— Notoriété grandissante ? Vickersen est connu chez lui à l'heure des repas, dans les milieux fachos aussi, mais au-delà de ça, je ne crois pas, non.

— Alors comment le connais-tu ?

— Il y a près de dix ans, il a défrayé la chronique, après avoir été soupçonné d'entretenir des liens avec Breivik, l'auteur du massacre d'Oslo et d'Utøya. Les autorités n'ont pas réussi à réunir assez de preuves pour l'inculper de complicité, mais ce tapage a fait grimper sa cote chez les ultranationalistes. Cela étant, je t'assure que ça ne va pas plus loin.

— Alors sa rencontre avec Baron avait pour objet de faire grimper sa cote encore plus.

— Probable, admit Ekaterina. Il aime à se présenter en victime du système pour se refaire une image acceptable. Baron perd son temps ici, pesta-t-elle, la Norvège ne peut pas tomber dans les mains de l'extrême droite. Tu es sûr qu'il ne se doute de rien ?

— Radin, arrogant, et surtout trop imbu de sa personne pour concevoir qu'on ose s'en prendre à lui. Il n'a pas douté un instant que c'était Vickersen que tu traquais. Le dirigeant sulfureux d'un groupuscule d'extrême droite a plus de raisons d'être espionné par une journaliste locale qu'un discret conseiller en communication américain.

— Tout ne s'est pas si mal passé, finalement… Enfin, si l'on met de côté le fait que son garde du corps m'a poursuivie, avec un pistolet à la main.

Mateo regarda Ekaterina, stupéfait.

— Un vrai pistolet ?

— J'ai été tentée de m'arrêter pour lui demander si c'était un jouet mais, va savoir pourquoi, j'ai renoncé.

Mateo reprit la carte mémoire et la tendit à Ekaterina.

— Alors les choses se sont mieux que « pas si mal passées ». Pour qu'il en arrive là, les informations que nous leur avons dérobées doivent être précieuses. Reste à les décrypter avant de se réjouir…

Elle trouva élégant qu'il l'associe enfin au succès de la mission. Car détaler dans les rues d'Oslo n'avait rien d'une réussite, en tout cas pas de celles dont elle aurait envie de se vanter.

— Quel genre de mouchard et comment fonctionne-t-il ?

— Même principe qu'un miroir sans tain dans un commissariat. Nous pouvons tout voir, tout entendre, à condition que la cible se trouve dans la salle d'interrogatoire et nous de l'autre côté de la glace.

— Tu t'exprimes toujours de façon aussi imagée ? demanda-t-elle, sarcastique.

— Je recommence. J'ai infecté leurs téléphones avec un virus qui enregistre les données en continu : textos, mails, photos, fichiers, et conversations. Mais pour les récupérer, il faut être connecté sur le même réseau, tu as compris ?

— Je te remercie, j'avais compris la première fois, je trouve juste ton système archaïque.

— Archaïque, mais discret. On suit nos proies à distance, on active la liaison avec les mouchards au moment opportun, et ainsi, on limite le risque d'être détectés.

Ekaterina siffla sa bière et observa Mateo.

— Et moi, tu m'imaginais comment ? demanda-t-elle.

— Je ne t'imaginais pas, répondit Mateo.

— Menteur. Je peux te demander ce que tu fais dans la vraie vie ?

— La vraie vie ? Quelle étrange formulation. Appartenir au Groupe 9 est une réalité, à moins que ce ne soit pour toi qu'un rêve… ou un cauchemar ?

— Adolescente, j'avais volé des toutes petites jumelles dans une brocante, comme celles que les gens utilisent au théâtre. N'étant jamais allée au théâtre, j'ignorais totalement à quoi elles pouvaient servir, mais je les trouvais jolies. Par curiosité, j'ai regardé à travers, c'était comique de voir le monde rétréci, pas d'une grande utilité, mais étrange, comme tu dis. En rentrant au centre, j'ai été la risée de tous quand ma voisine de dortoir m'a expliqué que je les tenais à l'envers. Alors, pour te répondre, rêve ou cauchemar, c'est parfois une question de point de vue.

— Quel genre de centre ?

— C'est une longue histoire qui t'ennuierait. Tu n'as pas répondu à ma question.

— Moins nous en savons les uns sur les autres et moins nous courons de risques.

— C'est toi qui as transgressé la règle et provoqué notre rencontre… Et puis qui les dicte, ces règles ?

— Elle n'était pas censée avoir lieu. Nous ne serions pas là si les choses n'avaient pas failli mal tourner ce matin. Ce n'est pas un jeu, et plus nous nous en prenons à des gens puissants, moins ce le sera. Ils nous traquent autant que nous les traquons. Le premier qui trébuche risque de tout perdre.

— À t'entendre, on dirait quand même un jeu.

— Alors, un jeu dangereux.

— Quel genre de boulot fais-tu pour pouvoir t'offrir un séjour à Oslo, et en pleine semaine ?

Mateo fixa Ekaterina en souriant.

— Depuis toutes ces années, tu te faisais quelle idée de moi derrière ton écran ?

— Aucune.

— Menteuse, répondit-il en souriant.

Ses yeux se posèrent furtivement sur la poitrine d'Ekaterina.

— Tu as froid ? demanda-t-il.

— Non, pourquoi ?

— Pour rien. Alors, tu réponds à ma question ?

— Tu as une belle voix, c'est déjà pas mal.

— C'est bien la première fois que j'entends un truc pareil.

— Il y a une première fois à tout. Quel est le problème avec Maya, il lui est arrivé quelque chose ?

— Je n'en sais rien. Il y a quelques jours, elle m'a envoyé un message bizarre. Elle me disait avoir trouvé un cadeau de son homme en rentrant chez elle, si précieux qu'elle se demandait s'il ne le destinait pas à sa maîtresse.

— Ça c'est du langage codé ! Et elle a précisé la nature du cadeau ?

— Non.

Ekaterina porta la bouteille de bière à ses lèvres et la releva pour en boire les dernières gouttes.

— Maya n'a pas d'homme dans sa vie, lâcha-t-elle.

— C'est le cas de gens très bien, mais comment le sais-tu ?

— Si elle avait un homme, ce serait une femme, donc si elle t'a parlé d'un mec, c'est qu'elle essayait de te faire passer un message.

— J'ai retourné ses mots dans tous les sens, sans résultat. J'ai tenté de la contacter, mais silence radio depuis.

— Maya voyage beaucoup pour son métier, elle doit être entre deux avions.

Mateo commanda au patron une autre tournée de bières. Il se leva pour aller les chercher au comptoir. Ekaterina le trouva plus grand qu'elle ne l'avait supposé ; une force émanait de lui qui ne la laissa pas insensible.

— Tu sembles connaître beaucoup de choses sur elle, dit-il en revenant à la table.

— Ce qu'elle a bien voulu me révéler l'an dernier pendant que nous hackions les serveurs de Monsanto. Quand elle n'était pas dans des endroits assez sûrs, elle restait injoignable. Et quand cela durait trop longtemps, nous correspondions par lettres que l'on s'adressait en poste restante. C'est consternant de se dire qu'on a inventé un moyen de communication incroyable pour en faire un outil de surveillance dont les gouvernements les plus autoritaires n'auraient osé rêver. Qu'une lettre manuscrite soit moins compromettante qu'un mail, c'est dingue. Durant nos conversations codées, elle se confiait parfois. Maya est une globe-trotteuse, elle bosse dans une agence de tourisme. Elle tient même un blog. Ce que je ne trouve pas très prudent, d'ailleurs. Enfin, elle ne poste jamais d'images d'elle, seulement des photos de voyage et pas en temps réel, bien sûr.

— La prudence consiste aussi à mener des vies ordinaires, reprit Mateo.

— Je me lève à 5 heures du matin, j'enseigne tout au long de la journée pour éveiller les consciences d'étudiants désabusés ; lorsque je rentre chez moi, c'est pour préparer mes cours du lendemain ; le week-end, je corrige des copies, et quand j'ai enfin quelques instants pour souffler, je traque la vilénie de ce monde depuis un écran d'ordinateur. Je ne crois pas que ma vie soit ordinaire.

— Ce n'est pas ce que je voulais dire, reprit Mateo. Rien n'est plus suspect que de ne pas exister sur la Toile. Cela étant, je suis curieux de savoir pourquoi Maya se confie à toi.

— Parce qu'elle me drague. Bon, je vais te faire gagner du temps. Dans le lexique de Maya, « cadeau » signifie « déplacement ». Donc, dans son message, elle t'informe être partie. « Précieux » est pour t'indiquer que cela pourrait concerner le Groupe. Tu saisis le truc ?

— Pas du tout.

— C'est pourtant simple : « J'ai reçu un cadeau d'un client », c'est un voyage d'affaires ; « J'ai trouvé un cadeau précieux en rentrant chez moi » signifie qu'elle a décidé de partir après avoir obtenu une information importante. Tu as compris ?

— C'est absurde comme cryptage.

— Peut-être, mais ça marche. La preuve, tu n'avais rien pigé. Maintenant, ce qu'elle entend par « maîtresse » reste un mystère. Autre mystère, pourquoi t'a-t-elle envoyé ce message plutôt qu'à moi ?

— Parce qu'elle me drague aussi ? suggéra Mateo d'un ton espiègle.

— *Qui est Maya ?*

— De loin, la plus timbrée du groupe, la plus courageuse aussi. Enfin, à ce moment-là, tout du moins. Maya n'a jamais respecté les règles.

— *Quelles étaient ces règles ?*

— Outre celles déjà évoquées : ne jamais parler du Groupe à quiconque, même à ses proches ; ne jamais faire intervenir un tiers dans le cadre d'une action ; ne jamais se lancer dans un hack sans l'avoir savamment préparé, et ne jamais faire deux fois le même au risque de se faire identifier ; savoir renoncer quand les conditions l'exigent, et puis travailler en binôme, à trois, mais jamais tous ensemble pour ne pas exposer le Groupe. Seulement voilà, nous avons désobéi à toutes ces mesures de sécurité dont la plus importante : opérer depuis son écran et, si l'on doit vraiment descendre sur le terrain, se tenir à distance de sa cible. Mais le métier de Maya lui offrait des libertés dont elle ne se privait pas. Ce que je vais vous raconter s'est produit quelques jours avant que Mateo et Ekaterina se rencontrent au centre nautique de Ljan.

LJABRU
170

4.

Quelques jours plus tôt, à Paris

Maya regardait le rideau de fer descendre sur la vitrine de l'agence de voyages. Le cliquetis de la chaîne l'apaisait, comme si ce rideau, en tombant sur sa journée de travail, la rendait à sa liberté.

Il y a deux Maya, celle du jour et celle de la nuit, deux personnalités que tout oppose, ou presque ; c'est un peu le cas pour chaque membre du Groupe 9, mais ce dédoublement est plus marqué chez elle.

Elle avait donné congé à son assistant une demi-heure plus tôt. Passé 17 heures, les clients n'appelaient plus. Comme chaque soir, elle s'était rendue dans la remise, pour troquer sa jupe et son cache-cœur contre une tenue de sport afin d'aller faire son jogging sur les berges de la Seine. Son portable sonna, elle regarda l'écran sans décrocher et répondit au texto en s'excusant auprès de son amie, elle avait des dossiers en retard et ne pourrait se joindre au dîner comme promis. Un mensonge dicté par l'envie du moment, un fait coutumier chez elle. Elle retourna à son bureau, sortit un petit miroir de son tiroir et détesta ce qu'elle y vit. En rectifiant son maquillage, elle chercha à se remémorer la dernière fois qu'elle s'était sentie insouciante. Cette pensée lui ôta l'envie d'aller courir.

Elle quitta l'agence par la porte de derrière et descendit la contre-allée vers l'entrée du parking de l'Alma. Le voiturier du restaurant Marius et Janette venait de prendre son service. Elle lui tendit ses clés, un sourire posé sur leur petite combine. Maya avait sa place attitrée à l'un des emplacements loués par l'établissement, juste en face du poste de sécurité. En échange de ce service, elle remettait chaque fin de mois un billet de 100 euros à Albert. Il descendit chercher son Austin Cooper. Un modèle que l'on ne voyait plus souvent dans les rues de Paris, vert au toit blanc, volant en bakélite, sièges en cuir Connolly et pommeau de vitesse en bois. Nerveuse et agile. Quand Maya revenait de voyage, elle aimait la retrouver. À chacun son refuge, celui de Maya était une voiture offerte par son père pour ses vingt ans. Il lui arrivait encore de poser un regard sur le siège passager et de le voir lui enseigner l'art du double débrayage.

Le vrombissement du moteur enflait dans la rampe de parking. Le voiturier savait s'y prendre et il pila sans faire crisser les pneus. Maya le remercia alors qu'il lui tenait la portière et s'installa à bord, réfléchissant au meilleur itinéraire pour regagner son appartement dans le Marais. Dès qu'elle serait chez elle, elle se prélasserait dans un bain, commanderait des sushis et passerait la soirée un œil sur la télévision, un autre à surveiller les likes de ses dernières photos publiées sur Instagram. Une vitrine plus efficace pour attirer sa clientèle que celle de l'avenue Marceau qui lui coûtait une fortune en loyer… Mais son père était si attaché à cette agence qu'elle y sentait parfois rôder son fantôme. Le standing n'avait pas de prix, répétait-il en lui apprenant les ficelles du métier. Dès l'adolescence, il l'avait emmenée partout en voyage, pour lui faire découvrir le monde et la familiariser avec ses principaux clients, sans jamais douter qu'elle prenne un jour sa relève, mais loin de soupçonner que sa fille, ses vingt ans passés, ne travaillerait pas seulement à organiser des séjours pour une clientèle fortunée.

Le portable de Maya sonna, pas son portable habituel, mais un autre, jetable, et cela signifiait qu'elle allait devoir renoncer à ses projets. Quand la sonnerie s'interrompit au troisième coup, elle en eut la confirmation. Elle fit demi-tour sur l'avenue George-V, emprunta les berges vers le pont de Bir-Hakeim, ralentissant dans le tunnel Citroën. Un soir sur deux, les policiers de la BAC planquaient, pistolet radar pointé sur les candides qui ignoraient le traquenard.

Le rond-point, une enfilade de rues, puis les boulevards des Maréchaux, avant de s'engouffrer dans une autre rampe de parking jusqu'au dernier sous-sol et de s'arrêter face au mur du fond. Elle éteignit les phares et coupa le moteur, un œil sur le rétroviseur. Une fois assurée que l'endroit était désert, elle sortit de sa voiture et se dirigea vers la porte d'un local technique. À l'intérieur, elle fixa une petite caméra qui scanna sa rétine et attendit qu'un panneau coulisse sur un rail avant de pénétrer dans une pièce dérobée aux murs gris, éclairée par une rampe de néons.

Le mobilier était monacal, une chaise et une table en métal où l'attendait une enveloppe en kraft. Elle la décacheta et trouva la photo d'une enfant, sans inscription au dos. Quel âge avait-elle, sept ans, huit peut-être ? Une mère l'aurait su. Qui était cette gamine au visage d'ange esquinté ? Au fond de l'enveloppe elle découvrit aussi un bristol sur lequel était dactylographié :

21 h 30, cybercafé rue de Rome.

À quoi rimait ce jeu de piste ? Il n'y avait pas plus sûr que la tanière des trois petits singes, le nom donné à cette pièce, insonorisée, hermétique aux ondes, où l'on ne pouvait être vu, entendu ni communiquer. Un lieu coupé du monde.

Quelque chose clochait. Maya s'assit pour réfléchir. Rien ne l'obligeait à se presser. Se donner le temps d'assimiler et de comprendre des documents qui ne pouvaient en aucun cas circuler était la raison d'être de la tanière.

— *Qui l'avait convoquée à la tanière ?*

— Quelques années plus tôt, Maya avait été recrutée comme *courrier* par les Renseignements généraux. Au cours de ses voyages, il lui arrivait de glisser un mot à l'oreille d'un visiteur dans un musée, de laisser une note dans la poche d'un vêtement confié à la femme de chambre d'un hôtel, de cacher une clé USB dans les toilettes d'un restaurant, de réceptionner une enveloppe, ou encore de prendre des photos à la dérobée. Qui l'aurait soupçonnée ? Maya organisait des séjours pour les clients privilégiés de grandes entreprises. Accompagnatrice, ou seule lors de ses repérages, elle avait ses entrées dans les palaces du monde et connaissait leurs sorties discrètes, grâce à la complicité des concierges, des voituriers, portiers, guides locaux, parfois même des services de police qu'elle rémunérait pour assurer la protection de ses invités ou obtenir des autorisations spéciales. Maya était une émissaire idéale.

— *Une émissaire... Elle n'était pas membre à part entière des RG ?*

— Non, les RG l'utilisaient en mercenaire. Un avantage pour eux. En cas de problème, Maya ne pouvait faire appel à ses employeurs ni leur être associée puisque ceux-ci ne l'employaient pas *stricto sensu*. Ses prestations étaient onéreuses, mais sa discrétion et son efficacité justifiaient amplement ses tarifs.

Elle quitta la tanière et remonta dans sa Cooper, toujours aussi perplexe. S'était-on servi du canal officiel des RG pour lui transmettre un pli qui n'avait rien d'officiel ? Et si tel était le cas, dans quel but ? Elle espérait en avoir le cœur net en se rendant au deuxième rendez-vous.

Elle roula vers le quartier de l'Europe, et s'empara de la photo qu'elle avait emportée pour l'observer lors d'un arrêt à un feu rouge.

— Qui es-tu ? murmura-t-elle.

En attendant d'en savoir davantage, Maya déduisit que celui ou celle qui l'avait envoyée ici était mal ou trop peu formé à l'art de rester invisible. Les cybercafés sont équipés de caméras et leurs ordinateurs encore plus surveillés que les autres. Elle avait dans son sac de quoi rectifier cette erreur, une tablette 4G équipée d'une carte SIM jetable. Elle gara son Austin rue de Rome, à une vingtaine de mètres du point de rendez-vous.

En quelques minutes, elle pénétra dans le serveur du cybercafé et se logea sur une console. Désormais virtuellement dans les lieux, elle attendait que son contact se manifeste.

Une séquence de chiffres et de lettres qui confirmait l'authenticité de la liaison s'afficha soudain sur sa tablette. Elle tapa un code pour s'authentifier à son tour.

Peu après, un autre texte surgit sur l'écran :

@C9# I2_ V27/ilTQ_

Assise derrière le volant de sa Cooper, Maya commença à le décrypter.

« C9 » désignait un « colis » de grande importance, mais rien sur sa nature.

Le signe #, qu'elle devait le récupérer et le ramener à bon port.

« I2 » indiquait que les prochaines instructions devraient être récupérées en poste restante.

Elle tapa la suite de la séquence dans le programme de sa tablette :

_ V27/ilTQ_

La carte d'une ville apparut, elle reconnut tout de suite Istanbul. La codification avait été renouvelée depuis peu. Elle songea, à raison, que si quelqu'un avait infiltré le canal des RG, il était fort bien informé.

Procéder à l'extraction d'un colis sensible en territoire étranger ne faisait pas partie de son contrat. Pourquoi charger un simple courrier d'une telle mission ? Ce n'était pas normal. Les craintes de Maya étaient fondées car se faire prendre en Turquie aurait des conséquences. Comment vérifier que cet ordre de mission émanait bien de ses mandants habituels ? Le choix de ce cybercafé était si peu logique qu'elle suspectait un piège.

Maya éteignit sa tablette, ôta la carte SIM et la brûla dans le cendrier à la flamme d'une allumette. Puis elle fit demi-tour et fila vers le Marais.

— *Vous étiez au courant de ses activités parallèles ?*

— Oui.

— *Les autres aussi ?*

— Non, ils n'avaient pas de raison d'apprendre ce qu'elle faisait en marge de ses hacks. Lorsqu'ils l'ont su, certaines choses se sont éclaircies.

— *Lesquelles ?*

— Le Groupe était composé de hackeurs hors normes, pas de super-héros. Des êtres humains, avec leurs forces et leurs faiblesses, mais des codeurs de génie. Russes, Chinois, Américains, nous les surpassions tous… Maya jouissait en plus d'une solide expertise du terrain, la règle de ne pas s'y rendre étant inapplicable pour elle.

— *Et cela n'a jamais éveillé de soupçons dans le Groupe, durant tout ce temps ?*

— Ekaterina a prétendu s'être doutée de quelque chose, mais je crois qu'elle frimait un peu.

— *Maya avait donc trois visages : agent de voyages, courrier pour les Renseignements généraux et hackeuse au sein du Groupe 9 ? Pourquoi étiez-vous la seule à en être informée ?*

— Si vous voulez vraiment comprendre ce qui s'est passé, il faut que je vous raconte cette histoire dans l'ordre et pour cela, nous devons revenir à Oslo.

P
MARIUS ET JA
MARIUS ET JANETTE
AVENUE
GEORGE-V,
PARIS

5.

Le premier jour, à Oslo

De la buvette du centre nautique de Ljan, Mateo regardait en direction de l'île de Malmö. Il était soucieux. Fait rare, cela se voyait.

— Tu devrais éviter le centre-ville pendant quelques jours. Si j'étais l'homme de main de Baron, je retournerais ciel et terre pour retrouver la « journaliste » qui traquait mon patron et ce Vickersen. En découvrant qu'elle n'existe nulle part, je serais d'autant plus sur mes gardes.

— Et si tu étais ce type qui a dégainé son arme, tu ferais quoi, ensuite ? questionna Ekaterina d'une voix nonchalante.

— J'essaierais de l'identifier. Espérons que les gens de la sécurité aient refusé de remettre les enregistrements des caméras du centre commercial. Mais dans ta fuite, tu es forcément passée devant une banque ou un établissement équipé d'une vidéosurveillance. Impossible de faire un pas dans une grande ville sans être filmé. Et pour quelques milliers de couronnes, un employé peu scrupuleux pourrait être plus conciliant que les agents du Paleet.

Ekaterina repensa au sale coup qu'elle avait joué à l'homme de main de Baron. Il avait une raison légitime de demander à visionner les enregistrements : prouver qu'il n'avait pas volé le foulard. Dès lors, repartir du Paleet avec une capture d'écran serait une formalité. Et il trouverait dans les milieux d'extrême droite assez de hackeurs volontaires pour fouiller les serveurs de Norvège afin de l'identifier.

Pas question de paniquer pour autant. Elle ne ressemblait plus en rien à l'adolescente qui s'était fait ficher dans quelques commissariats de la ville. Et si l'on piratait les serveurs de sa banque, du réseau de transports en commun ou de la faculté où elle enseignait, il était peu probable qu'un logiciel de reconnaissance faciale établisse une correspondance entre les photos d'identité qu'elle fournissait et son véritable visage. Quand elle posait devant un photomaton, elle avait les cheveux tantôt blonds, tantôt bruns, jamais de sa vraie couleur, et du coton dans les joues pour rehausser ses pommettes. Il était arrivé qu'un employé plus consciencieux qu'un autre tique devant son portrait, mais sa façon ingénue de dire : « Ben oui c'est moi, je n'ai pas autant changé en six mois quand même, ou alors c'est les médicaments ? » l'avait toujours tirée d'affaire.

Néanmoins, dès qu'il s'agissait de l'anonymat des membres du Groupe, Mateo devenait paranoïaque. Pas question de partager ses inquiétudes avec lui, fondées ou non. Il pourrait la faire exclure du Groupe 9. Menace qu'elle redoutait plus encore que de se faire courser par un homme armé.

— Tu es bien silencieuse, à quoi penses-tu ?

— Je suis la seule que tu aies rencontrée ?

— J'ai dîné dans le restaurant de Diego, il y a longtemps, mais je n'étais pour lui qu'un client parmi d'autres.

Ekaterina ne lui demanda pas à quoi ressemblait Diego. Mateo ne lui aurait pas répondu. Mais elle venait d'apprendre qu'il tenait un restaurant.

— Et Cordelia, tu as une idée de ce qu'elle fait dans la vie ?

— Et toi ?

— C'est marrant, tu te comportes comme si tu étais au-dessus de nous. Si Diego ignorait ton identité, comment étais-tu au fait de la sienne ?

— Disons que c'était une heureuse coïncidence.

— Ce n'est pas une réponse… Tu te prends pour notre chef ?

— Depuis que nous opérons ensemble, t'ai-je une seule fois donné l'impression de me sentir supérieur ?

Ekaterina soutint son regard avec une intensité mordante. La tension devint si palpable que le patron du petit bar s'en inquiéta et leur demanda, depuis son comptoir, si tout allait bien. Mateo le rassura d'un geste de la main.

— Tu vois, soupira-t-il, même dans les lieux les plus anonymes, il y a toujours quelqu'un qui vous observe. Un chef d'orchestre ne donne pas d'ordre à ses musiciens, il coordonne les partitions.

— Mais il dirige quand même, reprit Ekaterina, et tu as dit « ses » musiciens. Pourtant si nous sommes ce que nous sommes, c'est pour lutter contre la tyrannie des grands et des petits chefs.

— Si c'est ce que tu penses de moi, c'est ridicule et blessant.

— Je m'interroge juste sur ta présence ce matin. La pluie a bon dos.

— Tu pourrais difficilement me le reprocher, je t'en avais informée. Une fois pour toutes, Ekaterina, notre Groupe n'a pas de chef, mais je reconnais en avoir été le fédérateur, confia Mateo.

Cette révélation laissa Ekaterina sans voix. Fédérateur, ou initiateur ? La question revêtait pour elle une importance fondamentale. Le Groupe était sa seule famille, celle qu'elle avait trouvée après des années d'errance. Son métier d'enseignante aurait dû la définir ; c'était le cas en société. Mais la véritable personnalité d'Ekaterina se révélait dans ses activités clandestines, elle y trouvait le sens de sa vie ; comme si le vrai monde d'Alice se situait de l'autre côté du miroir.

— Admettons, reprit-elle. Qui a été ta première recrue ? Et quel numéro m'as-tu attribué ?

— Tu te trompes sur toute la ligne. Je ne t'ai jamais dit avoir été l'instigateur, mais le fédérateur, et seulement un temps. Nous sommes neuf, qui étions liés les uns aux autres avant même de le savoir, nous partagions les mêmes valeurs, les mêmes objectifs, les mêmes codes de conduite. Nous nous attaquions aux mêmes cibles et étrangement avec les mêmes modes opératoires. Aujourd'hui, chacun apporte ses compétences, ses talents. Nous appliquons des règles de sécurité que personne n'a imposées mais qui nous paraissent évidentes, nous sommes complices, amis virtuels certes, mais vraiment amis. Aucun de nous ne porte de numéro, ce serait contraire à nos principes. Une étoile n'a pas de première branche.

— Les branches d'une étoile…, reprit Ekaterina. J'aime bien cette image, elle nous va bien. Tu es très doué pour les métaphores à la noix, Mateo.

— Merci du compliment.

— Tu t'inquiètes pour Maya ?

— Sinon, je ne t'en aurais pas parlé.

— Elle est sûrement dans un coin reculé où les communications ne sont pas sûres. L'an dernier, lorsqu'elle est partie au Tadjikistan, je suis restée sans nouvelles d'elle pendant huit jours, *idem* lors de son déplacement en…

— Ce ne sont pas ses voyages qui m'inquiètent, mais la tournure de son message. Et ce que tu m'as appris ne me rassure pas.

Le regard de Mateo changea quand il prononça ces mots. Comme s'il en retenait d'autres qui lui pesaient.

— Qu'est-ce que tu me caches ? demanda Ekaterina en posant sa main sur la sienne.

Bien que ce geste complice le surprît, il ne bougea pas sa main.

— Nos derniers coups n'ont pas été sans risques, mais les types comme Baron sont vraiment très dangereux, tu en as eu la démonstration ce matin.

— Plus dangereux que les trafiquants d'êtres humains auxquels nous nous sommes attaqués l'an dernier, ou que le dictateur sud-américain dont nous avons fait saisir les comptes bancaires aux États-Unis ? Tu te souviens que lorsque le *New York Times* a publié notre dossier, nous avons tous disparu de la Toile pendant trois semaines. Je voyais des barbouzes et des agents de la CIA partout. Et finalement… nous n'avons eu aucun ennui.

Cette fois, Mateo retira sa main avant de lui répondre.

— L'idée qu'on te tire dessus dépasse de loin tout ce que je pouvais redouter.

— D'accord, concéda-t-elle, j'éviterai d'aller me promener autour de ton hôtel, promis.

— Tu devrais peut-être même t'éloigner d'Oslo pendant quelques jours, le temps que nous y voyions plus clair.

— Pour aller où ? Mon travail ne me permet pas de voyager quand bon me semble et j'ai une puce à décrypter. Tu es trop anxieux, Mateo. L'homme de main de Baron a sûrement plus important à faire que de chercher qui pistait Vickersen. D'ici quelques jours, son patron s'en ira vers d'autres cieux pour les transformer en enfer, et nous ferions mieux de découvrir où aura lieu son prochain rendez-vous et surtout avec qui.

— Mon mouchard nous l'apprendra le moment voulu.

— Je croyais qu'il fallait être à proximité pour le faire fonctionner.

— Justement, je dors dans le même hôtel que lui et nous avons piraté le Wi-Fi. Moi, je ne me suis pas fait repérer !

— Tu as quelqu'un dans ta vie ?

— Pourquoi ? s'étonna Mateo.

— Parce que les femmes se lassent vite des hommes qui veulent toujours avoir raison.

— Autant que les hommes se lassent vite des femmes qui les jugent pour un rien ?

Ekaterina sourit, Mateo ne manquait pas de répartie. Il se leva pour aller régler la note, en espèces, et l'invita à le suivre.

Ils marchèrent le long de la baie. Avant qu'ils se quittent, Mateo lui donna rendez-vous pour le lendemain. Même heure, même endroit. D'ici là, elle devrait avoir décrypté les informations prélevées dans le portable de Baron.

— *Les membres du Groupe se connaissaient tous entre eux ?*

— Non, nous échangions des informations sur les forums pour préparer nos hacks, opérions parfois à plusieurs, mais jamais tous ensemble, comme je vous l'ai déjà dit. Si la composition des équipes variait, aucun ne pouvait se vanter d'avoir travaillé avec la totalité du Groupe. Nous étions liés par une amitié particulière, très proches, curieux de chacun mais ignorant beaucoup de choses sur les autres.

— *Comme quoi ?*

— La double identité de Vitalik par exemple, ou encore que Cordelia et Diego étaient frère et sœur… et qu'un pacte les liait autant que le sang.

CENTRE NAUTIQUE DE LJAN

6.

Dix ans plus tôt, à Madrid

En juin 2010, Diego a vingt ans. Il est en deuxième année de sciences informatiques à l'université Carlos III à Madrid et se révèle un étudiant prodige. Cette journée qui commence va décider de sa vie. Il grimpe dans le bus et sourit à une fille de son âge dont il a croisé le regard. Diego a du charme, mais il ne le sait pas, ce qui lui en ajoute encore. La jeune femme n'a pas l'air dérangé qu'il vienne s'asseoir à côté d'elle. Il voit le livre posé sur ses genoux et lui murmure avoir adoré ce roman. Elle pense que ce n'est pas vrai, que c'est une phrase toute faite pour l'aborder, mais Diego lui confie s'être beaucoup attaché au personnage de Cordelia, peut-être bêtement parce que sa sœur s'appelle aussi Cordelia. Alors sa voisine comprend qu'il ne s'est pas vanté et sa sincérité la touche. Elle ne dit rien, prend un stylo dans sa besace en toile verte au sigle de l'US Army, griffonne un mot sur son marque-page et le lui tend alors que le bus ralentit.

Elle se lève, Diego se redresse pour la laisser passer, tout en jetant un coup d'œil au marque-page. Elle y a inscrit une adresse mail : Alb2010@uam.es. Rien qui le renseigne sur le prénom de cette inconnue. Tandis qu'elle descend du bus, il lui crie :

— Comment t'appelles-tu ?

Mais les portes se sont déjà refermées et, depuis la rue, elle lui fait comprendre d'un signe qu'il n'a qu'à lui écrire.

Le nom de domaine « @uam.es » est réservé aux étudiants de l'Université autonome de Madrid. Là-bas se trouve une filière en bio-informatique qu'il a failli rejoindre, une voie qui l'avait tenté, mais il a préféré étudier le codage. Peut-être a-t-elle choisi ce cursus. Il sait que sa conversation suscite rarement un grand enthousiasme chez les filles qui lui plaisent, alors si elle était en bio-informatique, ce serait une veine. La façon qu'elle a eue d'ouvrir son stylo avec ses dents, de mâchonner le capuchon pendant qu'elle écrivait... Elle respirait la joie de vivre, et sa silhouette était... Diego cherche le mot... angélique. Il veut lui dire au revoir de la main avant que le bus redémarre, mais la jeune femme s'éloigne déjà d'un pas pressé.

Lui non plus n'est pas en avance, la circulation est dense et son arrêt encore lointain.

Après ses cours, il filera au centre-ville prendre son poste dans le restaurant qui l'emploie. Être serveur est épuisant, mais dans un établissement de cette renommée, c'est aussi un honneur. Il a besoin de ce travail pour soulager ses parents du coût de ses études. Il regarde les passants sur le trottoir, se retourne, songeur, de temps à autre vers la vitre arrière. Ça lui a fait quelque chose d'évoquer le prénom de Cordelia. Sa sœur lui manque terriblement. Depuis qu'elle a obtenu une bourse au MIT à Boston, elle n'est pas revenue en Espagne, faute de moyens. Deux ans déjà. Cordelia et Diego ont toujours été inséparables, du moins jusqu'à ce que leurs études les éloignent l'un de l'autre. Chaque dimanche, ils s'écrivent de longues lettres manuscrites, qu'ils scannent et s'envoient par mail. C'est un peu vieux jeu comme procédé, mais Cordelia trouve ça beaucoup plus vrai. Elle affirme que sur une lettre manuscrite, les premières intentions sont toujours visibles, même si on les a raturées. Diego a beau lui expliquer que rien ne l'empêche de recopier un brouillon, Cordelia est convaincue qu'il est bien trop paresseux pour cela. Et comme elle a raison – elle a souvent raison –, c'est devenu un véritable jeu entre eux. Deviner ce que cachent les ratures, décrypter les non-dits.

Diego passe son temps à courir, d'un amphi à l'autre, d'un bus à l'autre, mais le seul endroit où il aime se presser, c'est entre la salle de restaurant et les cuisines. Reprendre son souffle devant le chef et sa brigade, observer la préparation des plats, la façon dont on dresse les assiettes et se hâter d'aller les servir aux clients. Il aime épier leur plaisir quand ils goûtent. Diego a un sens très poussé de l'honneur, et il est fier d'appartenir à une équipe si talentueuse.

Depuis six mois, il est aussi très fier d'avoir réussi à hacker le serveur d'un studio californien. Il est cinéphile ; enfant, il rêvait de devenir réalisateur, mais il y a renoncé, c'est un métier trop incertain. Alors, accéder par un corridor secret à des films qui ne seront jamais projetés en Espagne le ravit.

Il s'amuse que ses lignes de code restent indétectées ; chaque semaine, il les déplace dans le programme qui gère les titres de la major américaine. Il se garde bien de partager ses prouesses, ce serait courir le risque de se faire prendre.

Installé derrière son pupitre, il regarde sa montre. Il est 14 heures à Boston, Cordelia doit être en cours. Il ouvre une fenêtre sur son écran pour lui envoyer un message, un simple :

— Bonjour, qu'est-ce que tu fais ? et guette sa réponse qui ne tarde pas à venir.

— Comme toi, j'étudie, enfin pas comme toi puisque tu m'écris.

Il lui raconte aussitôt sa rencontre dans le bus, sans omettre un détail. L'écran clignote et il voit apparaître :

— Et toi qu'est-ce que tu fais, imbécile ?

— Je n'ai aucune chance, c'est ça ? répond-il.

— Non, et ce n'est pas ce que j'ai dit.

— Alors pourquoi me traites-tu d'imbécile ?

— Parce que tu devrais être en train de lui écrire, plutôt qu'à moi. Elle t'a donné son adresse mail, non ?

— Qui te dit que j'ai envie de le faire ?

— Alors tu es vraiment un imbécile, Chiquito. « Elle était si légère que j'ai cru qu'elle allait s'envoler quand elle s'est éloignée dans sa robe blanche avec des motifs bleus et des épis de lavande… » ce sont tes mots ; aucun garçon ne remarque ce genre de détails, surtout pas mon crétin de frère.

— Tu as encore raison, mais inutile de me traiter de crétin.

— Si, c'est très utile, parce que j'adore ça.

Diego demande à Cordelia de ses nouvelles. Elle est crevée. Depuis qu'elle a interdit à leur père de lui envoyer de l'argent, elle enchaîne après ses cours des petits boulots bien plus éprouvants que de servir dans un restaurant étoilé. En début d'après-midi, elle bosse pour une boîte de coursiers, deux heures à 7 dollars l'heure, avec les pourboires elle en empoche parfois jusqu'à 30. Puis dans un fast-food à 6 dollars l'heure, et enfin comme vendeuse dans un magasin de lingerie qui fait des nocturnes les jeudis, là c'est royal, elle est payée à la commission, minimum 30 dollars la soirée ; 300 dollars les bonnes semaines, de quoi se nourrir et se loger. Mais qu'il ne se trompe pas, tout ce temps où elle n'étudie pas ne l'empêchera pas de devenir meilleure programmatrice que lui.

Diego sait déjà tout cela.

— Bon, tu me lâches et tu écris à ta dulcinée, je suis en cours.

— Moi aussi. Tu me manques, répond Diego.

— Toi aussi, répond Cordelia, puis elle tape le détestable XOXO, pour l'embrasser.

Diego a les yeux rivés sur son écran. Le soleil madrilène se promène sur les pupitres. Un assistant de cours tire les grands rideaux orange qui pendent aux fenêtres. Les doigts sur le clavier, Diego tape :

— Comment t'appelles-tu ?

Il hésite et envoie son mail à Alb2010@uam.es. Il guette la réponse, un surveillant le sort de sa rêverie en annonçant qu'il reste une heure avant la fin de l'examen.

— Alba, et toi ?

Il répond et replonge dans sa copie. Le soir quand il rentre chez lui, il est déjà minuit. Diego passe un long moment sous la douche, fourbu. Il s'entoure la taille d'une serviette, enfile un tee-shirt et se pose sur le tabouret devant l'écran.

— Tu as poursuivi ta lecture ? À quel chapitre es-tu ? écrit-il à Alba.

Ces mots sont les prémices d'une histoire qui naîtra trois mois plus tard dans un vieux cinéma de Madrid où Diego a emmené Alba voir *Les Raisins de la colère*.

Ils se sont embrassés peu après que les lumières se sont rallumées. Mais avant, ils ont échangé un regard, ils avaient tous deux les yeux embués ; bien loin d'être gênés, ils en ont ri. Elle a pris les joues de Diego dans ses mains et a posé ses lèvres sur les siennes ; un baiser de cinéma dans une salle de cinéma, c'était forcément le début d'une histoire qui allait durer. Et elle dura.

Alba a un an de moins que lui, elle n'étudie pas la bio-informatique mais le droit. Et pourtant sa conversation la passionne. Plus encore quand Diego lui parle des cookies, ces mouchards qui s'implantent dans nos ordinateurs dès que l'on va sur le Net. Pour surveiller nos recherches, ce qu'on lit sur la Toile, ce qu'on achète, bref, pour tout savoir.

— Savoir quoi ? s'inquiète Alba.

— Tout ! Ton âge, ton sexe, tes centres d'intérêt, ton environnement social, tes croyances, ton mode de vie, ce qui te fait réagir, positivement ou négativement.

— Mais de quel droit, et pourquoi ? insiste-t-elle.

— Pour prédire ton comportement, pour te créer des envies, des besoins que tu n'as pas, pour te manipuler comme une vraie marionnette.

Alba éclate de rire, convaincue qu'il la fait marcher ; il adore ça, et elle adore lui faire plaisir en faisant semblant de croire à ses bobards, même les plus énormes, c'est devenu un jeu entre eux. Lorsqu'ils se retrouvent chez lui, tard le soir, ou quand ils passent la journée du dimanche ensemble, c'est à celui qui fera gober à l'autre le plus invraisemblable et chaque fois que Diego gagne la partie, il a droit à un baiser, pareil à celui qu'ils ont échangé dans la salle d'un vieux cinéma, il y a deux ans déjà. Leurs baisers ne vieillissent pas et ne vieilliront jamais. Cette fois, Alba ne se fera pas prendre, ça sent le coup fourré à plein nez, un nom de biscuit pour un truc aussi ignoble, impossible ! Mais la mine de Diego s'est assombrie. Pourtant, ils sont assis face au grand bassin dans le parc du Retiro, la journée est magnifique, ils s'aiment éperdument, sans douter un instant d'être faits l'un pour l'autre, et apprécient à chaque instant la chance qu'ils ont de s'être trouvés… et puis Diego ne sait pas si bien jouer la comédie.

Elle comprend qu'il a dit la vérité et, pour que la journée ne s'assombrisse pas davantage, elle lui explique que ce doit être pour cela que le destin les a réunis. Des législateurs comme elle mettront au pas les gens qui volent sans vergogne la vie privée des autres, des codeurs comme lui apporteront les preuves de leurs forfaits, et un jour ils les combattront ensemble.

Les combattre… voilà un mot qui laisse Diego songeur. Il confie à Alba la petite combine qui lui permet de voir tous les films qu'il veut. À nouveau, elle ne le croit pas, mais Diego a retrouvé le sourire et l'invite chez lui, le soir même. Elle n'a qu'à choisir le film qu'elle voudra. Alba relève le défi.

— Carlos Saura, *Cria Cuervos.*

— J'ai piraté un studio américain, pas la cinémathèque de Madrid, répond nonchalamment Diego.

Alba suspecte l'entourloupe, mais elle se veut belle joueuse.

— OK, *La Défense Lincoln*, avec Matthew McConaughey, ça vient de sortir, aucune chance que tu le trouves.

— Pourquoi, tu aimes ce genre d'homme ? On n'a pas le même physique, lui et moi, s'inquiète-t-il.

— Parce que j'aime les films d'avocats, répond-elle en se moquant de lui.

Et pendant que Matthew McConaughey et Marisa Tomei font l'amour, Diego lui raconte tout de ses talents de hackeur. Mais il jure de ne jamais s'en servir autrement que pour faire le bien.

— Parce que pirater des films, c'est faire le bien ? rétorque Alba.

— Non, mais ça ne fait de mal à personne, répond Diego.

— Tu vaux mieux que ça, lui dit-elle.

*

Juin 2013, les saisons passent, Diego et Alba continuent de s'aimer. Ils sont heureux, follement heureux jusqu'au jour où Alba, forte de ses brillants résultats, voit s'ouvrir à elle, en fin d'année, les portes d'un programme d'échange interuniversitaire.

Diego pense que Boston est une ville maudite qui lui vole tous ceux qu'il aime. D'abord sa sœur et maintenant Alba. Mais comme il l'aime, il l'encourage à saisir cette chance. Ils s'écriront le temps qu'elle sera là-bas. Il en a l'habitude. Pas de messages ou textos pour ne rien se dire, la distance ne les éloignera pas, ils se raconteront leur semaine dans de vraies lettres, manuscrites, qu'ils scanneront et s'échangeront par mail chaque dimanche.

*

Presque deux années se sont écoulées depuis son départ et pas un dimanche ils n'ont manqué à leurs échanges épistolaires. Cordelia a voulu rencontrer la petite amie de son frère. Elle tenait à se faire sa propre opinion. Alba et Cordelia ont sympathisé, mais leurs emplois du temps ne leur ont pas donné souvent l'occasion de se voir. Si elles avaient vécu sur le même campus, les choses auraient été différentes. Elles ont partagé un repas de Thanksgiving dans la chambre de Cordelia et un dîner de Noël dans celle d'Alba. Quand les étudiants américains rentrent dans leurs familles, ils abandonnent derrière eux leurs camarades étrangers.

C'est un dimanche de juin, en 2015. Diego est devant son écran, il poste sa lettre à Alba et attend la sienne par retour de mail. Il est 14 heures à Boston, 20 heures à Madrid. Il se prépare une tasse de café, la dizième depuis ce matin. Il dort très peu. C'est sa dernière année de fac et chaque soir, quand il rentre du restaurant, il étudie encore de longues heures. Diego se rend dans la salle de bains, laisse la porte ouverte, un œil sur le miroir pendant qu'il se rase, un autre sur l'écran de l'ordinateur posé sur la table dans la pièce à côté. La lame glisse sur sa joue droite, remonte le long de son cou quand soudain, il a un mauvais pressentiment. Tant pis pour la tradition, Alba est toujours ponctuelle. Il l'appelle, la sonnerie s'éternise. Diego fait les cent pas dans son studio, il la rappelle, toujours rien. Il ne doute pas une seconde de la fidélité d'Alba, la distance n'a en rien diminué la force de leur amour. C'est autre chose qui l'inquiète. Au tout début de leur histoire, la première fois qu'Alba est restée dormir chez lui, curieux de savoir pourquoi elle s'éternisait dans sa salle de bains, il a poussé la porte et l'a surprise une seringue à la main. Leurs regards se sont croisés. Diego avait remarqué les minuscules point rouges qui apparaissaient et disparaissaient sur la peau d'Alba, tantôt sur son ventre, tantôt sur ses cuisses, parfois sur ses bras, mais il ne s'était pas questionné davantage. Les traits livides, elle s'était contentée de sourire avant de lui demander : « Tu veux que je t'apprenne à me piquer ? »

Alba est diabétique de type 1. Elle a installé dans leur vie une hygiène alimentaire remarquable. Diego sait qu'elle contrôle scrupuleusement sa glycémie, mais il lui est peut-être arrivé quelque chose. Comme ce jour où… Ils étaient en pleine conversation, assis devant le grand bassin dans le parc du Retiro, Alba s'était mise à pâlir, des perles de sueur affleurant sur son front. En voulant saisir son sac qui traînait à ses pieds, elle s'était effondrée, il avait tenté de la retenir, mais elle lui avait glissé entre les mains et s'était affalée, telle une poupée désarticulée.

Alors il renouvelle son appel, toujours sans réponse, puis il téléphone à sa sœur, la supplie de se précipiter chez Alba. Par chance, Cordelia est en route pour livrer un colis. À la voix de son frère, elle comprend que même si Alba s'est simplement endormie devant son écran, « ça nous arrive à tous », dit-elle pour le rassurer, elle doit prendre sa demande au sérieux. Jamais elle ne l'a senti aussi alarmé, si fragile. Elle pile, fait pivoter son vélo autour de la roue avant, change de braquet et se met à pédaler à toute vitesse.

Rockingham, à gauche dans Granite, elle coupe à travers le terrain de baseball, emprunte Brookline à contresens pour rejoindre plus vite le rond-point, elle slalome entre les voitures sur la rampe qui grimpe vers le pont, traverse la rivière Charles, virage sec sur Mountfort, un taxi la klaxonne, elle lui répond d'un doigt d'honneur, poursuit sa course folle, slalome à nouveau sur Beacon, se penche en bifurquant dans St Mary's Street. Elle pense que son frère est fou, non, plutôt qu'il va finir par la rendre dingue, à condition qu'elle ne se tue pas avant à vélo. Heureusement, Cordelia est une coursière aguerrie. Monmouth Street, elle appuie sur les freins, contrôle sa glissade, pile net devant un réverbère, enchaîne sa roue et se précipite dans le petit immeuble. Elle grimpe les étages, sonne, tambourine sur la porte 2C. Elle a toujours Diego dans son oreillette, cet appel va lui coûter une fortune.

— Tu es certain qu'elle est là ?

— Entre ! hurle-t-il.

Mais comment ?

Elle frappe avec insistance, appelle à l'aide, un voisin sort sur le palier, il est grand et costaud, Cordelia lui ordonne d'enfoncer la porte, l'homme recule, se jette de toutes ses forces avant de gémir en se frottant l'épaule.

— *Bueno, hasta aqui hemos llegado*, soupire Cordelia. Elle fait signe au voisin de se pousser, prend son élan avant de décocher un magistral coup de pied sur la serrure. Le chambranle se disloque. Cordelia entre dans le studio et souffle à son frère qu'elle va le rappeler.

Alba est par terre, en position fœtale, les bras repliés sous le ventre. Cordelia la retourne délicatement et la découvre si pâle qu'elle a du mal à contenir ses larmes ; mais la poitrine d'Alba se soulève, faiblement. Cordelia la serre dans ses bras, l'appelle, la secoue pour la réveiller. Le voisin est resté tétanisé sur le pas de la porte, Cordelia lui crie d'appeler les secours, d'abord en espagnol puis en anglais.

Elle berce Alba. Le son d'une sirène résonne au loin. Elle la supplie d'ouvrir les yeux, lui caresse le visage, s'effraie de la froideur de son front. La sirène se tait, elle entend les urgentistes grimper l'escalier. Ils entrent et la repoussent sans ménagement. Cordelia leur dit qu'Alba est diabétique. Ce ne sont pas des médecins, seulement des auxiliaires. L'un d'eux repère la trousse sur la table, prie Cordelia de la lui remettre, l'ouvre, s'empare du testeur, pique le doigt d'Alba. Ses traits se figent en lisant la mesure. Maintenant, le temps est compté.

Alba sort de chez elle sanglée sur un brancard. Cordelia l'accompagne dans l'ambulance. Le corps brinquebale sur la civière, deux grosses ceintures orange empêchent Alba de verser sur le côté. Le hurlement de la sirène pétrifie Cordelia. Elle s'accroche du mieux qu'elle le peut, son cœur bat trop fort, elle cherche le regard de l'ambulancier, il a les yeux rivés sur le moniteur bardé de fils reliés à la poitrine d'Alba.

Ils entrent dans le sas des urgences ; Alba est conduite au pas de course dans un long couloir, deux portes s'ouvrent.

Une infirmière explique à Cordelia qu'elle n'ira pas plus loin, on viendra la chercher.

Alors elle attend, erre d'une banquette à l'autre dans cette salle aux murs bleu-gris. Elle trouve enfin la force de prendre son portable, Diego l'a appelée cent fois. Elle tâche de le rassurer, ça va aller, elle en est sûre, non les médecins ne sont pas encore venus la voir. Elle ira s'informer, c'est promis. Elle restera là le temps qu'il faut, jusqu'à ce qu'elle puisse lui passer Alba, elle attendra la nuit entière si nécessaire, elle le lui promet aussi. Sa grande sœur a toujours tenu ses promesses. Tout ira bien, ajoute-t-elle avant de raccrocher.

*

Diego ne regarde plus de films, il a fermé la porte dérobée sur les studios de cinéma. Il a eu trente ans cette année et tient avec deux copains un bistrot réputé dans le vieux centre de Madrid. C'est un homme intelligent qui s'est fait tout seul ou presque. Les livres sont devenus ses plus fidèles compagnons, les héros des romans l'ont ramené vers le monde des vivants. Affable, il sait se fondre dans n'importe quel environnement et pourtant, c'est aujourd'hui un solitaire, éperdu de liberté. Son père était linotypiste et sa mère sage-femme. Le couple s'est séparé peu après sa naissance. À l'école, Diego se vantait d'avoir deux chambres, et deux fois plus de jouets que ses copains. Son père s'amusait que ses deux enfants aient choisi d'étudier l'informatique, la discipline qui a fait disparaître son métier.

Chaque dimanche, Diego se rend au cimetière, il s'assied sur la tombe d'Alba et lui lit le récit de sa semaine qu'il a écrit dans une lettre.

À la fin de ses études, Cordelia n'est pas rentrée à Madrid. Elle a quitté Boston pour s'installer à Londres. Avec Diego, ils continuent de s'écrire chaque jour, des messages cryptés. Elle est résolue à tenir la promesse faite à son frère. La mort d'Alba a changé leurs vies, depuis cinq ans déjà…

*

En juin 2015, Cordelia sacrifia ses économies pour prendre l'avion en compagnie du père et de la mère d'Alba qui avaient fait le voyage pour la rapatrier. Diego l'attendait à l'aéroport. Ils se rendirent tous ensemble au funérarium.

Le jour de l'enterrement, elle attendit le moment où elle pourrait tout raconter à son frère. Ce dimanche soir qu'elle n'oublierait jamais, lorsque, la mine défaite, le médecin l'avait rejointe dans la salle d'attente. Il lui avait demandé si elle était un membre de la famille, elle avait menti en prétendant être la belle-sœur d'Alba. « Ce n'était qu'un demi-mensonge, murmura-t-elle à Diego, je le serais devenue… » Elle se tut. Il prit sa main et la serra très fort, trop fort, mais elle ne broncha pas. Le cortège passait devant la tombe, les gens se recueillaient, jetaient une rose avant d'aller saluer les parents d'Alba. Diego se tenait à l'écart, sa sœur à côté de lui. « Alba n'avait pas oublié sa piqûre », lui révéla Cordelia. Le médecin lui avait expliqué que des cas de ce genre, il en voyait de plus en plus souvent. Et comme elle ne comprenait pas, le toubib avait sorti de la poche de sa blouse un flacon d'insuline qu'il avait exposé à la lumière de la fenêtre. « Elle est coupée, avait-il confié. Parfois à moitié, parfois jusqu'au quart. » Cordelia ne comprenait toujours pas. « Les malades qui n'ont pas d'argent en viennent à la diluer », avait ajouté le médecin à voix basse. « Les labos ont multiplié le prix de la dose par trois, rien que cette année, et les assurances en profitent pour ne pas rembourser en faisant traîner les dossiers. Il faut avoir les moyens de suivre son traitement, et les étudiants… encore plus les étrangers… bref, c'est un drame sordide », avait-il dit en soupirant. Il avait tapoté l'épaule de Cordelia pour la réconforter et s'était éclipsé.

Des pelletées de terre fraîche recouvrirent le cercueil d'Alba, Cordelia hésitait encore, mais quand elle eut fini de tout raconter à son frère, elle le vit serrer les dents avec une expression qu'elle ne lui connaissait pas.

Sur le chemin vers la sortie du cimetière, il passa son bras autour de ses épaules et elle ressentit quelque chose d'étrange, comme si Diego était soudain devenu son grand frère, comme si son petit frère était resté à jamais assis sur la tombe d'Alba, « 1991-2015 ».

Il lui demanda calmement qui étaient ces « ils » qui avaient augmenté le prix de l'insuline.

Diego est un homme d'honneur.

BOSTON

PARC DU RETIRO, MADRID

7.

Juin 2020, à Londres et à Madrid

Séparés par des milliers de kilomètres, chacun devant son écran, Cordelia et Diego unissaient leurs talents pour pénétrer les serveurs d'une société pharmaceutique située en Angleterre. Un hack de cette envergure couronnait de longs mois d'enquête et devait se dérouler selon un plan précis.

Dans ce genre de bataille, les coups sont portés par des lignes de code dont l'efficacité repose sur la façon dont elles sont implantées. Il existe quantité de méthodes pour qu'un hackeur arrive à ses fins, mais toutes se résument finalement à deux modes opératoires : agir en force sur plusieurs fronts pour semer la panique dans les défenses de l'adversaire, ou progresser sans éveiller de soupçons, autrement dit, atteindre la salle des coffres sans déclencher la moindre alarme. Cordelia et Diego avaient choisi cette approche et ils savaient comment mettre toutes les chances de leur côté.

Il y a toujours au sein d'une grande entreprise un employé zélé prêt à répondre à toute heure à un mail urgent adressé par son supérieur, un mail contenant un document qu'il doit étudier sans délai. La technique est d'une simplicité désarmante, la pièce jointe au mail recèle un minuscule programme qui se diffuse dans le système informatique comme un virus dans un organisme vivant. Tant que les défenses ne le détectent pas, le système immunitaire ne se réveille pas. Le virus poursuit sa course, choisissant les organes où il se propagera. Quand il est prêt à passer à l'attaque, celle-ci est foudroyante. Le malin génie de la grippe est un modèle du genre.

Un mois plus tôt, Cordelia avait réussi à se procurer l'organigramme d'une succursale anglaise du groupe Talovi. Pour cela, elle s'était rendue un matin à Gilford, une petite ville située à une trentaine de miles du centre de Londres.

Elle avait garé sa voiture dans un parking public, pris dans le coffre un casque de cycliste et son blouson de coursier, souvenirs de sa vie à Boston, elle avait ajouté à sa tenue des lunettes de soleil, pour empêcher toute identification par les caméras de surveillance. Puis elle s'était présentée à l'accueil d'un complexe de bureaux modernes. Elle avait annoncé à la réceptionniste que le destinataire du pli qu'elle portait devait signer lui-même le récépissé. Mais sur le registre de la réceptionniste, personne ne répondait au nom qu'elle avait communiqué. Mastiquant un chewing-gum, Cordelia avait poussé un long soupir, de ceux qui font comprendre à votre interlocuteur qu'il vous fait perdre votre temps.

— Vous pourriez vérifier dans votre bazar, avait-elle insisté en désignant l'écran qui apparaissait derrière le comptoir.

Ce que l'hôtesse s'empressa de faire, moins pour rendre service à Cordelia que pour se soustraire à la vision déplaisante de sa mastication. Dès qu'elle eut pianoté sur le clavier le code d'accès de son terminal, Cordelia activa discrètement son téléphone portable dans la poche de son blouson. Pour le succès de l'opération, la distance entre les deux appareils ne devait pas dépasser un mètre. Cordelia aurait voulu poser son smartphone sur l'ordinateur de l'hôtesse qu'elle ne s'y serait pas mieux prise. Les services informatiques considèrent toujours que les attaques surgiront de l'extérieur, protéger le terminal dans le hall n'est donc pas une priorité. Le temps que la préposée s'évertue à trouver le destinataire du pli, Cordelia avait aspiré le répertoire entier de la filiale anglaise de Talovi.

— Désolée, je ne trouve personne de ce nom, avait à son tour soupiré l'hôtesse.

— Tant pis pour eux, s'était exclamée Cordelia, ils paieront deux fois la course !

Et elle était repartie avec son enveloppe en kraft renfermant un catalogue de vente de matériel médical par correspondance – on n'est jamais trop prudent.

La deuxième phase du plan nécessita plus de temps. Cordelia et Diego se répartirent la liste des salariés de la filiale anglaise des laboratoires Talovi et menèrent de pair leurs recherches, épluchant méthodiquement la Toile pour dénicher un candidat idoine : un cadre supérieur, prolixe sur les réseaux sociaux. L'un de ceux ou celles qui, à grand renfort de photographies et commentaires, adorent montrer que leur vie est plus belle que la vôtre ou leur façon de penser plus pertinente. Diego trouva le profil idéal et il ne fallut que deux nuits de travail à Cordelia pour mettre la main sur le nom de son supérieur hiérarchique.

La phase trois consista à craquer le mot de passe de l'adresse mail que leur proie avait rendue publique sur son profil LinkedIn. Cordelia s'y attela sans grande difficulté.

Edward Beauchamps, responsable de la créa au service marketing, offrait sa vie en pâture. Photos de ses enfants et de son épouse, prises à leurs dates anniversaires, prénoms tagués, photos des repas du dimanche géolocalisées dans leur résidence secondaire, sans oublier l'Aston Martin, garée devant sa maison, avec numéro de la rue et plaque d'immatriculation apparents.

La quatrième et dernière étape consista à placer le courriel piégé. Pour contrefaire la pièce jointe, Diego avait simplement reproduit un rapport d'activité publié deux mois plus tôt par le laboratoire.

Une heure plus tard, Cordelia adressait un deuxième mail à Beauchamps, le priant de ne pas tenir compte du premier qui avait été émis par erreur.

Le mal était fait, Beauchamps avait ouvert le rapport et le virus se propageait.

Depuis lors, Cordelia et Diego pouvaient lire tous les courriers échangés sur les serveurs de Talovi et le responsable des services informatiques n'y voyait que du feu.

Frère et sœur ne s'intéressaient qu'à une seule activité du laboratoire : la commercialisation des médicaments de la classe thérapeutique insuline, indispensables à la survie des patients diabétiques et dont les prix avaient augmenté de mille pour cent au cours des quinze dernières années. Une augmentation que rien ne pouvait justifier. Comble du cynisme, la découverte de l'insuline remontait à presque cent ans, et ses auteurs en avaient cédé les droits pour un dollar symbolique afin que tous les malades bénéficient du traitement. Pourtant, le flacon se vendait 300 dollars aux États-Unis. Un patient diabétique en utilisait en moyenne trois par mois, quatre pour certains. Et s'il n'existait pas d'alternative générique meilleur marché, c'était parce que les laboratoires modifiaient régulièrement leurs formules pour renouveler leurs brevets et empêcher que leur produit, dont dépendait la survie de dizaines de milliers d'hommes, femmes et enfants, ne tombe dans le domaine public.

Cordelia avait découvert tout cela au cours des mois suivant l'enterrement d'Alba. De retour à Boston, chaque fois qu'elle roulait à vélo, elle revivait la course folle de ce dimanche après-midi qui ne cessait de la hanter. Elle s'était investie dans une enquête qui allait occuper l'essentiel de son temps libre durant les trois années à venir. Chaque week-end, elle se rendait dans les hôpitaux de Boston et de sa banlieue pour y recueillir les témoignages d'infirmières, d'urgentistes ou de patients. Chaque soir de la semaine, elle passait des heures devant son écran, à la recherche de dossiers médicaux, d'articles ou de rapports statistiques sur la mortalité liée au diabète.

De mois en mois, elle découvrait l'ampleur du scandale et ses dégâts en vies humaines. Le médecin qui avait fermé les yeux d'Alba n'avait en rien exagéré, les États-Unis comptaient des centaines de cas identiques, et d'année en année le nombre de décès ne cessait d'augmenter. Toujours pour la même raison, des patients jeunes et moins jeunes se trouvaient dans l'incapacité d'acheter leur traitement, y compris ceux qui avaient une assurance médicale, tant les laboratoires faisaient grimper les prix.

Cordelia orienta alors son enquête sur la façon dont l'insuline était commercialisée et trouva au sein du personnel d'une société de distribution de produits pharmaceutiques un commercial en mal de compagnie qu'elle réussit à faire parler après l'avoir enivré un soir au comptoir d'un bar.

À la sixième tequila, elle apprit que quatre sociétés se partageaient ce juteux marché mondial. L'insuline rapportait à elle seule 15 millions de dollars par jour aux laboratoires Talovi, soit 5,5 milliards de dollars en gains chaque année.

Douze mois durant lesquels elle pédalait sans compter pour gagner à peine de quoi poursuivre ses études et survivre à Boston.

Le commercial, ne reculant plus devant aucune confidence, admit que les labos s'arrangeaient entre eux sur les prix, sous le regard complice des compagnies d'assurances, des distributeurs et courtiers en pharmacie. Tout le monde tirait profit du système. Il était bien placé pour le savoir, avait-il avoué pour soulager sa conscience. Au lendemain de cette soirée, qui coûta à Cordelia une migraine inoubliable, son enquête prit un nouveau tournant. Pour prouver que le système était corrompu, dénoncer les ententes illicites et faire traduire en justice ceux qui en tiraient les ficelles, il lui fallait encore obtenir des preuves irréfutables. Ce qui était loin d'être acquis.

Si Cordelia n'était pas rentrée à Madrid, ses études achevées, c'est qu'elle avait obtenu un poste d'analyste de données dans une société informatique londonienne. Deux ans plus tard, elle était promue ingénieure réseaux, obtenant alors les moyens techniques dont elle avait besoin pour parvenir à ses fins, et que justice soit faite. Depuis, elle menait une vie en apparence normale, bien qu'il lui fût toujours très difficile de définir la normalité, dans un pays où six familles se partageaient autant de richesses que le reste de la population.

Chaque fois que le découragement la gagnait, elle ouvrait un cahier dans lequel elle avait collé une photographie découpée dans un magazine people italien. On y voyait le président de Talovi, en tenue d'été, portable à l'oreille, regardant, l'air attendri depuis le pont supérieur de son yacht, sa femme et ses enfants qui pilotaient des Jet-Ski dans la rade de Portofino. En vis-à-vis, elle avait collé une photo de Diego et Alba, un selfie pris sur un banc dans le parc du Retiro.

*

Deux années de recherches, de filatures et de préparation n'avaient pas encore permis à Diego et Cordelia d'atteindre le but tant escompté, venger Alba en faisant payer ceux qui étaient responsables de sa mort. Ils espéraient que l'attaque informatique de la filiale du géant pharmaceutique allait enfin changer la donne.

La semaine qui suivit leur intrusion dans les serveurs, ils isolèrent parmi des milliers de mails ceux qui contenaient les mots-clés qui les intéressaient. Après un mois de travail assidu, n'ayant rien trouvé qui leur permette d'incriminer quiconque, Diego finit par soupçonner que les tractations illicites se menaient en marge des réseaux informatiques. Autant dire une impasse pour des hackeurs et l'anéantissement de tous leurs efforts… si la chance ne les avait pas aiguillés.

Au vu des risques encourus, les activités criminelles des laboratoires ne pouvaient être évoquées qu'aux plus hauts sommets des hiérarchies. Frère et sœur se concentrèrent alors sur trois ordinateurs, ceux du directeur général, du directeur financier et du directeur commercial.

Un petit miracle se produisit quand le directeur financier, ayant oublié chez lui le chargeur de son smartphone, commit l'imprudence de le brancher à son ordinateur portable. Lorsque la connexion apparut sur son écran, Cordelia ressentit l'émotion d'un cambrioleur qui, après deux mois passés à creuser un tunnel, donne un dernier un coup de pioche et voit s'écrouler le mur de la salle des coffres. Sa satisfaction fut telle qu'elle ne s'interrogea même pas sur l'ouverture providentielle de cette fenêtre sur son écran. Et ce qu'elle découvrit la combla au-delà de toute espérance : un agenda personnel, ayant plus de valeur à ses yeux qu'une rivière de diamants.

Diego et elle avaient consacré tant de temps à épier cet homme qu'il leur semblait mieux le connaître qu'un proche.

Ils avaient épluché ses courriers, ses rendez-vous, n'avaient rien manqué de ce que postait son épouse sur Instagram et FriendsNet, savaient quand elle s'offrait une soirée entre copines alors que son mari travaillait tard, quand la famille partait en week-end dans leur maison de campagne du Kent, sans compter la mine de renseignements obtenus grâce à la domotique dont leur résidence principale était équipée. Visiophone à la porte d'entrée, caméras dans les parties communes, chez les Sheldon même les ampoules étaient connectées. Diego pouvait les suivre de pièce en pièce. Il était si facile de hacker ces systèmes que Cordelia en venait à se demander si les gens ne feraient pas mieux de carrément laisser la clé de leur domicile dans la serrure pour faciliter la tâche aux cambrioleurs. Outre un nombre important de détails sur la vie privée de Sheldon, la géolocalisation de son smartphone et l'usage de sa carte de crédit les informaient en temps réel sur ses déplacements. La palme du renseignement revenait sans conteste aux bornes Alexa. Celle qui trônait sur une étagère de la cuisine mit Cordelia sur la piste. À la table du petit déjeuner, Mme Sheldon avait demandé à son mari s'il l'accompagnerait à la réunion des parents d'élèves, le jeudi suivant à midi. Sheldon s'était excusé, il avait un rendez-vous important ce jour-là, avec un visiteur venant de l'étranger, impossible de le déplacer. Piquée par la curiosité, Cordelia afficha l'agenda de l'ordinateur de Sheldon sur son écran, rien n'était inscrit au surlendemain à midi. Elle étudia l'agenda de son smartphone et y trouva le mot « Paddington », noté au jour et à l'heure dits ; cette anomalie l'intrigua. Elle remonta dans le temps, et constata que le même mot, « Paddington », apparaissait le premier jeudi de chaque trimestre, toujours dans le téléphone de Sheldon, jamais sur son ordinateur de bureau. Elle étendit ses recherches aux trois dernières années et constata que l'anomalie était systématique.

Cordelia se connecta à sa messagerie sécurisée pour partager ses conclusions avec Diego. Les bandits en col blanc étaient assez prudents pour n'échanger aucun message par téléphone et encore moins par courriel. Son père, ironisant un jour sur la vacuité du monde virtuel où elle passait bien trop de temps à son goût, lui avait rappelé de ne jamais négliger le pouvoir d'une connexion humaine. Une leçon qu'elle n'avait pas oubliée. Conclusion : les dirigeants des laboratoires s'accordaient sur les prix de l'insuline en se rencontrant.

— Si c'est le cas, on est foutus, déplora Diego.

— Non, pas si on les prend en flagrant délit ! répondit Cordelia et j'ai peut-être une idée ; assez culottée, mais elle vaut la peine d'y réfléchir.

À peine eut-elle envoyé ce message à Diego qu'une autre fenêtre s'ouvrit sur son écran.

À quel genre d'opération culottée penses-tu ?

Cordelia fut piquée au vif. Un autre membre du Groupe 9 s'était joint à la conversation, mais lequel ? Ekaterina se serait annoncée ; Maya aurait commencé par dire bonjour. Vitalik, qui avait appris les langues étrangères dans des lexiques pour touristes, coutumier des mots écorchés et des fautes de syntaxe, aurait écrit « Quelle manigance as-tu dans ton esprit ? » ; Janice, dans son style fleuri, aurait tapé « À quoi vous jouez ? », ou plutôt « Dans quel merdier allez-vous encore vous fourrer ? ». Une question aussi condescendante ne pouvait venir que de Mateo.

— Cela fait longtemps que tu es là ? demanda-t-elle.

— Je viens tout juste de me connecter, je cherchais à te joindre.

— Tu es chez toi ?

— En déplacement, répondit-il.

— Reste en ligne, je t'e-maile quelque chose.

Dans un courriel crypté, Cordelia lui envoya les éléments les plus compromettants du dossier. Le temps de parcourir quelques pages, Mateo avait deviné ce qu'elle avait en tête.

— Je vous déconseille fortement d'aller sur le terrain sans y être parfaitement préparés. Vous risquez de secouer la fourmilière et de ruiner tout ce que vous avez accompli jusque-là. Si les responsables qui sont compromis suspectent quoi que ce soit, ils chercheront l'origine de la fuite et passeront leurs systèmes informatiques au peigne fin. Tes actions m'ont toujours inspiré le plus grand respect, comme celles de Diego d'ailleurs, mais agir derrière un écran et aller au contact sont deux choses différentes. Ne sous-estimez pas la puissance des multinationales, surtout quand il s'agit de protéger leurs dirigeants. Ils mettront tout en œuvre pour identifier ceux qui veulent s'attaquer à eux, et ils ne lésineront pas sur les moyens.

Cordelia ne répondit pas tout de suite. Sauf quand ils opéraient ensemble, Mateo ne s'était jamais permis de s'immiscer dans ses plans. Elle s'étonna encore plus qu'il lui suggère de renoncer. Elle attendait que Diego vienne à la rescousse, mais il ne se manifesta pas.

— Assez tergiversé, que d'autres membres de la bande se joignent à nous ! s'emporta-t-elle. En nombre, nous réussirons. Le rendez-vous aura lieu dans la gare de Paddington.

— Paddington, c'est immense, reprit calmement Mateo, et tu espères obtenir quoi ? L'enjeu de ta mission est bien trop vague pour risquer de réunir…

Cordelia ne lui laissa pas le temps d'achever sa phrase.

— Dénoncer des hommes dont la cupidité a entraîné la mort de milliers de personnes te paraît un enjeu trop vague ? Alors nous n'avons pas la même vision du Groupe, s'insurgea-t-elle. Qu'est-ce que tu proposes ? Que chacun mène ses petits projets dans son coin, pour ne surtout pas risquer de se faire repérer ?

— Ce n'est ni ce que j'ai dit ni ce que je pense, protesta Mateo.

Mateo et Cordelia avaient tous les deux raison. Agir en nombre augmentait le risque d'exposer le Groupe, mais prévenir la mort d'autres Alba était une parfaite illustration de sa raison d'être. Mateo connaissait Diego et Cordelia depuis suffisamment longtemps pour savoir que rien ne les ferait renoncer. Il leur suggéra d'aller faire un tour sur le Darknet, la face cachée de l'Internet où, entre autres, les hackeurs de tous genres et tous pays échangent des services contre paiements en cryptomonnaie. Ils y trouveraient peut-être quelqu'un ayant déjà piraté les caméras de la gare de Paddington. Restait à négocier le prix pour lequel il leur en céderait l'accès. Dans ce genre de transaction on ne vous posait aucune question mais le danger à utiliser des lignes de code écrites par un tiers était qu'il en profite pour vous pirater à son tour. Accéder au réseau de surveillance de Paddington Station en moins de vingt-quatre heures demandait d'accepter certains compromis.

— Cordelia n'a pas tort, intervint Diego. Si d'autres membres de l'équipe se joignent à nous, nous augmenterons nos chances de repérer la cible. Ça vaut le coup, ajouta-t-il.

— Admettons que cela fonctionne ; et ensuite ? demanda Mateo.

— À plusieurs, nous aurons assez d'yeux pour couvrir toute la gare, répondit-elle.

— À condition de pouvoir contrôler les caméras, insista Mateo.

— Je me rendrai à Paddington, vous me guiderez par téléphone et je suivrai Sheldon jusqu'à le prendre en flagrant délit.

— En flagrant délit de quoi ? Un échange de bouts de papier ? Un peu mince pour faire éclater ton scandale.

— Faux ! Si je réussis à prendre une photo de deux dirigeants de laboratoires pharmaceutiques en train de discuter incognito dans une gare alors qu'ils sont concurrents, nous aurons une preuve de leur complicité.

— Pourquoi ont-ils choisi Paddington, Londres ne manque pas d'endroits où se fondre dans la foule ? interrogea Diego.

Les écrans restèrent muets, Mateo et Cordelia réfléchissaient à la question.

— Où vont les trains qui partent de cette gare ? demanda-t-il ensuite.

— J'ai trouvé ! pianota-t-elle. La question n'est pas où ils vont, mais d'où ils viennent. Comme l'Heathrow Express qui relie l'aéroport à la gare en vingt minutes. Son contact doit arriver des États-Unis. Pour s'accorder sur les prix, rien de plus discret, il n'y a pas de caméra dans les voitures.

Durant l'heure qui suivit, les trois amis élaborèrent un plan d'action. Hasardeux selon Diego, dangereux aux yeux de Mateo, mais aucun d'eux n'aurait réussi à faire reculer Cordelia.

— Au fait, pourquoi cherchais-tu à me joindre ? demanda Cordelia à Mateo.

— Ekaterina aura besoin de nous dans les prochains jours, mais puisque tu vas faire appel à ses services, elle t'en parlera elle-même.

Sur ce dernier échange, tard dans la soirée, la communication cessa.

À Madrid, Diego quitta son bureau. Il descendit l'escalier en colimaçon qui menait au restaurant, traversa le clair-obscur des cuisines où les brûleurs vacillaient encore sur les pianos et entendit un brouhaha émanant de la salle. Il poussa les portes battantes : sa brigade était réunie autour du bar. Il passa derrière le comptoir, se servit un verre de mezcal et se joignit à la fête.

À Londres, Cordelia posa son ordinateur portable sur l'oreiller à côté d'elle et éteignit la lampe de chevet. L'orage grondait, la pluie fouettait les carreaux, un éclair illumina le ciel. Elle se blottit sous sa couette et tenta de faire le vide dans sa tête.

À Oslo, depuis la fenêtre de sa chambre d'hôtel, Mateo observait la rue en contrebas. Les lumières de la terrasse du Café du Théâtre s'éteignirent. Ekaterina était trop occupée pour qu'il la sollicite. Maya n'avait toujours pas donné de nouvelles, ce qui l'inquiétait de plus en plus. Il hésita, puis renonça à prévenir les autres membres du groupe.

— *Si ce n'était celle-là, alors quel genre d'opération aurait convaincu Mateo de réunir le Groupe ?*

— Mais ils œuvraient déjà ensemble ! Seulement, ils ne le savaient pas encore. Chacun visait dans ses hacks le même type de cibles : ceux qui abusaient outrageusement de leur pouvoir…

— « *Ils* » *?… Pour vous c'était différent ?*

— J'aurai dû répondre « nous ». Mais j'ai compris en premier vers où nos actions convergeaient, ce qu'il nous en coûterait d'aller au bout du véritable projet qui nous unissait : anéantir l'Hydre, un monstre à plusieurs têtes.

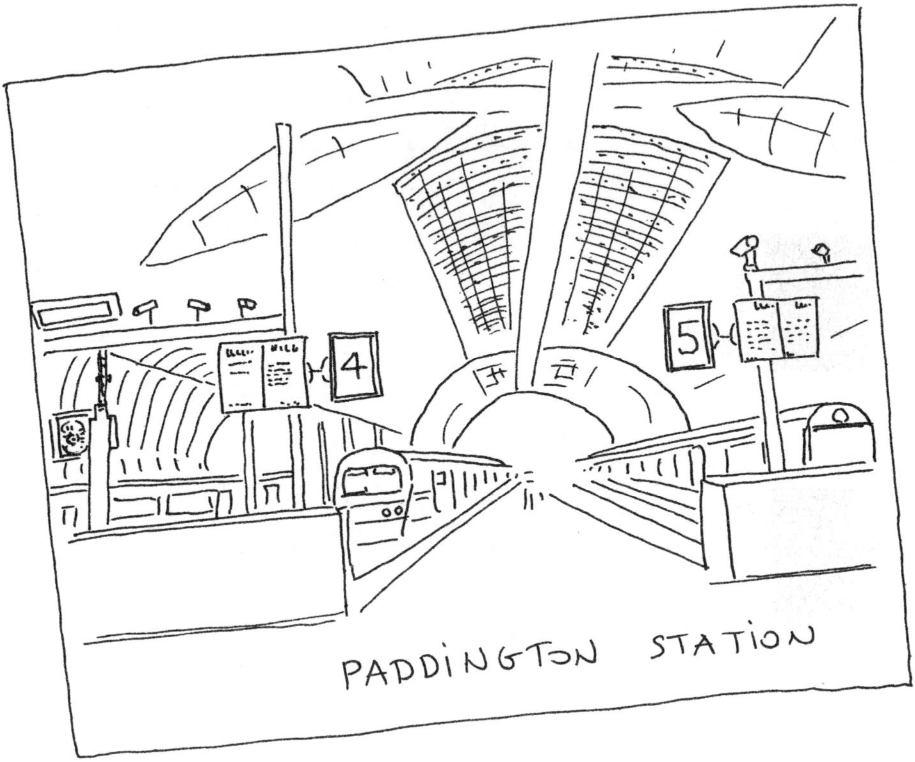
4
5
PADDINGTON STATION

8.

Le deuxième jour, à Oslo

Ekaterina avait consacré sa nuit à percer les secrets de la puce que Mateo lui avait confiée. Ce qu'elle découvrit au lever du jour l'éclaira sur les raisons qui avaient poussé l'homme de main de Baron à dégainer son arme en pleine rue : une conversation terrifiante. Il n'était que 4 heures du matin, mais elle envoya quand même un message à Mateo, pour avancer leur rendez-vous. Impossible, compte tenu des circonstances, d'attendre l'après-midi comme prévu.

Mateo, qui avait du mal à s'acclimater aux nuits d'été norvégiennes, ne dormait que d'un œil. Il lut le message et, tout aussi inquiet de sa teneur, changea le lieu de la rencontre, considérant que le centre-ville était pour quelques jours encore un terrain miné. Il suggéra Sandvika, le magasin Ikea leur offrirait une couverture parfaite, Ekaterina pourrait s'y rendre en bus. Mais elle n'avait pas le temps de s'adonner à un jeu de piste et le pria de la rejoindre à la fac, avant le début des cours.

Ils se retrouvèrent à 7 h 30 sur le parking de l'université.

Ekaterina le fit monter à bord de sa vieille Lada. Le compteur kilométrique était bloqué depuis longtemps, hormis ce défaut, l'habitacle qui sentait le propre et les skaïs luisants de cire témoignaient du soin que l'enseignante portait à son automobile.

Les traits chiffonnés après une nuit trop courte, Mateo accepta volontiers le gobelet de café qu'elle lui tendit.

— Qu'as-tu trouvé ? demanda-t-il.

Ekaterina sortit un dictaphone de sa poche et le posa sur la console entre leurs sièges.

— Je préfère que tu l'apprennes à la source, tu ne m'aurais pas crue. Tu distingueras la voix de Vickersen de celle de Baron grâce à leurs accents.

Elle appuya sur la touche « play ». Mateo entendit un grésillement et la conversation débuta.

« *Ravi de vous voir* », c'était la voix nasillarde de Baron.

« *Bienvenue chez nous* », celle, haut perchée, du politicien à la tête du parti nationaliste.

« *Vous êtes prêts ?* »

On entendait un bruit de vaisselle, une tasse que l'on repose sur sa soucoupe.

« *Nous sommes fin prêts, dès que nous serons passés à l'action, il vous suffira de…*

— *Êtes-vous certain de la fiabilité de vos hommes ?* interrompit Baron sur un ton insistant.

— *J'ai toute confiance en eux, nous ne les avons pas choisis par hasard. Ils sont aussi déterminés que nous à en finir avec la situation actuelle*, affirmait Vickersen.

— *Je me moque de leurs états d'âme, est-ce qu'ils ont ou non l'envergure de mener une telle opération à son terme ?* »

Ekaterina invita Mateo à se pencher vers le dictaphone pour qu'il ne perdre pas un mot de la suite.

« *Ils sont prêts à se sacrifier, est-ce que cela vous suffit comme garantie ?*

— *Si le plan est exécuté à la lettre, je ne vois pas de raison d'en arriver là ; tout au contraire, d'ici quarante-huit heures vos hommes seront traités en héros.* »

Baron avait ricané.

Un crissement insupportable fit grimacer Mateo. Baron avait la manie de frictionner ses joues eczémateuses et mal rasées. Il poursuivit, d'une voix plus impérieuse :

« *Et nos coupables ?*

— *Ils sont en lieu sûr* », répondit Vickersen.

Un silence. Mateo reconnut le cliquetis d'un clavier de smartphone ; le son était numérique, celui produit par un BlackBerry aurait été mécanique, c'était donc Vickersen qui avait déverrouillé son appareil. Un bruissement de tissu. Le politicien montrait à Baron ce qu'il avait affiché sur son écran.

« *Effacez la tout de suite, vous êtes inconscient de garder ça dans votre portable !* s'insurgea Baron.

— *Pour vos yeux seulement*, répondit Vickersen d'un ton affable qui trahissait son plaisir.

— *Donnez-moi votre téléphone, monsieur.* »

Une troisième voix, au fort accent américain, avait interrompu la conversation. Le garde du corps venait d'entrer en scène. Le son de l'enregistrement devint plus sourd, Mateo perçut un claquement, des bruits de fond, puis plus rien. Ce devait être le moment où Ekaterina avait pris la fuite, il connaissait la suite.

Elle rangea l'enregistreur dans sa poche. Il demeura silencieux.

— De quoi parlent-ils ? finit-il par demander.

Ekaterina attrapa sa sacoche sur le siège arrière de la Lada et en retira un dossier qu'elle posa sur ses genoux.

— Si Baron ne l'avait pas traité d'inconscient, je n'aurais jamais trouvé, dit-elle. Mais je me suis doutée que Vickersen était si sûr de lui qu'il ne craignait plus d'être imprudent. Il connecte fréquemment son smartphone à son ordinateur. J'ai tracé l'adresse IP et l'ai logée à son bureau. Je te fais grâce des détails, j'y ai consacré le restant de ma courte nuit.

Elle sortit alors du dossier une photo imprimée chez elle. Mateo y vit deux hommes ligotés à leur chaise. Leurs visages portaient les stigmates de coups violents. La couleur de leur peau ne laissait planer aucun doute, ce n'étaient pas des collaborateurs de Vickersen.

— Voilà les « coupables » dont parlait cette enflure de Baron, lâcha Ekaterina.

— Coupables de quoi ? questionna Mateo.

— À ce moment de mes recherches, c'était encore flou, alors j'ai continué à fouiller son ordinateur. Une heure plus tard, j'ai découvert ça, dit-elle en sortant une autre feuille du dossier.

Elle lui tendit une photo aérienne où apparaissaient de nombreux bâtiments, un itinéraire tracé au feutre et trois croix à l'encre rouge. L'une marquait une petite bâtisse chapeautée d'une toiture en V inversé, une autre était tracée sur un immeuble longiligne dont la façade paraissait incurvée, la troisième signalait un édifice plus modeste et de forme carrée.

— Tu sais à quoi cela correspond ? demanda Mateo.

— Tu le vois au grain, c'est un agrandissement, juste un morceau de plan, du coup difficile de le savoir. Je connais bien ma ville, mais j'ai l'habitude d'y circuler dans les rues, pas dans les nuages. Il pourrait s'agir d'une cité en banlieue, d'une zone administrative, j'ai fait quelques tentatives de superposition avec des images satellites disponibles sur la Toile, mais Oslo et sa périphérie forment un vaste territoire, j'ai avancé à tâtons sans rien trouver de concluant.

— Une banque ? Ils ont peut-être l'intention de faire un braquage pour renflouer leurs caisses ?

— En quoi cela ferait des hommes de Vickersen des héros en « quarante-huit heures » ?

— Le crime parfait, suggéra Mateo. Ils piquent l'argent et livrent aux autorités deux faux coupables battus à mort.

— Tu chauffes, mais attaquer trois banques d'affilée, a fortiori dans un périmètre aussi restreint, est peu probable, même pour des cambrioleurs de génie. Et puis les voies d'accès qui apparaissent sur ce plan ne ressemblent pas à des rues, on dirait plutôt des allées. Sans compter que les billets neufs sont facilement traçables. Ils n'auraient jamais le temps de recycler leur butin avant les élections qui ont lieu dans deux semaines. Il s'agit d'une action bien plus grave.

— Quel genre d'action ?

— La tuerie d'Utøya a provoqué un séisme dans le pays et mis à mal les mouvances d'extrême droite qui cherchent depuis à se refaire une réputation. Alors, imagine que les deux types que l'on voit sur la photo, deux hommes au teint basané, soient responsables d'un nouveau massacre. Maintenant, suppose que ceux qui les arrêtent, après avoir été contraints de les tabasser à mort, soient des sympathisants de Vickersen, voire des encartés au parti de la Nation… Qui ramasse le gros lot ? Le sang des victimes viendrait gonfler le flot des électeurs votant pour les ultranationalistes.

— Tu crois vraiment Vickersen capable d'aller jusque-là pour remporter les élections ? demanda Mateo.

Ekaterina marqua un temps avant de poursuivre :

— Tu comprends maintenant pourquoi l'homme de main de Baron a sorti son flingue. J'en viens même à me demander ce qui l'a retenu de me tirer dessus. Je t'avoue que je n'ai pas beaucoup dormi, moi non plus.

— Tu as trouvé où et quand aurait lieu cette attaque ?

— J'ai déjà trouvé pas mal de choses, je crois, fit remarquer Ekaterina. Je vais envoyer tout ça à la section antiterroriste.

— Envoyer quoi ? rétorqua Mateo. Un croquis non légendé et la photo de deux mecs amochés, en prétendant que le chef d'un parti politique reconnu, associé à un haut conseiller américain, s'apprête à organiser une tuerie pour faire le plein dans les urnes ? Qui nous croirait ? Au mieux, Vickersen sera interrogé… et relâché faute d'éléments tangibles. Et à peine sorti du commissariat, il criera au scandale, au complot politique… et bénéficiera de toute l'attention des médias.

— Sans aucun mort à la clé, ça vaut quand même le coup, non ?

— Sauf que nous ne pouvons partager tes découvertes que de façon anonyme, et des accusations anonymes ne seront pas prises au sérieux, sans compter la possibilité que Vickersen ait des soutiens dans la police. Comme à chaque fois, ils s'en prendront aux lanceurs d'alerte, en l'occurrence nous. Commençons par réunir des preuves, trouver où et quand ils agiront, et nous verrons ensuite.

— D'accord, réfléchissons. Ce sera forcément à la faveur de la nuit ; en plein jour, les vrais coupables ne passeraient pas inaperçus. Baron a dit que les hommes de Vickersen deviendraient des héros dans quarante-huit heures, leur conversation date d'hier matin, le coup aura donc lieu ce soir.

— Ce qui nous laisse très peu de temps pour découvrir où, conclut Mateo.

— Je suis en retard, ça ne m'arrive jamais et mes étudiants doivent s'inquiéter dans l'amphithéâtre. Mes cours se terminent à 14 heures. Je t'ai imprimé des plans de la ville et de sa banlieue, des photos satellites aussi ; étudie tout ça à fond, je m'y mettrai de mon côté dès que je serai sortie. On refait un point vers 16 heures, avant si l'un de nous a un indice.

En descendant de la Lada, Mateo prit Ekaterina dans ses bras pour lui dire au revoir. Un geste inattendu qui la surprit, mais qui ne lui déplut pas.

Puis elle gagna le bâtiment où elle enseignait, tandis que Mateo se dirigeait vers sa moto.

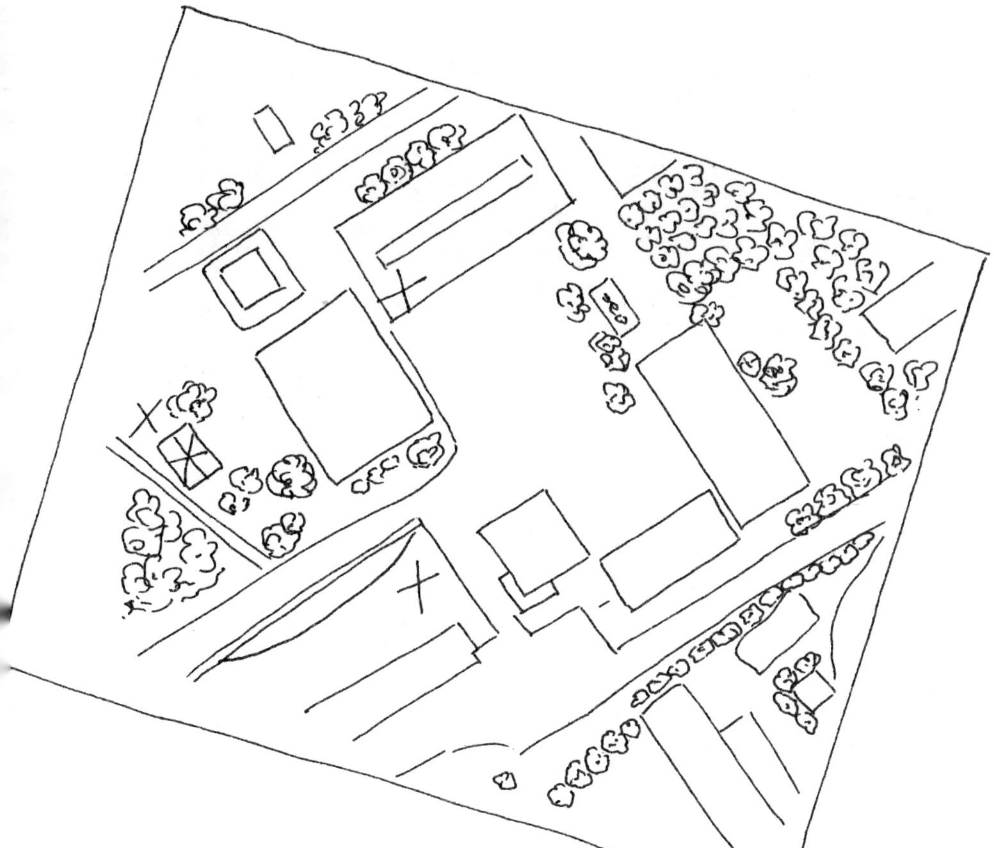

9.

Le deuxième jour, à Madrid

La négociation fut ardue, mais Diego avait fini par s'entendre avec un Black Hat dont il ne connaîtrait jamais l'identité et qui ne saurait jamais rien de la sienne. Le vendeur appartenait au groupe PT82.

Afin de prouver la validité de sa marchandise, il avait permis à Diego d'accéder au réseau de caméras de la gare de Paddington. Pour lui en céder les codes, il réclamait 20 000 dollars, payables en cryptomonnaie, une somme dont ni lui ni sa sœur ne disposaient. Diego avait alors proposé de lui louer la connexion contre un montant plus raisonnable, avec à la clé la promesse de ne pas en profiter pour essayer de remonter à la source. Le Groupe 9 était assez réputé dans le milieu pour que sa parole suffise. Après d'âpres tractations menées durant la nuit, acheteur et vendeur étaient tombés d'accord : deux heures de connexion aux caméras pour 1 000 dollars. Les protocoles informatiques furent échangés et, une fois l'argent transféré dans un portefeuille électronique, Diego obtint l'accès à une porte dérobée dans les ordinateurs du PC de sécurité de la gare.

— *Qu'est-ce que le groupe PT82 ?*

— Nos adversaires ! Une émanation de la Ferme, une vaste organisation de désinformation financée par Moscou dont le but est de semer la discorde en Europe et aux États-Unis.

— *Par quels moyens ?*

— En employant une armée de trolls. Le groupe PT82 a été identifié dans quatre actions majeures : une campagne sur FriendsNet appelant à la sécession du Texas – aussi absurde que cela paraisse, les ralliements furent nombreux ; un faux compte Black Lives Matter où ils postaient, toujours sur FriendsNet, des montages vidéo d'arrestations policières à la sortie des urnes pour terroriser les électeurs noirs américains et les faire renoncer à aller voter ; une campagne d'intox accusant Hillary Clinton d'être à la solde de puissances étrangères ; enfin, une campagne d'incitation à la haine, pour fédérer les membres de la droite dure conservatrice, leur laissant croire que les minorités latino, hispaniques, juives et arabes complotaient pour prendre le contrôle du pays. En tout, 500 publications qui ont été vues plus de 340 millions de fois.

— *FriendsNet savait que l'on utilisait son réseau pour s'attaquer aussi frontalement à la démocratie ?*

— Évidemment.

— *Et ils n'ont rien fait pour l'empêcher ?*

— Au contraire, le trafic leur rapportait beaucoup d'argent.

— *Pourquoi cette collaboration avec PT82 alors que vos objectifs sont radicalement opposés ?*

— Cela peut vous paraître étrange, mais la réponse est dans une forme d'intérêt mutuel. Les hackers de PT82 supposaient que nous allions compromettre des intérêts occidentaux, en l'occurrence les labos pharmaceutiques, alors ils étaient disposés, moyennant paiement, à nous donner un coup de main. Et nous, nous visions le long terme ; la fin justifie parfois de marcher en zone rouge, même si ce n'est pas de gaieté de cœur.

Le deuxième jour, à Londres et à Madrid

11 h 15, le directeur financier quitta les bureaux du laboratoire. Grâce au mouchard placé dans son téléphone portable, Diego pouvait le suivre à la trace et l'espionnait depuis qu'il était sorti de son domicile, tôt ce matin. Il avertit Cordelia. Elle aussi quitta son lieu de travail pour s'engouffrer dans les profondeurs du métro londonien. Elle rejoignit la surface à Paddington Station et attendit sous la grande horloge. Elle portait un jean et un pull-over léger dont la capuche reposait sur ses épaules, des écouteurs enfoncés dans les oreilles et un sac fourre-tout sur les genoux, une jeune femme semblable à des centaines d'autres. 11 h 40, le taxi de Sheldon se rapprochait de la gare, Diego se tenait devant son écran depuis le

petit bureau de son restaurant. L'opération avait commencé, l'accès aux caméras de surveillance fonctionnait, mais pour l'instant il était seul à en user, aucun autre membre du groupe n'avait répondu à l'appel.

Le même jour, à Oslo

Mateo avait regagné sa chambre d'hôtel. Quelque chose lui échappait : pourquoi Vickersen était-il allé chercher les services d'un conseiller américain ? Il ne manquait pas d'hommes dans ses rangs pour organiser des actions violentes, alors qu'est-ce qui justifiait le voyage de Baron à Oslo ? Quand bien même il eût été l'instigateur de ce qui ressemblait à une tentative de coup d'État, pourquoi prendre le risque de se rendre en Norvège ?

Mateo s'arrêta net. La raison, il venait de la formuler. La tuerie n'était que le préambule à une opération de plus grande envergure, savamment orchestrée. Semer le chaos, distiller la haine, c'était précisément la besogne dont Baron s'était fait une spécialité. Aussitôt le massacre commis, le conseiller mettrait son appareil de communication en branle. Ses troupes se chargeraient d'inonder les réseaux sociaux de fausses informations.

Entre autres activités, Baron dirigeait une revue d'extrême droite qui propageait des théories complotistes depuis plusieurs années auprès de centaines de millions d'utilisateurs de FriendsNet. Et pour cela, il disposait d'une main-d'œuvre pléthorique et gratuite, autant d'adeptes qui publiaient quotidiennement des photos et reportages truqués d'agressions, de viols ou exactions en tous genres prétendument commis par des immigrés qui n'auraient jamais dû franchir les frontières. Aussitôt après la tuerie, des milliers de messages fuseraient sur les réseaux, pour dénoncer le laxisme du gouvernement devant une invasion galopante, avec cette fois de vraies images et témoignages d'horreurs à l'appui. De quoi porter aux nues les sympathisants de Vickersen qui auraient interpellé les coupables. Les chaînes d'information en continu ne manqueraient pas d'attiser la psychose en relayant en boucle les mêmes images d'épouvante. Terroriser la population était le moyen le plus efficace pour donner force et voix aux mouvances populistes. Deux semaines plus tard, le parti de Vickersen remporterait les élections. Un coup d'État, ni vu ni connu.

Mateo se demanda si Ekaterina n'avait pas eu raison tout à l'heure en voulant s'en remettre aux autorités, pourquoi ne pas prendre de court Baron et révéler le complot ? Il suffirait de publier sur Internet la photo des deux types tabassés et d'annoncer que d'ici vingt-quatre heures, ils seraient retrouvés morts, accusés d'avoir perpétré une tuerie, ce qui, vu leur état, était évidemment impossible. De quoi jeter un sérieux discrédit sur le discours que tiendrait Vickersen après le massacre, de quoi hélas aussi amplifier la confusion, sans certitude que le public finisse par y voir clair. Et cela mettrait Baron sur ses gardes, le ferait douter que la prétendue journaliste qui avait perturbé sa conversation matinale au Café du Théâtre n'en avait qu'après Vickersen. S'il se sentait visé, il disparaîtrait, attendrait que l'orage passe et recommencerait plus tard ailleurs.

Mateo préférait jouer la carte du long terme : détruire l'entreprise de Baron une fois pour toutes, ce qui exigeait d'être patient tout en trouvant très vite le moyen de prévenir le drame qui devait se produire le soir même. Il se remit à étudier les plans de la ville et les photos satellites.

Le même jour, à Londres

Cordelia ne tenait plus en place, elle se leva, fit quelques pas, et retourna s'asseoir sous la grande horloge. Diego, depuis Madrid, lui parlait dans son oreillette, il la sentait si nerveuse qu'il se garda de lui avouer qu'il était son seul soutien.

— Détends-toi, tu vas finir par attirer l'attention, tu respires tellement fort que j'ai l'impression que tu es à côté de moi.

— Je fais ce que je peux ! J'aimerais te voir à ma place.

— J'ai trouvé des informations passionnantes sur ta gare. La reine Victoria a été le premier monarque régnant à voyager à bord d'un train, qu'elle emprunta en 1842 depuis Paddington. Elle a tellement aimé ce voyage qu'elle a définitivement adopté le chemin de fer pour se rendre à son château de Windsor.

— Diego, je t'adore, mais là tu m'emmerdes avec Wikipédia, j'essaie de me concentrer, préviens-moi quand l'un de vous aura repéré Sheldon.

— T'inquiète, il est en route. Tiens, un autre truc fascinant et qui concerne un de tes groupes préférés. Tu m'as tellement saoulé avec Supertramp pendant notre adolescence… Figure-toi que le fond sonore de la chanson *Rudy* a été enregistré à Paddington ; souviens-toi, on entend derrière la musique une voix annoncer que le train de 19 h 45 pour Bristol partira du quai numéro 2, avec arrêts à Reading, Didcot, Swindon…

— Tu as bientôt fini ! râla Cordelia.

De toute évidence, non, puisqu'elle entendit son frère fredonner :

Rudy's on a train to nowhere, halfway down the line
He don't want to get there, but he needs time
He ain't sophisticated, nor well educated
After all the hours he wasted, still he needs time…

Cela la fit doucement sourire et elle finit par entonner avec lui la suite du refrain :

He needs time, he needs time for living.

Mais Diego s'arrêta soudain de chanter.

— Qu'est-ce qui se passe ? demanda Cordelia.

— La partie commence. D'après le GPS, son taxi est sur Eastbourne Terrace, il va se faire déposer devant l'entrée latérale. Ça y est, je l'aperçois sur le premier écran, gabardine, casquette marron, une mallette en cuir à la main. Il entre dans la galerie marchande, ne bouge pas, il vient droit vers toi.

— Seul ? s'enquit Cordelia.

— On ne peut plus seul, tu l'auras dans ton collimateur d'ici, attends… il fait demi-tour.

— Comment ça ?

— Tu veux que je t'explique ce qu'est un demi-tour ?

— Impossible qu'il m'ait repérée, je n'ai pas bougé.

— Calme-toi ! soupire Diego. Il va juste aux toilettes.

Cordelia jura dans sa langue natale. Elle n'avait pas pensé que l'échange d'informations pouvait avoir lieu dans un autre endroit évidemment dépourvu de caméras, les toilettes ! Elle se leva.

— Qu'est-ce que tu fiches ? s'inquiéta Diego, tu ne comptes tout de même pas le rejoindre chez les hommes ?

Cordelia examina la vitrine de la boutique Burberry, elle considéra un imperméable, elle pourrait cacher sa chevelure sous sa capuche et se faire passer pour un homme, mais elle se ravisa, faute de temps. Elle se rapprocha. Elle espérait surprendre les deux hommes quand ils ressortiraient. Même en ordre séparé, une photo de l'un puis de l'autre serait éloquente. Il était fort improbable que les dirigeants de deux laboratoires concurrents se retrouvent au même moment dans les toilettes d'une gare, distante pour l'un de milliers de kilomètres de son lieu de travail.

— Tu as un visuel sur la porte ?

— Dans un monde civilisé, on pourrait aspirer à un certain respect de la vie privée. Je te vois aussi nettement que si tu passais à la télévision, je ne m'en lasse pas d'ailleurs, s'amusa-t-il.

— Reste attentif, Diego, supplia Cordelia. Et débrouille-toi pour enregistrer tous ceux qui sortent de là.

Cordelia avait consacré tant de temps, employé tant d'efforts pour coincer un jour un type comme Sheldon qu'elle ne pouvait se contenter de probabilités, ni d'un enregistrement de mauvaise qualité et encore moins d'un échec. Elle prit son smartphone d'une main et posa l'autre sur la porte des toilettes.

— Cordelia ! supplia Diego. Ne fais pas ça.

— Je profite de l'effet de surprise, je shoote une photo et je repars en courant.

— Tu vas tout foutre en l'air ! Il y a un banc à ta droite, va t'asseoir, fais semblant de consulter ton smartphone et sois patiente.

Dans son oreillette, Cordelia entendit la chanson de Supertramp, cette fois interprétée par le groupe.

— Tu es vraiment un grand malade, Diego.

Il coupa la musique. Sheldon venait de réapparaître sur son écran, fermant le bouton de son veston et passant juste devant Cordelia.

— C'est la minute de vérité, souffla Diego, soit il quitte la gare, soit il… Bingo, il se dirige vers les quais. J'avais raison, il était allé…

— C'est bon, j'ai compris. Je vais le suivre à distance et toi, ne le perds pas de vue.

— Deux trains partent vers Heathrow, le premier dans cinq minutes, le suivant un quart d'heure après, j'espère qu'il prendra celui-là.

— Pourquoi ? demanda Cordelia, en pressant le pas.

— Parce que tu n'as pas encore acheté de billet.

Cordelia craignait de perdre Sheldon dans la foule. Elle devait maintenir une distance suffisante avec lui pour ne pas se faire repérer, tout en le gardant à l'œil.

— Surveille-le ! dit-elle à Diego en se ruant sur une borne.

Elle fouilla ses poches à la recherche de sa carte de crédit, acheta un aller-retour et repartit sans délai vers la salle des pas perdus.

— Il est cent mètres devant toi, cria Diego, quai 13, celui de gauche, départ dans quatre-vingt-dix secondes.

Cordelia se rua sur le quai, une sonnerie retentit, les portes se fermèrent, elle s'élança sur le marchepied de la première voiture et réussit à s'engouffrer dans le train qui s'ébranlait.

— Tu as disparu de mes écrans, ma sœur. Tu ne peux compter que sur tes yeux désormais.

— Je t'ai toujours à l'oreille. Et les autres, où sont-ils ? grommela Cordelia en avançant vers la voiture suivante.

— Il vaut mieux qu'une seule voix te guide, reste concentrée sur ce que tu as à faire.

Cordelia remonta le convoi, presque vide. Une vingtaine de passagers occupaient les trois voitures qu'elle avait déjà parcourues. L'Heathrow Express roulait à vive allure, un paysage de banlieue défilait derrière les vitres, Londres était déjà loin. Cordelia franchit un nouveau sas, contempla la moquette et les sièges pourpres, difficile de faire plus mauvais goût, pensa-t-elle.

Voiture 4, toujours pas de Sheldon. Un contrôleur croisé en chemin lui indiqua que la *business executive* se trouvait deux voitures plus loin. Comment n'y avait-elle pas pensé en prenant son billet ? Exécutif, un terme qui allait comme un gant à Sheldon, le genre d'homme à refuser de voyager en classe économique, même pour un trajet de quinze minutes. Elle accéléra le pas et trouva le directeur financier assis en voiture 6. La moquette beigeasse et les sièges marron justifiaient sûrement le prix de la place.

Sheldon était seul, sa mallette en cuir posée sur le siège à côté de lui. Cordelia fut prise d'un doute.

— Où est son contact ? s'inquiéta-t-elle à haute voix.

L'Heathrow Express arriverait à destination dans dix minutes au plus.

— Deux possibilités, suggéra Diego. La rencontre a lieu dans le terminal, ce qui contredit ta théorie des caméras, ou, plus logique, pendant le trajet retour. À quelle heure reviendront-ils vers Londres ? J'espère que tu ne devras pas patienter trop longtemps.

— Tu peux consulter les horaires d'arrivée des vols en provenance des États-Unis ?

— Tu peux être plus précise ?

— Si ma mémoire est bonne, les laboratoires Rova sont en Pennsylvanie, le siège de Gibartis à New York, mais les deux plus gros labos qui vendent de l'insuline sont dans le New Jersey et l'Indiana.

Elle entendit Diego pianoter sur son clavier.

— Le vol de Philadelphie s'est posé à 10 heures ce matin, celui de Newark arrivera dans une demi-heure, un autre de JFK une heure plus tard, je ne vois aucun vol en provenance d'Indianapolis. De toute façon, les passagers sortent tous par la même porte au T3.

— Sheldon ne prendra pas le risque d'accueillir son contact à la porte.

— Pas sûr, répondit Diego, ces gens se sentent tellement invulnérables.

— Pas tant que tu le crois, sinon pourquoi se donneraient-ils tout ce mal pour dissimuler leurs magouilles ?

Cordelia préféra migrer vers la voiture voisine avant que le contrôleur ne lui réclame son billet. Inutile de se faire remarquer en devant s'acquitter d'une amende.

L'Heathrow Express ralentit enfin en entrant dans la gare souterraine de l'aéroport. La rame desservit d'abord les terminaux 3 et 4. Sheldon descendit à cet arrêt.

Elle le suivit sur le quai, se glissa dans le même ascenseur que lui, veillant à se placer dans son dos. Dès que les portes de la cabine s'ouvrirent, elle sortit et le précéda dans le long corridor qui menait au terminal 3, puis ralentit afin qu'il la dépasse.

Sheldon s'arrêta au milieu de la halle marchande, regarda sa montre et s'installa au comptoir d'un bar-restaurant situé au centre de l'aérogare.

Le sol en marbre miroitait dans la lumière de juin qui traversait les grandes baies vitrées. Tant de luxe dans un bâtiment dont la construction avait dû coûter des milliards. Entre ce lieu où les gens ne faisaient que passer et le centre de Londres s'étendaient des banlieues qui se paupérisaient faute de moyens pour les entretenir, banlieues qu'un train express traversait à toute vitesse pour qu'on ne les voie pas. Cordelia consulta négligemment un menu posé sur l'une des tables autour du bar où Sheldon était assis. Caviar, saumon fumé, les prix affichés étaient bien au-dessus de ses moyens. Alors elle traîna chez un marchand de journaux, fit semblant d'admirer la vitrine d'un magasin de vêtements, sans jamais perdre de vue sa proie qui déjeunait tranquillement. Elle était convaincue que la rencontre aurait lieu à ce bar. Diego avait raison, leur sentiment d'impunité était tel qu'ils se fichaient éperdument des caméras.

Elle s'adossa à une colonne. Un poste d'observation idéal, entre Sheldon et le sas d'où sortaient les passagers.

Les portes du contrôle des douanes s'ouvrirent. Un jeune homme agita un bouquet, des chauffeurs brandissaient leurs pancartes, une mère se précipita vers sa fille, qui l'attendait hissée sur les épaules de son père. Et au milieu de cette pagaille apparut un homme qui marchait d'un pas ferme et ne cherchait aucun visage.

Les cheveux courts, une moustache, il était vêtu d'un costume élégant et avait pour seul bagage un attaché-case. Cordelia se déplaça en même temps que lui, s'arrangeant pour rester à sa hauteur, longeant les vitrines des commerces tandis que l'homme progressait vers le bar. Sheldon avait posé sa mallette en cuir sur la chaise à droite de celle qu'il occupait, toutes les autres étaient prises. L'homme à la moustache n'était plus qu'à quelques mètres. Sheldon se leva et fit un discret mouvement de la tête. Cordelia suivit son regard et repéra un autre comptoir, accolé à la baie vitrée qui surplombait le tarmac. Elle comprit la raison de ce choix : au moment de l'échange, ils seraient de dos, impossible de les photographier. Pas question d'échouer si près du but ni de décevoir Diego, même si elle savait que son frère ne lui en ferait jamais le reproche. Sheldon s'était écarté du bar pour ajuster son veston et resserrer le nœud de sa cravate avant d'aller rejoindre son contact. Cordelia ne le quittait pas des yeux.

Sans savoir quel instinct la poussait, elle s'avança, passa derrière lui, attrapa la poignée de la mallette en cuir et s'éloigna avec un sang-froid remarquable.

Elle regarda fixement la sortie du terminal – elle avait soixante mètres à parcourir –, plaqua la mallette contre son ventre et continua sa progression, sans se hâter. Cinquante mètres, elle perçevait l'agitation derrière elle. Quarante mètres, elle entendit Sheldon crier au voleur. Trente mètres, trois policiers foncèrent sur elle. Vingt mètres, ils la croisèrent et la dépassèrent. Dix mètres.

— C'est quoi ces hurlements ? s'inquiéta son frère.

— Pas maintenant, chuchota-t-elle.

Elle avait atteint le trottoir. Une femme descendit d'un taxi, elle s'engouffra à sa place. Le chauffeur se retourna, et s'excusa, la prise en charge était interdite à cet endroit. Avenant, il lui indiqua la station au bout du quai. Cordelia improvisa, raconta qu'elle était enceinte et ne se sentait pas très bien, elle devait se rendre chez son médecin au plus vite, à Canary Wharf. Le chauffeur l'observa. Son ventre n'était pas bien rond, mais il était vrai qu'elle avait une sale mine, son front ruisselait et son visage était tout pâle. OK, soupira-t-il. Il la pria de s'installer le plus confortablement possible, d'attacher sa ceinture et de ne pas accoucher dans sa voiture. Le taxi démarra, Cordelia regarda par la lunette arrière, des flics avaient envahi le trottoir. Mais la meute rétrécissait alors que le terminal s'éloignait.

150 livres sterling pour rejoindre Londres, le prix de sa fuite. La circulation était fluide, une aubaine, dit le chauffeur pour la rassurer. De temps à autre, il lui adressait un regard

dans le rétroviseur. Un homme sympathique. Depuis qu'ils étaient sur l'autoroute, il lui demandait régulièrement si tout allait bien, lui posait des questions pour l'encourager : « Garçon ou fille ? » « Le prénom est déjà choisi ? » « Et que fait le papa ? » Cordelia n'aimait pas mentir, mais elle s'en sortait bien et se prêta même sans déplaisir à ce petit numéro d'improvisation. Cinq mois, son ventre était toujours aussi plat, se lamenta-t-elle, le toubib prétendait que c'était sa morphologie qui voulait cela. Une fille, renchérit-elle, Carmen, en souvenir de sa grand-mère qu'elle aimait tant. « Une attention qui la touchera jusqu'au ciel, assura le chauffeur, et allumera une bonne étoile qui veillera sur la petite. »

Cordelia avait toujours cru en sa bonne étoile. Si elle avait un jour une fille, elle lui devrait quelques explications sur le choix de son prénom.

— Alors comme ça, c'est ta morphologie qui explique ton ventre plat ? Tu n'as vraiment peur de rien, chuchota Diego. Tu m'expliques ce qui s'est passé ? enchaîna-t-il.

— Tout va bien, murmura-t-elle.

— Mais oui tout va bien, répondit le chauffeur.

En vingt ans de carrière, il avait toujours mené ses passagers à bon port. Dix minutes à peine et ils y seraient.

Cordelia s'excusa, elle devait passer un appel, et coupa l'interphone qui permettait de communiquer au travers de la vitre de séparation.

— Difficile de te parler avant, expliqua-t-elle à son frère. Sheldon connaissait les lieux mieux que moi ; je ne pouvais pas les photographier… mais je les ai tout de même surpris.

— Qu'est-ce que tu as fait ?

— J'ai volé la mallette de Sheldon.

Diego resta muet, puis demanda à sa sœur si elle était devenue folle. Sheldon porterait plainte, la police examinerait les enregistrements des caméras de surveillance du terminal. Cordelia serait identifiée en quelques heures, une journée au plus.

— Adorable, soupira-t-elle, alors j'ai bien fait de mettre cet horrible sweat à capuche… Tu me prends pour qui !

Elle regarda enfin ce que contenait la mallette : deux enveloppes, une grande, et une petite qu'elle ouvrit en premier.

— Qu'est-ce que tu as trouvé ? demanda Diego.

Cordelia ne répondit pas, mais en comptant 50 000 livres sterling en grosses coupures, elle devina que Sheldon n'irait pas voir la police. Pour couvrir leurs agissements, les responsables étaient encore plus prudents que ne l'avait supposé Diego. Non seulement ils n'échangeaient pas par mails mais ils s'abstenaient aussi de se rencontrer. Sheldon n'avait pas rendez-vous avec un dirigeant comme lui, seulement avec un messager, grassement rétribué pour convoyer des informations. Elle avait volé la mallette sur un coup de tête, parce qu'elle n'arrivait pas à trouver un angle pour prendre une photo, et elle sourit en y pensant, car si photo il y avait eu, elle n'aurait rien prouvé. Sheldon ne se cachait pas des caméras, il s'en moquait. Personne n'aurait pu relier son contact à un laboratoire concurrent.

Mais lequel s'apprêtait à remettre à l'autre des documents si compromettants qu'ils devaient être transmis en personne et acheminés par avion ? La réponse devait se trouver dans la deuxième enveloppe… ou pas !

Cordelia la décacheta, fébrile.

En parcourant les feuillets qu'elle contenait, elle sourit davantage.

— Alors, qu'est-ce qu'il y a dans cette mallette ? s'impatienta Diego.

— Deux trois trucs que je dois étudier, ne t'inquiète pas, je te rappelle en fin d'après-midi, promit-elle alors que le taxi se garait devant Canary Wharf.

Et elle raccrocha.

Cordelia tendit deux billets de 100 livres au chauffeur et refusa la monnaie qu'il lui rendait.

Elle attendit que le Black Cab s'éloigne, puis s'engouffra dans le métro.

La ligne Jubilee était directe jusqu'à West Hampstead. De là, elle pourrait se rendre à pied chez elle, à Camden.

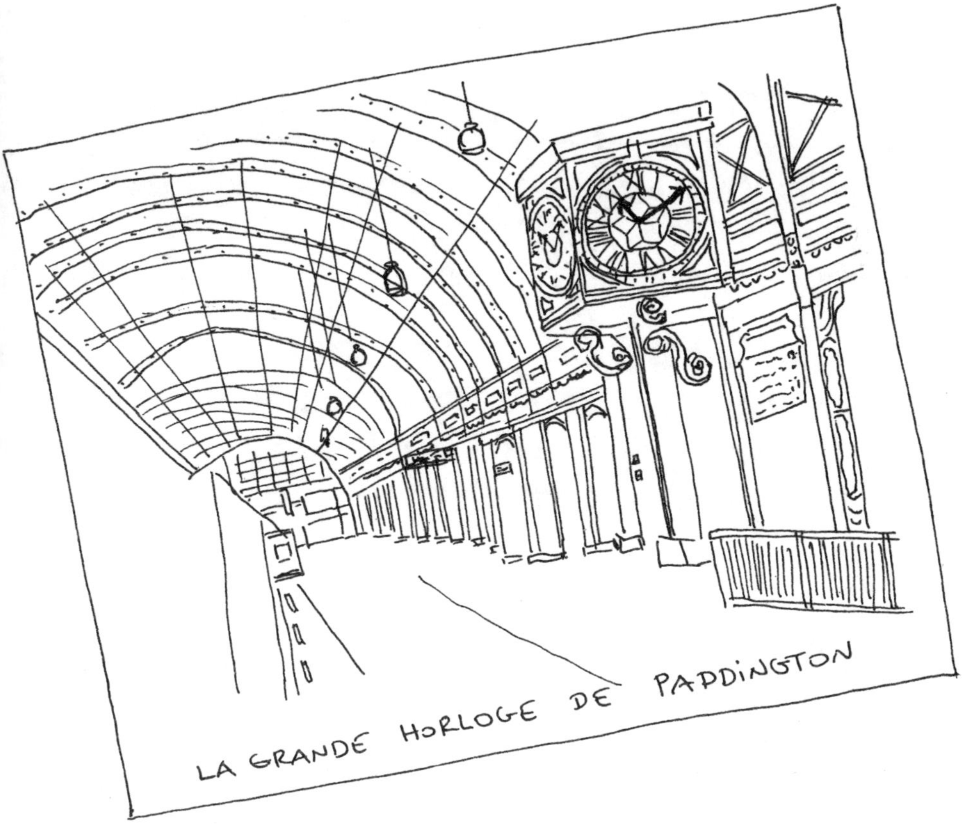

LA GRANDE HORLOGE DE PADDINGTON

10.

Le deuxième jour, à Oslo

Sans interrompre son exposé, Ekaterina jeta un coup d'œil à la pendule murale de l'amphithéâtre. Il restait un quart d'heure avant la fin de son cours. Un cours qu'elle pouvait réciter à la virgule près, mais aujourd'hui elle n'avait pas le cœur à enseigner. Elle avait songé à mettre ses étudiants à contribution, leur distribuer à chacun une copie du croquis en leur demandant d'identifier l'endroit auquel il correspondait. Mais pour cela, elle aurait dû expliquer pourquoi elle leur assignait un travail qui s'apparentait à un jeu au lieu de leur prodiguer l'enseignement qu'ils attendaient. *In fine*, elle aurait pris le risque de trop en révéler sur ses activités. La grande aiguille sauta de moins le quart à moins dix, la vieille horloge avançait par à-coups de cinq minutes. Soudain, Ekaterina se tut. Suffisamment longtemps pour que ses élèves s'en étonnent. Une gêne s'installa, se manifestant d'abord par des échanges de regards, puis dans un murmure, interrompu par une jeune femme au premier rang qui demanda d'une voix espiègle : « Ça va, madame ? »

Ekaterina inspira longuement et, pour la première fois de sa carrière, elle s'écarta de son cours pour interpeller ses élèves.

— Hier, dit-elle, devant une assemblée dix fois plus nombreuse que celle-ci, le président des États-Unis s'est adressé à des étudiants. Oui, soupira-t-elle, de nos jours, les politiciens viennent faire campagne jusque dans les universités. Après tout, pourquoi pas. Le dirigeant de la plus grande nation du monde libre a exposé son programme. Ériger un mur de béton et d'acier à la frontière mexicaine au lieu de construire des écoles et des hôpitaux, interdire l'avortement, renvoyer les demandeurs d'asile chez eux, des criminels selon lui. Raillant la science, il s'est moqué du réchauffement climatique. Le président a conclu sa diatribe exubérante en un précepte, « L'Amérique d'abord », pensée profonde qui peut se résumer ainsi : faire fi du sort des autres et de celui de la planète pour ne penser qu'à soi. Le plus incroyable ne réside pas dans les énormités qu'il profère, mais dans le fait que les étudiants l'ont acclamé et se sont rués pour obtenir l'autographe d'un homme qui se targue de pouvoir abattre un passant en plein jour sur la Cinquième Avenue sans voir sa cote de popularité en être affectée. Ce président a été condamné par la Chambre des représentants pour crime d'abus de pouvoir et de corruption. Ce qui m'intéresse aujourd'hui, puisqu'il s'adressait à des jeunes gens d'une moyenne d'âge équivalente à celle de la brillante assemblée à laquelle je m'adresse ici même, est de comprendre ce qui peut conduire des esprits, encore vierges de tout combat, à adhérer à ce déni d'humanité. En d'autres termes, comment la haine a-t-elle pu déjà emporter cette jeunesse ?

Ekaterina observa ses étudiants, guettant le premier qui se risquerait à lui répondre.

La jeune femme qui s'était inquiétée du silence prolongé de son professeur se leva et suggéra :

— Le patriotisme ?

— Non, répondit avec fermeté Ekaterina. Le patriotisme est l'amour de son pays ; la détestation des autres nations, c'est le nationalisme.

— L'endoctrinement ? proposa un étudiant au troisième rang.

— L'endoctrinement est une résultante, pas une cause. Mais nous pourrions formuler le problème autrement : pourquoi ces étudiants adhèrent à la doctrine qui leur est proposée alors que celle-ci défie les plus élémentaires valeurs humaines ?

Une troisième étudiante se leva, toisa l'amphithéâtre et annonça froidement :

— La réponse est simple : le besoin d'appartenance. Seul, on se sent faible et vulnérable, le groupe nous apporte force et raison d'être.

Ekaterina lui demanda de préciser sa pensée.

— La meute, répondit son voisin. Ces étudiants formaient une meute, vociférante et terrifiante pour quiconque aurait voulu s'y soustraire. Pour exister, la meute doit avoir un ennemi dont elle fera sa proie. Les nazis avaient désigné les juifs, à grand renfort de propagande et de désinformation, comme responsables de tous les maux de l'Allemagne, et fédérèrent ainsi le peuple en l'abreuvant de haine. Le président des États-Unis use des mêmes méthodes, fédérant les laissés-pour-compte, les extrémistes, les fondamentalistes religieux, les oligarques, tous ceux qui bénéficient de ses faveurs.

L'horloge, sonnant midi, interrompit l'étudiant. Ekaterina ramassa ses feuilles, le cours était terminé. L'assemblée se dispersa dans un brouhaha qui la laissa songeuse. Combien de ses élèves adhéraient aux idées des courants populistes qui ne cessaient de grandir, combien d'entre eux s'apprêtaient à les rejoindre pour se sentir unis et forts dans leurs mouvances haineuses ?

En sortant de l'amphi, Ekaterina alla s'installer sur les marches ombragées, au pied de la fontaine. Elle consacra son heure de déjeuner à tenter d'imaginer où l'attaque aurait lieu et comment la contrecarrer. Chaque année, elle inaugurait ses cours en insistant sur le rôle de la méthode dans tout processus d'apprentissage.

Appliquant ce principe à ses propres réflexions, elle avait comparé le croquis volé dans le portable de Vickersen avec les plans aériens de la ville qu'elle avait méthodiquement quadrillés. Sans rien trouver jusque-là.

Elle aperçut deux de ses étudiants sortir de la cafétéria. Magnus et Andrea étaient inséparables et personne n'arrivait à savoir s'ils étaient en couple ou juste amis. Ils la saluèrent tout en poursuivant leur chemin vers la bibliothèque. Après une seconde d'hésitation, Ekaterina siffla dans ses doigts, assez fort pour qu'ils se retournent, interloqués, et finissent par comprendre qu'elle les invitait à la rejoindre.

Elle posa sa main sur les marches, les priant de venir s'asseoir à ses côtés.

— Pourquoi nous avoir parlé ainsi tout à l'heure ? demanda Magnus.

— Je n'en sais rien, mentit Ekaterina. Je vous ai choqués ?

— Oui, et je crois que vous devez poursuivre dans cette voie. Quelle était la bonne réponse ? demanda Andrea.

— Hum, maugréa Ekaterina, qui avait d'autres préoccupations en tête. La comparaison avec l'endoctrinement des nazis était tentante, mais pas opportune. Le président des États-Unis n'en est pas encore là. Il s'est érigé en héros de sa propre dramaturgie et a fait de la vie politique américaine une sorte de fiction dont il est la star. Il attise les frustrations et les mue en colères qui le servent. Une partie de la population se sent désormais libre de tout interdit moral et l'idolâtre pour cela. Mais si son narcissisme et son manque total d'empathie ont pour effet de le rendre fort à l'intérieur des frontières, le rôle de l'Amérique dans le monde s'est affaibli.

Et, avant qu'Andrea ou Magnus ne lui posent une autre question – qui ne risque rien n'a rien –, elle leur tendit les photos.

— Cela vous dit quelque chose ?

Les deux étudiants se penchèrent sur la feuille.

— Rassurez-vous, ce n'est pas un test, je vous demande juste un coup de main, précisa Ekaterina.

Magnus échangea un regard complice avec Andrea et releva la tête, amusé.

— Ne dis rien, Andrea, je suis certain que c'est un test.

— Mais non, s'insurgea Ekaterina, je vous l'assure.

— Eh bien l'image n'est pas de grande qualité, répondit Andrea mais la courbe de ce bâtiment ressemble à la forme incurvée de la façade de notre bibliothèque, et le petit carré avec son toit pointu pourrait bien être la maison du parlement des étudiants – en tout cas, la position correspond.

— Et le rectangle, à droite, c'est forcément le Bunnpriss, notre centre commercial, conclut Magnus satisfait. Bon, alors, où est le piège ?

Ekaterina se leva et regarda autour d'elle. Comment avait-elle pu faire abstraction à ce point de la personnalité de son adversaire, de son amertume et de ses rancœurs, et ne pas avoir compris plus tôt que cette université où il avait étudié était le temple de cette diversité qu'il avait toujours haïe ? Pourtant, ils avaient bénéficié du même enseignement, fréquenté les mêmes amphis, un détail qu'elle s'était bien gardée de partager avec Mateo. S'il avait appris qu'elle avait croisé Vickersen au cours de ses études, qu'ils s'étaient affrontés dans des discussions envenimées au parlement des étudiants, sa paranoïa se serait démultipliée. Vickersen avait préparé son attaque avec une méthode implacable. Les trois bâtiments marqués d'une croix sur le croquis avaient en commun d'être ouverts et fréquentés jusque tard dans la nuit. Les allées qui les reliaient étaient quasi désertes après 22 heures, ce qui permettrait aux assassins de s'introduire dans la place sans être repérés et de se mouvoir rapidement d'un lieu à l'autre pour perpétrer leur tuerie. Enfin, que ce soit en salle de lecture à la bibliothèque, au parlement des étudiants ou dans le centre commercial du campus, les assaillants provoqueraient un véritable carnage. Mais la méthode Vickersen ne s'arrêtait pas là. En fauchant la jeunesse, l'attaque provoquerait une onde de choc sans précédent dans le pays, ralliant des courants de pensée que d'ordinaire tout oppose.

Un séisme qui entraînerait bel et bien un raz-de-marée d'images, témoignages d'horreur sur la Toile, en une des journaux, sur les écrans de télévision. La population serait bouleversée, puis révoltée, toutes générations confondues. Qui alors s'aventurerait à mettre en garde contre les amalgames, à défendre la communauté des présumés assaillants... des immigrés, des clandestins que les vaillants sympathisants de Vickersen auraient stoppés dans leur folie meurtrière ?

Ekaterina redoublait de rage que Vickersen ait choisi de s'en prendre à ses étudiants. Jeune professeure (il lui semblait toujours étrange qu'on l'appelle « madame »), elle ne s'en sentait pas moins responsable de l'avenir de ses élèves. Désormais doublement. Magnus et Andrea furent frappés par son expression de colère, presque de panique. Ekaterina reprit ses esprits lorsque Magnus l'interrogea. Elle s'efforça de retrouver son calme.

— Que signifie ce croquis ?

— Je me demande si l'administration n'est pas en train de nous préparer l'un de ses coups fourrés dont elle a l'habitude, improvisa-t-elle.

— De quel genre ? intervint Andrea.

— Réduire la bibliothèque pour créer de nouvelles salles de cours ou confisquer le bâtiment du parlement des étudiants qu'ils pourraient reloger hors de l'enceinte du campus. Mais il est trop tôt pour tirer des conclusions définitives, ce document n'aurait pas dû tomber entre mes mains. Je vous promets de vous tenir au courant ; en attendant, je compte sur votre discrétion absolue. Et cette fois il s'agit bien d'un test… dont dépendront vos résultats de fin d'année. C'est clair ?

Les deux étudiants acquiescèrent, prenant très au sérieux l'injonction de leur professeure. Ekaterina s'en voulait d'avoir usé d'une menace, mais les circonstances l'exigeaient. Elle ramassa ses affaires, expliqua qu'elle était pressée, remercia néanmoins Magnus et Andrea pour leur aide et courut vers le parking.

Dans sa Lada, elle appela Mateo, priant pour qu'il décroche.

— Je n'ai rien trouvé, avoua-t-il.

— Moi si, tu n'as pas idée de l'ampleur de ce qui se trame. Rendez-vous en bas de chez moi dans dix minutes.

Elle coupa la communication et poussa un hurlement rageur en tapant sur son volant. Un automobiliste, arrêté à sa hauteur au feu rouge, la dévisagea, stupéfait, et leva le pouce en l'air, pour lui demander si tout allait bien. Ekaterina lui répondit d'un doigt d'honneur et démarra en trombe.

Son portable, posé sur le fauteuil, sonna. Un bref coup d'œil pour constater que l'appel émanait d'un numéro masqué.

— Qu'est-ce que tu veux ? demanda-t-elle.

— Ton adresse, répondit Mateo d'une voix posée.

Ekaterina la lui donna, puis franchit deux carrefours au feu orange, manquant de percuter un cycliste en se rabattant brusquement après un dépassement hasardeux. Elle leva le pied, ce n'était pas le moment de se faire arrêter par la police.

Dès qu'elle serait chez elle, elle s'attaquerait à l'ordinateur de Vickersen et de ses collaborateurs, elle trouverait bien quelque chose de probant. À condition de travailler avec méthode, pensa-t-elle. Pour commencer, répertorier les adresses de tous les destinataires des mails échangés au cours des dernières semaines, décoder les messages et identifier les membres qui composaient la cellule terroriste. Elle attrapa son portable et rappela Mateo.

— Tu te rapproches ?

— Aussi vite que je le peux sans me tuer à moto.

— Vickersen est le cerveau, mais il n'agit pas seul. Il faut cerner sa garde rapprochée, trouver qui sont ses lieutenants, et identifier les types qui vont commettre l'attentat. Chercher aussi qui leur a procuré des armes. Entre les transferts de fonds, les livraisons de matériel, c'est impossible qu'ils n'aient pas laissé de traces.

— Et les deux types de la photo ? Vickersen ne les retient sûrement pas en otages chez lui. En espérant qu'ils soient encore en vie, c'est d'abord eux que nous devrions retrouver, non ? On ne se volatilise pas comme ça. Leurs proches doivent les rechercher, et puis si nous arrivions à savoir qui ils sont…

— Pas le temps. Vickersen ne les a pas choisis par hasard. Ce sont sûrement des clandestins, alors zéro chance qu'un proche se rende à la police pour lancer un avis de recherche. Mais peut-être qu'un mail ou un message nous renseignera sur le lieu de leur captivité.

— OK, je serai là dans quelques minutes.

Mateo raccrocha. Ekaterina fixait la route, la peur au ventre. Il y avait tant de pistes possibles et il leur restait si peu de temps avant que la nuit tombe.

— *Puisqu'elle était si inquiète, pourquoi ne pas aller directement voir la police ?*

— Ekaterina était décidée en ultime recours à avertir la sécurité du campus, quitte à se griller. Sauver des vies justifiait à ses yeux qu'elle se sacrifie, en avouant que, derrière l'enseignante, se cachait cette hackeuse recherchée par plusieurs agences de renseignement et gouvernements étrangers. Et si les flics mettaient sa parole en doute, si un croquis et une photo ne suffisaient pas à les convaincre, elle irait jusqu'à relater quelques-uns de ses exploits. Ceux qu'elle avait accomplis seule, car elle n'aurait jamais risqué de compromettre les autres membres du Groupe.

— *Quels exploits ?*

— Le hack de la Deutsche Bank, par exemple. Elle avait révélé une impressionnante opération de corruption et de blanchiment d'argent… Mais le scandale étant maintenant de notoriété publique, elle écarta cette idée, elle aurait du mal à prouver qu'elle était à la source des fuites. Alors elle songea à en révéler un autre, encore confidentiel… fruit d'un hack dans les serveurs d'une compagnie minière. Des hauts fonctionnaires brésiliens avaient touché des pots-de-vin pour autoriser la construction hasardeuse d'un barrage qui s'était rompu l'an dernier, coûtant la vie à deux cents habitants du village de Brumadinho. Mais à ce moment de l'histoire, elle espérait encore protéger son anonymat en trouvant un autre moyen d'empêcher Vickersen d'arriver à ses fins.

Ekaterina se gara sur le parking ; elle attrapa son cartable et sortit de sa voiture. Mateo l'attendait au pied de l'immeuble.

— Ça risque de te changer du grand hôtel, dit-elle en entrant dans le hall. Et encore, tu as de la chance, l'ascenseur fonctionne aujourd'hui.

Les odeurs rances de la cage d'escalier, le carrelage ébréché du hall, les portes de la cabine griffées de coups de clés, ravivèrent en Mateo le souvenir de ses années de jeunesse après son arrivée dans la banlieue de Milan.

Ekaterina appuya sur le bouton du quatorzième étage.

— Le penthouse tout de même, souligna-t-il d'une voix goguenarde.

— Tu peux ricaner, ça m'est égal ; la vue est belle depuis mon nid, je m'y plais. C'est comment chez toi ?

— Loin, très loin, enfoui dans mes souvenirs, répondit-il, laconique.

Un silence s'installa. Ekaterina se positionna face à la porte. Mateo en profita pour l'observer de dos ; il lui trouvait un port de tête élégant.

— La cible de Vickersen, c'est mon université, lâcha-t-elle en sortant sur le palier.

Elle tourna la clé de son studio et le fit entrer.

— Comment le sais-tu ?

— L'image correspond à trois bâtiments du campus. J'ai compris toute l'ampleur de son projet, diabolique et tragique. Et nous n'avons que quelques heures pour l'empêcher d'agir.

Mateo prit son ordinateur dans sa sacoche. Ekaterina lui communiqua les codes de son réseau sécurisé et ils s'attelèrent à la tâche.

Deux heures durant, ils passèrent au crible les disques durs de Vickersen, réussirent à s'introduire dans les ordinateurs de deux de ses collaborateurs, accédèrent aux caméras de surveillance de son appartement, qui faisait office de bureau et de QG du parti de la Nation, mais ils ne trouvèrent rien de concluant, sinon la photo des deux hommes amochés, qu'Ekaterina possédait déjà.

Elle repoussa sa chaise et se rendit à la fenêtre. L'été était si beau…

— Ce que nous cherchons doit être protégé par un pare-feu sacrément solide. Nous n'y arriverons jamais à temps, conclut Ekaterina.

Mateo restait étrangement calme, ce qui l'agaçait… et la rassurait à la fois.

— Appelons les autres à l'aide, proposa-t-elle.

— Ne compte ni sur Diego ni sur Cordelia, ils sont occupés.

— Occupés à quoi ? Qu'est-ce qu'il y a de plus important ? Encore une fois, tu sembles en savoir beaucoup sur chacun de nous, ajouta-t-elle, amère.

— Arrête avec tes allusions, ils m'ont contacté ce matin, c'est eux qui avaient besoin de nous.

— Pourquoi tu ne m'en as pas parlé ?

— T'en parler quand ? Pendant tes cours ? Bon, Janice est particulièrement douée pour attaquer les pare-feux, je vais tenter de la joindre, si elle veut bien me répondre…

— Ça, je sais comment m'y prendre, répondit Ekaterina.

Elle retourna à son clavier et tapa des lignes de code qui ouvrirent une fenêtre noire sur son écran.

À des milliers de kilomètres, une fenêtre identique apparut sur l'écran d'une journaliste, dans le bureau qu'elle occupait à Tel-Aviv au siège du quotidien *Haaretz*.

LE PARLEMENT DES ÉTUDIANTS

11.

Le deuxième jour, à Tel-Aviv

Janice travaillait à la rédaction d'un article qu'elle avait promis depuis deux jours à son rédacteur en chef. Efron était le dernier dans le métier à bien vouloir lui commander encore des piges. En voyant une fenêtre noire apparaître sur son écran, elle releva son stylo. Ce canal de communication n'avait pas été utilisé depuis des lustres. Elle répondit par un message codé afin de vérifier qui cherchait à la contacter. Un autre code s'afficha en retour et Janice reconnut la signature d'Ekaterina.

— Ravie de te lire, mais pourquoi es-tu passée par ce vieux machin ? écrivit-elle.

— Parce que ce forum est justement si vieux que plus personne n'y fait attention. Et puis c'était surtout pour piquer ta curiosité et que tu me répondes tout de suite.

— Bien joué.

— J'ai besoin de toi, urgemment, confia Ekaterina.

— Qu'est-ce que tu entends par urgemment ?

Ekaterina lui décrivit les projets de Vickersen.

— Ça ne m'étonne pas, répondit Janice. Les mouvances d'extrême droite ressurgissent partout, et elles semblent plus disposées que jamais à passer à l'acte. La semaine dernière, nous avons communiqué aux Américains la cache d'une cellule néonazie, leurs membres surarmés étaient à deux doigts de passer à l'action. Nous avons évité une tuerie dans une mosquée.

— Nous ? Tu travailles pour le Mossad maintenant ? demanda Ekaterina.

— Non, c'est juste une façon de parler, mais on leur a filé le tuyau. Je vais t'aider, enfin, si je peux.

Ekaterina lui transmit les adresses IP dont elle disposait et Janice lui demanda de préciser ce qu'elle devait chercher en particulier.

— Leurs documents comptables, des comptes rendus de réunions, des virements anormaux, leur matériel de propagande, tout ce qui pourrait être relié à leur opération. Le seul moyen de les arrêter à temps est de trouver des preuves et de les balancer avant qu'ils ne passent à l'acte. Si Vickersen se sait exposé, il devra tout stopper.

— Pourquoi ne pas révéler ce que tu sais déjà ?

— J'y ai pensé, mais avec la quantité de fake news qui circulent sur la Toile, sans un truc concret, personne ne me prendra au sérieux. Vickersen nous accusera de chercher à le compromettre. Le parti nationaliste criera au complot, cela ne préviendra rien et ne fera que rajouter au chaos.

Une deuxième fenêtre s'ouvrit sur l'écran de Janice.

— D'autant qu'en alertant la presse, nous attirerons l'attention sur nous. Les services de renseignement norvégiens seront sur les dents pour identifier les lanceurs d'alerte, intervint Mateo.

— C'est toi, Mateo ? Remarque, avec ce genre d'inquiétude je ne vois pas qui cela pourrait être d'autre…, s'amusa Janice.

— C'est directement à Vickersen qu'il faut tout balancer, mais en ayant en main des éléments assez compromettants pour lui faire peur, enchaîna-t-il.

— Si des étudiants se font massacrer ce soir, je ne me pardonnerai jamais d'avoir refusé de prendre des risques, quels qu'ils soient, affirma Ekaterina.

— Ne bougez pas, je vois quelque chose, tapa promptement Janice.

Elle envoya une copie de son écran à ses deux complices.

— Une porte, toute petite et sacrément verrouillée, mais elle est là, dans ce sous-registre. Sans doute le résidu d'un vieux programme qui a été désinstallé. On va coordonner notre attaque, ce n'est pas le procédé le plus discret, mais puisqu'on a le feu au cul… À mon signal, on entre en force.

Les trois membres du groupe n'ignoraient pas qu'une telle manœuvre réveillerait instantanément les défenses du système informatique de Vickersen. Aussitôt dans la place, ils devraient recopier à l'aveugle le contenu des disques durs, prélever un maximum d'informations avant que les accès ne se referment. ils feraient le tri plus tard.

— Attendez ! tapa Janice. Votre Vickersen est un membre important du gouvernement ?

— Il en rêve, mais heureusement pas encore, répondit Ekaterina, pourquoi ?

— Parce que le niveau de sécurité que j'observe, là, n'est pas commun, il est même anormalement sophistiqué. Je ne connais que les gouvernements ou les géants de la Tech pour bénéficier de ce type de protections. Une muraille aussi solide n'est pas à la portée du public, d'un responsable politique, ni même d'une grosse entreprise. Changement de plan ! Si on y va de front, non seulement nous activerons leurs alarmes, mais nous allons nous faire harponner. Laissez-moi agir seule. Je n'ai encore jamais attaqué une telle muraille, j'ai besoin au moins d'une heure pour l'étudier, peut-être deux. En attendant, n'intervenez surtout pas, je vais chercher un moyen de contourner leurs défenses, mais dans des délais aussi courts je ne vous promets rien.

Ekaterina échangea un regard résigné avec Mateo. Ils ne pouvaient que s'en remettre aux talents de Janice.

La communication fut coupée.

— Comment Vickersen a pu s'offrir un système de protection aussi perfectionné ? s'étonna Mateo.

— La question est plutôt qui l'a mis à sa disposition.

— Baron ? J'en doute. Même ses sites de désinformation ne sont pas aussi bien sécurisés. S'il disposait de ce genre de moyens, je n'aurais pas pu implanter mon mouchard dans son téléphone.

Ekaterina réfléchissait. Au moins, pour la première fois de la journée, elle avait l'esprit occupé autrement qu'à imaginer la tuerie de ce soir.

— Un intranet ! s'exclama-t-elle. Un réseau caché dans le réseau. Le stratagème parfait pour duper des hackers comme nous. Le coffre-fort est derrière le tableau, là où on s'attend à le trouver, mais le butin est à l'abri d'un double fond. Les cambrioleurs se donnent un mal fou pour percer la serrure et n'emportent que les quelques billets laissés pour les leurrer. Comment les fabricants de coffres-forts n'ont-ils pas pensé à cette astuce ?

— Ils l'ont peut-être fait. Si tu as raison, il faudra aider Janice à trouver l'accès à ton compartiment secret, répondit Mateo. En attendant, remontre-moi le croquis et décris-moi l'intérieur des bâtiments ciblés.

— Le parlement des étudiants est un chalet en bois situé à l'entrée du campus, soupira Ekaterina. Les jeunes s'y retrouvent pour débattre des textes régissant la vie de l'université, les budgets, les programmes d'enseignement. C'est vraiment tout petit comme endroit, il suffirait d'un cocktail Molotov balancé sur la porte et le bâtiment s'embraserait sans que personne ne puisse en sortir.

— Et la bibliothèque ?

— Trois millions d'ouvrages répartis sur deux niveaux, deux salles de lecture immenses, une cafétéria au rez-de-chaussée, elle aussi ouverte tard le soir. Quant au centre commercial, la plus grande partie est en sous-sol. Accessible par des escalators qui ne sont pas très larges, pas assez pour s'enfuir en cas de panique générale. Il y a un fast-food, un salon de coiffure, la partie basse d'une supérette, tous ces commerces ferment relativement tôt, sauf le club de gym au fond du couloir, un vrai cul-de-sac.

— Puisque tu connais ces lieux mieux que les assaillants, mets-toi dans leur peau, par où commencerais-tu ?

— Je suis incapable de me mettre dans leur peau, même une minute, répondit-elle la voix tremblante.

Mateo se rendit compte qu'Ekaterina était plus affectée qu'il ne l'avait supposé, il lui prit la main.

— S'il te plaît, fais un effort, c'est important, insista-t-il, d'une voix calme.

Elle ferma les yeux et inspira profondément.

— J'attaquerais d'abord la salle de sport. Mon commando serait assuré de ne pas être entendu depuis l'extérieur. La bibliothèque se trouverait ensuite sur ma route – elle fronça les sourcils avant de poursuivre –, mais sa façade est en verre et, de nuit, des coups de feu attireraient l'attention dans les allées avoisinantes – elle inspira à nouveau –, alors j'opterais pour le parlement des étudiants en deuxième. Je te l'ai dit, il suffirait d'une bouteille d'essence pour enflammer le chalet comme un fétu de paille, et puis il est assez isolé. L'incendie déclencherait l'alerte mais les secours arriveraient par là – elle désigna la caserne des pompiers sur le croquis – et ne croiseraient pas la route du commando en chemin vers la bibliothèque. Oui, dit-elle, c'est bien la bibliothèque que j'attaquerais en dernier, c'est là que se trouve le plus grand nombre de voies pour repartir. Et à moto, je rejoindrais l'autoroute sans rencontrer la moindre opposition.

Mains dans le dos, Mateo fit les cent pas dans la pièce, avant de revenir à la table basse où Ekaterina avait posé le croquis.

— Ça ne colle pas, enfin pas tout à fait, dit-il. Les hommes de Vickersen devront prétendre qu'ils ont arrêté les terroristes présumés dans leur fuite. Pour que ce soit crédible, il faut que les deux types de la photo soient dans les parages. À mon avis, ils les retiendront à proximité pendant que se déroulera le massacre.

— Mais où ? s'interrogea Ekaterina en se penchant sur le croquis.

— Probablement ligotés et bâillonnés à l'arrière d'une voiture ou d'une camionnette garée entre la bibliothèque et le chemin qu'empruntera le véritable commando dans sa fuite. Profitant de la panique générale, ils iront les récupérer, les abattront, s'ils ne l'ont pas fait avant de passer à l'action, leur mettront des armes en main et les abandonneront dans une allée. Les vrais criminels se transformeront en héros pour les avoir descendus.

— Tu as raison, le vrai commando ne cherchera pas à quitter les lieux. Au contraire, ils auront tout intérêt à rester près de leurs proies… À cet endroit, là ! s'exclama Ekaterina en pointant du doigt une ruelle. Blindenverjen longe un petit terrain arboré juste en face du parlement des étudiants, c'est le seul point à la croisée des trois cibles. Si, pour une raison ou une autre, ils ne réussissaient pas à les frapper toutes, leur position resterait stratégiquement favorable. En cette saison, le feuillage est dense, ils pourront agir à couvert et sortir du sous-bois pour déclencher l'alerte après y avoir abandonné les corps.

Cette conversation avait mis Ekaterina profondément mal à l'aise, comme si elle venait de vivre l'attaque.

— Admettons que nous ayons compris leur mode opératoire, cela nous sert à quoi ? demanda-t-elle.

— En ultime recours, à se confronter à eux ?

— Se confronter à des hommes armés ? Tu dis n'importe quoi.

Ekaterina consulta sa montre, deux heures s'étaient écoulées et aucune nouvelle de Janice.

— Elle non plus n'y arrivera pas, soupira-t-elle en quittant son écran.

Elle attrapa ses clés sur la desserte de l'entrée, prit son cartable et adressa un regard désolé à Mateo.

— Où vas-tu ?

— Je te fais confiance, tu ne fouilles pas dans mes affaires, OK ? Si tu as soif, sers-toi dans le frigo.

Sur ces mots, Ekaterina claqua la porte du studio.

Mateo se rendit à la fenêtre, d'où il la vit sortir de l'immeuble et courir vers sa Lada. Il se rua sur son ordinateur, étudia rapidement le plan d'Oslo et rangea son matériel dans sa sacoche avant de quitter à son tour le studio. Il dévala l'escalier, traversa le parking et enfourcha sa moto.

*

Ekaterina suivait l'itinéraire qu'elle empruntait les matins où elle était en retard. Pied au plancher sur la route FV161, elle rétrograda au moment d'aborder le rond-point et, aussitôt qu'elle l'eut franchi, elle fonça à nouveau.

Le soleil déclinait déjà dans le ciel. La nuit tomberait dans trois heures, peut-être un peu plus. Elle avait pris sa décision, elle ne laisserait pas Vickersen passer à l'action.

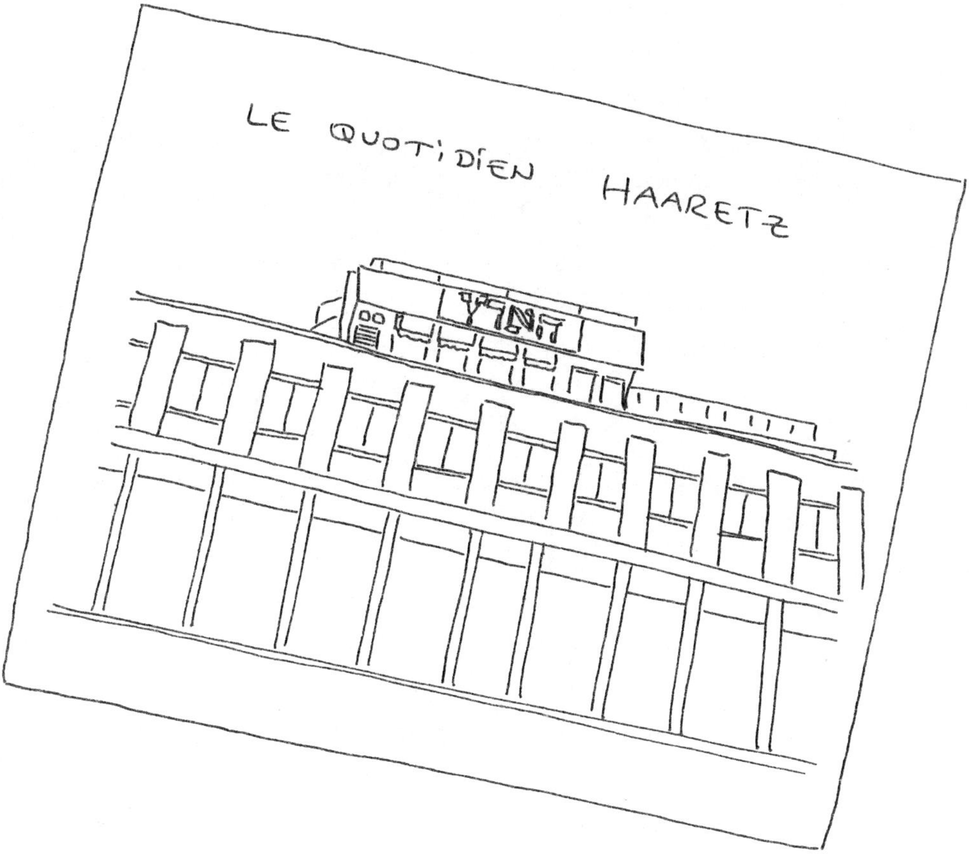
LE QUOTIDIEN HAARETZ

12.

Le deuxième soir, à Tel-Aviv

Janice s'était installée dans la salle de documentation. Plus prudent que de travailler depuis son poste mais pas l'endroit le plus sûr pour mener une attaque informatique. Dans les délais impartis, elle n'avait pas le choix.

Elle avait vite cerné le leurre deviné par Ekaterina et s'efforçait de percer la deuxième ligne de défense des serveurs de Vickersen. Franchir la première sans être repérée avait déjà été un exploit. Elle avait dépassé l'horaire prévu, mais si elle n'avait pas circonscrit le problème dans toute sa dimension, elle n'y serait jamais arrivée. Elle avait commencé par pénétrer les organes les moins protégés du réseau, s'attaquant aux appareils connectés du domicile de Vickersen. Pas de borne Alexa, la partie aurait été trop facile, mais des caméras de surveillance dans chaque pièce. Vickersen ne devait pas accorder une grande confiance à ses collaborateurs. Grâce à ces caméras, elle pouvait voir le poste de travail du secrétaire général. Lorsque le numéro deux du parti de la Nation se connecta à son ordinateur, découvrir son mot de passe fut aussi simple que de lire le mail qu'il rédigeait. Janice ouvrit la fenêtre de la bibliothèque avant d'allumer une cigarette et retourna s'asseoir pour réfléchir.

— *Qui est Janice ?*

— Une jeune femme à l'allure vaillante. Difficile de se prononcer sur son âge, plus ou moins la trentaine. Sa chevelure bouclée et imposante, ses yeux bleu cobalt et son menton bien dessiné donnent à son visage une expression déterminée. Ses gestes vifs témoignent d'une énergie inépuisable, il émane d'elle un parfum de journées menées au pas de course, de tension permanente, et pourtant, lorsqu'elle s'adresse à vous, sa voix rauque est étrangement apaisante. Née de l'amour entre un diplomate israélien et une artiste peintre hollandaise, Janice n'a pas eu une enfance dissolue, elle n'a jamais consommé de drogues ; en revanche, elle a développé très tôt un penchant marqué pour les hommes. Janice vit ce besoin d'amour comme un remède à un mal dont elle souffre depuis son plus jeune âge : une aversion pour la violence, si forte qu'elle la croit codée dans ses gênes.

— *À ce point ?*

— Alors qu'elle était adolescente, un professeur d'histoire attentif, intrigué de déceler chez son élève un malaise évident quand il en venait à parler de conflits, lui donna pour sujet de devoir : « Représentez la violence par un champ lexical. »

Sur sa copie, Janice n'écrivit qu'un mot : Oppression. Les conversations qui se tenaient dans le bureau de son père où, enfant, elle aimait se cacher, n'avaient pas été sans conséquences sur la façon dont elle avait imaginé très tôt, trop tôt, le monde dans lequel elle allait grandir. Ironie du sort, elle avait partagé sa chambre à l'université avec une activiste. Gloria était une révoltée, notamment contre la gent masculine et son penchant hégémonique. Ce qui les amena très vite à diverger sur la façon d'agir pour changer le monde. Janice aimait trop les garçons pour se confronter à eux à longueur de journée. Comme Martin Luther King, son idole, elle était convaincue que la haine se combattait avec de l'amour. D'ailleurs, les hommes dans son lit se montraient prêts à toutes les concessions, tandis que ceux qui se frottaient à Gloria affichaient bien plus de résistance. Janice était consciente que sa vitalité sexuelle n'avait pas valeur d'exemple, mais Gloria se battait pour la liberté des femmes et sa liberté à elle était d'agir comme bon lui semblait. Pour autant, Janice avait appris pas mal de choses en écoutant sa camarade, à commencer par les vertus de l'activisme. Il y a ceux qui pensent à ce qu'il serait bon de faire, et ceux qui agissent. Sa conscience sociale avait aussi connu un éveil précoce, et son appétit de changement se révélait peu commun au sein de la jeunesse à laquelle elle appartenait. À dix ans elle avait déjà compris qu'écouter la parole des politiques était une source d'ennuis terrible et une perte de temps. Pour Janice, les politiciens étaient à la société ce que les marabouts sont à la médecine. On avait beau la taxer de naïveté, elle n'en prenait jamais ombrage. Jusqu'à preuve du contraire, quand il y a le feu, ce n'est pas en suggérant de l'arroser qu'on l'éteindra, mais en prenant un seau et en se bougeant les fesses.

Voilà pourquoi Janice était elle aussi devenue activiste, déterminée mais toujours tolérante, ce qui lui conférait une originalité rare. Prouver qu'ensemble on pouvait construire au lieu de détruire lui paraissait être la façon la plus efficace de mener son combat. Pour cela, Janice avait appris à coder, parce que les hommes confient tous leurs secrets aux ordinateurs, y compris leurs mensonges et leurs turpitudes. Dans ce monde où tout tourne à cent à l'heure, sauf la justice, confondre les auteurs du mal avait pour elle une valeur sociétale incontestable et la loi confortait sa conviction : *Dans les cas de crime flagrant [...] toute personne a qualité pour en appréhender l'auteur et le conduire devant l'officier de police judiciaire le plus proche.* Mais la police n'est pas toujours disposée à vous écouter, surtout quand vous êtes une jeune hackeuse.

Sur les conseils de sa mère, Janice avait embrassé une carrière de journaliste d'investigation. Un métier périlleux où vos ennemis se comptent en plus grand nombre que vos amis. Quelques années plus tard, alors qu'elle menait une enquête visant un milliardaire anglais aussi malfaisant que puissant, on lui tendit un piège. Janice, qui abusait un peu trop de ses talents informatiques pour se procurer des preuves, était tombée dedans. Il lui en coûta sa réputation, et son travail. Sans emploi, mais résolue à poursuivre son combat, elle répondit à l'invitation à s'associer à une joyeuse bande de hackeurs qui partageaient ses valeurs et ses intentions.

Aujourd'hui, parallèlement à ses activités au sein du Groupe, Janice travaille en free-lance pour le quotidien *Haaretz.*

— *Comment a-t-elle convaincu le rédacteur en chef de croire en sa probité ?*

— Bien que grillée dans son milieu, Janice ne manque pas d'atouts. Séductrice, manipulatrice, elle a son franc-parler, un talent particulier pour délier les langues ainsi qu'une résistance hors norme à la fatigue.

Aussi brillante hackeuse fût-elle, percer la forteresse du parti de Vickersen relevait d'un défi inédit pour Janice. Et, bien que la vie et la mort en fussent l'enjeu, elle en ressentait une certaine excitation.

Naviguer dans l'ordinateur du numéro deux du parti de la Nation exigeait une grande prudence. À l'intérieur d'un musée, les pièces les plus précieuses sont équipées de leurs propres alarmes. Janice se promena de répertoire en répertoire, cherchant d'abord à observer la structure du réseau. Elle découvrit une architecture remarquablement bien conçue et songea que les commanditaires d'un système aussi sophistiqué avaient eux-mêmes dû faire appel aux services d'un White Hat de très haut niveau. Le défier était fort tentant, mais Janice avait appris, à ses dépens, à ravaler son orgueil. Pour commencer, elle se contenta de recopier dix dossiers, guettant une riposte qui ne vint pas. Deux cigarettes plus tard, elle s'attelait à les décrypter. Lorsqu'elle parvint à déverrouiller le premier, son contenu la laissa sans voix.

Un mail, daté de février, demandait la confirmation d'un virement de 100 000 livres sterling. En se penchant sur l'adresse du destinataire, elle avait reconnu le logo d'un établissement financier qu'elle aurait aimé ne jamais revoir.

Au cours de la fameuse enquête qui avait mis un frein à sa carrière, elle avait pénétré les systèmes informatiques de cette banque domiciliée sur l'île de Jersey, paradis fiscal, et qui comptait parmi ses gros clients le malfaisant et puissant milliardaire anglais Ayrton Cash. Une coïncidence était peu probable. Que venait faire ce démon dans les affaires de Vickersen ? se demanda-t-elle. Le businessman anglais avait largement contribué au succès du Brexit, finançant de vastes campagnes de désinformation, au point de s'être vu célébré comme « grand argentier du divorce »… dont il avait aussi été le grand bénéficiaire. Ayrton n'avait pas agi par conviction patriotique mais pour en retirer des profits considérables.

Un deuxième courriel attira l'attention de Janice. Daté du mois de janvier, il confirmait la tenue d'un entretien téléphonique entre Robert Berdoch, magnat de la presse populiste anglo-saxonne, Stefan Baron, Vickersen, et enfin Vladik Libidof, un oligarque russe qui s'était offert le quotidien anglais *Morning News*, et un passeport de Sa Majesté en prime.

Janice comprit que cette découverte allait l'entraîner bien au-delà de la tâche que lui avaient confiée Mateo et Ekaterina.

Elle attrapa une petite fiole de whisky dans son sac, grilla une autre cigarette et se replongea dans son écran.

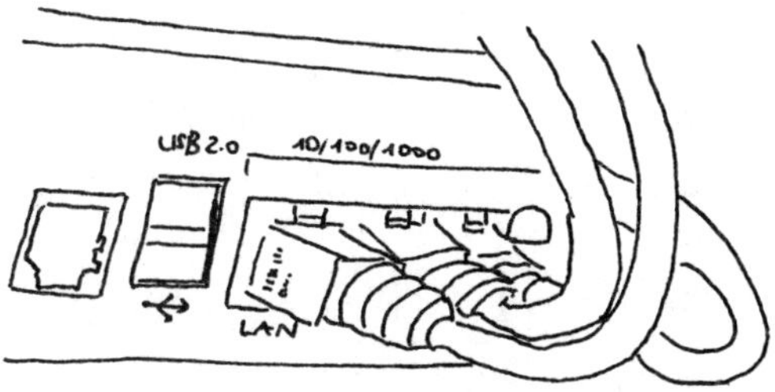
USB 2.0
10/100/1000
LAN

13.

Le deuxième soir, à Oslo

Ekaterina arrêta sa voiture devant le poste de la sûreté de l'université. Elle connaissait tous les policiers qui travaillaient dans cette annexe. Chaque année, à quelques jours de la rentrée, les enseignants étaient conviés à une matinée d'information sur la sécurité du campus. Leur chef s'appelait Olav. La cinquantaine, ventripotent, c'était un gars à l'allure rudimentaire, trop têtu à son goût, mais un bon bougre quand on savait s'y prendre avec lui. Voilà longtemps qu'il ne la verbalisait plus lorsqu'elle garait sa Lada à cheval sur deux places et il avait ranimé plusieurs fois sa batterie quand le froid de l'hiver l'avait mise à mal. Ekaterina espérait qu'il la croirait sur parole. Elle vérifia que la photographie des deux hommes se trouvait bien dans son cartable, répéta mentalement le discours qu'elle allait lui tenir en se promettant de garder son calme. On toqua à sa vitre, elle sursauta. C'était Mateo, qui lui fit signe de rester dans sa voiture.

Ekaterina l'observa contourner la Lada. Il avait de l'allure, c'était indiscutable. Autant que sa voix, elle appréciait son regard attentif quand il l'écoutait. Une contradiction la piqua : elle était furieuse qu'il l'ait suivie et troublée qu'il lise en elle au point d'avoir anticipé ce qu'elle allait faire. Mateo prit place sur le siège passager, referma la portière et la fixa avec l'un de ces petits sourires affectés qui peuvent vous donner des envies de meurtre.

— Qu'est-ce que tu fais là ? lui lança-t-elle.

— Tu sais au moins à qui tu vas te livrer ?

— Si tu parles d'Olav, c'est un brave type, il n'a pas inventé le bouton à quatre trous, mais…

— Son nom de famille ? demanda Mateo en prenant son portable dans sa sacoche.

Ekaterina le regarda, perplexe.

— C'est bon, soupira-t-il après avoir pianoté sur l'ordinateur, Olav Berg, chef de la police de l'université.

Mateo continuait de taper sur le clavier.

— C'est un petit algorithme que j'ai mis au point, enchaîna-t-il en tournant l'écran vers elle, je me connecte à son profil sur FriendsNet, je recopie les photos, messages, commentaires, likes… bref… et j'insère tout dans mon programme.

— Et ensuite ? demanda-t-elle, curieuse.

— L'algorithme vérifie si un autre profil contient suffisamment de données similaires pour laisser soupçonner que les deux comptes appartiennent à la même personne.

Un silence de plomb régnait dans la Lada pendant que le programme opérait. Lorsqu'il aboutit, Mateo posa son ordinateur sur les genoux d'Ekaterina.

— Ton chef de la police a un pseudo, et vu ce qu'il poste sur sa page, c'est un sympathisant du parti de la Nation. Il ne t'est pas venu à l'idée que Vickersen ait des complices dans la place ? Maintenant, si tu as toujours envie de te confier à ce brave Olav…

— On t'a déjà dit à quel point tu pouvais être exaspérant parfois ?

— Heureusement que tu as précisé « parfois », répondit Mateo, impassible.

Ekaterina ferma les yeux.

— Comment as-tu deviné ? demanda-t-elle.

— Je n'ai rien deviné, j'ai vérifié. Je n'ai aucune légitimité pour te donner des leçons, mais je t'en prie, tâche d'être plus prudente.

Ekaterina poussa un long soupir et se cala dans son siège. Découragée, elle posa la tête sur l'épaule de Mateo.

— Qu'est-ce qu'on fait maintenant ? Je ne me suis jamais sentie aussi seule.

— On t'a déjà dit que tu pouvais être désobligeante ?

— Tu as oublié de préciser « parfois ».

Mateo ne voyait pas d'autre solution pour prévenir l'attaque que d'arrêter eux-mêmes les assaillants. Ekaterina le suivit vers le sous-bois à la recherche de la camionnette.

Elle arriva à la tombée du soir. Trois hommes en descendirent. Mateo et Ekaterina n'avaient pas envisagé que les assauts puissent être simultanés et ils n'avaient plus le temps d'élaborer un autre plan. S'ils voulaient sauver les étudiants, il fallait agir maintenant. Ekaterina se rua vers la bibliothèque pour les faire évacuer. Elle entra hors d'haleine dans la grande salle, hurlant à tous de fuir sur-le-champ. Les étudiants la prirent pour une folle et ricanèrent. Quand elle voulut les repousser vers les portes, un solide gaillard s'interposa, pensant qu'elle était ivre, et lui rappela que le silence était de rigueur en ce lieu.

Mateo, lui, était resté près de la camionnette pour surveiller les trois hommes. Il consulta son smartphone, inquiet, et se trouva pris de court lorsqu'ils se dispersèrent. S'il réussissait à en immobiliser au moins un, il sauverait nombre de vies, quitte à y perdre la sienne. Il est des moments où le courage s'impose sans prévenir et nous donne la force d'accomplir ce que l'on croyait impossible. Les trois hommes n'étaient qu'à quelques dizaines de mètres les uns des autres, s'éloignant au pas d'un promeneur pour n'éveiller aucun soupçon. Lequel d'entre eux arrêter dans sa course sanglante ? Mateo choisit celui qui avançait vers la bibliothèque, Ekaterina s'y trouvait et elle lui était déjà plus précieuse qu'il ne voulait se l'avouer. Il s'apprêtait à bondir sur l'homme quand ce dernier s'immobilisa, et sortit un téléphone de sa poche pour répondre à un appel. Il raccrocha presque aussitôt, puis il siffla trois fois dans ses doigts en faisant signe à ses comparses de retourner vers la camionnette. Mateo les vit grimper à bord et repartir comme ils étaient venus.

Il demeura quelques instants dans l'allée, immobile, le cœur battant à tout rompre. Jamais il n'avait eu aussi peur. Retrouvant ses esprits, il se précipita à la rencontre d'Ekaterina.

Elle déambulait sur le parvis, dans un état second, barrant avec force cris l'accès aux étudiants qui voulaient se rendre en salle de lecture. Elle avait l'air possédée. Mateo repéra trois policiers du campus qui marchaient vers elle. Il la prit par la main et l'entraîna d'un pas rapide vers le parking. Arrivé devant sa moto, alors qu'elle tremblait de tout son corps, il l'enserra de ses bras.

— Le cauchemar est fini, lui dit-il.

Ekaterina releva la tête, hagarde.

— Qu'est-ce que tu as fait ?

— Rien… je ne comprends pas, ils ont renoncé au dernier moment, répondit-il.

Il lui tendit son casque, mais elle refusa de le mettre.

— Besoin de grand air, dit-elle en enfourchant la moto et elle le supplia de rouler aussi vite qu'il le pouvait.

Mateo démarra et l'emmena dans la nuit.

— Que s'est-il passé pour que les hommes de Vickersen renoncent ?

— Un évènement, arrivé à point nommé. Quelques instants avant le début de l'attaque, Knut Thorek, secrétaire général et numéro deux du parti de Vickersen, reçut par mail une menace explicite. L'expéditeur lui accordait deux minutes pour annuler l'opération avant d'envoyer à la presse la pièce jointe à son courriel. Thorek s'empressa de l'ouvrir, découvrant la photo des deux hommes retenus en otages, posée sur une édition du journal du matin pour attester de la date. Il devint pâle comme un linge. Sur l'écran, à côté de l'image des deux victimes que ses sbires retenaient prisonniers, un chronomètre décomptait les secondes, 120, 119, 118, 117… Vickersen n'était pas dans ses appartements, le politicien se pavanait dans un restaurant en vogue d'Oslo, pour y être vu par le plus grand nombre de témoins possible. Aucune chance de le joindre avant l'échéance de l'ultimatum. Alors que le chronomètre affichait « 60 secondes », le numéro deux du parti décida de rappeler ses hommes, et de mettre fin à la mission en cours. Il confirma cet ordre en envoyant par retour de courriel à l'émetteur anonyme une autre photo, celle des deux hommes, en piteux état mais apparemment libres. Le chronomètre s'arrêta à « 5 secondes ». Le secrétaire général ferma la porte de son bureau, ivre de rage, et envoya un message à Baron pour le prévenir que l'opération Nation forte était compromise. Baron appela sans délai le responsable de sa sécurité et demanda que l'on prépare son avion privé. Deux heures plus tard, il s'envolait vers Londres.

Le deuxième soir, à Tel-Aviv

Janice continuait sa progression dans le réseau informatique de Vickersen avec d'infinies précautions, recopiant tout ce qu'elle y trouvait. La coupure brutale des serveurs l'arrêta net. Les caméras de surveillance avaient également disparu de son écran, juste après que le secrétaire général avait reçu un mail de menace. Janice pensa que ses amis n'y étaient pas allés de main morte. Un coup risqué à son goût, mais en lisant, un peu plus tard, un texto de Mateo l'informant que l'attaque avait été annulée, elle en conclut que la fin avait justifié les moyens.

— *Ce n'était pas Janice qui avait envoyé ces documents ?*

— Non, et peu importait ce quiproquo. Ce qui comptait, c'est qu'elle soit résolue à poursuivre ses recherches ; elle était loin d'avoir trouvé la réponse à trois questions essentielles : Comment ce petit parti politique d'ultradroite avait-il pu s'offrir un tel niveau de protection ? Pour quelles raisons avait-il été mis en place ? Et que venaient faire trois millardaires, dont deux magnats de la presse, dans cette affaire ? D'autant plus que Janice n'était pas la seule à avoir mis la main sur des informations scandaleuses. L'Hydre gagnait du terrain et Janice, Mateo ou Ekaterina, pas plus que Diego, Cordelia, Maya ou leurs comparses en Ukraine, ne pouvaient envisager que leurs actions les préparent au combat.

14.

Le deuxième soir, à Londres

Cordelia était assise en tailleur au milieu de son salon, penchée sur les listings trouvés dans la mallette en cuir de Sheldon. Si son grand-père avait été encore de ce monde, il lui aurait passé un sacré savon pour avoir commis un vol... et l'aurait félicitée dès qu'elle lui en aurait expliqué la raison. Antonio était un homme libre, républicain de la première heure, un révolté permanent à qui on ne la faisait pas. Il aurait été fier de voir sa petite-fille compulser les pages d'un dossier explosif, recouper les informations, prendre des notes à toute vitesse, stupéfaite de ce qu'elle découvrait.

Une fois n'était pas coutume, il faisait un temps splendide à Londres, le soleil tiédissait les briques du 60, Oval Road, un ancien entrepôt du quartier de Camden reconverti en immeuble d'habitation.

Les effluves du canal remontaient jusqu'aux fenêtres ouvertes du loft trop grand pour Cordelia. Elle y vivait seule, mais l'espace était *le* luxe auquel elle ne savait pas résister. Elle rêvait d'une maison avec un chat, une cheminée qui embaume le parfum du bois brûlé, un jardin où aller se dorer quand la chaleur du jour redevient supportable, une grande cuisine et des fenêtres ombragées par des bougainvilliers massifs. Une vieille maison comme celle de Cordoba où, enfant, elle passait ses vacances.

Le soleil disparaissait derrière l'immeuble de l'autre côté du canal. Cordelia relisait ses notes, elle n'arrivait toujours pas à se représenter l'ampleur de ses découvertes, consternantes, effrayantes aussi. Elle se souvenait des soirs où elle demandait à son grand-père pourquoi la peur se manifeste la nuit. Antonio lui répondait qu'elle était là dans la journée, seulement voilée par la lumière. Il lui avait appris à s'en faire une alliée, une raison de se battre. Ces souvenirs d'enfance lui rappelaient à quel point Diego lui manquait. Son frère, son alter ego, tout ce qu'il lui restait de famille. Son contraire aussi, si calme et si solide. Elle détestait cette solitude qui la suivait comme une ombre. Autre leçon de son grand-père : ceux qui recherchent la vérité doivent renoncer à la compagnie des autres. Antonio déclarait qu'elle était une enfant prometteuse, sans pour autant lui dire ce qu'elle devait promettre. Peut-être venger Alba. Comment imaginer alors à quel point ce serment l'engagerait ? Mais à quoi bon, si c'était pour ne jamais voir Diego ? Il l'avait rappelée tout à l'heure ; trop affairée à son travail, elle n'avait pas décroché, elle s'en voulait, il devait s'inquiéter.

Cordelia releva la tête, inspira profondément. Son regard revint vers les listings ; la rage et la révolte n'étaient plus de mise, le temps de la vengeance était venu ; elle était désormais résolue à se dédier entièrement à cette mission. Plus seulement pour Alba mais aussi pour tous ceux qui étaient morts, victimes de la cupidité d'une poignée d'hommes et de femmes qui ne pensaient qu'à s'enrichir. Autant de noms qui apparaissaient sous ses yeux.

Elle rédigea un mail à son employeur pour l'informer qu'une obligation familiale la forçait à s'absenter huit jours. Elle traiterait ses dossiers à distance. Cette décision serait sans conséquence, sa hiérarchie l'appréciait, elle leur était indispensable. Puis elle envoya un autre mail à Diego. Pour le prévenir qu'elle avait trouvé les preuves irréfutables d'agissements criminels et que les manipulations des labos allaient au-delà de tout ce qu'ils imaginaient. Elle s'interrompit et, sur un coup de tête, se connecta à un site de voyages. Le dernier vol vers Madrid décollait à 20 h 25, en se dépêchant elle pourrait presque attraper celui de 19 heures.

Elle ramassa ses feuilles, saisit son ordinateur portable, remplit un sac de vêtements pour la semaine.

Ce départ inopiné ferait une heureuse… Penny Rose.

Penny Rose était une fille au cœur et au corps cabossés qui traînait dans le quartier depuis toujours. Elle gagnait sa vie en jouant de la guitare sur les terrasses des restaurants du canal, toujours prête à rendre service en débardant les marchandises contre un peu de monnaie. Cordelia l'avait rencontrée un soir, grelottante sur un banc. Elle lui avait offert un manteau, un peu d'argent, et, plus précieux encore, une présence, une écoute. Un hiver où le froid rendait la rue invivable, elle lui avait ouvert sa porte. Cordelia était comme ça. Penny Rose avait squatté le canapé, le temps que les températures redeviennent clémentes, et s'en était allée, laissant derrière elle un petit ours en porcelaine et un mot de remerciement. Penny Rose n'avait pas le sou, mais elle avait sa fierté et sa liberté. Depuis, Cordelia lui confiait des petites tâches pour justifier les 20 livres qu'elle lui donnait chaque semaine ; arroser ses plantes, réceptionner un paquet, en poster un. Pour cela, Cordelia et Penny Rose partageaient une cachette, derrière une brique descellée dans la cour de l'immeuble.

Cordelia y laissa un mot, ses clés et le billet de 20 livres. Elle lui demandait de prendre soin de ses plantes et surtout de bien se servir dans le frigo car elle ne rentrerait pas avant huit jours.

Coup de chance, à peine sur le trottoir, elle repéra un taxi.

Sur la M5, elle avait l'impression de revivre ! À quoi bon avoir pris tant de risques, si elle ne pouvait pas partager sa victoire avec Diego ?

Elle effaça le mail qu'elle lui rédigeait plus tôt pour en taper un autre, plus concis :

J'espère que la cuisine de ton restaurant
sera encore ouverte à minuit, j'ai déjà faim.
Ta sœur.

La deuxième nuit, à Oslo

Ils roulaient depuis près d'une heure. Ekaterina faisait corps avec la moto, se laissait aller dans les virages, elle avait même lâché la taille de Mateo pour se tenir aux barres sur les côtés de la selle.

Ils abandonnèrent la E18, qui longeait le bord de mer, à la hauteur du port de plaisance, et bifurquèrent sur Flipstadveien. Ekaterina ne cherchait pas à savoir où il la conduisait. Pas plus qu'elle ne cherchait comment elle se justifierait quand le recteur la convoquerait. Elle ne se faisait guère d'illusions, son comportement à la bibliothèque aurait fait le tour du campus et nourrirait les conversations des étudiants et des professeurs. Ça aussi, elle s'en fichait, éperdument. De quelque façon que ce soit, elle était sûre d'avoir joué un rôle dans l'arrêt des projets de Vickersen. Qu'importait si au lieu d'une médaille pour avoir risqué sa vie, on lui collait un blâme, ou une mise à pied. Elle connaissait la vérité, Mateo aussi, et c'était tout ce qui comptait.

C'était la première fois qu'elle faisait de la moto. La vitesse la grisait, même si elle devinait que Mateo ne roulait pas aussi vite qu'il aurait aimé, parce qu'elle avait refusé de porter un casque. Elle se sentait bien, presque trop. Entre eux brillait une intelligence qu'elle percevait chaque fois qu'il la regardait.

La moto ralentit sur Tjuvholmen et s'arrêta devant un restaurant de fruits de mer. Mateo abaissa la béquille, mit un pied à terre, et lui tendit la main.

— Tu as faim ? demanda-t-il.

Ekaterina le regarda. Silencieuse, elle fit un pas vers lui et l'embrassa.

— J'ai plus envie de toi que d'un homard, lui murmura-t-elle à l'oreille.

Elle l'entraîna par la main. Le néon bleu vif d'un hôtel se reflétait sur les eaux calmes du port d'Oslo. Elle trouva que le nom de l'établissement leur allait bien : The Thief. Ekaterina avait une envie folle de voler un peu de bonheur.

La deuxième nuit, à Madrid

L'avion venait de se poser sur la piste de l'aéroport de Madrid Barajas. Cordelia était de retour au pays, un sentiment qui l'enivrait. Dès que les panonceaux lumineux s'éteignirent, elle attrapa son sac dans le compartiment à bagages et se leva. Elle avait pris une place en business pour sortir parmi les premiers de la cabine. Elle remonta la passerelle d'un pas pressé. Si la circulation n'était pas trop dense, elle retrouverait Diego dans une heure au plus, ce qui lui paraissait encore beaucoup trop long. Elle se précipita dans le terminal, un sifflement l'arrêta en pleine course. Son visage s'illumina. Combien de fois avait-elle rappelé à son frère qu'on ne siffle pas les filles ! Elle se retourna et se jeta dans ses bras.

— Mais comment tu as su, Chiquito ?

Ce surnom dont elle l'affublait depuis leur enfance et qu'il détestait.

— Pas très compliqué, j'ai regardé les horaires, tu étais forcément sur ce vol, ou le suivant.

— Laisse-moi te regarder. Ça te va bien ce sweat à capuche, tu as maigri ?

— Je ne crois pas, mais toi, tu as une mine de papier mâché.

— J'ai surtout une faim de loup, je t'avais prévenu.

— À cette heure-là, le restaurant est fermé, s'excusa Diego en prenant sa sœur par les épaules. Mais ne t'inquiète pas, je t'ai préparé quelque chose.

L'autoroute était dégagée, Cordelia regardait tantôt par le pare-brise, tantôt par la vitre, avec les yeux d'une enfant émerveillée.

— Madrid n'a pas tant changé, on dirait que tu la découvres, s'amusa son frère.

— Tu sais depuis combien de temps je ne suis pas venue ?

Diego ne répondit pas, ils savaient tous deux que la dernière visite de Cordelia remontait aux obsèques d'Alba.

— Si, Madrid a beaucoup changé… Dans cet accoutrement et avec cette barbe, mon frère ressemble à un rappeur, je te reconnais à peine. Tu as quelqu'un dans ta vie, Chiquito ?

— Oui. Et je préférerais que tu ne m'appelles pas Chiquito en sa présence.

— Alors, c'est sérieux ? s'exclama Cordelia en se tournant vers lui.

— Peut-être, il est encore trop tôt pour le dire.

— Mais sûrement pas trop tôt pour me la présenter.

— Si nous avons le temps, en fonction de la durée de ton séjour.

— Une semaine au moins. J'ai tellement de choses à te raconter. Et j'exige de rencontrer ta conquête… à moins que ce ne soit elle qui t'ait conquise, ce qui me la rendrait moins sympathique.

— Tu es toujours aussi folle.

— Bien sûr que je suis folle, tu ne m'as encore rien dit. Je veux tout savoir. Comment vous êtes-vous connus ? Elle ne travaille pas dans ton restaurant, j'espère ? On ne doit jamais mélanger le travail et l'amour.

— Mais ce que tu es devenue bavarde ! Tu sais que j'ai une vie en dehors du restaurant ?

— Voilà qui serait une autre nouveauté madrilène.

— Et toi, tu as quelqu'un ? demanda Diego.

— Chiquito, ne commence pas ce petit jeu avec moi, tu parles d'abord et moi ensuite.

Diego sourit malicieusement en garant sa voiture le long du trottoir.

— Tu mourais de faim, non ? Dînons et je me mettrai à table ensuite, dit-il en se penchant pour lui ouvrir la portière.

Cordelia emplit ses poumons de l'air du soir, heureuse de renouer avec sa ville. Diego s'arrêta devant la devanture du restaurant, tourna la clé et céda le passage à sa sœur.

Elle fut époustouflée en découvrant la salle. Silencieuse, elle admira les photographies de Masats accrochées aux murs, les tables dressées de somptueux couverts sur des nappes blanches immaculées, les banquettes en cuir, le damier du sol en marbre, et elle eut bien du mal à masquer son émotion.

— Chiquito, je croyais que tu tenais une bodega, pas un endroit aussi beau. Mais comment as-tu fait ?

— Si tu l'avais su, tu serais venue goûter plus tôt à ma cuisine ? railla-t-il en lui montrant la place qu'il leur avait réservée. Mon chef t'a concocté quelques-unes de nos spécialités. Attends-moi un instant, je reviens.

Diego réapparut une bouteille à la main ; il avait passé une veste blanche brodée au nom de son établissement : Alba.

Cordelia ne dit rien. Un ange passa et elle s'extasia devant la bouteille qu'il débouchait.

— Tu as un truc à m'annoncer ?

— La présence de ma sœur en ces lieux est en soi un évènement.

Le vin coulait, Diego lui servit un repas de reine. Calamars d'Andalousie, pincho de tortilla, asperges d'Aranjuez, Cordelia se régalait et ne cessait de le questionner sur sa petite amie ; il enchaînait les allers-retours vers les fourneaux pour ne pas lui répondre.

— Avec tout ça sur les bras, tu arrives encore à coder ? demanda-t-elle au moment du dessert.

— En temps normal, beaucoup de gens travaillent ici. Ma brigade compte une bonne trentaine de personnes.

Cordelia écarquilla les yeux.

— Et tu arrives à payer tout ce monde ?

— Tu vas enfin me dire pourquoi tu es venue ? Je ne t'ai jamais vue autant boire, et surtout, aussi vite.

— J'avais soif ! Donne-moi au moins son prénom, dis-moi à quoi elle ressemble et si elle est généreuse avec toi.

— Elle s'appelle Flores et elle est négociante en spiritueux.

— Eh bien, dit Cordelia, un œil sur la bouteille dont il ne restait plus qu'un fond, elle sait te faire dépenser de l'argent !

— OK, si tu le prends comme ça on change de sujet.

— Et comme tu es susceptible… c'est qu'elle te plaît beaucoup ! Quel âge ?

Diego sortit son portefeuille de la poche arrière de son pantalon.

— Mais non ! s'écria Cordelia. Ne me dis pas que tu as une photo d'elle dans ton portefeuille !

Elle observa la photographie avec une moue ostensible.

— Elle a un petit côté Penélope Cruz et comme tu n'es pas Javier Bardem, je reconnais que tu as fait fort, mon frère. Elle est sublime. C'est quoi son défaut ?

Diego n'était pas insensible au compliment de sa sœur.

— Bon, arrête avec ça. Qu'est-ce qu'il y avait dans cette mallette ?

Cordelia sortit une enveloppe en kraft de son sac et la posa sur la table.

— Tout est là, dit-elle. Les preuves sont si accablantes que je ne sais pas par où commencer. Il va falloir que nous décidions tous les deux de ce que nous voulons en faire.

Diego parcourut les feuillets. Des pages de tableurs où s'alignaient en colonnes des noms de médicaments, les tarifs auxquels ils étaient vendus en pharmacie. Lamivudine, pour le traitement de l'hépatite chronique et du HIV ; Zidovudine, pour la séropositivité ; Budésonide, pour l'asthme ; la liste n'en finissait plus, antibiotiques, anticancéreux, antidépresseurs, contraceptifs. La troisième colonne contenait des dates, permettant d'établir que les laboratoires pharmaceutiques s'accordaient depuis des années pour gonfler artificiellement les prix, et pas seulement de l'insuline, mais d'une centaine de produits, afin d'en tirer des profits qui s'élevaient à des centaines de millions de dollars, mettant par ces pratiques un grand nombre de remèdes hors de portée des patients les plus démunis.

— Cette fois, nous les tenons pour de bon, annonça fièrement Cordelia.

Diego ne se réjouit pas autant qu'elle ; la mine renfrognée, il reposa les documents sur la table.

— Tu as bien fait de quitter Londres, lâcha-t-il, les traits fermés.

— Qu'est-ce qui te prend ? Je pensais que tu allais sauter de joie.

— Tu te rends compte de ce que ça représente ? Tu as conscience que ceux à qui tu as volé ces listings ne reculeront devant rien pour les récupérer ?

— J'ai pris mes précautions.

— Tu es ma sœur aînée et pourtant, avec les années qui passent, j'ai l'impression d'être le seul adulte. Tu sais à quel point ces groupes sont puissants, et ils disposent de relations tout aussi puissantes ; à l'heure qu'il est, les enregistrements des caméras de surveillance d'Heathrow ont dû être scrutés à la loupe et les logiciels de reconnaissance faciale ont dû tourner à plein régime pour identifier le voleur. Ils savent qui tu es, où tu travailles, et où tu habites. C'est hallucinant que tu sois à ce point inconsciente du danger !

— Tu me sous-estimes, répondit sèchement Cordelia. Je t'ai dit que j'avais pris mes précautions, qu'est-ce que tu crois ?

— Le contraire, justement. Parce que tu n'étais pas préparée, comme nous étions préparés pour toutes nos attaques depuis…

— La mort d'Alba. Dis-le, à moins que Flores te l'aie déjà fait oublier… Pardon, c'était nul, j'ai trop bu, et ce n'est vraiment pas ce que je pense.

— Si nous n'avions pas improvisé, poursuivit Diego, impassible, nous aurions appris où les caméras étaient implantées, comme celles planquées derrière les grilles d'aération, les miroirs, les panneaux publicitaires, dans les boutiques. Il est humainement impossible de passer inaperçu dans un aéroport, sauf après une préparation méticuleuse. Et encore, il aurait suffi d'une petite erreur pour que tu sois repérée. Tu le sais bien, quand même ! Il y en a des centaines dans le terminal 3, sur les trottoirs, dans les parkings, les bars et restaurants, les salles d'attente, les aires de repos, tu veux que je continue ou tu vois enfin le pétrin dans lequel tu t'es fourrée en volant cette mallette ?

Cordelia but son verre d'un trait, avant d'essuyer ses lèvres d'un revers de la main.

— OK, imaginons qu'ils m'aient filmée. Quelle est la suite de ton scénario catastrophe ?

— La police doit être en train de fouiller ton appartement, si ce n'est pas déjà fait.

— Tu as vu ce que révèlent les documents que tu as sous les yeux, ça m'étonnerait qu'ils fassent appel à la police pour les récupérer.

— OK. À *leur* police, si tu préfères. Des mercenaires qui ne prendront pas de gants. Demain, ils se présenteront à ton bureau, établiront le lien avec ton métier, avec le matériel auquel tu as accès ; tu seras grillée auprès de tes employeurs ; essaie de te connecter à ton poste de travail dans la matinée, et tu verras si mon scénario est catastrophique ou simplement réaliste. Maintenant, concentre-toi. Ont-ils un moyen de savoir que tu as un frère à Madrid ?

— Je poste le minimum requis sur les réseaux sociaux pour ne pas éveiller de soupçons, quelques photos idiotes comme la plupart des gens. Des couchers de soleil bien nazes, deux trois chiens et chats qui font le plein de likes… mais jamais rien de compromettant, tu le sais bien. Et au boulot, on ne vous demande pas votre pedigree. Les familles anglaises sont si dysfonctionnelles que les DRH ont renoncé depuis longtemps à s'intéresser à vos parents, encore moins à vos frères et sœurs. Quant à nos appels et messages, on est toujours passés par des canaux sécurisés, donc, non, je ne pense pas qu'ils puissent se douter que tu es mon frère.

— Ils doivent déjà savoir que tu es partie en Espagne, ton départ leur laissera croire que tu avais prévu ta fuite.

— Mais je n'avais rien prévu ! Et certainement pas de voler cette mallette.

— Tu t'en es débarrassée, j'espère ? s'alarma Diego.

L'air confus de Cordelia ne le rassura pas.

— Nous devons assurer nos arrières. S'ils la trouvent, ta culpabilité sera établie.

— Mais merde, enfin, tu mets tout à l'envers, c'est moi qui ai les preuves de leur culpabilité !

— De la façon dont tu t'es procuré ces preuves, elles ne seront pas recevables par un tribunal.

— Tu es juriste maintenant ? s'insurgea Cordelia.

Il lui lança un regard consterné.

— Bien… Résumons la situation, les caméras ont révélé ton identité, la mallette, que tu es bien celle qu'ils recherchent et ton billet d'avion, la destination de ta fuite…

— Je ne me suis pas enfuie, bordel, je suis venue te voir ! cria Cordelia.

Leurs regards se rencontrèrent. Diego se pencha en avant et posa lourdement les coudes sur la table, tel un patriarche qui veut affirmer son autorité.

— Ils chercheront à savoir pourquoi Madrid. Ils supposeront que tu as un complice, quelqu'un ou une organisation pour laquelle tu travailles. Aidés de contacts haut placés, et ils en ont, ils te traceront jusqu'ici. Tu as semé des poussières dès que tu es arrivée dans le terminal. Heureusement que je portais ce sweat à capuche. Maintenant, laisse-moi réfléchir.

— À quoi ?

— À la façon de te protéger. Sur l'autoroute, tu m'as fait remarquer que j'avais oublié d'allumer mes phares, n'est-ce pas ?

— Et alors ?

— Alors ils étaient aussi éteints quand nous sommes sortis du parking. Comme il est sombre, au pire ils reconnaîtront le modèle mais ils ne liront pas la plaque d'immatriculation. Le vieux Madrid n'est pas encore sous surveillance. Ils perdront notre trace au tournant de la Calle de Miguel Ángel, peut-être même avant. Cela nous donne un peu de temps ; j'irai planquer la voiture dans un garage demain matin et nous nous déplacerons à moto.

— Tu as une moto ?

— J'en aurai une demain.

Diego se leva, ramassa les assiettes et pria Cordelia de lui donner un coup de main.

— Et Penélope, tu lui fais aussi débarrasser le couvert ?

— Elle s'appelle Flores, tu ferais mieux de te le rappeler si tu veux que je te la présente, et Flores ne vole pas de mallette dans les aéroports !

— Eh bien tu dois drôlement t'emmerder avec elle ! persifla Cordelia en s'emparant des verres.

LE CANAL DE CAMDEN

15.

Le troisième jour, à Oslo

Ekaterina ouvrit les yeux, le réveil affichait 4 h 05 du matin, Oslo sortait déjà de la nuit. Elle tourna la tête et regarda Mateo dans son sommeil. Son visage lui semblait différent, tourmenté. À quoi rêvait-il ? Cette nuit, dans ses bras, elle avait eu peur, pas de lui, mais qu'il devine son émotion, peur du lendemain et des jours qui suivraient. Elle se glissa hors des draps, et s'entoura d'une serviette. Sans faire de bruit, elle entrouvrit la baie vitrée pour se faufiler sur le balcon.

Appuyée à la balustrade, elle regarda les voiliers miroiter sur les flots dans la lumière argentée de l'aube. Elle eut envie de fumer, même s'il était encore très tôt, ou tard, pour quelqu'un qui avait peu dormi.

— J'aime le son des bômes et des haubans, murmura-t-elle, en entendant des pas dans son dos. Certains soirs, il m'arrive de venir traîner sur ces quais pour les entendre claquer dans le vent. Le monde est si calme par ici.

Elle gardait les yeux rivés sur les embarcations, et lui l'observait en silence. Elle lui tendit sa cigarette qu'il refusa poliment, rajusta la serviette, et tira une longue bouffée.

— Tu repars à Milan ?

— J'ai grandi à Milan, mais je vis et travaille à Rome.

— Tu ne m'as toujours rien dit de ton travail.

— Il y a dix ans, j'ai développé une application et créé une entreprise.

— C'est drôle, je t'imaginais dans l'art, galeriste, ou marchand, enfin quelque chose dans le genre.

— C'est l'Italie qui te fait penser cela ?

— Plutôt ton vieux copain lithographe dans son imprimerie.

— Tu aurais préféré que je sois galeriste ou marchand d'art ?

— Qu'est-ce que ça change de toute façon, nos chemins vont bientôt se séparer… C'est quoi cette application ?

— Une erreur de jeunesse.

— Pourquoi ? demanda-t-elle en se retournant.

— L'idée était simple, bien que très originale pour l'époque : permettre à des amis de se localiser facilement, découvrir par exemple que l'on était dans le même quartier et se retrouver pour partager une séance au cinéma, boire un café, voir une expo…

— En quoi était-ce une erreur ?

— L'erreur, ce n'était pas l'application, mais de l'avoir vendue, et ma société avec, à un grand groupe.

— À qui l'as-tu cédée ?

— À FriendsNet.

— Précurseur et homme d'affaires fortuné. Heureusement que j'ignorais ça hier, j'en aurais perdu mes moyens, ironisa Ekaterina.

— Un an après la cession, j'ai découvert des anomalies dans le programme, qui n'existaient pas avant que nous intégrions le géant californien. Des lignes de code avaient été ajoutées. J'ai cherché leur utilité et j'ai fini par trouver : collecter les données personnelles des utilisateurs, à leur insu.

— Parce que vous ne faisiez pas ce genre de chose ?

— Bien sûr que non. Notre modèle économique était sain, il reposait sur des abonnements, pas sur des vols. Jamais nous n'aurions accepté de faire commerce de l'intimité des gens et encore moins de leurs opinions. Au contraire, c'est nous qui leur fournissions des informations.

— Quel genre d'informations ?

— Les programmes des spectacles, les restaurants, les concerts, les fêtes, exactement comme un journal de quartier dont les pages s'ouvraient au fur et à mesure qu'ils se déplaçaient dans la ville.

— Et ça a fonctionné ?

— Assez pour qu'on nous rachète. Hélas, pour de mauvaises raisons. J'ai été aveuglé, flatté par la somme qui nous était offerte. Bien trop importante au regard de la valeur de notre entreprise.

— Ils devaient avoir de bonnes raisons de la payer ce prix, non ?

— Nos usagers ont entre quinze et trente ans, l'exploitation des données de cette tranche d'âge rapporte de l'or. Je me suis comporté comme un agriculteur qui vend sa terre une fortune parce qu'elle recèle du pétrole, feignant d'ignorer que les puits de forage détruiront tout ce pour quoi il a œuvré. Je ne sais pas si mon image est très claire.

— Disons qu'elle est très imagée, rit Ekaterina. Mais compte tenu de ce qui se passe aujourd'hui, tu n'as pas de raison de culpabiliser.

— Si, j'ai contribué à édifier un système qui me révolte.

— Je vois… et de repenti tu es devenu hackeur ? s'amusa Ekaterina.

— Peut-être, mais pas seulement pour les hacks que tu connais.

Elle fronça les sourcils.

— Je vais te confier un secret que je n'ai jamais révélé, pas même à mes plus proches collaborateurs. Tu parlais de précurseurs, nous l'avons été en matière de géolocalisation ; FriendsNet a intégré nos programmes dans les siens pour épier et manipuler les jeunes. Quand je l'ai compris, j'ai placé des chevaux de Troie dans mon application pour les dénoncer un jour.

Ekaterina jeta sa cigarette au loin, dubitative.

— Tu veux me faire avaler que tu as réussi à entrer dans les serveurs de FriendsNet ?

— Il n'est pas de citadelle imprenable, tous les systèmes ont une faille. La trouver n'est qu'une question de préparation et de timing.

Ekaterina n'était toujours pas convaincue. La sécurité informatique du géant californien comptait parmi les plus perfectionnées du monde.

— Crois ce que tu veux, mais garde cela pour toi.

— Puisque nous en sommes aux confidences, où étais-tu avant de débarquer à Milan ?

— Je suis né à Nậm Pồ, un village du nord du Vietnam, à dix kilomètres à vol d'oiseau de la frontière du Laos. Je n'en garde que de très vagues souvenirs, la lumière verte du soir, les odeurs d'humus dans la forêt, des senteurs de terre, le bois d'une carriole et le visage de mon père. Je n'ai pas très envie de parler de mon enfance, mais je veux bien que tu me racontes la tienne.

— Les odeurs de mon enfance étaient plus contrastées... Des relents d'alcool, la pluie sur les trottoirs, le bois des bancs où il m'arrivait de passer la nuit, la sueur des cavalcades à travers les ruelles pour semer les flics, et puis aussi des souvenirs de belles gueules croisées dans les abris d'hiver. J'ai vu dans ces tanières plus d'esprits libres que dans les beaux quartiers. Sans attache, sans possession, rien ne te retient d'aller où bon te semble, tu comprends ? Sauf que ce n'est pas facile, c'est même très difficile. Parce que chaque jour il faut trouver une raison de s'accrocher. Moi, c'était l'obsession d'être propre qui me faisait tenir debout, j'y avais placé toute ma dignité. Et puis il y a des rencontres qui peuvent changer le cours d'une vie. Appelle ça le destin ou la chance... Une professeure de droit m'a repérée un matin dans le parc de Snippenparken. J'avais douze ans, elle la quarantaine. J'aimais aller regarder les gamins près de l'aire de jeux, les observer sur les balançoires. Peut-être était-ce l'émerveillement de leurs parents quand ils les prenaient dans leurs bras qui me faisait rêver... et enrager à la fois. La prof s'est assise près de moi, sans dire un mot. Elle a sorti un petit sac en papier de sa poche et a tranquillement mangé son croissant. Elle aussi regardait les gosses. Quand tu vis dans la rue, tu développes certains instincts, une aptitude particulière à savoir sur-le-champ si ton voisin est une menace ou pas. Les premiers jours, cette femme faisait comme si je n'existais pas. Mais j'avais repéré son manège et compris qu'elle essayait de m'apprivoiser comme on le fait avec un chien quand on ne sait pas encore s'il a faim ou envie de vous mordre. Elle arrivait chaque matin avec deux viennoiseries dans un sachet qu'elle posait sur le banc. Elle en prenait une, la mangeait à côté de moi et s'en allait tranquillement sans se retourner. J'ai fini par trouver son petit jeu agaçant, et je lui ai demandé pourquoi elle ne me donnait pas l'autre directement. Elle a souri et m'a répondu : « Pour que tu te poses la question et me la poses ensuite. » C'est comme ça qu'on a commencé à parler… Je ne sais pas pourquoi je te raconte ça, moi non plus je n'ai jamais confié cela à personne.

Ekaterina fut touchée par le regard de Mateo, si présent qu'elle y sentit ses propres mots prendre vie. Une porte s'était ouverte, à la croisée des chemins de leurs deux mondes.

— Une nuit, reprit-elle, je me suis fait amocher. Rien de grave, une belle estafilade sur l'avant-bras quand même. En voyant ma plaie le lendemain, elle m'a attrapée par la main et m'a traînée jusqu'à une pharmacie. En ressortant, elle m'a dit qu'un croissant ne suffirait pas, j'avais perdu du sang, je devais reprendre de vraies forces. Nous nous sommes installées à la terrasse du Grand Hôtel, si tu avais vu la tête du serveur quand il a dû me confier un menu. Il faut dire que j'avais piètre allure. La bienveillance de cette femme était évidente mais je restais sur mes gardes et je lui ai demandé ce qu'elle me voulait. Amusée, elle m'a retourné la question du tac au tac. Je n'avais aucune idée de ce que je voulais. J'ai vu le sourire acide de ma mère se poser sur le visage de ma bienfaitrice, et la réponse m'est venue. Ma mère avait coutume de me répéter : « Née de rien, tu n'es rien et ne seras jamais personne. » J'allais prouver le contraire. Cet instinct dont je t'ai parlé, c'est lui qui m'a poussée à suivre cette femme. Elle m'a conduite au Barnevernet, une institution qui s'occupe d'enfants livrés à eux-mêmes. Ils m'ont rescolarisée, et aidée à me reconstruire. Aujourd'hui, j'enseigne le droit. Ma mère avait raison sur un point, je suis devenue une hors-la-loi, pas pour les raisons qu'elle imaginait, seulement pour rendre un peu de ce qu'on m'a donné. Bon, tu connais presque tout de ma vie, et moi toujours rien de la tienne... Réponds au moins à cette question : tu repars aujourd'hui ?

— Je n'ai pas encore décidé...

— J'ai compris, tu repars aujourd'hui. C'est mieux ainsi. Ne t'inquiète pas, nous ne nous sommes rien promis. Au moins... quand nous échangerons par écrans interposés, je me rappellerai l'odeur de ta peau. Parce que tu sens vraiment bon, Mateo, conclut-elle en retournant dans la chambre.

Il voulut la retenir par la main, mais Ekaterina gagna la salle de bains et ferma la porte derrière elle. Sous ses airs durs, il lui en coûtait de se séparer et elle préférait qu'il s'en aille sans au revoir.

La sagesse dictait à Mateo de ramasser ses affaires, de s'habiller et de quitter la chambre avant qu'il ne soit trop tard, d'obéir à la règle. Mais Ekaterina comptait pour lui. Bien plus qu'elle ne le supposait.

Il la rejoignit. Elle l'accueillit sans un mot.

Après l'amour, ils s'endormirent enlacés sur un lit défait.

Mateo se réveilla le premier. Il se leva à la recherche d'une carte de service d'étage, affamé et impatient de faire monter leurs petits déjeuners. Ekaterina s'étira, et lui demanda de commander tout ce qui se trouvait sur la carte. Elle se retourna, enfouit sa tête sous l'oreiller, pestant contre les jours d'été norvégiens qui commençaient trop tôt et finissaient trop tard. Mateo regarda son portable, et, soudain, sans un mot, il la secoua vivement. Quelque chose de grave était arrivé. Elle se redressa, inquiète, et lui arracha l'appareil des mains.

— *Fy faen !* jura-t-elle dans sa langue.

Une dépêche de la NTB annonçait la mort de Vickersen. Le dirigeant du parti nationaliste avait été « sauvagement poignardé » dans la nuit en rentrant à son domicile. Les meurtriers étaient deux immigrés clandestins, ils auraient tenté de lui dérober son portefeuille. Le chauffeur de Vickersen s'était lancé à leur poursuite. Une rixe avait éclaté, il avait dégainé son arme et les avait abattus en situation de légitime défense. Fin du communiqué.

— La presse va se déchaîner. À deux semaines des élections, tu imagines l'onde de choc qui va secouer mon pays.

— Qui a décidé de la mort de Vickersen et comment a-t-elle été orchestrée en si peu de temps ?

— On s'est plantés. Ils avaient un plan B. L'attaque du campus n'était pour Baron qu'un moyen parmi d'autres d'arriver à ses fins. Deux immigrants assassinent le chef du parti de la Nation, ou comment semer la peur et la colère dans les esprits et faire basculer les votes en faveur de ceux qui font campagne sur le thème de la sécurité. Un parfait timing !

Ekaterina s'empara de la télécommande et alluma la télévision. Mateo s'assit près d'elle au bout du lit. Un bandeau rouge annonçant la nouvelle du meurtre défilait en boucle au bas de l'écran, pendant qu'un journaliste s'efforçait de meubler, ressassant le peu que l'on savait encore des circonstances du drame.

Vêtu d'un imperméable beige et d'un brassard aux couleurs du parti nationaliste, le secrétaire général apparut soudain face aux microphones qui s'agitaient devant lui. Débuta une conférence de presse improvisée dont Ekaterina trouva le texte et le ton étrangement rodés.

— Qu'est-ce qu'il raconte ? demanda Mateo.

Elle s'efforça de lui faire une traduction simultanée :

Les forces vives de la nation ne baisseront pas les bras devant cet odieux attentat, car il ne s'agit pas, comme on vous l'a annoncé, d'un crime ordinaire, mais bien d'un attentat. Le chef de la police vous le confirmera sous peu. Des documents ont été retrouvés sur les barbares qui ont lâchement assassiné notre président, documents qui nous donnent tout lieu de croire qu'ils préparaient d'autres actions. Nous ne nous comporterons pas en victimes, mais agirons en résistants face à ces agressions, face à cette invasion rampante de criminels dont le gouvernement actuel s'est fait le complice. Nous prouverons par la voie des urnes à tous ceux qui veulent anéantir notre société que leurs attaques nous rendent plus forts, plus unis. Ceux qui hier encore doutaient du devoir de chaque Norvégien de remettre notre pays en bon ordre de marche, de faire de la sécurité de nos concitoyens une priorité, comprendront l'urgence à laquelle nous devons répondre. Car la triste actualité nous le prouve, il est bien de notre devoir de protéger notre identité, notre terre, notre culture et nos enfants. En tuant Berg Vickersen, ce sont les fondements de notre démocratie que ces terroristes ont voulu assassiner. Nous ne les laisserons pas faire ! En ce jour de deuil, le parti de la Nation m'a demandé d'assurer la relève. C'est une lourde responsabilité et un honneur que j'accepte… c'est bouleversé mais plus motivé que jamais que je vous annonce ma candidature aux élections. Je vous remercie.

Le secrétaire général, qui était devenu *de facto* numéro un du parti nationaliste, s'en alla. À la mine sombre du début du discours avait succédé l'arrogance d'un homme qui venait de triompher.

— Les nationalistes vont renverser le pouvoir par les urnes, un coup d'État parfait, et je suis certaine que c'est Baron qui a conçu tout ça, ragea Ekaterina. Ils savaient qu'on les avait infiltrés et ils ont annulé l'opération. On s'est fait avoir sur toute la ligne. Les deux hommes ne se trouvaient pas dans leur camionnette. Tu l'as entendu comme moi, ils leur ont fourré des documents dans les poches avant de les tuer. Sûrement le croquis que j'ai trouvé dans le portable de Vickersen. D'ici un jour ou deux, la police annoncera qu'ils préparaient un attentat sur le campus. Vickersen a scellé son sort en fanfaronnant après que je les ai surpris pendant leur petit déjeuner. Sa mort était programmée. Baron a fait alliance avec son secrétaire général. Knut Thorek est un homme posé, encore plus redoutable que ne l'était Vickersen. Je devrais envoyer la photo de ces deux malheureux innocents à la presse et révéler tout ce que nous savons.

— Ça ne servirait à rien, sinon à nous exposer. Personne ne te croira, et même si tu réussissais à intéresser un journaliste, il ne publierait rien sans t'avoir rencontrée, ce qui est inconcevable. Baron est un homme retors et dangereux, tu viens d'en faire la démonstration. Je ne suis pas tranquille à l'idée que tu restes à Oslo, pas après ta course-poursuite avec son garde du corps. Et quoi que tu penses, nous ne nous sommes pas complètement plantés car je suis certain que nous avons contribué à éviter la tuerie.

— Mais au bout du compte, ils ont tout de même gagné la partie et remporteront les élections.

— Au bout du compte… tu as sauvé la vie de nombreux étudiants, et ils n'ont pas encore gagné. Habille-toi, je te raccompagne chez toi, tu prendras tes affaires et nous partirons aussitôt. Tu as un passeport, n'est-ce pas ?

— D'abord on dit « Habille-toi, s'il te plaît », et ensuite un passeport pour aller où ?

— À Londres… s'il te plaît.

— Pourquoi Londres ?

— Baron s'y est rendu.

— Comment le sais-tu ?

Mateo agita son smartphone comme s'il s'agissait d'une baguette magique.

— Je croyais qu'il fallait être à proximité du mouchard pour pouvoir espionner son portable ?

— Pour collecter les données oui, mais la géolocalisation est ma spécialité.

— Je ne peux pas quitter Oslo comme ça, je risque mon poste à la fac.

— Justement, pour éviter de te faire virer, tu vas prendre les devants. Appelle le recteur, excuse-toi pour ton comportement d'hier soir à la bibliothèque, invoque un burn-out et dis-lui qu'il te semble plus sage de t'absenter quelques semaines.

— Vu sous cet angle… il serait même obligé de continuer à me verser mon salaire… et j'éviterais aussi de devoir rendre des comptes à la police du campus. D'accord ! Je t'accompagne à Londres, mais quelques jours seulement.

LJABRU
LE PARLEMENT DES ÉTUDIANTS
Le Grand Hôtel
Oslo

16.

Le troisième jour, à Madrid

Cordelia s'était préparé un café dans la cuisine. Diego dormait encore. Elle découvrait l'appartement dans les premières lueurs du matin madrilène. Son frère avait tellement changé en quelques années. Lui qu'elle avait connu si désordonné vivait dans un deux-pièces étonnamment organisé. Même la décoration la surprenait, trop féminine pour qu'elle soit de son seul fait. Le bouquet de clématites sur l'étagère de la bibliothèque en témoignait, Flores devait passer bien plus de temps ici qu'il ne le laissait entendre. Elle se jura de tirer cela au clair. En attendant, elle s'installa devant son ordinateur et commença à échafauder les plans de la vengeance qu'elle avait en tête.

— Tu travailles déjà ? demanda Diego, en entrant dans la pièce.

— Tu me diras où sont rangées les affaires de Penélope. Je ne voulais pas enregistrer de valise, alors j'ai renoncé à prendre mon shampoing et mon démaquillant. J'aurai besoin aussi d'un peu de crème pour le visage. C'est dingue comme l'avion vous dessèche la peau, dit-elle d'une voix innocente.

Diego demeura imperturbable.

— Sers-moi une tasse de café, s'il te plaît. Je dois me rendre au Mercado de San Miguel, pour le restaurant. Tu m'attendras ici, c'est plus prudent.

— Hors de question. Je ne suis pas venue te voir à Madrid pour rester cloîtrée chez toi à te servir des cafés. Et puis tu disais toi-même hier que les hommes de Sheldon ne pourraient pas nous retrouver.

Diego était contrarié, mais il savait qu'il ne pourrait pas retenir sa sœur prisonnière. Dès qu'il serait parti, elle n'en ferait qu'à sa guise, et l'idée qu'elle se promène seule en ville l'inquiétait plus encore.

— D'accord, avant nous irons chercher une moto chez Juan, je vais le prévenir.

— Juan ?

— Un copain qui me doit quelques renvois d'ascenseur. Plutôt beau gosse, un peu le genre Bardem, si tu vois ce que je veux dire.

Cordelia leva le pouce en l'air en allant se préparer.

Et elle trouva la trousse de maquillage de Flores, cachée sous la vasque de la salle de bains.

*

Ce n'était pas un mensonge, Juan était bel homme. Et Cordelia n'était pas au bout de ses surprises. Diego s'était rangé devant un grand magasin d'accessoires pour motards dans le Paseo de la Infanta Isabel, en plein centre-ville. Loin du garage miteux au fond d'une impasse obscure qu'elle avait imaginé. Casques et combinaisons en tous genres garnissaient les rayons. Des motos rutilantes trônaient sur des piédestaux dont une splendide Derbi que Cordelia admira.

Juan s'approcha dans son dos et lui demanda si elle avait fait son choix.

— Je n'ai pas l'intention d'acheter, répondit-elle vertement.

— Qui parle d'acheter ? Vous êtes ici chez vous.

— Et séducteur, en plus… Bonjour la lourdeur.

— Cordelia, sois aimable, intervint Diego.

— Mais je suis toujours aimable, dit-elle.

Juan, impassible, les conduisit à l'atelier. Diego lui remit les clés de sa voiture contre celle d'une Guzzi Bobber, dotée d'un puissant V9 et d'une selle pouvant accueillir un passager. Pendant que Cordelia choisissait son casque, Juan ne la quitta pas des yeux. Le moteur de la Guzzi vrombit, elle grimpa derrière son frère, et se retourna pour lancer un baiser à Juan.

La moto remonta la Calle de Atocha. Ils se garèrent sur le parvis du Mercado de San Miguel. À quelques pas de la célèbre Plaza Mayor, la halle centenaire faisait déjà le plein de visiteurs. Diego se fraya un chemin, s'arrêtant chez ses fournisseurs habituels.

Tout le monde semblait le connaître, des commerçants derrière leur stand levaient la main pour le saluer.

— J'ignorais que tu étais une telle célébrité.

— N'importe quoi… Qu'est-ce que tu comptes faire des documents de la mallette ?

— Flores et toi c'est une histoire qui dure, non ?

— Arrête avec elle ! Tu as sauté dans le premier avion pour qu'on réfléchisse ensemble, ou tu as déjà tout décidé et tu es juste venue obtenir mon aval ?

— J'avais vraiment envie de te voir, Chiquito.

— Alors, raconte-moi ce que tu as en tête, dit-il tout en continuant ses achats.

— Tu te souviens du logiciel truqué par Volkswagen pour fourguer des millions de voitures polluantes ? Le Dieselgate.

— Oui, pourquoi ?

— Qu'est-ce qui peut pousser des hommes éduqués, au demeurant respectables, à commercialiser des bagnoles émettant du dioxyde d'azote à des niveaux jusqu'à trente-cinq fois supérieurs à la norme autorisée ?

— Tu es devenue une environnementaliste chevronnée !

— Réponds à ma question.

— Le désir de s'enrichir toujours plus, quels que soient les moyens pour y parvenir, répondit nonchalamment Diego.

Ils avancèrent dans l'allée. Cordelia s'arrêta un instant. Elle avait l'impression d'avoir croisé le même homme à trois reprises. Après tout, rien d'anormal à cela dans l'enceinte d'un marché. Cordelia refusait de s'inquiéter comme son frère. Inquiet, il l'était toujours trop quand il s'agissait d'elle. Une mallette avait été dérobée dans un aéroport, ce n'était pas le crime du siècle. Des vols à la tire, il s'en produisait tous les jours par dizaines dans une grande ville, pas de quoi alimenter son scénario catastrophe. Quant à Sheldon, il aurait toutes les raisons d'étouffer l'affaire, surtout auprès de sa hiérarchie. Quel voleur à la tire irait s'intéresser à des documents indigestes après avoir miraculeusement mis la main sur un énorme magot ? Elle s'était bien gardée de parler des 50 000 livres à Diego, d'abord pour ne pas l'affoler davantage, mais aussi parce que, avec sa droiture excessive, il aurait exigé qu'elle restitue l'argent. Cordelia s'en voulait d'avoir été inconsciente en laissant la mallette chez elle, mais au moins les billets étaient en lieu sûr.

— OK, reprit-elle. Et l'affaire Deep Horizon. Lorsque le groupe BP, rognant sur l'entretien de ses plateformes de forage, a provoqué une marée noire sans précédent dans le golfe du Mexique. Onze morts, 180 000 km^2 d'océan souillés, des écosystèmes détruits par milliers ainsi que la vie de centaines de pêcheurs et de leurs familles. L'une des plus grandes catastrophes écologiques de l'histoire. La punition ? Une amende de 20 milliards de dollars qualifiée d'historique par le département de la Justice des États-Unis.

— 20 milliards, quand même !

— Tu connais le chiffre d'affaires annuel du géant pétrolier anglais ?

— Non, mais je suis sûr que tu vas me le dire.

— 300 milliards de dollars. L'amende prétendument historique, c'est une piqûre de moustique sur le cul d'une vache. Les multinationales ne risquent presque rien en enfreignant les lois.

— Tu exagères... Volkswagen a écopé d'une amende de 30 milliards, et leur image de marque a été salement écornée, rétorqua Diego en avançant vers un marchand d'épices.

— 20 ou 30 milliards, c'est toujours une piqûre de moustique sur le cul d'une vache.

— Ça va quand même finir par les démanger, tes vaches.

— Tu crois vraiment que leur réputation en a pris un coup ? L'année suivante, le chiffre d'affaires de Volkswagen a connu une croissance à deux chiffres, 250 milliards d'euros. Tu comprends où je veux en venir ?

— Toujours pas.

— Ils provisionnent ces amendes, les mécanismes fiscaux les divisent d'un tiers sinon de moitié. Fais le calcul, tu trouves que la sanction est à la hauteur des crimes qu'ils commettent ? Cette impunité les incite à tout se permettre pour augmenter leurs profits. Pourquoi y renoncer quand on risque au pire de se faire taper sur les doigts ? Ceux qui se sont accordés sur les prix dans l'industrie pharmaceutique en sont le parfait exemple. Les gouvernements savent et ne font rien. Le plus dingue, poursuivit Cordelia, c'est que les lanceurs d'alerte encourent plus de risques que les criminels. Alors, j'ai eu une idée pour venger vraiment Alba. Cette fois, il ne s'agira pas de dénoncer un scandale de plus ou d'attendre un long procès et des pénalités hasardeuses. Cette fois, ce sera bien plus douloureux pour eux.

Le prénom d'Alba avait piqué l'attention de Diego. Il renonça à ses courses et l'entraîna vers la table d'un kiosque à tapas.

— Je t'écoute !

— Nous allons pirater les comptes bancaires des dirigeants de Talovi mouillés dans ce scandale, et saigner ces salauds à blanc. Confisquer leur fortune personnelle et reverser l'argent indûment gagné aux victimes.

Diego releva les sourcils et posa ses mains sur celles de sa sœur.

— Tu sais pourquoi je t'aime autant ? dit-il d'une voix posée. Parce que tu n'as peur de rien. Et moi non plus.

MERCADO
DE SAN MIGUEL

17.

Le troisième jour, à Tel-Aviv

Janice se réveilla la tête lourde et la bouche pâteuse, stigmates d'une résistance à l'alcool mise à rude épreuve et d'une longue nuit penchée sur les dossiers prélevés dans les serveurs du parti de la Nation. Elle se traîna jusqu'à la fenêtre, ouvrit les volets, forcée de plisser les yeux alors que le soleil inondait subitement sa chambre.

— J'espère qu'il valait le coup, entendit-elle crier depuis la pièce voisine.

C'était David, ami, artiste peintre et colocataire de la jolie maison qu'elle occupait en plein cœur du Florentin.

Janice fit un demi-tour et s'allongea sur son lit en poussant un râle d'agonie.

Les doubles portes de sa chambre s'ouvrirent à grand fracas, David entra, royal, et la toisa.

— Mais où étais-tu cette nuit pour te retrouver dans cet état ? Et surtout avec qui ? Tu as eu tort de me lâcher, la soirée était formidable. Nous avons fait la tournée des petits ducs comme disait ton copain français. Paul ? Pierre ? Alain ? J'ai oublié. On a commencé au Satchmo, enchaîné au Hoodna Bar, pour finir à je ne sais quelle heure chez Joz.

— David, je t'en supplie, maugréa Janice, moins de mots, pas de mots du tout serait encore mieux.

— Combien pour que je t'apporte un café ?

— Ce que tu veux, mais en silence.

— Tout ce que je veux ? répéta David, songeur. Des ragots croustillants ! Tiens, à propos, devine avec qui sort Simonetta !

Janice attrapa l'oreiller et le lui lança à la figure.

— Pour que la Diva soit de si bonne humeur, c'est qu'il ne valait pas le coup.

David revint quelques minutes plus tard avec un mug fumant et une assiette de pâtisseries orientales qu'il préparait lui-même.

— Mange, tu as une mine de cadavre ; je ne suis pas sûr qu'on trouve encore du sang dans ton alcool.

Janice se redressa, rouvrit un œil et s'empara du café, remerciant vaguement David en plissant le front.

Il s'approcha pour renifler sa chemise de nuit.

— Ça va pas ou quoi, tu te prends pour un chien ? protesta Janice.

— Bizarre, tu ne sens pas l'homme, tu empestes le tabac, tu as les yeux d'un lapin albinos… Attends, ne me dis pas que tu t'es remise à bosser ?

— Je t'aime, mais tu m'emmerdes, David.

— C'est réciproque, ma chérie. Si tu crois que tu ne m'as pas réveillé, en rentrant à 5 heures… Une nouvelle enquête sulfureuse ? Nous allons bientôt avoir droit à une autre descente de flics ? Bon, je retourne à mon travail, il est tard.

— Quelle heure est-il ? demanda Janice affolée en cherchant son téléphone.

— Je l'ai mis en charge dans l'entrée, annonça David, habitué au désordre de sa colocataire. Je l'ai trouvé par terre, à côté de tes clés ; heureusement, cette fois elles étaient à l'intérieur. Si tu as repris la plume, je veux tout savoir, et en premier qui est dans ton collimateur, aujourd'hui.

— Je n'en sais rien justement, bougonna Janice, pour l'instant je n'ai que des indices.

— C'est pour cela que tu dois m'en parler. Holmes sans Watson n'est qu'un détective raté.

— Tu as raison, il faut que je mange, ça ne va pas du tout.

— Très bien, je vais en cuisine, et toi, essaie de t'arranger un peu, tu as l'air d'un pantin triste dans cette affreuse chemise de nuit. Rejoins-moi au salon quand tu seras présentable.

Janice attendit que David l'ait quittée pour sortir de son lit. Elle se traîna jusqu'à la commode et examina son visage dans le miroir. Sa chevelure était ébouriffée, les cernes alourdissaient ses grands yeux clairs, ses joues n'avaient plus de couleur. Un constat déprimant. Elle passa un long moment sous la douche, enfila un peignoir, noua ses cheveux dans une serviette et se rendit dans le salon.

David l'attendait, assis sur le vieux canapé écru qu'ils avaient chiné dans une brocante ; il applaudit des deux mains en la voyant apparaître.

— Qu'est-ce qu'il y a encore ?

— Passer, en un coup de salle de bains, de sorcière à Esmeralda sur le retour n'est pas à la portée de tout le monde.

Une pique qui lui valut un regard incendiaire. David ne courait pas grand risque, Janice perdait tout esprit de répartie quand elle avait la gueule de bois. Elle s'empara du plateau posé sur la table basse et s'installa dans le fauteuil en face de lui. Pendant qu'elle se régalait d'un somptueux petit déjeuner : omelette, salade, olives, et du labane saupoudré de za'atar comme elle l'aimait, David croisait et décroisait les jambes, la fixant sans relâche. Janice savait qu'il ne la laisserait pas en paix tant qu'elle n'aurait pas rassasié sa curiosité.

— Bon, dit-elle en soupirant, au mois de janvier une réunion téléphonique s'est tenue entre un magnat de la presse résidant à New York, un milliardaire londonien, un oligarque moscovite, un conseiller politique américain en déplacement et le dirigeant du parti nationaliste norvégien. Quel peut être le lien entre toutes ces bonnes gens ? demanda-t-elle.

— Comme dans ces histoires idiotes avec un avion qui s'écrase, on s'en fiche complètement. Ce qui m'amène à te poser une question plus pertinente : en quoi cette réunion éveille-t-elle ton instinct de limier ?

— Elle pourrait avoir pour objet un virement émis depuis une banque off-shore, ajouta Janice.

— C'est d'une banalité, tu n'as pas autre chose ? supplia David en levant les yeux au ciel.

— La banque en question a pour client Ayrton Cash, lâcha-t-elle, certaine de son effet.

— Ah ça non, je te l'interdis ! s'insurgea David. Une fois ne t'a pas suffi ? Si tu t'en prends encore à lui, il t'accusera de harcèlement.

— Il a déjà usé et abusé de cet argument.

— Et il a bien failli gagner et te mettre sur la paille ! Comme si nous ne l'étions pas déjà suffisamment, enfin surtout toi. Et puis rien n'empêche ces vautours de bavarder entre eux, je suppose que des intérêts financiers les rapprochent.

— D'accord, mais lesquels, mon cher Watson ?

Touché, coulé. David avait compris ses intentions. Pour le savoir, Janice devrait retracer ce virement jusqu'à sa source, et pour cela hacker les registres électroniques de la banque. Ce qu'elle avait déjà fait dans le passé, mais à quel prix ?

— Attends, tu as bien dit que le dirigeant d'un parti politique norvégien faisait partie de cette joyeuse assemblée ?

Elle opina de la tête. David se contorsionna pour récupérer son téléphone dans la poche de son pantalon.

— J'ai lu quelque chose ce matin sur un évènement qui s'est passé en Norvège, justement.

Il remonta le fil de ses messages, retrouva la dépêche qu'il cherchait et la lui montra fièrement.

— Ce ne serait pas ton homme, par hasard ?

Janice apprit ainsi que Vickersen venait d'être assassiné.

— Oui, c'est bien lui. Mais par hasard, j'en doute fort.

Ce dont Janice ne doutait pas, c'était d'avoir mis le doigt sur une affaire riche en ramifications. Un don du ciel, qui lui offrirait peut-être une revanche et l'occasion de retrouver sa crédibilité.

— Ou une malédiction, rectifia David.

Elle alla récupérer son portable dans l'entrée et envoya un message à Ekaterina. Il était urgent qu'elle partage avec eux ce qu'elle avait appris. Elle leur fixa rendez-vous sur le forum du Web dont les membres du Groupe 9 se servaient pour communiquer. Elle comptait passer sa journée au journal et le réseau informatique n'y était pas assez sécurisé à son goût pour échanger en direct.

— Tu refricotes déjà avec tes copains aux chapeaux blancs ? s'inquiéta David.

Janice éclata de rire en revenant dans le salon.

— Les Grey Hat, imbécile.

— Tu m'expliqueras la différence, s'offusqua-t-il. Bon, que dois-je faire ?

— Rien, tu vas dans ton atelier et tu peins, comme d'habitude.

— Ah ! Je vois… Quand on te demande ce que fait ton ami David dans la vie, toi, tu réponds : rien.

— Ce n'est pas ce que je voulais dire.

— Mais tu l'as dit ! Afremov, Grinberg et Malnovitzer seraient heureux de savoir qu'ils n'ont rien fait, tout comme Rubin et Chagall.

— Bon, David, ça va maintenant.

— Et Yitzhak et Zoya Cherkassky ne font rien non plus ? poursuivit David en haussant le ton.

— OK, tu pourras m'aider dans mon enquête, c'est bon maintenant ?

— Je crois que oui, enfin pour l'instant, rétorqua David, faussement drapé dans sa dignité.

— À une condition. Tu arrêtes de faire ta mère juive. Quelles que soient les décisions que je prendrai, je ne veux aucun appel à la prudence.

— Mère juive... comme tu me flattes. Appelle-moi quand tu auras besoin de mes services ; en attendant, je retourne faire un peu de rien dans mon atelier.

Janice alla se changer, il était déjà tard et elle voulait rejoindre le siège d'*Haaretz* au plus vite pour s'entretenir avec son rédacteur en chef.

Le troisième jour, à Londres

L'avion s'était posé en avance sur l'horaire. Après avoir franchi le contrôle des douanes, Ekaterina voulut prendre les transports en commun pour rejoindre le centre de Londres. Mateo souhaitait faire des recherches sur Internet et préférait pour cela rester en surface. Il l'entraîna vers la station de taxis et indiqua au chauffeur l'adresse d'un hôtel situé dans le quartier de Mayfair.

En entrant dans le hall du Connaught, Ekaterina admira le luxe discret de l'établissement. Mateo s'occupait de récupérer leurs clés auprès de la réception, elle s'étonna qu'on ne lui demande pas de présenter son passeport. Le charme discret de la bourgeoisie anglaise, pensa-t-elle.

— Tu es un habitué de la maison ou ils me prennent pour ta maîtresse ? murmura-t-elle dans l'ascenseur.

— Je pense que tu apprécieras le panorama, se contenta-t-il de répondre en appuyant sur le bouton du dernier étage.

La *junior suite* l'époustoufla. Ekaterina n'avait jamais dormi dans une chambre aussi raffinée. Un bureau et un fauteuil de style Régence meublaient le petit salon ; dans la pièce attenante le lit était si grand qu'elle pouvait s'y allonger dans la largeur, elle se jeta dessus et poussa un soupir de plaisir en s'enfonçant dans le duvet moelleux.

Elle se rendit sur le balcon pour admirer le panorama dont Mateo lui avait parlé. Les toits de Londres s'étageaient devant elle, et elle imagina au loin les quartiers qui l'avaient fait rêver, Westminster et son palais, Primrose Hill et ses antiquaires, Covent Garden et ses théâtres de music-hall, Camden et son marché aux puces.

Le Connaught dominait une place ombragée par deux platanes majestueux. Elle se pencha pour observer le restaurant au pied de l'hôtel. La verrière lui rappela celle de la brasserie d'Oslo, le souvenir d'une matinée épique et de sa première rencontre avec un homme qui l'avait éloignée de sa ville et dormirait auprès d'elle ce soir. Elle se retourna pour le regarder, en silence.

Assis derrière le bureau du petit salon, Mateo pianotait tel un virtuose sur le clavier de son ordinateur portable. Il avait l'expression d'un enfant entièrement absorbé par sa tâche. Elle le laissa à son travail et s'abandonna à la chaleur des rayons du soleil qui rougeoyaient sur la façade en brique.

Un SMS mit fin à ce court moment de répit pourtant bien mérité.

— Janice veut qu'on la retrouve sur le forum dans deux heures, confia-t-elle à Mateo.

— Je sais, elle vient de m'envoyer un mail, elle a trouvé des infos dans les serveurs de Vickersen. En attendant le rendez-vous, tu veux aller te promener ?

— Ou défaire ce grand lit qui nous nargue avec ses oreillers moelleux, et se promener plus tard, mais c'est vraiment dans l'ordre que tu préfères.

Mateo se leva, l'air contrarié.

— Oublie ce que je viens de dire, reprit Ekaterina, vexée.

Il s'approcha et prit ses mains.

— Ce soir, je devrai m'absenter quelques heures. Baron se rend à une soirée officielle au Dorchester, j'ai trouvé le moyen de m'y introduire mais il ne serait pas prudent que tu m'accompagnes. On ne peut pas prendre le risque que son garde du corps te reconnaisse. Je peux demander au concierge de te trouver une place de théâtre et nous nous rejoindrons après le spectacle pour dîner…

Mateo n'eut pas le temps de terminer sa phrase, Ekaterina attrapa sa veste en toile et s'en alla en claquant la porte.

En sortant de l'hôtel, elle traversa la place et bifurqua sur Mount Street. Les commerces de luxe se succédaient. Ekaterina s'arrêta devant une vitrine et poussa la porte du magasin.

Elle se promena dans la boutique, retourna nonchalamment l'étiquette épinglée à l'encolure d'une robe qu'elle trouvait belle et frémit en découvrant son prix.

— Elle est faite pour vous, assura la vendeuse qui s'était approchée d'elle.

— Mais moi je ne suis pas faite pour elle, nous n'avons pas les mêmes moyens.

La vendeuse sourit poliment, décrocha un autre modèle d'un portique et le lui présenta.

— Les soldes commencent demain, si celle-ci vous plaît, nous pourrons nous arranger.

Ekaterina n'avait jamais porté de robe longue, elle n'avait d'ailleurs jamais imaginé en porter une un jour. Elle regarda, cette fois discrètement, l'étiquette et la vendeuse lui chuchota tout aussi discrètement qu'elle la lui céderait à moitié prix.

L'essayer ne coûtait rien, Ekaterina entra dans la cabine.

Elle s'observa dans le miroir en pied, tournant sur elle-même. Londres était la ville des premières fois, premier séjour hors de Norvège, premier voyage à deux, et première fois qu'elle se trouvait jolie.

— Alors ? questionna la vendeuse derrière le rideau.

Ekaterina ne répondit pas, incapable de détacher son regard du miroir. Elle voulait renoncer à une folie qui avalerait son salaire mensuel. Mais elle pensa que sa vie aurait pu s'arrêter la veille sur le campus et qu'elle n'était pas venue jusqu'ici pour jouer les seconds rôles.

La vendeuse passa la tête et afficha un air d'approbation.

— Vous êtes sublime, les chaussures maintenant.

— Quelles chaussures ?

Elle regarda ses pieds et constata que ses sandales n'étaient pas vraiment assorties à cette tenue.

La vendeuse évalua sa pointure d'un coup d'œil et revint avec une paire de ballerines noires.

Un quart d'heure plus tard, Ekaterina remontait Mount Street, avec un grand sac et une mine ravie.

Elle entra dans le Connaught et se précipita vers l'ascenseur. L'impatience grimpait en même temps que la cabine ; au premier étage, elle sortit la boîte du grand sac et en ôta le ruban ; au deuxième, elle se débarrassa de son pantalon et de son tee-shirt ; elle se changea au troisième et, arrivée au dernier palier, elle courut dans le couloir. Devant la porte de la suite, elle défit ses cheveux, inspira profondément et frappa.

Mateo ouvrit et la regarda, ébahi.

— Tu es… méconnaissable !

— C'est un compliment, j'espère ! Et comme je suis méconnaissable, aucun risque que le garde du corps de Baron me reconnaisse, n'est-ce pas ? Je viens à cette soirée !

Elle l'entraîna vers la chambre et lui demanda de l'aider à dégrafer sa robe.

— D'accord, dit-il, tu as gagné. Si tu l'aperçois, arrange-toi pour te tenir à distance.

— Dans quel monde vivent ces gens ? demanda-t-elle.

— Quels gens ?

— Ceux que nous allons côtoyer ce soir, parmi lesquels il faut porter une robe hors de prix pour passer inaperçue ? Que doit-on dire ou ne pas dire dans ce genre de soirée ?

— Tu seras la première étonnée par la banalité de leurs conversations.

Pendant qu'Ekaterina se changeait, Mateo retourna dans le salon pour se connecter au forum, le rendez-vous avec Janice était imminent.

— *Janice, en prêtant main-forte à Mateo et à Ekaterina, découvre que l'homme qui a brisé sa carrière pourrait avoir un lien avec l'attentat qui se tramait à Oslo. C'était une pure coïncidence ?*

— À votre avis ? Je vous l'ai dit, les actions menées par les membres du Groupe convergeaient vers un même dessein.

— *Quelle place y avait Ayrton Cash ?*

— La force du Malin réside dans sa discrétion… proportionnelle à son pouvoir de destruction. L'arrogance est son talon d'Achille, elle lui fait croire qu'il est invincible. Souvenez-vous de Vickersen, c'est sa vanité qui l'a perdu. William Barr, ministre américain de la Justice, corrompu jusqu'à la moelle, déclarait, sourire aux lèvres, à l'un de vos confrères qui l'interrogeait sur sa postérité : « L'Histoire est écrite par les gagnants. » Il se trompait, l'Histoire est écrite par les historiens. Ayrton Cash était de ces hommes qui vivent au-dessus des lois, qui se croient supérieurs… et méprisent leurs adversaires. Une aubaine pour nous. Un hackeur de haut niveau ne recule pas devant la taille d'une forteresse, au contraire, si ses murs sont élevés, c'est qu'elle cache quelque chose d'important. Alors, il cherche obstinément une brèche pour y entrer et la détruire de l'intérieur. L'orgueil d'Ayrton Cash l'a poussé à vouloir anéantir Janice. Grosse erreur : ce faisant, il est devenu notre cheval de Troie.

LA MAISON
DE JANICE

18.

Le troisième jour, entre Londres et Tel-Aviv

— Chapeau pour hier, vous avez été courageux, commença Janice.

— Nous n'avions pas vraiment le choix, répondit Ekaterina.

— J'y ai consacré ma nuit mais j'ai pu remonter jusqu'à la source, reprit Janice.

— Tu as fait vite, constata Ekaterina, qui avait rejoint Mateo au petit bureau de leur suite.

Si le forum assurait l'anonymat le plus complet, la confidentialité des échanges restait toutefois relative. Les membres du Groupe 9 usaient toujours de mots détournés pour ne pas attirer l'attention sur la vraie nature de leurs échanges.

— J'avais déjà escaladé cette paroi. L'eau est opaque, mais pendant la descente j'ai trouvé des choses surprenantes. Le ruisseau traverse des lacs souterrains, se gonfle, de plus en plus pollué, devient une rivière, qui pourrait être l'affluent d'un fleuve.

— Nourri par d'autres rivières polluées ?

— Très probablement, et provenant de sources que je n'ai pas pu identifier.

— Une idée de l'endroit où ce fleuve se déverse ? demanda Ekaterina.

— Aucune, le réseau est plus complexe que tous ceux que j'ai étudiés jusque-là. Il faut le cartographier, sans garantie d'en venir à bout tant les ramifications sont nombreuses. Et de votre côté ?

— Rien que tu ne saches déjà. Nous partons en exploration ce soir.

— OK, chacun travaille de son côté. On se reparle plus tard, tapa Janice.

— Au fait, tu as des nouvelles de Maya ? s'enquit Mateo.

— Pas récemment.

— Si tu en reçois, préviens-moi.

— Pas de problème. Une dernière chose, je peux vous demander où vous êtes ?

Ekaterina et Mateo se regardèrent avant de répondre à Janice.

— Pourquoi ? tapa Mateo.

— Tu as dit que vous partiez en exploration, comme si vous étiez au même endroit, ce qui est impossible, n'est-ce pas ?

— Évidemment, s'empressa-t-il de répondre, avant de se déconnecter.

Janice resta songeuse, devant son écran.

— Prenez-moi pour une imbécile, marmonna-t-elle. J'aimerais bien savoir ce que vous foutez ensemble.

Mais Janice avait des préoccupations plus importantes. Elle avait fait deux découvertes dans les dossiers de Vickersen, un court message contenant un acronyme et le dessin d'une pièce de cavalier de jeu d'échecs. Trop compliqué pour en informer ses amis à mots couverts. Elle s'exerça à le reproduire sur la couverture de son bloc-notes, commençant par dessiner au crayon la couronne en feuilles d'olivier qui entourait la tête du cheval, de profil, bouche ouverte, œil féroce et oreille dressée, et disparaissait sous sa crinière. Janice observa le résultat, apparemment il s'agissait d'un emblème, mais lequel ? Celui d'un club d'échecs, d'un cercle hippique ? Sur le Net, elle trouva quantité de tatouages, de blasons de sociétés équestres ceints d'un cercle ou d'un triangle, mais aucun circonscrit par la forme pentagonale qu'elle avait sous les yeux. Une impasse qui la mena à se concentrer sur le corps du message :

Les ORXNOR sont déployés.

Une autre énigme, et pas des moindres. Son portable vibra dix fois sur le bureau avant qu'elle s'en empare et lise les dix textos de sa meilleure amie avec laquelle elle avait rendez-vous pour un déjeuner calé de longue date et qui l'attendait depuis une demi-heure.

Elle attrapa ses documents, sa veste et son sac, sortit de son bureau et dévala l'escalier, courant vers la rue.

Janice usait rarement des services d'un taxi. Elle avait pour habitude de lever la main et d'attendre qu'un automobiliste veuille bien s'arrêter, puis un autre et un suivant, jusqu'à trouver la bonne âme qui irait dans la même direction qu'elle.

Ce jour-là, la chance ne lui souriait pas. Le restaurant n'était qu'à dix minutes à pied, elle arriva hors d'haleine à la terrasse.

Noa avait passé la commande depuis longtemps et le serveur déposa deux salades sur leur table au moment où Janice s'y installait.

— Pardon, je n'ai pas vu le temps passer.

— Je m'en suis rendu compte, répliqua Noa. Comment va ton cher rédacteur en chef ?

— En réunion, comme toujours, impossible de lui parler, j'espère y arriver d'ici ce soir, je te donnerai de ses nouvelles demain.

Noa avait eu une longue liaison avec Efron. Janice n'avait jamais su lequel des deux y avait mis fin, mais depuis leur séparation, il n'était pas une rencontre avec son amie sans que Noa lui demande de ses nouvelles. Soit parce qu'il lui manquait, soit parce qu'elle avait des remords. Noa était une jeune femme brillante, sa carrière en témoignait. Rayonnante aussi, il émanait d'elle une lumière joyeuse qui vous gagnait dès l'instant où elle s'adressait à vous. Elle était un remède à la morosité, capable de vous insuffler de la force en quelques mots. Douée d'empathie, s'intéressant aux autres avec une sincérité désarmante, toujours prête à rendre service, sans la moindre curiosité déplacée, Noa savait toujours trouver les mots justes, elle vous donnait tout simplement envie d'être heureux. Mais le destin use parfois de tristes détours. Qui aurait pu imaginer qu'un repas partagé sur la terrasse ensoleillée d'un restaurant de Tel-Aviv lui coûterait un jour la vie ?

— Tu aurais une clope ? demanda Janice. Question idiote, tu ne fumes pas. Je ne sais pas comment je me débrouille pour être aussi bordélique, tu n'imagines pas le temps que je perds à chercher mes clés, râla-t-elle en se penchant pour récupérer son sac.

— Tu veux que j'en demande une au serveur ? suggéra Noa.

— Non, elles sont là quelque part au milieu de ce foutoir...

Janice amoncela sur la table un stylo, une brosse à dents, un tube de dentifrice, ses clés, un foulard roulé en boule, un crayon à paupières, une boîte d'aspirine aplatie, un bloc-notes à la couverture griffonnée, deux briquets vides, des écouteurs entortillés au bout d'un fil, et finalement l'étui à cigarettes qu'elle cherchait. Quand elle releva la tête, Noa avait les yeux rivés sur le bloc-notes et lui demanda tout de go où elle avait trouvé ce dessin.

Janice fronça les sourcils tandis que Noa pointait du doigt la tête de cheval qu'elle avait reproduite.

— Tu sais ce que c'est ?

Noa regarda fixement son amie.

— Comment cet écusson est-il arrivé jusqu'à toi ?

— Je te répondrai quand tu me diras de quoi il s'agit.

— Range d'abord ce bazar. Une idée comme ça : au lieu de payer le loyer exorbitant de ta maison, pourquoi ne pas t'installer simplement dans ton sac ? Il a l'air de contenir toute ta vie.

Janice s'empressa d'y remettre tout ce qui encombrait la table et se pencha vers Noa.

— Que représente ce cheval ?

— Tu enquêtes sur quoi, exactement ? chuchota Noa.

— Tu sais que je ne te répondrai pas. Alors ?

— Sans vouloir me mêler de tes affaires, voilà ce que je ferais si j'étais toi.

Noa s'empara du stylo qui avait roulé sous le bord de son assiette et ratura le dessin jusqu'à le faire disparaître entièrement sous l'encre noire.

— À quoi tu joues ? s'insurgea Janice.

— J'aimerais que ce soit un jeu, mais je te jure que ce n'en est pas un. Tu es mon amie, alors écoute-moi bien : même si tu es sur le scoop du siècle, laisse tomber.

La seule fois où Noa lui avait parlé sur un ton aussi autoritaire remontait à l'époque où elles faisaient leurs classes, juste après leur incorporation ; Noa avait intégré les rangs des Bardelas, une unité de combat mixte, mais Janice avait été réformée après un mois d'entraînement à cause d'un problème d'oreille interne. Elle en avait payé les conséquences, le passage dans l'armée constituait un atout majeur dans un CV, en entretien d'embauche on vous demandait toujours quel y avait été votre rôle et il en était souvent de même dans les rendez-vous galants.

— Désolée, ma vieille. Pour être franche, j'ignorais que ce cheval pouvait être aussi important. Mais tu viens de me donner une vraie raison d'en apprendre plus. Avec ou sans ton aide.

Janice ouvrit son bloc-notes et montra le mot qu'elle avait recopié.

— Si tu ne veux rien me dire sur cet écusson, est-ce que tu sais ce que ORXNOR signifie ?

Noa étudia l'acronyme quelques instants et lui rendit son bloc-notes.

— Ce sera sans mon aide, répondit-elle.

Janice se doutait qu'elle ne ferait pas changer Noa d'avis, pourtant elle avait plus d'un tour dans son sac pour délier les langues, même quand il s'agissait de candidats aussi coriaces que son amie.

— OK, dis-moi au moins si cette tête de cheval vient de chez nous.

— Non. Et cette conversation s'arrête là.

— S'il ne vient pas d'Israël, pourquoi autant de mystères ?

— Tu prends un dessert ?

— Les services secrets ?

Noa commanda deux cafés.

— Je te le redemande, en tant qu'amie, oublie. Je suis même prête à te dénicher une info bien gardée. Tiens, si je te mettais sur la piste d'un autre scoop ?

— Quel genre de scoop ? questionna Janice.

— Promets d'abord.

— Tu sais très bien que je ne peux pas faire ça. Mais tu viens de dire un « autre scoop »...

— Passons à un sujet plus marrant, enchaîna Noa. Tu sais avec qui sort Simonetta ?

— Encore ! Mais qu'est-ce que vous avez tous avec elle ? David m'a posé la même question ce matin.

— Alors je lui laisse la primeur, s'esclaffa Noa. Bon, je dois retourner travailler.

— Comment ça va au boulot ?

Noa but son café d'un trait, paya la moitié de l'addition et se leva.

— Fais attention quand tu poseras tes questions, les ennuis que tu as eus dans le passé ne sont rien à côté de ceux qui t'attendent si tu t'entêtes.

— Puisque tu as peur que je me jette dans la gueule du loup, pourquoi ne pas me renseigner toi-même ?

Noa marqua un temps et la fixa droit dans les yeux.

— Tu as vu *2001 : l'Odyssée de l'espace ?*

— Il y a longtemps, pourquoi ?

— Au revoir, Janice, je dois vraiment y aller.

Plus perplexe que jamais, Janice regarda Noa s'éloigner dans la rue. Elle jeta un coup d'œil à sa montre et agita la main dans l'espoir de trouver la bonne âme qui la reconduirait au journal. Ce n'était décidément pas son jour de chance, et elle piqua un sprint. Efron lui avait promis un entretien à 15 heures, il était 15 heures.

Quand elle arriva dans le hall du journal, elle le vit monter l'escalier, courut après lui et le rattrapa devant la porte de son bureau.

— Trop tard, dit-il, je dois passer un appel et me rendre au bouclage, ça peut attendre demain ?

— Oui. Demain matin ?

— Toi, ici, un matin ? Tu dois avoir quelque chose de vraiment important à me demander.

— Efron ?

— Quoi encore ?

— Qu'est-ce que *2001* a de si particulier ?

— L'année ?

— Le film de Kubrick.

Le rédacteur en chef d'*Haaretz* la regarda, amusé.

— Eh bien, je dirais qu'avec *Fitzcarraldo*, c'est probablement la plus grande odyssée du cinéma. Et aussi le film de science-fiction le plus influent du siècle dernier. Bien plus que *Star Wars* si tu veux mon avis. Tu as envie que je te transfère à la rubrique cinéma ? Les pages spectacles ne sont plus…

— Non, rien à voir, l'interrompit-elle, que peux-tu me dire d'autre ?

— Pas un mot n'est prononcé durant les vingt-cinq premières et vingt-cinq dernières minutes du film, de quoi le faire entrer dans la légende. Dans ma jeunesse, quand un type arrivait au journal la tête enfarinée, on lui balançait un « Good morning Dave » d'une voix suave. Une réplique qui figure parmi les plus célèbres du cinéma… L'inconscient collectif est fascinant, car ce dialogue n'existe pas, HAL ne l'a jamais prononcé.

— HAL ?

— C'est le nom de l'ordinateur qui dirige le vaisseau spatial. Si tu décales les lettres HAL d'un cran dans l'alphabet, tu obtiens IBM. Le monde entier s'est enthousiasmé, trouvant l'idée géniale. En 68, la compagnie IBM incarnait à elle seule Big Brother. Mais Clarke, l'auteur du roman, a juré que ce n'était pas son intention et que s'il en avait eu conscience, il aurait appelé HAL autrement… Tu as vu Noa récemment ?

— Pourquoi ?

— C'est son film préféré, répondit Efron en refermant la porte de son bureau.

Janice resta immobile dans le couloir, songeuse. Jusqu'à ce qu'un mot prononcé par Efron lui revienne en tête. Elle se précipita à son bureau, sortit son bloc-notes et rechercha l'acronyme qu'elle avait recopié plus tôt.

En décalant les lettres d'un cran, ORXNOR donnait PSYOPS… rien en soit de beaucoup plus explicite. Pourtant, elle avait deviné l'intention de Noa qui, refusant de l'aiguiller dans des recherches qu'elle jugeait dangereuses, s'était résolue à lui livrer un indice. Efron avait raison, l'inconscient collectif est fascinant, à commencer par celui des amis qui vous veulent du bien. Janice en déduisit que cet ensemble de lettres avait une signification aussi importante que le dessin du cavalier. Avec Noa, chaque mot comptait, elle se remémora la question de son amie : « Comment ce blason est-il arrivé jusqu'à toi ? »

— Pas « blason »… « écusson », marmonna Janice.

— Tu parles toute seule ? demanda une éditorialiste qui passait la tête dans l'encadrement de la porte. Efron n'est pas avec toi ?

— Il est dans son bureau. Attends une seconde… À quoi sert un écusson ?

Sa collègue la regarda, perplexe. Mais les questions les plus bêtes mènent parfois à la solution.

— À recouvrir un accroc sur une veste, par exemple.

— Quoi d'autre ?

— À se donner un genre, ajouta-t-elle nonchalamment.

— Quel genre… par exemple ? insista Janice.

— … à marquer ton appartenance ! Je ne sais pas, moi, à un club de foot, une équipe de tennis, ou… une division de l'armée. Bon, je vois que tu ne croules pas sous le travail, moi si, Efron m'attend.

Une fois seule, Janice reprit sa réflexion. Noa lui avait confié que le dessin n'était pas d'origine israélienne. Quelle organisation avait pour emblème une tête de cheval entourée d'une couronne de feuilles d'olivier et ceinte d'une forme pentagonale ? Elle se pencha sur son clavier… avant de se raviser.

Noa lui avait aussi recommandé de faire preuve de prudence. Pendant qu'elle menait ses recherches, mieux valait que l'on ne puisse pas remonter jusqu'à l'adresse IP d'un poste de travail au siège d'*Haaretz*.

Elle quitta la rédaction, se résolut à prendre un taxi et se fit déposer devant la maison de retraite où vivait il y a quelques années sa grand-mère. Les mercredis à midi, lorsqu'elle poussait la porte de sa chambre, Yvonne criait : « Qui est là ? »

C'était un jeu qu'elle entretenait avec plaisir. Un sourire au coin des lèvres, Yvonne tapotait sa couverture, appelant sa petite-fille à venir s'asseoir près d'elle.

Mais avant de lui obéir, Janice écartait les voilages aux fenêtres afin que le soleil entre dans la pièce. Elle allait prendre dans la vieille armoire, ultime souvenir de son appartement de la rue Ranak, une boîte en métal qui contenait des sablés.

Elle écoutait avec patience des histoires de famille tant de fois racontées, plus vieilles encore que l'armoire cérusée, jusqu'au moment où Yvonne, ôtant ses lunettes, bâillait ostensiblement, la main devant la bouche. Janice remisait les sablés sur l'étagère, refermait les voilages et déposait quatre baisers sur les joues de sa grand-mère avant de la quitter.

Au moment où elle s'apprêtait à partir, Yvonne, qui se plaisait aussi à culpabiliser son entourage, lui répétait toujours la même litanie : « N'oublie pas, ma chérie, quand tu m'auras accompagnée au cimetière, quand la terre aura été jetée sur ma tombe et que tu t'en iras, vas-t'en par un autre chemin, pour que la mort ne s'attache pas à tes pas. » Une phrase parmi tant d'autres qu'elle empruntait à ses lectures.

Yvonne n'est plus, Janice a quitté le cimetière par un autre chemin, mais elle reprend souvent celui de la maison de retraite de Tel Hashomer. Son jardin est toujours ouvert, et on peut s'y promener librement. En s'approchant de la grande bâtisse blanche, on capte aisément le réseau Wi-Fi. Le mot de passe n'a jamais été changé, les personnes d'un certain âge ont cet avantage, on ne se méfie pas d'elles.

Sur un banc, Janice ouvrit son portable, rerouta sa connexion à l'aide d'un VPN et plongea dans le Darknet. Elle tapa les lettres PSYOPS, et apprit, stupéfaite, que l'armée américaine usait de personnel hautement qualifié pour influencer les populations en terrains occupés. « Jamais vus, mais toujours entendus » était la devise du corps des opérations psychologiques spéciales : les PSYOPS.

LE CAFÉ
DE NOA

19.

Le troisième jour, à Tel-Aviv

Noa quitta son bureau au centre de commandement des armées. Janice l'attendait sur le banc de l'arrêt de bus où elle descendait chaque soir aux alentours de 19 heures.

— Ce que tu peux être entêtée ! Suis-moi, ordonna-t-elle en la voyant.

Elles marchèrent en silence jusqu'à son domicile, rue Sheinkin. Janice s'assit à la table de la cuisine pendant que Noa préparait un thé.

— Que peux-tu me dire sur les PSYOPS ?

— Tu n'as pas perdu de temps, Efron t'a aidée ?

— Vous devriez vous remettre ensemble. Il te manque et tu lui manques aussi.

— Il te l'a dit ?

— Tu le vois avouer un truc pareil ?

— Le jour où il le fera, tu m'en reparleras.

— Je crois que je viens de le faire.

Noa ne releva pas, elle posa deux tasses sur la table en formica et s'assit en face de Janice.

— Déstabiliser l'adversaire est une tactique aussi vieille que le monde. Les soldats de l'Empire perse lâchaient des chats sur les champs de bataille pour empêcher les Égyptiens de se battre, leurs croyances religieuses leur interdisant de les blesser. La guerre psychologique a vraiment pris forme lors de la Première Guerre mondiale. Les Américains et les Anglais imprimaient de faux journaux qu'ils parachutaient près des lignes. Le vent se chargeait de distribuer aux Allemands des nouvelles alarmantes sur la déroute de leurs divisions. On enrôla un corps d'écrivains distingués : Thomas Hardy, Rudyard Kipling, Arthur Conan Doyle et H.G. Wells rédigèrent plus de mille textes pour ébranler l'ennemi. Wells dirigeait le département de propagande. Dès le début de la Seconde Guerre mondiale, Anglais et Américains ont intensifié leurs actions. OSS, SIS, les unités d'opérations psychologiques rivalisaient d'imagination. Agents doubles, prisonniers soudoyés puis relâchés pour répandre de fausses nouvelles, largages de tracts, haut-parleurs perchés sur des camions qui diffusaient des bruits de colonnes de chars pour apeurer les combattants et les inciter à la désertion.

— Ça a fonctionné ?

— Un peu, oui ! Un tiers des soldats qui se sont rendus ont déclaré avoir été influencés par des tracts. Hitler, convaincu que les Allemands avaient perdu la Première Guerre mondiale en grande partie à cause de ce qu'il appelait le poison de la manipulation psychologique, devint à son tour un maître en propagande de masse. Dès son arrivée au pouvoir, il créa un ministère dédié, qu'il confia à Goebbels. Jusqu'à la guerre de Corée, les opérations psychologiques se limitaient à propager de fausses informations. Mais pendant la guerre du Vietnam, les Américains ont cherché à monter la population contre les Vietcong. Ils ont pour cela formé des divisions spécialisées, les PSYOPS, qui usèrent de moyens dépassant largement le cadre des opérations de désinformation. Le programme Phoenix récompensait les assassinats des membres du Front national de libération. Et ils allèrent encore plus loin en Irak et en Afghanistan, où ils avaient besoin du soutien actif de la population pour s'informer des attaques et attentats préparés par les islamistes ou les talibans. Les techniques de manipulation politique n'ont cessé de se perfectionner. Et les résultats furent édifiants.

— Si les PSYOPS agissent depuis si longtemps, leur existence ne relève pas du secret d'État…

— Non, en effet, quelques recherches bien menées sur Internet t'auraient appris tout ce que je viens de te dire.

— Alors pourquoi tant de mystères tout à l'heure ?

— À cause de certaines anomalies sur ton dessin. La tête du cheval tournée vers la droite, au lieu d'être à gauche comme sur l'emblème des PSYOPS. La couronne en feuilles d'olivier et non de laurier, et surtout la devise « Jamais vus, mais toujours entendus » qui n'apparaît pas.

— Et c'est grave ?

— Modifier un emblème est un procédé qu'utilisent les anciens militaires pour se reconnaître entre eux quand ils se regroupent au sein de milices privées.

— Tu veux dire que d'anciens soldats des PSYOPS ont créé des unités de propagande privées ?

— Pas de simples soldats, des haut gradés.

Janice arpenta la cuisine, et comme celle-ci n'était pas bien grande, elle fit dix allers-retours entre la fenêtre et la porte avant de s'exprimer.

— Je ne comprends toujours pas pourquoi tu insistes tant pour que je renonce à mon enquête.

— Ai-je seulement une chance de te convaincre ? soupira Noa.

— Tu sais ce qu'a répondu Dieu à Moishe qui se plaignait de n'avoir jamais gagné au Loto de toute sa vie ? « Achète au moins une fois un billet ! »

Noa sourit en regardant Janice reprendre place sur sa chaise. Mais son sourire s'effaça très vite.

— Ce que je vais te raconter, tu ne le trouveras pas sur Internet. Promets-moi sur l'honneur que tu n'en feras jamais mention dans un papier, ni maintenant ni plus tard.

— Tu as ma parole.

— OK... L'an dernier, le déroulement d'élections nationales dans un pays que je préfère ne pas nommer a alerté nos services de renseignement.

— Elles étaient truquées ?

— Oui, mais c'est la façon dont la fraude a été opérée qui sortait de l'ordinaire. Le comptage des bulletins fut tout ce qu'il y a de plus licite. Le tour de passe-passe s'était produit *avant* le vote. En menant notre enquête, nous avons découvert que quelques mois avant le scrutin, six Américains avaient posé leurs valises dans la capitale. Trois s'y sont installés et les trois autres n'ont cessé de voyager sur le territoire, se rendant dans des villes qui avaient toute la même spécificité.

— Laquelle ?

— La population de ce pays se compose de deux ethnies que j'appellerai A et B, chacune représentée par une formation politique. Ces deux partis s'affrontent systématiquement aux élections. Leurs programmes ne se distinguaient pas suffisamment pour faire basculer les voix indécises d'un côté ou de l'autre, d'autant moins que la population est fortement polarisée en fonction de son ethnie. Pour qu'un camp remporte la victoire, il fallait démotiver les troupes adverses. Tu commences à voir où je veux en venir ? Ces Américains, six spécialistes employés par une société ayant pour client le parti politique de l'ethnie A, avaient une particularité. Tous étaient originaires de l'ethnie B, une contradiction qui nous a mis la puce à l'oreille. Dans leurs valises ils avaient apporté un matériel de propagande sophistiqué. Forts de leur connaissance du terrain et de leur facilité à se fondre dans la masse, ils avaient pour mission de modifier la façon de penser des leurs, de modifier aussi leurs comportements. Ils ont lancé des opérations de microciblage en exploitant les poussières qu'ils avaient collectées au préalable.

— Qu'est-ce que tu veux dire par « exploiter les poussières » ?

— Je suis surprise qu'une journaliste de ta trempe ne sache pas de quoi je parle.

Janice préférait que Noa s'étonne en ce sens plutôt qu'elle la trouve étrangement calée en informatique.

— Poussières… est le nom attribué à toutes les données que l'on disperse à longueur de journée. Combien de fois par an trouves-tu sur ta page FriendsNet des jeux anodins sous la forme de petits questionnaires à choix multiples ? Où aimerais-tu partir en vacances et avec qui ? Que changerais-tu dans le monde si tu en avais le pouvoir ? Qu'aimerais-tu pour ton anniversaire ? Ta personnalité publique préférée ? Ta principale qualité et ton principal défaut ? Ce que tu préfères et détestes le plus chez un homme ? chez une femme ? Ce que tu aimes et n'aimes pas chez toi ? Réponds à ces quelques questions et je connaîtrai tes centres d'intérêt, tes aspirations, tes points forts et tes points faibles, ton appartenance sociale, ton niveau d'études, et surtout tes opinions politiques. Toujours aussi anodines, mes questions ? Et les réponses permettent d'établir le profil psychologique d'un individu avec un degré de précision que tu ne soupçonnes pas.

Janice approuva d'une mimique. Noa, satisfaite de son effet, fit claquer sa langue.

— Ajoute à cela toutes les données qui te concernent revendues par les réseaux sociaux, les commerces en ligne où tu fais tes achats, les organismes de cartes de crédit, les applications sur ton portable qui accèdent à tes contacts, tes photos, ton agenda…

— D'accord, mais quel rapport avec les élections de ce pays ?

— Ce que je viens de te dire ne relève toujours pas du secret d'État. Tu le sais, ou tout du moins tu ne l'ignores pas, mais tu en acceptes le principe en pensant que l'exploitation de tes données personnelles n'a d'autre but que de te proposer des publicités adaptées à tes goûts, de la publicité prétendument ciblée. Les données individuelles sont l'or noir du XXIe siècle. Un marché de 3 trilliards de dollars que se partagent les entreprises qui les collectent, les agglomèrent et en tirent profit, entreprises qui en savent plus sur toi et sur ta vie que tes parents, ton conjoint ou tes amis. Tu es leur produit et la liste de leurs clients fait froid dans le dos. Bref, avant d'arriver sur le terrain, les PSYOPS avaient identifié, grâce aux données vendues par FriendsNet, tous les individus susceptibles de faire basculer les élections à condition qu'on les manipule savamment. Trois critères avaient suffi : appartenir à l'ethnie B, avoir entre dix-huit et trente-cinq ans, et n'avoir jamais voté ou pas plus d'une fois. Le but était de les inciter à ne pas se rendre aux urnes le jour des élections. Une désertion, pas militaire évidemment, mais civique. Pour cela, il fallait propager un message qui ne soit pas ouvertement politique, parce que la majorité des jeunes se fichent de la politique, qui leur donne l'impression d'être proactifs parce que les jeunes sont taxés d'être paresseux, et, enfin, qui leur offre la promesse d'une appartenance, parce que les jeunes traversent pour la plupart une crise identitaire. Faire partie d'une mouvance cool. Les PSYOPS dépêchés sur place ont élaboré un slogan fédérateur, « Fais-le ! », une variante du célèbre « Yes we can » d'Obama. Mais là, le sens de ce « Fais-le » était d'inciter à rejeter un appareil politique biaisé et corrompu. « Fais-le ! », manifeste ta colère en refusant de voter. Et pour donner encore plus de force à ce mouvement, ils l'ont doté d'un geste de ralliement, les deux poings croisés sur la poitrine, en symbole d'opposition au système. Affichettes, autocollants, badges, pins, casquettes et tee-shirts distribués gratuitement sur les marchés, à la sortie des universités, diffusions quotidiennes de spots vidéo montrant les ralliements ou de clips enregistrés par des rappeurs trop heureux d'avoir été propulsés ambassadeurs et icônes du mouvement, toujours et uniquement sur les comptes FriendsNet et YouTube de la jeunesse appartenant à l'ethnie B.

Noa entonna sur un air de rap les paroles de « Fais-le ! » :

Résiste,
pas au gouvernement,
pas à ton pays, mais résiste à la politique d'aujourd'hui.
Fais-le pour que ça change, oui fais-le !

— Pas mal, non ? Super efficace en tout cas. Les PSYOPS savaient qu'au terme de leur campagne, les jeunes du clan B n'iraient pas voter, parce que « Fais-le ! ». Côté clan A, même si certains s'étaient beaucoup amusés à participer à la fête, les jeunes obéiraient quand même à leurs parents : « Tu sors et tu vas voter ! » Les chiffres furent édifiants, 45 % des dix-huit à trente-cinq ans appartenant au clan B s'abstinrent d'aller aux urnes, convaincus d'avoir mené un combat admirable. Ils représentaient 6 % du total des votes. Le parti du clan A a remporté les élections avec exactement 6 % de voix de plus que le clan B. Les PSYOPS sont repartis tranquillement. Nous avons surveillé les comptes de campagne du parti élu, et découvert pour près de 5 millions de dollars de virements au bénéfice d'une société off-shore domiciliée sur l'île de Jersey, un paradis fiscal anglais. Et maintenant, pourquoi je te raconte tout ça et surtout pourquoi ça doit rester entre nous ? Certaines découvertes naissent d'un concours de circonstances hasardeux ou providentiel. Une de nos agentes s'intéressait à un homme d'affaires américain qu'elle soupçonnait de blanchir des sommes importantes dans l'immobilier en Israël. Il était sur ses écrans radars depuis un certain temps et quand il a débarqué dans le pays dont je viens de te parler, le spectre du radar s'est élargi. Cette agente a très vite suspecté qu'un trafic d'influence aussi sophistiqué ne pouvait qu'être l'œuvre de professionnels aguerris. Avant de remonter l'information à sa hiérarchie, elle a enquêté seule. Si elle n'avait pas eu la présence d'esprit de consigner tout ce qu'elle trouvait dans un dossier informatique de type « Time Bomb »… tu vois de quoi je parle ?

— Oui, les grands reporters utilisent cette technique comme une assurance-vie quand ils enquêtent sur des dossiers sensibles. On programme l'envoi d'un fichier à un moment précis. Chaque jour on reporte l'envoi de vingt-quatre heures. Et si l'on manque à l'appel, le dossier part vers ses destinataires à l'heure prévue.

— Exactement, et un matin, notre agente a manqué à l'appel. Nous n'avons jamais retrouvé son corps. Son appartement était plus propre que si un bataillon de femmes de ménage s'en était occupé. Tu comprends mieux ce dont ces gens sont capables et pourquoi je t'ai mise en garde ? Maintenant, à ton tour d'éclairer ma lanterne, comment cet insigne est-il arrivé jusqu'à toi ?

Janice n'allait pas risquer de compromettre le Groupe 9 en révélant qu'on l'avait mise sur cette piste pour prévenir un attentat. Et elle devait doublement donner le change à Noa, car elle avait senti son cœur accélérer en entendant évoquer l'île de Jersey… Au regard de ce qu'elle venait d'apprendre, le virement émis par les comparses du milliardaire anglais Ayrton Cash avait pu servir aussi à manipuler les élections en Norvège, et il était urgent d'en informer Mateo et Ekaterina.

— Noa, je ne peux pas te révéler mes sources, aucun journaliste ne le ferait, mais supposons que j'aie d'autres informations en ma possession, tu envisagerais de m'aider ?

— Impossible sans obtenir une cascade d'autorisations de ma hiérarchie. Et qu'est-ce que j'y gagnerais ?

— Venger votre agente.

— Tu ne m'as donc pas écoutée. Nous avons perdu l'une des nôtres, et je n'ai aucune envie d'ajouter une amie à la liste.

— La journaliste s'occupe de débusquer des infos et la militaire est sur le terrain. En fait, c'est plutôt moi qui risquerais de te mettre en danger.

— Je constate que cela ne t'inquiète pas beaucoup.

— Qu'est-ce tu proposes d'autre ? Qu'on croise les poings en dansant sur l'air de « Fais-le » ?

Janice était consciente de jouer avec le feu. Mais l'opportunité d'utiliser Noa pour s'introduire dans les serveurs de la banque JSBC était inespérée.

— Que sais-tu exactement ? bougonna Noa.

— Un autre virement tout aussi douteux a récemment été émis depuis une banque de Jersey… qui pourrait être la même… Et si ce transfert de fonds avait également comme bénéficiaire l'entreprise qui emploie tes anciens PSYOPS ?

— Tu as les références ? s'inquiéta Noa. Qui t'a renseignée ?

Janice lui adressa un grand sourire pour lui rappeler qu'elle ne répondrait pas à cette question, et pour cause.

— J'ai les numéros de compte des émetteurs et des bénéficiaires… qui ne me révèlent pas leur identité, comme tu t'en doutes, lâcha-t-elle.

— J'imagine que tu ne me diras pas non plus comment tu les as obtenus ?

— Tu imagines bien.

— Quoi d'autre ? Je ne suis plus à une surprise près.

— J'ignore sur quel continent se situe ton mystérieux pays, mais celui qui semble être la prochaine cible des PSYOPS est en Europe, cette fois.

Noa fit quelques pas vers la fenêtre, en pleine réflexion. La situation était plus alarmante qu'elle ne l'avait supposé, assez pour remonter ce dossier à sa hiérarchie mais pas nécessairement obtenir de ses supérieurs l'autorisation d'enquêter.

— « Fais-le ! » n'était pour les PSYOPS qu'un galop d'essai, conclut-elle. D'accord, passe-moi les numéros de ces comptes, et je verrai si nous pouvons découvrir à qui ils appartiennent.

— Quand tu dis *nous*, tu parles de toi et moi ou seulement de vous ?

— Officiellement ou officieusement ?

— *Alors qu'elle travaillait pour les services de renseignement de l'armée israélienne, Noa ne se doutait pas des activités parallèles de sa meilleure amie ?*

— Au risque de vous paraître immodeste, je vous répète que tous les membres du Groupe 9 sont des hackeurs hors norme.

— *Et que la même Noa se soit penchée sur le dessin de la tête de cheval lors d'un déjeuner en terrasse était un pur hasard ?*

— Le hasard, c'est la forme que prend Dieu pour passer incognito ; lorsqu'il leur sourit, les athées appellent cela de la chance. Est-ce qu'on se lie aux gens par hasard, ou parce que *in fine* ils nous apportent quelque chose ? Noa travaillait dans le renseignement, Janice est journaliste, l'information était leur cœur de métier, et leur amitié donnait matière à partage sans qu'elles aient à se poser d'autres questions. Ce jour-là, un pacte entre les deux amies venait implicitement d'être scellé. Le Groupe 9 en tirerait un avantage décisif, mais le prix à payer fut tel que je regrette sincèrement qu'il ait existé.

THE CONNAUGHT HOTEL, LONDRES

20.

Le troisième soir, à Istanbul

Maya commençait sérieusement à s'inquiéter des raisons de sa présence à Istanbul. Pour tuer le temps, elle avait visité quelques-uns des derniers endroits en vogue, fait acte de présence à un vernissage à la galerie Zilberman sur Iskital, rencontré les responsables de deux hôtels récemment ouverts et passé un après-midi entier dans les allées du bazar égyptien, lieu qu'elle appréciait particulièrement. Mais jouer à la touriste esseulée n'était pas fait pour elle. Maya avait en ville une amante qu'elle hésitait encore à appeler. Eylem était une amoureuse passionnelle et si Maya trouvait à cela d'indiscutables avantages lorsqu'elles faisaient l'amour, le moindre regard posé sur une autre femme pouvait causer un esclandre. En sortant de sa salle de bains au Pera Palace Hotel, elle s'installa sur son lit et prit son téléphone.

L'appel commença par un reproche. Des personnes bien intentionnées avaient rapporté à Eylem que la veille, Maya trinquait en bonne compagnie lors d'une exposition photographique chez Kare Art dans le quartier de Nisantasi.

— Je n'ai pas arrêté depuis mon arrivée, s'excusa Maya.

— Qui remonte à quand ?

— Avant-hier, mentit-elle à nouveau.

Eylem proposa de la retrouver au Café Malvan, ou pourquoi pas Chez Nicole, la cuisine était excellente et la salle, perchée sur un toit et abritée par une verrière moderne, offrait une jolie vue sur le Bosphore. Maya ne connaissait pas ce restaurant. Le rendez-vous fut fixé à 20 heures. Eylem lui envoya l'adresse par texto, 18 impasse Tomtom Kaptan. Maya n'aimait pas les impasses. Elle ouvrit sa penderie, choisit une robe seyante, se ravisa ; opta pour un pantalon et un chemisier et s'assit devant la coiffeuse afin de parfaire son maquillage.

Dans le taxi, en route pour Karaköy, elle prit sa décision, elle attendrait encore une journée, pas plus. Si aucune instruction ne lui parvenait le lendemain, elle rentrerait à Paris, elle avait perdu assez de temps.

Le taxi la déposa à l'angle de l'impasse, l'accès aux voitures était barré par trois plots enchâssés dans l'asphalte. Elle remonta l'étroite ruelle à pied. Plus loin, un escalier en pierre grimpait vers l'ancienne cour de justice française, une vieille maison à la façade ornée d'un frontispice portant la mention « Lois, Justice, Force ». Un réverbère grésillait, sa lampe mourante s'éteignait par intermittence. Un vrai coupe-gorge, pensa Maya. Elle entra dans l'immeuble et emprunta l'ascenseur jusqu'au dernier étage.

Eylem était déjà là. En la voyant se lever pour l'accueillir, Maya la trouva plus belle encore que lors de son dernier séjour, si sensuelle dans sa robe décolletée qu'elle se serait bien passée de dîner. Mais son amie annonça qu'elle était affamée, ce qui était peut-être également un mensonge. Maya savait qu'elle lui ferait payer de ne pas l'avoir contactée dès son arrivée à Istanbul.

Elle s'assit à la table et étudia le menu en levant un sourcil.

— Ça ne te plaît pas ? s'inquiéta Eylem.

— Je suis végétarienne, tu le sais. Alors j'hésite entre leurs cuisses de grenouilles, la terrine de canard et l'agneau. Si je demande une salade, ils viendront égorger un poulet devant moi pour se venger ? Bon… je vais prendre la corbeille de pain.

Eylem se retourna vers le serveur et commanda une bouteille de pinot blanc. Dès qu'il s'éloigna, elle prit la main de Maya.

— Tu as eu le temps de bronzer à ce que je vois. Mais ça n'a aucune importance… Tu étais sûrement très occupée. Qu'est-ce qui t'amène chez nous ?

— Comment fais-tu pour être chaque fois plus jolie ?

— Je ne fais rien, c'est parce que tu m'oublies entre deux voyages.

Le sommelier s'approcha pour remplir leurs verres d'un vin à la robe innocente.

— C'est la première fois que je te vois si farouche, s'étonna Maya après qu'Eylem eut retiré sa main en présence du serveur.

— Le pays a changé, les comportements et les regards aussi, même à Istanbul ce n'est plus comme avant. Peu de femmes osent encore s'habiller comme moi quand elles se promènent sur Iskital, répondit Eylem. La religion les rend tous fous, je ne sais pas où cela va nous conduire, mais je fais attention, comme tout le monde.

— Attention à quoi ?

— Aux jugements, aux insultes qui fusent à la première occasion. Les femmes comme nous ne se sentent plus libres.

— Les femmes qui aiment d'autres femmes ?

— Tu en aimes combien ?

— Je t'en prie, ne commence pas…

Eylem eut un sourire forcé. Il n'y aurait pas de scandale ce soir, ce n'était plus possible en public, la rassura-t-elle avant d'ajouter :

— Et puis je me suis mise au yoga, j'ai équilibré mes chakras.

Soudain, Maya se sentit observée. Elle s'empara de son fard à paupières dans son sac, et l'ouvrit nonchalamment de façon à voir dans le petit miroir ce qui se passait dans son dos.

— Toi aussi tu as changé, enchaîna Eylem, avant, tu te remaquillais aux toilettes… D'autant que tu n'en as vraiment pas besoin, tu es ravissante et très sexy dans cette tenue. Tu veux une salade ?

— L'homme qui dîne seul derrière nous, il était là quand tu es arrivée ?

— Ah, je comprends ! Il est pas mal ; tu veux que je lui demande son numéro de téléphone ?

— Ne sois pas stupide !

— Je ne crois pas, répondit Eylem. Tu le connais ?

— Si on partait ? Allons dans un endroit où je pourrais te tenir la main.

— Ce genre de sérénade ne te ressemble pas. Qu'est-ce qui t'arrive ? Ce n'est pas la première fois qu'un homme t'admire.

— Pense à ton maître yogi. Je me contrefiche qu'on me regarde. D'ailleurs, c'est sûrement ton décolleté qui lui plaît et je peux le comprendre.

Maya sortit trois billets de cent livres turques de son sac et les posa sur la table en se levant. Eylem haussa les épaules, prit sa veste sur le dossier de sa chaise et la suivit.

Eylem avait garé sa voiture en contrebas. Maya la rattrapa par la main, l'entraîna dans la direction opposée, et lui fit gravir les escaliers de l'ancien palais de justice français. Elle la poussa contre la grille du porche plongé dans la pénombre et l'embrassa fougueusement, s'arrangeant pour garder les yeux rivés sur la ruelle. De dos, Eylem ne pouvait voir l'homme qui les avait observées sortir de Chez Nicole et descendre l'impasse Tomtom Kaptan en courant.

Le troisième soir, à Londres

Face au miroir, Ekaterina trouvait son décolleté vertigineux.

— Alors ? s'exclama Mateo, en sortant de la salle de bains.

Très à l'aise en smoking – elle l'était beaucoup moins dans sa robe longue –, il tendit ses poignets pour qu'elle l'aide à passer ses boutons de manchettes.

— C'est un peu tôt pour ce genre de chose, lâcha-t-elle, en s'approchant de lui.

— La soirée a déjà commencé, fit remarquer Mateo, nous ne sommes pas en avance.

— Je parlais de nous deux, ça fait un peu vieux couple.

— Je peux me débrouiller seul, si tu préfères.

Mateo la regardait fixement.

— Pourquoi souris-tu ? demanda Ekaterina.

— Pour la discrétion, c'est raté. Tu es magnifique.

— Encore une ânerie de ce genre et c'est toi qui restes ici. Que faisais-tu pendant tout ce temps ?

— Je préparais le terrain.

— En regardant la télé ?

— Les informations. Le Premier ministre est attendu à la soirée, il devrait même gratifier l'assemblée d'un discours.

— Comment t'es-tu débrouillé ? Être invité à ce genre de cérémonie n'est pas à la portée de tout le monde.

— J'ai découvert cette soirée dans les données que j'ai piquées à Baron.

— Que *nous avons* piquées et que *j'ai* décryptées !

— Certes… L'adresse indiquait DCS Mayfair, j'ai passé le quartier au crible et déduit qu'il devait s'agir de l'hôtel Dorchester. Pour m'en assurer, je me suis introduit dans leur système de réservations. Je me suis attardé sur celle d'un lord qui arrivait aujourd'hui et repartait demain. Le comte de Waterford. Ensuite, j'ai piraté sa boîte mail ; incroyable à quel point la Chambre des lords est peu protégée, ils n'ont même pas de pare-feu. Je me suis fait passer pour son secrétaire particulier en appelant la réception du Dorchester et je leur ai demandé si la réception qui se tenait ce soir dans le grand salon risquait de perturber le sommeil du comte, en expliquant qu'il n'avait pas l'intention de s'y attarder. La réceptionniste m'a rassurée sur ce point… j'avais ma confirmation.

— Et pour les invitations ?

— J'en ai profité pour lui demander de les laisser à l'accueil et précisé que sa nièce l'accompagnerait.

— Tu veux me faire passer pour la nièce d'un comte anglais, avec mon accent ? Il a une nièce, au moins ?

— Il s'est fait prendre en photo par le *Waterford News and Star* avec cette supposée nièce lors d'un cocktail à Dublin en décembre. Je ne peux pas te dire que la ressemblance familiale soit frappante. Mais rassure-toi, une fois passé le contrôle, tu redeviendras toi-même.

— Et si ton comte arrive avant nous ?

— Aucun risque, il n'a pas pris son train.

— Comment le sais-tu ?

— Parce que j'ai envoyé un autre mail, pendant que tu dormais, le priant d'assister urgemment à la session qui se tient en fin d'après-midi au parlement de Dublin.

Ekaterina regarda longuement Mateo.

— Tu vois, ton beau smoking, tes boutons de manchettes en nacre, tes mocassins vernis, même ta belle gueule, tout ça m'est bien égal ; mais ce qu'il y a là-dedans, dit-elle en posant un doigt sur son front, ça me plaît énormément.

Elle se hissa sur la pointe des pieds et l'embrassa.

Le troisième soir, à Madrid

Cordelia se regarda dans le miroir des toilettes du restaurant. Elle monta à la mezzanine et, fulminante, entra dans le bureau de Diego.

— Je ne ressemble à rien ! Je ne pensais pas à ce genre de dîner quand j'ai préparé mon sac à Londres.

— C'est toi qui as insisté pour la rencontrer. Tu as changé d'avis ?

— Tu m'agaces, Diego. Pousse-toi, il faut que je te montre quelque chose.

Cordelia tapa une adresse sur le clavier de l'ordinateur, et lui désigna la page qui s'était affichée.

— Qu'est-ce que c'est ?

— Le 21e congrès mondial pharmaceutique qui s'ouvre demain à Washington. Et le plus beau, c'est que tu peux participer aux conférences sur Internet. Deux cent cinquante pointures de la profession réunies en un seul lieu, dormant dans six hôtels et qui feront le plein de dépenses avec leurs cartes de crédit ; par moments je me demande si nous ne sommes pas bénis des dieux. Grâce aux documents que j'ai trouvés dans la mallette de Sheldon, j'ai pu isoler les responsables impliqués jusqu'au cou.

— Ils sont combien ?

— Une bonne cinquantaine. Je trouvais mesquin de la jouer perso en ne vengeant qu'Alba. Les listings de la mallette révèlent que le scandale ne se limite pas à l'insuline. Une quantité impressionnante de gens dont la survie dépendait du prix de leurs médicaments ont été victimes des mêmes agissements, alors j'ai élargi ma liste de délinquants en cols blancs. Tous ceux et celles que nous allons mettre sur la paille sont responsables de la mort de dizaines de milliers de patients.

Diego s'assit sur un coin du bureau et éteignit l'écran afin que Cordelia lui accorde toute son attention.

— Le travail que tu as accompli est remarquable… et tes conclusions effroyables. On va reprendre leur fortune à ces assassins. Pour ces rapaces, se retrouver sur la paille sera encore pire que de passer quelques mois en prison. Mais un tel coup se prépare rigoureusement si on veut le réussir. Pas de place pour l'improvisation et, avec le peu de temps qu'on a, il faut demander aux autres de nous prêter main-forte.

— Vu comme ils nous ont aidés à Paddington…

— Je te parle d'attaques simultanées avec un résultat foudroyant. Chacun s'infiltre selon sa méthode. Si l'un de nous se fait repérer, personne n'ira suspecter l'ampleur de l'opération. Nous devons tout planifier. Et, en premier lieu, trouver comment accéder aux comptes bancaires de nos proies.

— Ton imprimante fonctionne ? questionna Cordelia en rallumant l'écran.

Et, avant que Diego réponde, elle récupéra trois feuilles dans le réceptacle.

— Voilà la liste de nos cibles, dit-elle. Ce soir, ils s'enregistreront auprès de la réception de leurs hôtels. Domiciles, numéros de téléphone, adresses mail, copies de leurs pièces d'identité avec photos à l'appui, d'ici demain matin, nos cinquante dossiers seront presque entièrement renseignés. Restera à remonter jusqu'à leurs comptes bancaires.

Diego réfléchissait.

— Sauf qu'il est probable que leurs frais professionnels soient payés via leurs sociétés.

— Probable, mais pas leurs dépenses personnelles. Les téléphones portables nous permettront de les suivre à la trace. De quoi choper leurs numéros de cartes de crédit avant qu'ils soient rentrés chez eux. Les relier ensuite à leurs comptes ne sera qu'une question de temps, je parie qu'ils sont tous logés dans une dizaine de grandes banques au plus.

— Les grandes banques ne se piratent pas facilement, enchaîna Diego. Mais j'ai peut-être une idée, dit-il, en faisant une copie d'écran où était affiché le logo du symposium. Je contrefais le programme des conférences, prétendument réactualisé, et on l'envoie par mail à nos cibles avec en prime un petit virus qui se propagera dans leur smartphone dès qu'ils l'ouvriront.

— OK, mais pour ne pas éveiller l'attention, on le postera à tous les participants et depuis les serveurs du symposium. Pour deux journées de conférences, je serais étonnée que les organisateurs se soient équipés d'une protection sophistiquée.

— Bonne idée, poursuivit Diego qui s'était pris au jeu. Une fois les portables infectés, dès qu'ils se connecteront à leurs applications bancaires, on aura leurs identifiants.

— On peut se faire une check-list si tu veux. Papiers d'identité, photos, adresses personnelles, géolocalisation, boîtes mail, check !

— Et les numéros de comptes en banque d'ici peu, si la chance nous sourit… Notre dîner aussi est check, Flores vient de texter qu'elle nous attend au bar.

— Vas-y, je vous rejoins.

— Pas question, je te connais trop. Combien de temps pour que notre check-list soit vraiment complète ?

— Le congrès dure deux jours, donc nous avons deux jours.

— Ce soir, j'enverrai un message au groupe pour les briefer sur l'opération, mais nous ne lancerons la vraie attaque que lorsque tout le monde aura répondu à l'appel.

— Nous pouvons très bien nous passer des autres. On programme l'opération et on la lance depuis une dizaine de serveurs à travers le monde. Mieux encore : dans chacune des villes où résident nos cibles. Des serveurs relativement peu protégés, caisses de Sécurité sociale, hôpitaux, écoles, bref, tu as compris l'idée. Du coup, l'origine de l'attaque sera quasiment indétectable.

— Mais si on leur prélève de grosses sommes, les banques demanderont confirmation des ordres de virement auprès de leurs clients.

— Pas avec la double authentification, et nous aurons le contrôle de leur smartphone. Mais ne faisons pas attendre Flores, je t'expliquerai ce que j'ai en tête cette nuit, la deuxième partie de mon plan. Tu verras qu'elle est encore plus machiavélique.

Ils quittèrent le bureau et descendirent l'escalier de la mezzanine. Traversant les cuisines du restaurant, Cordelia se retourna vers Diego.

— Je te préviens que si elle est en robe, ou en jupe…

— Je te rappelle que tu es ma sœur, pas sa rivale, s'amusa Diego.

— Les deux ne sont pas incompatibles, répondit-elle.

Ils entrèrent dans la salle ; Cordelia agrippa le bras de son frère en voyant Flores, vêtue d'une robe courte qui épousait ses formes, encore plus belle qu'en photo.

PERA
PALACE
HOTEL
PERA
PALACE
HOTEL
— PERA PALACE HOTEL —

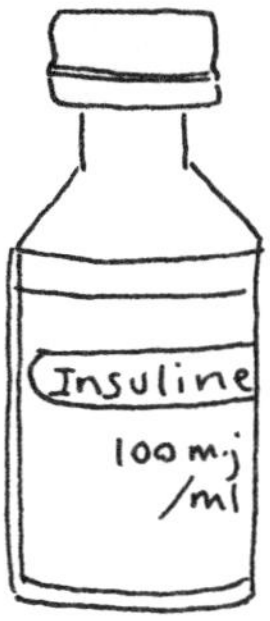
Insuline
100 m.j
/ml

21.

Le troisième soir, à Londres

Deux cents personnes étaient réunies sous les lustres en cristal de la salle de bal. Boiseries rehaussées de dorures, parterres en marbre, tentures de soie gris perle, un quatuor à cordes jouant sur une estrade et trois somptueux buffets composaient le décorum de la grande réception donnée au Dorchester.

Mateo et Ekaterina scrutaient l'assemblée, l'un à la recherche de Baron, l'autre, curieuse de tout.

Industriels influents, grands argentiers, gestionnaires de fonds d'investissement, marchands d'armes et de matières premières discutaient d'un avenir incertain, prometteur pour les uns, terrifiant pour les autres. Récession, inflation, nouveaux traités commerciaux, accords bilatéraux nourrissaient des conversations animées.

— Combien tu paries que je hacke le téléphone du Premier ministre ? chuchota Ekaterina.

— Ce serait malhonnête de ma part, tu perdrais. Les Anglais sont très pointus en sécurité informatique.

— Pas à la Chambre des lords, à ce que l'on m'a dit.

— Je te parle des services secrets, pas des parlementaires.

— Et moi, de son téléphone personnel, je suis certaine qu'il en a un sur lui.

— C'est le Premier ministre, pas un simple quidam, insista Mateo.

— Il y a encore quelques semaines, Jarvis Borson n'était qu'un alcoolique invétéré, et ses premiers discours comme chef du gouvernement ne m'ont pas donné l'impression qu'il avait levé le pied sur le gin. Même ses cheveux sont ivres morts.

— Nous avons d'autres choses à faire plus urgentes, non ?

— Que de pirater Jarvis Borson ? Parle pour toi.

— Et comment comptes-tu l'approcher ?

— Il suffit de hacker le Wi-Fi du Dorchester sur lequel son portable a déjà dû se connecter, parce que le réseau cellulaire est nul dans ce somptueux palace. Ensuite, guetter le moment où il enverra un texto à sa maîtresse, la routine, quoi.

— Tu as mauvais esprit, assura Mateo en montrant discrètement une femme esseulée près du buffet numéro trois. Il est venu avec sa compagne.

Ekaterina la regarda attentivement. Une étrange aura l'entourait. Elle donnait l'impression d'être recluse au milieu de tous ces gens. Certains convives s'approchaient d'elle, lui adressaient un mot, un compliment de circonstance et s'en allaient aussitôt.

— Donne-moi une demi-heure et je te laisse choisir ce qu'on parie, parce que je suis bonne joueuse, ajouta-t-elle avant de le laisser en plan.

Ekaterina se dirigea vers la compagne du Premier ministre. Elle la complimenta sur sa tenue et lui demanda si elle vivait à Londres, question qui provoqua un certain amusement chez son interlocutrice.

— Désolée, c'était idiot, se reprit-elle.

— Pas tant que cela, j'ai grandi dans le Sussex, j'y résidais encore il y a peu et vous, Londonienne ?

— Dans quel domaine travaillez-vous ? enchaîna Ekaterina, suivant sa feuille de route à la lettre.

— La politique, répondit posément la jeune femme qui se demandait de quelle planète Ekaterina avait bien pu tomber.

— Alors, félicitations pour le Brexit, vous y êtes enfin arrivés.

— Ce ne fut pas sans mal.

— Je crains que le mal soit à venir, répondit Ekaterina.

Un ange passa.

— Qui êtes-vous ? demanda la compagne du Premier ministre.

— Une étrangère sans intérêt.

— Laissez-moi deviner… Une journaliste, n'est-ce pas ?

— Alors là, pas du tout, quelle idée !

— Les gens que je côtoie ont plus l'habitude d'exagérer leurs qualités que de déclarer qu'ils n'ont pas d'intérêt, et personne, ici, ne souhaitant vraiment engager une conversation avec moi, vous comprendrez que votre franchise me mette un peu sur mes gardes.

— Pourquoi sur vos gardes ?

— C'est votre premier séjour à Londres ? Vous avez un accent… suédois ?

— Norvégien.

— Je suis la première femme non mariée à vivre à Downing Street. Cela en défrise plus d'un, ajouta-t-elle en balayant la salle du regard. Ekaterina fit un petit tour d'horizon, prenant conscience de la condescendance de ceux et celles qui les épiaient. Elle n'appréciait guère le Premier ministre, mais se sentit soudain complice de la femme qui lui avait fait cet aveu, et qui semblait presque aussi perdue qu'elle au sein de cette prestigieuse assistance.

— Je travaille dans la sécurité informatique, mentit Ekaterina, en prenant un risque calculé.

— C'est original, cela consiste en quoi exactement ?

— Confiez-moi votre téléphone quelques minutes et je pourrai vous expliquer ça mieux qu'en un long discours. Ou, si vous préférez, je peux vous montrer sur le mien.

La compagne du Premier ministre sourit, ouvrit son sac et glissa discrètement son portable dans la main d'Ekaterina qui, d'un mouvement de tête, lui demanda de le déverrouiller. Elle observa l'écran, consulta les paramètres de l'appareil et le rendit à sa propriétaire.

— Vous devriez mieux vous protéger, si je travaillais du mauvais côté de la force, je pourrais vous pirater aisément. J'imagine que dans votre situation, il serait préférable que vos messages et vos photos restent d'ordre privé.

— Et comment puis-je me protéger ? questionna la jeune femme.

— Installez sur votre téléphone un réseau virtuel privé, ils agissent comme des barrières, invisibles, mais efficaces. De nos jours c'est le minimum. Vous trouverez facilement une quantité d'applications de ce genre qui fonctionnent très bien ; préférez une marque européenne à une russe et, lors de vos conversations intimes, évitez les oreillettes sans fil. C'est un jeu d'enfant de les intercepter.

Voir sa compagne en pleine conversation piqua la curiosité du Premier ministre. Il s'approcha, jovial, et insista pour être présenté. Ekaterina lui tendit une main maladroite, le Premier ministre se courba pour la baiser, profitant de l'occasion pour se pencher sur son décolleté. Elle n'eut pas le temps de décliner son prénom, le PM fut happé par le numéro trois de British Petroleum.

— Exubérant en public et si discret en privé, allez comprendre les hommes, déclara la jeune femme, un peu gênée. Merci de vos conseils, j'en prends bonne note et les mettrai en pratique dès demain. Je crois que vous êtes attendue ou alors vous avez fait forte impression. L'homme qui se tient près de la colonne ne vous quitte pas des yeux.

Ekaterina expliqua que l'homme en question était son compagnon, un mot qu'elle entendit résonner au moment où elle le prononçait.

Elle s'excusa poliment et s'éloigna. Elle avait désormais les informations nécessaires pour contrôler le portable de cette femme et feuilleter les pages de son carnet d'adresses à distance. Même plus besoin d'attendre que le Premier ministre active le sien. Et pourtant, hacker sa compagne ne l'intéressait plus, la solitude de cette femme l'avait touchée. Elle rejoignit Mateo qui désigna trois hommes s'entretenant en aparté près d'une fenêtre. Elle reconnut Baron, attrapa son portable qu'elle plaça devant son visage, faisant comme si elle ajustait sa coiffure, et prit une rafale de photos. Puis elle se dirigea tranquillement vers la sortie de la salle de bal et attendit Mateo.

Peu après ils quittèrent le Dorchester.

Le feuillage argenté des érables s'élevait au-dessus des grilles de Hyde Park, Marble Arch brillait de toutes ses lumières, les taxis noirs défilaient sur Park Lane. Marcher en robe du soir sur un trottoir de Londres par une nuit d'été en compagnie de Mateo était pour Ekaterina si étranger à sa vie qu'elle se demanda si ce moment lui appartenait.

— Qui étaient ces hommes, avec Baron ? demanda-t-elle.

— D'après mes renseignements, le barbu est le nouvel ambassadeur américain, en poste depuis quelques mois. Un ancien général en disgrâce, contraint de prendre une retraite anticipée sous la précédente présidence, personne n'a jamais su pourquoi.

— Et l'autre ?

— David Kich, un magnat des énergies fossiles. Son frère et lui règnent sur un empire qui ne se limite pas au pétrole ou aux mines de charbon. Ces dernières années, ils ont racheté presque toutes les chaînes de télé locales américaines, ainsi qu'une quantité impressionnante de journaux régionaux.

— Curieux investissement alors que la presse écrite a tant de mal à survivre.

— Ce n'est pas pour gagner de l'argent qu'ils l'ont fait, mais pour en dépenser. Les frères Kich sont des lobbyistes qui ont déversé des sommes considérables dans des cercles d'influence. Tous deux sont des fanatiques de l'économie libertarienne, ils œuvrent pour que les protections gouvernementales et les programmes d'aide aux plus démunis cessent tout bonnement d'exister. Ils ont largement contribué à l'élection de Trump.

— Combien ont-ils injecté dans sa campagne ?

— C'est plus retors que cela. Ils ont engagé des centaines de personnes qui ont passé des millions d'appels téléphoniques, ont frappé à des dizaines de milliers de portes dans les États clés où se jouaient les élections. Les frères Kich ont fait appel aux marchands de doute, ont financé des campagnes de désinformation sur le réchauffement climatique, pour servir leurs intérêts évidemment. À coups de millions de dollars, ils ont réussi à faire dérailler toutes les mesures prises pour réguler les émissions toxiques et à empêcher que la taxe carbone voie le jour.

— De belles enflures, donc… Et personne ne les a balancés. Si j'avais su ça, je me serais fait une joie de…

— Quelques journalistes l'ont fait, mais quand les frères Kich ont senti le vent tourner, ils se sont racheté une image, en distribuant des largesses savamment médiatisées à des fondations.

— Roosevelt disait : aucune fraction de grandes fortunes dépensée en charité ne saura compenser l'immoralité avec laquelle elles ont été acquises. Il faut trouver ce que Baron fichait avec ce David Kich et avec un ex-général devenu ambassadeur.

— J'ai récupéré pas mal de données dans son portable. Nous verrons bien ce qu'elles nous apprennent.

Un vent frais et léger se mit à souffler. Ekaterina frissonna, Mateo la serra contre lui et l'entraîna dans Mount Street.

— Au fait, notre pari ? demanda-t-il en l'emmenant dîner au Scott, une table réputée de Mayfair.

— Je l'ai perdu, mentit-elle.

La troisième nuit, à Istanbul

Eylem conduisait dans le flot de la circulation stambouliote, qui ne se tarissait jamais, même le soir.

— Qu'est-ce qui t'a pris, dans ce restaurant ? demanda-t-elle.

— Rien, un coup de fatigue.

— Quand tu m'as embrassée sous ce porche, tu ne semblais pas fatiguée.

Eylem savait que Maya lui mentait, mais elle ne voulait pas gâcher leur soirée et préféra s'en tenir là.

— On va grignoter chez toi ? proposa Maya.

— Je te l'ai dit, les temps changent. Les voisins m'épient et je préfère éviter les ragots dans mon quartier.

— Alors mon hôtel, dans ce cas.

Eylem prit la direction du district de Beyoglu. Maya abaissa le pare-soleil et le positionna de façon à voir la lunette arrière dans le miroir de courtoisie.

— Si tu me disais ce qui te tracasse, nous gagnerions du temps. Tu as des problèmes ? questionna Eylem.

— Je me fais sûrement des idées.

— C'est en rapport avec cet homme qui te regardait tout à l'heure ?

Maya resta silencieuse.

— Qu'est-ce que tu trafiques à Istanbul ? reprit Eylem.

— Je vends des séjours de luxe à une clientèle VIP.

— Et tu leur fournis quoi à tes VIP ? De la drogue, des filles ?

— Tu es folle ? Tu me prends pour qui ?

— Pour quelqu'un qui n'a pas l'air d'avoir la conscience tranquille.

Maya avait repéré une berline noire roulant à distance constante derrière elles.

— Si on allait danser ?

— Il est un peu tôt, non ?

— Arrête-toi à la station-service, juste là.

Eylem bifurqua brusquement, envoyant valdinguer Maya contre la vitre.

— Merde, tu aurais pu prévenir.

— Tu crois que je n'ai pas vu ton petit manège, répondit Eylem en arrêtant la voiture. Notre départ précipité de Chez Nicole, ton baiser fougueux dans une ruelle sombre, ton envie de changer de destination et maintenant de direction. J'ignore ce que tu as en tête, ce sont tes affaires, mais j'ai le droit de savoir si tu me fais courir des risques.

Quelle que fût l'intention du chauffeur de la berline, le coup de volant d'Eylem l'avait autant surpris que Maya. L'Audi noire dépassa l'aire de service en klaxonnant et poursuivit sa route.

— Tu connaîtrais un chemin détourné pour rejoindre le Pera Palace ?

Eylem la défia du regard et redémarra. Inutile d'essayer d'obtenir des explications. Et puis ce baiser de Maya lui avait laissé un goût d'inachevé. Elle posa sa main sur sa cuisse et remonta doucement entre ses jambes, Maya se laissa faire et abaissa la vitre.

La tiédeur du soir entra dans l'habitacle.

Dès leur retour à l'hôtel, Eylem investit la salle de bains. Maya en profita pour allumer son ordinateur. Elle saisit dans son sac la photo de la petite fille et observa le visage défait de l'enfant. Depuis son arrivée à Istanbul, l'impression d'être tombée dans un piège se renforçait d'heure en heure. Pourquoi ne lui avait-on toujours pas communiqué les coordonnées de la poste restante où elle était censée récupérer ses instructions ? Cette attente était anormale ; à moins qu'on ait cherché à installer un dispositif de surveillance autour d'elle. Il lui était impossible de contacter les RG mais un autre allié pouvait l'aider à tirer cela au clair, un ami de longue date et de toute confiance.

Eylem se faisait couler un bain, de quoi s'absenter un moment. Maya alluma la télévision, laissa volontairement son sac et son téléphone portable sur le lit et se glissa hors de la chambre, veillant à ne pas faire de bruit en refermant la porte.

Le centre d'affaires se trouvait au premier étage. À cette heure-ci, il était vide. Elle inséra la clé USB dont elle ne se séparait jamais dans l'unité centrale d'un des ordinateurs mis à la disposition des clients de l'hôtel, rerouta la liaison vers un serveur situé en Argentine et envoya un message crypté.

L'écran resta inerte, Maya regarda sa montre, espérant qu'Eylem se prélassait toujours dans son bain.

Enfin, trois points clignotèrent. Vitalik avait répondu à son appel.

— Lastivka, quelle grande joie de te lire.

Lastivka signifie « hirondelle » en ukrainien, Vitalik avait pris l'habitude de l'appeler ainsi parce qu'elle le contactait toujours lorsqu'elle était en voyage. Maya l'adorait. Vitalik avait un humour fou, une joie de vivre intarissable. Il s'exprimait dans un langage fleuri, truffé d'expressions qu'il inventait, ou accommodait selon son humeur du jour, usant d'un vocabulaire approximatif, mais réussissant toujours à se faire comprendre. Vitalik était un roc. Et un stratège d'une précision redoutable dans ses hacks.

— Tu vas bien ? demanda-t-elle.

— Là n'est pas la question, Lastivka. Toi tu ne vas pas bien, sinon tu ne contacterais pas ton cher Vitalik à pareille heure, sauf... pour m'annoncer que tu es à Kiev. Tu es à Kiev ?

— Non, mais je préférerais.

— Donc tu as un problème. Ton dévoué servant est à toi, que puis-je faire pour ma Lastivka ?

Maya lui confia qu'elle se sentait surveillée. Depuis son arrivée à Istanbul, elle avait eu la certitude d'être suivie, à deux reprises, jusqu'à un restaurant dont elle ignorait l'existence une heure avant de s'y rendre.

— Tu crois qu'on a posé un mouchoir sur toi ? Ce serait vraiment le jardinier mouillé.

— L'arroseur arrosé..., rectifia-t-elle.

— Le jour où tu parleras l'ukrainien comme Vitalik parle ta langue, nous pourrons faire des concours de vocable.

— Vocabulaire...

— Tu as besoin d'aide ou tu me troubles en plein match de foot pour jouer au professeur ?

— Je ne veux pas tester mon portable ou mon téléphone, si l'un ou l'autre est plombé, ceux qui me surveillent comprendront que j'ai des doutes. Mais toi, tu pourrais vérifier s'ils sont propres ?

— Pourquoi tu ne le fais pas depuis un autre poste ?

— Tu es beaucoup plus doué que moi pour ce genre de chose.

— Je sais, mais je préférais te l'entendre écrire.

— Dire.

— Arrête de me rectifier ou je retourne à ma télévision.

— Tu peux t'y mettre tout de suite ?

— Impossible, Sydorchuk vient de prendre un carton jaune. Sauf si ta vie est en péril immédiat, cela attendra la fin du match.

— Demain matin serait déjà formidable.

— Demain ce sera, promit Vitalik.

— Merci, répondit Maya.

Elle allait couper la communication quand un dernier message apparut.

— Sois prudente, Lastivka. J'accorde une grande confiance à ton instinct.

Maya remonta à sa chambre, elle ouvrit doucement la porte en guettant le moindre bruit. La télévision était éteinte.

Eylem l'attendait sur le lit, une serviette autour de la taille. Maya chercha comment justifier son absence, mais Eylem ôta la serviette et ne lui en laissa pas le temps.

— *Même se sentant en péril, Maya ne pouvait pas faire appel aux RG ?*

— C'était la règle du jeu puisqu'ils ne l'employaient pas officiellement.

— *Un jeu dangereux quand même, alors qu'ils l'avaient envoyée en mission à Istanbul ! C'est parce qu'ils la savaient surveillée que les informations lui étaient transmises au compte-gouttes ?*

— Les informations n'étaient pas transmises au compte-gouttes, il fallait attendre d'avoir localisé la petite fille de la photo. Mais certaines précautions étaient impératives… Contrairement à ce que Maya croyait, ce n'étaient pas les RG qui l'avaient envoyée à Istanbul.

PERA PALACE
PERA PALACE
PERA
PALACE
HOTEL

22.

Le quatrième matin, à Tel-Aviv

Janice ouvrit un œil sur le réveil et se leva d'un bond. Elle enfila un peignoir et traversa le salon désert. David devait être dans son atelier. Elle trouva un plateau de petit déjeuner dans la cuisine, et se demanda comment elle ferait pour vivre sans son colocataire.

Elle alluma le réchaud sous la cafetière et profita des rayons du soleil devant la fenêtre.

Une tasse de café dans une main, son téléphone dans l'autre, elle consulta ses messages. Mateo cherchait à la joindre, Vitalik souhaitait savoir à quelle heure il pourrait communiquer avec elle, un troisième message lui suggérait de passer voir sa grand-mère en début d'après-midi. Une recommandation en apparence anodine, mais qui retint toute son attention. Noa lui donnait rendez-vous dans les jardins de la maison de retraite de Tel Hashomer.

David entra dans la cuisine et se prépara un thé.

— Efron te cherche depuis 9 heures ce matin, tu es très attendue on dirait. Enfin, surtout l'article que tu lui as promis depuis huit jours... Il m'a prié de te rappeler que le bouclage est pratiquement terminé.

— Pourquoi est-ce toi qu'il appelle ?

— Parce qu'il a tenté d'abord de te joindre dix fois... La profondeur de ton sommeil est abyssale.

Janice reprit son portable et constata que le numéro d'Efron apparaissait effectivement dix fois. Son article était loin d'être achevé et ce n'était vraiment pas le moment de se faire virer. Elle passa rapidement sous la douche et supplia David de la déposer à son travail. Il accepta sans broncher, ce qui ne lui ressemblait pas, mais son amie était aux abois et si stressée qu'il n'avait pas jugé utile d'en rajouter en lui lançant une pique. En chemin, il lui fit tout de même remarquer que ses sandales étaient dépareillées. Il roula aussi vite que possible pendant que Janice cherchait une excuse.

À la seconde où David se gara devant le journal, Janice bondit hors de la voiture en le remerciant, puis elle gravit en trombe le grand escalier et se rua dans son bureau. La température était étouffante. Elle ouvrit la fenêtre et chercha à rassembler ses pensées, préoccupée par la discussion qu'elle devrait avoir avec Efron et, plus encore, brûlant de savoir ce que Noa avait découvert ; elle palpa sa poche à la recherche de son paquet de cigarettes, en fuma une, penchée sur son ordinateur, cherchant quel message lui envoyer pour la convaincre d'avancer le rendez-vous. Elle finit par taper sur son clavier :

Grand-mère voudra probablement faire la sieste, je préférerais lui rendre visite avant le déjeuner, qu'en penses-tu ?

L'écran resta muet.

Noa était peut-être en réunion, ou simplement pas en mesure de lui répondre.

Efron entra dans le bureau sans frapper.

— Tu fumes dès le matin, dans les locaux ? Donc ton article n'est pas prêt. Tu me mets dans la merde... Je suis fatigué de te couvrir, Janice, cela dure depuis trop longtemps, dit-il en s'asseyant sur la chaise en face d'elle.

Sans la quitter des yeux, il lui fit signe de lui passer sa clope, ce que Janice accepta de bonne grâce, soutenant son regard pendant qu'il s'offrait une longue taffe.

— Dis-moi que tu es sur un scoop, un truc crédible, donne-moi une seule raison qui justifie que je ne te vire pas.

Janice était tétanisée, désemparée et furieuse de ne pouvoir expliquer pourquoi le travail qui l'occupait était autrement plus important que le papier qu'elle aurait dû lui remettre.

— Je t'avais réservé une demi-page, tu te rends compte ? Qu'est-ce que je vais raconter à la maquette ?

Elle reprit sa cigarette et inspira profondément, résolue à jouer le tout pour le tout.

— C'est plus qu'un scoop, c'est vertigineux ; je te supplie de me croire. J'ai besoin de quatre jours, peut-être une semaine, c'est tellement gigantesque que je n'en vois pas le bout, mais si j'arrive à mener mon enquête à son terme, c'est la une que je t'offrirai et elle sera reprise par les journaux du monde entier.

— Eh bien voilà ! s'exclama Efron en tapant sur ses genoux. Cela faisait longtemps que je ne t'avais pas vue sous pression, ça me plaît ! Fais tout de même attention à ne pas retomber dans le même piège…

Janice savait pertinemment à quoi son rédacteur en chef faisait allusion. Lorsqu'elle s'était attaquée à Ayrton Cash, le milliardaire anglais avait mis en œuvre des moyens considérables pour la discréditer. Dans son enquête, elle l'accusait d'avoir financé une campagne de désinformation pour faire basculer les votes en faveur du Brexit, détaillant, preuves à l'appui, les bénéfices colossaux qu'il devait en tirer à titre personnel. Le chapeau de l'article était éloquent : « Un milliardaire achète la Grande-Bretagne ». Furieux d'avoir été exposé, Cash avait engagé une armée de trolls sur le Net pour retrouver tous les papiers qu'elle avait signés depuis le début de sa carrière, exposant ses erreurs de jeunesse, taillant savamment dans ses textes en les sortant de leur contexte pour mettre sa neutralité en doute, lui attribuer des positions politiques extrêmes, révélant aussi sa vie dissolue, son penchant pour l'alcool, mentant sur les raisons qui l'avaient empêchée de servir dans l'armée. Aux rangs des agents anonymes menant ce travail de sape et de destruction, s'était jointe une cohorte de commentateurs antisémites. Un bombardement d'insultes et de menaces avait fusé sur les réseaux sociaux, appelant à son renvoi immédiat, l'accusant à son tour d'avoir tout inventé pour se faire valoir, de s'en prendre par le biais d'une enquête truquée à la souveraineté du peuple anglais, d'agir pour le compte d'une puissance étrangère hostile aux intérêts de la Grande-Bretagne. Cash avait gagné la bataille. La furie autour de la journaliste avait recouvert le scandale qui aurait dû éclater sur les agissements du milliardaire. Lorsqu'on soupçonne quelqu'un d'être manipulé par des forces invisibles, plus aucun de ses propos n'est crédible.

Janice, discréditée, en avait payé le prix, il lui avait fallu des mois pour relever la tête et reprendre la plume.

— Je te donne huit jours, enchaîna Efron, et quatre avant de m'expliquer sur quoi tu travailles. Mais si tu ne boucles pas cette enquête-là, ce sera la dernière.

Efron frappa à nouveau ses genoux, un tic chez lui quand il était survolté, et se leva.

— Et je te rappelle qu'il est interdit de fumer dans les locaux, ajouta-t-il en tirant une dernière taffe avant d'écraser la cigarette dans le cendrier.

Dès qu'il fut sorti de la pièce, l'économiseur d'écran de Janice laissa place à un message.

Mamy t'attend à 11 heures dans le jardin.

Il était 10 h 45.

Le quatrième matin, à Londres

En s'éveillant, Ekaterina trouva le lit vide à côté d'elle. Mateo travaillait dans la pièce voisine. Elle se leva, et ouvrit la penderie pour s'habiller, et s'arrêta sur sa robe.

— Tu étais très élégante, lui souffla-t-il en arrivant dans son dos.

— Merci. Je vais la rendre, c'était une folie au-dessus de mes moyens.

— Tu devrais la garder. Suis-moi, j'ai mis la main sur quelque chose qui va beaucoup intéresser Janice, dit-il avant de retourner derrière son bureau.

Ekaterina l'ignora superbement ; elle se rendit à la fenêtre et respira à pleins poumons l'air d'été, pas plus pressée que cela de partager la découverte de Mateo.

— Je déteste ce ton de petit chef, et en plus ça ne te va pas, dit-elle.

— Si tu veux bien me rejoindre, je pense que tu vas moins me détester.

— Qu'est-ce que tu as déniché ? questionna-t-elle en s'approchant.

Mateo avait enquêté sur l'ambassadeur qui conversait la veille avec Baron. Il afficha sur l'écran une photo qu'il avait trouvée sur la Toile. L'ambassadeur n'était à l'époque qu'un lieutenant de l'armée de terre et portait un uniforme bardé de décorations.

Ekaterina se pencha sur l'écran. Mateo agrandit l'image, zoomant sur le revers de la veste où était épinglée une broche en métal sur laquelle figurait une tête de cheval tournée vers la gauche.

— L'ambassadeur des États-Unis en poste à Londres appartenait aux PSYOPS ! s'exclama-t-elle.

— Ça m'en a tout l'air.

— Il faut avertir Janice.

— C'est déjà fait. Et j'ai commencé à retranscrire les informations prélevées dans le portable de Baron. Rome est sa prochaine escale. Le chef de la ligue d'extrême droite se représente aux élections générales qui auront lieu dans un mois.

— Tu penses qu'il fomente un coup en Italie comme à Oslo ? s'inquiéta Ekaterina.

— Rien ne l'indique pour l'instant, mais qu'il s'y rende pour manipuler les élections ne fait aucun doute. J'ai une petite idée sur la nature de ses projets. Lis ce mail.

Mateo afficha un courriel sur l'écran. Baron annonçait à un responsable de la Ligue du Nord :

Les chevaux sont dans leurs box, prêts au départ de la course.

— Les PSYOPS ?

— C'est tellement évident que ça semble impossible ! répondit Mateo.

— Au Barnevernet, un éducateur nous répétait : « Ne cherchez pas de logique là où les gens n'en ont pas mis. » Tu as trouvé autre chose dans son portable ?

— L'hôtel où il descend, le Palazzo Montemartini, et la liste de ses rendez-vous à Londres avant son départ.

— Qui doit-il rencontrer ?

— Darnel Garbage, ancien leader d'un parti d'extrême droite, reconverti chef du parti de l'indépendance du Royaume-Uni, chantre autoproclamé du Brexit mais qui touche depuis dix ans son salaire de parlementaire européen, cocasse, non ? Ce soir, Baron dîne avec lui et en compagnie du richissime propriétaire d'un quotidien anglais. Je ne serais pas étonné que Kich se joigne à eux.

— Oslo, Londres, Rome… Les profils des hommes qu'il rencontre dans chaque ville… Cette tournée dépasse la simple campagne d'influence. Un truc nous échappe…

— En même temps, influence et manipulation, c'est précisément ce qu'il vend. Mais je te l'accorde, la Norvège, la Grande-Bretagne, bientôt l'Italie… où ira-t-il ensuite répandre son venin ? Nous devons le suivre à la trace, nous partirons pour Rome demain, annonça Mateo.

— Demain, nous irons à Rome…, reprit Ekaterina, perdue dans ses pensées.

Mateo l'observa, la tristesse s'était réfugiée dans son sourire, elle détourna les yeux et sortit sur le balcon. Il la rejoignit, se tenant quelques pas derrière elle.

— Quelque chose t'a blessée ?

— Hier la Norvège, aujourd'hui l'Angleterre, demain l'Italie. Je ne connaissais ces pays qu'à travers des films et des livres, je n'avais encore jamais porté de robe longue, ni fréquenté de soirées mondaines, mon appartement est plus petit que cette suite. Nos vies sont si différentes. Mais j'aime celle que je me suis construite et j'ai l'impression de lui tourner le dos.

— Cela te rend malheureuse ?

— Cela me fait peur.

— Peu importe la chambre où nous dormons, nous avons été réunis pour agir, le reste ne compte pas.

— Alors, c'est peut-être ton « nous » qui m'effraie, lâcha-t-elle avant de se retirer dans la chambre.

Le quatrième matin, à Madrid

Cordelia et Diego avaient passé une grande partie de la nuit derrière leurs écrans. Après avoir hacké les serveurs des hôtels et déployé leur virus dans les téléphones portables des participants au congrès pharmaceutique, ils avaient vérifié d'heure en heure que la remontée des informations s'effectuait comme prévu. Diego avait fini par aller se coucher. Cordelia, incapable de dormir, remettait un peu d'ordre dans l'appartement.

Elle arrangea les cadres sur l'étagère et s'arrêta devant une photo de ses parents prise sur la terrasse de la maison de Cordoba. Des souvenirs d'été ressurgirent. Les ruelles étroites aux senteurs de jasmin, les bougainvilliers rouges qui recouvraient les murs, le parc où son père la poussait sur une balançoire à l'ombre d'un tilleul, les promenades avec sa mère au marché aux fleurs. Une vieille édition de *La Guerre de la fin du monde* attira son regard, elle l'avait offerte à Diego juste avant de partir à Boston. En sortant le livre de la bibliothèque pour le feuilleter, elle découvrit derrière la place qu'il occupait un coffret en bois dans lequel elle trouva toute une correspondance portant l'écriture d'Alba.

— Referme-le, s'il te plaît, demanda son frère en entrant dans le salon.

Cordelia rabaissa le couvercle et se retourna pour lui faire face.

— Tu vas me traiter d'illuminée, mais tomber sur ces lettres au réveil, c'est peut-être un signe.

— Par moments, je me demande si tu ne te racontes pas l'avoir aimée plus que moi. La mort d'Alba a laissé un vide incommensurable, Flores s'est efforcée de le combler. Ce n'était pas facile pour elle au début mais à force de patience, elle est entrée dans ma vie. Que tu le veuilles ou non.

— Je sais, Chiquito, j'ai observé la façon dont elle te regardait et j'ai vu la façon dont toi tu la regardais ; je dois me faire à l'idée que je n'aurai désormais plus qu'une partie de mon frère pour moi.

La conversation fut interrompue par la sonnerie du portable de Diego. Le numéro qui s'était affiché commençait par un indicatif anglais mais ne figurait pas dans son répertoire. Il le lui montra.

— Décroche !

Elle s'inquiéta devant la mine décomposée de son frère. Diego s'éloigna, prêtant la plus grande attention à son correspondant. Cordelia s'approcha, mais il lui fit signe de ne pas dire un mot.

— Je comprends, souffla Diego en anglais, je fais au plus vite… je vous remercie… oui, j'ai noté votre numéro. Je vous rappelle dès que j'arrive.

Il posa l'appareil et serra sa sœur dans ses bras.

— Tu ne peux pas imaginer à quel point je suis heureux que tu sois là, dit-il d'une voix tremblante.

— Mais qu'est-ce qui te prend ? C'était qui ? demanda-t-elle en le repoussant.

— Un inspecteur de Scotland Yard. On a retrouvé ton corps au petit matin, flottant dans le canal. Ils veulent que je vienne l'identifier, les traits sont méconnaissables.

LE JARDIN DE TEL HASHOMER

23.

Le quatrième jour, à Tel-Aviv

Noa attendait sur un banc dans le parc de la maison de retraite, Janice s'excusa d'être en retard et s'installa à côté d'elle.

— Je n'ai pas beaucoup de temps, dit Noa.

Elle lui annonça avec fierté qu'elle avait réussi à remonter à la source du virement. Contrairement à ce qu'elle croyait, Ayrton Cash n'en était pas l'émetteur.

— Alors qui est à l'origine de ce transfert de fonds ?

— Oxford Teknika, une prétendue société de marketing touristique dont le siège est à Londres. Rien à voir en apparence avec les PSYOPS. Un de mes contacts sur place a bien voulu passer à l'adresse qui apparaît sur leur papier à en-tête.

— Et ?

— C'est une adresse fantôme. Une plaque sur la rue et une autre à l'étage, apposée sur la porte d'un cagibi. Un truc assez courant pour domicilier une entreprise. Mais d'ordinaire ce genre de pratique est réservée aux paradis fiscaux, îles Cayman, îles Anglo-Normandes, Luxembourg. En plein centre de Londres, ça n'a aucun sens.

— Mais te connaissant, tu en as sûrement trouvé un.

— Oxford Teknika a d'autres activités que le tourisme et ses propriétaires ne souhaitent pas qu'on découvre lesquelles. Je ne peux pas mener mes investigations plus longtemps sans une autorisation officielle. Je ne tiens pas à me faire piquer par ma hiérarchie. Mais en fouillant le serveur de la JSBC, j'ai vu un deuxième virement suspect émis le même jour. Cette fois depuis les États-Unis, en dollars et pour un montant identique. L'argent, d'une source encore inconnue, a atterri sur le compte d'Oxford Teknika pour repartir aussitôt vers les caisses du parti nationaliste norvégien. Ce qui m'amène à te poser une question. Qu'est-ce que tu m'as caché ?

Janice hésita à se confier à Noa. Mais elle n'obtiendrait rien d'elle sans lui donner de bonnes raisons.

— Un parti néonazi reçoit des fonds en provenance des États-Unis, qui transitent par un paradis fiscal pour passer inaperçus, ça ne te donne pas envie d'en apprendre plus ?

— Avec les risques que tu me fais courir, non, répondit Noa.

— Bon, d'accord. Hier, je te parlais d'un pays européen où les PSYOPS pourraient agir, il s'agit de la Norvège. Seulement cette fois ce n'était pas avec le soutien de rappeurs et de slogans pour la jeunesse qu'ils comptaient manipuler les élections. Le parti néonazi préparait un attentat à l'université d'Oslo, avec l'intention d'en faire porter la responsabilité à des immigrés. Inutile de t'expliquer les retombées escomptées à deux semaines d'un vote.

Noa resta sans voix.

— Une guerre de communication est un acte d'ingérence indiscutable, reprit-elle, mais là on parle de terrorisme.

— Tu pourrais en souffler un mot à tes supérieurs et les convaincre d'ouvrir une enquête officielle ?

— Cela dépend de ce que tu voudras bien me dire d'autre, insista Noa. Je t'en prie Janice, ne me fais pas perdre un temps précieux. Tu as dit « préparait », cet attentat n'aura donc pas lieu ? Qui t'a fourni ces informations et pourquoi les auteurs ont-ils renoncé à leur projet ? On joue cartes sur table, ou je rentre au bureau, déclara-t-elle en se levant.

Janice resta silencieuse. Noa, l'air contrarié, partit sans la saluer.

— Attends ! cria Janice en courant derrière elle.

Elle rattrapa Noa qui avançait vers la grille du jardin et la retint par le bras.

— Quelqu'un s'est infiltré dans le parti de la Nation et a découvert leurs plans ainsi qu'une preuve mouillant ses dirigeants. Quelques heures avant l'attaque, la personne en question a adressé une copie de cette preuve à l'un d'entre eux, menaçant de tout dévoiler à la presse si l'attaque était maintenue.

— Pourquoi ne pas avoir fait parvenir cette preuve directement à la police ? Le complot aurait été démasqué, et les coupables interpellés.

— Parce qu'il était trop tard, confia Janice. Ce n'était pas l'idéal peut-être, mais le pire a été évité.

— Tu peux m'expliquer pourquoi une personne, ta source j'imagine, infiltrée dans un parti norvégien et apprenant l'imminence d'un attentat à Oslo, contacte une journaliste à Tel-Aviv ?

— Disons que c'est une vieille connaissance.

— Je ne te connaissais pas ce genre de relations, répondit Noa. Et j'imagine aussi que tout cela est sans rapport avec l'assassinat du chef de ce parti et son remplacement au pied levé par son numéro deux ?

Janice garda le silence, calculant les conséquences de cette conversation et jusqu'où elle devait aller pour arriver à ses fins.

— Tu en as déjà fait beaucoup, enchaîna-t-elle, je ne veux pas te compromettre. Confie-moi une copie de ce second virement, je regarderai ce que je peux faire de mon côté.

— Tu veux dire que quelqu'un dans tes *relations*, et Noa insista sur ce mot, pourrait découvrir à ma place qui l'a émis ? Hors de question ! Si je me fais prendre, je perds mon job et je passe par la case disciplinaire. Interdiction de quitter nos locaux avec le moindre papier sans autorisation signée de nos supérieurs. Et avant de franchir la porte, nous passons sous des détecteurs de métaux pour prévenir toute fuite d'informations sensibles sur support magnétique. Nous sommes en Israël, Janice. Ici, la protection impose une vigilance de chaque instant, aucune mesure de précaution n'est négligée.

— OK, alors regarde ce que tu peux faire sans t'exposer ; maintenant tu connais l'enjeu.

— Je ne te promets rien. Allez, séparons-nous comme le feraient de bonnes amies.

Noa s'approcha pour embrasser Janice sur la joue et sortit du parc.

Le quatrième jour, à Istanbul

Maya grappillait quelques miettes de sommeil après une nuit agitée. Elle entendit un bruissement à la porte de sa chambre et ouvrit soudain les yeux. Eylem consultait ses mails sur son smartphone.

— Tu as commandé quelque chose au room service ?

Concentrée sur sa lecture, Eylem répondit non de la tête. Maya repoussa le drap et se leva. Elle aperçut une enveloppe que l'on avait glissée sous la porte. Elle passa la tête dans le couloir, le messager avait déjà disparu. L'enveloppe contenait une carte postale, une photo de la terrasse du Café Pierre Loti, perché sur sa colline au milieu d'un cimetière. Aucune inscription ne figurait au dos. Maya connaissait bien ce lieu très apprécié des touristes, elle-même y conduisait souvent ses clients. Depuis la terrasse, la vue sur la Corne d'Or était splendide. En observant cette carte, elle se sentit soulagée à la perspective d'apprendre enfin quelque chose sur la mission qui l'avait conduite ici, à condition que ce ne soit pas pour se jeter dans la gueule du loup. Elle recevait toujours ses instructions sur son portable sécurisé. Une carte postale glissée sous la porte de sa chambre d'hôtel, ce n'était pas dans la norme. Et d'autant plus troublant qu'elle descendait au Pera pour la première fois, le Méridien où elle avait ses habitudes étant complet.

Elle s'habilla d'un pantalon souple, d'un haut en maille écru et d'une paire de sandales.

— Tu sors ? demanda Eylem.

— Un petit déjeuner au Café Pierre Loti, ça te tente ?

Eylem sauta du lit.

Trente minutes plus tard, dans le quartier de Sultanahmet, Eylem se garait au bas de la colline. Elle invita Maya à finir le chemin à pied. La promenade les mettrait en appétit.

Elles remontèrent les rues pavées, traversèrent les sentes du cimetière entre les stèles plusieurs fois centenaires et s'attablèrent à la terrasse prise d'assaut malgré l'heure matinale.

Eylem s'extasia, les eaux de la Corne d'Or miroitaient sous le soleil déjà brûlant.

— Il fallait que tu sois à Istanbul pour que je petit-déjeune dans ce café, je n'y viens jamais alors que c'est magnifique.

— Normal, répondit Maya, l'esprit ailleurs, les Parisiens montent rarement prendre leur petit déjeuner à Montmartre.

— Je t'ai sentie absente cette nuit. C'est à cause de moi ?… Tu n'étais pas obligée de m'appeler, soupira Eylem.

— Cela n'a rien à voir avec toi, je te le promets.

— Alors qu'est-ce qu'on vient faire ici ? Je te connais, tu aimes plus que tout traîner au lit le matin.

— Je n'en sais encore rien et je te promets que c'est la stricte vérité.

— Tu promets beaucoup.

Maya regarda sa montre, on lui avait indiqué un lieu de rendez-vous, mais pas d'heure. Le serveur leur apporta un menu qu'Eylem s'empressa d'examiner.

— Excuse-moi une minute, dit Maya alors que son portable venait de vibrer dans sa poche.

Elle se réfugia dans le café, traversa la grande salle et s'enferma dans les toilettes pour consulter le message qu'elle venait de recevoir. Un court texto qui en disait long ; en le lisant elle eut une sueur froide :

Lastivka, tu avais senti juste.

Vitalik venait de confirmer ce qu'elle redoutait. Et s'il s'en tenait là, cela voulait dire que son smartphone était infecté. Au-dessus du lavabo, elle passa de l'eau sur son visage pour se calmer. Où et quand l'avait-on piégée ?

Le Pierre Loti, établissement presque centenaire, était resté dans son jus, la vieille cabine téléphonique en bois de merisier en attestait. Maya alla au bar pour changer en pièces les quelques billets de livres turques qu'elle avait sur elle. Si elle ôtait la carte SIM, ou éteignait son téléphone, elle risquait de se trahir. Elle le rangea dans son sac qu'elle posa à l'extérieur de la cabine avant d'appeler Vitalik.

— La ligne est sûre ? demanda-t-il.

— Aussi sûre que peut l'être une cabine dans un café, j'ai peu de monnaie, fais vite.

— Au moins, tu ne chercheras pas à me rectifier tout le temps. On te surveille, mais je ne peux pas t'assurer que c'est par ton portable. J'ai fait des tests, désolé d'avoir fouiné dans tes affaires téléphoniques. Tes appels sont relayés, car quand je l'active, le signal fait un écho, c'est indiscutable, mais j'ai eu beau passer ton appareil à la brosse fine je n'ai trouvé aucun virus. Et ça, c'est étrange.

— J'ai un mouchard sur moi ?

— En tout cas, pas actif au moment où tu me parles, je regarde l'activité de ton téléphone sur mon écran et il dort comme un nourrisson.

— Dans ma chambre d'hôtel ?

— Tu t'y trouvais quand je t'ai envoyé mon message ?

— Non, je suis loin du Pera.

— Alors, cherche dans ton sac, une briquet, une stylo, un tube de rouge à dents, tu as acheté des choses nouvelles récemment ? En tout cas, poubelle tout, et nous ferons d'autres tests. Lastivka, songe à changer d'endroit pour tes vacances, je peux t'organiser un séjour de voyage rapide.

— Impossible, je n'ai pas encore…

Maya entendit trois bips, elle chercha à la hâte des pièces dans sa poche, mais la communication était déjà coupée.

Elle sortit de la cabine, reprit son sac et rejoignit Eylem qui l'accueillit avec un grand sourire.

— C'est flatteur, on m'a prise pour toi.

— Comment ça, on t'a prise pour moi ? s'inquiéta-t-elle.

— Le garçon qui a servi les petits déjeuners, il m'a aussi remis ce pli en me demandant si j'étais bien Maya Mandel. Et comme tu es beaucoup plus jolie que moi, ça m'a flattée.

— N'importe quoi, répondit Maya en s'emparant de l'enveloppe qui ne comportait aucune inscription.

Elle y trouva une invitation pour un cocktail, le soir même à 18 heures, à l'Institut français.

— Quel garçon ? demanda-t-elle.

— Je ne le vois plus.

— Tu en es certaine ?

— Oui, pourquoi ? C'est un mot d'amour ?

Elle lui montra le carton.

— Une invitation pour une personne, c'est tout comme, soupira Eylem.

— Je t'appellerai en sortant, on se retrouvera quelque part.

— Qui te dit que je t'ai réservé ma soirée ?

Maya chercha à l'embrasser sur les lèvres, mais Eylem détourna le visage et le baiser atterrit sur sa joue.

— Tu pars déjà ?

— Pas le choix, à tout à l'heure, je te le promets.

— Arrête avec tes promesses, tu m'agaces.

Eylem empêcha Maya de régler l'addition et lui ordonna gentiment de s'en aller.

Maya redescendit la colline jusqu'à l'embarcadère d'Eyüp où elle attendit le bateau pour Eminönü.

La traversée durait vingt minutes. Profitant de la fraîcheur distillée par les eaux du Bosphore, elle s'accouda au bastingage pour réfléchir. À quel moment avait-on commencé à l'espionner et dans quel but ? Elle consulta ses messages et n'en trouva aucun qui la compromette.

Le pont de Galata approchait, le ferry accosterait bientôt au terminus. Elle fit l'inventaire de son sac, rien qui ne s'y trouvât déjà avant d'embarquer pour la Turquie, hormis un paquet de mouchoirs en papier et une boîte de pastilles à la menthe. Elle renonça à les balancer par-dessus bord. Mieux valait ne pas laisser entendre qu'elle se savait sur écoute. Pourquoi n'avait-on pas glissé directement l'invitation à ce cocktail sous sa porte à l'hôtel ? On devait savoir qu'elles étaient deux dans la chambre et on avait attendu qu'elle soit seule à la terrasse du Café Pierre Loti pour la lui remettre. Mais le messager s'était trompé sur la personne, elle n'avait donc pas affaire à un professionnel... Et pourquoi cette invitation au cocktail devait-elle rester confidentielle ? Quel piège cherchait-on à lui tendre ?

Maya balaya l'horizon du regard, le pont du ferry était désert, seul un couple de personnes âgées était monté avec elle à l'embarcadère d'Eyüp et ils étaient assis sur le pont inférieur. Elle rouvrit son sac et s'empara de la photo de l'enfant.

Qui était cette petite fille qui la mettait en danger ?

Le quatrième matin, à Londres

Ekaterina referma son ordinateur.

— À quelle heure part notre avion pour Rome ?

— Tu as changé d'avis ? demanda Mateo, en feuilletant nonchalamment le *Guardian*.

— Après ce que Janice vient de nous apprendre, difficile de ne pas changer d'avis. Je vais préparer mon sac, dit-elle.

Elle s'arrêta net et se retourna.

— Quelque chose me chiffonne. Baron interfère dans les élections en Norvège, il envisage de faire pareil en Italie, mais l'argent de ses opérations proviendrait des États-Unis. Pourquoi ?

Mateo repoussa le journal sur le bureau.

— L'argent qui a financé l'attaque prévue à Oslo, rien ne prouve encore que ce soient les mêmes sources qui servent ses projets à Rome.

— Néanmoins, reprit Ekaterina, songeuse… Un ancien membre des PSYOPS devenu ambassadeur des États-Unis. Un Premier ministre anglais aussi fraîchement nommé que lui. Robert Berdoch et Libidof, magnats de la presse populiste anglo-saxonne, l'un américain, l'autre d'origine russe. Kich, milliardaire ultraconservateur américain et lobbyiste des énergies polluantes. Vickersen, Garbage et Malaparti, trois dirigeants de partis d'extrême droite européens…

— Tu peux ôter Vickersen de ta liste.

— Thorek, son successeur, ce qui revient au même. Au cœur de cette nébuleuse, Baron, bien sûr, Ayrton Cash, un autre milliardaire anglais, et enfin, la JSBC, banque plus que louche cachée dans un paradis fiscal.

— Énoncé comme ça, je dois reconnaître…

— … qu'il y a derrière tout cela un projet plus vaste et qui nous échappe encore, enchaîna Ekaterina.

— Et si Baron n'était pas venu à Londres pour mettre en œuvre un nouveau plan, mais pour recueillir les fruits d'un travail déjà accompli ? Il trinquait avec Jarvis Borson. Qui nous dit qu'il n'a pas fait appel aux PSYOPS pour manipuler le vote qui a conduit l'Angleterre à se séparer de ses plus proches alliés ?

— Ce qui expliquerait aussi le conciliabule avec l'ambassadeur, reprit Ekaterina.

— Ou pire encore, ajouta Mateo. S'ils célébraient une victoire et préparaient le terrain des suivantes ? En Irlande comme en Écosse des voix s'élèvent pour demander le divorce d'avec Londres. S'il se produit, c'en est fini du Royaume-Uni. La Grande-Bretagne est la tête de pont entre l'Amérique et l'Europe. Isolée, son territoire et sa population divisés, elle ne pèsera plus rien sur l'échiquier mondial.

— Pour le Brexit, admettons, reprit Ekaterina. Jarvis a joué son avenir politique sur la division du pays, mais quel serait l'intérêt du PM anglais de pousser le suicide jusqu'à la désagrégation du Royaume-Uni ?

— Aucun, à moins qu'il ne serve des intérêts qui lui importent plus que son propre pays.

— Lesquels ? demanda Ekaterina. Qu'est-ce qui relie tout ce beau monde ?

— *Ekaterina était la seule à avoir suspecté ce qui se tramait ?*

— Personne ne peut lui enlever ce mérite ; elle a été la première de la bande à en comprendre l'ampleur.

— *Mais encore ?*

— Une assemblée de fauves avait décidé du nouvel ordre du monde.

Des prédateurs, puissants, dépourvus de sens moral, installant le chaos et avançant en rangs serrés pour avaler leurs proies, sans qu'aucune ne leur échappe. Mateo, qui prêtait toujours une grande attention aux propos d'Ekaterina, comprit à son tour. Il décida d'accélérer leur départ pour Rome, afin de traquer Baron… et de s'équiper d'un matériel autrement plus performant que celui qu'ils avaient utilisé à Oslo. On ne chasse pas les grands prédateurs avec les mêmes armes que le petit gibier.

CAFE PIERRE LOTI

24.

Le quatrième jour, à Madrid

Prise d'un haut-le-cœur, Cordelia s'était précipitée dans la salle de bains.

Diego s'était posté derrière la porte, prêt à lui venir en aide, bien qu'il fût aussi ébranlé qu'elle. À qui appartenait le corps retrouvé dans le canal ? Aux dires du policier, la victime était dans un tel état que seule la carte d'un club de gym retrouvée dans la poche de son blouson avait permis une identification préliminaire. Mais il devait venir la reconnaître pour confirmation.

Des blousons, Cordelia en possédait trois, un en cuir, un autre en jean et un en daim. Le flic n'avait pas précisé. Sa carte du club de sport était posée sur la console de l'entrée, quand elle avait quitté Londres, elle en était certaine, alors comment avait-elle atterri dans les eaux sombres du Regent Canal ? Un cambriolage ? L'agent de Scotland Yard n'en avait pas fait état… La seule explication possible l'avait précipitée au-dessus de la cuvette des toilettes.

Elle ressortit, les yeux rougis, Diego lui fit avaler un verre d'alcool fort et la serra dans ses bras.

Des cris d'enfants éclatèrent dans la rue et la firent sursauter. Cordelia se rendit sur le balcon, l'atmosphère était suffocante, mais la vision des gamins se chamaillant dans le square lui apporta un certain réconfort… Voir la vie quand on ne pense plus qu'à la mort.

Penny Rose ne lui aurait jamais volé un blouson. Et elle n'était pas sportive pour deux sous. Cordelia se raccrochait à cela comme à une bouée de sauvetage. Comment supporter l'idée qu'elle ait perdu la vie à cause d'elle ? Et puis Penny Rose était débrouillarde, avec son caractère d'Irlandaise elle ne se serait sûrement pas laissé faire !… Mais c'était peut-être pour cela justement que son visage était méconnaissable. Elle était la bonté incarnée, impossible avec un cœur si gros de finir comme un poisson crevé dans un canal…

Diego n'irait pas la reconnaître. C'était à elle qu'il revenait de le faire, à elle de lui fermer les yeux, de dire une prière… et demander pardon.

Diego lui assura qu'elle n'y était pour rien. Des crimes, il s'en produisait chaque jour dans les grandes villes, surtout à Londres où depuis quelque temps on se faisait poignarder pour un paquet de cigarettes. Son amie avait dû lui emprunter des affaires pour aller traîner on ne sait où, et elle s'était fait agresser. Et puis rien ne certifiait encore que ce soit bien elle.

Mais sa voix sonnait faux, elle savait qu'il n'en pensait pas un mot. Au moins, avait-il ajouté, si on la croyait morte, Cordelia n'était plus en danger, pour le moment en tout cas, et ça, au moins, c'était une bonne nouvelle.

— Qu'est-ce que je vais raconter à la police ? demanda-t-il.

Elle se jeta sur lui pour le frapper à la poitrine. Si Penny Rose était morte, plus rien n'était une bonne nouvelle ! Elle aurait voulu se téléporter dans la cour de son immeuble, ôter la brique de la cachette, récupérer ses clés avec les 20 livres, soulagée que sa protégée ne soit pas venue s'occuper de son appartement !

Et quand bien même Penny Rose s'y serait installée, pour se mettre à l'abri d'un toit, dormir dans un vrai lit, prendre un bain et manger à sa faim en ayant juste à se servir dans le frigo comme elle le lui avait offert, elle n'aurait jamais ouvert la porte à un inconnu. Pourquoi Diego n'avait-il pas eu la présence d'esprit de demander où s'était produit le crime ?

Diego lui saisit les mains et la serra contre lui. Ils allaient s'en sortir, tout ça n'était qu'un cauchemar. Il se rendrait à Londres et s'occuperait de tout, elle n'aurait qu'à l'attendre ici, et pendant son absence, si elle en avait envie, elle pourrait réarranger son appartement.

Cordelia s'abandonna dans les bras de son frère, elle posa la tête au creux de son cou et pleura Penny Rose, espérant encore la surprendre à jouer de la guitare dans les allées du marché de Camden.

*

Une heure s'était écoulée depuis l'appel de Scotland Yard. Terrassée par une migraine, Cordelia alla s'allonger dans la chambre. Diego lui appliqua un linge humide sur le front.

Pendant qu'elle se reposerait, il passerait au restaurant informer son chef qu'il allait s'absenter deux jours. Il en profiterait pour acheter tout ce dont elle aurait besoin, appellerait Juan, l'ami qui leur avait prêté la moto, et lui demanderait de veiller sur elle en son absence.

Il laissa la porte de la chambre entrebâillée, prit ses clés et son casque, et promit de revenir dans les deux heures tout au plus.

*

Diego tint sa promesse. Mais à son retour, il trouva l'appartement vide, et un mot de Cordelia, posé sur l'oreiller.

Mon Diego,

C'est à moi d'aller à Londres. Ne t'inquiète pas, Chiquito, et ne cherche pas à me rejoindre, je t'en supplie. Je t'appellerai dès mon arrivée. J'ai besoin de comprendre ce qui s'est passé et je ne veux pas que tu ailles voir la police avant. Nous irons leur parler ensemble, plus tard. En attendant, veille sur Flores, et surtout vérifie que la remontée des données de nos congressistes continue de s'opérer comme prévu. Pense bien à sauvegarder tous les fichiers. Nous nous retrouverons le moment venu, mais pour l'instant reste ici, et surtout continue de t'occuper de notre mission.

Ta sœur qui t'aime.

*

Le quatrième jour, à Tel-Aviv

Le rendez-vous avec Noa avait grisé Janice. L'idée de pénétrer à nouveau les arcanes de la banque JSBC la mettait dans un état d'exaltation extrême. Au journal, les connexions informatiques n'étaient pas suffisamment sécurisées ; elle aurait pu user du réseau Wi-Fi de la résidence, mais elle s'y était connectée la veille et craignait, à trop traîner dans les parages, que quelqu'un finisse par s'inquiéter de sa présence. Elle sauta dans un bus et profita du trajet pour réfléchir au moyen le plus sûr d'opérer. Elle allait dérouter ses communications vers des serveurs distants de Tel-Aviv et hautement sécurisés. Et pour cela, elle savait à qui faire appel.

Le bus approchait de sa station, Janice chercha ses clés au fond de son sac, comme toujours ; sans succès, comme souvent. Alors, elle fouilla les poches de sa veste et trouva un mouchoir en papier. Elle allait le jeter quand, prise d'un doute, elle le déplia.

Jamais elle n'aurait imaginé qu'un vieux Kleenex puisse être aussi précieux. Noa s'était arangée pour lui transmettre les références du virement sans qu'elle s'en aperçoive. Elle se sentit presque coupable en pensant aux risques que son amie avait pris pour exfiltrer une telle information du bureau des armées.

En descendant du bus, elle courut jusque chez elle et tambourina à la porte pour que David quitte son atelier et vienne lui ouvrir.

— Tu es une plaie vivante, rouspéta-t-il en l'accueillant.

— Quand tu en auras fini avec tes amabilités, tu pourrais me rendre un immense service ?

— Il me semble que je viens de le faire en interrompant mon travail.

— David, supplia Janice en posant son sac, c'est vraiment très important.

Il releva un sourcil et la toisa de pied en cap.

— Bon, suis-moi jusqu'à l'atelier, tu m'expliqueras de quoi il retourne pendant que je peins, et nous ferons comme si tu ne me dérangeais pas.

Personne n'était autorisé à pénétrer dans son antre, mais sous ses airs innocents, David, qui mettait la dernière touche à un portrait en pied, sommet de son œuvre, comptait éblouir son amie.

Il reprit place devant son chevalet, s'empara d'un pinceau fin et ajouta un soupçon de rouge, guettant une réaction. Mais Janice avait les yeux et l'esprit ailleurs.

— Je t'écoute, lâcha David d'un ton détaché.

— Tu es toujours en bons termes avec ce type qui habite au-dessus de l'épicerie au coin de la rue ?

— Je ne connais pas de type ! répondit-il, agacé.

— Mais si, plutôt bel homme, la trentaine, un vieux scooter Vespa, il se promène toujours avec un chapeau de paille sur la tête, porte des chemises hawaïennes et…

— Qui t'a parlé de lui ? l'interrompit David.

— Toi, qui d'autre ?

— Eh bien je n'aurais pas dû, c'est du passé. Et puis mes relations sentimentales ne te regardent pas.

— Sauf quand tu es triste à crever. Mais ce qui m'intéresse ce sont les cartes de téléphone qu'il vend sous le manteau, tu te vantais de fréquenter un voyou.

— Peut-être… mais il ne s'agissait que d'une passade, l'histoire d'un soir, enfin, de quelques soirs.

— Quelques semaines, rectifia Janice. Et des mois pour t'en remettre.

— Eh bien tu as la réponse à ta question. C'est non !

Janice n'ajouta pas un mot, sachant pertinemment que rien n'agacerait plus David que son silence. À ce petit jeu, elle était sûre de gagner, il n'avait aucune patience.

— Alors ? soupira-t-il en reposant son pinceau.

— Tu pourrais le contacter ? J'aimerais lui en acheter une, son prix sera le mien. Enfin, si tu peux t'arranger pour qu'il ne me ruine pas, je t'en serai d'autant plus reconnaissante.

— Mais je me contrefiche de tes cartes de merde, je te parle de mon œuvre !

Janice écarquilla les yeux et s'approcha du tableau, une huile sur toile d'un mètre cinquante sur un mètre représentant une femme sur une chaise longue. Les couleurs chaudes révélaient la joie que les traits du visage ne laissaient pas paraître. Le rouge vif de la bouche donnait au personnage une sensualité explosive. À l'arrière-plan, une terrasse surplombait un paysage à l'horizon délimité par une mer d'un bleu plus intense que celui du ciel qui occupait la moitié de la toile.

— Magnifique ! s'exclama-t-elle.

— N'en fais pas des caisses, tu n'en penses pas un mot.

— Si je n'aimais pas, je te le dirais. C'est superbe. Qui est cette ravissante créature ?

— Toi !

Janice mit sa main devant la bouche, se retenant de rire.

— Bon, va-t'en, tu m'insupportes.

— C'est-à-dire… je suis très nue.

— Tu n'es pas très habillée quand tu prends le soleil dans le jardin !

Janice acquiesça.

— Rien à dire, c'est remarquable, on dirait un Matisse.

— Une comparaison est toujours désobligeante pour un artiste, mais soit. Il te plaît vraiment ?

— Je te le répète, c'est éblouissant.

— Combien d'unités sur la carte ? soupira David.

— De quoi communiquer une heure avec l'étranger.

— Et il te faudrait ça quand ?

— Maintenant.

— Bon, je vais voir ce que je peux faire. Mais sache qu'il m'en coûte énormément, ajouta David en quittant l'atelier.

Elle entendit le bruit d'une conversation derrière la porte, un murmure qui se transforma en éclats de voix, puis de rire. David revint quelques instants plus tard.

— Tu as de la chance, il est chez lui. Tu peux aller récupérer ta carte à l'épicerie. Il t'en coûtera 350 shekels, autant dire presque rien. Tu trouveras de l'argent dans la boîte en métal sur l'étagère au-dessus de l'établi ; je suppose que tu n'as pas un rond sur toi. Si tu me rembourses un jour, tu ajouteras 100 shekels, j'étais bien obligé d'inviter mon ami à dîner pour le remercier de cette faveur.

Janice bondit et l'embrassa de toutes ses forces. Puis elle se hissa sur la pointe des pieds pour attraper la boîte, prit

400 shekels en promettant à David de lui rapporter des cigarettes, avant de se retourner sur le pas de la porte.

— Je me demande si tu n'as pas été un peu flatteur sur ma poitrine.

— Sors d'ici ! hurla David.

Le temps de courir jusqu'au bout de la rue, de récupérer la carte SIM et de revenir, Janice l'insérait dans son portable et appelait un numéro dans la banlieue de Kiev.

*

— Mais qu'est-ce que vous avez tous en ce moment ? s'inquiéta Vitalik.

— Pourquoi me dis-tu ça ?

— Si tu m'appelles sur ce genre de ligne, c'est que tu as un problème... ou besoin de quelque chose que mes services peuvent te rendre.

Janice expliqua son projet à Vitalik. Elle lui communiqua la séquence de chiffres et de lettres du virement.

— Tu veux que je fasse intrusion dans le serveur d'une banque d'affaires et que je retrace l'origine d'un transfert d'argent vers une société basée à Londres ?

— C'est exactement ça.

— Mais Metelyk, ce n'est pas une chose qui se fait le temps de manger un rogalykys. C'est complexe, pour entrer dans la place, il faut trouver leur chaînon faible.

— Pas besoin, j'ai déjà accès à une porte dérobée dans leurs serveurs.

— Alors moins difficile, mais pas facile.

— Et j'avais placé un virus de type Conficker resté indétecté.

— Tu as couché avec le caissier de la banque ?... D'accord, je vais regarder ce que je peux réussir. Mais pas question que tu sois connectée en même temps. Dans ce genre d'exploit, Vitalik travaille toujours en solo.

— Ce n'est pas vrai, on a fait bien pire ensemble... Et je connais leurs défenses mieux que quiconque ; en cas de problème, je pourrai te guider.

— Vitalik n'a pas besoin de guide, laisse-moi travailler. Par quel moyen es-tu entrée la première fois dans leur système ?

— J'ai appliqué la bonne vieille technique de la clé USB perdue sur le parking. Je me suis rendue sur l'île de Jersey et j'en ai abandonné une dizaine entre des voitures. Il a suffi d'une journée pour qu'un de leurs employés en trouve une, morde à l'hameçon et la connecte à son terminal pour voir ce qu'elle contenait.

— C'est dingue que ce truc marche encore.

— Et il marche à chaque fois... Bon, je configure mon ordinateur et je te donne le signal.

— Et si j'étais très occupé en ce moment, tu dirais s'il te plaît ?

— Je te connais par cœur, tu es encore plus excité que moi par ce petit hack, tu as déjà les doigts sur ton clavier.

— J'attends ! répondit Vitalik.

— S'il te plaît...

Vitalik lâcha un petit râle de plaisir. Janice connecta son ordinateur au téléphone dans lequel elle avait installé la puce intraçable. Par prudence, elle fit transiter la liaison par un serveur en Inde, puis par un autre en Allemagne et enfin un dernier en Russie. Si les services de sécurité informatique de la JSBC détectaient l'intrusion, ils concluraient à une attaque engagée depuis les pays de l'Est. Vitalik n'avait pas besoin de préparation particulière, son bureau était une véritable forteresse électronique.

*

À 15 heures GMT, deux avions se croisèrent dans le ciel de Paris. L'un volait vers le Sud, Ekaterina et Mateo se poseraient dans moins de deux heures à Rome ; l'autre se dirigeait vers Luton, dans la banlieue de Londres, où Cordelia arriverait dans une heure.

Depuis Kiev et Tel-Aviv, une attaque informatique s'opérait contre les serveurs d'une banque située dans les îles Anglo-Normandes.

À Istanbul, Maya courait le long du Bosphore en tenue de jogging, en quête d'un plan B pour se sortir de ce qui ressemblait clairement à un piège.

LA MAISON
DE JANICE

LOCK 17
CAMDEN LOCK
LE MARCHÉ
DE CAMDEN

25.

Le quatrième jour, à Londres

Inquiète, Cordelia avançait dans la file de contrôle des passeports. En quittant Madrid, elle avait supposé que la police ne l'aurait pas déclarée morte tant que le corps retrouvé dans le canal n'aurait pas été formellement identifié. Dans le cas contraire, il serait difficile d'expliquer sa situation à l'officier de l'immigration. Elle s'efforça d'adopter l'air le plus détendu possible alors qu'il examinait sans broncher ses papiers, avant de la laisser entrer sur le territoire britannique.

Un bus, puis un train la menèrent à la gare de St Pancras où le souvenir de sa course folle dans une autre gare la fit frémir.

Elle s'engouffra dans le métro à la station de Mornington Crescent, prit la Northern Line et ressortit à Camden Town.

Sac à l'épaule, elle parcourut le marché à la recherche de Penny Rose. Au son d'une guitare, elle se rua dans l'allée des antiquaires, avant d'interrompre brutalement sa course en entendant les premières paroles de « Yesterday » chantées par un homme.

Deux heures durant, elle mena son enquête, interrogeant les marchands qu'elle connaissait, les employés de la voirie, deux policiers en faction, demandant à chacun s'il avait aperçu son amie aujourd'hui.

La serveuse d'un restaurant de quesadillas, qui offrait de temps à autre un repas gratuit à Penny Rose, lui répondit l'avoir vue pour la dernière fois trois jours plus tôt. Cordelia poursuivit son chemin vers West Yard, traversa la brocante et longea le canal en criant le prénom de Penny Rose. Un clochard s'approcha d'elle et l'agrippa par le bras.

— Qu'est-ce que tu lui veux à la petite ? demanda-t-il, l'haleine fétide.

— Vous l'avez croisée ? questionna Cordelia.

— Possible, répondit l'homme.

Elle lui tendit un billet de 5 livres.

— Hier, je crois bien qu'elle traînait près du château des pirates.

Cordelia connaissait l'endroit, elle pouvait le voir depuis ses fenêtres, sur la berge opposée du canal en face de son immeuble. Réplique miniature d'un château fort flanqué d'un donjon, de meurtrières et de remparts. Le château des pirates était une plaisanterie de l'architecte Richard Steifer, qui l'avait édifié au début des années 1970 en plein quartier des docks. Il hébergeait aujourd'hui une association pour enfants.

Penny Rose grimpait parfois au chemin de ronde, s'asseyant entre deux parapets pour jouer de la guitare.

Cordelia remercia le clochard et traversa le pont-levis en courant. Elle arriva essoufflée en haut du donjon. Penny Rose n'y était pas. Elle jeta un regard vers les fenêtres de son appartement et s'aperçut que les voilages avaient été tirés depuis son départ. Probablement par les inspecteurs de Scotland Yard. À moins que Sheldon ait envoyé ses hommes de main, comme l'avait envisagé Diego.

La nuit n'allait plus tarder à tomber, Cordelia décida d'arrêter ses recherches. Elle rebroussa chemin et se faufila dans la cour du 60 Oval Road. Elle repoussa le container à poubelles, prenant bien garde de ne pas faire grincer ses roues, et retira la brique qui se trouvait derrière. Le double de ses clés et le billet de 20 livres n'étaient pas dans leur cachette.

Cordelia prit une longue inspiration avant d'entrer dans le hall. Elle emprunta l'escalier de service et découvrit en arrivant sur son palier le ruban bleu de la police portant la mention « Accès interdit », qui barrait sa porte fracturée.

Elle passa en dessous et pénétra dans la pénombre de l'appartement.

Elle alluma la lampe torche de son portable avant de s'aventurer plus avant. Le salon était sens dessus dessous, les tiroirs du buffet avaient été retournés et leur contenu jeté à terre. Ce n'était pas le résultat d'un cambriolage, les seuls objets de valeur qu'elle possédait, deux bougeoirs en argent massif hérités de ses parents, trônaient encore sur le comptoir du coin cuisine. La porte du réfrigérateur était entrouverte, les placards avaient été vidés par des mains peu délicates, des éclats de verre brillaient dans le faisceau de sa lampe. Dans la chambre, le matelas et les oreillers avaient été éventrés. La police n'aurait jamais mis son appartement dans un tel état. Les inspecteurs de Scotland Yard l'avaient-ils trouvé ainsi ? Avaient-ils prévenu Diego ou attendaient-ils sa visite ? Elle retourna dans le salon, avança vers la baie vitrée et renonça à ouvrir les voilages, au risque de signaler sa présence à un éventuel guetteur. La sacoche avait disparu. Heureusement, elle avait placé son contenu en lieu sûr. Enfin, « heureusement », peut-être pas, songea-t-elle. Si ceux qui avaient saccagé les lieux avaient récupéré l'argent, le corps d'une jeune femme n'aurait peut-être pas été retrouvé dans le canal. Cordelia se dirigea vers la penderie. Ses affaires étaient entassées au sol. Elle les fouilla fiévreusement, trouva le blouson en cuir, celui en daim, mais pas celui en jean. Elle balaya la chambre du regard et aperçut au pied du fauteuil, près de la fenêtre, la guitare de Penny Rose.

Elle s'agenouilla devant l'instrument et fondit en larmes.

Soudain, on la saisit par les cheveux et on la tira brusquement en arrière.

Elle reçut une gifle magistrale, puis un coup de poing au ventre, qui la fit se plier en deux. Elle tenta de se défendre, de griffer son agresseur au visage, mais il la projeta violemment en arrière. Sa tête heurta le mur et elle perdit connaissance.

Le quatrième jour, à Kiev et à Tel-Aviv

Janice et Vitalik communiquaient par écrans interposés.

— C'est bon, Metelyk, je suis dans la place, ne touche à rien.

— Je te vois progresser comme si j'étais dans ce serveur.

— Alors regarde et ne sème pas la pagaie dans mes prouesses.

— On dit pagaille.

— Toi aussi tu vas passer ton temps à me corriger ?

— Qui d'autre s'acharne à t'apprendre à écrire correctement ? Tu veux me rendre jalouse ? Tu n'as pas d'autre Metelyk, j'espère ?

— Non, je n'ai que toi. Maya, je l'appelle Lastivka.

— Tu as eu de ses nouvelles ? Mateo cherche à la joindre…

— Vitalik sait, il m'a demandé aussi.

— Et tu as pu le renseigner ?

— S'il cherche à lui entretenir il est très grand pour le faire lui-même. Vitalik a une règle, les affaires de Maya concernent Maya, celles de Mateo, Mateo et celles de Metelyk, pareil.

— Tu voudras bien me dire un jour ce que signifie Metelyk ?

— Que tu es en train de distraire mon esprit à un moment crucial.

Janice releva les doigts de son clavier, un court instant seulement. Cédant à l'impatience, elle tapa :

— Qu'est-ce que tu fais ? Les lignes de code ne bougent plus.

— J'installe une petite merveille technique, un rootkit de ma fabrication avec lequel nous allons prendre le contrôle de toutes les opérations de cette banque. Si tu as des dettes, c'est le moment ou jamais, je peux t'enrichir de ce dont tu as besoin, dollars, euros, shekels, tu n'as qu'à demander.

— Nous ne sommes pas là pour ça, et puis ce genre de hacks appartient au passé.

— Parle pour toi, Metelyk, mais c'est comme tu désires. Bon, le rootkit est installé. Je viens de t'envoyer les codes d'accès, je ne suis pas égoïste, mais la prudence exige que l'on se carapate. Nous reviendrons demain.

— Je ne peux pas attendre demain.

— Tu le dois ! Je t'offre un exploit formidable, ne gâche pas tout. Attendons de voir si on nous a repérés. Demain, nous serons tranquilles. Et puis j'ai une tactique épatante à te proposer, Vitalik ne repart jamais les mains vides. Étudie le dossier que je viens de te faire suivre, nous reparlons plus tard, j'ai d'autres occupations que toi.

Vitalik coupa la communication. Janice ouvrit sa boîte mail et trouva les deux documents qu'il lui avait adressés. Elle les décrypta aussitôt, et comprit l'ingéniosité du plan imaginé par son ami ukrainien : isoler, parmi les données collectées, toutes celles qui gravitaient autour du deuxième transfert suspect. Découvrir, si ces virements se répétaient, s'il existait un protocole, et dans cette éventualité chercher la moindre opération qui y aurait dérogé. Un hackeur cherche toujours une faille, le moment où sa proie a baissé la garde, le fruit d'une erreur, le maillon faible. Pourquoi s'attaquer à un mur si l'on peut passer par une fenêtre ?

Janice se remémora une obsession d'Ekaterina lors d'un hack qui les avait réunies. Tout avait commencé un matin au siège d'*Haaretz*, lorsque Efron était entré furieux en salle de réunion. Après avoir jeté sur la table l'édition du jour du *New York Times*, il avait clamé que les nouveaux ayatollahs de l'Amérique œuvraient à ramener leur pays un siècle en arrière. Janice s'était emparée de l'article, découvrant la photo d'un sénateur américain ultraconservateur qui venait de faire passer une loi interdisant l'avortement dans son État, y compris en cas de viol ou d'inceste. Les médecins contrevenants encouraient jusqu'à quatre-vingt-dix-neuf ans de prison. Le parlement de l'Alabama avait ratifié le texte la veille. Le gouverneur n'avait plus qu'à signer pour qu'elle entre en application. Janice avait contacté Ekaterina le soir même pour lui proposer une opération punitive à l'encontre dudit sénateur qui avait fièrement déclaré : « Quand Dieu a créé le miracle de la vie dans le ventre d'une femme, l'homme n'a aucun droit de s'y opposer. »

L'homme peut-être pas, mais la femme certainement !

avait répondu Ekaterina, avant d'accepter la proposition de Janice.

Deux semaines de surveillance du sénateur et de son entourage avaient permis de faire émerger des courriels confondants. Le dirigeant d'une association pro-vie était le seul auteur de cette législation digne de *La Servante écarlate*. Et il avait versé de larges subsides au sénateur pour financer sa réélection.

Les boîtes mail de la famille du sénateur révélèrent que de chrétienté, le bon samaritain n'avait qu'un vernis. Quelques années plus tôt, il avait envoyé sa fille au Canada mettre un terme à une grossesse non désirée.

Le lendemain de la publication des résultats de leur hack, le sénateur avait démissionné et sa loi faisait depuis l'objet d'un appel devant la Cour suprême où elle avait de bonnes chances d'être annulée.

Au cours de cette opération, Ekaterina avait maintes fois répété à Janice : « Même si tu ne sais pas ce que tu cherches, cherche-le avec méthode. » Appliquant ce conseil à la lettre, Janice finit par découvrir dans le dossier de Vitalik une société dont le nom lui était connu. Dérogeant aux ordres de son ami, elle s'infiltra à nouveau dans les serveurs de la JSBC, se servant du rootkit qu'il avait introduit. Elle isola les opérations de BlackColony Capital, l'un des plus gros fonds d'investissement au monde, impliqué dans des financements occultes et grand argentier du parti républicain américain.

Avant d'informer Vitalik de sa découverte, elle décida de la partager avec Noa. Elle lui envoya un SMS, pour l'informer que la santé de sa grand-mère s'était améliorée et qu'elle aimerait beaucoup avoir de ses nouvelles.

Elle attendit sa réponse qui arriva une heure plus tard.

— J'ai dû raconter que j'allais acheter un paquet de chewing-gum, râla Noa qui appelait Janice depuis une cabine téléphonique, tu vas finir par m'attirer des ennuis. Qu'est-ce qu'il y a ?

— Au cours des dix derniers mois, BlackColony Capital a transféré 5 millions de dollars sur le compte d'Oxford Teknika, la prétendue société de marketing touristique dont tu m'as parlé. Tu crois aux coïncidences ?

— Comment as-tu obtenu cette info ? Ton indic est mouillé dans cette affaire, ce n'est pas possible autrement !

— Ne perdons pas de temps ! Dois-je conclure que je ne t'apprends rien ?

— Nous suspections qu'ils étaient à l'origine de ces virements.

— Qui ça, « ils » ?

— Un portefeuille de 7,5 trilliards de dollars n'est pas géré par un seul homme. Fais tes devoirs avant de me déranger. Maintenant, si tu veux que notre collaboration se poursuive, envoie-moi tout ce que tu as découvert, sinon je te jure que c'est mon dernier coup de fil.

— Je récupère les listings des transactions et je te les apporte en main propre, c'est plus sûr.

— OK, je verrai ce que je peux trouver de mon côté. J'ai un dîner ce soir, avec un homme qui me plaît, je n'ai pas envie d'annuler. Tu n'as qu'à passer chez moi vers 22 heures, je te laisserai un double des clés dans le grand pot de fleurs en bas des escaliers… au cas où je tarde un peu. Et si tu arrives la première, épargne-moi tout commentaire sur le foutoir qui règne dans mon appartement. Va savoir pourquoi, je n'ai pas eu une seconde à moi depuis deux jours !

— Noa, qu'est-ce que tout cela cache ? Ça fait peur.

— Nous en parlerons plus tard.

Noa raccrocha et s'éloigna de la cabine. En rentrant à son bureau, elle s'arrêta devant l'étal d'un marchand ambulant, acheta des chewing-gums et un paquet de cigarettes Noblesse pour son commandant.

Janice marchait nerveusement dans son salon, elle retourna à son ordinateur et informa Mateo et Ekaterina qu'elle avait du nouveau.

Le quatrième jour, à Rome

Mateo indiqua au chauffeur de s'arrêter devant l'église Sant'Apollinare. Passé ce carrefour, la circulation devenait impossible. Il entraîna Ekaterina dans la via Agonale. Elle s'émerveilla en découvrant la perspective de la Piazza Navona qu'ils traversèrent ensemble et s'arrêta pour admirer la fontaine del Moro. C'était son premier voyage à Rome. Des Tritons perchés sur le bassin intérieur soufflaient dans des doubles conques, de magnifiques sculptures crachaient de l'eau autour de la statue en marbre d'un Maure aux prises avec un serpent…

— Nous avons beaucoup à faire, rappela Mateo.

Ekaterina ne lui répondit pas et marcha vers la fontaine dei Fiumi au centre de la place, un obélisque entouré de quatre splendides divinités…

— C'est le pape Innocent X qui l'a dessinée, raconta-t-il, chaque statue représente la rivière majeure des quatre continents connus au début du XVIIe siècle. Allons-y, nous ferons du tourisme un autre jour.

Mateo la conduisit à travers une ruelle étroite qui débouchait sur la via Della Pace. Il s'arrêta pour lui offrir une glace et lui fit traverser le Tibre sur le pont Umberto I. Peu après, ils arrivèrent au pied d'une villa romaine sur la via Ezio.

Ekaterina leva les yeux pour observer les géraniums et les bougainvilliers qui foisonnaient dans un désordre éblouissant sur une terrasse au premier étage.

— Tu vis dans ce palais ? demanda-t-elle.

— Ce sont mes bureaux, répondit Mateo en poussant la lourde porte cochère en bois sculpté.

Leurs pas résonnaient dans la volée d'un grand escalier qu'éclairait un lampion doré. Ekaterina se sentit transportée quatre siècles en arrière. Elle imagina des serviteurs en livrée accueillant les invités, les femmes vêtues de robes de soie brodées d'or et d'argent, les courtisans en habits garnis de dentelles et pourpoints aux couleurs éclatantes.

Arrivé sur le palier du premier, Mateo lui céda le passage. En entrant, Ekaterina découvrit un grand espace ouvert dont la modernité contrastait avec l'apparence de la villa. Des cloisons vitrées abritant des serveurs aux diodes scintillantes divisaient géométriquement les lieux, des faisceaux de câbles couraient sur le sol. Écrans et claviers s'alignaient sur de longues tables. Une cinquantaine de jeunes femmes et hommes s'activaient derrière leur poste de travail, échappés du monde ; aucun d'eux ne leur prêta attention.

— Bienvenue dans la ruche, annonça Mateo. Allons dans mon bureau, nous serons plus au calme.

Ils traversèrent l'open space et Ekaterina aperçut à travers une cloison vitrée une autre pièce aussi vaste que la première, occupée par autant d'employés.

— Vous êtes nombreux !

— Deux cents, répartis sur trois étages.

Le bureau de Mateo lui parut plus modeste, deux fenêtres éclairaient une pièce au mobilier minimaliste. Il ouvrit une armoire et tendit un ordinateur portable à Ekaterina.

— Tiens, il est pour toi.

— Le mien me convient très bien.

— Ce modèle est très particulier, je pense qu'il va beaucoup te plaire.

— Ah oui ? Et pourquoi ?

— Il y a des méthodes plus rapides pour faire un hack que la voie logicielle… sur laquelle je n'ai rien à t'apprendre. En intervenant directement sur le matériel par exemple. Tous les smartphones sont équipés d'un accéléromètre. Chaque fois qu'on les prend en main, ils émettent une fréquence propre à leur positionnement dans l'espace. Il suffit d'être à proximité et d'enregistrer ces fréquences, puis de les reconnaître via une petite application pour obtenir le code de déverrouillage tapé par l'utilisateur.

— Quoi ? Tu es en train de me dire qu'avec l'ordi que tu veux m'offrir, tu t'installes tranquillement à l'intérieur d'un café et, au moment où un type assis pas trop loin de toi tape le code de son smartphone, tu le chopes, comme ça ?

— Oui, je suis heureux que mon cadeau te plaise, s'enthousiasma Mateo. Ce genre d'attaques s'appelle des side channels.

Ekaterina fit une moue incrédule, à la hauteur de son agacement.

— Et… avant que j'aille risquer ma peau dans ce café d'Oslo, l'idée de me parler de tes side channels te semblait superflue ?

— Au contraire, bafouilla Mateo, c'est même pourquoi je t'avais proposé de prendre le relais si le temps n'était pas favorable.

— Il a bon dos, le temps !

Mateo l'entraîna par la main.

— Viens, dit-il, tu n'es pas au bout de tes surprises.

Ils traversèrent la ruche en sens inverse et s'arrêtèrent au bout d'un long couloir, devant une porte blindée que Mateo déverrouilla avec son badge. Ekaterina entra dans un véritable laboratoire.

Sous la lentille d'un microscope posé sur un établi au centre de la pièce, elle remarqua une plaque en silicone reliée à une boîte noire par un faisceau de fils électriques.

— Qu'est-ce que c'est ? demanda-t-elle, piquée par la curiosité.

— Un équipement qui permet de percer les secrets d'un coprocesseur. Encore faut-il l'avoir subtilisé à son propriétaire. Mais admettons que ce soit chose faite...

— Dis donc, je croyais que tu travaillais dans les réseaux sociaux.

— Ça, c'est la boîte que j'ai cédée à FriendsNet, elle occupe les deuxième et troisième étages de cette maison. Au premier, je suis encore chez moi. Ici, nous concevons des outils de sécurité informatique de pointe, destinés notamment à la protection des portefeuilles de cryptomonnaies.

— Tu pirates ou tu sécurises ?

— Les deux relèvent du même état d'esprit, non ? Celui qui a fait de nous ce que nous sommes. Depuis le premier jour où, penchés sur un ordinateur, fascinés par le pouvoir que l'on pouvait en tirer, il a fallu choisir comment l'utiliser… jusqu'à rejoindre le Groupe 9. Combien as-tu fait de hacks au début, pour le seul plaisir de percer les murs d'une forteresse, pour la beauté du geste, par défi, pour montrer à ton adversaire que tu étais plus forte que lui ?

— Le hack a sa noblesse, enfin selon l'usage que l'on en fait.

— Moi, j'ai toujours vu cela comme un tournoi d'échecs où, à chaque mouvement, les champions se mesurent à l'intelligence de leur adversaire. Ici, nous développons des systèmes de protection et, dès qu'ils sont aboutis, nous faisons tout pour les hacker, pour identifier leur faille, car il y en a toujours une, tu le sais bien. Alors, nous œuvrons à la corriger avant qu'un autre hackeur la trouve. C'est cette longueur d'avance sur l'adversaire qui permet de gagner la partie.

— Je savais que tu n'étais pas un type normal, Mateo. Je le suspectais depuis des années derrière mon écran, mais j'en ai eu la certitude quand je t'ai rencontré sur ce ponton à Ljan. Je crois même que c'est ce qui m'a plu chez toi. Bon… explique-moi ce que l'on peut tirer de tes merveilles de technologie, voilà longtemps que je n'ai pas été aussi excitée, s'enthousiasma Ekaterina.

— Très bien, alors pour mettre un peu de légèreté dans la journée, mets-toi dans la peau de Bond et prête toute l'attention qu'il donne à son fidèle Q… même quand il ne comprend rien à ce qu'il lui explique.

Mateo sourit, ouvrit un tiroir sur l'établi, choisit un composant électronique et le plaça sous la lentille du microscope.

— Un coprocesseur est cadencé au rythme d'une horloge interne, grâce à un cristal de quartz qui envoie des impulsions, dès lors qu'il est soumis à un courant électrique. À chaque top d'horloge, le coprocesseur exécute une action, correspondant à une instruction. Ces instructions sont classées en catégories. Sommairement : les accès à la mémoire ; les opérations arithmétiques, additions, soustractions, divisions ou multiplications ; les opérations logiques et les contrôles. Le jeu d'instructions est réalisé à l'aide de transistors assemblés dans des tranches de silicium, découpées en éléments rectangulaires, et placés dans un boîtier comportant des connecteurs d'entrée-sortie. Ces petites broches qui ressemblent à des pattes d'insectes, d'où le nom de « puces » qu'on leur a donné. Et c'est au terme de cette explication, qui je n'en doute pas t'a fascinée, que je peux enfin t'expliquer comment la magie opère. Parmi tous ces transistors, il s'en trouve toujours quelques-uns pour avoir un défaut. Nos maillons faibles ! On les repère facilement au microscope. Après les avoir identifiés, nous plaçons le coprocesseur sur cette plaque qui a attiré ton attention. Elle est connectée par des fils à un laser, ce petit boîtier noir que tu vois juste à côté. La partie prend alors des airs de bataille navale. Nous frappons les transistors défectueux d'un coup de laser, et c'est touché, coulé. L'enveloppe du coprocesseur est percée et nous avons accès au cerveau de l'ordinateur dont nous pouvons prendre le contrôle, pour lui transmettre toutes les instructions que nous voulons.

— Tu peux le contrôler entièrement à distance ?

— Exact ! Imagine que nous réussissions à subtiliser le portable de Baron, disons pendant une dizaine de minutes. La mallette que tu aperçois au bout de l'établi contient tout le matériel pour l'ouvrir, prélever son coprocesseur, identifier les transistors défectueux, et une fois que nous les avons frappés, en réaliser une copie parfaite, à laquelle nous ajoutons un petit programme maison. Cette copie est remise dans le smartphone, et, à partir de là, elle est pilotable à distance et communique en simultané avec l'original.

— Tu prétends pouvoir ouvrir la coque d'un smartphone, attaquer son processeur, le dupliquer et tout remettre en place en dix minutes ? Sérieusement ?

— Le record établi dans ce labo est de huit minutes et vingt-neuf secondes. Une minute trente de plus sur le terrain me semble une marge raisonnable. Tu veux une démonstration avec le tien ?

— Non, je préfère te croire sur parole.

— Tu peux, répondit Mateo avec une pointe de fierté dans la voix.

— Et comment comptes-tu subtiliser le portable de Baron pendant dix minutes sans qu'il s'en rende compte ?

— C'est pour ça que nous sommes venus à Rome… sans oublier la visite de la Piazza Navona, bien entendu.

Ekaterina ne releva pas la pique, préférant satisfaire sa curiosité. Mais avant qu'elle ait eu le temps de se pencher sur le microscope, son portable vibra, et celui de Mateo aussi.

— *Que faisait Janice pendant ce temps ?*

— Ce qu'il y avait de pire pour elle, elle patientait, ne voulant pas enfreindre une deuxième fois la promesse faite à Vitalik de ne pas retourner avant le lendemain dans les serveurs de la JSBC. Et, pour tuer l'attente, elle avait réuni dans un fichier tout ce qu'elle avait appris jusque-là. Après l'avoir crypté, elle l'avait fait suivre à Mateo et à Ekaterina, les invitant à en prendre connaissance au plus vite. Elle n'était pas encore au fait des conclusions que ses acolytes avaient tirées avant de quitter Londres, mais elle faisait désormais équipe à part entière avec eux. Il semblait même qu'elle avait pris les rênes. Dans son message, non seulement elle leur disait continuer activement son enquête mais leur rappelait que leur participation était impérative. Elle proposa une nouvelle rencontre sur le forum à minuit GMT. Ekaterina accusa réception des documents et promit de s'y attaquer au plus vite. Mais Janice ne s'en tint pas là, elle pressentait qu'il leur faudrait d'autres ressources…

— *Diego et Cordelia ?*

— Oui, les fauves n'étaient plus les seuls à resserrer leurs rangs.

LA RUCHE, ROME

26.

Le quatrième jour, à Londres

Étourdie, au pied de son lit, Cordelia retrouvait ses esprits. Elle ressentit une douleur vive à la joue gauche, encore plus aiguë dès qu'elle posa la main dessus. Son agresseur, à califourchon sur une chaise, lui faisait face. Silencieux et souriant, il tapotait la paume de sa main avec l'extrémité d'une matraque télescopique. L'homme, trapu, était engoncé dans un costume à carreaux, mal taillé dans un tissu miteux et trop épais pour la saison. Deux bourrelets débordaient entre les boutons de sa chemise. Il avait le visage carré, les cheveux en brosse et de petits yeux enfoncés sous un front plat barré par de larges sourcils.

Il s'adressa à Cordelia avec une bienveillance déroutante et lui demanda si ça allait. Il espérait n'avoir pas tapé trop fort. Mais, ajouta-t-il, elle n'aurait pas dû se débattre, elle avait failli lui arracher un œil. Et pour obtenir quoi ? La partie était perdue d'avance, personne n'avait réussi à assommer

Mulvaney. Mulvaney, c'était lui, expliqua-t-il. Il était d'un calme effrayant, sûr de son emprise. Cordelia vivait à Londres depuis assez longtemps pour reconnaître à son accent un malfrat de Brixton. Probablement l'un de ces recouvreurs de dettes qu'employaient les bookmakers.

— Qu'est-ce que vous voulez ? maugréa-t-elle.

— Nous y viendrons plus tard, répondit-il en sortant une photo de la poche de son veston.

Il y jeta un coup d'œil, la remit à sa place et fit claquer sa langue.

— Elle est floue, dit-il, mais la ressemblance est quand même plus évidente qu'avec la petite. J'étais certain qu'elle me mentait.

— Quelle petite ? demanda Cordelia.

— Allons, tu sais très bien pourquoi je suis là. Mulvaney était sûr que tu rentrerais au bercail, ils finissent tous par le faire, même quand ils flairent le danger. C'est un truc que je comprendrai jamais. Je peux te dire que si Mulvaney en avait après moi, je prendrais le premier train pour le bout du monde et je ne remettrais plus les pieds à Londres jusqu'à la fin de mes jours.

Cordelia se demanda de quel désordre mental souffrait cet homme pour parler de lui à la troisième personne.

— Quand j'y pense, elle a été courageuse la gamine. J'aurais pu m'en tenir là, j'avais rempli mon contrat ; la plupart des gars du métier auraient fait ça d'ailleurs, mais Mulvaney est un perfectionniste. Perfectionniste, c'est un joli mot, non ? Et tu vois, c'est un petit détail qui m'a mis la puce à l'oreille. Elle collait pas avec le standing de l'appartement. Bien sûr dans la rue, de nuit, difficile de s'en rendre compte. C'est quand je suis venu ici que je me suis dit que quelque chose clochait. C'est plutôt minimaliste comme déco, alors tu comprends, une veste en jean, un futal bariolé, une écharpe hippie autour du cou et ce parfum de patchouli, ça cadrait pas avec les lieux. Elle a eu beau me jurer qu'elle était chez elle, Mulvaney a pensé, toi ma petite, t'es pas nette. Et avec Mulvaney, faut être réglo, sinon ça cogne. Va pas croire que j'aime la violence. Au contraire, je dis toujours à mes gars que ça sert à rien de commencer par taper. On peut s'arranger en discutant, on n'est pas des sauvages, non ? Là, par exemple, si tu me balances ce que je veux savoir, eh ben t'as aucune raison de prendre une autre mandale. Maintenant si tu veux pas, c'est une autre histoire. Tu piges ?

— Oui, bougonna Cordelia.

— Très bien, et je te dispense du « monsieur », je m'en fous. Bon, on est d'accord que c'est toi la vraie taulière. Alors l'autre c'était qui ?

— Je ne sais pas de qui vous parlez.

Mulvaney serra les lèvres, sortit la photo de sa poche, la lança dans les airs d'un geste vif, et la regarda, satisfait, atterrir sur les genoux de Cordelia.

— On est bien d'accord que c'est toi ?

Cordelia reconnut le moment où elle était montée dans un taxi sur le trottoir d'Heathrow. Elle acquiesça.

— Je te repose donc ma question. Qui était cette nana qui créchait chez toi ? On va gagner du temps, je vais te dire tout ce que je sais et ensuite ce sera ton tour, mais attention, j'ai pas la nuit devant moi. Le canal est sous tes fenêtres, si tu vois où Mulvaney veut en venir. Je l'ai prise en filature vers midi quand elle est sortie pour déjeuner. Je me suis bien fait chier à la suivre tout l'après-midi, mais à Camden, avec le monde qui traîne, difficile d'avoir une conversation d'ordre privé. Comme je t'ai dit, la photo était pas très nette, mais on m'avait envoyé à cette adresse. Elle est rentrée à 18 heures environ, j'ai un don pour ça, je peux te dire l'heure rien qu'en regardant le soleil. Pour les jours de pluie, y a les montres. J'ai planqué en face, de l'autre côté du canal, c'est chouette, ce château des pirates, mais t'as intérêt à tirer tes rideaux si tu veux pas qu'un lubrique te reluque ; de là-bas, on voit tout ce qui se passe dans ta piaule. Elle s'est promenée un bon bout de temps à poil après sa douche. Bien gaulée d'ailleurs, mais ça aussi je m'en foutais, elle entrait pas dans ma tranche d'âge. Mulvaney est pas un pervers. Et puis elle est ressortie. Après c'est arithmétique, tu comprends. L'adresse, la photo, bon, pas terrible, mais avec la carte de gym que j'ai trouvée dans sa poche, j'avais de bonnes excuses de me gourer sur la marchandise. Je lui ai posé la question que je vais te poser aussi et si, contrairement à elle, tu me réponds poliment, demain, t'auras juste un gros bleu sur la joue. Dans le cas contraire, tu connais le tarif.

— Qu'est-ce que vous lui avez fait ?

— C'est elle qui a commencé. Est-ce qu'on dit à un homme d'aller se faire enculer ? Est-ce qu'on traite une personne respectable de fils de pute ? C'est des manières, ça ? Franchement !… s'énerva Mulvaney.

Il reprit son calme, se leva avec une souplesse étonnante, se révélant moins grand que Cordelia ne l'avait imaginé, et avança à la fenêtre. Il écarta le voilage et soupira.

— Je ne suis pas un assassin. J'en connais qui aiment vraiment ça, mais pas Mulvaney. Je dis pas que des fois ça dégénère pas, mais jamais par plaisir. Déjà, sa grossièreté m'a mis de mauvais poil, mais c'est qu'elle m'a cogné, la teigne, et à un endroit sacré où on doit pas frapper un homme. Mulvaney a des codes ! J'aurais pu te coller un marron, t'as pris qu'une gifle. Sur le moment ça fait aussi mal, mais avec le poing t'aurais saigné et qui dit sang, dit cicatrice ; on n'esquinte pas le visage d'une dame, c'est comme ça. Le ventre si elle est pas garnie, les côtes si besoin, mais pas de marques au visage, ça se fait pas, c'est tout. Les hommes, c'est pareil, sous la ceinture, c'est pas réglo. Bon, j'ai d'autres clients à voir ce soir, alors allons droit au but. Ta copine s'est pas bien conduite, on en est venus aux mains et j'ai piqué une colère. La suite, tu la connais. Maintenant que j'ai tout dit, à toi de te mettre à table, expliqua Mulvaney en s'agenouillant devant elle. T'as pas envie de prendre un bain dans le canal toi aussi, alors tu me dis où est le pognon et on en reste là.

Cordelia réfléchit à toute vitesse. Elle doutait que Sheldon ait envoyé un homme de main pour récupérer seulement son argent. La somme était importante, mais la valeur des documents qu'elle lui avait subtilisés surpassait de loin 50 000 livres. Mulvaney la testait. Pour connaître ses intentions, savoir si elle avait prémédité son coup à Heathrow. Sheldon voulait s'assurer qu'une fois l'argent récupéré, cet incident n'aurait pas d'autres conséquences pour le laboratoire pharmaceutique, ni pour sa carrière. Elle avait sur elle la clé USB contenant tous les listings des labos, cachée là où Mulvaney n'avait pas osé la fouiller, en aucun cas il ne devait mettre la main dessus.

— Pourquoi une fille qui peut se payer un appartement aussi chic a besoin de jouer au pickpocket ? À moins que tu sois cleptomane, alors là, ça expliquerait tout, reprit-il en se rapprochant de son visage. Ça me fait penser à cette actrice américaine, j'ai oublié son nom, elle s'est fait prendre en train de chourer des fringues dans un magasin. C'est vraiment une saloperie de maladie, ça a foutu sa carrière en l'air, pour une jupe, tu te rends compte. Alors toi, c'était quoi le motif ?

— J'ai des dettes, répondit Cordelia en baissant les yeux.

— Donc, tu savais ce que contenait la mallette ?

— Évidemment que non, j'espérais trouver un portefeuille, des cartes de crédit, quelques billets.

— OK. Quel genre de dettes ?

— Poker.

— T'avais pas la main ?

— Plusieurs soirs de suite.

— Je t'ai jamais vue traîner chez les bookies, tu joues dans quel cercle ? T'as une adresse en tête que tu me dirais sans trop y réfléchir ?

Cordelia venait d'inventer cette excuse, elle était incapable de citer le nom d'un quelconque établissement de jeu.

— On joue ici, parfois chez les autres.

Mulvaney se rapprocha encore, l'attrapa au cou et la souleva de terre en se relevant.

— Règle numéro un, on ne ment pas à Mulvaney. Règle numéro deux, on ne prend pas Mulvaney pour un con. Règle numéro trois, on ne lui fait pas perdre son temps.

Mulvaney la serrait à la gorge, ses doigts épais et puissants lui comprimaient les carotides, l'empêchant de respirer. Mais il lâcha son emprise juste avant qu'elle s'évanouisse.

— Je te donne une chance avant de t'en coller une autre, dit-il en levant la main.

— Je ne ferais pas ça, si j'étais vous.

Mulvaney s'arrêta net et regarda Cordelia, surpris. Il éclata de rire, lui postillonnant au visage.

— Celle-là elle est magnifique ! « Je ne ferais pas ça, si j'étais vous », répéta-t-il, amusé. Tu te crois dans un film ?

— Vous disiez que vous n'aimiez pas la violence, alors…

— Alors quoi ? beugla-t-il.

— Alors rien, répondit calmement Cordelia au moment où Diego abattait un bougeoir en argent massif sur la nuque de Mulvaney.

Le coup fut si violent qu'elle crut entendre un craquement d'os. Les traits de Mulvaney se figèrent dans une expression stupéfaite. Ébahi, il sembla chercher de l'air, se figea et s'effondra lourdement sur le côté. Diego le roua de coups de pied. Au ventre, aux côtes, au visage. Le corps inerte de Mulvaney encaissait lourdement ses assauts. Cordelia se rua sur son frère et le supplia d'arrêter, mais il paraissait pris d'une rage inextinguible. Elle réunit toutes ses forces pour le repousser.

— Diego, arrête ! hurla-t-elle. Tu vas le tuer !

Il lâcha le bougeoir qui tomba dans un bruit sourd avant de rouler sur le parquet.

Elle se jeta dans ses bras.

— Je n'ai jamais été aussi heureuse de te voir, souffla-t-elle contre sa joue.

Il la repoussa délicatement et s'agenouilla près de Mulvaney, posa deux doigts sur sa carotide et guetta un battement de cœur.

— Il n'est pas mort, dit-il en se redressant.

— J'ai entendu craquer sa nuque, murmura Cordelia.

— J'aime mieux que ce soit la sienne que la tienne. Appelle les flics.

— Pour leur dire quoi ?

— La vérité, Madre de Dios ! s'emporta Diego. Un type a fracturé ta porte et essayé de te tuer ! C'est toi la victime, pas lui !

Cordelia jeta un regard de dégoût sur Mulvaney et partit vers le salon.

— Diego, la porte était défoncée et l'accès barré par un bandeau de la police. Ils ont déjà constaté le cambriolage, alors comment tu vas leur expliquer, un que je suis en vie, deux que j'ai enfreint la loi en passant sous ce ruban, et trois qu'en voyant l'état de mon appartement, je ne les ai pas appelés avant d'entrer ? Ils voudront savoir ce que je suis venue rechercher pour prendre un risque pareil. Tu imagines leur réaction en découvrant le corps de ce malabar gisant au pied de mon lit.

— Et qu'est-ce que tu es venue chercher de si précieux, pourquoi as-tu quitté Madrid comme une voleuse ?

Cordelia baissa les yeux.

— J'allais t'en parler. Suis-moi, je préfère que tu m'accompagnes.

De retour dans la chambre, elle ouvrit son placard, sortit les vêtements empilés au sol, et donna un violent coup de talon sur le plancher de la penderie. L'extrémité d'une latte de parquet se souleva de quelques centimètres, Cordelia la déposa entièrement et récupéra une enveloppe cachée dans l'interstice entre le faux plancher et la chape de béton.

— Ça ! dit-elle à Diego. Des livres sterling, l'équivalent de 60 000 euros.

— Ne me dis pas que cet argent était dans la mallette de Sheldon ?

— Ben si, je te le dis.

— Tu es folle. Pourquoi ne m'en as-tu pas parlé ?

— Pour éviter que tu me traites de folle.

Diego serra les dents. Il retourna auprès de Mulvaney pour vérifier qu'il était toujours inconscient et reprit son pouls par acquit de conscience.

Cordelia restait silencieuse alors que son frère, furieux, tournait en rond dans la pièce.

— On arrête les conneries ! s'exclama-t-il, et on appelle la police pour tout leur raconter.

— Tu veux leur raconter quoi, bon sang ?

— Tout ! Les raisons de la mort d'Alba, mon désir de vengeance, ton envie de m'aider, on leur dira que tu n'as pas réfléchi à Heathrow, que ta seule intention était d'apporter la preuve des crimes qu'ils ont commis. Le fait que tu n'aies pas touché à l'argent prouvera ta bonne foi… Tu n'y as pas touché ?

— Juste 200 livres… pour le taxi, répondit-elle, embarrassée. Ne me regarde pas comme ça, je n'avais pas de liquide sur moi, tu me voyais payer avec ma carte de crédit ?

— On va les remettre tout de suite dans cette enveloppe, reprit Diego en sortant 200 livres de sa poche. Parce que moi, j'ai pensé à m'arrêter à un distributeur de billets avant de monter dans un taxi. On leur expliquera que tu as fui en Espagne, apeurée, à juste titre d'ailleurs, vu ce qui s'est passé depuis, et que tu as décidé de rentrer pour tout restituer. Tu as des circonstances atténuantes, aucun casier… Je paierai ta caution, et puis c'est moi qui ai assommé ce truand, pas toi. Au pire, je risque quoi ? Un peu de conditionnelle ? Et encore, on leur livre un assassin, ça doit bien valoir…

— Tu as fini ?

Cordelia avait retrouvé son autorité de sœur aînée. Diego se tut.

— Ma décision de rentrer… après qu'ils t'ont appelé pour t'apprendre qu'on avait retrouvé « mon » corps dans le canal ! Ça va être simple à démêler, cette affaire… Ils vont sûrement me laisser sortir avec les remerciements du constable.

— C'est de l'humour ?

— Très noir. Tu oublies l'essentiel. Ces salopards ont tué deux personnes que j'aimais, ça fait beaucoup, beaucoup trop.

— Tu es allée reconnaître le corps ?

— Non, mais la guitare de Penny Rose est ici et le type que tu viens d'assommer s'est vanté de l'avoir tuée. Alors je te jure, mon Chiquito, que l'argent que je leur ai volé n'est rien à côté du prix qu'ils vont payer. Crois-moi, ils vont payer ! Je te serai reconnaissante à jamais de m'avoir suivie, de m'avoir sauvé la vie, d'avoir pris tous ces risques pour ta crétine de sœur. Tu as plus que rempli ton rôle de frère. Grand-père serait tellement fier de toi, comme moi. Rentre à Madrid auprès de Flores si tu veux. Moi, je continue. Je ne vais pas appeler la police, le gros con là-bas se réveillera ou pas, peu importe. S'il reprend ses esprits, il n'ira pas se vanter chez les flics, tu peux me faire confiance. Et il est trop imbu de sa personne pour aller raconter à ses employeurs qu'il n'a pas rempli son contrat. Demain, tu iras voir la police, Penny Rose est méconnaissable, tu prétendras que tu ne peux pas m'identifier. Tu te montreras inquiet, puisque sans nouvelles de moi depuis plusieurs jours, mais plein d'espoir car ce n'est pas la première fois, leur diras-tu, que ta frangine disparaît pour aller courir le monde. Ensuite, tu rentres chez toi et tu les laisses se démerder.

Diego enlaça tendrement sa sœur.

— Maintenant, c'est confirmé, tu es folle à lier. Tu penses vraiment que je vais te laisser venger Alba et Penny Rose toute seule ? On va trouver un hôtel, nous paierons la note en espèces aux frais de Sheldon, et demain on avisera.

*

Cordelia récupéra quelques affaires qu'elle fourra dans un sac. Elle rangea la guitare de Penny Rose dans la penderie et quitta l'appartement avec son frère.

LE CHATEAU DES PIRATES
PIRATE
CASTLE
LONDRES

27.

Le quatrième jour, à Istanbul

Maya s'habilla à la hâte, attrapa un petit sac noir dans lequel elle glissa ses deux téléphones portables, la clé de sa chambre d'hôtel, son carton d'invitation et son passeport ainsi que la photo de la petite fille, qu'elle n'avait pas quittée depuis son départ de Paris. Après un dernier coup d'œil, elle cacha son ordinateur portable sous le matelas, referma les portes du dressing et descendit dans le hall.

Une demi-heure plus tard, un taxi la déposait sur la place Taksim. De là, elle emprunta à pied la rue Istiklal et entra au numéro 4.

Entrepreneurs turcs et français étaient réunis dans les jardins intérieurs que l'Institut français partage avec les services consulaires. Une brigade de serveurs en veste blanche sillonnait les allées gravillonnées, portant des plateaux garnis de petits-fours, de mignardises ou distribuant des flûtes de champagne aux invités.

Maya alla présenter ses respects au consul, ils s'étaient connus à Montréal six ans plus tôt alors qu'il était en poste au Québec. Rapidement, elle s'excusa et l'abandonna pour rejoindre le directeur d'un grand hôtel avec lequel elle travaillait régulièrement. Ils évitèrent d'aborder l'évolution de la situation politique dans le pays, et se contentèrent de deviser sur un constat encourageant pour leurs affaires respectives : les touristes avaient oublié la tentative de coup d'État et revenaient à Istanbul. Le directeur en avait pour preuve que son établissement était complet toute la semaine. Maya le lui confirma, elle-même n'avait pu y loger. Le directeur afficha un air consterné. S'il avait su, assura-t-il, il aurait immédiatement mis une suite à sa disposition. Maya n'en crut pas un mot, et s'en moquait éperdument, elle avait l'esprit ailleurs. Elle balaya du regard l'assemblée, cherchant qui l'avait conviée ici et dans quel but. Un visage lui laissa supposer qu'elle avait trouvé la réponse.

François Verdier était un attaché consulaire qu'elle soupçonnait depuis leur première rencontre de travailler pour la DGSE. Un homme affable et peu disert, deux qualités d'autant plus appréciables à ses yeux qu'elles étaient rarement associées. Ils avaient sympathisé, dîné à plusieurs reprises et, un soir où l'alcool avait coulé plus que de coutume, elle l'avait informé de son orientation sexuelle… pour éviter tout malentendu. Verdier n'avait pas changé d'attitude, restant toujours aussi affable. Comme quoi, on pouvait rencontrer des hommes désintéressés, à moins que Maya ne l'ait intéressé pour d'autres raisons. Elle le retrouva près du buffet, pinça délicatement une feuille de vigne entre ses doigts et la lui offrit avec un petit sourire complice. Verdier était d'humeur maussade. Il reposa la feuille de vigne dans une coupelle et s'éloigna. Elle le rejoignit sur le banc où il s'était assis au fond du parc.

Elle ne lui posa aucune question et attendit qu'il parle le premier. Certains détails en disent plus long que des mots. Son front plissé, la façon dont il tordait ses doigts, resserrait son nœud de cravate. Autant de signes qui indiquaient que Verdier n'était pas à son aise.

— C'est toi qui m'as invitée ?

L'attaché consulaire regarda son bracelet-montre.

— J'ai entendu des bruits de couloirs au consulat, dit-il. Je ne suis pas censé les partager, mais…

Maya posa un doigt discret sur ses lèvres, ouvrit son sac, s'empara du carton d'invitation et lui demanda s'il avait de quoi écrire. Verdier sortit un stylo-bille de la poche intérieure de son veston et le lui tendit. Elle repoussa sa main et lui confia le bristol. Verdier comprit son intention et rédigea au plus pressé :

— *Les services de renseignement turcs traquent un agent français venu à Istanbul en vue d'une extraction sensible.*

Maya s'empara du carton et rédigea à son tour.

— *Extraction sensible ???*

— *Un opposant au régime ou des infos compromettantes sur des affaires de corruption impliquant le pouvoir.*

— *En quoi cela concerne la France ?*

— *En rien justement, l'agent travaillerait en solo.*

— *Pourquoi tu me racontes ça ?*

Verdier lui arracha le stylo des mains et s'empressa d'écrire.

— *Parce que si j'étais cet agent je partirais par le premier vol, sans même repasser par mon hôtel.*

Le regard foudroyant de Verdier inquiéta grandement Maya.

— *Tu es fou ? Je ne suis pas qui tu penses ou ce que tu penses !!!*

— *Ce qui compte, c'est ce que pensent les services de renseignement turcs.*

Maya brûlait de lui poser une question, mais en la formulant, elle risquait de se trahir. La mécanique du piège se refermait sur elle… Si rapidement qu'elle soupçonna Verdier d'en être un rouage.

— *Et si l'agent avait laissé son passeport dans sa chambre d'hôtel ?*

Verdier prit l'air d'un professeur effondré par l'incompétence de son élève.

— *Qu'il se dépêche de le récupérer. Bien qu'à sa place, j'essaierais plutôt de franchir la frontière par les routes secondaires vers la Bulgarie.*

— *Combien de temps avant d'être arrêté ?*

— Envoie-moi une carte postale de Paris, j'ai le mal du pays, répondit Verdier à haute voix en lui rendant le carton.

Sur ce, il se leva et retourna près du buffet.

Le quatrième jour, à Tel-Aviv

Le commandant dont elle partageait le bureau venait de quitter son poste pour la pause cigarette qu'il s'accordait toutes les deux heures. Noa savait qu'elle avait dix minutes pour agir. Elle s'éclipsa et emprunta l'ascenseur jusqu'au troisième sous-sol, parcourut le long couloir et colla son visage au hublot grillagé de la porte des archives. Elle aperçut l'ombre du préposé, en train de classer des dossiers dans une travée. Elle passa son badge sur le lecteur, poussa doucement la porte et veilla à la refermer sans bruit. Elle se faufila derrière les deux premières rangées d'étagères et s'arrêta net quand elle entendit l'archiviste revenir sur ses pas. Elle attendit qu'il rejoigne son poste et progressa de deux rangées supplémentaires. La salle des archives en contenait quarante, réparties à égale distance sur cinq cents mètres carrés. Noa poursuivit sa progression mais ses semelles en caoutchouc crissèrent sur la dalle en béton et elle s'immobilisa, retenant sa respiration.

— Il y a quelqu'un ? cria le préposé.

Il vérifia sur les écrans de surveillance et, ne voyant rien, haussa les épaules, avant de reprendre sa lecture.

Noa atteignit la rangée où étaient classés les dossiers des agents tombés en mission. Elle parcourut les étiquettes et s'empara d'une boîte au nom de Sarah Weizman. Elle souleva le couvercle, sortit le dossier qu'elle contenait, et s'agenouilla pour en photographier les pages avec son téléphone portable. Elle avait presque fini quand la porte des archives claqua. Un homme venait d'entrer et salua l'archiviste. Noa les entendit marcher tous les deux dans sa direction. Elle remit précipitamment le dossier dans la boîte qu'elle reposa sur l'étagère. Puis elle rebroussa chemin à pas feutrés, marquant une pause à chaque rangée. Impossible de quitter les lieux sans attirer l'attention. Faute de temps, elle décida d'y aller au culot. Elle se plaqua à la porte, actionna la poignée et se retourna aussitôt comme si elle faisait son entrée dans la pièce. Le stratagème parut fonctionner. Elle reconnut le deuxième homme, un caporal qui lui présenta ses respects ; le préposé aux archives se contenta d'un petit geste de la main, une façon de lui indiquer qu'il serait à elle dans un instant. Noa joua de l'autorité de son grade, elle voulait consulter sans délai les inventaires sur les lots d'armes décommissionnées. En cela rien d'anormal puisque officiellement elle enquêtait sur une affaire de trafic de lance-roquettes RPG-7. Une couverture au sein des services de l'armée où elle servait officieusement d'agent de liaison auprès des employés du renseignement travaillant hors des frontières. L'archiviste lui indiqua la rangée numéro 11, lui rappelant de consigner sur la main courante les références des documents qu'elle emprunterait, et de les lui rapporter avant la fin de la journée. Noa s'exécuta et quitta les archives.

Neuf minutes s'étaient écoulées, plus le temps d'attendre l'ascenseur. Elle monta les escaliers en courant jusqu'à son étage, ralentit dans le couloir pour faire bonne figure et colla l'oreille à la porte de son bureau. Discernant une conversation téléphonique, elle fit demi-tour vers les toilettes. Là, elle récupéra un magazine dans une corbeille, cacha à l'intérieur le dossier bidon qu'elle avait pris aux archives, inspira profondément devant le miroir et regagna son poste.

Pendant ce temps, au sous-sol, l'archiviste raccompagnait le caporal à la porte. Lorqu'il fut seul, il repensa à la séquence des évènements qui s'étaient produits quelques instants plus tôt. Pris d'un doute, il ralluma son ordinateur. Le lecteur de badge enregistrait les heures d'entrée de chaque visiteur et, consultant son écran, il sourcilla. Noa était arrivée cinq minutes avant le caporal. Le préposé repoussa sa chaise et s'en alla explorer les travées. Il s'arrêta devant un Post-it qui traînait par terre ; en relevant la tête, il constata qu'une boîte ne portait pas d'étiquette ; il la sortit de son emplacement et comprit qu'elle avait été rangée à l'envers sur l'étagère. Le dossier de Sarah Weizman n'avait rien à voir avec une enquête sur les armes décommissionnées. Il retourna immédiatement derrière son comptoir pour passer un appel. Quinze minutes plus tard, un officier du renseignement se présenta et lui ordonna de consigner par écrit ce qu'il avait observé. Pendant que l'archiviste rédigeait son rapport, l'officier alla récupérer le dossier de Sarah Weizman et emporta également le rapport circonstancié de l'archiviste après lui avoir ordonné de ne mentionner cet incident à personne.

Le quatrième soir, à Londres

Diego avait tenu à s'éloigner de Camden.

Cordelia avait déniché un petit hôtel en plein cœur de South Kensington.

Il avait quitté Madrid si vite qu'il n'avait pris que son ordinateur. Elle l'emmena s'acheter une brosse à dents et de quoi se changer pendant quelques jours.

Après cela, frère et sœur poussèrent la porte d'un pub, s'attablèrent dans un box et commandèrent deux pintes.

— Tu as prévenu Flores ? demanda-t-elle en le voyant songeur.

— Je le ferai demain, ce n'était pas à elle que je pensais.

— Et tu pensais à qui, si ce n'est pas indiscret ?

— À la même chose que toi. Une fois obtenus tous les numéros des comptes bancaires, il faudra agir vite. On ne peut pas courir le risque que nos intrusions finissent par être remarquées.

— La collecte sera terminée au milieu de la nuit. Quant aux codes d'accès, on les aura demain matin. Le virus est en train de se propager dans les portables de tous les congressistes. Restera encore à séparer le bon grain de l'ivraie.

— Et à régler un autre problème de taille, souligna Diego. Où transférer les fonds ! La somme sera considérable, il faut mettre cet argent à l'abri avant de pouvoir le redistribuer aux victimes. Une bonne raison de réunir toutes les compétences du Groupe.

— Nous devons quitter l'Angleterre, trouver un lieu sûr à partir duquel opérer. Si Mulvaney est allé raconter ses mésaventures… Sheldon cherchera à nous mettre le grappin dessus par tous les moyens, et il n'en manque pas. Madrid n'est plus possible et, où que l'on aille se tanker, voyager en avion est inenvisageable…

Cordelia retourna l'écran de son smartphone avant de poursuivre.

— Il y a une liaison par ferry entre Harwich et La Haye. On pourrait s'y rendre en train demain. Et de La Haye, on roule jusqu'à Amsterdam.

— Va pour la Hollande, Rotterdam serait plus proche, mais c'est comme tu préfères.

— Et une fois aux Pays-Bas ? On ne peut pas opérer depuis un hôtel. Il nous faut une planque équipée d'une liaison internet haut débit, argua Cordelia.

Diego réfléchissait.

— Pourquoi ne pas remonter jusqu'à Oslo en voiture, on demanderait à Ekaterina de nous la trouver, la planque ?

— Ne compte pas sur elle pour ça. En quittant Madrid, j'ai échangé avec Janice, elle m'a laissé entendre qu'Ekaterina était en Italie avec Mateo.

— Pourquoi tu as contacté Janice ?

— Pour me sentir moins seule pendant le voyage.

— N'importe quoi !

Cordelia ne répondit pas tout de suite.

— C'est elle qui m'a envoyé un mail. Elle voulait me parler d'un truc important. Elle n'a pas eu le temps de m'en dire plus, j'embarquais.

Diego posa son téléphone sur la table, et fixa sa sœur, préoccupé.

— Mateo et Ekaterina sont ensemble ?

— C'est ce que je viens de te dire, mais puisque c'est… n'importe quoi, n'en parlons plus.

— Mais si, parlons-en !

— Tu as faim ? demanda Cordelia en s'emparant du menu.

28.

Le quatrième jour, à Istanbul

En sortant du cocktail, Maya ne savait où aller. Elle envoya un appel au secours à Vitalik qui la rappela quelques minutes plus tard.

— Lastivka, j'ai des informations à…

— Pardon, je n'ai pas trouvé de cabine, mais c'est urgent, l'interrompit-elle.

— Pas d'inquiétude momentanée pour notre parlotte, je surveille ton portable depuis hier et c'est vraiment étrange, car tu n'es plus sur écho.

— Sur écoute ?

— C'est ce que je viens de te dire, à croire que le mouchoir est tombé en panne. Ça ne m'épate pas plus que ça, les Turcs achètent du matériel de saloperie à nos voisins, alors question fiabilité autant repasser.

Maya ressentit un immense soulagement en apprenant qu'elle n'était plus épiée, mais la mise en garde de Verdier occupait toutes ses pensées.

Elle fit part à Vitalik de son échange avec l'attaché consulaire dans les jardins de l'Institut.

— Il est plus qu'important de suivre les conseils de ton ami français. Je comprends que ton ordinateur soit d'une grande préciosité, mais tu en achèteras un neuf.

C'était la voix de la raison, Maya pouvait le griller à partir d'une simple connexion à distance, mais comment se résoudre à détruire ce compagnon de route avec lequel elle avait accompli tant d'exploits ?

— Je m'occupe de ton exfiltration tout de suite, reprit Vitalik. Il y a un bureau de change dans la banlieue ouest d'Istanbul. Je t'envoie l'adresse sur ton téléphone, tu l'effaces juste après. On ne sait jamais si le mouchoir se remettait à marcher, les pannes aléatoires, je m'en méfie comme du choléra. Sois là-bas demain à 11 heures précises, tu diras vouloir changer exactement 180 289 livres turques en grivnas. Le patron est un ami, il viendra te saluer, te donnera un nouveau téléphone et te fera conduire jusqu'à Sofia. Tu m'appelles dès que tu arrives en Bulgarie, c'est compris ?

— Pourquoi 180 289 ?

— C'est ma date de naissance, maintenant tu n'as plus de prétexte pour oublier mon anniversaire. Fais bonne route, Lastivka. En attendant, trouve un endroit sûr pour passer la nuit et ne traîne pas dans les rues.

Lorsque Vitalik raccrocha, Maya se sentit terriblement seule. Où passer la nuit en lieu sûr maintenant qu'elle ne pouvait plus retourner à son hôtel ?

La solution se présenta dans un SMS.

« C'est idiot, mais tu me manques, où es-tu ? » demandait Eylem.

Maya lui proposa de la rejoindre dans un café de Karaköy proche du pont de Galata.

Eylem l'y attendait déjà lorsqu'elle arriva. Maya lui apprit qu'elle devait quitter Istanbul au petit matin, mais promit qu'elle ne serait pas partie sans lui avoir dit au revoir.

Pas dupe, Eylem exigea la vérité. Maya expliqua, sans plus de détails, s'être mise dans une situation délicate avec l'un de ses clients, elle craignait d'être attendue à son hôtel et avait besoin de son aide pour y récupérer ses affaires les plus précieuses.

— C'est d'accord. J'irai le chercher, ton ordinateur, tu m'attendras dans le parking et on ira dormir chez moi.

Maya ouvrit son portefeuille pour régler l'addition, dévoilant par inadvertance la photographie qui s'y trouvait.

— Qui est cette gamine ? questionna Eylem en s'en emparant.

Maya lui reprit la photo des mains et la remit dans son sac.

— Aucune importance, dit-elle.

— Je serais curieuse de savoir ce que tu fais avec le portrait d'une petite Yézidie sur toi... Un rapport avec tes ennuis ?

— Non, répondit Maya, résolument convaincue du contraire.

— Alors ?

— Je connais des membres de sa famille qui vivent à Paris, ils espéraient que je la rencontre, répondit-elle, s'enfonçant plus encore dans le mensonge.

— De la famille à Paris ? Ça, ça m'étonnerait ! Yézidie ou Kurde, à voir la pâleur de ses traits et la poussière sur son visage, cette gosse est une réfugiée. Je te souhaite bonne chance pour la retrouver. Ils sont plus de trois millions à s'être installés chez nous. On les voit partout en ville, encore plus nombreux à Izmir, ils pullulent dans les camps à la frontière syrienne. Il en arrive chaque jour. C'est un vrai drame ce qui se passe là-bas et vous, en Europe, vous fermez les yeux et ne faites rien.

— Je partage ton désarroi, mais je ne suis pas responsable de la politique humanitaire européenne.

— Non, toi tu organises des voyages de luxe à ce qu'il paraît, mais tu te promènes quand même avec la photo de cette gosse dans ton sac. Tu sais quoi, je préfère ne rien savoir plutôt que de te voir me mentir avec autant d'aplomb. Allons nous occuper de ton ordinateur. Tu vois, je ne te demande même pas pourquoi il t'est si précieux. Si ça, ce n'est pas de l'amour !

— *Si cette enfant était égarée parmi des millions de réfugiés en Turquie, quelle chance avait Maya de la croiser ?*

— L'enfant était pistée depuis qu'elle s'était enfuie.

— *Pourquoi ? En quoi consistait vraiment la mission de Maya ?*

— À la rencontrer. Mais, se sentant suivie, la petite fille avait disparu. Nous devions retrouver sa trace et l'extraire avant que les fauves ne s'emparent d'elle.

— *Nous ?*

— Le sort d'un enfant nous concerne tous.
— *Y compris les fauves ? Pourquoi elle en particulier ?*
— Parce qu'elle était porteuse d'un symbole.

Eylem ne prononça pas un mot du trajet. Elle gara sa voiture dans le parking souterrain du Pera Palace, en face des ascenseurs. Maya lui remit la carte magnétique de sa chambre.

— Le temps de récupérer tes affaires et je reviens, dit-elle en ouvrant la portière.

— Laisse ma valise, prends juste ce qui tiendra dans ton sac, supplia Maya.

— J'ai bien fait d'opter pour un fourre-tout ce soir, rétorqua Eylem. Un vêtement en particulier ?

— De quoi me changer demain, ça suffira, ma trousse de toilette et…

— Ton ordinateur adoré ! Au fait, il dort de quel côté du lit ? Du tien ou du mien ? questionna Eylem avant de s'éloigner.

Eylem changea d'ascenseur dans le hall pour en prendre un qui menait aux étages. Le couloir était désert, elle entra dans la chambre, alluma le grand lustre et entassa quelques vêtements dans son fourre-tout. En passant dans la salle de bains, elle prit l'atomiseur de Maya et se vaporisa un peu de parfum sur la nuque. Il ne restait plus qu'à récupérer le précieux trésor et à rebrousser chemin.

Dans la voiture, Maya enrageait. Jusqu'à ce jour, elle n'avait jamais cherché à se renseigner sur la nature des messages qu'elle délivrait, pas plus qu'elle n'avait eu conscience de prendre vraiment des risques. Elle se jura que cette mission serait la dernière. La prochaine fois que l'autre portable sonnerait, elle irait le jeter dans la Seine.

Elle regarda sa montre, un quart d'heure s'était écoulé. Inquiète et coupable d'avoir laissé Eylem s'aventurer seule, elle descendit de la voiture pour aller à sa rencontre. Un message de Vitalik s'afficha sur l'écran de son portable et l'arrêta net :

Mouchoir actif !

La cloche de l'ascenseur tinta. Maya se cacha derrière un pilier alors que les portes de la cabine s'ouvraient.

Le quatrième soir, à Tel-Aviv

Pour une fois, Janice arriva en avance. Au troisième étage, elle sonna à la porte de Noa, attendit quelques minutes, puis redescendit chercher le double des clés dans le pot de fleurs. Elle remonta par les escaliers, entra dans l'appartement et appela son amie, pour s'assurer qu'elle n'était pas là.

Le salon était impeccablement rangé. Janice se laissa choir sur le canapé et attrapa le premier des magazines empilés sur la table basse.

À 23 heures, elle envoya un message à Noa pour savoir si elle comptait rentrer bientôt. Aucune réponse.

Elle s'était assoupie depuis longtemps quand une moto pétaradant dans la rue la fit sursauter. Il était 2 heures du matin et Noa n'était toujours pas là. Sa soirée avait dû être plus engageante que prévue, apparement elle avait découché... Tant mieux pour elle, mais elle aurait quand même pu la prévenir.

Janice bâilla longuement et s'étira. Avant de quitter les lieux, elle remit le magazine à sa place, veillant à respecter le parfait alignement de la pile, quand soudain, une réflexion de Noa l'interpella : « Si tu arrives la première, épargne-moi tout commentaire sur le foutoir... »

Une autre phrase de Noa mit ses sens en alerte : « Son appartement était plus propre que si un bataillon de femmes de ménage s'en était occupé. »

Janice se rua dans la chambre et ouvrit la penderie. Elle était vide, comme les tiroirs de la commode, les étagères de la salle de bains ou les placards de la cuisine. L'appartement avait été entièrement nettoyé.

Elle se rappela le contexte dans lequel Noa avait prononcé cette phrase, lorsqu'elle avait relaté l'assassinat de sa collègue, et son sang se glaça.

Janice attrapa son sac, dévala l'escalier et arrêta la première voiture qui passait dans la rue, suppliant le chauffeur de la conduire dans son quartier.

Arrivée chez elle, le cœur tambourinant, elle chercha à verrouiller sa porte de l'intérieur, et, se trompant de trousseau, elle prit celui de Noa ; c'est alors qu'elle remarqua la forme particulière du porte-clés. Elle glissa son ongle dans une petite encoche et fit sauter un capuchon, révélant une clé USB.

Janice fonça à son ordinateur et y inséra la clé. Une fenêtre s'ouvrit sur un fichier sécurisé.

Aux premières lueurs du jour, le rapport que Noa avait réussi à lui faire passer apparut clairement sur son écran.

Les trois premières lettres du texte confirmaient qu'il lui était bien destiné.

HAL,

Le compte que tu as découvert à Jersey sert de plaque tournante à une nébuleuse financière bien plus vaste que tout ce que nous avions supposé. Ce n'est pas un, ni deux, mais quantité de virements qui se répètent de mois en mois. Ces transferts concernent de nombreuses entités. Un fonds d'investissement américain, BlackColony, fait transiter par la JSBC des sommes considérables depuis plusieurs années. L'argent repart aussitôt vers un autre compte à la German Bank. Des virements similaires, émis depuis la Russie, transitent par ce même compte. Des Américains prêtent de l'argent à des Russes et les Russes prêtent de l'argent aux Américains.

Cette méthode leur permet de mener leurs affaires en territoire étranger en toute impunité. Mais quelles affaires ? Et pour des montants aussi considérables ? Je n'en sais encore rien. J'ai également retrouvé la trace de sommes qui semblent avoir atterri au Royaume-Uni, et un nom important rattaché à toute cette affaire. Tom Schwarson est l'homme sur lequel enquêtait Sarah Weizman, notre agent, avant d'être assassinée.

Fais bon usage de ces informations et détruis-les.

Si tu lis ces lignes, cela signifie que je ne peux plus te protéger.

Prends garde à toi. Tu es en danger.

Ton amie.

Janice envoya immédiatement une copie de ce document par mail à Mateo, Ekaterina et Vitalik, en leur adressant la clé de chiffrage par texto.

Puis elle se dirigea vers sa penderie, passa la veste noire d'un costume de soirée et se présenta devant le grand miroir accroché au mur du salon.

Elle observa son reflet, mit un peu d'ordre dans sa chevelure, puis, essuyant les larmes qui coulaient sur ses joues, elle déchira la poche haute du veston, comme l'exigeait la tradition.

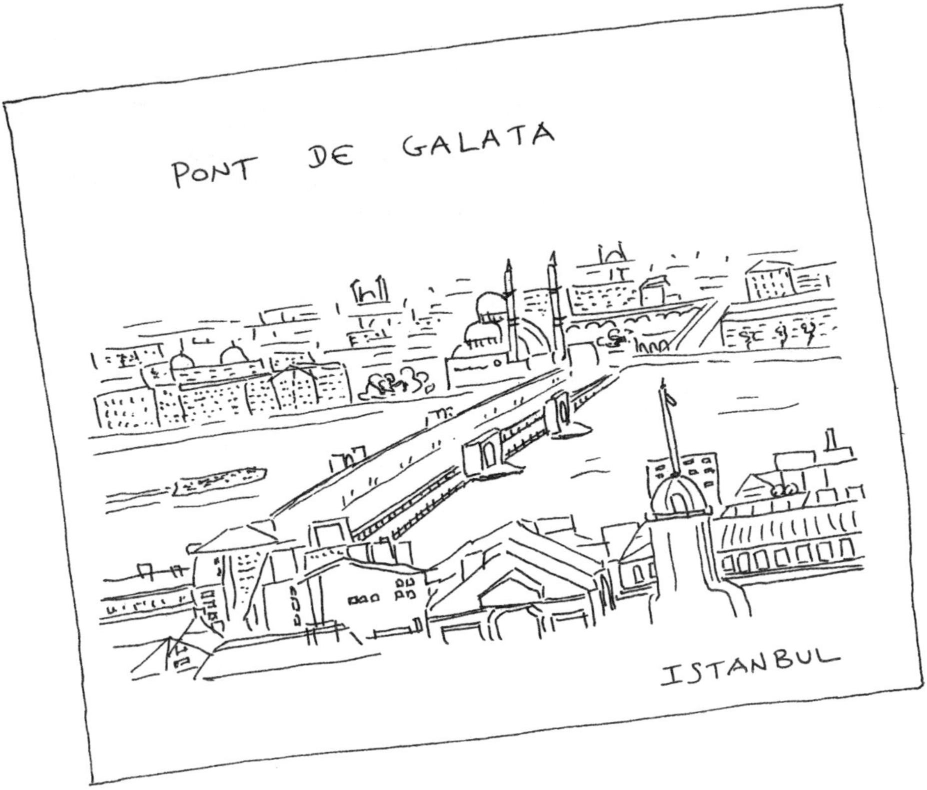
PONT DE GALATA
ISTANBUL

29.

LE DERNIER JOUR AVANT LA POUSSIÈRE

Au matin, à Londres

Avant de quitter l'hôtel, vers 8 heures du matin, Cordelia sauvegarda les informations collectées pendant la nuit et annonça à son frère que la première phase de l'opération était terminée. Diego n'avait plus qu'à envoyer un message aux autres et à régler la note.

Un taxi les conduisit à la gare. Cordelia regarda la ville défiler par la vitre, pressentant qu'elle n'y reviendrait pas avant longtemps.

Tous deux étaient épuisés, les derniers jours ne les avaient pas épargnés et les phares des voitures qui roulaient sans discontinuer sur Old Brompton Road avaient éclairé le mur de leur chambre toute la nuit.

Deux heures plus tard, épaule contre épaule, Cordelia et Diego dormaient à bord d'un train qui filait à travers la campagne anglaise et les emmenait vers le port d'Harwich.

Au matin, à Rome

Ekaterina chercha son smartphone sur la table de nuit, consulta ses messages et se leva pour retrouver Mateo. Elle traversa le salon, longea la grande bibliothèque et entra dans la cuisine.

— Janice nous a envoyé un fichier, dit-elle à Mateo qui prenait son petit déjeuner.

— Je sais, j'ai reçu la clé de cryptage par texto. Un café ? proposa-t-il.

— Ça m'a l'air d'être urgent, fit-elle remarquer.

— Qu'est-ce qui ne l'est pas avec Janice… je suis certain que ça peut attendre dix minutes. Tu as faim ?

Elle ne répondit pas et se servit une tasse, le visage assombri.

— Ta cuisine à elle seule est plus vaste que mon studio d'Oslo, répondit-elle.

— Ce n'est qu'une cuisine… Quelle importance ?

Ekaterina hocha la tête, prête à regagner la chambre pour y prendre connaissance du document que Janice leur avait envoyé.

— Qu'est-ce qu'il y a ? insista Mateo.

— Il y a que je m'attache à toi, mais nous n'appartenons pas au même monde, et ça me fait peur.

— Assieds-toi s'il te plaît, Janice attendra. Il est temps que je te raconte une histoire.

Le regard de Mateo se perdit. Il inspira, parce qu'il fallait de l'inspiration pour plonger dans le passé et ramener à la surface ce qui avait fait de lui l'homme qu'il était aujourd'hui.

Puis il posa ses mains sur la table, comme le fait un conteur prêt à ouvrir la porte de son monde.

— Un matin où trois villages furent incendiés dans un rayon de vingt kilomètres autour de sa maison, Hoan comprit que les risques encourus par sa famille devenaient plus importants s'ils restaient chez eux que s'ils partaient. Les témoignages sur le sort de ceux qui avaient pris la fuite n'étaient pas faits pour l'encourager. Les forces gouvernementales maintenaient les civils en otages du conflit qui les opposait à la guérilla. L'étau se resserrait de jour en jour. Champs de mines, routes pilonnées par des tirs de mortiers, bombardements sur les hameaux. Et puis la rumeur courait que les Khmers kidnappaient les enfants pour les embrigader. La nuit venue, Hoan n'arriva pas à calmer sa fille, elle avait huit ans, et son fils cinq. Il prit sa décision. Le temps des adieux était venu, ils partiraient le lendemain. C'était un mardi, au début de la saison sèche. La clarté du jour glissait derrière les coteaux. Ceux qui s'aventuraient au-delà pouvaient voir traîner des dentelles rougeoyantes dans la plaine avant qu'elles ne s'éteignent derrière les montagnes. Hoan avait amassé dans un sac le minimum nécessaire pour assurer à ses enfants quelques jours de survie. Des biscuits, trois galettes de riz, des fruits séchés, et deux morceaux de réglisse. Il avait conservé ces sucreries comme des trésors, les réservant pour le jour où la paix reviendrait. Avant d'aller se coucher, il allait discrètement les admirer, avec la ferveur de ceux qui posent leurs yeux sur la statue d'une divinité, priant pour un miracle. Hoan confia le maigre paquetage à sa fille, et l'installa auprès de son petit frère dans la carriole. Les paysans du coin pouvaient encore longer la frontière à la faveur du soir. Ils étaient trop vieux pour que l'on se méfie d'eux, et leurs attelages trop ajourés pour que s'y cachent des combattants. Mais deux gamins pouvaient passer inaperçus sous une couverture noire comme la nuit. Hoan embrassa ses enfants et leur souhaita bonne route, leur promettant de les rejoindre dès que cela serait possible. Il consola sa fille du mieux qu'il le pouvait, et il serra son fils contre lui, en lui faisant promettre à son tour de veiller sur elle. J'ai promis et j'ai attendu que la carriole se soit éloignée pour pleurer. Mon père n'était plus qu'un point dans le lointain. J'ai pris la main de ma sœur et lui ai juré que nous reviendrions bientôt. Un mensonge éhonté, mais mon père avait été le premier à mentir en prétendant qu'il nous rejoindrait. Notre convoi a été attaqué au moment où nous passions la frontière. Je n'ai jamais revu ma sœur et aujourd'hui je n'arrive même plus à me souvenir de son visage. Alors quand tu dis que nous ne venons pas du même monde, tu as peut-être raison… Mais tu dois savoir aussi que la peur a hanté mon enfance au point que je n'arrive plus à en éprouver.

Mateo se leva, posa ses lèvres sur celles d'Ekaterina et quitta la cuisine. Elle courut derrière lui, le rattrapa et se blottit dans ses bras.

Vers midi, à Kiev

Vital tapotait nerveusement sur son bureau. Son frère frappa à la porte.

— Entre ! Comme si je pouvais venir t'ouvrir.

— Tu es de bonne humeur à ce que je vois. Des nouvelles de Maya ? demanda Malik.

— Si j'en avais, je serais de meilleure humeur.

— Tu es inquiet ?

— Je n'en sais rien. Elle ne s'est pas présentée au rendez-vous... Mais j'ai confiance en elle, soyons patients.

— Je peux faire quelque chose pour toi ?

— Basculer mon fauteuil et le reculer un peu. Ces foutus repose-pieds se sont encore pris dans les câbles de mon ordinateur.

Malik s'approcha pour manœuvrer le fauteuil roulant de son frère jumeau.

Vital l'arrêta d'un geste et se pencha vers son écran.

— Tu vois ce que je vois ? dit-il, stupéfait.

Malik lut le message qui s'était affiché.

— Préviens les autres, dit-il à Vital. Dis à chacun de venir ici au plus vite. Tu leur paies le voyage si nécessaire. Précise-leur bien que c'est urgent et qu'ils n'ont pas le choix, je fais préparer les chambres et je file activer le Donjon.

À 11 h 30, à Tel-Aviv

David trouva Janice endormie sur le canapé du salon. En voyant la poche de sa veste déchirée, il s'assit près d'elle et attendit. Dès qu'elle ouvrit les yeux, il la prit dans ses bras et la consola, sans lui poser de question.

Comme il en avait l'habitude, il se rendit dans la cuisine pour lui préparer son petit déjeuner sur un plateau.

Janice le regarda fixement et lui confia qu'il était un ami inespéré, probablement le meilleur du monde. Et un artiste accompli qui devait retourner à sa peinture sans tarder. Elle avait causé assez de gâchis comme ça.

David la regarda, dubitatif, alors qu'elle regagnait sa chambre.

Elle passa un long moment sous la douche et réapparut vêtue de noir.

— Tu vas travailler ? demanda David qui n'avait pas bougé du salon.

— C'est ce que j'ai encore de mieux à faire.

— Ou prendre un peu de distance, voyager, quitter Tel-Aviv quelque temps. Enfin, je dis ça… ou rien.

— Peut-être, répondit-elle, mais avant, je dois parler à Efron.

David l'accompagna sur le trottoir. Au moment où elle monta dans un taxi, il la rappela et lui demanda :

— Qu'est-ce que tu voulais dire par « probablement » ?

Vers 13 heures, en mer du Nord

En dépit des embruns, du vent et de l'écume projetée par l'étrave, Cordelia avait voulu rester sur le pont du navire. Accoudée au bastingage elle observait l'horizon, la côte des Pays-Bas apparaissait déjà.

— On va à la proue jouer à *Titanic* ? demanda-t-elle à son frère qui consultait ses messages.

Diego releva les yeux.

— Nous allons à Kiev, annonça-t-il d'une voix grave.

— Pourquoi Kiev ?

— Ils ont répondu à mon appel, le Groupe se réunit au complet chez Vitalik.

— J'ai bien entendu, nous allons tous nous rencontrer ? Qu'est-ce que tu leur as dit ? questionna Cordelia, stupéfaite.

— La vérité. Que Sheldon avait tenté de t'assassiner.

Cordélia prit un air résolu.

— Tu vois, dit-elle, je tiens ma promesse. Toutes ces années n'auront pas été vaines, je le sais maintenant, Alba sera bientôt vengée, nous allons les plumer, les anéantir…

Elle sourit, se retourna, fixant le rivage, et cria dans le vent :

— … et faire le hack du siècle !

Au même moment, à Rome

Mateo et Ekaterina s'apprêtaient à contacter Janice quand leurs portables vibrèrent de concert.

Ils préparèrent leurs affaires à la hâte et sautèrent dans un taxi pour rejoindre l'aéroport de Fiumicino. Traquer Baron n'était plus la priorité du moment, le message de Vitalik était sans équivoque.

Au même moment, à Tel-Aviv

En arrivant au journal, Janice se rendit directement en salle de réunion. La conférence de rédaction s'achevait, l'équipe débattait des derniers sujets à traiter dans l'édition du lendemain.

Efron, voyant sa mine grave, s'interrompit et l'emmena dans un bureau voisin.

— Qu'est-ce qu'il y a ? demanda-t-il.

Elle partagea les informations contenues dans la note de Noa, et s'en tint là. Pas un mot sur le sort de son amie.

— C'est délicat, Janice. De toute évidence, tu as en main un dossier brûlant, ça sent le scoop dont rêve tout rédacteur en chef. Mais je me dois d'assurer la sécurité de mes collaborateurs. Alors qu'est-ce que tu veux que je te dise ? De foncer, ou de laisser tomber parce que ce genre d'affaire est beaucoup trop risqué ? Ayrton Cash, c'était du petit gibier comparé à Schwarson. Sa fortune s'élève à 57 milliards de dollars, il n'y a pas plus puissant et plus dangereux que cet homme, ou que son entourage, d'ailleurs. Tu comprends mieux ce que j'entends par « délicat » ?

Le portable de Janice vibra, elle lut le message de Vitalik et s'excusa auprès d'Efron.

— Je dois partir, c'est urgent.

— Je peux savoir où tu vas ?

— En Ukraine, j'ai besoin que tu me fasses une avance, tu pourras la virer sur mon compte ? Pardon, mais je dois y aller, j'ai juste le temps de passer chercher quelques affaires chez moi.

Efron la regarda avec un petit sourire au coin des lèvres.

— En fait, tu avais pris ta décision avant même de m'en parler. Bon voyage ! Et je t'ordonne de me donner régulièrement de tes nouvelles.

Janice dévalait déjà les escaliers.

— *Un appel de Diego avait suffi à convaincre Vital et Malik d'enfreindre la règle de sécurité la plus importante en réunissant tout le Groupe à Kiev ? Qu'est-ce qui leur en donnait le pouvoir et qu'est-ce qui suscitait une telle urgence ?*

— Non, ce n'était pas l'appel qu'il avait envoyé depuis le pont du ferry. Cordelia et Diego avaient certes besoin des autres pour mener à bien leur projet mais, même pour réussir le casse du siècle, ainsi que l'avait baptisé fièrement Cordelia, le hack pouvait très bien s'opérer à distance. Quant à Vital et Malik, ils ne jouissaient d'aucune autorité particulière. Ils avaient juste utilisé un mot-clé convenu de longue date. Personne n'a le droit plus qu'un autre d'actionner la sonnette d'alarme d'un train, il revient seulement à celui qui la tire d'en prendre la décision et d'en assumer les conséquences.

— *Alors qu'avaient lu les frères Vitalik sur leur écran pour appeler le Groupe à se réunir ?*

— Une phrase qui résumait tout ce qu'Ekaterina et Mateo soupçonnaient déjà dans leur chambre d'hôtel à Londres… ce vaste projet qui, comme Ekaterina le disait elle-même, leur échappait encore mais dont tous deux entrevoyaient les contours… ce qui les avait poussés à se rendre à Rome :

Le crépuscule des fauves est engagé.

Une alliance s'était formée depuis des années, composée d'oligarques si riches et si puissants que plus aucune force ne pouvait l'arrêter. Après s'être emparés des ressources énergétiques, agro-alimentaires et pharmaceutiques, avoir pris le contrôle et la surveillance des moyens de communication et d'information – réseaux sociaux, chaînes de télévision et la plupart des journaux –, les fauves s'apprêtaient à lancer l'ultime phase de leur plan. Décisive et sans retour. S'offrir les pays les plus riches, et les asservir en installant des gouvernances autoritaires menées par les leurs. Chine, Indonésie, Inde, Russie, Turquie, Brésil, pays du Golfe, et depuis peu, aussi, les États-Unis… plus de quatre milliards et demi d'individus vivaient déjà sous leur coupe ; l'humanité marchait lentement dans leur direction. Il ne restait qu'un foyer de résistance, un dernier bastion : l'Europe. Et Baron, ambassadeur de l'Alliance, œuvrait à le faire tomber. Déboulonner les dernières démocraties pour régner sans partage sur les peuples et leurs richesses. Vous comprenez mieux maintenant la raison qui a incité Vital et Malik à convoquer le Groupe en urgence ?

— *Le monstre à plusieurs têtes… Ayrton Cash, Robert Berdoch, les frères Kich, Schwarson, Stefan Baron, et tous ceux dont j'ignore encore les noms… Que pouvaient faire les 9 face à des forces aussi redoutables ?*

— Je vous le disais au tout début de notre entretien, ne pas se contenter de s'offusquer, de protester ou de condamner, mais agir.

— *De quelle façon ?*

— Ekaterina, Mateo, Cordelia, Diego, Janice, Vital, Malik, Maya n'ont pas été recrutés par hasard. Toutes leurs années de hack n'étaient qu'un long processus de formation… Ce qui est arrivé la nuit, à Oslo, un commencement. Tous étaient liés sans le savoir pour mener ensemble un jour ce combat périlleux. Leur première bataille, qui allait débuter à Kiev, consisterait à réunir des preuves. Leurs talents ne suffiraient pas à les protéger des dangers qui les attendaient. Maintenant que les règles étaient enfreintes, il n'y en avait plus aucune, ni du côté du bien ni du côté du mal.

— *Quel rapport entre ce combat et la bataille menée par Diego et Cordelia ?*

— Apprendre de l'adversaire, c'est faire preuve d'humilité et d'intelligence. Nous n'allions pas laisser aux PSYOPS le monopole de la manipulation. Vous souvenez-vous de ce que Noa enseignait à Janice ? Effrayer l'ennemi est une technique vieille comme le monde. En s'attaquant aux portefeuilles des dirigeants des laboratoires pharmaceutiques, Diego et Cordelia allaient envoyer un message à l'armée des fauves. « Nous existons, vous ne savez pas qui nous sommes mais vous savez maintenant que nous pouvons vous atteindre. » De quoi occuper leurs esprits et créer une diversion.

— *En leur confisquant à chacun 5 millions ? Une piqûre de moustique, pour citer Cordelia.*

— Un symbole n'a pas de prix… et nous allions leur prendre bien plus que cela.

— *Et Maya ? Quel rapport avec la mission qui l'avait conduite à Istanbul, avec la photo de cette petite fille au visage d'ange ?*

— Elle se prénomme Naëlle et elle serait la clé.

— *La clé de quoi ?*

— De la cage où emprisonner les fauves.

— *Mais qui a envoyé cette photo à Maya, qui a posté ce message à Vital et Malik et, finalement, qui a sonné l'alarme et décidé de réunir le Groupe ?*

— Moi.

— *Qui êtes-vous parmi eux ?*

— Je suis 9.

Salle de visioconférence.
Interruption momentanée de la connexion établie à 00 h 00 GMT par protocole crypté.

La lune s'élevait dans le ciel de Kiev, faisant scintiller les eaux du Dniepr.

En bordure du fleuve, un petit château du XIXe siècle émergeait de sa torpeur.

Les meurtrières du donjon brillaient comme un phare dans la nuit.

À l'intérieur, neuf écrans étaient répartis autour d'une table ronde.

Derrière, les diodes des serveurs informatiques clignotaient le long des murs, dans leurs armoires climatisées.

Dans quelques heures et pour la première fois, le Groupe 9 se réunirait, presque au complet.

Le crépuscule des fauves allait commencer.

THE CONNAUGHT HOTEL, LONDRES

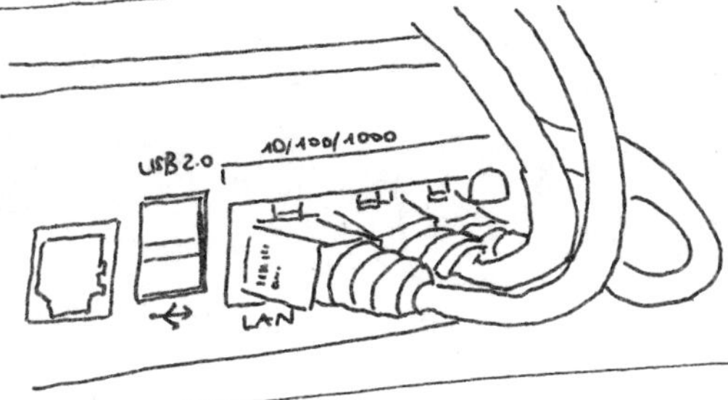
USB 2.0
10/100/1000
LAN

PERA PALACE HOTEL
PERA PALACE HOTEL
PERA PALACE HOTEL
CENTRE NAUTIQUE DE LJAN
LA MAISON DE JANICE

PONT DE GALATA
BOSTON
USB 2.0
10/100/1000
LAN
LE CAFÉ DE NOA

CAFE PIERRE LOTI
KIEV, le manoir
LE CANAL DE CAMDEN

LE CHATEAU DES PIRATES
PIRATE CASTLE
LONDRES
LE MARCHÉ DE CAMDEN
LE JARDIN DE TEL HASHOMER
PARC DU RETIRO, MADRID

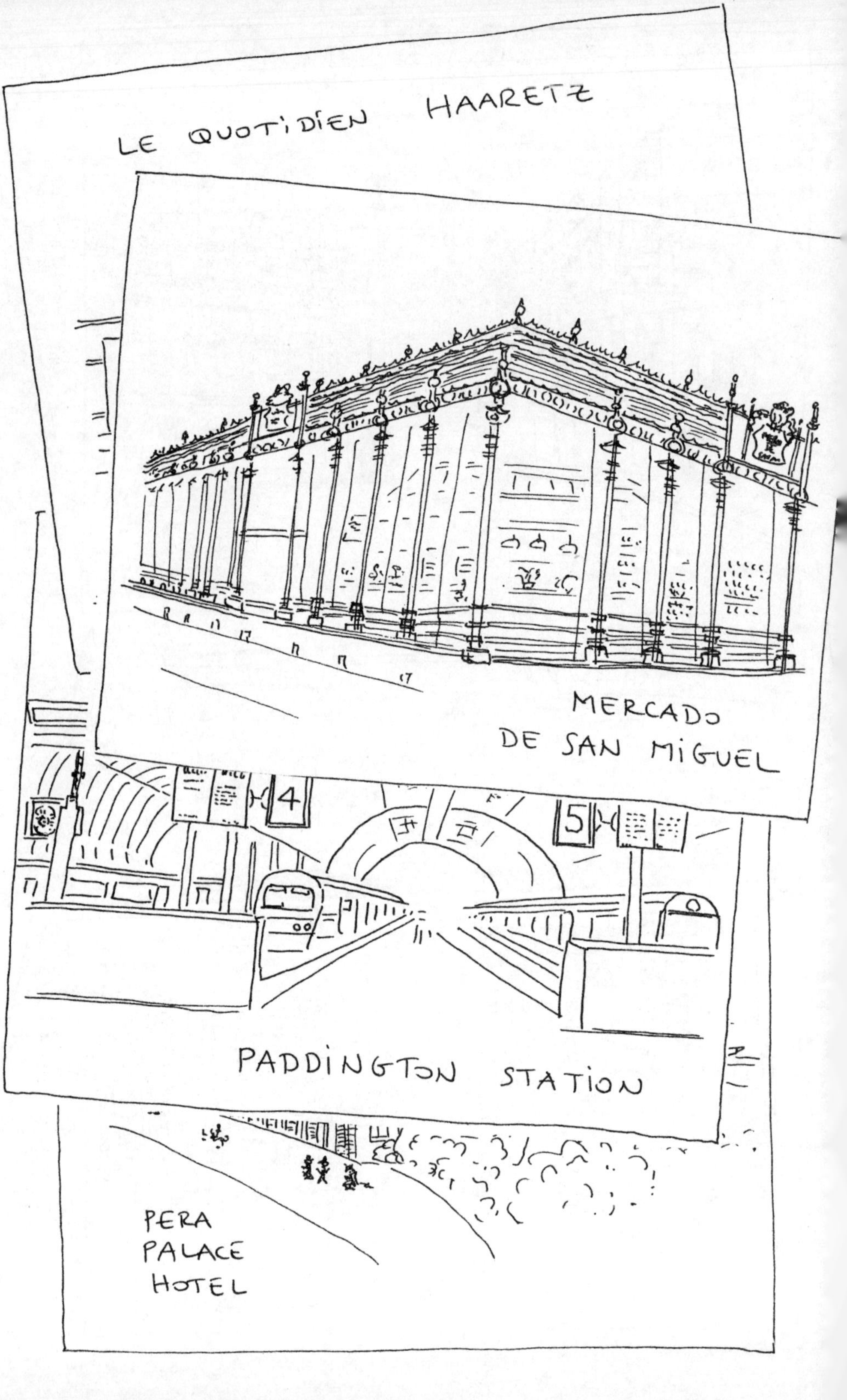
LE QUOTIDIEN HAARETZ
MERCADO
DE SAN MIGUEL
PADDINGTON STATION
PERA
PALACE
HOTEL

P
MARIUS ET JA
USB 2.0
10/100/1000
LAN
Insuline
100 m.j
/ml

LE CRÉPUSCULE DES FAUVES

« La dictature peut s’installer sans bruit. »

George Orwell.

Aux neuf personnes dont je ne peux révéler les noms
et sans qui cette histoire n'aurait jamais vu le jour.

À la mémoire d'Olivier Royant
qui m'a inspiré le personnage d'Efron.

Salle de visioconférence.
L'écran scintille, le haut-parleur grésille.
Connexion établie à 19 h 00 GMT par protocole crypté.
00 h 02 GMT début de retranscription.

— Bonsoir, je suis heureuse de vous retrouver.

— *Vous êtes en lieu sûr ?*

— Pour l'instant. Allons-y, la nuit sera longue et nous n'avons pas pris de repos depuis longtemps.

— *Au moment où nous avons interrompu cette interview, pour des raisons liées à votre sécurité, les membres du Groupe 9 faisaient route vers Kiev.*

— Ce qui s'est produit à Oslo n'était qu'un commencement. L'amorce d'un projet dont l'ampleur nous échappait encore. Nous étions confrontés à des ennemis bien plus résolus que nous ne l'imaginions. Une fois les règles enfreintes, il n'y en avait plus aucune, ni du côté du bien ni du côté du mal. Depuis plusieurs années, notre Groupe 9 avait révélé au grand jour des faits de corruption flagrants et dérangé assez de gens puissants pour que nous soyons condamnés à passer le restant de nos vies en prison si l'on venait à découvrir nos identités. Nous étions hors la loi, un paradoxe en soi, car ce que nous avions accompli aurait dû nous valoir d'être récompensés. Nous étions amis de longue date et pourtant, assis au comptoir d'un bar ou au hasard d'une rencontre dans la rue, nous aurions été incapables de nous reconnaître. En route vers Kiev, chacun appréhendait le moment à venir.

1.

Le cinquième jour, à Kiev

En sortant de l'aéroport, Ekaterina regarda le ciel, étrangement laiteux. Le terminal international lui paraissait plus petit que celui d'Oslo, elle était curieuse de découvrir à quoi ressemblait Kiev. Depuis leur première rencontre sur la jetée face à l'île de Malmö, Mateo et elle ne s'étaient plus quittés. La solitaire ne se reconnaissait plus, troublée de s'être accoutumée si vite à une vie qui lui était étrangère. Au point d'avoir eu, la nuit dernière, l'impression de s'être détachée d'elle-même.

Après avoir fait l'amour, Ekaterina se rhabille toujours, prête à partir. Elle sourit quand c'était bien, éventuellement s'assied sur le rebord du lit pour échanger quelques mots lorsqu'elle entrevoit la possibilité de renouer un soir avec le même partenaire, mais elle n'irait jamais se blottir dans ses bras, encore moins lui caresser le visage. Jamais elle ne se laisserait bercer par son souffle, ou éprouverait du plaisir à l'idée d'ouvrir les yeux au matin à ses côtés.

Cette nouvelle femme aurait dû l'horripiler ; c'était tout le contraire, elle en venait presque à aimer se glisser dans sa peau.

Mateo lui ouvrit la portière du taxi, les yeux rivés sur son portable. Il entra dans une application les codes reçus en descendant de l'avion. Des coordonnées GPS et un horaire, la position correspondait au parvis de l'Opéra.

Il chargea leurs sacs dans le coffre pendant qu'elle s'installait à l'intérieur du véhicule. La galanterie était une qualité dont elle ignorait l'existence il y a peu.

Le taxi rejoignit l'autoroute. Ekaterina regardait défiler les villages, Hora, Tchoubynske, Prolisky, puis la campagne où l'été rayonnait sur la forêt à perte de vue. Mateo lui prit la main. Tous deux ne savaient rien de ce qui les attendait et, quelle que soit la raison qui les avait éloignés de Rome, ils ne dévieraient pas de leur objectif. Baron ne bénéficiait que d'un répit de courte durée. Ils le traqueraient jusqu'au bout, quoi qu'il leur en coûte, et mettraient un terme à sa croisade meurtrière pour fédérer les mouvances ultranationalistes.

La banlieue apparut. Ekaterina se pencha pour mieux voir à travers la vitre et sourit.

— Qu'est-ce qu'il y a ? demanda Mateo.

— Rien, sinon que je suis contente d'avoir quitté Oslo ; l'idée de rencontrer les autres m'excite énormément.

— Tu ne serais pas en train de sous-entendre que tu es heureuse ?

*

Après avoir passé le contrôle des frontières, non sans une certaine appréhension, Diego voulut louer une voiture à l'aéroport. Ne sachant pas où ils allaient, ni combien de temps ils resteraient à Kiev, il préférait être libre de ses mouvements. Il introduisit dans son portable les codes reçus par texto. Pour eux, le rendez-vous était fixé à 20 heures sur le parking d'un hôtel en centre-ville.

Pendant que son frère conduisait, Cordelia étudiait sur son ordinateur portable les dossiers récupérés grâce au virus qu'ils avaient implanté.

— Tu es bien songeuse, remarqua Diego.

— Nous n'avons encore accès qu'à la moitié des comptes et le constat est déjà effarant. La fortune de ces cadres supérieurs dépasse l'entendement, et s'y ajoutent les stock-options qu'ils reçoivent en bonus. Ces gens s'enrichissent en faisant croître les bénéfices de leurs employeurs par tous les moyens. C'est déprimant, soupira-t-elle. Même si l'on réussit notre coup, nous serons loin de les avoir ruinés.

— Si on parvient à leur ponctionner 5 millions à chacun, ils accuseront le coup, crois-moi. Reste à savoir combien de temps s'écoulera avant que leurs banques établissent un lien et comprennent ce que nous avons fait.

— Faisons en sorte que cette découverte ait lieu le plus tard possible.

— 250 millions de dollars volatilisés en un jour ne passeront pas inaperçus et j'ai hâte de connaître la deuxième partie de ton plan machiavélique, renchérit Diego.

— Demain matin, la liste sera complète. Si tout se déroule comme prévu, nous aurons le contrôle de leurs téléphones portables et nous pourrons valider les autorisations de virement.

— Avant de transférer des sommes aussi importantes, les banquiers appelleront leurs clients pour authentifier les ordres passés. Et parmi d'autres détails à régler, j'en vois un qui n'a rien d'un détail : comment mettre cet argent à l'abri avant de l'avoir redistribué ?

Cordelia referma son ordinateur et le rangea dans son sac.

— En le convertissant en cryptomonnaie pour le rendre intraçable, c'est là toute la subtilité de mon idée ; même si j'ignore encore comment la mettre en pratique.

Diego gara la voiture et coupa le contact.

— Nous y sommes. Enfin, façon de parler, je doute que ce parking soit notre point de chute.

*

Janice arriva la dernière à Kiev. Elle traversa l'aéroport sac à l'épaule, ralentit le pas pour décrypter le message reçu sur son smartphone, s'interrogeant sur sa destination.

À la sortie du terminal, elle se dirigea vers l'arrêt de la ligne d'autocar qui rejoignait la gare centrale. Elle acheta son billet et s'installa sur la dernière banquette alors que le Sky Bus démarrait.

Elle allongea ses jambes et ferma les yeux. Depuis la mort de son amie Noa, elle n'avait pas réussi à dormir plus de deux heures consécutives, les cauchemars hantaient son sommeil.

Elle rêvait d'un bain, d'un lit, d'une nuit ininterrompue, mais se faisait peu d'illusions sur la soirée qui l'attendait.

Cinquante minutes plus tard, son portable vibra. Janice rouvrit les yeux et reconnut derrière la vitre le bâtiment du ministère de la Défense, la gare n'était plus très loin. Un nouveau message lui recommandait d'emprunter la passerelle qui surplombait les voies. Arrivée rue Symona Petlyury, elle n'aurait qu'à se poster devant l'entrée de la station de métro Vokzalna et attendre.

*

À Kiev, des minivans orange sillonnent la ville. Ni bus ni taxis, les marchroutkas suivent des itinéraires qui changent tous les jours. Les arrêts sont inscrits sur une feuille de papier collée à une vitre. On règle la course en montant et si l'on ne peut atteindre le conducteur, car les marchroutkas sont souvent pleines à craquer, l'argent passe de main en main et la monnaie vous revient de la même façon.

À 20 heures, Diego repéra les phares qui venaient de clignoter à trois reprises sur le parking de l'hôtel Intercontinental. Il échangea un regard avec Cordelia et sortit de sa voiture. Le chauffeur de la marchroutka ouvrit la portière à soufflet et leur demanda leurs prénoms, dans un anglais à peine teinté d'accent slave. Il leur suggéra ensuite d'aller chercher leurs affaires et de verrouiller leur véhicule. Cordelia et Diego embarquèrent et le minivan repartit dans la nuit pour s'arrêter un quart d'heure plus tard devant le bâtiment de l'Opéra national d'Ukraine. Deux personnes qui attendaient au bas du parvis montèrent à bord.

Dès que le minivan redémarra, Cordelia se retourna vers les nouveaux venus, qui s'étaient assis au fond. D'abord hésitante, elle rompit le silence en se présentant. Ekaterina se leva, stupéfaite, et lui tendit la main. Diego et Mateo tombèrent dans les bras l'un de l'autre. Les quatre complices n'en revenaient pas de se rencontrer.

— Vous vous connaissiez, tous les deux, avant d'arriver à Kiev ? demanda Ekaterina à Diego et à Cordelia.

— C'est ma sœur, répondit Diego.

— C'est lui qui est mon frère, reprit Cordelia. Et vous ?

— Nous nous sommes rencontrés il y a quelques jours, à Oslo, expliqua Ekaterina.

— Où sont les autres ? questionna Mateo.

La marchroutka freina devant la station de métro. Janice grimpa à bord, avec l'étrange sensation, les présentations accomplies, d'être arrivée après le début de la fête.

— Il en manque encore quatre à l'appel, combien d'arrêts, selon vous ? demanda Ekaterina.

Le chauffeur la regarda dans son rétroviseur.

— Aucun, dit-il. Et il ne manque que trois d'entre nous pour que le Groupe soit au complet, bonsoir à tous.

— Vitalik ? s'exclama Janice.

— Malik… sa moitié ; vous comprendrez en arrivant. Bienvenue en Ukraine !

La marchroutka fonça vers la banlieue ouest de Kiev.

*

La ville s'effaçait derrière eux. En rase campagne, le minibus quitta la route et s'engagea sur un chemin de terre qui s'enfonçait dans un bois. La boue éclaboussait le pare-brise ; cahotés dans les ornières, les passagers s'accrochaient aux banquettes. Au franchissement d'un petit pont, Ekaterina s'agrippa au bras de Mateo pour ne pas se cogner à la vitre. Cordelia fit une moue qui en disait long sur ce qu'elle pensait. Diego lui signifia d'un regard appuyé qu'elle ferait mieux de s'occuper de ses affaires.

— Nous y sommes presque, annonça Malik, au grand soulagement de Janice qui se sentait nauséeuse.

À la forêt succéda une clairière, au chemin de terre une piste en gravier, à la noirceur de la nuit les lumières d'un manoir illuminé au fond d'un verger, révélant ses volumes généreux sous la clarté de la lune.

La bâtisse en pierre s'élevait sur trois niveaux, coiffée d'un toit d'ardoises où pointaient six souches de cheminée. Les grandes fenêtres des deux étages principaux étaient toutes éclairées.

La marchroutka s'arrêta devant le perron. Malik coupa le moteur.

En haut des marches, deux vasques en pierre tachées de parmélie encadraient une lourde porte oblongue.

*

En entrant, Ekaterina admira le sol en damier où se reflétaient les éclats du lustre suspendu au centre de l'escalier d'honneur. Janice remarqua le rail à crémaillère qui grimpait le long du mur vers les étages.

— Suivez-moi, dit Malik.

— Qui es-tu ? demanda Janice avant de s'aventurer d'avantage.

— Un ami dont tu sollicitais l'aide hier.

— Vitalik ne parle pas si bien l'anglais, objecta-t-elle.

Le parquet craqua dans la pièce attenante, une porte s'ouvrit sur le hall et le second maître des lieux, copie conforme du premier, fit une entrée très remarquée sur son fauteuil roulant qu'il actionnait à tour de bras énergiques.

— Enfin, te voilà ma très chère Metelyk ! s'exclama Vital en avançant vers Janice.

— Comment as-tu deviné ? questionna-t-elle, le visage radieux.

— Tu ressembles à nos conversations. Quant à toi, poursuivit-il en désignant Ekaterina, ton air nordique me révèle qui tu es ; et lui, dit-il en se tournant vers Diego, il a le regard fier et vigoureux d'un Espagnol, la belle femme à ses côtés serait donc Cordelia ?

— Merci du compliment mais je pourrais aussi être Maya, argua-t-elle.

— Non, ça, je saurais et puis avec cet accent, tu viens de te trahir. Donc, ne reste plus que Mateo. Déduction arithmétique, car je ne t'imaginais pas du tout comme ça.

— Figure-toi que moi non plus ! répondit Mateo du tac au tac.

S'ensuivit un silence. Vital partit dans un franc éclat de rire.

— Avouez-le, aucun de vous n'avait deviné l'artifice. Vitalik, l'homme qui compte double. L'un sur ses jambes, l'autre sur des roues… La vie l'a voulu ainsi.

Chacun observait les deux frères. Sinon par leur élocution, ils étaient impossibles à distinguer.

Janice se pencha vers Vital pour le serrer dans ses bras.

— Arrête, ma Metelyk, tu vas créer une folle jalousie. Vitalik c'est nous deux, rappela-t-il en pointant son frère. Moi retenu prisonnier ici derrière un écran à cause d'un accident, lui toujours en vadrouille.

De l'autre côté du hall, une femme se tenant droite dans son tablier bleu d'un autre temps les toisait d'un regard dur que personne n'aurait osé soutenir.

— Le dîner est servi, annonça joyeusement Vital.

Le couvert était dressé dans la salle à manger sur une longue table en acajou, éclairée par six bougeoirs. Mateo compta huit chaises et une place réservée au fauteuil roulant de leur hôte.

— Maya n'est pas encore là, souffla-t-il à l'oreille d'Ekaterina.

— Qui est le neuvième ? chuchota-t-elle.

Malik invita ses convives à prendre place où bon leur semblait. La gouvernante réapparut pour servir les hors-d'œuvre. Kholodets, golubtsis, pirojkis, préambules d'un repas de fête.

Les conversations étaient animées. Ekaterina sympathisa immédiatement avec Diego, elle lui parla d'Oslo et raconta à une assemblée attentive les circonstances dans lesquelles avait été déjoué l'attentat, vantant au passage le courage dont Mateo avait fait preuve. Il la contredit aussitôt pour affirmer que c'était elle qui avait fait preuve d'un aplomb remarquable. Échange de compliments qui n'échappa pas à Cordelia.

Janice s'inquiéta de l'absence de Maya. Vital la rassura, elle arriverait demain, ou le jour suivant, Maya tardait toujours à répondre.

La gouvernante ramassa les assiettes et revint peu après servir une liqueur de cerise pour accompagner le gâteau.

Vital proposa que l'on trinque à la santé d'Ilga pour la féliciter d'avoir préparé ce magnifique festin, Cordelia remplit un verre que la gouvernante refusa avant de se retirer.

Le repas touchant à sa fin, Diego se leva, priant sa sœur de faire de même. Son attitude soudainement solennelle la surprit. Il commença par remercier ses amis d'avoir répondu si vite à leur appel relayé par leurs hôtes. Malik voulut intervenir, mais Vital, d'un signe discret, l'incita à se taire.

Puis Diego proposa de détailler le plan que Cordelia et lui avaient mis au point après une nuit de sommeil réparatrice. Mais il promit que ce serait le hack le plus important entrepris par le Groupe 9, l'un des plus inventifs aussi.

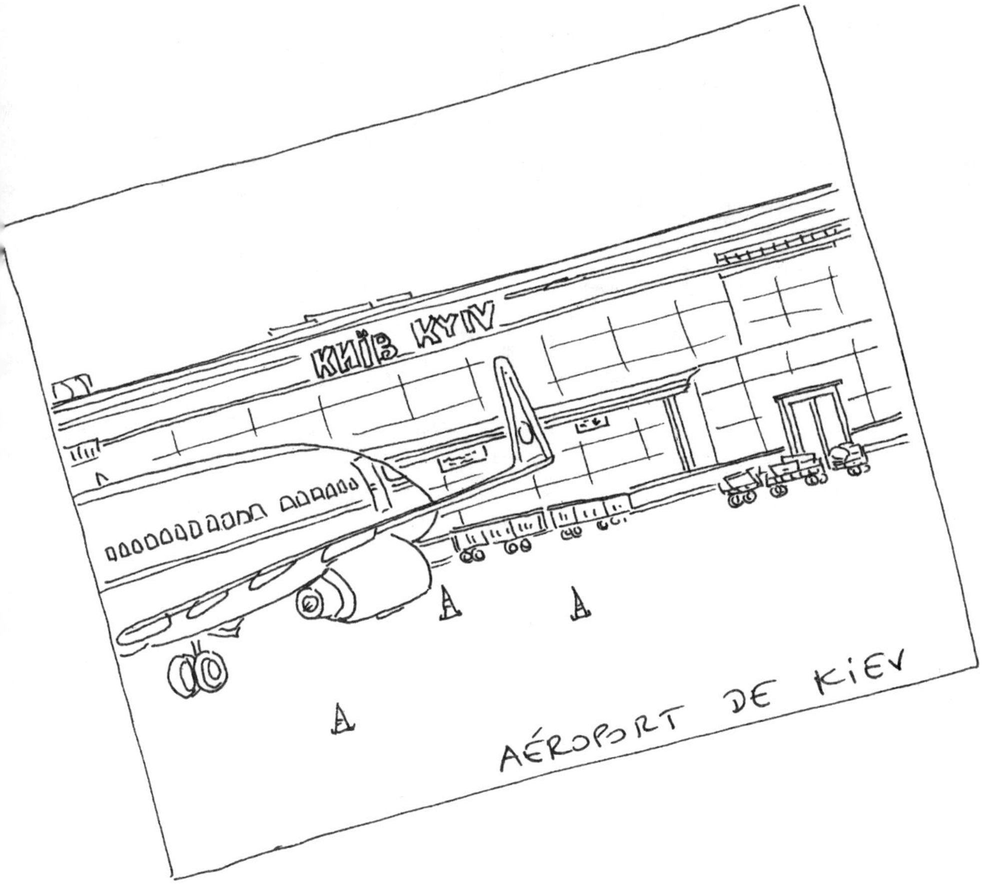
КИЇВ KYIV
AÉROPORT DE KIEV

2.

Le sixième jour, au manoir

En été, le château a des allures de décor idyllique. Ses murs scintillent dans la lumière tiède du petit jour dès que les premiers rayons du soleil viennent frapper la façade. Derrière la bâtisse s'étendent des champs touffus que se disputent l'orge sauvage, les pissenlits et bouillons-blancs, et puis, au loin, les eaux calmes du Dniepr, jusqu'à la ligne d'horizon. Mais à l'automne, alors que le chant des alouettes s'étouffe, le ciel et la pierre virent au gris. Le vent s'engouffre sous les encadrements décrépits des fenêtres et siffle dans les pièces où les flambées dans les cheminées peinent à maintenir une température supportable. Quand vient l'hiver, les branches squelettiques des pommiers ploient sous le poids de la neige et le manoir se perd au bout du monde.

*

De la fenêtre de sa chambre, Ekaterina contemplait le jardin et ses ormes immobiles. Le temps semblait suspendu. Elle se rendit dans la salle de bains. Même la baignoire sur pieds appartenait à une autre époque. Dans son habit de jour, le manoir lui parut moins somptueux, il avait l'allure d'un vieux noble désargenté dont les années avaient effacé la splendeur. Le miroir au-dessus de la vasque était si piqué qu'elle peinait à y trouver son reflet. Elle entendit des craquements dans la cage d'escalier ; puis une porte grinça et elle perçut les sons étouffés d'une conversation. Cordelia et Diego probablement. Elle retourna dans la chambre pour réveiller Mateo qui dormait encore profondément. Elle s'assit près de lui et lui tapota l'épaule.

Il ouvrit les yeux et la regarda.

— Tu as l'air ivre de sommeil, dit-elle. Nous sommes à Kiev, dans un vieux château. Je reconnais que c'est assez improbable mais le conte s'arrête là. Les autres sont déjà descendus et comme ils ne savent pas que nous dormons dans la même chambre, soyons discrets.

Mateo se redressa, la retint par la taille et lui demanda si elle avait bien dormi.

Des mots anodins qui ne l'étaient en rien pour une femme qui avait toujours vécu seule.

— Tu devrais te lever, répondit-elle sobrement.

Il l'attira vers lui, mais Ekaterina résista, le fixant longuement, et Mateo pensa n'avoir jamais connu quelqu'un d'aussi résolu à ne pas capituler.

— Avec combien de femmes as-tu couché ? demanda-t-elle.

Il ne répondit pas.

— Dix ? Vingt ?

Mateo l'examinait, attentif et silencieux.

— Trente ?

Il leva les yeux au ciel.

— Bon, tu sais quoi, restons-en là, de toute façon c'est déjà beaucoup trop, dit-elle en libérant sa main.

Elle se leva et se dirigea vers la porte.

— La réponse à ta question n'a aucune importance, puisque c'est la première fois, lâcha Mateo.

Ekaterina se retourna et se mordit la lèvre.

— Quelle première fois ?

— Avec la femme que j'aime.

Ekaterina le regarda avec les yeux d'une femme qui contemple le vide au bord de l'abîme.

— Habille-toi, murmura-t-elle avant de s'en aller.

Au pied du grand escalier, Malik la tira de ses pensées en la conviant à se rendre dans la pièce voisine. La température extérieure était déjà douce, mais les fenêtres du petit salon restaient fermées, une obsession de Vital. Ilga était passée par là, laissant derrière elle des boissons chaudes et un panier de viennoiseries sur la table basse. Janice, les traits ensommeillés, se tenait à l'écart, une tasse de café à la main ; son regard reprit vie dès que Vital entra. Il plaça son fauteuil entre le canapé et les bergères.

— La nuit fut bonne ? demanda-t-il à la cantonade.

— J'ai une question, intervint Mateo qui venait de se joindre au Groupe. Quels sont les moyens techniques dont nous disposons pour faire le « hack du siècle » depuis cette vieille demeure ?

Vital pivota vers lui.

— Vous le découvrirez quand nous serons montés au donjon.

— Un donjon, dans un château du XIXe ? s'étonna Ekaterina.

— C'est le nom que nous avons donné à la salle informatique aménagée sous les combles, expliqua Malik. Il n'y a pas de fenêtre et les murs sont isolés. Aucun risque d'interférence du monde extérieur.

— Mais beaucoup moins convivial, enchaîna Vital ; alors il est mieux de débriefer ici. Accordons-nous d'abord sur la marche à suivre et nous vous emmènerons ensuite à vos claviers.

Cordelia remercia d'abord ses amis d'avoir enfreint la règle et de s'être réunis pour les aider. Leur projet ne consistait pas seulement à venger la fiancée de son frère, mais à faire un exemple. Alba avait perdu la vie à cause de ceux qui s'enrichissaient en faisant grimper les prix des traitements médicamenteux. Les preuves que Cordelia avait obtenues étaient si accablantes qu'on avait tenté de l'assassiner pour les récupérer. Penny Rose, une amie que l'on avait confondue avec elle, n'avait pas échappé au truand dépêché par un dirigeant des laboratoires Talovi.

Diego enchaîna et détailla leur plan, racontant ce que sa sœur et lui avaient déjà accompli en piratant le congrès de pharmacologie dont les portes avaient ouvert l'avant-veille.

Janice les félicita pour ce coup réussi en si peu de temps, Vital et Malik écoutaient avec la plus grande attention.

— Combien de ces criminels en col blanc avez-vous pu formellement identifier ? demanda Ekaterina.

— Une cinquantaine, répondit Diego.

— Et leur fortune est répartie dans combien d'institutions financières ?

— Pour l'instant, nous en avons répertorié cinq.

Malik se leva et arpenta le petit salon.

— Ces gens se connaissent, fréquentent les mêmes clubs, échangent des mails… Si vous voulez les plumer pour dédommager leurs victimes, il faudra frapper plus haut et hacker aussi leurs banquiers.

— Pénétrer dans la salle des coffres est une chose, en ressortir avec le butin sans se faire prendre en est une autre, fit remarquer Janice.

Vital repoussa son fauteuil en arrière.

— Notre père disait : « La réussite d'un grand projet se résume en trois lettres : ABC ! » s'exclama-t-il. Il faut être audacieux, brillant et courageux pour accomplir quelque chose de remarquable.

— C'est bien joli ce ton professoral, mais ça ne résout pas notre problème, rétorqua Mateo.

— Je dois réfléchir seul, grogna Vital. Allez vous promener dans le parc, quand nous passerons à l'action vous ne verrez plus que la lumière de vos écrans.

Janice ne se le fit pas répéter, elle attrapa son sac en quête de son paquet de cigarettes Noblesse. Malik ouvrit les portes du petit salon et invita tout le monde à sortir.

Le Groupe se dispersa dans le verger. Janice avança jusqu'au muret en pierre qui surplombait la berge du fleuve. Soulagée d'avoir enfin mis la main sur son briquet, elle alluma sa cigarette et exhala une longue bouffée.

— Ça va ? demanda Ekaterina en la rejoignant.

— Je n'ai rien contre ce hack, si nous réussissons je serai la première à en être fière, mais j'ai du mal à croire que les jumeaux nous aient réunis pour ça. Ils ne nous auraient pas fait courir un tel risque parce qu'un truand s'en est pris à Cordelia. Tu as reçu le même message que moi, l'urgence paraissait autrement plus grave. Deux jours, dit-elle et je fiche le camp d'ici. Je n'en ai pas fini avec Baron et sa clique !

— Nous non plus, répliqua froidement Ekaterina.

— Moi aussi j'ai perdu une amie, en vous aidant. Si je n'avais pas mêlé Noa à cette histoire, il ne lui serait rien arrivé.

Stupéfaite, Ekaterina se tourna vers elle.

— Pourquoi n'avoir rien dit tout à l'heure ?

— Peut-être parce que je n'arrive toujours pas à me faire à l'idée d'être responsable de sa mort. Le projet d'attentat à Oslo n'était pas un acte isolé. Le parti de Vickersen est soutenu par des puissances financières étrangères. Et ce n'est pas tout. Avant elle, une collègue de Noa a aussi été réduite au silence. Elle enquêtait sur des transactions illicites menées par un certain Schwarson, et je ne serais pas surprise qu'il appartienne au même réseau. Noa m'avait parlé de lui afin de me protéger. Je ne l'ai pas écoutée et l'ai précipitée dans les bras de ses meurtriers.

Ekaterina accusa le coup, elle prit la cigarette des mains de Janice et tira une taffe.

— Ne dis rien à Mateo, pas pour l'instant, chuchota-t-elle. Je n'ose imaginer sa réaction quand il apprendra que tu as impliqué une personne étrangère au Groupe dans nos affaires… Je te promets que nous finirons par percer leurs secrets et nous les ferons condamner, quoi qu'il en coûte. Dans quelles circonstances ton amie a…

Janice fixa Mateo qui consultait ses messages à quelques mètres d'elles.

— Vous êtes ensemble ?

— Je n'en sais rien, c'est encore trop tôt, répondit Ekaterina.

— Trop tôt pour quoi ? soupira Janice avant de s'éloigner.

Ekaterina la laissa partir et rejoignit Mateo.

— Nous aurions dû rester à Rome et continuer de traquer Baron, lui dit-elle.

— Peut-être, mais maintenant que nous sommes tous là, accordons-nous quelques jours pour aider Cordelia et Diego.

— Nous ne sommes pas tous là. Il en manque deux. Que fait Maya ?

— Je l'ignore et cela me préoccupe autant que toi, assura-t-il.

— Cordelia et Diego, Janice, les jumeaux, nous… qui est le neuvième ? enchaîna Ekaterina.

— Je l'ignore aussi, mais j'apprécie beaucoup ce « nous »… même si tu penses qu'il est encore trop tôt.

*

Diego s'était isolé pour téléphoner à Flores, mais sa petite amie n'avait pas décroché. Il appela ensuite le chef de son restaurant à Madrid.

Cordelia prétendit avoir elle aussi des appels à passer. En descendant vers la rive, elle repéra Malik, adossé à un saule.

— Je te dérange ? lui demanda-t-elle.

— Non, tu as besoin de quelque chose ?

— D'un brin de conversation avec quelqu'un d'autre que mon frère.

— Je peux comprendre cela.

— Vous avez toujours vécu ici ?

— Avec Ilga qui veille sur nous depuis longtemps.

— Tu me racontes ?

— Que veux-tu que je te raconte ?

— Ce qui est arrivé à Vital ; pourquoi vous habitez dans ce manoir, reclus avec une vieille servante ; ce que vous faites quand vous ne hackez pas… Ou ce qui te passera par la tête.

Cordelia le fixait avec insistance, mais le regard de Malik s'enfuit en direction du manoir.

— Depuis hier, tu nous observes. C'est dans ta nature d'être aussi curieuse ? Je ne considère pas cela comme un défaut, au contraire. Mais dis-moi d'abord ce que tu as vu, cela m'intéresse.

— Une compréhension immédiate entre vous, peut-être du fait de la gémellité. Je partage ça avec Diego, même si nous vivons maintenant loin l'un de l'autre. Je le devine avant qu'il parle.

— Et lui ?

— Il est souvent perdu dans ses pensées… et puis c'est un homme.

Malik hocha la tête. Cordelia lui trouva l'allure d'un acteur des années 1950, il avait la fossette au menton de Cary Grant et les yeux tristes de James Stewart. Malik l'invita à poursuivre leur conversation en marchant le long du fleuve.

— Le manoir appartenait à nos parents. Ilga y était déjà employée quand ils l'ont acheté. Notre père faisait des affaires et un peu de politique. Tu connais l'expression « se tuer au travail » ? Ce sont probablement ses engagements politiques qui ont causé leur mort, ou bien le métier de journaliste qu'exerçait ma mère. Dans notre pays, il est très difficile de savoir pourquoi on vous assassine. Affairisme, corruption, luttes de pouvoir, parfois c'est juste pour un lopin de terre, quelques acres de bois… Enfin, le résultat est le même et sans appel. Pour mes parents, ce furent trois rafales de fusils automatiques, tirées par deux hommes cachés dans des buissons alors que leur voiture était immobilisée à un passage à niveau. Ils revenaient du marché. Que puis-je te raconter d'autre ? Que ce jour-là, j'étais resté avec Ilga à la maison, que Vital était à l'arrière de la voiture ? Il a été touché à l'estomac, aux poumons et à la colonne vertébrale. Un miraculé, selon les médecins. Mais ne le lui dis jamais, rien ne l'exaspère davantage. L'enquête n'a pas abouti. Nous avons hérité de ce domaine, Ilga a soudoyé qui de droit pour obtenir notre garde et que nous puissions demeurer tous les trois ici. À l'adolescence, Vital est devenu féru d'informatique. D'abord, de jeux vidéo : il passait ses journées dans des univers où il pouvait courir, escalader, plonger… Son avatar faisait tout ce qui lui était désormais impossible. Je m'y suis mis pour qu'il ne soit pas seul. Et puis un jour, nous avons compris que les pouvoirs que nous développions dans ces espaces virtuels pouvaient s'exercer dans le monde réel. La fameuse interconnexion des matrices. Ne pas apprendre à coder à l'âge que nous avions aurait été aussi stupide que de renoncer à savoir lire ou écrire. Et nous avons appris très vite, sans grand mérite, car nous n'avions pas beaucoup de distractions ici, surtout en hiver. L'enjeu était d'autant plus important pour Vital. Coupé du monde sur son fauteuil, c'était le monde qui allait venir à lui. Nous sommes les fruits de nos parents, deux hackeurs qui font des affaires, un peu de politique et, d'une certaine façon, mènent des enquêtes, comme des journalistes d'investigation.

Cordelia fronça les sourcils.

— Quoi ? Qu'est-ce que j'ai dit ? s'inquiéta Malik.

— C'est ce ton détaché avec lequel tu as raconté cette tragédie, je n'arrive pas à savoir si tu dis vrai ou si tu cherches à m'embobiner.

La diplomatie n'était pas son fort, mais Cordelia avait enfin réussi à capter l'attention de Malik.

Ses mains puissantes se posèrent sur les joues de Cordelia avec une douceur qui la surprit ; leurs visages se rapprochèrent, leurs lèvres se frôlèrent, avant que leurs langues se mêlent. Malik avait la peau boisée, fraîche et délicieuse. Après s'être embrassés, ils se contemplèrent, aussi surpris l'un que l'autre.

— Nous devrions rejoindre mon frère, suggéra Malik.

À cent mètres, Diego, qui n'avait rien perdu de la scène, repartit vers le manoir.

Cordelia arriva la première sur le perron, elle s'arrêta et se retourna vers Malik avant d'entrer.

— Tu disais la vérité tout à l'heure ?

Malik poussa la porte sans lui répondre.

Leurs pas résonnèrent dans le hall. Ils étaient les derniers à rejoindre le Groupe au salon.

Vital agita une feuille de papier pour sonner le rappel avant de la remettre à son jumeau. Il préférait que ce soit lui qui expose son plan, ainsi Janice n'aurait pas l'occasion de le reprendre sur son vocabulaire.

LE MANOIR

3.

La veille, à Istanbul

Au moment même où le mot « mouchard » était apparu sur son écran de téléphone, la sonnette annonçant l'arrivée de l'ascenseur avait tinté. Maya avait bondi pour s'abriter derrière un pilier du parking.

Elle s'attendait à voir surgir des hommes du MIT, la sécurité intérieure turque, mais c'est Eylem qui sortit de la cabine, un sac à l'épaule, apparemment troublée qu'elle ne soit plus dans sa voiture.

Elle l'appela à plusieurs reprises et avança dans la travée centrale avant de repartir vers son véhicule. Depuis sa planque, Maya l'aperçut en train de taper un texto ; son portable restant muet, elle en conclut qu'il ne lui était pas destiné, constat qui renforça son pressentiment. Maya attendit qu'Eylem soit au volant et qu'elle ait démarré le moteur. Elle se faufila derrière l'Audi et ouvrit brusquement la portière. Eylem sursauta en hurlant.

— Tu es malade de me faire une peur pareille ! Qu'est-ce que tu fabriquais, j'étais inquiète !

— Pas au point de m'attendre, apparemment, répondit Maya en s'asseyant sur le fauteuil passager.

Elle attrapa le sac d'Eylem sur la banquette arrière et s'empara de son smartphone.

— Donne-moi ton code !

— Qu'est-ce qui te prend ?

Maya saisit violemment sa main, la forçant à poser son pouce sur le lecteur d'empreintes au bas de l'écran.

— À qui écrivais-tu ?

— Rends-moi mon téléphone !

Maya s'empressa de lire le dernier texto envoyé.

— À qui était destiné ce message ?

Les joues d'Eylem s'empourprèrent.

— Ce n'est pas ce que tu crois…

Avant qu'elle n'ait eu le temps de se justifier, Maya l'agrippa à la gorge.

— Réponds ou je serre plus fort.

Eylem peinait à respirer, elle chercha à se débattre, mais le combat était inégal, Maya la dominait.

— Tu m'étrangles !

— C'est un peu le but. Pour qui tu travailles ?

— Ils m'ont obligée, gémit-elle.

Maya relâcha son emprise et lui envoya une gifle magistrale. Secouée, Eylem inspira à pleins poumons et se frictionna la joue entre deux quintes de toux.

Maya regardait le portable, songeuse.

— On nous écoute en ce moment ?

— Non, répondit Eylem, baissant les yeux sur son sac posé aux pieds de Maya.

Elle lui demanda la permission de le reprendre, en sortit un étui à lunettes et désigna le fermoir. Le mécanisme était situé dans le poussoir. Il suffisait d'ouvrir l'étui pour activer le micro ou de le refermer pour le mettre en veille. Simple et ingénieux. Voilà qui répondait à l'étonnement de Vital quant au fonctionnement aléatoire du mouchard. Il n'était pas défectueux comme il l'avait supposé, mais conçu pour agir sur commande. Maya posa son index sur les lèvres d'Eylem, lui faisant comprendre qu'elle avait intérêt à se taire. Elle enclencha le micro, rouvrit la portière côté passager et la fit aussitôt claquer, comme si elle venait d'entrer dans la voiture.

— Désolée, j'avais besoin de me dégourdir les jambes. Tu as pu récupérer mes affaires ? demanda-t-elle d'un ton dégagé pour mieux duper ceux qui les épiaient.

— Oui, répondit Eylem, la voix étouffée.

— Alors, allons-y, enchaîna Maya en abaissant la vitre.

La voiture sortit bientôt de la rampe de parking pour déboucher sur la rue Mesrutiyet. Eylem prit la première à droite et s'engagea sur le grand boulevard Refik Saydam. Maya attendit le premier feu rouge et jeta l'étui à lunettes à l'arrière d'un pick-up qui passait à leur hauteur.

— Tu n'as rien d'autre sur toi ?

— Non, je te le jure.

— Que vaut la parole d'une menteuse ? Malin, le coup du micro qui s'activait chaque fois que tu prenais tes lunettes. Chez Nicole pour lire le menu ; au Café Pierre Loti où tu tenais tellement à passer la commande ; tu les rangeais dans leur étui juste avant d'éteindre à l'hôtel pour que l'on n'entende pas nos ébats, et les mettais pour conduire. Géolocalisation permanente, mais écoute à la demande. J'espère que ce pick-up se rend à l'autre bout d'Istanbul, ça nous donnera un peu de temps. Pourquoi ne m'ont-ils pas piégée directement ?

— Parce qu'ils savent que tu es habile et ils jugeaient la manœuvre trop dangereuse.

— Qui ça « ils » ?

— Tu le sais pertinemment.

— Pourquoi les services de renseignement turcs s'intéressent-ils à moi ?

— Je ne suis pas dans leurs petits papiers. Je devais simplement leur permettre d'écouter tout ce que tu disais, y compris en mon absence.

— Je vois. Quand tu étais dans la salle de bains, l'étui à lunettes était sur la table de nuit, au cas où je passerais un appel.

— Mais tu es sortie de la chambre… Je n'ai pas eu le choix, Maya, je te le promets.

— On a toujours le choix.

— Pas ici, pas lorsqu'on est une femme qui aime les femmes. D'ailleurs, lesbienne ou pas, lorsque les hommes en costume noir débarquent chez vous et menacent de vous envoyer en prison si vous ne collaborez pas avec eux, le choix s'impose très vite. Depuis la tentative de coup d'État, seuls ceux qui soutiennent le régime s'en sortent, les opposants croupissent en cellule. Il leur suffisait de m'accuser d'atteinte à la morale publique, ils avaient des photos, tu comprends ? supplia Eylem, les yeux noyés de larmes.

— Ce que je comprends, c'est que vous avez renoncé à la démocratie, mais ça, c'est votre problème, pas le mien. Qu'est-ce qu'ils t'ont donné comme raison ?

— Aucune, ils n'ont pas pour habitude de se justifier. Ils ordonnent, tu obéis. Je devais rester près de toi, les informer de tes faits et gestes, leur dire qui tu rencontrais.

— Mais enfin, pourquoi ? insista Maya en haussant le ton.

— Je te le répète, je l'ignore.

— Je ne te crois pas !

— La seule chose que je sais, c'est que la photo dans ton sac les a mis sur les dents.

— Comment ont-ils eu accès à mon sac ?

Eylem resta silencieuse.

— Je vois...

— J'avais reçu l'ordre de photographier ce qu'il contenait.

— Donc, lorsque tu m'interrogeais innocemment sur l'identité de cette enfant, c'était un mensonge de plus. Tu n'as pas pu agir pendant que je dormais, j'ai le sommeil bien trop léger, je t'aurais entendue te lever.

— Quand tu es partie faire je ne sais quoi pendant que je prenais un bain, tu as laissé ton sac dans la chambre. J'ai fait ce qu'ils m'ont demandé, puis ils m'ont texté de ne plus te perdre de vue une seconde et d'essayer de te tirer les vers du nez au sujet de cette gamine. Tout à l'heure, j'étais en route vers le cocktail à l'Institut français. Ils m'avaient remis un carton d'invitation, je devais te faire une scène de jalousie pour justifier ma présence, et leur révéler avec qui tu avais rendez-vous. Je n'en ai pas eu le temps, tu m'as demandé de te retrouver au plus vite.

Maya resta songeuse, remontant le fil du temps depuis son arrivée à Istanbul.

— À quel moment les hommes du MIT sont-ils venus te voir ?

— Peu après ton premier appel depuis ta chambre d'hôtel. Tu refuseras de voir la situation sous cet angle, mais en réalité c'est toi qui m'as jetée dans la gueule du loup.

— Que s'est-il passé après que j'ai quitté ce cocktail ?

— J'ai dû les informer que tu me retrouverais dans le café près du pont… Oui, ils planquaient là-bas.

Maya se tourna vers la lunette arrière.

— Ne t'inquiète pas, reprit Eylem, s'ils nous suivaient encore, ils se tiendraient à bonne distance. Et puis ils doivent être en train de poursuivre le pick-up dans lequel tu as jeté mes lunettes. Laisse-moi me racheter, dis-moi où tu veux aller et je t'y dépose. Je trouverai une excuse pour justifier que nous nous soyons séparées sans que j'aie pu les en avertir. Je prétendrai m'être fait voler mon sac…

— Arrête-toi au prochain feu, ordonna Maya.

Eylem observa le carrefour désert.

— Et ensuite ?

— Tu descends et tu te démerdes pour rentrer chez toi.

Eylem rangea la voiture le long du trottoir et se tint immobile, mains sur le volant.

— Maya, je t'assure que…

— Tais-toi, je ne sais pas ce qui me retient de te coller la raclée que tu mérites.

— Que voulais-tu que je fasse ? Croupir en prison pour t'avoir été fidèle ?

— Ce n'est pas pour les autres qu'on fait preuve de courage, mais pour soi-même. Seulement, le courage demande d'avoir des convictions.

— Ce quartier est dangereux pour une femme seule, je t'en prie, dépose-moi au moins à une station de taxis.

— C'est ta compagnie qui est dangereuse. Prends tes affaires, nos routes se séparent ici.

PERA PALACE
PERA PALACE
PERA
PALACE
HOTEL

4.

Le sixième jour, au manoir

Le Groupe s'était reformé autour de Malik. Mains dans les poches, il expliqua le plan concocté par son frère. Chacun aurait sa partition et le concert se jouerait dans des délais très serrés.

— Nous attaquerons sur deux fronts, annonça-t-il. D'abord en faisant intrusion dans les boîtes mail des banquiers de nos cinquante cibles ; aussitôt après en prenant le contrôle des portables de nos cibles elles-mêmes, mais pas comme vous l'aviez prévu ; nous allons faire preuve de plus d'originalité. Nous avons quelques heures devant nous pour obtenir les identités de leurs collègues et de leurs proches, leurs agendas et leurs correspondances nous renseigneront. Ensuite, nous chercherons leurs hobbies, leurs passions plus ou moins secrètes. Le golf, les armes à feu, les voitures, les filles nues… Vous avez compris l'idée. L'important étant de pouvoir les classer par centres d'intérêt.

Ekaterina écoutait Malik, admirative. Elle n'avait pas encore compris où il voulait en venir mais les deux frères faisaient preuve d'une méthode certaine. Mateo, moins patient, intervint pour obtenir des éclaircissements.

— Tu peux nous dire à quoi cela servira ?

— À initier la première phase du hack en leur envoyant simplement des petites vidéos depuis des adresses mail qu'ils connaissent afin qu'ils ne se méfient de rien et en faisant en sorte qu'ils s'empressent de les visionner.

— *Comment de simples contenus vidéo pouvaient-ils contribuer au hack ?*

— Songez à tous les clips qui circulent à longueur de journée sur la Toile. Des animaux qui font des pitreries, les prouesses plus ou moins heureuses de cascadeurs amateurs, ou les accidents spectaculaires auxquels personne ne résiste. Qui n'en regarde pas de nos jours ? Un voyeurisme inoffensif, jusqu'au moment où quelqu'un insère des lignes de codes dans ces vidéos. Le lecteur d'un smartphone n'est rien d'autre qu'une application conçue pour décoder des données et recomposer des images selon un ordre défini. Si elle reçoit des instructions particulières, ses gènes mutent, ses fonctions évoluent. Elle peut être reprogrammée, devenir intelligente et capable d'agir sur commande. Les amateurs de films X ont été les premiers à se faire piéger par ce procédé. Des hackeurs malveillants activent la caméra de leur smartphone ou tablette pour les filmer à leur insu puis les rançonnent contre la promesse de ne pas diffuser à leurs contacts ces moments intimes. Ce n'est là qu'un exemple parmi d'autres, et je vous rassure, ce n'est pas celui qui nous concernait. La technique développée par Vital était bien plus élaborée et elle allait permettre aux membres du Groupe de contrôler les appareils de nos cibles depuis le donjon comme s'ils les avaient en main. Ils pourraient alors lire en temps réel les demandes d'authentification envoyées par les banques au moment d'instruire les virements et y répondre comme s'ils étaient les clients. De quoi déjouer l'une après l'autre les barrières de sécurité des institutions bancaires. Cerise sur le gâteau, les portables restant en possession de leur propriétaire, la géolocalisation confirmerait qu'ils se trouvaient en des lieux conformes à leurs habitudes.

— *Sans que personne ne remarque quoi que ce soit ?*

— Non, puisque le programme de Vital n'activerait pas les écrans, le Groupe pouvait opérer à distance sans risquer d'être repéré.

— *Et si l'une de leurs cibles utilisait son smartphone pendant le hack ?*

— Ils le verraient et patienteraient en attendant qu'elle soit occupée à autre chose. Mais il restait un problème à régler avant que l'équipe s'enferme dans le donjon, un problème de taille.

— *Où transférer les 250 millions de dollars qu'ils allaient voler ?*

— Exactement.

— J'ai une idée, intervint Janice.

Tous les visages se tournèrent vers elle.

— Ce n'est plus un secret d'État puisque Mateo et Ekaterina sont au courant, mais lorsque j'ai enquêté sur Ayrton Cash, je suis entrée dans les serveurs d'une banque à Jersey. Et, comme Mateo et Ekaterina le savent également, j'ai conservé un accès à une porte dérobée. Quel meilleur endroit qu'une institution financière opaque située dans un paradis fiscal pour planquer le butin, en attendant de le redistribuer aux victimes ?

— Ça tient le chemin, concéda Vital.

— La route, rectifia Janice.

Il lui fit une grimace inédite.

— À propos, vous avez une idée de la façon dont nous allons reverser cette somme ? enchaîna Ekaterina.

— Tu es bien silencieuse, murmura Diego à l'oreille de sa sœur.

Elle le regarda avec le détachement d'une enfant insolente et se rapprocha de Malik avant d'exposer aux autres le fruit du travail qu'elle avait entrepris depuis la mort d'Alba.

— Au cours des trois années de mon enquête, j'ai hacké les systèmes informatiques de centaines d'hôpitaux. À défaut d'y trouver les preuves formelles des agissements criminels de nos cibles, j'ai collecté une quantité impressionnante de données sur les patients admis aux urgences en coma diabétique. Les rapports des médecins légistes m'ont permis d'identifier ceux qui n'avaient pas survécu, à force d'avoir trop dilué leur dose d'insuline ou parce qu'ils n'avaient pas eu les moyens de se la procurer. Une base de données sinistre qui recense près de dix mille cas, cela fait froid dans le dos. Et, le cynisme n'ayant pas de limite, ce sont leurs familles qui ont dû supporter les frais médicaux engagés aux urgences. Des dépenses astronomiques venues s'ajouter au coût des obsèques. Des parents endeuillés se sont retrouvés ruinés du jour au lendemain, victimes collatérales de ceux et celles qui manipulent les prix. Nous ne leur rendrons pas leurs proches, mais nous pouvons au moins les libérer de leurs dettes.

Malik et Vital enrageaient. Ils étaient bien placés pour connaître le coût des soins médicaux, Vital avait enchaîné les opérations de chirurgie réparatrice.

— Très bien, continua Mateo. Répartissons-nous les tâches. Cordelia et Diego recenseront les comptes bancaires des bénéficiaires de notre opération. Ekaterina et moi implanterons les vidéos encodées par Vital et Malik. Quant à Janice, elle nous ouvrira les portes de la banque de Jersey, grâce à laquelle nous ferons transiter l'argent avant de le redistribuer.

— C'est bien la première fois que j'entends dire « grâce à » concernant la JSBC, ironisa Janice.

Malik indiqua que le moment de passer à l'action était venu.

— C'est décidément plus fort que toi, lâcha Ekaterina à Mateo en se levant.

— Qu'est-ce qui est plus fort que moi ?

— De vouloir endosser le rôle du chef, répondit-elle.

— J'ai plutôt l'impression que ce sont les jumeaux qui mènent la danse.

— Allons découvrir ce fameux donjon, je suis si excitée que j'en oublierais presque Baron et sa clique !

— Tu es sérieuse ?
— Absolument pas.

Au pied du grand escalier dans le hall, Vital recula son fauteuil pour le plaquer à la crémaillère qui grimpait vers les étages. La manœuvre accomplie, il sortit une télécommande de sa poche et s'éleva lentement vers le donjon.

— Je vous l'ai dit, vous n'êtes pas au bout de vos étonnements.

— De vos surprises, rectifia Janice.

— Et est-ce qu'on dit bien : « Tu vas m'emmerder longtemps ? » cria-t-il depuis le premier étage.

LE SALON DU MANOIR

5.

Istanbul

Penchée à la portière, Eylem avait demandé une dernière fois pardon, mais Maya avait redémarré sans un mot. Elle roulait depuis une demi-heure, son portable posé sur le siège passager. Vitalik lui avait communiqué l'adresse d'un point de chute où l'attendrait un contact qui pourrait lui faire passer la frontière. Le rendez-vous était fixé au lendemain à 11 heures, elle n'allait pas passer la nuit à tourner sur le boulevard qui ceinturait Istanbul. Elle avait assez de liquide pour s'offrir un plein d'essence, mais pas suffisamment pour une nuit d'hôtel et il était bien trop dangereux d'utiliser sa carte de crédit. Les agents du MIT ne tarderaient plus à comprendre le tour qu'elle leur avait joué, à moins qu'Eylem ne se soit déjà chargée de les prévenir. Les services de renseignement turcs n'allaient pas se contenter de la suivre, ils la traqueraient. Rassurée que son smartphone ne soit pas plombé, elle ouvrit l'application GPS et consulta la carte de la région. Une fois en Bulgarie, elle rejoindrait la capitale et prendrait le premier vol pour Paris. Maya aimait conduire de nuit, Sofia n'était qu'à six heures de route. Restait à faire un choix crucial, continuer sur la voie rapide ou utiliser les chemins de traverse. Les postes-frontières principaux devaient déjà être avisés qu'elle était recherchée ; d'un autre côté, sur une petite route les phares d'une voiture se détacheraient dangereusement dans la nuit. Elle alluma la radio, sélectionna une fréquence qui diffusait de la musique alternative et appuya sur l'accélérateur. Le moteur de la voiture d'Eylem était puissant et elle comptait bien le mettre à l'épreuve.

Il n'y avait pas grand monde sur la E80, Maya regarda l'aiguille du compteur et se résolut à lever le pied, mieux valait ne pas se faire arrêter. Elle se cala dix kilomètres au-dessus de la vitesse autorisée et continua de réfléchir à l'itinéraire à emprunter une fois arrivée à proximité d'Edirne. À mi-chemin, elle se rappela une information lue quelques années plus tôt et qui allait bouleverser ses plans. En 2015, le gouvernement bulgare avait fait ériger par l'armée une barrière métallique de trois mètres de haut sur la totalité de sa frontière avec la Turquie. L'affaire avait fait un peu de bruit dans la presse et à Bruxelles, le mur ayant été dressé sans autorisation et contre l'avis de l'Union européenne. Un murmure diplomatique qui n'avait effrayé personne et s'était limité à des indignations de couloir. Pourtant, barbelés, caméras infrarouges, chemins de ronde et surveillance permanente visaient clairement à constituer un mur anti-réfugiés en dépit des règles. Maya se souvint aussi des critiques d'Eylem au Café Pierre Loti, lorsque, après avoir vu la photo de la petite fille, elle avait dénoncé l'apathie de l'Europe devant le drame d'un peuple martyrisé par le tyran al-Assad. Maya fuyait la Turquie avec un goût amer. Istanbul devait être sa dernière mission pour les Renseignements généraux et finir sur un échec n'avait rien de glorieux. Mais plus que son amour-propre, c'était le sort de cette enfant qui la préoccupait et le fait de ne rien savoir ou presque à son sujet. Elle envisagea un court instant de faire demi-tour, et renonça ; elle avait appris du Groupe 9 à savoir renoncer à temps.

Elle s'arrêta à une station-service. Mais avant de faire un plein d'essence, elle allait s'offrir un café dont elle avait grand besoin et profiterait de cette pause pour réfléchir à un nouvel itinéraire.

Pas âme qui vive dans la cafétéria. Le seul bruit était le ronronnement lancinant d'une rangée de distributeurs de boissons, sandwichs et friandises. Elle trouva de la monnaie au fond de son sac et attendit que le gobelet se remplisse d'un liquide noirâtre et fumant. Devant une table haute, elle étudia à nouveau la carte sur son smartphone. Elle pouvait rouler vers le sud et tenter de passer en Grèce. Le risque de se faire arrêter n'en serait pas moins grand. Sauf, pensa-t-elle, si elle arrivait à se mêler à la cohorte des réfugiés massés à la frontière. Une pensée d'un cynisme terrifiant, considérant la mission qui l'avait menée en Turquie. Mais les images des violences commises par les forces de police grecques à l'encontre des populations qui fuyaient la guerre en Syrie défilèrent sous ses yeux et elle écarta cette idée.

Elle avalait sa dernière gorgée de café quand elle entendit dans son dos s'ouvrir les portes coulissantes de la cafétéria.

— Touriste ? demanda l'homme qui venait d'entrer.

Maya feignit de ne pas avoir compris qu'il s'adressait à elle.

— Touriste ? répéta l'homme en s'accoudant à ses côtés.

Un lourdingue, elle avait bien besoin de ça. L'homme était trapu, le visage carré avec un nez de travers et des yeux sans aucune expression. Elle aperçut derrière la vitrine son comparse qui tournait curieusement autour de l'Audi en reluquant les jantes.

— Vous parlez l'anglais ? demanda-t-elle sur un ton qui ne trahissait aucune peur.

L'homme fit non de la tête.

— Alors tant pis, répondit Maya en attrapant son sac.

Elle le salua poliment de la main et se dirigea vers la sortie, sans presser le pas.

— Café ? proposa l'homme en se rapprochant d'elle.

Maya afficha un large sourire, et désigna la pendule murale, lui faisant comprendre qu'elle souhaitait poursuivre sa route. Les cafétérias automatisées le long des autoroutes peuvent se transformer en coupe-gorge. Pourquoi s'y était-elle attardée ? La réponse lui parut évidente : elle ne savait pas où aller sans se mettre en danger. L'homme posa la main sur son épaule, goguenard, insistant pour lui offrir ce café dont elle n'avait nulle envie.

— Non, je vous remercie, dit-elle un peu plus fermement.

— Français ? questionna l'homme.

— Belge, mentit Maya.

— Ah… Belgique, jolie.

— Vous parlez français ? demanda-t-elle.

— Un peu, dit-il avec un accent terrible. Voiture très petite... Belgique... très loin ! Avion plus rapide, s'esclaffa-t-il, semblant ravi de sa plaisanterie.

— J'ai le vertige ! répondit Maya avec un sourire feint, tout en continuant d'avancer vers la porte.

Dès qu'elle fut dehors, le comparse releva la tête et jeta sa cigarette. Elle devait agir vite si elle voulait se tirer de ce guêpier. Elle sentit la présence du premier homme dans son dos et se retourna brusquement, prête à se défendre.

— Qu'est-ce que tu veux ? lâcha-t-elle. Je n'ai pas d'argent.

Il la toisa avec dédain et cria à son compère : « *Kiçini kaldir !* »

Ce qui signifiait littéralement : « Lève ton cul ! » Ce dernier obéit et s'approcha.

— Pas café... alors papiers ! intima l'homme avec la voix d'un flic sûr de son autorité.

À condition qu'il en soit bien un, à quel genre de policier avait-elle affaire ? s'inquiéta Maya. Elle le regarda droit dans les yeux et redevint plus aimable.

— OK, café, mais c'est vous qui payez.

— Papiers ! répéta fermement l'homme, qui avait perdu toute envie de jouer au séducteur.

Maya sortit son passeport de son sac et le lui présenta. L'homme regarda la photo, ne relevant pas le récent mensonge de Maya quant à sa nationalité. Le subalterne l'observait avec un air carnassier à vous donner des envies de meurtre.

Une Mercedes noire surgit soudain et se rangea devant les pompes à essence. Deux couples étaient à son bord. Le conducteur sortit et repéra l'inquiétant manège autour de Maya. Il demanda en turc si tout allait bien et comme elle ne répondit pas, il vint courageusement à sa rencontre. Les passagers de la Mercedes descendirent à leur tour, silencieux et attentifs. Devant ces quatre témoins, Maya se vit restituer son passeport ; le policier, les traits serrés, lui indiqua d'un geste hautain qu'elle pouvait s'en aller.

— Merci, dit-elle en passant à la hauteur du jeune homme qui lui avait porté secours.

Elle remonta sans tarder dans l'Audi et démarra sur les chapeaux de roues.

Le cœur tambourinant, enrageant de ne pas s'être rappelé plus tôt l'existence de ce mur frontalier, Maya devait désormais prendre une décision et s'y tenir. Repartir vers Istanbul pour y retrouver le contact de Vitalik, quitte à attendre jusqu'au lendemain dans cette voiture, était probablement ce qu'il y avait de plus sage… Sinon, tenter de passer en Grèce, mais pour cela, il fallait franchir la Maritza. Un grand pont l'enjambait en amont d'Edirne, un autre, plus petit, apparaissait sur la carte au sud de la ville. Une route menait au poste de contrôle de Pazarkule. C'est là qu'elle tenterait sa chance, et, si elle le découvrait trop bien gardé, elle ferait demi-tour. Maintenant qu'elle avait un plan, elle retrouva un peu de calme.

Une heure encore et elle serait tirée d'affaire. Elle quitta l'autoroute et entra dans Edirne. Les maisons rose et blanc se dressaient au-dessus des ruelles étroites. De jour, ces quartiers devaient vibrer dans le désordre d'une vie bruyante où les cris des enfants, des marchands, le tumulte de la circulation se mêlaient aux chants du muezzin. De nuit, tout était désert. Elle dépassa les étals vides qui bordaient le grand bazar. Au loin, les quatre immenses minarets de la mosquée Selimiye se détachaient dans la noirceur du ciel. Maya filait vers le sud et les lumières d'Edirne disparurent bientôt dans le lointain.

Le pont franchi, elle contourna la petite bourgade de Karaağaç et se retrouva en rase campagne. Elle monta le son de la radio et fredonna pour se donner du courage.

Deux phares apparurent dans son rétroviseur et l'éblouirent.

— *Maya tentait de rejoindre Paris... Elle n'avait pas reçu l'appel que Vital et Malik avaient adressé à tous les membres du Groupe ?*

— Non, puisqu'ils pensaient qu'elle rallierait leur contact à Istanbul et ils comptaient sur ce dernier pour la conduire jusqu'à Kiev. Et puis, craignant qu'elle soit sur écoute, Malik ne voulait pas courir le risque que le message soit intercepté.

LA STATION-SERVICE

6.

Le sixième jour, au donjon

Un observateur étranger aurait trouvé ce concert peu ordinaire. Les membres du Groupe 9, autour d'une table ronde et devant leurs terminaux, pianotaient sur leurs claviers avec une virtuosité joyeuse, attelés à la tâche qui leur avait été confiée. Les lignes de codes défilaient sur les écrans, les hacks s'enchaînaient.

Ilga fit une apparition aux alentours de 13 heures, elle distribua des sandwichs, déposa des bouteilles d'eau, deux thermos de café sur la table, et se retira sans un mot.

À 15 heures Vital fit un tour complet du donjon, s'arrêtant devant chaque écran afin de s'assurer que la phase 1 était achevée.

— Dès que nous enverrons les vidéos, dit Malik, chacun devra surveiller ses cibles et reporter leur activité sur l'écran central. La phase 3 ne débutera que lorsque nous aurons épinglé tout le monde.

Il était 16 heures passées. Cinquante clips piégés furent postés simultanément comme prévu. Le premier à tomber dans le piège fut le directeur général d'une succursale de Talovi à Londres, le deuxième mordit à l'hameçon dans le taxi qui le conduisait à son bureau situé au Luxembourg, le troisième en salle de conférences dans les locaux d'une filiale italienne… De demi-heure en demi-heure, la liste s'étoffait sur l'écran central. Ekaterina était curieuse de savoir comment des cadres aussi grassement rémunérés trouvaient le temps de se distraire pendant leurs horaires de travail.

— La plupart d'entre eux doivent s'ennuyer sec en réunion, suggéra Cordelia.

— Si tu voyais ce que le directeur financier genevois est en train de regarder, tu douterais qu'il s'ennuie… J'espère au moins qu'il n'est pas en réunion, s'amusa Janice.

À 21 heures, l'objectif de la phase 2 fut atteint. Tous les smartphones étaient à la merci du Groupe. L'équipe s'accorda une pause bien méritée pour dîner. Plus que de nourriture, Ekaterina ressentit un besoin urgent de prendre l'air. Elle demanda une cigarette à Janice et alla la fumer dans le verger. Cordelia rêvait d'une douche, Diego regagna sa chambre pour appeler son restaurant. Alors que chacun quittait le donjon, Janice poussa le fauteuil de Vital vers le rail en haut des escaliers.

— Où m'emmènes-tu, Metelyk ?

— Au salon, pour discuter en tête à tête avant de passer à table.

— Tu as des secrets à me confier ? questionna-t-il en arrivant au rez-de-chaussée.

— C'est plutôt le contraire, j'aimerais avoir la primeur de ce que tu nous caches.

Vital se contorsionna pour lui faire face et afficha un air perplexe.

— Laquelle me recommandes-tu ? lui demanda-t-elle en regardant les deux carafes sur la desserte.

— Tout dépend du voyage que tu cherches. Pour l'ivresse, la liqueur de vodka distillée par Ilga cogne fort. Si tu veux régaler ton palais, la bouteille de bourbon à gauche est préférable, c'est Malik qui l'achète, en contrebande bien sûr, mais c'est un très grand cru, plus âgé que nous deux réunis.

Janice servit deux verres et en tendit un à son ami.

— Je ne bois pas, c'est contradicté par les médicaments.

— Quels médicaments ?

— Pour les douleurs. Mes jambes ne fonctionnent plus, mais tous les circuits n'ont pas été coupés. Parfois, j'aimerais mieux que ce soit le cas. Si tu me disais ce que tu veux ?

— Je t'ai observé dans le donjon. Tu n'as cessé de travailler dans ton coin, je suis curieuse de savoir ce que tu faisais et quels risques nous encourons.

— Justement, je travaillais à les limiter. Cordelia et Diego sont bien gentils, mais on ne vole pas 250 millions de dollars sans attirer l'attention, et encore moins sans se faire des ennemis.

— Je doute fort que les gens auxquels nous allons reverser cet argent aillent s'en plaindre publiquement.

— Mais, Metelyk, ce ne sont pas les heureux gagnants de notre loto qui vont faire du tapage, c'est nous ! On ne va pas laisser passer inaperçu un hack aussi colossal ! Où serait la morale de cette histoire ?

— Enfin, Vital, c'est n'importe quoi ! Tu le disais toi-même. Nous nous attaquons aux dirigeants d'organisations puissantes. Nous avons tout intérêt à nous faire très discrets.

— Tu me méjuges, il ne s'agit pas d'aller clariner nos exploits dans la communauté des hackeurs, ils savent déjà que nous sommes les meilleurs. Ce n'est pas pour assouvir une vengeance que nous mettons autant d'énergie et de moyens dans ce hack. Enfin, sans manquer de respect à Cordelia ou à la pauvre fiancée de Diego, disons que ce n'est pas uniquement pour les venger. 250 millions de dollars… Aux yeux des autorités, cette opération fera de nous de grands criminels, pas de retour en arrière possible. Mais, et c'est aussi important que de dédommager les victimes, les responsables de ces multinationales doivent nous craindre plus que nous ne les craignons, et avec eux tous ceux et celles qui se croient intouchables.

Janice reposa son verre, fixant Vital, médusée.

— Qu'est-ce qui t'arrive ? Je ne t'ai jamais entendu t'exprimer aussi bien.

— Bon, j'avoue. J'ai appris par cœur le discours de Malik. Je veux convaincre les autres de publier un communiqué. Mais jusque-là, ils doivent rester concentrés sur la mission. Alors botus et mouche cousue !

— Pourquoi Maya n'est pas avec nous ?

— Que veux-tu que j'en sache ?

— J'ai compté deux chaises vides autour de la table, au dîner d'hier soir, comme au donjon, qui d'autre manque à l'appel ?

— Metelyk, la curiosité te dévore. C'est ton métier qui veut ça, je supète.

— Suppute !

— Si tu préfères.

— Qui nous a réunis ici ? insista Janice.

— Mon frère et moi, tu le sais parfaitement.

— Uniquement pour ce hack ?

— Tu as souvent volé 250 millions de dollars en une nuit ? Moi, c'est la première fois. Assez gigantesque comme raison de se retrouver, non ?

— Tu me jures que tu ne me caches rien ?

— Metelyk, je me promène sur des pneus, que veux-tu que je te cache ?

— Pardon, mais je ne vois pas le rapport.

— Normal, il n'y en a aucun. Finis ton verre et allons dîner, j'ai grand appétit.

— À quoi travaillais-tu pendant que nous étions là-haut ?

— Tu l'apprendras à table avec les autres, je n'aime pas radotifier.

— Radoter !

— Qu'est-ce que tu peux me faire chier avec tes corrections, Metelyk ! râla Vital.

— C'est uniquement par amour, affirma-t-elle avec le sourire qu'elle empruntait quand elle disait une connerie. Et puis grâce à moi tu finiras par t'exprimer aussi bien que ton frère, plus besoin d'apprendre ton texte.

— Qui te dit que j'en ai envie ?

Janice haussa les épaules et se dirigea vers la porte.

— Attends ! demanda Vital. Je peux te poser une question… féminine ?

Janice fit demi-tour, reprit son verre et s'accroupit devant lui.

— Je t'écoute.

— C'est délicat.

— Forcément, puisque c'est féminin.

— Tu crois que Cordelia est solitaire ?

— Tu veux dire célibataire ?

Vital avait baissé les yeux sur les repose-pieds de son fauteuil, et cela ne lui ressemblait pas. Janice découvrit alors un jeune homme qui n'avait pas autant vieilli que le corps dans lequel il essayait de survivre. Elle comprit que son monde était plus grand que le sien, fait de rêves et d'espoirs, de solitude et de courage.

— Je vais me renseigner, répondit-elle en lui posant un baiser sur la joue.

— L'idée de rendre le hack public était-elle de Malik ou de Vital ?

— J'ai rédigé le discours de Malik. Mais les deux frères y ont adhéré sans réserve. L'opération menée depuis le donjon allait marquer une étape dans l'histoire du Groupe. Il était devenu important de nous faire connaître au-delà de la communauté des hackeurs. Les fauves devaient s'interroger sur le véritable sens de nos actions, il fallait qu'ils entendent…

— *Entendent quoi ?*

— Le son du canon, plus modestement d'une salve annonçant le début du combat que nous allions mener contre eux.

— *Pourquoi les mettre sur leurs gardes au lieu d'agir dans l'ombre comme vous l'aviez tous fait jusque-là ?*

— Les fauves se servent du chaos comme arme. Baron a déclaré un jour que la seule chose qui pourrait sauver le vieux monde était une destruction du nouveau monde par lui-même. Il était plus que temps de semer aussi le désordre dans leur organisation.

— *À quelles fins ?*

— Les obliger à communiquer entre eux, puis à se réunir.

— *Comment alliez-vous obtenir ce résultat ?*

— Par la peur. Quoi de plus effrayant qu'un ennemi insaisissable ?

Le sixième soir, au manoir

Assis sur un banc, à l'arrière du manoir, Mateo conversait avec Diego, l'interrogeant sur ce qui l'avait amené à devenir un hackeur.

— Une passion pour le cinéma américain, avait expliqué Diego. Mon premier gros coup a consisté à pirater un studio californien. Je m'offrais en avant-première des films qui n'étaient pas encore distribués en Espagne. Mais je trouvais frustrant de ne pouvoir ni partager ce privilège ni raconter que je les avais vus. Et puis j'ai rencontré une femme qui a changé ma vie et fait de moi qui je suis…

Et Diego raconta à Mateo sa rencontre avec Alba. À la fin de son récit, il voulut à son tour interroger Mateo, mais depuis le perron, Ilga agitait la cloche du dîner.

Cordelia, qui avait rejoint Ekaterina dans le verger, profitait de cette courte pause pour répondre, non sans retard, à un mail de son patron. Il lui demandait les rapports des analyses sécuritaires de la semaine et ne faisait aucune mention d'un appel ou d'une intervention de la police sur son lieu de travail. Sheldon avait bien renoncé à emprunter la voie légale pour récupérer les documents compromettants qu'elle lui avait volés. Ce dont Cordelia n'avait jamais douté – rares sont les trafiquants de drogue qui vont porter plainte au commissariat quand ils se font dérober leur came. Elle avait pris ce salaud de vitesse, Alba et Penny Rose seraient bientôt vengées. Question de principe, elle veillerait personnellement à ce que le compte de Sheldon soit entièrement ratissé. Malik s'approcha d'elle.

— Ilga n'est pas une cuisinière patiente, mais si tu as envie de faire quelques pas, je peux nous trouver une excuse.

Elle le regarda, avec cet air pénétré qu'elle adoptait poliment quand elle n'avait strictement rien à faire de ce qu'on venait de lui dire.

— Tu es un bel homme, c'est indiscutable, lâcha-t-elle. Mais je n'ai aucune envie de coucher avec qui que ce soit en ce moment.

Et sur ces mots qui amusèrent Malik, elle retourna vers le manoir.

— *Quel était votre état d'esprit avant de réaliser ce « hack du siècle » ?*

— La tension était palpable à la table du dîner, et les conversations réduites au minimum. Tous songeaient à ce moment de la nuit où le hack aurait atteint le point de non-retour ; chacun ressentait un mélange d'excitation, de fierté et de peur avant de passer à l'action. Car personne ne pouvait estimer les risques auxquels nous nous exposions, ni présager les conséquences de notre opération. Mais la peur disparut dès que le Groupe regagna le donjon. Le montant des avoirs de nos cibles figurait déjà dans une colonne à côté de leurs noms. Vital laissa à son frère le soin d'exposer la troisième phase du plan. Simple en apparence, elle demandait néanmoins une programmation parfaite. Si chacun agissait calmement, si personne ne commettait d'erreur, si tout se déroulait comme prévu, 250 millions de dollars seraient bientôt prélevés dans cinq grandes banques pour réapparaître sur un compte secret à la JSBC.

— Cela fait beaucoup de « si », souffla Janice. On sera vernis… « si » on y arrive.

Ekaterina leva la main pour prendre la parole.

— Attendez une minute ! Aucun de vous n'a de doute sur le bien-fondé de ce hack ?

Parmi les visages qui se tournèrent vers elle, celui de Cordelia n'était pas des plus amicaux.

— Nous allons ruiner ces gens, sommes-nous certains qu'ils sont tous coupables de ce dont Cordelia les accuse ?

— Nous ne nous sommes jamais érigés en tribunal, répondit Janice.

— Précisément, insista Ekaterina. Jusqu'à ce jour, chacun de nous a agi de sa propre initiative, parfois aidé par les autres, mais toujours guidé par ses convictions, renchérit-elle.

— Cinq ans d'enquête, la mort d'Alba et celle de Penny Rose ne suffisent pas à te convaincre ? s'insurgea Cordelia. Qu'on ait tenté de me tuer, cela n'est pas assez pour justifier notre action ? Alors quel est le sens de notre Groupe ? s'emporta-t-elle.

Un silence pesa sur l'assemblée.

— Ekaterina a raison de soulever cette question. Je n'en ai pas eu le cran, et je le regrette, intervint Mateo. C'est la première fois que nous opérons tous ensemble…

— Presque tous, rappela Diego. Quoi qu'il en soit, il est normal d'en discuter. Pour moi, les preuves accumulées sont suffisantes. Mais si quelqu'un n'est pas d'accord, nous devons prendre en compte son avis.

Janice toussota pour parler à son tour, avec un sourire plein de tristesse.

— Je n'aurais jamais pensé affirmer cela un jour, mais en ce qui me concerne, le temps des questionnements est révolu. J'ai perdu récemment une amie chère, assassinée parce qu'elle aussi enquêtait sur des faits de corruption. Les scandales se succèdent, au point que plus personne ne s'en indigne… ou si peu, au regard d'actes commis en toute impunité. Je ne veux plus tergiverser, mais agir.

Ekaterina évita de croiser le regard de Mateo.

— Tu as impliqué dans nos affaires une personne étrangère au Groupe ? demanda-t-il.

— Très délicat, cette façon de me présenter tes condoléances. Dois-je te rappeler que c'était pour te rendre service ? Je suis reporter, et je n'ai pas de comptes à te rendre sur mes méthodes d'investigation, encore moins sur mes sources !

Des deux mains, Vital frappa violemment la table.

— Assez ! Quand vous aurez fini de vous chamailler, on pourra commencer ?

*

L'attaque débuta à 23 heures. Les ordres de virement furent envoyés depuis les smartphones des cibles. Chacun guettait l'arrivée des codes de vérification adressés automatiquement par les serveurs bancaires.

À 23 h 10, la liste était complète.

À 23 h 15, l'équipe prit le contrôle des portables des banquiers. Ils authentifièrent les ordres de transferts les uns après les autres, déjouant le troisième et dernier niveau de sécurité.

Janice comptait les « si ». Il ne restait plus qu'à lancer la procédure de transfert des fonds.

À 23 h 30, Malik donna le top.

Tous les regards se dirigèrent vers l'écran mural. Chacun retenait son souffle.

Les avoirs des cibles décroissaient à une vitesse vertigineuse tandis que le compteur où s'affichait la somme cumulée du hack ne cessait de grimper.

10… 20… 50… 100… 150… 200…, les chiffres tournaient à toute vitesse, 220… 230… 240… 250 millions.

Des soupirs de soulagement et une salve d'applaudissements fusèrent dans le donjon lorsque la somme finale de 298 millions de dollars, raflés en quelques minutes, s'afficha. Bien plus élevée que prévu.

— Nous n'avons accompli que la moitié du chemin ! rappela Malik. Dès que les banques comprendront ce qui leur est arrivé, elles feront tout pour récupérer cet argent. Il faut le mettre à l'abri. Le laisser sur un compte unique, même à Jersey, risque de nous exposer. La JSBC abrite les fortunes des plus grandes crapules du moment et ses dirigeants pourraient facilement se laisser convaincre de trahir le secret bancaire pour nous mettre le grappin dessus.

— Qu'est-ce que tu proposes ? demanda Mateo.

— D'effacer toute trace de ces millions en les investissant immédiatement en cryptomonnaie, comme le suggérait Cordelia.

— Tu crois que les gens que nous voulons aider vont rembourser leurs dettes en cryptomonnaie ? La plupart d'entre eux ne doivent même pas savoir ce que c'est, s'alarma Ekaterina.

— Nous leur adresserons le mode d'emploi pour reconvertir la cryptomonnaie en argent liquide. Ce n'est pas plus compliqué que de se servir d'une carte de crédit.

— Tu penses sérieusement qu'on peut acheter pour près de 300 millions de dollars de cybermonnaie depuis un compte fraîchement ouvert sans éveiller de soupçons ? ironisa Cordelia. Autant prendre le premier avion pour Jersey et aller directement piquer le fric !

La sortie de Cordelia arracha un sourire à Ekaterina. Malik lui jeta un regard exaspéré avant de poursuivre.

— Hier, Janice nous a demandé si nous pouvions ouvrir une autre porte dans les serveurs de la JSBC. Nous avons réussi à placer un rootkit[1] au cœur de leurs installations informatiques, autant dire que cela nous donne une marge de manœuvre importante, à condition de ne pas nous exposer. La découverte de ce virus serait lourde de conséquences, c'est pour cela…

— Ton frère et toi avez implanté un rootkit dans les serveurs de la JSBC… en une journée à peine, vraiment ? ironisa à nouveau Cordelia.

— L'heure n'est pas à la vantardise, rétorqua Malik, mais oui, il nous donne accès aux plus hauts niveaux d'accréditation et est équipé de sa propre sécurité. Qu'un utilisateur s'en approche trop et il s'autodétruit. Évidemment, si cela devait arriver, nous perdrions tous nos privilèges, ce qui serait franchement regrettable. Il était donc essentiel de procéder avec méthode.

1. Malware qui agit sur un ordinateur avant le lancement de son système d'exploitation, permettant d'en prendre le contrôle absolu sans être détecté.

— Était ? demanda Janice.

— Vital et moi avons profité de l'après-midi pour altérer les programmes de la JSBC. Pour commencer, nous avons relevé le plafond des ordres soumis à vérification. Les achats de monnaies électroniques ne passant par aucune banque centrale, personne ne pourra remonter à la source, encore moins retrouver le magot que nous aurons redistribué. Vous apprendrez comment dans un instant, à condition bien sûr que Cordelia n'ait pas d'autre question…

Elle répondit d'un doigt d'honneur avant de capituler.

— Cette nuit, poursuivit Malik, nous allons acheter du Bitcoin, de l'Ethereum, du Ripple, du Litecoin, tout ce que vous voudrez, par tranches de 30 000 dollars, soit juste au-dessous du plafond de sécurité que nous avons reprogrammé. Et nous les transférerons chaque fois vers des portefeuilles digitaux.

— Je ne suis pas un génie des mathématiques, mais ça fait beaucoup de portefeuilles, fit remarquer Janice.

— Environ dix mille, autant que de victimes à dédommager, expliqua Malik.

— Attends, Metelyk, intervint Vital, tu vas voir, c'est maginifique.

Excité comme une puce, il se mit à pianoter sur son clavier. La page d'accueil du site internet d'une société spécialisée dans la sécurisation des avoirs en cryptomonnaies s'afficha sur le grand écran mural.

— Ledger ! Ce sont les meilleurs… et des amis, annonça fièrement Vital. Une fois à l'abri de leur technologie, l'argent sera plus en sécurité que tout l'or de Fort Knok !

— Knox… pas Knok, rectifia Janice.

Vital ne releva pas, et détailla la marche à suivre. L'opération devrait être terminée avant que les banques se réveillent. La nuit était déjà très avancée et chacun se remit au travail.

*

À 23 h 30, un programme de l'IRS[1] identifia une série de mouvements financiers à destination de Jersey. Une liste les répertoriant fut automatiquement transmise au service concerné de l'inspection fédérale des impôts américains.

*

À 1 h 57 du matin, Sheldon se leva discrètement, veillant à ne pas réveiller sa femme qui dormait à ses côtés. Après être passé par la salle de bains, et pris d'une petite faim, il fit un détour par la cuisine. En chemin, il jeta un coup d'œil à son téléphone portable et fronça les sourcils, étonné de n'avoir reçu aucun message depuis 22 heures. D'ordinaire, les courriels des collaborateurs étrangers s'accumulaient tout au long de la nuit dans sa boîte mail. Il pensa à une panne de réseau. Fatigué et rassasié, il retourna se coucher sans se poser davantage de questions.

*

1. Internal Revenue Service. Agence du gouvernement fédéral des États-Unis rattachée au Trésor et responsable du budget et des impôts.

À 6 heures du matin, un gestionnaire de fortune arriverait à son bureau dans une tour de la City. Londres s'éveillerait dans la pâleur rosée du jour.

Une tasse de thé en main, il s'installerait devant son écran et s'étonnerait à son tour. Deux de ses clients auraient vidé leur compte et transféré leurs avoirs vers une destination inconnue. C'est lui qui lancerait le signal d'alarme, créant une panique qui, au cours de la journée, s'emparerait de cinq établissements financiers et terrasserait cinquante criminels en col blanc.

— *Pourquoi Vital et Malik avaient-ils choisi d'utiliser des portefeuilles électroniques dans le cadre du hack ?*

— Convertir l'argent en cryptomonnaie était le seul moyen d'effacer toute trace de la finalité de leur opération. Un White Hat de haut niveau – et les banques allaient en employer plus d'un pour retrouver les sommes dérobées – aurait fini par remonter jusqu'au compte de la JSBC. Mais aucun hackeur au monde n'aurait pu tracer les fonds que nous allions reverser aux familles des victimes du scandale de l'insuline.

— *Par quel prodige ?*

— Nos moyens de paiement se sont dématérialisés depuis longtemps. Hormis les billets que vous retirez à un distributeur, votre argent se trouve sur un compte bancaire et non à l'intérieur d'un coffre-fort ou dans un bas de laine sous votre matelas. Vous en jouissez par le biais d'une carte de débit, de crédit, ou par des virements. Des moyens transactionnels relativement peu sécurisés comme vous avez pu le constater. Mais désormais, nous réglons aussi nos achats courants avec nos téléphones portables. D'une certaine manière, ce sont des portefeuilles digitaux. Il suffit de les approcher d'un lecteur pour que le paiement s'opère sans contact via un échange d'informations numériques. Le commerçant est réglé et votre compte débité. Mais pour des raisons de sécurité chaque transaction est répertoriée par deux banques, la vôtre et celle de votre créancier. Les opérations sont centralisées et donc identifiées. Avec les cryptomonnaies, l'argent ne transite par aucune banque, puisqu'il n'est nulle part, ou plutôt puisqu'il est partout, sous la forme de séries de lignes de codes, fragmentées et disséminées dans des millions d'ordinateurs à travers le monde, et de ce fait bien plus complexe à tracer.

— *Comment peut-on se servir d'une monnaie qui ne se trouve nulle part et partout à la fois ?*

— Grâce à une clé de chiffrage cryptée qui reconstitue et authentifie tous les fragments. Une clé que seul le propriétaire possède. Le problème n'est plus de sécuriser votre argent, puisque personne ne peut le saisir, mais de protéger la clé cryptée qui permet d'y accéder. C'est là qu'interviennent des sociétés comme celle de Mateo, ou celle évoquée par Vital et Malik. La clé cryptée est stockée à l'intérieur d'un petit appareil physique qui ressemble à une clé USB, mais d'un modèle particulièrement sophistiqué. À chaque fois que vous achetez ou revendez des cryptomonnaies, ou que vous faites des achats en utilisant ce mode de règlement, vous utilisez ce portefeuille électronique, exactement comme vous le feriez avec votre téléphone portable. Avec un niveau de sûreté incomparable. L'argent est transféré d'une personne à une autre, sans jamais passer par un intermédiaire. La transaction est quasiment anonyme.

— *Comme avec de l'argent liquide…*

— Non, plutôt comme avec de l'or extrait d'une mine. La monnaie papier est émise par des banques centrales et les billets sont numérotés, la monnaie électronique est émise de pair à pair, elle est validée par le fruit d'un travail et ne peut être contrefaite, sa quantité est plafonnée. Les transactions sont infalsifiables.

— *Et si l'on vous dérobe votre portefeuille digital, ou si vous le perdez ?*

— Justement, contrairement à un porte-monnaie traditionnel, il ne contient qu'un code crypté, et il est sans valeur pour celui qui ne détient pas la clé qui le déverrouille.

— *Le Groupe allait envoyer dix mille clés cryptées par voie postale ?*

— Par mail. L'argent allait être stocké dans un coffre électronique virtuel, un Vault dans le jargon. Plus encore que sur le niveau de sécurité atteint, le génie de notre hack reposait sur l'usage de la cryptomonnaie pour dédommager les victimes collatérales du scandale de l'insuline. Chacune d'entre elles allait recevoir 30 000 dollars sous cette forme anonyme, avec bien entendu la clé de chiffrage lui permettant de les convertir quand elle le voudrait en monnaie courante. Et cet argent n'ayant transité par aucune banque, personne ne pourrait en identifier la provenance. Pour reprendre votre image de la voie postale, imaginez qu'un facteur ait glissé dans leur boîte aux lettres une enveloppe contenant 30 000 dollars en coupures usagées… avec un petit mot de félicitations, non signé.

LE DONJON

7.

Près de la frontière gréco-turque

Un œil sur la route, l'autre sur le rétroviseur, Maya crut reconnaître le visage de l'homme de la station-service derrière le pare-brise de la voiture qui lui collait au train. Il ne cherchait pas seulement à la doubler, mais aussi à la coincer. Elle savait tenir un volant et n'allait pas le laisser réussir sa manœuvre. À la sortie d'un virage, elle tira un coup sec sur le frein à main, faisant glisser l'Audi de travers, et contre-braqua aussitôt. Le « drift » surprit ses poursuivants, qui manquèrent de s'envoyer dans le décor. Mais le conducteur se récupéra de justesse.

La frontière n'était qu'à cinq kilomètres au plus. Le moteur de l'Audi rugissait sous les assauts des reprises, la route sinueuse interdisait à la berline de passer en force. Maya était décidée à ne pas s'arrêter au poste de contrôle, espérant que les douaniers ne fassent pas feu sur son véhicule. Une fois en Grèce, elle se rendrait aux autorités. D'ici là, pas question de s'avouer vaincue. Un autre coup d'œil sur le GPS : une longue ligne droite se profilait. L'Audi pouvait grimper à près de 200 km/heure, mais impossible d'identifier le modèle qui s'accrochait à son pare-chocs ni d'estimer sa puissance. C'est à ce moment que le moteur toussota. La jauge d'essence était au taquet. Prendre un café avant de refaire le plein avait été une erreur lourde de conséquences. Maya donna un coup de volant pour chasser ce qui pouvait rester de carburant au fond du réservoir, un acte de désespoir sans effet. Alors elle tenta le tout pour le tout.

Elle éteignit les phares, vira sèchement et s'accrocha au volant. L'Audi bondit sur le talus du bas-côté avant de retomber sur ses roues dans un champ.

Le conducteur à ses trousses n'avait rien vu venir. Il pila et glissa en ligne droite sur l'asphalte. Il lui fallut deux cents mètres pour s'arrêter, pendant que l'Audi s'éloignait, fauchant les hautes herbes. Le moteur hoqueta et s'étouffa, la poursuite en voiture s'arrêtait là. Maya ouvrit la portière et s'enfuit, courant à perdre haleine, sans avoir la moindre idée d'où elle allait.

Elle enchaînait les foulées, tête baissée. Les blés sifflaient à ses oreilles, griffaient ses jambes. Soudain, le pied happé dans un renfoncement boueux, elle ressentit une douleur fulgurante à la cheville et s'effondra face contre terre. Elle se retourna, se mordant les lèvres pour ne pas crier.

Deux faisceaux zigzaguaient au sommet des épis, deux lampes torches qui se rapprochaient. Maya se releva et aperçut au bout de la travée ce qui lui semblait être la lisière d'un sous-bois. Elle se mit à genoux, tel un coureur figé dans les starting-blocks, puis continua son échappée en claudiquant. Les assaillants n'étaient plus qu'à une centaine de mètres. Son cœur battait bien trop fort, la brûlure à sa cheville devenait insoutenable, des étincelles de feu crépitaient dans ses yeux. Tenir bon, encore un peu…

Ce fut là sa dernière pensée. Elle sentit le sol se dérober, la terre tourner de travers, et les épis lui fouetter la joue. Sa tête rebondit lentement dans la poussière. Allongée sur le dos, le souffle court, elle distingua le scintillement des étoiles. Le visage d'une petite fille lui apparut, un visage d'ange qui souriait tristement. Elle ne savait pas vraiment pourquoi, mais elle eut une pensée pour Albert, le voiturier qui garait son Austin dans le parking de l'Alma, peut-être parce qu'à bord de sa Cooper, elle aurait atteint la frontière grecque, peut-être aussi parce que seule, épuisée et perdue en terre étrangère, Paris lui manquait comme jamais. À bout de forces, elle se laissa aller.

Deux mains la saisirent par les épaules, Maya fut traînée en arrière et perdit connaissance.

Le septième jour, au manoir

De tous, Janice était la plus rompue aux nuits blanches. Mais elle avait beaucoup tiré sur la corde au cours des derniers jours. Vers 4 heures du matin, elle posa la tête sur son pupitre et s'endormit. Depuis minuit, le donjon s'était transformé en salle de trading. Ekaterina, Mateo, Diego, Cordelia, Vital et Malik continuaient inlassablement de convertir des enveloppes de 30 000 dollars en monnaies électroniques qu'ils transféraient du compte de la JSBC vers des portefeuilles digitaux.

À 5 heures, Mateo s'étira et se frotta les yeux ; Ekaterina fit glisser sa chaise vers son poste de travail et l'observa avec un petit sourire en coin.

— Cette société à laquelle nous achetons tous ces portefeuilles électroniques est concurrente de la tienne, non ?

— C'est mieux ainsi. Je n'aurais jamais accepté de tirer profit de ce hack, et si j'avais offert nos services, cela aurait pu éveiller des soupçons. Les équipes de Ledger n'auront rien à se reprocher, les trente mille clés sécurisées leur auront été achetées.

— Ta rigueur me fascine. Bon, je me remets au travail, répondit Ekaterina en repoussant sa chaise vers son écran.

À 6 heures du matin, Vital demanda à Cordelia de faire apparaître sur l'écran central le listing des familles qui allaient être dédommagées. Malik s'approcha de Janice et posa une main sur son épaule. Elle releva la tête, percluse de sommeil, au point de se demander un instant où elle se trouvait.

— Tu ne voudrais pas rater le meilleur, souffla-t-il. Tiens le coup encore une heure.

— Où en sommes-nous ? demanda-t-elle en bâillant.

— Au moment de redistribuer le butin aux victimes. Je connais une poignée de salauds qui vont passer une sale journée, se réjouit Cordelia.

— Et d'autres pour lesquels ce sera Hanoukka avant l'heure, enchaîna Janice en s'étirant. Comment allons-nous leur faire savoir qu'ils ont hérité d'autant d'argent ?

— Par un mail les informant de la bonne nouvelle, avec en pièce jointe le mode d'emploi pour le convertir et l'utiliser, répondit Malik.

— Et s'ils suspectent une manigance de hackeurs cherchant à s'en prendre à leur compte en banque ?

— Remarque, ils n'auraient pas tout à fait tort, mais cette fois pour une bonne cause. Ils s'interrogeront peut-être, jusqu'à ce que l'information soit relayée par les médias, intervint Vital.

— Quels médias ? demanda Mateo d'une voix blanche.

— Nous y viendrons bientôt, répondit-il. Vous êtes prêts ?

— De quoi parles-tu ? insista Mateo.

Malik pointa du doigt l'écran central.

— Dans un instant, près de 300 millions de dollars seront restitués aux victimes du scandale de l'insuline. Je crois bien qu'il s'agit là d'une première dans l'histoire des hacks.

— À moins que d'autres l'aient fait avant nous en ayant eu l'intelligence de ne pas s'en vanter, poursuivit Mateo.

— Il ne reste plus qu'à instruire le transfert en appuyant sur ce clavier, poursuivit Vital imperturbable. Je crois qu'il appartient à Cordelia de le faire.

— Non, dit-elle en fixant Diego. C'est à mon frère que doit revenir ce plaisir.

Diego contourna la table et embrassa sa sœur sur le front.

— Nous n'allons pas changer nos habitudes si près du but. Viens, nous le ferons ensemble.

Tous deux se tenaient solennellement devant l'écran, comme si c'était un autel.

— J'ai tenu ma promesse, murmura Cordelia en posant son index sur la touche « Enter ».

— 298 millions de dollars s'envolèrent aussitôt. Ce n'était que la toute première bataille, mais le Groupe 9 venait de déclarer la guerre aux fauves.

Insuline
10ml

8.

Le septième jour, au manoir

L'exaltation qui les avait tenus en éveil toute la nuit s'était dissipée. En témoignait le calme qui régnait à la table du petit déjeuner. Un moment de dégrisement. Il en était souvent ainsi après un hack. À la joie d'avoir triomphé succédait un sentiment de vide.

Cordelia répondit aux regards appuyés de Malik d'un sourire amical. Mateo, lui, consultait ses messages.

Janice, dans un râle qui semblait contenir tous les soupirs du monde, avala sa troisième tasse de café, mais elle avait la mine si défaite que Vital eut pitié d'elle et lui suggéra d'aller se coucher.

Ekaterina la retrouva une heure plus tard, allongée sur un banc dans le jardin. Elle s'installa près d'elle. La froideur de la pierre contrastait avec les rayons de soleil qui leur réchauffaient le visage. Ekaterina mit ses lunettes noires,

Janice gardait les yeux fermés mais fit savoir qu'elle ne dormait pas.

— Tu veux quelque chose ? grogna-t-elle.

— Te remercier pour ce que tu as fait.

— Remerciements acceptés. C'est tout ?

— Non, te dire aussi que je me sens aussi responsable que toi de la mort de ton amie Noa. Si nous ne t'avions pas sollicitée, elle serait toujours en vie.

Janice fit un effort visible pour se relever ; elle observa Ekaterina, confisqua ses lunettes de soleil, qu'elle posa sur son nez avant de fixer le saule dont l'ombre se projetait à ses pieds.

— Un menuisier a mal arrimé sa sacoche à l'arrière de son vélo, dit-elle. Il pédale sur une route où un camion trop chargé a creusé une ornière. La sacoche se décroche du porte-bagages. Le menuisier s'arrête, ramasse son matériel et ne voit pas qu'il a perdu des clous. Une heure plus tard, une voiture passe, un pneu éclate, le conducteur perd le contrôle et fonce dans un champ. Une vache panique, s'enfuit et écrase dans sa course le fermier qui meurt sur le coup. Qui est le coupable ?

— Je ne sais pas, la vache ? supposa Ekaterina.

— Un concours de circonstances, répondit Janice. Tu n'es en rien responsable de la mort de Noa. N'essaie pas de soulager ma conscience. Je retrouverai ses assassins, j'en fais mon affaire.

— Si tu as besoin d'un coup de main, tu peux compter sur moi.

— Que penses-tu de l'envie de Vital de révéler à la presse ce que nous avons fait ?

— Que ce n'est pas judicieux.

— Même pour faire passer un message ?

— Quel message ?

— Que nous n'en resterons pas là.

— Pourquoi mettre en garde nos adversaires ? Pour leur donner plus de raisons de nous traquer ? La justice est toujours de leur côté. Quand ils sont pris la main dans le sac, on la leur tapote gentiment, mais si l'un de nous se fait attraper, il passera le reste de sa vie en prison. Les grandes entreprises ont peur de nous parce que nous exposons au grand jour leurs agissements illégaux. C'est ce que nous venons de faire, je suis certaine que le message a été entendu. Sur quoi enquêtait ton amie, pour qu'on la réduise au silence ?

— Plutôt sur qui. Un dénommé Schwarson, l'un des hommes les plus riches au monde. Il dirige un fonds d'investissement qui brasse plus d'argent que bien des pays. La majorité des États sont endettés jusqu'au cou, Schwarson est leur créancier. Les peuples doivent se serrer la ceinture pour rembourser cette fameuse dette qui pèse sur eux et les générations à venir, pendant que les grands fonds d'investissement s'enrichissent à outrance grâce aux taux d'intérêt qu'ils pratiquent, aux avantages fiscaux qui leur sont accordés, à eux et aux multinationales. Ajoute à cela la spéculation à outrance, c'est une spirale infernale.

— Tu as des preuves de l'implication de ce Schwarson dans l'assassinat de ton amie ?

— Des preuves directes, non, mais il y a longtemps que je ne crois plus aux coïncidences. BlackColony est au cœur de la nébuleuse financière sur laquelle enquêtait la collègue de Noa.

Celle qui a disparu avant elle, et disparu est le mot juste, pas de corps, donc pas de crime. Finalement, je veux bien que Mateo et toi m'aidiez. Mon rédacteur en chef m'a appris une règle en or : pour trouver les coupables, il faut suivre l'argent. Dans le cas qui nous concerne, celui qui a servi à financer le projet d'attentat à Oslo. Il faut chercher quel profit, autre que le résultat de l'élection, pouvaient tirer de cette attaque ceux qui gravitent autour d'Oxford Teknika. Débusquer ce que financent ces transferts de fonds incessants.

— Je n'ai rien contre l'idée de m'attaquer à l'Everest mais j'aimerais avant pouvoir étudier la voie par laquelle nous allons l'escalader.

Janice regarda Ekaterina avec un petit air amusé.

— Quoi, qu'est-ce que j'ai dit ?

— Fais attention, tu commences à parler comme Mateo, répondit Janice avant de se rallonger sur le banc. Le secret, en amour, c'est de ne pas laisser l'un déteindre sur l'autre, et c'est une célibataire endurcie qui te prodigue ces bonnes paroles. Je vous rejoindrai plus tard, je vais essayer de dormir un peu.

*

Cordelia était remontée dans sa chambre. Allongée sur son lit, elle envisageait son avenir, se demandant ce qu'elle allait faire de sa vie. Elle n'était plus certaine de vouloir continuer à travailler au sein de l'agence de sécurité informatique qui l'employait, doutait de pouvoir retourner vivre dans son appartement après ce qui s'y était passé, et même de son envie de rester à Londres. On frappa à sa porte, Diego entra sans qu'elle ait eu le temps de l'y inviter.

— Comment te sens-tu ? demanda-t-il.

— Et toi ?

Diego haussa les épaules, dépité. Rien ne lui rendrait Alba. Cordelia lui fit signe de venir s'asseoir près d'elle.

— Pense aux banquiers en train d'appeler leurs clients pour leur demander pourquoi ils ont vidé leur compte, et à l'incompréhension totale des clients. Et maintenant, imagine la panique générale.

Elle avait réussi à arracher un sourire à son frère.

— *Un tel sang-froid me surprend. Je suppose que leur opération n'est pas restée sans conséquences. D'ordinaire, après avoir fait un braquage, les voleurs se font le plus discrets possible, or tout semble indiquer que les membres du Groupe se comportaient comme si rien ne s'était passé. À moins que ce ne soit de l'inconscience ?*

— En aucun cas. Bien sûr que leur action allait avoir des conséquences. Cordelia, plus consciente que les autres des représailles à venir, ne cherchait pas seulement à distraire son frère, mais à se vider l'esprit. À midi, chacune des banques concernées par l'attaque constata les sommes volées à ses clients. Les services informatiques tentèrent par tous les moyens de trouver l'origine du hack, où s'était volatilisé l'argent et comment les hackeurs avaient réussi leur coup sans être détectés. Des décisions devaient être prises sans tarder, toutes très délicates. Mettre les serveurs en berne pour prévenir une deuxième attaque impliquerait de fournir des explications, révéler l'existence d'une faille majeure dans leur système et perdre la confiance d'une clientèle qui ne tolère aucun raté. Des têtes allaient tomber. L'opération menée par le Groupe ne visait pas seulement ceux qui avaient participé au scandale de l'insuline. L'hacktivisme consiste à dénoncer les actes de ceux qui abusent de leur puissance mais aussi à leur rappeler que leur supériorité n'est pas absolue. Être confronté à cette réalité est pour eux une humiliation insupportable. Raison pour laquelle Vital souhaitait ardemment informer la presse.

— *Sur votre recommandation !*

— Vous avez bonne mémoire. Les presque 300 millions volatilisés dans la nuit ne mettaient pas ces institutions en péril, mais pour cinq banques majeures devoir reconnaître s'être fait hacker de la sorte allait être un embarras considérable. C'est pourquoi elles tardèrent à communiquer entre elles, et ainsi à comprendre toute l'ampleur de l'opération. Si elles avaient coordonné leurs ressources, leurs services de sécurité informatiques auraient gagné un temps précieux pour remonter jusqu'au compte où les millions avaient résidé avant d'être redistribués, et pu trouver parmi les lignes de codes des signatures propres au Groupe 9. Mais par peur de révéler leurs faiblesses elles n'en firent rien. L'une de ces banques, pourtant, diligenta une enquête qu'elle confia à Jack Dermott, un ancien employé de la NSA. Avant de chercher à comprendre comment les hackeurs avaient réussi à contourner tous les niveaux de sécurité, Dermott se demanda pourquoi ils ne s'en étaient pris qu'à un nombre restreint de comptes alors qu'ils s'étaient donné autant de mal pour entrer dans la place. Ils auraient pu emporter un butin bien plus important. Dermott chercha un lien entre les victimes, il étudia leurs profils et finit par trouver le point commun. Toutes travaillaient pour des géants pharmaceutiques. La banque qui avait fait appel à ses services ne devait donc pas être la seule à avoir subi cette attaque. Il appela une dizaine de confrères et découvrit que ce n'étaient pas 50 mais près de 300 millions de dollars qui avaient disparu, tous provenant de comptes appartenant à des responsables de laboratoires pharmaceutiques. Bien qu'ayant pris certaines initiatives sans y avoir été autorisé, il informa ses employeurs de sa découverte.

Pendant que Cordelia discutait avec son frère, que Mateo et Ekaterina faisaient l'amour reclus dans leur chambre, que Janice s'était enfin endormie sur son banc, et que Vital et Malik, enfermés dans le donjon, s'inquiétaient du silence de Maya, un conseil extraordinaire se tint par visioconférence entre les directeurs généraux des cinq grandes banques concernées. Conseil au terme duquel, et après moult tergiversations, la décision fut prise d'aviser d'autres grands dirigeants de ce qui s'était produit au cours de la nuit. Cette fois, ceux des consortiums pharmaceutiques indirectement ciblés par l'attaque. À la question légitimement posée : « Quelqu'un avait-il des raisons particulières de vous en vouloir ? », la réaction d'indignation fut unanime. L'industrie pharmaceutique travaillant pour le bien-être et la santé de l'humanité, seuls des terroristes pouvaient s'en prendre à elle. C'est toujours ainsi que les puissants qualifient les hackeurs qui percent leurs secrets et dévoilent leurs manœuvres, exigeant de la justice des peines exemplaires. Une réponse dont le cynisme fit sourire Dermott. Ancien de la NSA, il s'amusait que ses patrons mobilisent une énergie sans pareille pour réduire au silence ceux qui, en les espionnant, avaient révélé au grand jour que la NSA espionnait la planète entière.

LA SALLE À MANGER DU MANOIR

9.

Le septième jour, au manoir

Il avait été proposé de se réunir avant le soir pour décider à la majorité de rendre le hack public ou non.

En attendant, le donjon avait l'allure d'un tripot clandestin. Vital s'y était cloîtré et avait interdit à Ilga d'y remettre de l'ordre. Canettes de soda, mégots de cigarettes, restes de sandwichs, bouteilles vides, et un air atrocement vicié… En entrant, Malik eut un haut-le-cœur. Devant son terminal, Vital affichait la mine des mauvais jours. Ne pouvant ouvrir des fenêtres qui n'existaient pas, Malik poussa la climatisation au maximum.

— Toujours aucune nouvelle ? demanda-t-il.

— Son silence commence à me faire peur. Elle aurait dû passer la frontière et m'appeler depuis longtemps.

Malik empoigna le fauteuil et le poussa vers la porte.

— Alors ça ne sert à rien de rester ici, tout le monde t'attend. Quand comptes-tu leur dire la vérité ?

— Juste après le vote.

Les jumeaux n'avaient encore rien dit sur la nature du véritable message qui les avait conduits à convoquer le Groupe en urgence. Vital, nourrissant l'espoir que Maya finirait par les rejoindre, avait convaincu son frère de repousser la révélation au lendemain du hack.

La réunion se tenait dans une pièce attenante au salon. Le bureau de leur père était resté longtemps un sanctuaire. Mais les premiers hacks de Vital et les trafics de Malik avaient permis de moderniser la vie au manoir. Le fameux bureau devint une salle de projection, rien n'y manquait, sinon le temps d'en profiter.

Vital, devant l'écran, faisait face à ses camarades qui prenaient leurs aises dans les fauteuils. Observant Janice qui ne prêtait aucune attention et consultait ses messages, Ekaterina se réjouit de ne pas être cette fois celle qui devait faire cours à une assemblée turbulente.

Mateo se leva et expliqua pourquoi il s'opposait à rendre publique l'opération.

— Si l'un de nous est un jour interrogé, notre communiqué aura valeur d'aveu, dit-il.

— Vu notre historique et au point où nous en sommes, rétorqua Janice sans relever les yeux de son smartphone, cela ne changerait pas grand-chose.

— Raison de plus pour être discret, insista Mateo. Pourquoi aller se vanter et nous exposer bêtement ? Parmi tous les gens que nous avons aidés, il y en aura plus d'un à parler de ce cadeau tombé du ciel. Je ne donne pas une semaine avant que les réseaux sociaux s'enflamment.

— Oubliez ce communiqué, intervint Vital. Nous avons un problème bien plus grave à régler.

Il demanda à son frère de poursuivre à sa place, non parce qu'il craignait que Janice le reprenne, mais parce qu'il n'avait pas le cœur à parler.

— Nous avons reçu un autre message que celui de Diego et Cordelia, expliqua Malik.

— Une alarme qui a nous a poussés à vous rassembler ici, enchaîna Vital.

— Quel genre d'alarme ? s'inquiéta Diego.

— Durant toutes ces années où nous avons œuvré ensemble, vous nous avez demandé de l'aide pour mener vos hacks. Certains régulièrement, d'autres de façon plus sporadique. Mais aucun de vous ne s'est interrogé sur les nôtres. Probablement parce que Vital et moi n'avons jamais travaillé qu'ensemble. N'y voyez aucun manque de confiance à votre égard, mais comme vous avez pu le constater, nous sommes plutôt bien équipés ici et, contrairement à vous, nous n'avons pas d'autre activité professionnelle, ce qui nous a laissé le loisir de mener nos opérations. Mais la plupart du temps nous les avons partagées avec vous dès qu'elles étaient réussies.

— Et quand elles échouaient ? demanda Cordelia.

— Là n'est pas la question. Si nous avons tardé à vous informer, c'est uniquement parce que nous attendions pour cela l'arrivée de Maya qui aurait dû nous retrouver.

— Vous avez été en contact avec elle ? demanda Mateo.

— Oui, confia Vital, Maya se sentait surveillée. Elle voulait que l'on s'en assure et que l'on trouve qui l'espionnait.

— Vous l'avez découvert ? interrogea Diego.

— Non, mais j'ai la certitude qu'on avait placé un mouchoir sur elle, répondit Vital.

— Un quoi ? demanda Cordelia.

— Un mouchard, lâcha Janice qui parlait couramment le Vital.

— Où était Maya la dernière fois que vous lui avez parlé ? questionna Diego.

— À Istanbul.

— Elle m'a aussi contacté il y a quelques jours, ses propos étaient incompréhensibles, expliqua Mateo en prenant le petit carnet qu'il gardait toujours sur lui.

— Parle pour toi ! rétorqua Ekaterina.

Mateo feuilleta les pages, cherchant la retranscription du texte qu'il avait reçu, mais Ekaterina le prit de vitesse.

— Elle annonçait qu'elle partait en déplacement professionnel, mais son message comportait une anomalie, comme si elle cherchait à nous alerter. Elle disait avoir reçu un cadeau de son compagnon, un cadeau si précieux qu'elle le pensait destiné à une maîtresse.

— Tu parles d'un texte codé ! ironisa Cordelia.

— Nous sommes bien d'accord, marmonna Mateo.

— Maya n'a jamais eu que des femmes dans sa vie, précisa Ekaterina, ignorant Mateo. Alors pourquoi évoquait-elle un homme ? Et la nature de ce voyage d'affaires reste un mystère.

— Vous êtes à côté de la plaque, dit Janice avec une certaine désinvolture. Le code, c'est le mot « maîtresse ». Qui dit maîtresse dit trahison, CQFD, conclut-elle en allumant sa cigarette.

Ekaterina et Mateo se regardèrent, se demandant tous deux comment cette évidence leur avait échappé.

— Bon, résumons-nous : Maya vous indique s'être lancée dans une opération apparemment commanditée par un tiers, un homme qui aurait pu jouer double jeu. Ce n'est pas très rassurant. Vous savez ce qu'elle est allée faire à Istanbul ? demanda Janice en s'adressant à Vital et Malik.

Nouveau silence.

— Il vous est venu à l'idée que ce message puisse ne pas être de Maya ? lâcha Diego.

Le silence se fit encore plus pesant.

— Quelqu'un ici se souvient de Jabert ? reprit Diego.

— *Qui est Jabert ?*

— Jabert était une star dans notre milieu. Un jeune homme intelligent, charismatique et un lanceur d'alerte particulièrement actif. Si brillant qu'il avait fédéré une communauté d'admirateurs. Le FBI l'a arrêté un matin à son domicile, il avait fait trop parler de lui. À chaque gros coup, s'inspirant des méthodes d'Anonymous, il publiait une vidéo expliquant ses motivations avant de rendre publiques les informations auxquelles il avait eu accès. Espionner un gouvernement vous expose à passer le restant de votre vie derrière des barreaux, surtout quand vous apportez les preuves que les équipes de la NSA écoutent la terre entière en dépit des lois… Les agences gouvernementales veulent affirmer leur autorité à tout prix, elles ne reculent devant rien pour qu'on ne les questionne pas.

— *Les questionne sur quoi ?*

— Sur les raisons, par exemple, pour lesquelles on laisse quelques individus accumuler des richesses considérables en développant et déployant des technologies de surveillance de masse, dont ils se servent dans la plus grande illégalité. Alors que pour le citoyen lambda le moindre écart est condamné. C'est la peur qui nous tient en laisse. Les puissants s'autorisent tout, mais si vous dénoncez leurs actes, ou dénoncez ceux qui les servent en en tirant profit, la sanction est sans pitié. Les grands consortiums nous promettent un monde plus juste alors qu'ils dévoient les institutions, les corrompent et ne paient que peu ou pas d'impôts. La fortune de Sucker, le big boss de FriendsNet, s'élève cette année à 95 milliards de dollars, somme indécente amassée en volant les données personnelles de deux milliards de personnes. Sous prétexte de nous rapprocher, son entreprise divise, relaie un flot incessant de fausses informations et œuvre pour que nous ne puissions plus discerner le vrai du faux. Créer une réalité parallèle pour manipuler les populations, fomenter des coups d'État, provoquer des génocides : l'aliénation des esprits qu'avait imaginée Orwell, Sucker et sa garde rapprochée l'ont créée. Leur réseau attise toutes les haines, propage les théories complotistes, nous fait douter de tout, de nos libertés, de la justice, y compris de nous-mêmes, et ce dans un seul but : nous rendre dépendants. Derrière leurs mensonges répétés, leurs excuses hypocrites, agissent des mains de fer, décidées à mener leur projet jusqu'au bout et prêtes à broyer ceux qui auront eu l'impudence de vouloir les dénoncer. L'an dernier, lorsque vous avez publié un article révélant que FriendsNet avait vendu les données privées de quatre-vingts millions d'utilisateurs à une entreprise, sachant sciemment que ces centaines de milliers d'informations permettraient de cibler les individus à des fins de manipulation politique, le géant californien, loin de reconnaître les faits et de chercher à s'en justifier, n'a-t-il pas tenté de vous faire taire ? FriendsNet n'a-t-il pas menacé de vous attaquer en justice et de vous faire condamner à des réparations exorbitantes qui vous auraient ruinée ainsi que votre journal ?

— *C'est exact. Est-ce pour cette raison que vous avez choisi de vous confier à moi ?*

— Non, mais parce que vous avez un point en commun avec notre Groupe : admettre la peur, refuser qu'elle vous tétanise, et s'en servir au contraire pour vous dépasser. Vous l'avez prouvé en publiant ce que vous aviez découvert, malgré les risques encourus.

— *Revenons à Jabert, comment a-t-il réussi à hacker la NSA ?*

— Qu'importe la façon, son exploit avait ceci de particulier qu'il l'ait accompli sans chercher à s'en cacher. Il a rendu publique une quantité de documents attestant de l'incroyable niveau d'intrusion de la NSA dans nos vies privées. La quasi-totalité de la population américaine, journalistes, politiciens, penseurs, influenceurs, enseignants découvrirent qu'ils étaient sur écoute, et l'agence ne se limitait pas à espionner ses citoyens, mais le monde entier, y compris les dirigeants des démocraties. Jabert a entre autres révélé que la NSA avait infiltré les portables des présidents, ministres, chanceliers, diplomates et élus européens. Espionner ses ennemis est une chose, mais trahir la confiance de ses alliés… Vous imaginez les répercussions diplomatiques ?

— *Qu'est-il arrivé à Jabert ?*

— Justement… C'est à cause de cela que Diego s'inquiétait de l'authenticité du message de Maya. Car le sort réservé à Jabert a marqué les esprits de tous les hackeurs et traumatisé notre milieu. Ce qui était sans nul doute l'un des buts recherchés par le FBI. Arrêté à son domicile et interrogé sans ménagement, Jabert fut menacé d'une peine de prison à perpétuité sans recours ni possibilité de libération anticipée. Quiconque se voit accusé de haute trahison ou de terrorisme perd *de facto* tout droit à un jugement équitable. En décrétant l'état d'urgence, on peut balayer bien des principes démocratiques ; entendez par là, dans la bouche de ceux qui en abusent, l'urgence pour ceux qui nous gouvernent de resserrer la vis. Jabert allait passer le restant de sa vie dans un cachot de six mètres carrés, en isolement complet. Pas de visites, pas de télévision ni de lecture, une demi-heure de sortie par jour dans une courette emmurée. La perspective de vivre jusqu'à mourir fou dans une cage vous donne à réfléchir.

— *Mais Jabert n'était pas un terroriste, ses proches et les membres de sa communauté auraient réagi pour prouver son innocence !*

— Les agents du gouvernement pouvaient implanter tout ce qu'ils voulaient dans le matériel saisi à son domicile. Des plans de fabrication d'explosifs, des échanges de mails avec des puissances étrangères. Terrorisme, ou haute trahison, même la

Cour suprême n'aurait rien pu faire devant de telles preuves, certes fabriquées de toutes pièces, néanmoins accablantes. Le rapport de forces n'est pas à notre avantage, je vous l'accorde. Mateo n'est pas d'une nature aussi inquiète pour rien. Il sait de quoi la soif de pouvoir et de domination rend les hommes capables, il en a payé le prix dans son enfance.

— *Où Jabert est-il incarcéré ?*

— Nulle part. Il a craqué et accepté le deal du FBI. Avant de faire intrusion chez lui, les agents avaient coupé les relais des réseaux cellulaires de son quartier et les liaisons internet, Jabert n'avait pas été en mesure d'informer quiconque de son interpellation. Ce qui lui a sauvé la peau. Le marché était simple : il poursuivait ses activités comme si rien ne s'était passé, mais sous la surveillance constante de ses nouveaux employeurs qui allaient s'installer chez lui. En vingt-quatre heures, le domicile de Jabert devint une antenne du FBI. Il avait pour mission de recruter les meilleurs hackeurs du moment. En trois mois, le FBI en apprit plus sur les techniques de ceux qui avaient eu le malheur de faire confiance à Jabert qu'au cours de dix années de traque.

— *Comment a-t-il pu duper son monde ?*

— En embrassant des causes qui enflammaient et fédéraient les hacktivistes. Autrement dit, tout ce qui touche à la corruption du système. Un coup fameux fit grimper sa popularité au sein de la communauté, lorsqu'il rendit public le montant des subsides versés par le gouvernement à deux milliardaires proches du pouvoir.

— *Et les agents du FBI l'ont laissé faire ?*

— Ils l'ont encouragé. Grâce à la pseudo-liberté du mercenaire qu'ils avaient asservi, ils menaient tranquillement leurs enquêtes, sans craindre d'être accusés de biais politiques.

— *Pourquoi le gouvernement versait-il des subsides à ces milliardaires ?*

— C'est une autre histoire, mais, dans ces cas-là, la raison invoquée est toujours d'ordre économique, le véritable motif est de consolider les cercles du pouvoir en reversant l'argent des contribuables à des gens immensément riches et ce en toute légalité. Une entreprise annonce vouloir créer un nouveau site d'activité et réfléchir à l'endroit où s'implanter, faisant miroiter les emplois et richesses à venir. Pays, régions, villes, voient leurs responsables surenchérir : abattement de taxes, donation de terrains, financement de la création du site, tout cela bien sûr ponctionné sur les budgets alloués aux services publics. Ladite entreprise se voit offrir un micro-paradis fiscal, les terrains, les investissements en matériel et constructions qui lui sont attribués valorisent d'autant ses actifs.

— *Que gagnent les gouvernances à dépenser ainsi les deniers publics ?*

— Des voix dans les urnes pour avoir contribué à créer des emplois, mais surtout une alliance qui viendra consolider un jour leur pouvoir. Les actionnaires qui ont bénéficié de leurs faveurs ne seront pas ingrats et aideront à leur tour les élus.

— *En leur versant des pots-de-vin ?*

— Plus finement que cela, en contribuant au financement de leurs campagnes électorales. « B to B » et « win-win » en jargon économique.

— *Vous avez des exemples ?*

— Une giga-entreprise a annoncé l'an dernier hésiter entre quatre États où installer son deuxième siège social américain. Parmi les lieux retenus : Manhattan. L'État et la Ville proposèrent de lui verser 4 milliards de dollars d'aides. Cette entreprise réalise 81 milliards de chiffre d'affaires annuel, son dirigeant est l'homme le plus riche du monde. Les infrastructures de New York sont agonisantes, son métro exsangue, ses écoles sous-équipées, son réseau électrique à bout de souffle, ses canalisations d'eau à la limite de la salubrité, tout cela par défaut d'entretien en raison des déficits budgétaires chroniques dont la ville souffre, mais son maire et son gouverneur trouveront sans problème 4 milliards pour que la giga-entreprise vienne s'installer dans une mégapole déjà surpeuplée. Le raisonnement est aussi incongru que si vous demandiez un logement gratuit et entièrement équipé à votre municipalité contre la promesse de dépenser votre argent chez les commerçants du quartier. Bon, il y aurait sûrement des commerçants pour penser que ce n'est pas une si mauvaise idée. Qu'importe, tout cela est de notoriété publique. Jabert se distingua en publiant les mails qui témoignaient des échanges de bons services entre des hommes d'affaires et des politiciens. À chaque hack, il mobilisait un peu plus ses troupes, sans que celles-ci suspectent la main du FBI posée sur son épaule. La farce dura six mois, le temps pour le gouvernement d'accumuler des preuves confondantes des agissements des hackeurs. La rafle eut lieu un matin, un coup de filet inédit jusque-là. Seize des plus grands lanceurs d'alerte furent arrêtés chez eux à l'aube, parmi lesquels deux journalistes et un professeur d'économie. Si Jabert est libre, eux ont écopé de peines allant de dix à quarante-cinq ans de prison. De quoi en calmer plus d'un et semer une véritable panique dans notre milieu. À qui accorder sa confiance après la trahison de Jabert ? Vous comprenez mieux pourquoi nous sommes si prudents et ne travaillons qu'entre nous.

— *Jabert n'a jamais eu d'ennuis ?*

— Si vous vous inquiétez de savoir si quelqu'un lui a réglé son compte, la réponse est non ; les hackeurs ne sont pas des enfants de chœur mais leurs combats se mènent derrière des écrans, pas par la violence. La revanche viendra en son temps, même si Jabert vit désormais sous une nouvelle identité.

— *Diego craignait que Maya ait pu devenir un Jabert ?*

— La formulation est intéressante. Mais selon vous, devenir un Jabert serait synonyme d'être un traître ou d'être tombé dans un piège ?

ΚΑΛΩΣ ΗΡΘΑΤΕ
STOP
POSTE FRONTIÈRE

10.

Près de la frontière gréco-turque

Maya fut soulevée de terre. Un homme l'empoigna par les aisselles, un autre par les pieds. Le chemin sur lequel ils l'entraînèrent devait être escarpé, Maya se sentait comme sur une mer tourmentée, emportée vers le large de la façon la plus inconfortable qui soit. Elle entrouvrit les yeux pour ne distinguer que des ombres et voulut se débattre mais l'étau se referma sur sa poitrine, le moindre de ses mouvements était aussitôt réprimé par les bras qui l'enserraient. À force de gesticuler, elle raviva la douleur dans sa jambe. Elle gémit ; une main ferme se posa sur sa bouche pour étouffer son cri. Puis le ciel étoilé s'estompa derrière la cime des arbres et elle perdit à nouveau connaissance alors qu'elle s'enfonçait dans une forêt.

Quand elle recouvra ses esprits, le champ où elle avait trébuché lui parut très lointain, elle n'avait plus aucune notion du temps. Elle sentait juste sa poitrine se soulever, preuve qu'elle était encore en vie.

La marche devint plus régulière, ceux qui la portaient ne pressaient plus le pas, ils savaient où ils allaient. Maya s'abandonna à son sort, ce fut pour elle l'effort le plus surhumain de sa vie. Elle n'avait pas moins peur de mourir que de disparaître à jamais. Combien de jours s'écouleraient avant que quelqu'un à Paris ne s'étonne de son absence ? Verdier, au consulat d'Istanbul, s'inquiéterait-il qu'elle ne lui ait pas écrit ? Son vieux copain à Kiev qu'elle ne l'ait pas appelé ? Ce serait en vain, personne ne la retrouverait ici. L'idée que sa dépouille soit dépecée au fond d'un bois par des charognards la terrifia ; pire encore, qu'on l'y enterre vivante. Son souffle s'accéléra, sa jambe la brûlait, fait d'autant plus troublant que son pied droit était glacé.

Le voyage se déroulait dans une étrange lenteur, elle s'enfonça encore dans les ténèbres.

Au milieu d'une sente abrupte, ses porteurs perdirent l'équilibre. Les gestes brusques qu'ils firent pour se rattraper sortirent Maya de sa torpeur. La nuit n'avait rien cédé au jour. Elle se demanda où on la conduisait et pourquoi elle souffrait autant.

Soudain, elle aperçut des tentes de fortune, des cabanes dispersées faites de cartons et de branchages, et au milieu de ces taudis une baraque en tôle ondulée avec en guise de porte une couverture grise rapiécée.

Les hommes s'y dirigèrent pour la déposer sur une bâche en plastique étendue au sol et tachée de sang sec.

Un sinistre linceul, songea-t-elle avant que ses paupières se referment.

Le septième jour, au manoir

Vital tapa des deux poings sur la table, dans un accès de rage que son frère ne lui avait jamais connu.

— Tu ne sais rien ! hurla-t-il à Diego. Maya n'est pas Jabert, ta comparaison est une offense indigne.

Tout le monde, y compris Malik, fut stupéfait, à l'exception de Cordelia, dont les yeux pétillaient.

— Braillard mais viril, dit-elle. Pour autant, cela ne sert à rien de nous dresser les uns contre les autres, ajouta-t-elle en lançant un regard distant à son frère avant de se retourner vers Vital. Si tu nous révélais cette mystérieuse raison qui nous a réunis ici, cela détendrait peut-être un peu l'atmosphère.

Mais Vital, toujours hors de lui, fit reculer son fauteuil et quitta la pièce.

Devant le désarroi général, Malik haussa les épaules.

— Il reviendra quand il sera calmé. Bon, en attendant, je vais prendre le relais.

— Non, objecta Cordelia, je vais le chercher.

Elle se précipita dans le salon qu'elle trouva vide et s'approcha de la fenêtre pour scruter le jardin, sans plus de résultat. Elle traversa la bibliothèque, impressionnée par le nombre d'ouvrages déployés sur les étagères, passa par un vestibule et déboucha dans le grand hall. Vital calait son fauteuil contre la crémaillère, prêt à grimper au donjon. Elle lui ôta la télécommande des mains, et poussa son fauteuil jusqu'au perron.

Vital fronça les sourcils et lui opposa un mutisme obstiné. Cordelia s'assit sur les marches, aspirant une grande bouffée d'air, comme si de rien n'était.

— Tu es amoureux de Maya ? lâcha-t-elle.

— C'est idiot ce que tu dis.

— Je sais, mon idiotie fait tout mon charme. Mais tu n'as pas répondu à ma question.

— Tu es amoureuse de ton frère ?

— Imbécile.

— Nous sommes quittes. Maya est mon amie, tu ne peux pas comprendre. Pourquoi tu fais ça ? demanda Vital.

— Qu'est-ce que j'ai encore fait ? soupira-t-elle.

— Mener cette existence clandestine alors que tu pourrais t'amuser. Tu es jolie, intelligente et libre comme l'air.

— Mon grand-père était républicain sous Franco, il était aussi mon dieu vivant. Son sang coule dans mes veines, je crois que ceci explique cela. C'est ce que je me raconte depuis toujours. Il me disait : « Ceux qui vivent, ce sont ceux qui luttent », et j'ai un instinct de vie très développé, dit-elle.

— Tu es une drôle de femme, maugréa Vital.

— Et toi, qu'est-ce qui te motive ?

Vital regarda son fauteuil.

— Tu n'imagines pas à quel point on sous-estime les vertus de l'ennui, lui dit-il.

Cordelia resta un instant songeuse.

— Tu n'as pas du tout la tête d'un homme qui s'ennuie, Vital. Encore moins celle d'un gamin boudeur qu'on tire par la main. J'ai faim, je vais demander à Ilga si elle n'a pas quelque chose à manger, et quand je reviendrai dans la salle, c'est à moi que l'on fera le reproche d'avoir fait attendre tout le monde puisque tu seras retourné parmi eux.

— J'y réfléchirais à deux fois si j'étais toi.

— À quoi donc ?

— À entrer dans la cuisine d'Ilga sans y avoir été conviée, mais je t'aurai prévenue. Passe par la salle à manger, la porte au fond donne sur un couloir, au bout tu trouveras ce que tu cherches.

— Je vais donc aller affronter le dragon ! répondit Cordelia en disparaissant.

Près de la frontière gréco-turque

Un visage dont elle ne put lire l'âge se pencha sur le sien. L'homme portait une barbe poivre et sel effilée à la pointe du menton. Ses yeux étaient cerclés de petites lunettes rondes, une cicatrice au front, et des joues creuses. Sans dire un mot, il lui prit le poignet, tâta son pouls et reposa son bras. Puis il avança la main vers sa poitrine, la passa dans son dos, appuya sur son ventre et parcourut ses jambes. Ses gestes, précis, n'étaient en rien indélicats. Il sortit un couteau de sa poche et entailla le bas du pantalon de Maya le long de la couture. La mine sombre, il se retourna et appela. Maya essaya de se redresser mais l'homme l'obligea à rester allongée.

Un jeune garçon apparut peu de temps après ; son regard vif, criant d'intelligence, contenait toute la beauté des virilités non écloses. L'homme lui donna un ordre qu'elle ne saisit pas et le jeune garçon repartit sans tarder.

— Vous me comprenez ? demanda l'homme dans un anglais qui s'accordait parfaitement avec son vieil imperméable beige troué, dernier vestige de sa dignité.

— Oui, répondit, Maya.

— Vous êtes française ? s'étonna son interlocuteur.

Maya hocha la tête.

— Et vous, vous parlez ma langue ? demanda-t-elle en grimaçant.

— Le français, l'anglais, un peu d'allemand aussi. Mais ce ne sont pas mes qualités linguistiques qui vous apporteront le réconfort dont vous avez besoin.

— Qui êtes-vous ? Où suis-je ?

— Je m'appelle Joram.

Maya déclina son prénom.

— Je répondrai plus tard à vos questions et vous aux miennes, dit l'homme. Pour l'instant préservez vos forces. Nous n'avons pas grand-chose, ici, je ferai en sorte que cela dure le moins longtemps possible, mais je dois d'abord nettoyer votre plaie. La douleur sera vive, prévint-il alors que le jeune garçon lui tendait un flacon. Serrez les dents.

Il arrosa la plaie avec le peu d'alcool dont il disposait avant de tenter d'extraire l'éclat de bois qui s'était enfoncé en profondeur derrière le tendon d'Achille de Maya. Le pied était si froid que Joram redoutait que l'aiguillon ait traversé l'artère dorsale. Il le retira, millimètre par millimètre, craignant à chaque instant de voir jaillir une effusion de sang qu'il aurait été incapable d'arrêter, alors il prit son temps.

Ni la chaleur, ni les mouches qui virevoltaient tout autour, ni les injures de Maya ne vinrent à bout de sa patience.

— Vous avez eu de la chance, soupira-t-il en pansant la plaie.

— Vous appelez ça de la chance ? hoqueta Maya en observant le chiffon souillé qui servait de bandage. Mais merci quand même.

— Bien, je sens un pouls à la cheville, votre pied reprend des couleurs, c'est bon signe. Ce bout de bois, dit-il en lui montrant l'aiguillon ensanglanté, aurait pu causer des dégâts irréparables. Je vais vous laisser vous reposer maintenant.

Sur ces mots, Joram souleva la couverture qui masquait l'ouverture entre les tôles. Maya vit que le jour ne s'était pas encore levé. La couverture retomba lentement.

Le garçon était resté près d'elle, il s'assit en tailleur, adossé à la paroi près de la sortie de la cabane. Maya se força à lui sourire.

— Où sommes-nous ? demanda-t-elle.

Il posa son doigt sur ses lèvres et ferma les yeux. Un instant plus tard, Maya perçut le souffle du dormeur.

Le septième jour, au manoir

En entrant dans la salle, Cordelia regagna directement sa place.

— Désolée, s'excusa-t-elle d'un ton qui démontrait le contraire. Je mourais de faim. (Elle lécha un reste de confiture sur ses doigts, fixant insolemment Vital pour lui montrer qu'elle avait su convaincre Ilga.) Où en étions-nous ? Ah oui, nous allions enfin apprendre la nature de ce message quand mon frère a fait preuve d'une grande délicatesse. Si les esprits sont apaisés, poursuivons.

Malik arpenta le devant de la scène tel un vieux professeur.

— La corruption aux plus hauts sommets des États, les économies souterraines, la montée des extrémismes, la xénophobie pour projet politique, tout cela est interconnecté, dit-il. Des hommes et des femmes vouent leur carrière à détourner le bien public. Les règles du jeu ont changé en leur faveur, les criminels agissent en pleine lumière, main dans la main avec les pouvoirs qu'ils soutiennent. Une armée de vampires qui œuvrent en toute impunité. Les oligarques ont formé une alliance pour régner sur le monde. Ils n'ont aucun respect de la vie humaine, aucune considération pour le futur qui n'est à leurs yeux qu'une marchandise. Année après année, notre génération a vu son avenir dépecé. Savoir qu'un danger imminent se profile est effrayant. Se battre comme nous l'avons fait pour prévenir cette menace, protéger nos libertés si durement acquises, et malgré tout ne pas être entendus a failli nous rendre fous de désespoir mon frère et moi, jusqu'à nous faire sentir inutiles alors que nous assistions, impuissants, à ce qui se passait dans notre pays. Le souffle de la haine, la division, la guerre à nos frontières, et face à cela l'indignation pour seule réaction. Ceux qui nous asservissent se frottent les mains. Nous sommes nés en Ukraine, un pays plongé dans les ténèbres. Argent sale, assassinats, disparitions, élections truquées ou déclarées truquées quand elles remettent en cause le pouvoir en place. Si vous saviez le nombre de scandales que nous avons rendus publics, révoltés que personne ne nous croie. Nous nous trompions, la vérité c'est que personne ne voulait changer quoi que ce soit. C'est une chose d'entendre, une autre de se préoccuper et une troisième que d'agir à temps. Le temps est désormais compté. « Le crépuscule des fauves est engagé » : voilà le message que Vital et moi avons reçu, et chacun de vous sait ce qu'il signifie. Nous devons comprendre leur projet et les empêcher d'arriver à leurs fins. Notre combat contre les dirigeants des laboratoires pharmaceutiques va bien au-delà de la revanche souhaitée par Diego et Cordelia. Nos ennemis ignorent qui nous sommes mais désormais, ils savent que nous existons et que nous pouvons les frapper.

— Pourquoi êtes-vous les seuls à avoir reçu le message ? intervint Mateo en s'adressant à Vital. Qui l'a envoyé ?

— Maya ? suggéra Janice.

— Non, répondit Vital. Maya est en danger, elle m'a demandé mon aide et c'est à moi de la retrouver.

— Et si les inquiétudes de Diego étaient justifiées et que quelqu'un ait infiltré le Groupe ? Ce pourrait être un piège pour nous forcer à sortir de nos tanières.

— C'est justement pour prévenir ce doute qu'il n'a été adressé qu'ici. Seuls ceux à qui nous avons accordé un accès au donjon peuvent communiquer avec nous.

— Aucune forteresse n'est imprenable, nous sommes bien placés pour le savoir, rétorqua Diego.

— Le donjon ne peut pas être localisé. Cinquante serveurs répartis dans autant de villes nous séparent du reste du monde. Pour espérer atteindre le cœur de notre installation, il faudrait s'engager dans un labyrinthe dont les chemins se reprogramment chaque jour, affirma Malik.

— On se fout de ces détails, maugréa Vital, le message était formulé d'une façon que nous seuls pouvions interpréter, conclut-il.

— Puisque ce n'est ni Maya ni aucun de nous, alors qui vous l'a envoyé ? demanda Janice.

— La personne qui nous a tous choisis, qui nous a réunis et qui la première a compris l'ampleur de ce qui se tramait.

Ekaterina observa attentivement Mateo qui, contrairement aux autres, n'avait montré aucune réaction quand Vital avait fait cette révélation. Elle se remémora ses paroles sur la jetée de Ljan, quand il lui avait confié avoir été un temps le fédérateur du Groupe, précisant bien qu'il n'en était pas pour autant l'instigateur. Mais cet instigateur pouvait très bien faire partie de l'assemblée. Dans ce cas, et à condition que Mateo ne lui ait pas menti, ne restaient que six possibilités.

Leurs regards se croisèrent, elle s'étonna de n'y voir aucune complicité, comme si Mateo avait soudain endossé la peau d'un autre homme.

— Puisque le donjon est un lieu si sûr, allons nous y installer avant de poursuivre cette conversation. Nous avons beaucoup de choses à partager si nous voulons travailler vraiment en équipe et mettre un plan d'action au point pour contrer les fauves.

Sur ce, Mateo sortit de la salle sans se retourner.

LE CAMP DE JORAM

11.

Près de la frontière gréco-turque

Joram entra dans la pièce, indiqua au jeune garçon qu'il pouvait se retirer, puis s'approcha de Maya et posa la main sur son épaule pour la réveiller.

— Comment vous sentez-vous ?

— Vidée, répondit-elle en ouvrant les yeux.

— Vous n'avez pas mangé depuis longtemps, il faut vous alimenter et boire beaucoup d'eau. Je vous ai apporté des biscuits.

— Où suis-je ?

— Au milieu de nulle part. Le grand air vous fera du bien, mais je préférerais que vous ne mettiez pas votre pied à l'épreuve, pendant au moins une journée. Appuyez-vous sur mon épaule, je vais vous aider à vous relever.

Il la souleva par les bras et lui donna la force dont elle avait besoin pour se mettre debout. La tête lui tourna, Joram attendit patiemment qu'elle trouve son équilibre. Puis il repoussa la couverture grise et l'emmena dehors.

Dans la pâleur d'un jour tamisé par les frondaisons, Maya découvrit un baraquement de tôles, d'abris en carton, de huttes constituées de brindilles, de tentes en tissus rapiécés. Au milieu d'un semblant de clairière, un groupe d'enfants de tous âges jouaient au football avec une boîte de conserve.

— Un campement de fortune perdu dans une forêt qui borde la frontière grecque, soupira Joram. La plupart de ceux qui sont ici reprennent des forces après un long voyage, en attendant de poursuivre leur périple. Bien qu'ils soient venus d'horizons différents, leurs histoires se ressemblent, mais je devine que la vôtre est très différente… et j'aimerais savoir pourquoi vous vous êtes retrouvée au milieu de ce champ.

— Une sortie de route idiote, expliqua-t-elle.

Joram l'entraîna vers une souche d'arbre et l'aida à s'y asseoir.

— Pourquoi ne pas me dire la vérité ? Qui étaient ces hommes lancés à vos trousses ? C'est un miracle que vous leur ayez échappé.

— Je n'en sais rien, ils m'ont prise en chasse à la sortie d'un village. J'ai eu peur, j'ai accéléré et…

— Je comprends, interrompit Joram. Je ne veux pas me mêler de ce qui ne me regarde pas, mais je dois savoir si votre présence nous met en danger. Les autorités turques n'ignorent pas que nous sommes là, elles ferment les yeux et nous tolèrent car nous avons appris à nous faire discrets. Nous ne sortons de ces bois que pour aller nous ravitailler. Chaque nuit, une poignée d'hommes traversent le champ où l'on vous a retrouvée, ils marchent jusqu'au village et reviennent avec la nourriture et les vêtements que des personnes bienveillantes laissent à notre intention. Les colis contiennent parfois de quoi nous laver, quelques médicaments, des couches pour les bébés, de vieux jouets pour les enfants et ce dont les femmes ont besoin. Nous avons beaucoup de chance que des âmes charitables pensent à nous, les invisibles. Comment nommer autrement une population de fantômes que personne ne veut voir ?

— D'où arrivez-vous ? questionna Maya.

Joram pointa le doigt dans la direction du sud-est.

— Comme beaucoup, de Syrie. Je suis pédiatre ; enfin, je l'étais. Qu'auriez-vous fait si l'on pilonnait vos villes, bombardait vos écoles, brûlait vos maisons ? Vous auriez accepté de voir vos enfants mourir brûlés ou gazés ? Non, vous auriez fui et cherché refuge ailleurs. Nous sommes victimes d'un tyran et de ceux qui soutiennent son régime, et pourtant nous sommes perçus comme des envahisseurs. Regardez les visages de ces hommes et femmes à bout de forces, regardez les corps de ces gamins qui souffrent de multiples carences, constatez ce qui reste de nos familles. Tous ont perdu un père, une mère, un ou plusieurs enfants, morts sous les décombres, asphyxiés dans les caves où ils se réfugiaient, engloutis par la mer sur leurs radeaux misérables, morts de froid ou de faim sur les routes. Regardez-les, ces envahisseurs qui font si peur à ceux qui dressent des murs, étendent des milliers de kilomètres de barbelés et pointent leurs fusils sur des civils apeurés. Mais une Française n'a aucune raison de se trouver parmi nous. Les hommes qui vous pourchassaient en ont-ils de venir vous chercher ici ? Il faut me dire la vérité.

Maya observa les enfants qui jouaient, leur admirable vivacité contrastait avec leurs piètres mines. Assis au pied d'un arbre, le jeune garçon qui avait veillé sur elle ne la quittait pas des yeux.

— La vérité, soupira-t-elle, c'est qu'il vaudrait mieux que je m'en aille, mais je ne sais ni où aller ni comment.

— Eh bien voilà au moins une chose que nous partageons. Si ce n'est pas indiscret, pourquoi sont-ils à vos trousses ?

— C'est une longue histoire, dont je n'ai pas encore compris toute la dimension. Je ne crois pas pour autant être l'ennemi public numéro un des autorités turques, si cela peut vous rassurer.

— Ce soir ce serait trop tôt pour votre blessure mais dès la nuit prochaine, des hommes pourront vous conduire jusqu'à l'entrée du village. Il y a bien quelqu'un que vous pourriez appeler ?

— Je suppose, à condition qu'il y ait une cabine dans ce village.

Maya fouilla les poches de son pantalon, elle n'avait pas un sou sur elle.

Joram passa les doigts dans sa chaussette et saisit un billet froissé.

— C'est tout ce que j'ai, dit-il en le tendant à Maya. À l'épicerie, ils vendent des cartes téléphoniques.

Elle repoussa sa main.

— Merci, mais non. Vous en avez déjà fait beaucoup.

Il n'insista pas.

— Je vais trouver une tente où vous pourrez vous reposer, ma cabane sert de dispensaire et mon cabinet est toujours bondé, dit-il avec humour. Vous partirez donc demain à la tombée du jour. En cette saison les commerces et cafés restent ouverts tard le soir. Mon fils vous apportera de quoi faire un brin de toilette et il faudra penser à recoudre le bas de votre pantalon. Dans cet état, vous attireriez trop l'attention.

— Mon sac, mon portable, toutes mes affaires sont restées dans la voiture, expliqua Maya.

— C'est drôle, dit Joram, il m'arrive encore de penser à la mienne, souvenir d'une autre vie où je rendais visite à mes jeunes patients. L'odeur de cuir qui s'en dégageait quand elle était restée trop longtemps au soleil me revient parfois. Et dire que je pestais quand je ne trouvais pas où me garer. Comme les tourments d'alors me manquent. Dieu que j'aimerais serrer un volant, écouter la radio en conduisant vitre ouverte et râler parce qu'il fait trop chaud… À votre place j'éviterais de retraverser ce champ. Si vous y tenez absolument, demain en marchant vers le village, libre à vous de ne pas suivre mon conseil. Je dois vous laisser, j'ai beaucoup à faire.

— Puis-je vous aider ?

— Vous êtes infirmière ?

— Agent de voyages, répondit humblement Maya.

— Alors, dans ce cas, trouvez-moi cent billets d'avion pour Paris, répondit Joram en s'en allant.

Maya le regarda s'éloigner vers sa cabane, jamais elle ne s'était sentie aussi impuissante.

Le septième jour, au manoir

Ilga était passée par là, les tables étaient nettoyées, les chaises replacées devant les écrans, l'air légèrement parfumé et un plateau de boissons trônait sur une console. Vital alluma l'écran central. Ekaterina résuma tout ce que Mateo et elle avaient appris en tentant de déjouer le projet d'attentat à l'université d'Oslo, invitant ses amis à s'intéresser au rôle qu'avait certainement joué Baron.

— Quel est son objectif, quelles sont ses véritables motivations ? demanda-t-elle. Enrichissement personnel, poursuite d'une idéologie ou est-ce qu'il agit en simple mercenaire contre paiement ?

Janice exposa tout ce qu'elle avait découvert, ou presque. L'intervention des PSYOPS pour manipuler les élections, ses soupçons sur leur intervention dans le vote du Brexit qui avait isolé l'Angleterre de ses alliés européens.

— Reste à savoir qui aurait fait appel à eux et dans quel but ? conclut-elle.

Mateo raconta avoir été, lors d'une soirée officielle à Londres, témoin d'une rencontre entre Jarvis Borson, le nouveau Premier ministre anglais, un ancien général américain membre des PSYOPS tout juste promu ambassadeur, deux magnats de la presse populiste sympathisante des mouvances nationalistes et suprémacistes, un milliardaire américain ultraconservateur et Stefan Baron.

— Ce qui nous ramène à ces virements opaques transitant par Jersey, aux prêts étranges entre des sociétés américaines et russes et à une série de transferts de fonds vers la German Bank. Au centre de cette nébuleuse financière se trouve Oxford Teknika, prétendue société de marketing, au siège fictif établi dans le centre de Londres.

— Robert Berdoch, Libidof et Kich sont à la tête d'empires médiatiques. Schwarson dirige le plus gros fonds d'investissement au monde avec près de 150 milliards d'actifs. Ayrton Cash, un autre milliardaire, a dépensé sans compter pour isoler son pays du reste de l'Europe, motivé uniquement par les profits colossaux qu'il tirerait du Brexit. Jarvis Borson, Darnel Garbage, Malaparti, Thorek, feu Vickersen, autant de politiciens et dirigeants populistes entretenant des rapports étroits avec Baron. Côté banques, la JSBC et la German Bank, et enfin les PSYOPS, composés d'anciens militaires, professionnels de la manipulation, reconvertis dans le civil. Pour mieux comprendre comment se présentent les choses, j'ai fait un croquis. Si tu veux bien l'afficher sur l'écran central ? demanda Ekaterina.

Vital scanna la feuille que lui avait confiée Ekaterina, et le dessin apparut.

— Cet organigramme, aussi improbable que stupéfiant, est néanmoins très loin d'être complet, poursuivit Ekaterina. Nous devons identifier les éléments manquants, qu'il s'agisse de personnes, d'entreprises, d'organisations appartenant aux fauves ou trafiquant avec eux. Sans quoi, nous ne cernerons jamais la nature exacte de leur projet et par quels moyens ils comptent le faire aboutir. Mateo a réussi à piéger le portable de Baron, je me propose de partir au plus vite à Rome pour découvrir ce qu'il manigance en Italie.

— Vous connaissez le dicton, enchaîna Janice. Si vous voulez savoir ce qui se passe vraiment, suivez l'argent. Le virus créé par Vital ne nous permettra pas d'épier tous les mouvements financiers qui transitent par Jersey, en tout cas pas sans nous faire repérer. Et ça, il n'en est pas question. Pour assurer une surveillance continue, il nous faut un accès maître, comme si l'on travaillait sur un terminal du réseau de la banque, et je ne vois qu'une seule solution : agir de l'intérieur.

— Je te demande pardon ? l'interrompit Mateo.

— Une attaque de type *Access P*, expliqua Janice. J'implante physiquement sur un de leurs terminaux un deuxième virus qui infiltrera tous les organes de leur réseau. Alors nous pourrons suivre leurs opérations bancaires, connaître les émetteurs et récipiendaires des virements comme si l'on travaillait à la JSBC.

— Ma question était : comment comptes-tu entrer dans cette banque ?

— Par la porte, tout simplement, comme une cliente qui souhaite ouvrir un compte. Hier, nous avions 300 millions de dollars chez eux, cela devrait suffire à faire de nous des gens respectables à leurs yeux, répondit-elle avec un petit air malin.

— Tu es dingue, te relier de loin, même de très loin, à l'opération de la nuit dernière reviendrait à te jeter dans la gueule du loup et à nous mettre tous en danger.

— Pas si dingue. Il y a un autre moyen d'y arriver, objecta Vital en se tournant vers son frère.

Malik comprit tout de suite à quoi songeait son jumeau et, dans un murmure consterné, finit par lui donner son aval.

— Il est un fait, enchaîna Vital, que mon frère et moi avons hacké d'autres banques dans le passé et garni quelques comptes ici et là. Il faut dire que l'entretien de ce manoir coûte une fortune. Est-ce que 1 million de dollars suffirait à faire de toi une cliente respectée ?

— Vous avez détourné 1 million de dollars ? demanda Janice avec une candeur touchante.

— Vu les équipements du donjon, ta question devrait être : « Combien de fois avez-vous détourné 1 million de dollars ? » suggéra Cordelia.

— Si cela peut te rassurer, l'argent que nous avons pris ne manque à personne, promit Malik.

— Elle n'était pas inquiète, rétorqua Diego.

— Je peux poursuivre ? s'agaça Vital. En arrivant à Jersey, tu t'appelleras Tamara Karsavina. Tu prétendras vouloir investir la somme dont nous avons parlé. Ce n'est pas le genre d'établissement à s'inquiéter de la provenance de l'argent qu'on lui confie. Tu leur donneras le numéro du compte que nous te fournirons et tu verras comme un peu d'argent fait que l'on vous prend tout de suite au sérieux.

— Pour toi, 1 million de dollars c'est *un peu* d'argent ? s'étonna Janice.

— Non, ma Metelyk, pour moi, c'est beaucoup, mais dans le monde où l'on vit, c'est une flaque d'eau au milieu de l'océan. Pour les motiver davantage, tu préciseras qu'il s'agit d'un premier placement. Un test. Et que si tout se roule dans la grande discrétion, d'autres suivront.

— Et qui est Tamara Karsavina ?

— Une danseuse étoile russe, très belle, immense talent. Elle a fini sa vie en Angleterre. Sa fille y vit toujours. Nikita, magnifique aussi, encore plus même. Elle a fêté ses cent quatre ans en janvier. Mais le compte de Nikita est trop important pour financer la seule implantation de notre virus... Grand respect pour notre travail mais tout de même, ajouta-t-il avec une petite moue impassible.

Ekaterina et Mateo se regardèrent, hébétés. Cordelia, aux anges, aurait voulu se lever pour aller embrasser Vital, mais elle n'en fit rien.

— Nous te donnerons une petite clé USB empoisonnée, à toi de trouver le terminal où la brancher, enchaîna Malik. Elle devra rester connectée deux minutes. Cela paraît rapide, mais sur le terrain, deux minutes peuvent devenir très longues.

— Vous avez beaucoup d'autres amies danseuses ? demanda Janice.

— De quoi s'offrir le Bolchoï, ma Metelyk !

— Je vois, dit-elle. Très bien, une fois cette mission accomplie, je quitterai Jersey pour me rendre à Londres. Le quotidien *L'Éclipse*, propriété de Berdoch, a ses bureaux dans Southwark et ceux du *Morning Standard*, appartenant à Libidof, sont à Kensington.

— Puisqu'on en est à jouer nos atouts, intervint Cordelia, je travaille pour une société de sécurité informatique à Londres. Et nous avons le *Daily Time* pour client, un autre journal appartenant à Berdoch, mais relié à sa maison mère par le même réseau. Au moins, mon intervention ne vous coûtera rien, juste une de vos clés empoisonnées. Entrer dans leurs locaux est pour moi un jeu d'enfant et n'éveillera aucun soupçon, une alerte préalable dans leurs systèmes justifiant pleinement que mon équipe et moi fassions un check-up complet de leurs installations.

— Hors de question que tu remettes les pieds à Londres ! Pas après ce qui est arrivé, objecta Diego, ce serait une folie.

— Après le coup de cette nuit, tu m'expliqueras ce que tu entends par « folie », répondit-elle avec l'air ingénu qu'elle empruntait quand elle espérait battre un nouveau record de mauvaise foi.

— Ne pas s'intéresser de près à l'empire de Berdoch serait encore plus fou, dit Mateo.

Ekaterina l'observa curieusement tandis qu'il poursuivait :

— Cordelia a accès à des ressources informatiques qui nous seront très utiles, mes bureaux à Rome ne sont pas en reste, le donjon doit être préservé pour nous servir de base arrière et de salle de coordination. Nous ne sommes pas nombreux, mais notre puissance de feu est considérable, à condition de mener nos attaques avec méthode. Je pars avec Ekaterina, Baron est un gros gibier. Diego, si tu es inquiet, accompagne ta sœur et profite d'être à Londres pour enquêter sur Oxford Teknika.

— Je te remercie, Mateo, de ta sollicitude délicieusement macho, lâcha Cordelia impassible, mais je suis une grande fille et plutôt débrouillarde. Et puis Diego a fait six ans d'allemand, autant que cela serve enfin à quelque chose…

— Sept, mais je ne vois pas le rapport, rétorqua l'intéressé.

— Aux dernières nouvelles, c'est la langue que l'on parle à Berlin. On ne va pas claquer 1 million de dollars chaque fois qu'on veut hacker une banque, cela finirait par dénaturer le jeu et faire de nous des enfants gâtés. Trouve le moyen de t'infiltrer dans les locaux de la German Bank, avec l'une des clés vénéneuses de nos amis. La suite, tu la devines… Et puis comme ça, moi aussi j'aurai peur pour toi, ce qui ravira Mateo !

— Cordelia a raison, renchérit Ekaterina. Nous ne sommes pas assez nombreux pour nous offrir le luxe d'opérer en binôme. Une fois à Rome, je me chargerai de Baron, et toi, Mateo, tu t'occuperas de FriendsNet.

— C'est-à-dire ? questionna Janice.

— FriendsNet est le terrain de jeu des mouvances de l'ultradroite et des suprémacistes. Incitations à la haine de plus en plus explicites, création de réalités parallèles propagées à grand renfort de publicités mensongères, endoctrinement, propagande raciste et xénophobe, théories complotistes, autant de saloperies qui font la fortune des dirigeants et actionnaires du réseau social. Et le poison se répand chaque jour un peu plus. L'armée des PSYOPS l'utilise à outrance pour manipuler des élections. Et dire que c'est le Darknet que l'on fait passer pour l'enfer de l'Internet. Il faut savoir si Sucker ferme les yeux parce qu'il en tire profit…

— … ou parce qu'il est membre de l'Alliance, enchaîna Janice dans un soupir qui en disait long sur l'ampleur de la tâche qui les attendait.

— Et pendant ce temps, moi, je suis censé préparer vos repas ? s'emporta Malik.

— Tu coordonnes les opérations depuis le donjon pendant que je m'efforcerai de retrouver la trace de Maya, répondit Vital. Je constate que personne ici ne semble beaucoup se soucier de ce qui a pu lui arriver.

— Détrompe-toi, la retrouver est la plus grande priorité, affirma Mateo.

— Bienvenue au bataillon des faux derches, siffla Cordelia. C'est bon, je me dévoue. Partez tous demain, je resterai une ou deux journées de plus pour prêter main-forte à Vital.

LE CROQUIS D'EKATERINA

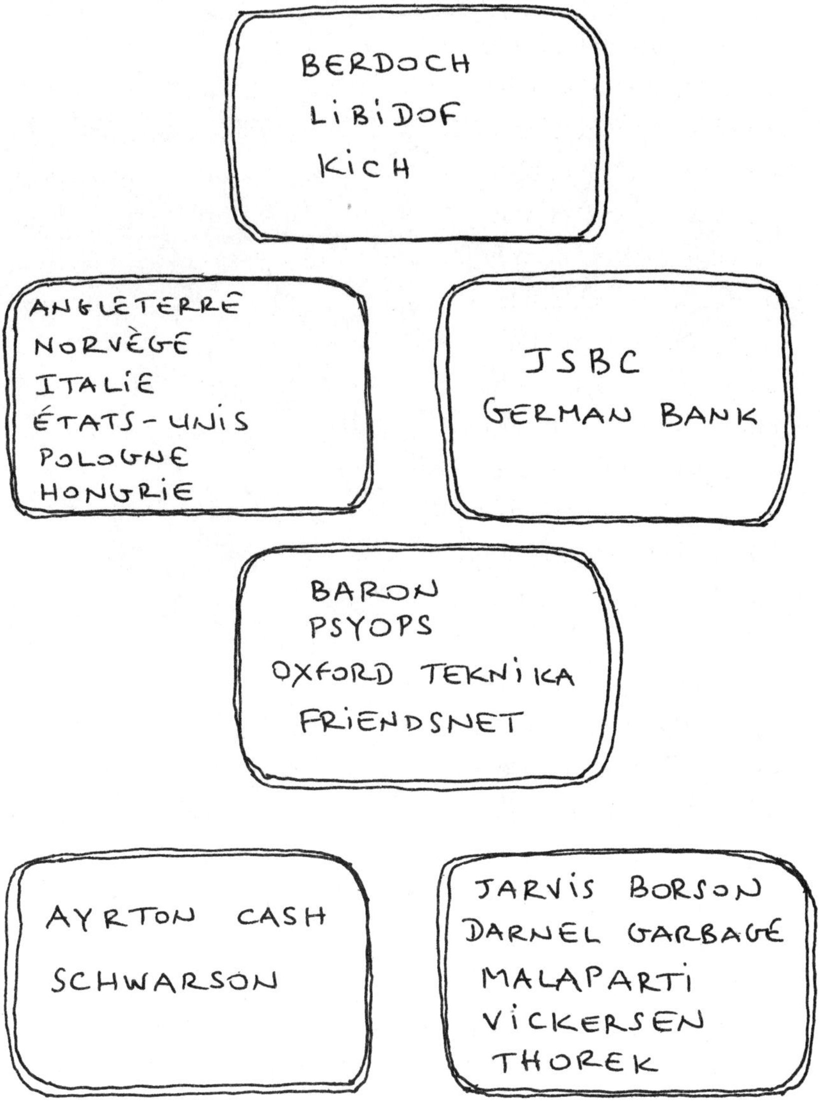

12.

— *Vous suspectiez FriendsNet d'être un acteur majeur de l'alliance des fauves ?*

— Nous vivons dans un monde où la plupart des gens n'ont pas le droit d'exprimer leurs opinions, de pratiquer leurs croyances, d'aimer qui ils choisissent, d'être simplement libres de vivre comme bon leur semble. Les régimes autoritaires resserrent continuellement leur étau, réduisent les minorités au silence en les persécutant, quand ils ne les exterminent pas. Journalistes, activistes des droits de l'homme, dissidents politiques, lanceurs d'alerte, mais aussi leurs familles et amis, quand leurs données personnelles sont atteintes, courent de graves risques, tant sont nombreux ceux qui veulent les réduire au silence en les emprisonnant ou en les assassinant.

— *Comment les protéger ?*

— En informant les plus vulnérables. Tous ceux qui ont la naïveté de penser que leurs libertés sont définitivement acquises et que la démocratie est inébranlable. Ceux-là mêmes qui vous diront que si l'on n'a rien à cacher, on n'a rien à craindre. Ce qui est aussi absurde que d'affirmer que si l'on n'a rien à dire, la liberté d'expression est superfétatoire. Le droit à la protection de la vie privée est la condition première pour garantir la survie d'un monde où nos libertés ne seraient pas régentées par les gouvernements. La technologie de FriendsNet donne à ceux qui l'emploient le pouvoir absolu de surveiller et d'orienter la société, comme les individus. Le mal trouve sa racine dans la réponse à une question qui peut paraître simple, mais ne l'est pas pour la majorité d'entre nous. Qu'est-ce qui pousse une gouvernance à opprimer sa population ? L'idéologie ? Les autocrates n'en ont aucune. Un amour démesuré de leur patrie ? Non plus. Ils appauvrissent leur peuple, divisent la société. L'ordre et la loi ? Encore moins. Ils ont érigé la délinquance en système étatique, la corruption et la terreur sont les armes par lesquelles ils se maintiennent au pouvoir. En réalité, ces prédateurs redoutent tout simplement la diversité, ethnique, religieuse, sociale, culturelle et politique. Orwell disait : « Un peuple qui élit des corrompus, des renégats, des imposteurs, des voleurs et des traîtres n'est pas victime ! Il est complice. » C'était vrai en son temps, mais plus maintenant, alors que les informations circulent plus vite que nous et se confondent, alors qu'une réalité alternative fabriquée par ceux à qui elle profite a pris le pas sur les faits. Les fauves l'ont compris, ils ont acquis les données personnelles de centaines de millions d'individus. Et pour éliminer toute adversité, ils ont décidé de s'en prendre aux démocraties.

— *Qui sont-ils ?*

— Je vous l'ai dit, des hommes et des femmes qui s'enrichissent grâce à la corruption. Cyniques, ou nationalistes, vivant dans la mémoire d'un passé mythifié que la plupart n'ont jamais connu, parfois véritables adeptes d'un ordre nouveau qui ne peut s'établir qu'en éradiquant toute forme d'opposition. Certains sont des loups solitaires, d'autres des citoyens en apparence ordinaire qui prospèrent à l'ombre des régimes qu'ils soutiennent. Tous complices ou assassins.

Près de la frontière gréco-turque

Maya reprit des forces au cours d'une journée qui lui parut durer une éternité. Ayant interdiction de poser le pied par terre – ordre de Joram qui était venu lui rendre visite à deux reprises afin de vérifier que la plaie ne s'infectait pas –, elle en passa la plus grande partie, assise sur une caisse en bois, à respirer le grand air, sous l'étroite surveillance de son jeune ange gardien. Sa prévenance, lorsqu'il avait taillé pour elle une béquille dans une branche d'arbre et l'avait aidée à braver l'interdit, comme la façon dont il l'observait sans cesse, lui laissait supposer qu'il s'était amouraché d'elle. Hakim n'était jamais sorti de son mutisme, mais Maya avait fini par apprendre son prénom d'une femme du campement qui lui avait également confié qu'il avait perdu sa mère dans les bombardements d'Alep.

Le ciel se teintait des couleurs du soir quand Joram était revenu pour un examen plus approfondi, au terme duquel il l'autorisa à faire quelques pas.

— Alors ? s'enquit le médecin.

— Je mentirais en vous disant que je suis prête à courir, mais hormis un élancement dans la cheville, la douleur n'est en rien comparable à celle de ce matin.

— J'aurais aimé vous donner des antalgiques mais nous en avons si peu… Votre cas ne le justifie pas. Tâchez de faire attention pendant quelques jours, la blessure était tout de même profonde. Bientôt vous rejoindrez le monde civilisé auquel vous appartenez, vous pourrez être suivie si cela ne s'arrange pas.

— Je préférerais être suivie le moins possible, plaisanta Maya.

Un trait d'humour qui n'arracha pas le moindre sourire au médecin.

— Un hélicoptère est passé au-dessus de la forêt tout à l'heure, vous l'avez entendu je suppose.

— Et c'est inhabituel ?

— C'est la première fois et cela m'inquiète.

— Alors, il est l'heure de se dire au revoir, je ne veux pas vous exposer plus que je ne l'ai déjà fait.

— Deux hommes vous escorteront jusqu'au village, vous vous séparerez avant d'y arriver, il est préférable qu'on ne vous voie pas ensemble.

— Pour eux ou pour moi ?

— Pour tout le monde, soupira Joram. Vos affaires ont été lavées, le bas de votre pantalon rapiécé du mieux possible, vous pouvez vous changer sous ma tente, inutile de tarder. Vous savez où passer la nuit ?

— Je l'espère, tout dépendra de l'aide que mes amis pourront m'apporter, mais ne vous inquiétez pas pour moi, vous en avez déjà tous fait beaucoup. Et puis, voilà longtemps que j'ai appris à me débrouiller seule.

— Ce n'était visiblement pas le cas lorsque nous vous avons porté secours, mais je vous fais confiance. Un dernier conseil : une fois au village, évitez l'épicerie du centre ainsi que le marchand ambulant à l'entrée du bazar, ils renseignent la police.

— Comment le savez-vous ?

— Ils nous observent et nous les observons aussi, survivre nécessite des ressources insoupçonnées.

Maya se rendit dans la tente. En se changeant, elle prit conscience de l'importance qu'attachaient ceux qui vivaient là au maintien d'une bonne hygiène. Durant sa courte promenade, outre des linges séchant sur des fils tendus entre des branches, elle avait pu se servir d'une douche construite à partir d'une bassine recueillant les eaux de pluie. Elle plia avec précaution les affaires qu'on lui avait prêtées et les posa sur une chaise avant de ressortir. Ses accompagnateurs l'attendaient. Joram s'approcha, tendit la main et lui souhaita bonne chance.

— Puis-je vous demander un petit service ? dit-il en la regardant fixement.

— Bien sûr, tout ce que vous voulez.

— Ce que je voudrais, vous ne pouvez pas me l'accorder hélas, mais à défaut (Joram marqua une pause et prit une longue inspiration avant de poursuivre), lorsque vous serez de retour à Paris, pourriez-vous avoir une pensée pour nous, par exemple le soir vers 21 heures quand vous serez assise dans un restaurant ou installée au chaud dans votre appartement ? Cela peut vous paraître étrange mais chaque soir, à 21 heures, je regarderai ma montre, alors je saurai que quelqu'un dans le monde libre sait que nous existons. Que quelqu'un se souvienne de nos visages nous rendra un peu moins invisibles.

Maya promit. Les réfugiés, ces hommes, femmes et enfants qui devaient envier son sort, l'observaient en silence. Au milieu de la place où ils s'étaient réunis pour le repas du soir, le feu n'était pas encore allumé, à la différence de la veille ; il ne le serait qu'après son départ.

Avant que le convoi s'ébranle, Maya, songeant à la photo d'une petite fille tout aussi perdue qui l'avait conduite jusqu'à cet endroit, se fit le serment de ne pas s'en tenir à de simples pensées, une fois rentrée à Paris.

— Les évènements en ont décidé ainsi, ou appelez cela le hasard si vous préférez, mais Maya et Naëlle allaient connaître des destins similaires.

— *Qui est Naëlle ?*

— La fille d'un peuple qui réclama un jour la liberté à son président. La réponse à ce simple appel au changement fut si violente qu'elle coûta la vie à six cent mille êtres humains et en jeta six millions d'autres sur les routes, hommes, femmes et enfants abandonnant leurs existences pour s'enfuir à travers les montagnes et les mers terribles. Quel autre choix s'offrait à eux, soumis à la torture, fauchés par les balles des gardiens de la sécurité, déchiquetés par les bombes qui rasaient leurs villes, terrifiés par les armes chimiques qui venaient les étouffer jusque dans leurs abris ? Ceux qui ont vu les corps d'enfants gazés garderont gravées dans leur mémoire ces images jusqu'à leur dernier jour. Comment un être humain, aussi tyrannique soit-il, peut-il avoir un tel appétit de destruction ? Une question que Naëlle ressassait chaque fois qu'elle faisait sa prière. À quoi Dieu pouvait-il être occupé pour ne pas abattre ses foudres sur lui ? À cinq ans, Naëlle ne savait rien des enjeux de la géopolitique, des décisions prises dans des bureaux feutrés à des milliers de kilomètres de sa maison dont il ne restait plus qu'un amas de ruines au milieu d'un quartier dévasté. Là où jadis se dressaient des arbres le long des avenues n'existaient plus que des entrelacs de fer distordu, des gravats tachés de sang et de chairs séchées.

À huit ans, Naëlle ignorait encore que le cynisme et l'indifférence auraient raison du monde qu'elle avait connu jusque-là. Avant l'appel au changement, elle était une enfant curieuse, qui grandissait au sein d'une famille ni riche ni pauvre, mais furieusement joyeuse. Son père, un merveilleux tailleur, homme à l'élégance remarquable, possédait un atelier de confection dans un quartier commerçant de la ville. Son affaire tournait avec la régularité d'une horloge ; considérant son métier comme un art, il refusait de céder aux sirènes de la croissance. « Le temps est de l'amour et l'amour vit du temps qu'on lui accorde », se plaisait-il à répéter en caressant le mètre ruban qu'il portait du matin au soir autour du cou. Adnan, le grand frère de Naëlle, son aîné de onze ans, avait monté lui aussi sa petite entreprise. Il achetait des malbans en gros qu'il revendait au détail de l'autre côté de la frontière. Les malbans sont des friandises très prisées et les meilleures se fabriquaient dans une usine de la région, une aubaine. Adnan prétendait travailler dans l'import-export, ce qui faisait beaucoup rire sa sœur qui ne perdait jamais une occasion de lui rappeler qu'il était un simple marchand ambulant. Naëlle avait une santé robuste, ce qu'elle vivait comme une véritable injustice chaque fois que sa mère revenait du dispensaire et parlait à table de ses petits malades.

Lila était une pédiatre passionnée, mais une mère avant tout. Devinant la jalousie que sa fille éprouvait à l'égard de ses patients, elle décida de l'emmener avec elle. Très vite, Naëlle sut ordonner le contenu des armoires à pharmacie. Sauver une vie exigeait une bonne préparation, surtout en temps de guerre. Elle apprit à déplier des compresses stériles sans les souiller, à nettoyer les instruments. À neuf ans, elle savait poser des garrots. À dix ans, elle clampait une plaie pendant que sa mère la suturait, nécessité oblige. Mais depuis que le toit du dispensaire avait été bombardé, elle passait son temps à arpenter les ruines pour ramasser tout ce qui pouvait servir, puis, quand elle rentrait de ses tournées, à soutenir le moral de Lila qui perdait pied de plus en plus fréquemment. Pour trouver la force d'espérer, sa mère avait un besoin fou de tendresse, et seule l'étreinte de Naëlle lui donnait une raison de continuer depuis qu'un soir, Adnan n'était pas revenu de sa tournée de l'autre côté de la frontière. Tout le monde priait pour qu'il ne lui soit rien arrivé. Son père, lui, priait parfois en secret pour que son fils soit tombé sous les balles plutôt que capturé par les barbares qui servaient le régime. À table, il n'y avait plus grand-chose à manger, mais on ne se plaignait pas, il n'y avait plus grand-chose non plus à ranger dans les armoires à pharmacie du dispensaire, et plus de façades aux immeubles éventrés de la ville. Des bâches tendues sur les décombres formaient des abris de fortune. Mais on vivait encore et c'était là l'essentiel. Une nuit, une lumière orangée avait illuminé un carrefour, un gaz s'était répandu et la mort avait pris une forme abominable.

Naëlle apprit que, loin de chez elle, on s'était indigné ; on avait dit qu'une ligne avait été franchie, mais aucun sauveteur n'avait franchi cette ligne dans l'autre sens pour venir les chercher, elle et les siens. Son père racontait que si ce n'était le boucher al-Assad, ce serait l'indifférence du monde qui les tuerait. Mais Naëlle ne comprenait pas ce qu'il voulait dire par là.

Son père faisait des petits miracles avec ce qu'elle récupérait. Des bandages avec des morceaux de tissu rapiécés, du mobilier avec des bouts de bois et des clous redressés, de quoi rallumer le feu avec des escarbilles ramassées au pied de poutres incandescentes. Il arrivait qu'au cours de ses vadrouilles dans les bâtiments effondrés, Naëlle déniche une boîte de conserve, un vieux paquet de biscuits, des vêtements, parfois même un livre qu'elle rangeait, tel un trésor, sur une planche qui lui servait d'étagère.

Alep, quelques jours plus tôt

Un matin où elle s'était aventurée plus loin que de coutume, entendant le crissement des chenilles d'un char, Naëlle se releva brusquement au milieu des décombres et s'arrêta de fouiller. Elle sentit un élancement à l'épaule, posa sa main à l'endroit de la douleur et constata qu'elle s'était blessée. Il était impossible de crier alors que les brigades du régime rôdaient à proximité. Elle serra les mâchoires, se faufila dans la brèche d'un mur éventré, gagna le trou béant où s'élevait jadis l'ascenseur de l'immeuble et se laissa glisser le long d'un câble. Au rez-de-chaussée, elle se faufila à l'arrière du bâtiment et déboucha dans une courette. De là, elle longea un mur et, zigzaguant dans un dédale de ruines, elle réussit à regagner son quartier.

Une fois en sécurité, bien que celle-ci fût relative, elle s'assit sur une dalle de ciment qui pointait vers le ciel et inspecta son épaule. Elle saignait mais, l'entaille étant peu profonde, Naëlle jugea que ce n'était pas grave, à condition que la plaie ne s'infecte pas. Elle trouva un morceau de tissu dans son cabas, le noua autour de son bras et reprit sa route.

De retour chez elle, elle s'étonna de voir ses deux parents en compagnie de son oncle Razam, médecin lui aussi ; elle fut encore plus surprise du silence qui s'installa à son arrivée.

— Qui est mort ? demanda-t-elle.

— Aujourd'hui personne, répondit Lila dans un soupir, pas encore, mais il y a eu un assaut…

Le tailleur adressa un regard plein de reproches à son épouse, Lila soupira à nouveau mais se tut. Il se leva, épousseta son pantalon et pria sa fille de s'approcher.

— Qu'as-tu fait ? s'inquiéta-t-il en voyant le bandage rougi de sang noué à son épaule.

— Un mouvement brusque, pas de quoi t'alarmer, papa. Il faut juste nettoyer et refaire un pansement, répondit-elle d'un ton aussi avisé que détaché.

Lila se précipita pour défaire le bandage, examina la blessure et alla chercher sa trousse de secours.

— Tu ne dois plus partir comme ça, je te l'ai dit cent fois, c'est beaucoup trop dangereux, protesta-t-elle.

— Je crains hélas que ces recommandations n'aillent pas dans le sens de ce qui l'attend, fit remarquer l'oncle.

— Qu'est-ce qui m'attend ? s'inquiéta Naëlle, regardant sa mère se préparer à recoudre la blessure. Vous allez me dire ce que vous manigancez ? insista-t-elle devant l'air mystérieux de son oncle.

— Tais-toi, Razam, supplia Lila.

Mais l'oncle de Naëlle s'approcha et examina la plaie à son tour.

— Attends, dit-il à Lila, si tu la glissais sous la peau, elle serait bien cachée…

— Tu dis n'importe quoi, s'emporta Lila, pas question de prendre le risque qu'un corps étranger putréfie cette plaie.

— Lila, si nous désinfectons bien avant, insista Razam, le risque est minime et l'enjeu si important.

— Non, s'insurgea Lila en s'opposant farouchement à l'oncle Razam. Quant à toi, cria-t-elle en se retournant vers son mari, comment peux-tu la laisser courir autant de risques ? Cachez cette puce où vous voulez, mais certainement pas comme ça.

Naëlle repoussa la main de sa mère et attendit fermement que quelqu'un lui explique ce que l'on attendait d'elle. Ce fut son père qui se chargea de lui dire la vérité, presque toute la vérité.

— *Pourquoi cette famille était si particulière ?*

— Lila et Nadim, son mari tailleur, tout comme l'oncle Razam, avaient été parmi les premiers à se soulever contre le régime. Au fur et à mesure que la répression s'amplifiait, la rébellion s'organisait. D'une ville à l'autre, de quartier en quartier, on échangeait par Internet des informations sur les mouvements des troupes du tyran, sur les victoires remportées contre ses bataillons, sur les défaites aussi. Certains avaient pour tâche de comptabiliser les morts, d'autres de recueillir les preuves des massacres, pour témoigner plus tard. Il y avait eu Nuremberg, il y aurait un jour un procès qui condamnerait les crimes commis contre leur peuple, c'était tout du moins l'espoir que nourrissaient celles et ceux qui poursuivaient un combat désespéré depuis que les grandes nations du monde libre leur avaient tourné le dos. On avait abandonné les Syriens à leur sort comme on avait toujours fermé les yeux sur la réalité des drames qui s'étaient joués dans les ghettos du monde, de Varsovie à Alep. L'histoire ne se répète pas comme une fatalité, mais parce que les hommes tolèrent que les atrocités se reproduisent. Derrière le sourire affable du tailleur, derrière la bonté d'une pédiatre et d'un médecin généraliste, c'étaient trois chefs de la résistance que les forces d'al-Assad cherchaient à identifier et à capturer depuis longtemps, qui tenaient bon, jour après jour, nuit après nuit. Deux hommes et une femme qui, par un concours de circonstances, s'étaient trouvés dépositaires d'informations importantes devant à tout prix sortir du pays et ne pas tomber dans des mains ennemies.

— *Et il revenait à Naëlle de les convoyer ?*

— Oui, un assaut des forces d'al-Assad se préparait et un petit convoi de civils allait tenter de défier le blocus avant qu'il ne soit trop tard.

— *Qu'est-ce que son oncle voulait qu'on lui insère sous la peau ?*

— Une carte SIM, une puce électronique contenant toutes les informations que le tailleur et sa femme avaient en leur possession.

— *C'est pour cela que vous disiez que Naëlle était la clé qui permettrait d'enfermer les fauves ?*

— Il fallait qu'elle réussisse à traverser les lignes ennemies et à échapper à tous ceux qui se lanceraient à sa poursuite.

— *Quelles étaient ces informations si précieuses et pourquoi ne pas les avoir envoyées par Internet ?*

— Des enregistrements recueillis dans le téléphone d'un officiel russe ainsi qu'une quantité pharamineuse de documents compromettants. La provenance de cette puce attestait leur authenticité. Et pour répondre à votre deuxième question, le courant et les liaisons internet avaient été coupés depuis plusieurs semaines.

— *Comment ceux qui allaient traquer Naëlle avaient-ils eu connaissance de cette carte SIM ?*

— Le corps de l'officiel russe avait été retrouvé mais pas son téléphone portable. Ensuite les services de renseignement turcs et russes savaient qu'il s'apprêtait à échanger les informations qu'il détenait contre un passeport pour une nouvelle vie, jouant son avenir auprès du plus offrant. Ce qui l'a trahi et lui a coûté la vie. Enfin, les membres de la résistance syrienne qui avaient découvert la valeur de ces enregistrements avaient commis l'imprudence d'en parler à mots couverts dans des échanges de mails non sécurisés. Ce qui a précipité les évènements. La préparation de l'assaut sur le quartier où étaient réfugiés Naëlle et les siens et la coupure instantanée des réseaux de communication.

— *Que s'est-il passé ensuite ?*

— Les parents de Naëlle cherchaient surtout à ce que leur fille s'enfuie du ghetto avant qu'il ne soit trop tard. Mais elle n'aurait jamais quitté les siens, à moins que lui soit confiée une mission qu'elle ne pouvait refuser. Elle appartenait à une famille de résistants et quand son père lui dit que, pour venir en aide à son peuple, elle était en âge d'agir autrement qu'en fouillant les ruines, Naëlle prit la décision que le tailleur avait imaginée : elle emporta le petit paquetage préparé par sa mère, la puce ayant été placée par son père dans la couture de la ceinture de son pantalon, et à la nuit venue elle rejoignit une dizaine d'hommes et de femmes qui contournèrent la ligne de front, passant par des souterrains et des ruelles obscures pour franchir les barrages.

— *Vers où faisaient-ils route ?*

— Cizre, en Turquie.

— *Pourquoi n'ont-ils pas tenté de passer la frontière à Kobané, puisque la ville avait été reprise par les Kurdes ?*

— Les points de passage y étaient fermés depuis longtemps et la zone nord était très surveillée. Naëlle fuyait à la fois les soldats d'al-Assad, les troupes russes et les services de renseignement turcs. Elle ne serait en sécurité qu'après avoir été récupérée par Maya et, aussi paradoxal que cela paraisse, tant qu'elle marcherait vers l'est, elle voyagerait dans un plus grand anonymat qu'en pénétrant trop tôt au cœur de la Turquie voisine.

LES RUINES D'ALEP

13.

Le septième jour, au manoir

Les frères jumeaux s'étaient enfermés dans le donjon. Vital afficha sur son écran la carte de la Turquie.

— C'est de là que son portable a envoyé le dernier signal, dit-il en désignant la route qui reliait Edirne à Kastanies, à environ cinq kilomètres du poste-frontière de Pazarkule.

— Tu en es sûr ?

— Maya m'avait demandé d'inspecter son portable. Du coup, j'ai pu la localiser jusqu'à ce qu'elle le coupe brusquement. Il a disparu comme si elle l'avait détruit ou en avait ôté la carte SIM.

— Alors c'est une bonne nouvelle, elle a dû vouloir que l'on perde sa trace, et si elle se trouvait à quelques kilomètres de la frontière grecque, elle l'a probablement franchie.

— Non, elle aurait donné signe de vie depuis ! Et si les Turcs sont après elle, elle a peu de chances de réussir.

En espérant qu'elle ne soit pas déjà tombée entre leurs mains.

— Tu envisages toujours le pire, répliqua Malik.

— Il y a un vol pour Istanbul à 19 heures. Une fois là-bas, on loue une voiture et l'on arrive à Edirne une heure plus tard.

— Et ensuite ?

— On retrouve Maya et on la fait sortir du pays.

— Toi, tu quitterais le manoir ? s'étonna Malik. Tu n'es pas sorti d'ici depuis…

— Inutile de me rappeler depuis quand je me suis cloîtré. Ce n'est pas toi, qui m'en fais le reproche depuis des années, qui vas me décourager maintenant ! s'emporta Vital.

— Rien que pour te voir sortir de cette foutue demeure, mon frère, je serais prêt à me rendre à Edirne en voiture. Mais débarquer dans cette petite ville en pleine nuit ne serait pas très discret. Et imagine que Maya ait réussi à traverser la frontière, qu'elle tente de nous joindre, ou de venir se mettre à l'abri ici et que nous n'y soyons pas ?

— Ilga l'accueillerait et nous en informerait.

— Très bien, concéda Malik, donnons-lui une soirée de plus, ce qui nous laissera le temps d'organiser cette opération. Nous partirons demain, occupe-toi des billets et de trouver un hôtel à Edirne… avec une chambre jusqu'à laquelle je n'aurais pas besoin de te porter.

— Adaptée aux handicapés, tu peux le dire aussi simplement, tu sais, lâcha Vital.

— Je sais mais ce n'est pas ainsi que j'ai envie de le dire, rétorqua Malik en s'en allant.

— Pense à prendre quelques YesCard[1] dans le coffre, il nous faudra des livres turques en arrivant.

*

Cordelia observait son frère pendant qu'il préparait son sac.

— Tu es heureux de retrouver Flores ?

Diego ne répondit pas.

— Je peux connaître la raison de ce petit sourire ?

— Ce que tu veux vraiment savoir, c'est si je suis triste de te quitter.

— Tu n'en as pas l'air en tout cas.

— Qu'est-ce que cela change ? Tu n'en fais qu'à ta tête. Retourner seule à Londres est stupide, irresponsable même, protesta Diego en refermant le sac. Jure-moi au moins que tu ne remettras pas les pieds dans ton appartement.

— Si tu y tiens, répondit Cordelia en prenant un air faussement contrit. Après le coup que tu as flanqué à Mulvaney, je doute qu'il rôde encore dans le coin.

— Et moi, après ce que nous avons fait à Sheldon, je doute qu'il n'essaie pas de te mettre le grappin dessus à tout prix. Ne sous-estime jamais nos adversaires. Tu lui as volé une mallette avec 50 000 livres sterling et des documents compromettants, et quelques jours plus tard 5 millions disparaissent de son compte bancaire ; s'il ne fait pas le lien entre les deux affaires, c'est un imbécile, ce dont je doute encore plus. Sheldon a

1. Cartes de crédit fabriquées par les hackeurs permettant de retirer de l'argent avec n'importe quel code et qui ne sont pas reliées au système d'identification bancaire.

su retrouver ta trace une première fois, je n'ai pas voulu en reparler devant les autres pour les raisons que tu imagines et je m'étonne que Mateo n'en ait pas tiré les mêmes conclusions que moi, lui qui est si parano.

— Quelles conclusions ?

— Que Sheldon suspecte que tu n'aies pas agi seule et que cela nous expose tous.

Cordelia arpenta la pièce, pour une fois sincèrement soucieuse.

— S'il devait rapprocher ces deux incidents…, grommela-t-elle.

— Des incidents ? Tu es sérieuse ? s'emporta Diego.

— Arrête avec tes grands airs, tu sais bien que ce n'est pas l'argent mais les documents qui terrorisent Sheldon, c'est pour eux qu'il a envoyé Mulvaney. Son homme de main est rentré bredouille, il ne risque pas de s'en vanter auprès de sa direction, pas tant qu'il croit être la victime d'une attaque personnelle. Et sûrement pas avant que notre hack soit rendu public, ce qui nous laisse un peu de temps.

— Admettons, mais si les jumeaux ou les heureux bénéficiaires de notre « vendetta » dévoilent notre opération ?

— Alors Sheldon aura encore plus de raisons de se faire discret, sous peine de se voir désigné comme étant celui qui a exposé son groupe de malfrats. Il perdrait son job et tous ses privilèges. Vois cela comme une partie d'échecs, nous avons acculé un fou, et s'il bouge d'une case, il mettra son roi en danger.

— Si nous étions dans une partie d'échecs, ce seraient deux fous qui seraient en danger, veille à ce que cela n'aille pas plus loin.

— D'accord, je serai très vigilante, je ne retournerai pas chez moi, j'irai même m'installer dans un autre quartier si cela te rassure.

— Pourquoi ne pas échanger nos rôles ? Je pars à Londres et toi à Berlin.

— Oui… si j'avais appris l'allemand au lieu de l'italien, si tu travaillais dans mon agence de sécurité informatique et que tu pouvais t'introduire à ma place dans les locaux du *Daily Times* pour implanter la clé vérolée de nos amis, mais ça fait beaucoup de « si ». Et puis avant de partir à Londres, je vais essayer de convaincre Vital de ne pas publier son communiqué.

Diego s'approcha de sa sœur.

— Qu'est-ce qu'il y a encore ? demanda-t-elle, amusée.

— Tu ne changeras jamais.

— Pourquoi veux-tu que je change ?

— Ne fais pas l'innocente, je t'ai vue.

— Le contraire serait étonnant, tu me fixes avec tes grands yeux et le regard pénétrant de celui qui a quelque chose d'important à dire.

— Embrasser Malik.

— Ah, soupira-t-elle.

— Ah, comme tu dis. Et, te connaissant, je ne serais pas surpris que tu en pinces pour Vital.

— N'importe quoi !

— Il ne t'a pas quittée des yeux depuis notre arrivée, il rougit dès qu'il s'adresse à toi et devient fébrile quand tu lui parles, ne me raconte pas que tu ne t'en es pas aperçue. Et les rares fois où un homme te trouble, tu fais tout pour t'en éloigner, alors tu es allée te jeter dans les bras de son jumeau, pour ne courir aucun risque.

— Tu es psy ou restaurateur ?

— Seulement ton frère.

— Pour ta gouverne, c'est Malik qui m'a embrassée, répondit Cordelia en fuyant son regard.

Diego posa la main sur sa joue.

— Il n'y a pas de mal à aimer. Essaie, un jour ; avec un peu de chance, tu pourrais finir par être heureuse.

— Parce que tu l'as été, depuis la mort d'Alba ?

— Je l'ai été follement avec elle et son souvenir me rend encore heureux. Je l'ai perdue mais j'aurais pu ne jamais la connaître et cela aurait été bien plus triste encore. Et puis avec Flores, j'apprends à renouer avec le bonheur et c'est la plus belle chose qui me soit arrivée depuis longtemps. Nous ne serons pas hackeurs toute notre vie ; enfin, pas seulement. Je te suggère juste de penser un peu à la tienne.

— Avec Vital… en Ukraine… dans ce manoir pourri ?… Tu es sérieux ?

Diego se dirigea vers la porte de la chambre.

— Tu vas en rester là, tu ne vas rien lâcher, c'est ça ?

— La question est de savoir si toi, tu vas en rester là.

Près de la frontière gréco-turque

Quelques flambeaux éclairaient le campement dressé au cœur d'une petite clairière. Ceux qui vivaient là s'étaient regroupés, sortant de leurs abris pour voir partir l'inconnue.

Elle avait la peau claire, parlait une autre langue, ni ses joues ni sa peau ne portaient les marques de la faim, du froid ou de l'usure de l'exode ; elle leur rappelait ce qu'ils avaient été avant que le sort ne les oblige à fuir. Elle était libre, mais aucun ne la jalousait, au contraire, elle incarnait l'espoir que cela leur arrive un jour.

Maya s'approcha de Hakim pour lui dire au revoir. Elle remarqua que le jeune garçon avait détourné le regard avant de s'éloigner. Elle marcha vers lui, et posa la main sur son épaule.

— Je ne t'oublierai pas, dit-elle, aucun homme n'a veillé sur moi comme tu l'as fait, à part mon père, mais il n'est plus de ce monde.

Joram, qui se tenait dans son dos, traduisit ses paroles. Le jeune garçon afficha un sourire triste. Il posa une question. Joram traduisit à nouveau.

— Il veut savoir s'il est vrai qu'en France on peut dire tout ce que l'on pense sans risquer de se faire arrêter.

— Un jour tu viendras me rendre visite, je te promets de tout faire pour que cela arrive, répondit-elle.

— Ne perdons pas de temps, insista Joram, j'entends au loin le grondement d'un autre hélicoptère, et ces mouvements aériens sont vraiment inquiétants.

— Comment vous remercier ? demanda Maya.

— En nous faisant sortir de ce trou, mais je doute que vous en ayez les moyens. Filez maintenant, vous ne nous devez rien... Je n'ai fait que mon devoir de médecin.

Joram donna le signal du départ aux deux hommes qui escorteraient Maya et le trio se mit en marche. À la lisière de la clairière, Maya se retourna une dernière fois, elle souffla un baiser dans le creux de sa main en direction du jeune garçon. Ce dernier fit semblant de l'attraper, sautant avec l'agilité de celui qui saisit une balle au vol. Ce fut le dernier souvenir qu'elle emporta de ce campement, qui disparut derrière le rideau noir de la forêt.

Traverser les bois lui sembla moins long qu'à l'aller, une heure suffit à Maya et ses guides pour atteindre la bordure du champ où ils l'avaient découverte. Elle se hissa sur la pointe des pieds, cherchant des yeux sa voiture, avec le fol espoir qu'elle soit restée là, abandonnée, mais l'homme qui avait mené la marche lui ordonna subitement de s'accroupir. L'hélicoptère passa en trombe au-dessus d'eux avant de se mettre en vol stationnaire, balayant le champ d'un puissant faisceau lumineux. Maya vit au loin un escadron d'hommes en uniforme avancer vers eux.

— Il faut aller prévenir Joram ! s'exclama Maya.

L'homme la regarda, impassible. Il avait ordre de l'escorter et rien ne le ferait dévier de sa mission.

— Moi j'y retourne, s'insurgea-t-elle en faisant volte-face.

Son accompagnateur la retint alors que les forces de l'ordre s'approchaient dangereusement. Il l'entraîna manu militari sur un sentier qui filait vers le village voisin.

— Nous avons des guetteurs dans les bois, Joram sera informé bien avant l'arrivée de ces policiers. C'est vous qu'ils traquent. Ils mettront le campement sens dessus dessous, détruiront le peu que nous possédons pour se venger et montrer leur puissance, mais ils repartiront bredouilles.

Maya avançait à marche forcée. La douleur à sa cheville, encore vive, l'obligeait à serrer les dents pour maintenir l'allure imposée. Soudain, elle aperçut des halos de lumière qui s'étiraient tel un ruban jaune dans la nuit. L'homme désigna une route d'asphalte. Ils avancèrent jusqu'à un rond-point.

— Nos chemins se séparent ici. À votre place, j'éviterais Karaağaç, c'est un tout petit village, vous y seriez repérée tout de suite, la police a déjà dû le ratisser, ses habitants savent que vous êtes recherchée. Si vous en avez la force, poursuivez jusqu'à Edirne, vous passerez inaperçue dans la foule. Restez prudente, ils ont des yeux et des oreilles partout.

C'est sur ces mots qu'ils se dirent au revoir sous le lampadaire du rond-point désert.

Il n'y avait pas âme qui vive sur la route que suivait Maya. Le silence inquiétant était parfois interrompu par les hululements d'un oiseau de nuit. Pour ménager sa cheville, elle veillait autant que possible à prendre appui sur sa jambe valide. Quand elle apercevait les lumières d'un hameau au bout d'un chemin et entendait les aboiements lointains d'un chien, elle accélérait le pas. Une heure passa avant qu'elle traverse le petit pont de pierre qui débouchait sur l'entrée sud d'Edirne. Le retour à la civilisation lui apporta un soulagement, seulement un court instant car elle gardait en tête les recommandations de son guide. Elle s'engouffra dans les ruelles étroites de la vieille ville et se promena l'air de rien, remontant vers le bazar. Deux policiers postés au croisement d'une rue l'observèrent alors qu'elle passait à leur hauteur. Habituée à se faire discrète, Maya poursuivit son chemin et s'arrêta un peu plus loin devant la vitrine d'un magasin de vêtements, comme l'aurait fait une touriste, profitant de cette halte pour réfléchir à la façon de joindre son ami en Ukraine. Sans un sou en poche, elle songea à revendre sa montre à un bijoutier du bazar ; elle en aurait tiré le dixième de sa valeur au mieux, mais sortir de ce guêpier n'avait pas de prix. Puis elle renonça à cette idée, le marchand pourrait se montrer suspicieux. Assis sur un muret, cinq adolescents discutaient en fumant des cigarettes. Elle allait leur dire qu'elle avait oublié son portable à l'hôtel et qu'elle avait besoin de joindre un ami avec qui elle devait dîner. Maya avança vers eux, mains dans les poches, et sentit un petit papier, un billet plié de 50 livres turques, l'équivalent de 5 euros, que Joram y avait glissé quand on avait nettoyé ses affaires. Elle secoua la tête pour chasser un sentiment de culpabilité. Parvenue à hauteur des jeunes, elle demanda à l'une des filles où acheter une carte téléphonique.

LE PETIT PONT D'EDIRNE

14.

Le septième soir, au manoir

Le Groupe s'était réuni dans le hall, l'heure du départ approchait. Malik apparut dans l'escalier.

— Ton frère ne vient pas nous saluer ? demanda Janice.

— Il ne faut pas lui en vouloir, Vital déteste les au revoir. Mais avec le travail qui nous attend, vous ne manquerez pas d'occasions d'échanger avec lui. Il m'a chargé de vous dire que vous rencontrer avait été une joie immense et il espère comme moi que vous garderez un souvenir mémorable de votre séjour.

— Mémorable, c'est le mot, répondit Ekaterina avec une ardeur presque enfantine.

Les bras grands ouverts, elle avança vers Janice, qui recula d'un pas.

— Je vais finir par donner raison à Vital, si l'on pouvait s'épargner les grands adieux...

— Où est Cordelia ? demanda Malik.

— Dans sa chambre, je crois, répondit Diego. Nous avons eu un échange qui a dû la laisser songeuse, à moins qu'elle aussi ait du mal à gérer les séparations.

Un toussotement : Ilga avait ouvert la grande porte du manoir, arborant une expression sans équivoque. Il était temps de partir.

Malik s'installa au volant du minibus et démarra dès que tout le monde fut à bord.

Alors que la marchroutka s'engageait sur le chemin de gravier, Janice regardait par la lunette arrière s'éloigner le manoir. Les lumières aux fenêtres s'éteignirent une à une. L'œuvre d'Ilga sans aucun doute.

Pour des raisons de sécurité, Malik redéposa ses invités à l'endroit même où il les avait pris en charge quelques jours plus tôt. Janice salua ses compères devant la gare centrale, Mateo et Ekaterina souhaitèrent bonne chance à Diego en descendant devant le parvis de l'Opéra.

Diego se retrouva seul en compagnie de Malik, le temps d'atteindre l'hôtel Intercontinental où l'attendait sa voiture de location.

— C'est bizarre, nous ne nous sommes jamais rencontrés pendant toutes ces années et il a suffi de passer quelques jours ensemble pour que tout le monde tire une gueule d'enterrement au moment de partir.

— Parce que ça ne te fiche pas le cafard, à toi ?

— Si, mais ce qui nous reste à accomplir va nous réunir plus que jamais.

— Justement, quand je pense à l'ampleur de la tâche, aux risques que vous allez prendre sur le terrain, je me demande si nous ne sommes pas tous fous, soupira Malik.

— À part Maya, qui manquait à l'appel ?

— La bonne question est : « Pourquoi n'est-il pas venu ? »

— Il… ou elle ?

— Je n'en sais rien. Je n'ai jamais réussi à déceler au travers de ses messages si le neuvième d'entre nous était un homme ou une femme, et en même temps, quelle importance ?

Malik donna un coup de volant, le minibus bifurqua à droite sur Maidan Nezalezhnosti.

— Nous voilà place de l'Indépendance. Ici, la liberté des Ukrainiens s'est payée dans le sang, dit-il avec un sourire où s'était invitée la tristesse.

— Et tu n'as jamais soupçonné qu'il puisse s'agir de l'un d'entre nous ? reprit Diego sans prêter la moindre attention au décor.

— Si tel était le cas, je ne pense pas que nous l'apprendrions ce soir. Nous sommes arrivés. À ta place je ne traînerais pas, le trafic est dense entre le centre-ville et l'aéroport. Je te préviens dès que nous aurons localisé Maya, et je te donnerai des nouvelles de Cordelia avant qu'elle ne reparte.

Diego descendit du véhicule. Il eut à peine le temps de saluer Malik, la porte à soufflet se referma et le minivan repartit vers le manoir.

*

Dans sa chambre, Cordelia guettait les pas d'Ilga qui faisait sa ronde du soir. Elle l'entendit descendre au rez-de-chaussée et se faufila sur le palier pour monter discrètement au donjon. Elle y trouva Vital, assis devant son écran.

— Tu aurais pu partir avec les autres, dit-il, je n'ai pas besoin de toi pour mener mes recherches.

— Aimable, siffla-t-elle.

— Désolé, quand je ne parle pas ma langue, je manque parfois de mots justes.

Cordelia s'installa sur une chaise, croisa et décroisa les jambes pour les croiser à nouveau, pendant que Vital continuait de taper sur son clavier. Elle le fixa avec un air de défi.

— Qui te dit que je suis restée pour t'aider à retrouver Maya ?

— Toi. Enfin, tu l'as dit tout à l'heure, répondit Vital très concentré.

Cordelia avança vers lui d'une démarche indolente.

— Mais ça, c'était tout à l'heure…

Leurs regards se croisèrent.

— Alors pourquoi tu es restée ?

— Si je te réponds « pour l'ambiance », tu ne vas pas me croire.

— Qu'est-ce que tu lui trouves à l'ambiance ?

— Rien, justement, répondit Cordelia en s'asseyant tout près de Vital qui se replongea dans son travail.

Il avait affiché sur son écran un agrandissement de la région de la Turquie où le GPS de Maya avait signalé sa dernière position.

— C'est une forêt ? demanda Cordelia en pointant du doigt une zone sombre.

— Oui, pourquoi ?

— Elle jouxte la frontière ; à la place de Maya, j'aurais tenté de passer à travers bois, c'est plus judicieux qu'en terrain découvert.

— Tu avancerais seule dans un bois, en pleine nuit, sans aucun repère ?

— J'ai fait pire, mais j'avoue qu'à Paddington je n'avais pas vraiment réfléchi. J'ai eu peur après coup.

— Maya n'est pas du genre à avoir peur, c'est une tête fumée.

— Brûlée… Tu la connais si bien que ça ?

Vital repoussa son fauteuil et fit face à Cordelia.

— Admettons qu'elle soit dans cette forêt. Alors ce n'est pas une bonne nouvelle, elle s'étend sur moins de dix kilomètres carrés et Maya a disparu depuis plus longtemps qu'il ne faut pour la traverser.

— Sans maîtriser le terrain, elle a peut-être tourné en rond, ou alors elle s'est cachée en attendant que le jour se lève ?

— Le jour s'est levé deux fois depuis que j'ai perdu sa trace.

À son tour, Cordelia fit rouler sa chaise tout près de Vital.

— Ce n'est pas en restant devant ton clavier que tu la feras sortir du bois.

Les joues de Vital s'empourprèrent ; cette vision d'un homme qui rougissait toucha Cordelia droit au cœur. Elle s'approcha plus encore et l'embrassa avant qu'il n'ait le temps de réagir.

Puis elle plongea ses yeux dans ceux de Vital et caressa sa nuque avec une infinie tendresse.

— C'est pour cela que je suis restée, enfin je crois.

— Tu crois, ou tu en es sûre ?

Cordelia fit mine de réfléchir, puis l'embrassa encore, plus fougueusement cette fois.

— Je crois en être sûre.

Vital lui prit la main et resta silencieux.

— Et moi, je croyais que tu préférais mon frère.

— Vous vous ressemblez beaucoup quand même.

— Pas tant que cela, rétorqua Vital en dirigeant son regard vers les accoudoirs de son fauteuil roulant.

— Je m'en moque complètement, argua-t-elle avec un charme désarçonnant.

— Maintenant oui, mais demain…, répondit-il avec un sourire triste.

— En fait, tu as un plus beau sourire que lui.

— Je ne souris jamais, lui tout le temps.

— C'est exactement ce que je disais, ce qui est rare est d'autant plus précieux.

Cordelia allait à nouveau l'embrasser quand le téléphone de Vital sonna. Il se précipita pour répondre, fébrile, et poussa un râle de soulagement.

— Lastivka ! Où étais-tu ? Je me faisais un sang d'encre, terriblement noire.

« Un sang d'encre aurait suffi », marmonna Cordelia, vaincue par les circonstances, et d'autant plus dépitée que Vital lui tournait maintenant le dos, entièrement dévoué à sa conversation.

Le septième soir, à Edirne

Avec le peu d'unités dont elle disposait, Maya avait tout juste eu le temps de communiquer le numéro de téléphone du café où elle s'était rendue, sur les conseils avisés du kiosquier qui lui avait vendu la carte téléphonique. Le vieux téléphone mural, protégé par un écrin bleu, semblait surgi d'une époque où l'on pouvait encore joindre quelqu'un sans risquer de se faire tracer. Pour autant, Vital, qui ne trouvait aucune précaution superflue, craignait que les services de renseignement turcs aient mis sur écoute les lignes publiques des villes et villages où elle aurait pu se réfugier.

— Raccroche, je vais joindre mon partenaire, dit-il d'une voix assurée et rassurante, ensuite je te contacte.

Maya patienta devant le combiné. Vital n'avait pas précisé dans combien de temps il la rappellerait et elle était décidée à empêcher quiconque d'occuper la ligne. Le barman, qui n'avait qu'un client et essuyait des verres pour tuer le temps, l'observa à plusieurs reprises, d'un air plus concupiscent que suspicieux, ce qui, pour une fois, était plutôt de bon augure. Le client, appuyé au comptoir, pianotait sur son smartphone, un vieux modèle qui ne devait pas valoir plus de 60 euros, et encore. Impatiente, Maya était à deux doigts de lui proposer de le troquer contre sa Rolex, enfin, une contrefaçon achetée à Milan deux ans plus tôt. Mais juste avant qu'elle ne se décide à engager la conversation, le téléphone mural tinta à nouveau. Elle se jeta dessus.

— Tu te souviens de notre amie journaliste ?

Maya acquiesça d'un « hum », ne voyant pas où Vital voulait en venir.

— Habillée en bleu, elle priera pour toi dans trois heures exactement. Et tu me préviens dès la fin du service.

Sur cette énigme, qui laissa Maya perplexe, Vital raccrocha.

Le barman la tira de ses pensées lorsqu'il lui demanda dans un anglais hasardeux si elle ne souhaiterait pas commander quelque chose entre deux appels. Maya sortit sans lui répondre.

Sous un ciel gris souris, elle arpenta la rue, pensive.

— Journaliste, c'est Janice, mais la prière... ?

Elle réfléchit à la façon tordue dont pensait Vital.

— Janice habite en Israël ! dit-elle à haute voix.

Elle fit aussitôt demi-tour, rentra dans le bar, se dirigea vers le comptoir et prit le smartphone du client qui la regarda, éberlué.

— Vous permettez, j'en ai pour une minute.

Edirne comptait nombre de mosquées, trois églises et une seule synagogue située entre les rues Maarif et Osmaniye, à deux pas du marché et à peine plus loin du pont Meriç qu'elle avait traversé à deux reprises. L'application cartographique la renseigna sur le chemin pour s'y rendre. Maya effaça toute trace de sa recherche avant de rendre le téléphone à son propriétaire, elle le remercia chaleureusement et s'en alla.

Le septième soir, au manoir

Vital poussa un premier soupir avant de s'extasier.

— Nous l'avons retrouvée et elle est libre ! s'écria-t-il. Je savais que Maya s'en sortirait...

Puis il s'interrompit en se retournant vers Cordelia, pour constater qu'elle avait disparu.

Deuxième soupir !

Au rez-de-chaussée, Cordelia, sac à l'épaule, entrait dans la cuisine d'Ilga, et cette fois ce n'était pas pour lui demander une part de son fameux gâteau.

Le septième soir, à Kiev

Chacun des membres du Groupe entra dans le terminal international indépendamment des autres, passa les contrôles de sécurité à bonne distance et se dirigea seul vers la porte d'embarquement qui lui était assignée. Mateo et Ekaterina, qui voyageaient sur le même vol, enregistrèrent séparément et choisirent des sièges séparés de dix rangs. Diego et Janice se croisèrent au kiosque à journaux. Elle acheta un paquet de cigarettes, lui une tablette de chocolat, tous deux payèrent en espèces. Mais s'il avait existé un appareil pour écouter les pensées, alors que tous s'installaient dans les îlots d'attente, on aurait entendu la même mélodie.

*

À une vingtaine de kilomètres de l'aéroport, Ilga, pied au plancher, conduisait un vieux Land Rover aux suspensions douteuses. La boîte de vitesses craquait, le compteur avait rendu l'âme depuis longtemps, et c'était préférable. Le hayon arrière claquait sans cesse et, là où Cordelia était assise, on pouvait voir défiler la route à travers un trou dans le plancher. Lorsque Ilga dépassait un camion, se rabattant de justesse sous les klaxons hurlants des automobilistes qui arrivaient en sens inverse, Cordelia faisait un signe de croix.

— Qu'est-ce qui est arrivé à Vital ? demanda-t-elle.

Ilga, accrochée à son volant, fit mine de ne pas avoir entendu la question.

— C'est vrai ce que m'a raconté Malik ? insista Cordelia.

— Pourquoi aurait-il menti ? bougonna la gouvernante.

— Si l'on savait pourquoi les gens vous mentent, soupira Cordelia.

— C'est de Malik ou de Vital que vous voulez que l'on parle ?

— Vous vous êtes occupée d'eux toute votre vie, c'est admirable.

— Je les ai vus naître et les ai élevés sans jamais prétendre remplacer leurs parents, que je n'ai cessé de maintenir en vie dans leur cœur. Maintenant, je suis vieille et ils ne m'écoutent plus beaucoup, mais ils m'entendent parfois. L'amour est fait de veille, d'anxiété, d'émerveillement, de peur et d'admiration, comme une lumière sans ombre ou une oreille quand le malheur est silencieux. Vital, je l'ai aimé plus encore dans ses revers que dans ses succès. Je n'oublierai jamais son courage dans les moments affreux qu'il a connus, ces mois où, accroché aux barreaux de son lit, il se hissait malgré la douleur pour voir à travers la fenêtre qu'il me suppliait d'ouvrir, même dans les grands froids de l'hiver. Il me disait : « Ilga, les bruits du jour, c'est la vie et la joie, laisse-les entrer, nous avons besoin d'eux. » Ses mots me fendaient le cœur. Des mois pendant lesquels il s'est battu sans relâche, apprivoisant son fauteuil pour retrouver un semblant de liberté, avec la même ardeur que lorsqu'il courait après un ballon dans le parc. Quand il était enfant, c'est moi qui lui faisais la leçon, aujourd'hui c'est de lui qu'elle me vient. La leçon est plus facile à donner qu'à recevoir. On ne sait ce qu'on n'a pas fait que lorsqu'on vous l'apprend et restent les cicatrices, petites ou grandes. L'amour, aujourd'hui, c'est lui qui me le donne, à travers le chemin qu'il suit, et je me fiche qu'il soit légal puisque sa cause est juste. Je reconnais en mes deux garçons les vertus qui ont pour moi le plus de prix : le courage et la capacité de compassion. Si c'est ce que Malik vous a raconté, avec ses mots à lui, alors il vous a dit la stricte vérité.

Ilga plaqua le Land Rover le long du trottoir du terminal et appuya de tout son poids sur les freins. La voiture s'arrêta net.

— Désolée, cette guimbarde est encore plus rouillée que moi.

Cordelia se tourna vers elle et la regarda attentivement, découvrant des rides amènes autour des yeux.

— Vous n'êtes pas du tout vieille, Ilga.

— Comparée à cette satanée voiture, je vous l'accorde.

— Pourquoi m'avoir confié tout cela ?

— Parce que la vie, ma fille, n'est pas un après-midi de shopping où l'on va de boutique en boutique pour choisir ce qui vous siéra le mieux. Est-ce que vous reviendrez ?

— Vous voudriez que je revienne ?

— Vous êtes beaucoup trop intelligente pour prétendre être sotte, rétorqua Ilga en faisant signe à Cordelia de descendre.

— Vous me préparerez un autre de vos gâteaux ? demanda-t-elle penchée à la vitre de la portière.

— Fichez le camp, je vais finir par m'attacher à vous.

Cordelia hocha la tête et courut vers le terminal.

*

Janice s'envola la première ; elle ferait escale à Gatwick avant de redécoller à bord d'un petit avion pour Jersey.

Diego fut le deuxième à partir, le vol de Berlin était à l'heure.

Ekaterina entra dans la cabine la première et Mateo retint son souffle en passant à sa hauteur avant d'aller prendre place au fond de l'appareil. Leur dernier échange dans la chambre lui avait donné un vague à l'âme aussi bouleversant qu'une lame de fond qui vous entraîne vers le grand large. Depuis son siège, il ne cessait de regarder sa chevelure, une écume de roux dans une mer brun et noir.

Janice releva la tête en voyant Cordelia passer haletante dans la coursive et prendre place trois fauteuils derrière elle. Elle replongea dans sa lecture.

LA SYNAGOGUE D'EDIRNE

15.

Le septième soir, à Edirne

Maya s'était réfugiée dans la synagogue. Tous les bancs étaient vides, mais elle n'avait pas osé s'asseoir, se souvenant que femmes et hommes occupaient des endroits distincts. Le rabbin, qui avait entendu du bruit, se présenta et, la voyant perdue, l'invita à prendre place où elle le souhaitait ; sa synagogue, dit-il, encourageait la mixité.

— Et ne vous y trompez pas, précisa-t-il avec humour, là où elle est interdite, ce sont les hommes que l'on sépare des femmes pour qu'ils restent concentrés sur la prière. Vous n'êtes donc pas juive.

— Personne n'est parfait, répondit-elle.

— Billy Wilder ! lâcha fièrement le rabbin. Mais qu'est-ce que la perfection ?… Vaste question. Vous êtes la bienvenue, ajouta-t-il en l'incitant à s'asseoir. Une simple visite touristique ou vous vouliez prier ?

— Plutôt être en sécurité, confia-t-elle en toute franchise.

— Alors vous ne pouviez trouver meilleur endroit. Que vous arrive-t-il ?

— C'est une longue histoire.

Mais les histoires qui durent étaient les préférées du rabbin et rien ni personne n'aurait pu expliquer de façon cartésienne pourquoi Maya se confia à lui, son aura peut-être, sa physionomie, son regard affectueux. Combien de fois croise-t-on, au cours d'une existence, le visage de quelqu'un dont la bienveillance nous submerge ? Maya, qui n'avait jamais rien confessé de sa vie, partagea jusqu'à son remords d'avoir abandonné à leur sort ceux qui lui avaient porté assistance. Elle aurait dû rebrousser chemin, prévenir Joram de mettre les siens à l'abri. Le rabbin l'interrogea longuement du regard. Puis il lui posa une question qui, bien que simple en apparence, allait décider de son avenir. Pour quelle raison avait-elle entrepris ce voyage ? Se trouver là où l'on n'aurait pas dû être n'est jamais le fruit du seul hasard, ajouta-t-il. Maya glissa la main dans sa poche pour en sortir la photo qui ne l'avait pas quittée depuis son départ de Paris. Elle la lui montra.

Aussi étrange que cela paraisse, expliqua-t-elle, elle ignorait la réponse. Le rabbin lui demanda la permission d'étudier cette photo de plus près. Il observa longuement le portrait de Naëlle, se perdit dans ses pensées et le rendit à Maya. Puis, d'une voix douce, il lui dit avoir compris, et compris aussi pourquoi elle s'était rendue dans sa synagogue. Maya exprima ses doutes. Une heure plus tôt elle n'en connaissait pas l'existence.

— Mais Il connaît la vôtre, répliqua le rabbin en agitant sa Thora. Allons à l'essentiel : la transmission. N'est-ce pas pour cela que nous vivons ?

— Peut-être. Sans vouloir vous offenser, je ne vois pas le rapport avec ce qui m'arrive.

— À mon tour de vous raconter une histoire. Elle s'est produite durant un pogrom, il y a bien longtemps, et pourtant je m'en souviens comme si c'était hier. Les membres du parti nazi incendiaient les maisons des Juifs, brisant portes et fenêtres avant d'y jeter des torches. La police les laissait faire. Ces actes de sauvagerie étaient encouragés par le pouvoir qui s'en servait pour prétendre restaurer l'ordre et imposer des mesures sécuritaires. Les victimes étaient désignées comme les fauteurs de troubles et leurs bourreaux considérés comme des justes. Une autre longue histoire et qui hélas, elle, est loin d'être terminée. Avant que notre domicile ne devienne à son tour la proie des flammes, mon père nous prit par la main, ma mère et moi, et nous fit sortir sans que nous ayons le temps d'emporter la moindre affaire. Le haut de la rue n'était déjà plus qu'un brasier, alors nous courûmes vers le bas de la ville. Derrière nous, des hommes haineux pourchassaient ceux qui s'enfuyaient. Les barbares n'étaient pas très loin, nous n'avions pas une minute à perdre. Pourtant, alors que nous passions devant une bicoque, mon père s'arrêta net. Il ordonna à ma mère de nous mettre à l'abri, elle et moi. Elle ne discuta pas. Nous étions terrorisés, je vous laisse imaginer ce que cela représentait de poursuivre notre route sans lui. Alors que nous nous éloignions, je me suis retourné pour le voir donner un coup de pied dans la porte devant laquelle il s'était arrêté, il est entré et il a disparu.

— Il a perdu la vie ? demanda Maya, inquiète.

— Oui bien sûr, il aurait cent cinq ans aujourd'hui, mais il n'est pas mort au cours de cette horrible nuit. Ma mère et moi nous étions réfugiés chez des amis protestants. Mon père nous y a rejoints un peu plus tard, accompagné d'une femme et de sa petite fille. La femme était une de ses clientes, une veuve. Papa s'était souvenu de son adresse en passant devant chez elle parce qu'il lui était arrivé de lui porter des sacs de charbon. Je lis dans vos yeux que vous vous demandez encore où je veux en venir. À une phrase de mon père. J'étais furieux qu'il nous ait laissés seuls, et le lui témoignais en affichant une mine pleine de reproches. Il s'est penché vers moi et m'a dit : « Sauve un enfant et tu sauves l'humanité entière. » Vous ne pouviez rien faire pour aider les gens de ce campement, pas plus que mon père ne pouvait sauver tous les habitants de notre quartier. Mais il me semble que vous pouvez décider de l'avenir de l'enfant sur cette photo. En attendant, restez ici autant que vous le souhaitez. J'ai été heureux de faire votre connaissance.

Le rabbin s'éloignait quand Maya l'appela. Il se retourna, l'air empreint de curiosité.

— Rabbi, qu'est-ce qui peut conduire les hommes à persécuter des femmes et des enfants ? Avez-vous trouvé dans votre foi la moindre raison de pardonner leur barbarie ?

— Ils avaient peur.

— De vous ?

— D'eux-mêmes, de ce qu'ils étaient en train de devenir. Nous haïr leur donnait le moyen de l'oublier.

— La phrase de votre père vous a-t-elle réconciliés ?

— Je n'étais pas en colère contre lui mais contre moi.

— Pourquoi ?

— Parce que j'avais laissé la peur m'envahir. Lui avait su la repousser en entrant dans cette maison.

Le rabbin se retira. Maya resta assise sur un banc de la synagogue, contemplant la photo qu'elle tenait entre ses mains.

À l'heure fixée par Vital, elle la remit dans sa poche et sortit. Dehors, elle aperçut une berline bleu nuit garée le long du trottoir et s'en approcha. L'homme au volant lui fit signe de monter à bord.

Il portait une chemise blanche impeccable, aux manches retroussées jusqu'aux coudes, découvrant des bras hâlés. À son poignet, Maya remarqua une montre sobre et élégante ; ses mains puissantes étaient manucurées. Son visage était recouvert d'une courte barbe, taillée au millimètre, qui accentuait ses traits carrés. Il lui demanda d'ouvrir la boîte à gants. Maya fut surprise en voyant ce qu'elle contenait.

— Mettez la perruque, couvrez-vous la tête avec le foulard, dit-il, et rangez le passeport dans votre poche. Il y a un barrage de police à la sortie de la ville.

— Et le revolver ? demanda Maya en reluquant le Glock 357 qui se trouvait au fond.

— Nous ne devrions pas en avoir besoin, enfin je l'espère. J'ai promis de vous conduire à Istanbul coûte que coûte, ajouta-t-il en souriant à pleines dents.

— Istanbul ? Mais la frontière est à cinq kilomètres d'ici !

— Désolé, impossible de vous faire passer en Grèce. Avec de vrais papiers peut-être… Enfin, je ne sais pas qui vous a suggéré cette idée, mais elle est stupide.

— Merci, c'était mon idée. J'avais mon passeport à l'époque.

— Et rien à vous reprocher ? répondit l'homme en levant un sourcil. Vous devrez faire preuve d'un peu de patience avant de tenter de sortir du pays. Il n'y a pas qu'aux abords de la ville que la police vous recherche. Le seul endroit où vous mettre en sécurité c'est chez moi, donc à Istanbul. J'en ai informé Vital.

Maya n'avait pas le choix, il lui fallait suivre ses instructions. Elle abaissa le pare-soleil et vérifia dans le miroir de courtoisie qu'elle avait correctement ajusté sa chevelure noire d'emprunt. Elle noua le foulard, puis ouvrit le passeport, apprenant sa leçon. Elle s'appelait désormais Derya Ylmaz.

— Ylmaz signifie « intrépide », expliqua son chauffeur.

— Et Derya ?

— « L'horizon », ou « l'infini », comme vous voulez. Lorsque nous passerons le contrôle, tendez-le-moi, et surtout ne dites rien, sauf si l'officier s'adresse à vous. « Bonjour » se dit *merhaba* ; « merci », *tesekkür ederim.*

— « Au revoir », *güle güle*, enchaîna Maya. Ce n'est pas mon premier séjour en Turquie.

— Alors tout devrait bien se passer, vous avez l'accent qui convient, s'amusa le chauffeur, mais tenez-vous-en quand même au minimum.

Alors que la voiture ralentissait avant de s'arrêter à la hauteur d'un policier, Maya sentit sa gorge se nouer. Son voisin tendit les papiers avec un calme impérial. Penché à la vitre, le policier observa à tour de rôle la passagère et son passeport avant de le lui rendre. Maya s'abstint de le remercier.

La berline redémarra et fila vers Istanbul. Maya souffla.

— On a eu de la chance qu'il ne soit pas plus regardant, s'il m'avait demandé d'ôter le foulard, il aurait vu que je ne ressemblais pas à cette photo.

— Il l'aurait fait si je n'avais pas glissé ce qu'il fallait dans mon passeport, répondit l'homme.

Maya l'observa, intriguée par son calme.

— Quand vous ne convoyez pas des étrangères, qu'est-ce que vous faites dans la vie… si ce n'est pas indiscret ?

— Je suis agent de change… Mais nous avons en commun un ami cher, ce qui explique que je sois venu vous chercher.

Le huitième jour à Jersey, îles Anglo-Normandes

En ouvrant les yeux, Janice se demanda vers quel bout du monde la nuit l'avait portée. Le papier peint à fleurs roses de sa chambre le lui rappela. Une odeur de pain grillé flottait dans l'air. Elle enfila un peignoir trouvé dans la salle de bains, remit un peu d'ordre dans ses cheveux, enfila ses bottines et, contre toute attente, jugea sa tenue parfaite pour se présenter dans la salle à manger. La patronne de l'hôtel, derrière son comptoir, la suivit du regard sans sourciller. Quatre clients prenaient leur petit déjeuner. Un homme en costume pied-de-poule, une femme en tailleur noir, deux autres plus âgées, pomponnées et déjà maquillées. Tous plongèrent le nez dans leur tasse de thé, se gardant de tout commentaire quand Janice s'attabla près de la fenêtre.

La serveuse, qui portait une tenue de soubrette fin XIXe siècle, lui apporta un plateau garni d'une assiette de scones, de pots de confiture et de crème.

Elle demanda à Janice si elle souhaitait du thé ou du café, des œufs au plat ou brouillés et ses toasts tendres ou croquants. Cela faisait beaucoup de questions pour quelqu'un qui venait de se réveiller ; un café et des toasts comme ils sortiraient du grille-pain conviendraient très bien, répondit-elle. La soubrette se retira sur la pointe des pieds.

La patronne, dont la curiosité avait été piquée, apparut peu après avec un plateau.

— Je suppose que vous n'êtes pas en voyage d'affaires. Souhaitez-vous que je vous indique les lieux qui valent le détour sur notre île ?

— L'habit ne fait pas le moine, répondit Janice. J'ai seulement besoin de connaître le chemin pour me rendre au centre-ville.

— En sortant, remontez la rue sur quelques mètres et vous y serez. Vous êtes arrivée de nuit, Saint-Hélier n'est pas bien grand. Il y a des dépliants sur le comptoir, avec des cartes.

Janice la remercia et poursuivit son repas.

À marée basse, la grève était découverte. Les mouettes planaient dans le vent, piquaient en poussant leur clameur et virevoltaient en rase-mottes avant de se poser sur le sable boueux.

Un texto apparut sur l'écran de son smartphone. Diego voulait savoir si elle était bien arrivée. Il se plaignit que son hôtel était sinistre et que la pluie à Berlin n'allait pas égayer son séjour. Janice lui rappela qu'ils n'étaient pas en vacances. Elle lui souhaita bonne chance et, sans vraiment savoir pourquoi, elle envoya à son tour un message à Ekaterina.

— J'ai l'impression d'avoir débarqué dans l'univers de Miss Marple, écrivit-elle. J'ai fait chuter la moyenne d'âge, c'est d'une gaieté à se pendre, ici. Et toi, comment vas-tu ?

— Pas fermé l'œil de la nuit, répondit Ekaterina. On fait le point ce soir ?

— Parfait, je te retrouve sur le forum vers 18 heures.

— 18 heures de chez toi ou de chez moi ?

— Je ne me sens pas du tout chez moi, répondit Janice.

— Tu te sentiras moins seule si je te dis que moi non plus ? conclut Ekaterina.

Janice regagna sa chambre afin de se préparer à sa mission. Elle défit son bagage et réfléchit à la tenue idéale pour le personnage qu'elle devait incarner. Elle opta pour une petite robe noire qu'elle se félicitait d'avoir emportée. Sa besace, en revanche, collait plus avec la panoplie d'une baroudeuse que d'une riche cliente et elle ne pouvait pas compter sur ses chaussures crottées pour rectifier le tir. À moins, songea-t-elle, de jouer la carte inverse. L'idée d'endosser le rôle d'une fille rebelle de riche famille qui n'a que faire de son apparence l'amusa. Un vrai rôle de composition. Elle passa sous la douche, enfila un jean, un pull à col rond, et rangea la clé USB piégée dans la poche droite de son veston.

En sortant de l'hôtel, elle remonta News Street, et bifurqua à droite dans Burrard. Quelques minutes plus tard, l'antenne de la JSBC était en vue. Elle entra et murmura à la réceptionniste qu'elle souhaitait ouvrir un compte dans la plus grande discrétion.

La jeune femme l'escorta vers un couloir feutré jusqu'à une salle de réunion dépourvue de fenêtre mais luxueusement meublée. Une table en bois verni, six fauteuils en cuir, un écran plasma dernier cri accroché au mur et une console. L'hôtesse indiqua qu'un conseiller se présenterait dans les plus brefs délais et se retira.

Janice avança vers la console et reluqua un flacon de whisky dont elle ôta le bouchon ; l'arôme témoignait d'un bel âge. Il était encore un peu trop tôt pour s'en assurer, elle se servit à regret un verre d'eau et alla s'asseoir. Quelques minutes plus tard, un homme dans la trentaine, cravate, complet noir, mocassins étincelants et coiffure soignée se présenta. Il posa son ordinateur portable sur la table et demanda à Janice ce qu'il pouvait faire pour elle.

Contrairement à ce qu'elle avait supposé, le jeune banquier porta une vive attention à sa personne. Janice savait instantanément quand elle plaisait à un homme. L'air extasié d'Oliver Wilson, la main qu'il passait dans ses cheveux, son nœud de cravate qu'il ajustait sans cesse trahissaient un trouble certain. Quand on bluffe, si l'on a la chance d'avoir une carte maîtresse dans son jeu, il serait idiot de ne pas l'abattre.

— C'est délicat, dit-elle, langoureuse. Je souhaiterais ouvrir un compte et déposer des fonds, mais pas à mon nom, si cela est possible.

— Bien sûr, affirma le banquier.

Il lui suggéra de créer une société anonyme, il pouvait lui recommander un avocat sur l'île dont les tarifs étaient on ne peut plus raisonnables. Il remplirait les papiers nécessaires et procéderait à l'enregistrement, ce qui ne devrait pas prendre plus d'une journée.

Janice posa sa main sur celle du jeune banquier et se lança dans un numéro de charme qui lui fit presque honte.

— Et si vous commenciez à remplir ces papiers dès maintenant ? suggéra-t-elle. Je signerai tout ce dont vous avez besoin, votre avocat fera le nécessaire et je n'aurai plus qu'à transférer l'argent. Mon temps est très précieux.

Oliver Wilson changea de couleur, prit une longue inspiration, et demanda de quelle somme on parlait.

— 1 million de dollars aujourd'hui, et si vous faites diligence, plein d'autres à venir. Bien sûr, il faudra me placer tout cela intelligemment.

Cela allait de soi, assura Wilson, mais afin de servir au mieux ses intérêts, il souhaitait des précisions sur ce qu'elle entendait par « plein d'autres » ?

Jouant son rôle à merveille, Janice raconta que si son père avait toujours été très avare de son temps, il avait compensé ses absences par d'autres générosités.

— Et que fait votre père, si ce n'est pas indiscret ?

— C'est très indiscret, répondit Janice d'une voix perchée. Enfin, puisque nous sommes entre gens de confiance… des investissements immobiliers conséquents, un peu de négoce de pétrole. En fait, chuchota-t-elle, beaucoup de négoce de pétrole, mais alors vraiment beaucoup.

— Je vois, déglutit Wilson, songeant à sa prime de fin d'année qu'il voyait déjà grimper en flèche.

— Vous êtes encore loin du compte. Alors, pouvons-nous procéder ?

Wilson se leva d'un bond.

— Pourquoi vous faire attendre inutilement ? Je m'occupe de tout, je reviens dans quelques instants avec les documents nécessaires.

Janice ouvrit son sac et lui remit une feuille de papier pliée en quatre.

— Pour vous épargner des vérifications inutiles, voici les numéros du compte d'où vous recevrez le premier virement.

Un gage que le banquier considéra avec une satisfaction non dissimulée.

En quittant la salle, Wilson pensa que pour une cliente de cette importance il aurait fallu qu'il aille chercher son supérieur, mais Janice était bien trop séduisante, et ce à tout point de vue. Sa hiérarchie ne l'avait-elle pas incité à faire preuve d'initiative ?

Dans son empressement, le jeune Wilson avait laissé son ordinateur portable sur la table de conférence. Janice ne tarda pas à l'ouvrir. L'écran était verrouillé par un code, et elle ne disposait d'aucun moyen pour trouver le sésame en si peu de temps. À moins que Vital n'ait envisagé une telle situation. Son virus était-il capable de déjouer les barrières de sécurité en se logeant dans un registre, prêt à se propager une fois l'accès autorisé ? Plus elle y réfléchissait, plus l'hypothèse lui paraissait probable. Ce qui expliquait sans doute pourquoi la clé USB devait rester implantée deux minutes. Le temps de scanner l'appareil et d'y faire un trou où se nicher. Comment il avait accompli ce prodige relevait d'un mystère qu'elle éclaircirait plus tard. Le temps filait, Wilson n'allait plus tarder à revenir. Elle prit la clé USB dans sa poche, prête à passer à l'action, quand son sang se glaça. D'instinct, elle fixa l'écran plasma au mur. Un minuscule point vert apparaissait au centre de la bordure supérieure. Ce n'était pas un simple écran, mais un appareil de visioconférence, donc pourvu d'une caméra, et la diode indiquait qu'elle était en fonction. La JSBC filmait ses clients à leur insu. Vital l'avait pourtant mise en garde. Ne jamais sous-estimer l'adversaire. Elle prit un air désabusé, referma négligemment le capot de l'ordinateur et regarda sa montre.

Oliver Wilson entra dans la salle de réunion. Janice le scruta, cherchant à déceler un changement dans son attitude.

Il était toujours aussi jovial, mais cette humeur n'était peut-être pas partagée par ceux qui les surveillaient dans le PC sécurité de la banque.

Pendant qu'il étalait des formulaires sur la table, Janice évaluait les risques qu'elle encourait désormais. Son comportement l'avait exposée. Allait-on venir l'arrêter pour lui faire subir un interrogatoire de circonstance ?

— Quel nom souhaiteriez-vous donner à votre société anonyme ? demanda Wilson.

Et quand bien même ce serait le cas, songea-t-elle, elle expliquerait qu'elle voulait simplement chercher sur Internet où aller faire du shopping. Si cela ne suffisait pas, elle prendrait de grands airs, s'offusquerait. Si ce petit ordinateur ridicule était si précieux, il ne fallait pas le laisser à sa disposition !

— Mademoiselle ? insista Wilson.

— Quoi ? répondit-elle, agacée.

— Eh bien, pour votre société ?

Si les employés de la sécurité de la JSBC avaient accès aux bases de données de reconnaissance faciale, ce dont Janice ne doutait pas, ils finiraient par apprendre qu'elle n'était pas la fille d'un milliardaire, mais une journaliste travaillant pour le quotidien *Haaretz*… Ou comment se faire griller comme une bleue, ruminait-elle. Il valait mieux partir au plus vite.

— Quelque chose ne va pas ? s'inquiéta Wilson devant le silence de sa cliente.

— Je réfléchissais.

— À la dénomination de votre société anonyme ?

— Clean Brent, répondit-elle.

— Joli nom, acquiesça le banquier.

— Joli, je n'en sais rien, mais un oxymore certainement. Tout compte fait, je ne suis plus si pressée, la météo semble redevenir clémente, ce serait un gâchis de ne pas profiter d'une si belle journée sur votre charmante île. Je vous laisse le soin de remplir ces papiers, engagez votre avocat, je reviendrai demain pour procéder au transfert.

Wilson proposa de lui porter les documents à son hôtel, Janice décocha un sourire ravageur et expliqua n'avoir aucune idée de la façon dont elle occuperait son après-midi, elle ne faisait jamais de plan. Elle le salua et sortit de la pièce. Wilson se précipita derrière elle.

— Vous ne m'avez pas donné votre nom, dit-il sur le pas de la porte de l'agence.

— Vous ne voulez pas mon numéro de téléphone, pendant que vous y êtes ?

La réponse était évidente mais Wilson se garda de la formuler. Son dossier en main, il l'accompagna jusque sur le trottoir.

Alors que Janice s'éloignait à travers les ruelles, furieuse d'avoir échoué mais surtout inquiète d'avoir très probablement compromis sa mission, Wilson fut appelé par son supérieur. Il se rendit promptement dans son bureau et se vit demander qui était la cliente qu'il venait de recevoir.

— La fille d'un milliardaire, s'empressa-t-il de répondre, elle souhaite déposer chez nous des avoirs importants.

— Je ne vous ai pas demandé son pedigree ou ses intentions, mais son nom, précisa l'homme peu affable.

— Mrs Brent, répondit Wilson du tac au tac, elle reviendra demain.

— Prévenez-moi dès que cette Mrs Brent se présentera, ordonna son chef. D'ici là, trouvez-moi des informations sur ce père fortuné.

De retour à son poste, Wilson fut plongé dans une réflexion abyssale. Il envisagea d'entreprendre une recherche sur Google, mais il était bien placé pour savoir que le monde comptait plus de trois mille milliardaires. Multiplier ce chiffre par celui d'une progéniture qu'il était impossible d'estimer rendait la tâche insurmontable. Il en déduisit que le seul moyen d'obtenir le véritable nom de sa cliente était d'aller le lui demander en personne. Le nombre des établissements de standing sur l'île était loin d'approcher celui des héritières outrageusement fortunées. Une dizaine d'appels au plus et une description suffiraient à obtenir ce qu'il cherchait.

JERSEY

16.

Le huitième jour, à Rome

Ekaterina se leva, laissant son cauchemar aux draps encore imprégnés de sueur ; la nuit avait été peuplée de fantômes. Elle était assise sur une chaise, le sang battant à ses tempes, impuissante alors que sa mère et son amant du moment s'insultaient. L'homme s'était rendu compte qu'il manquait de l'argent dans son portefeuille. Sa mère la pointait du doigt et la traitait de voleuse. Ekaterina, tremblante dans son pyjama d'enfant, regardait hébétée la preuve de son innocence : une bouteille d'alcool aux deux tiers consommée, à peine cachée derrière la pendule du buffet. Sa mère, hurlant, l'accusait de lui gâcher la vie, elle qui se donnait tant de peine pour élever une gamine qui ne serait jamais bonne à rien.

À son réveil, elle chercha dans son enfance des souvenirs heureux pour les ramener à la surface mais n'en trouva pas. « Tu es enseignante en faculté », se répéta-t-elle devant la fenêtre en buvant une tasse de thé. Elle profita de ce que

Mateo dormait profondément pour aller s'installer à son bureau. La table en verre reposait sur un piètement en fer forgé si fin qu'on l'aurait crue en suspension. Elle parcourut des yeux la longue bibliothèque qui entourait toute la pièce, la grande armoire vénitienne, les gravures reproduisant d'anciens flacons d'éthers aux pouvoirs mystérieux ; le luxe raffiné de cet appartement l'impressionna, peut-être plus encore que la première fois qu'elle y avait dormi.

Elle ouvrit l'ordinateur ; à force de travailler à côté de Mateo, elle en avait retenu le code. En le tapant, elle ne ressentit aucune culpabilité, elle n'allait pas fouiller dans ses dossiers personnels, seulement celui concernant Baron. Le fichier qui l'intéressait recensait les géolocalisations de son portable, que Mateo reportait régulièrement depuis leur départ précipité de Rome. Baron avait pris ses quartiers à l'hôtel d'Inghilterra, au 14 de la Via Bocca di Leone, au cœur du centre piétonnier. S'il était resté tout ce temps en ville, c'était forcément pour une bonne raison. Elle se connecta au site web de l'hôtel pour effectuer ses premières recherches. Baron devait tenir ses rendez-vous au café Romano ou au Bond Bar. Elle paria sur ce deuxième, à l'ambiance plus feutrée. Il n'y avait malheureusement aucune terrasse à proximité où planquer mais le bâtiment de quatre étages se situait à un coin de rue et le Wi-Fi devait rayonner suffisamment pour qu'elle s'y connecte. Elle listerait alors les adresses IP des caméras de surveillance et, après s'être forgé un accès, elle pourrait observer les mouvements à l'intérieur des lieux. Avoir l'image sans le son ne la satisfaisait pas pour autant et elle n'avait pas encore eu l'occasion de vérifier après la débandade d'Oslo si son mouchard avait disparu avec la carte SIM du smartphone de Baron, comme l'avait supposé Mateo. Celui qu'il avait réussi à implanter sur la carte mère de son BlackBerry permettait d'en collecter les données à condition de se trouver à proximité et d'être connecté sur le même réseau. De toute façon Mateo ne lui avait pas donné le mode d'emploi et elle n'avait aucune envie de le lui demander. Il prendrait encore une fois les rênes, prétextant qu'elle ne pouvait s'approcher sans danger du garde du corps de Baron. Mais elle avait retenu la leçon : se rendre au préalable sur place afin de repérer l'endroit le plus sûr pour hacker sa proie et préparer sa sortie au cas où ça foire.

Ekaterina regagna la chambre. En observant Mateo, si paisible dans son sommeil, elle se demanda ce qui ne tournait pas rond chez elle. Pourquoi préférait-elle s'aventurer seule dans la rue au lieu de se recoucher, lui faire l'amour et partager un petit déjeuner avant qu'ils se lancent ensemble dans la bataille ? Elle haussa les épaules et se faufila discrètement dans la salle de bains pour récupérer ses affaires. Elle s'habilla sans bruit et rebroussa chemin jusqu'au salon. Elle rangea son matériel dans son sac, vérifia le niveau de charge des batteries du portable suréquipé offert par Mateo et quitta l'appartement après avoir laissé un petit mot sur la table de la cuisine.

En sortant de l'immeuble, elle se sentit soudain heureuse. Il y avait de la magie dans l'air de Rome et le soleil du matin fit son œuvre, achevant de gommer les sombres pensées de la nuit. Rien ne la satisfaisait plus que de passer à l'action, mettre ses talents à l'épreuve du feu. L'itinéraire sur son smartphone affichait vingt minutes pour atteindre sa destination à pied. Elle s'en accorda quinze et se mit en marche.

Le huitième jour, à Berlin

Diego attendait à l'abri d'un auvent, sous une pluie lancinante, serrant des deux mains les revers de sa veste autour de son cou. Un message reçu au petit matin lui avait fixé rendez-vous devant un magasin de vêtements dont le rideau de fer était encore fermé. Berlin lui parut sinistre. Il pensa à Madrid. En temps normal à cet instant, il se serait installé dans la salle de son restaurant. Penché sur ses papiers, il aurait entendu les bruits de la cuisine qui s'éveille. Il avait la désagréable impression d'avoir tiré le mauvais lot à la courte paille.

Une femme marchait sur le trottoir ; en passant à sa hauteur elle s'arrêta pour lui demander la direction de la cathédrale St. Hedwigs. Diego répondit qu'il n'en avait aucune idée.

— Vous êtes espagnol ?

— Mon accent allemand est si terrible que cela ?

— Quelle ville ?

— Madrid, pourquoi ?

Pour toute réponse, elle lui glissa un mot dans la main et s'en alla. Surpris, Diego la regarda s'éloigner avant de déplier le papier où était inscrit : « Hopfenreich, 10 h 30. »

Le copain de sa sœur était plus soucieux de sécurité que de ponctualité. Son portable le renseigna sur le nouveau lieu de rendez-vous. Un bar situé à l'angle de Wrangelstrasse et d'Oppelner. Il héla un taxi pour s'y rendre.

La façade décrépie et taguée, la porte vitrée recouverte de sous-verres publicitaires qui empêchaient de voir ce qui se passait à l'intérieur n'étaient pas engageantes. Diego entra dans la salle, où flottaient des relents de bière. La barmaid, au bras entièrement tatoué, releva la tête. Elle essuyait des verres derrière un comptoir sur lequel trônait un hérisson empaillé. Il s'installa à l'une des tables, de vieilles planches de bois boulonnées à des tubulures en acier. La barmaid ne le quittait pas des yeux. À une table voisine, trois hommes sifflaient une pression. Diego avait dû faire une entrée remarquée, eux aussi le fixaient d'un air peu amical. Il leur adressa un sourire forcé qui en disait long sur son humeur du moment. L'un d'eux vint s'asseoir en face de lui.

— Tu connais Cordelia ?

Diego hocha la tête, chaque jour lui apportait son lot de découvertes sur sa sœur. Imaginer que ce type, avec son catogan, son bouc, ses lunettes rondes et sa fausse tête d'intello vissée sur un corps d'haltérophile, pouvait être un ami de Cordelia le laissa pantois. Il était impatient d'apprendre dans quelles circonstances ils s'étaient connus.

— Je dois te poser quelques questions, pour des raisons de sécurité, expliqua le Trotski de comptoir.

— J'y répondrai en une phrase. Un, tu as une demi-heure de retard ; deux, ton petit jeu de piste sous la pluie n'était pas du meilleur goût ; trois, la politesse semble ne pas être ton fort car on se présente quand on s'assied à la table de quelqu'un sans y avoir été invité.

— Alors tu es bien Diego, Cordelia m'a prévenu que tu avais un sale caractère. Je m'appelle Fredrik. Quant au jeu de piste, c'était à sa demande, elle m'a juste dit que ça te ferait les pieds.

Fredrik commanda deux bières, puis, la barmaid n'étant pas du genre à assurer le service en salle, il alla les chercher.

— D'après ce que j'ai compris, reprit Fredrik en se rasseyant, vous cherchez des infos sur la German Bank.

— Je vise leur département de gestion de fortunes.

— Que l'on s'entende bien, s'il s'agit d'un casse, ce sera sans moi. Je ne nie pas qu'il m'arrive d'être en marge des lois mais toujours pour la bonne cause.

— Pourquoi tu dis « vous » ? Il n'y a que toi et moi à cette table.

— Ne me prends pas pour un idiot, on ne s'attaque pas tout seul à ce genre de truc.

— Il ne s'agit pas de leur voler de l'argent, je veux seulement obtenir des informations sur certaines de leurs transactions.

— Pourquoi à Berlin ? Leur siège est à Francfort.

— Parce qu'il est plus facile de trouver une faille dans une succursale qu'au siège.

— Je vois, répondit Fredrik en étouffant un rot.

Il passa le revers de sa main sur sa moustache pour en ôter la mousse et reposa son verre.

— Tu pourrais commencer par prendre un employé en filature, le pister jusque chez lui…

— Et hacker son domicile ? Déjà vu et trop hasardeux. Vous les Allemands êtes connus pour votre rigueur et, vu le niveau de la clientèle à laquelle ont affaire ce genre de banquiers, je doute qu'ils sortent la moindre information professionnelle de leur lieu de travail.

— Qu'est-ce que tu fais exactement dans la sécurité ? demanda Diego.

— Tu veux savoir comment je connais Cordelia ? On travaille pour la même boîte. Quand j'ai été embauché en Allemagne, on m'a envoyé à Londres en stage… Elle était ma formatrice.

— Et tu es resté combien de temps à Londres ?

— On est là pour parler de ta sœur ou de la German Bank ? J'ai peut-être un moyen de te donner un coup de main. Un de mes amis travaille à Deutsche Telekom et il me doit un service gros comme le bras.

— Un sacré service alors, répliqua Diego en reluquant les biceps de Fredrik.

Ne sachant s'il devait prendre cela comme un compliment, Trotski étala son savoir.

— C'est un truc vieux comme le monde. La police mettait les gens sur écoute en se branchant sur les échangeurs téléphoniques installés dans les rues. Si tu cherches un point d'accès, on peut pirater le câble qui alimente l'immeuble de cette banque. Non seulement mon ami a les clés des boîtiers mais il sait s'y repérer, c'est son métier.

— Leurs lignes doivent être sécurisées au niveau du central, objecta Diego.

— Détrompe-toi. Mon pote s'étonne le premier de l'argent que les grosses boîtes investissent dans la protection de leurs données alors qu'il suffit de se brancher à la bonne borne pour accéder à leurs réseaux. Et qui irait soupçonner un employé des télécoms en uniforme qui fait son travail en plein jour ?

Diego réfléchissait à la proposition de Fredrik, sa simplicité la rendait convaincante.

— Que ce soit clair : je t'offre la connexion, mais une fois dans la place, tu te débrouilles tout seul, expliqua Fredrik. Contourner leurs sécurités te prendra un temps fou. Mon camarade ne peut pas rester des heures dans la rue devant un boîtier ouvert sans risquer d'attirer l'attention et il est hors de question que je l'expose.

— Deux minutes me suffiront, affirma Diego, impassible.

Fredrik le considéra d'un air grave.

— Deux minutes pour hacker les serveurs de la German Bank ? Tu sers quel genre de cuisine dans ton restaurant ? Laisse tomber, je ne bosse pas avec les mégalos, c'est bien trop dangereux, abrégea-t-il en se levant.

Diego le rattrapa par le poignet.

— Rassieds-toi, s'il te plaît, lui demanda-t-il poliment.

Diego ne pouvait pas abattre ses cartes pour le convaincre et laisser Fredrik deviner ainsi à quelle famille de hackeurs il appartenait.

— Je n'ai qu'une simple commande à injecter dans leur serveur, le reste se fera ensuite à distance.

— Tu comptes implanter un virus qui va franchir tous les pare-feux en cent vingt secondes ? C'est quoi ton joujou ?

— Ça ne te regarde pas, trouve-moi simplement un accès, même dormant, n'importe quel terminal fera l'affaire. Dès qu'un employé s'y connectera, mon joujou, comme tu dis, fera le chemin tout seul. Il a juste besoin de deux minutes pour creuser son trou.

Fredrik vit là une opportunité qu'il ne pouvait laisser passer.

— OK, mais alors c'est donnant-donnant. Si tu as réussi à coder un malware capable de ça, j'en veux une copie, sinon c'est *auf wiedersehen*.

Diego hésita. Son portable vibra dans sa poche. Il s'excusa et découvrit un message qui le troubla.

Sors de là maintenant !

— Désolé, restons-en là ! répondit Diego sans plus hésiter.

Il posa sur la table de quoi régler les deux bières et quitta le troquet sordide.

Diego s'éloigna d'un pas rapide, se demandant qui, du Groupe, lui avait envoyé ce message alors que Cordelia elle-même ne savait pas où il se trouvait. Que signifiait cette alerte ?

Le huitième jour, à Londres

Cordelia avait tenu sa promesse. En débarquant à Londres, elle ne s'était pas rendue chez elle et avait même renoncé à s'approcher de Camden. Elle avait envisagé de s'installer dans l'hôtel de South Kensington où son frère et elle avaient dormi, mais depuis son départ de Kiev trop de choses lui manquaient pour qu'elle se risque à flirter avec le cafard. Elle trouva son bonheur dans un cinq-étoiles où elle régla son séjour d'avance et en espèces. Au moment de se séparer, Diego lui avait remis la moitié des 50 000 livres sterling volées à Sheldon, précisant, avec ses airs de grand frère : « à n'utiliser qu'en cas de nécessité dans le cadre de la mission ». Elle considéra avec une merveilleuse mauvaise foi que ses frais d'hébergement entraient dans le strict cadre des dépenses professionnelles. Et elle avait été très raisonnable en se contentant d'une chambre *executive*. Vingt-six mètres carrés d'un luxe inouï en plein cœur de Mayfair dans un établissement dont Ekaterina lui avait décrit la splendeur.

Elle avait pris le petit déjeuner en regardant les nouvelles télévisées, assise en tailleur sur son lit. Jarvis Borson s'adressait à la presse devant le 10 Downing Street, se congratulant pour les formidables progrès des négociations du Brexit qu'il avait reprises en main. Grâce à sa gouvernance, l'Angleterre obtiendrait tout ce qu'elle exigeait et sortirait plus forte que jamais de ce divorce. Il aurait fallu avoir un chronomètre pour comptabiliser le nombre de mensonges que le Premier ministre proférait à la minute. Révoltée qu'aucun journaliste n'interrompe cette diatribe, Cordelia avait éteint la télévision et s'était levée. Plus déterminée que jamais, elle avait enfilé ses habits de salariée d'une agence de sécurité informatique, prête à quitter son palace.

Arrivée au siège londonien de Crystal Eye, la société qui l'employait, Cordelia traversa le plateau de bureaux en saluant ses collègues ; la plupart lui demandèrent si ses vacances s'étaient bien déroulées, ce qui la fit doucement sourire. Si elle leur avait raconté la vérité, elle aurait vu se décrocher quelques mâchoires. Suivant le plan élaboré avec Vital, elle s'installa à son poste, fit mine de lire son courrier et ouvrit discrètement une invite de commande sur son terminal. Elle se connecta à l'ordinateur d'un cybercafé de l'East End qu'elle avait hacké longtemps auparavant. L'instruction reçue établit aussitôt une liaison cryptée vers un serveur au Brésil qui la rerouta vers un troisième à Toronto, puis vers un quatrième à Hong Kong jusqu'à atteindre sa cible en Inde. Depuis Mumbai, ses lignes d'instructions pénétrèrent les installations informatiques du *Daily Time*, saturant la bande passante en laissant volontairement des traces de son intrusion pour déclencher dans l'heure une alerte massive. Une fois ce travail accompli, elle descendit à la cafétéria. L'alarme sonna plus tôt que prévu. Elle finissait son café, décrivant à une assistante de direction les merveilleux paysages de l'Irlande qu'elle avait redécouverts avec joie, quand son supérieur lui ordonna de se rendre de toute urgence au centre névralgique de la sécurité.

Devant les mines atterrées des informaticiens qui s'évertuaient à mesurer l'ampleur du hack et à déterminer sa provenance – elle leur souhaita bonne chance en son for intérieur –, Cordelia usa de ses talents de comédienne.

— Il faut se rendre sur place pour arrêter l'attaque et évaluer les dégâts. D'ici là, fermez tous leurs accès, nous devons mettre le *Daily Time* en quarantaine. Prévenez-les de ne laisser personne quitter leurs locaux et d'interdire à quiconque de s'approcher d'un clavier. Il y a peut-être un complice à l'intérieur.

— Si on coupe les accès à leur site web, nous allons créer une véritable panique, s'insurgea son supérieur.

— D'après ce que je vois, ils auraient toutes les raisons de paniquer. Mais si vous préférez que l'on s'en tienne à des demi-mesures, c'est vous le chef, rétorqua-t-elle.

Martyn Glenn, directeur des opérations de Crystal Eye, réfléchit à deux fois avant de prendre sa décision. Cordelia n'était pas de nature à affoler les troupes pour rien. Si elle envisageait des mesures aussi drastiques, il pouvait s'agir d'un hack de plus grande ampleur que ce qu'il avait supposé, de ceux qui effacent toutes les données informatiques d'une entreprise, avant de demander une rançon de plusieurs millions pour les restituer. Crystal Eye était sous contrat avec le groupe Berdoch pour assurer la sécurité de leurs journaux, un manquement à leurs obligations lui coûterait son poste.

— D'accord, dit-il, mais fais attention, Cordelia, ce n'est pas n'importe quel client !

— Tous nos clients sont importants ! répondit-elle avec un aplomb incroyable. J'ai besoin de trois personnes, ajouta-t-elle en désignant les ingénieurs qu'elle voulait emmener avec elle, et d'un taxi. Maintenant !

L'équipe de spécialistes arriva sur les lieux un quart d'heure plus tard.

L'atmosphère qui régnait dans les locaux du *Daily Time* dépassa toutes ses espérances. Si Cordelia avait voulu infliger une correction aux collaborateurs de cet organe de propagande et de désinformation, elle n'aurait pu mieux trouver. Les marchands de haine se tenaient à distance de leurs postes, aussi apeurés que si leurs claviers avaient été empoisonnés.

« L'arrosoir arrosé », aurait ricané Vital. Elle répartit les tâches au sein de son équipe, prenant un plaisir fou à les aiguiller vers les bonnes pistes. Cordelia trouvait dans son machiavélisme une certaine morale, non seulement elle s'en prenait à Berdoch, mais ses camarades de Crystal Eye seraient félicités pour avoir réussi à circonscrire l'incendie dans des délais records.

— L'attaque vient de Mumbai ! J'ai tracé une adresse IP suspecte qui apparaît dans les registres au moment de l'intrusion, s'exclama l'un d'eux.

— Ça, c'est ce qu'ils veulent nous faire croire, répliqua-t-elle. Regarde si elle a été redirigée depuis un autre serveur dans cette même plage horaire.

Puis, s'adressant à un autre :

— Scanne les comptes administrateurs, vois combien sont autorisés et combien sont actifs.

Au troisième, elle demanda de vérifier si l'antivirus avait été désactivé sur l'un des postes du journal et si un utilisateur s'était connecté avec un identifiant non répertorié.

Pendant que ses confrères s'activaient, Cordelia ordonna à l'administrateur réseau du journal de la conduire à la salle des serveurs.

— Je n'ai rien vu venir, avoua-t-il, consterné, dans l'ascenseur.

— C'est un peu le but recherché par les hackeurs, dit-elle.

— C'est grave ?

— Je ne suis pas médecin, répondit-elle avec l'insolence dont elle raffolait. Faisons en sorte que ça ne le devienne pas, le rassura-t-elle en entrant dans la salle. Loguez-vous, je voudrais contrôler l'ensemble des registres.

Vital aurait été bluffé en la voyant implanter sa clé USB piégée sous les yeux de leur proie et en plein cœur du système. Un coup de maître, se dit-elle en commençant à faire le décompte mental des secondes.

— C'est quoi ? demanda l'administrateur.

— Un vaccin, qui va vous sauver la vie.

Les lignes de codes défilaient à toute vitesse sur l'écran de la console, distrayant l'attention du venin qui s'infiltrait dans le réseau du *Daily Time*, au nez et à la barbe de l'administrateur réseau qui en avait la garde. Vital était un pur génie, pensa-t-elle, lorsque deux minutes plus tard le défilement s'interrompit sur cinq lignes d'instructions surlignées en rouge.

— Voilà la *backdoor* par laquelle ils sont entrés. Un petit pas pour l'homme mais un grand pas pour l'humanité, s'exclama-t-elle, ravie.

Cordelia fit un enregistrement sur sa clé avant de l'ôter.

— Vous avez réussi ?

— Nous aurons réussi quand je vous le dirai. On remonte ?

L'administrateur la reconduisit auprès de son équipe. Cordelia tenait à ce que le mérite leur en revienne. Elle, avait déjà obtenu sa récompense.

Celui qui le premier avait identifié l'adresse IP en Inde retraçait point à point la liaison, remontant jusqu'au serveur qu'il venait de localiser dans un quartier de la banlieue ouest de Sao Paulo.

— C'est parti du Brésil, dit-il.

— Vous avez publié un article qui aurait pu fâcher des Brésiliens ? lança Cordelia à la cantonade.

Des regards étonnés furent échangés au sein de la rédaction.

— J'en conclus que non, poursuivit-elle.

Puis, se tournant vers un autre de ses confrères :

— Moi, je pense que ça vient d'Europe, je parierais même sur l'Angleterre.

— Qu'est-ce qui vous fait dire ça ? demanda son collaborateur.

— Ce que j'ai vu en bas, affirma-t-elle en s'adressant à l'administrateur du réseau.

Cordelia sortit de sa poche une clé USB – d'apparence identique à celle donnée par Vital –, chargée de lignes de codes qu'elle avait écrites dans sa chambre à Kiev afin que le crime soit parfait. Elle la remit à son subalterne, qui l'inséra dans l'unité centrale de l'ordinateur sur lequel il travaillait.

— Ce n'est pas un *ransomware*, mais un virus conçu pour saturer la bande passante du site web et le faire tomber, expliqua ce dernier. Si nous ne l'avions pas détecté, il aurait pu rester dormant pendant des semaines, voire des mois, avant d'être activé.

— Dans le seul but de paralyser notre site web ? demanda l'administrateur du réseau.

— Pour en prendre le contrôle et y publier des articles qui auraient troublé ou choqué votre lectorat habituel, répondit le collaborateur de Cordelia.

— Eh bien, vous pouvez remercier mon équipe. Nous ne connaîtrons jamais la nature de ce qu'ils comptaient mettre en ligne mais je penche pour le travail d'un ou plusieurs hacktivistes qui n'apprécient pas vos publications. L'analyse des données nous le confirmera… ou pas. En attendant, après un bon nettoyage, vous pourrez relancer la machine d'ici quelques heures. Une dernière chose, je suspecte une taupe. Quelqu'un a sciemment désactivé l'antivirus sur trois postes de travail. À moins qu'il y ait dans votre personnel des accros aux sites pornographiques, ce n'est pas une démarche innocente.

— Qui aurait pu commettre un tel acte ?

— Quiconque a un mot de passe et un minimum de technique. Qui en particulier ? questionna Cordelia, indiquant à son équipe qu'il était temps de lever le camp, cela ne relève pas de notre mission. À vous de mener votre enquête en interne.

L'administrateur du réseau retrouva sa superbe et son autorité, scrutant, soupçonneux et accusateur, tous ceux qui travaillaient dans la salle de rédaction.

*

À bord du taxi qui la ramenait à ses bureaux, Cordelia jubilait ; mission accomplie et, cerise sur le gâteau, elle avait semé la zizanie chez l'adversaire.

LA BRASSERIE À BERLIN

17.

Istanbul

L'homme qui avait conduit Maya d'Edirne à Istanbul, la veille au soir, lui avait remis la clé d'une chambre située au-dessus du bureau de change. On y accédait par un escalier extérieur grimpant le long de la façade arrière du bâtiment. La pièce était meublée de façon simple et fruste. Une garçonnière, pourvue d'un lit trop étroit pour y dormir à deux et tout juste assez large pour s'y blottir. Kahil, son hôte, semblait avoir un goût prononcé pour le kitch. En témoignaient les draps de satin écru et la tête de lit à froufrous, ou la commode rustique recouverte d'un napperon au crochet ; il régnait une odeur qui rappela à Maya l'appartement de sa grand-mère.

Sur une table en Formica surgie des années 1970, Kahil avait dressé le couvert. Assiettes en porcelaine, fourchettes et couteaux en inox, verres estampillés Duralex. Il l'aurait volontiers invitée à dîner en ville mais, compte tenu des circonstances, la stricte intimité était de rigueur, avait-il déclaré.

S'il n'avait pas été recommandé par Vital, Maya aurait redouté le traquenard tendu par un homme espérant être récompensé pour un service rendu.

Mais en dépit de ce décorum qui lui avait fait craindre une soirée éprouvante, elle découvrit un hôte à l'humour redoutable, et d'une finesse d'esprit qui la surprit. Kahil déboucha une bouteille de yakut, un vin rouge turc à la robe rubis et au parfum de cerise qui vint accompagner un assortiment de mets froids. Il s'était presque excusé de l'héberger dans cet endroit qu'il jugeait indigne d'une amie de Vital.

— J'ai longtemps prêté cette chambre à une personne qui l'a aménagée à sa façon, avait-il expliqué.

Au cours du repas, il se garda de poser la moindre question à Maya sur les raisons qui l'avaient conduite en Turquie.

Ils parlèrent politique, Kahil raconta comment le régime avait asservi les institutions du pays en si peu de temps.

— Nous n'avons pas été assez vigilants et bien des libertés nous ont été confisquées, avait-il soupiré en desservant la table.

Puis il avait sorti de sa poche une blague à tabac, s'était roulé une cigarette et était allé la fumer à la balustrade de l'escalier extérieur pour ne pas empester la chambre. Maya l'avait accompagné.

L'air était encore tiède, la stridulation des cigales couvrait le bourdonnement de l'autoroute qui passait à proximité. Kahil lui tendit sa cigarette, Maya déclina poliment et l'interrogea sur la façon dont Vitalik et lui s'étaient connus.

Kahil s'étonna du patronyme dont elle affublait son ami, il lui demanda si c'était une manière d'évoquer les deux frères et, devant l'air interdit de Maya, il comprit qu'il avait gaffé.

C'est ainsi que Maya, à la fin d'une soirée délicieuse, comprit que le vrai prénom de son ami de toujours était Vital et qu'elle avait ignoré jusque-là l'existence de son frère, Malik.

Un peu plus tard, alors que des nuages effaçaient les étoiles, Kahil s'était retiré de la façon la plus élégante qui soit. Un baisemain et quelques recommandations d'usage : elle ne devait en aucun cas s'aventurer dans la rue, pas même quitter sa chambre dont les volets resteraient fermés, elle pourrait dormir autant qu'elle le voulait, le bureau de change n'ouvrait qu'à 11 heures, il viendrait frapper à sa porte pour l'informer de la façon dont elle sortirait du pays.

Maya avait sombré dans un sommeil pénible. Un kaléidoscope de scènes et de visages avait hanté sa nuit… Eylem la rejoignant dans le lit d'une suite, un sourire malicieux aux lèvres ; Eylem encore, à la table du Café Pierre Loti, jouant avec son étui à lunettes ; le pont du ferry qu'elle avait emprunté pour gagner Galata ; Verdier, nerveux dans les jardins du consulat français ; l'impasse au fond de laquelle un homme l'avait suivie ; le parking de l'hôtel où elle avait découvert la trahison de son amie ; un policier menaçant dans la cafétéria d'une station-service ; les phares aveuglants d'une voiture qui l'avait prise en chasse, sa fuite à travers champs jusqu'au moment où elle s'était écroulée, saisie par une violente douleur à la cheville…

Puis les traits de Joram lui apparurent dans un brouillard. Elle tendait la main au garçon qui avait veillé sur elle. Il la suppliait de rester à ses côtés, mais elle s'éloignait sans pouvoir résister, emportée par un souffle puissant qui soulevait un rideau de poussière, étourdie par le bruit d'un hélicoptère qui survolait le campement… Le guide qui la conduisait à Edirne la poussait brusquement vers la porte d'une vieille synagogue et, projetée dans une salle déserte, elle appelait à son secours un rabbin qui ne venait pas…

À plusieurs reprises, Maya s'était redressée sur son lit, haletante, trempée de sueur. Dès qu'elle refermait les yeux, une enfant la fixait dans la pénombre de la chambre. Sentant qu'elle perdait pied, elle avait enfreint les consignes de Kahil pour sortir prendre l'air. Mais un sentiment oppressant lui avait fait rebrousser chemin. Elle s'était mise à courir dans la ruelle, avait grimpé les marches de l'escalier et verrouillé la serrure à double tour.

Maya n'avait jamais eu peur de rien, jusqu'à cette nuit où la violence de ces derniers jours l'avait rattrapée.

Le huitième jour, à Istanbul

Le soleil traversait les persiennes. Maya entendit frapper. Sur le palier, Kahil, un sachet de croissants à la main, attendait qu'elle lui ouvre.

— Ça va ? demanda-t-il en entrant.

Maya fit oui de la tête.

— On ne dirait pas. Mal dormi ?

Elle ne répondit pas.

— J'ai une bonne nouvelle, enchaîna-t-il. Malik est en route, il vient vous chercher. Puisque je dois élaborer un plan afin de vous faire sortir du pays, si vous m'expliquiez ce que vous avez fait pour avoir la police aux trousses ? Cela me faciliterait la tâche... Et puis si ce n'est pas trop grave, je ferai intervenir une relation pour qu'on vous oublie.

— Pourquoi ce n'est pas Vital qui fait le voyage ? questionna Maya.

— Vous le lui demanderez le moment venu, répondit Kahil.

Maya comprit qu'il était inutile d'insister.

— Ce sont les services de renseignement turcs qui veulent m'arrêter ; pourquoi, je l'ignore.

— Voilà qui va compliquer les choses, soupira Kahil. Avec eux pas question de bakchich. Mais on ne se met pas le MIT à dos pour rien.

Maya s'installa à la table et mordit dans un croissant.

— Je ne peux pas quitter la Turquie, pas tout de suite ; j'ai quelque chose à accomplir avant.

Kahil passa la main dans sa barbe.

— Vous n'êtes pas sérieuse ?

— Si, on ne peut plus.

— Quelque chose..., répéta Kahil, dubitatif. Alors laissez-moi vous expliquer « quelque chose ». Les témoignages de ceux qui ont connu les interrogatoires du MIT, pour le peu d'entre eux qui s'en sont sortis, vous font passer toute envie de tomber entre leurs mains. Quel que soit ce « quelque chose », je vous conseille vivement d'y renoncer et de ne pas revenir en Turquie avant que le régime ait changé, ce qui n'est pas pour demain. Je veux bien prendre des risques pour un ami, mais pas pour une inconsciente.

— Alors ce que je vais vous demander ne va pas vous enthousiasmer, reprit Maya en avalant la dernière bouchée de son croissant. Si vous pouviez me prêter un peu d'argent pour que je m'achète quelques vêtements, je n'ai plus un sou en poche… Je vous promets de vous rembourser dès que je serai en lieu sûr.

Si Maya avait eu idée de la fortune de cet homme, elle se serait moins inquiétée.

— Vous avez un don pour froisser vos hôtes, lâcha Kahil en contemplant sa tenue.

Si le bureau de change servait de couverture à des trafics, son propriétaire ne manquait pas de sincérité. Il reconnut la nécessité d'aller faire quelques courses.

Il posa nonchalamment une enveloppe sur la table. Maya y trouva une épaisse liasse de livres turques.

— Pour votre voyage, dit-il, et ne me parlez plus de remboursement, je le prendrais très mal. Je vais aller moi-même acheter tout ce dont vous avez besoin. Vous faites du 40 ?

— Vous ne manquez pas de talent non plus pour froisser une femme, répondit-elle. 36, et si je reste enfermée ici une heure de plus, je vais devenir dingue !

Kahil considéra les risques. Malik n'arriverait qu'en fin d'après-midi.

— Très bien, allons faire un tour en ville, mais j'ai votre parole, vous ne quittez pas mon champ de vision.

Maya leva la main en signe de promesse.

— Et pas question que je remette cette perruque ridicule ! s'exclama Maya.

— D'accord, mais prenez les papiers que je vous ai remis hier et couvrez vos cheveux avec le foulard. Je vous attends en bas.

Le huitième jour, à Rome

Ekaterina se promenait avec la désinvolture d'une touriste, elle observait les mouvements aux abords de l'hôtel d'Inghilterra. De temps à autre une berline somptueuse s'immobilisait devant la grande porte laquée noire. Des voyageurs élégamment vêtus montaient ou descendaient, précédés ou suivis d'un cortège de bagages dont s'occupaient promptement les porteurs en livrée. En assistant à ce ballet seigneurial elle songea qu'il y avait ceux qui entraient dans les palaces et ceux qui les regardaient aller et venir, ceux qui faisaient leurs courses en pleine journée dans les magasins de luxe du centre piétonnier et parcouraient le monde à bord de jets privés, et ceux qui faisaient la queue à la caisse des grandes surfaces et regagnaient leur banlieue en bus ou en train après une longue journée de travail.

Un constat qui ne suscitait chez elle aucune jalousie, elle s'estimait rescapée et appréciait ce qu'elle avait accompli dans sa vie. Elle enseignait, c'était là l'essentiel. Les deux caméras extérieures implantées sur la façade étaient d'anciens modèles fonctionnant en circuit fermé. Reliées par câbles à un lecteur de DVD surplombé d'un moniteur où se succédaient les images de surveillance à intervalles réguliers, caméra après caméra. Il fallait une connexion physique pour y accéder. Ce qui posait à Ekaterina un sérieux problème.

Si Mateo avait su qu'elle songeait à se faufiler à l'intérieur pour suivre le fil de la caméra du hall dans l'espoir de trouver où se brancher, il serait devenu fou. Elle releva la tête vers les fenêtres du palace ; Baron se trouvait là quelque part et son agent de sécurité devait rôder non loin de lui. S'ils venaient à se croiser, quelle était la probabilité pour qu'il la reconnaisse, si loin d'Oslo ?

Une petite voix intérieure la fit renoncer à sa hardiesse, lui rappelant ce qu'il en coûtait de passer à l'action sans une préparation rigoureuse.

Elle s'apprêtait à regagner les bureaux de Mateo quand, soudain, elle vit sortir Baron qui montait sans escorte à bord d'une Mercedes noire.

Un taxi stationnait au carrefour, Ekaterina s'y engouffra et indiqua qu'elle se rendait au même endroit que ses amis, dans la berline juste devant. Le chauffeur enclencha le compteur.

Dans le centre de Rome, l'une des villes les plus embouteillées d'Europe, la poursuite débuta pare-chocs contre pare-chocs.

Ekaterina ne craignait pas de perdre sa cible de vue. Elle se laissa même distraire en passant à la hauteur du mausolée d'Auguste mais la circulation se fit plus fluide sur les berges du Tibre et elle se concentra à nouveau alors qu'une camionnette se rabattait devant son taxi. Conduite à l'italienne, la Mercedes se mit à slalomer entre les files. Ekaterina se pencha à la vitre, trois voitures la séparaient maintenant de Baron et l'écart se creusait. Elle supplia le chauffeur de serrer la Mercedes. Il lui fit comprendre en râlant qu'il faisait de son mieux.

La berline noire bifurqua à la hauteur du pont Matteotti et fila dans une rue perpendiculaire.

— *A destra !* cria Ekaterina.

Cette fois, le chauffeur fut plus conciliant et elle dut s'accrocher à la poignée de la portière.

Nouveau virage, à droite sur la Via Gianturco, puis à gauche, le taxi et la berline passèrent entre deux propylées et prirent une route bordée de tilleuls. Peu après, la Mercedes se rangea devant un rond-point. Baron en descendit et s'engagea sur une allée qui s'enfonçait dans un parc. Ekaterina tendit au chauffeur un billet de 20 euros et n'attendit pas la monnaie pour s'élancer derrière lui, tout en gardant ses distances.

Sur son portable, elle consulta la carte des lieux ; à cent mètres, un chemin croisait le leur, elle étudia le plan et devina où se rendait Baron. Le temple d'Esculape, érigé sur un promontoire au milieu du lac de la Villa Borghèse. Une passerelle en bois était l'unique moyen d'y accéder. Une fois sur cet îlot, il pourrait aisément la repérer. Baron n'avait pas quitté son hôtel seul sans raison. Ekaterina piqua un sprint à travers le parc, bifurqua sur sa gauche, le dépassa et réussit à gagner la passerelle avant lui. Elle la traversa en courant et arriva sous les arcades du temple grec. Elle avait quelques secondes pour trouver un endroit où se cacher. Il n'y en avait aucun, le temple consistait en un simple portique à quatre chapiteaux soutenant un fronton triangulaire. Une structure ajourée couvrant au plus une vingtaine de mètres carrés, posée sur un monticule à peine plus étendu.

— C'est ce qui s'appelle se jeter dans la gueule du lion. Il faudra vraiment apprendre à tempérer tes ardeurs, rumina-t-elle.

Elle voulut faire demi-tour, mais Baron empruntait déjà la passerelle. Encore quelques pas et il la verrait. Ekaterina sentit battre le sang à ses tempes. Ce n'était pas le moment de se laisser tétaniser par la peur. Elle inspira profondément et décida de jouer son seul atout, un compagnon de route qui l'avait plus d'une fois tirée d'un mauvais pas au cours de son adolescence : le culot.

Elle s'adossa à une colonne, face au lac. Une femme prenant un bain de soleil les yeux mi-clos, sereine comme une touriste peut le paraître.

Le huitième jour, à Berlin

Profitant d'une éclaircie, Diego s'était installé à la terrasse du Kempinski pour déjeuner. Non loin de lui se dressaient les quatre chevaux en bronze surplombant l'édifice de la porte de Brandebourg, un monument qui symbolisa pendant trois décennies la division de la ville. Malgré plusieurs tentatives, il n'avait pas réussi à joindre Cordelia, et le message de Fredrik le laissait encore plus perplexe :

C'est d'accord et sans condition.
Tu diras à ta sœur que nous sommes quittes !

Au lieu de se concentrer sur sa mission, Diego s'interrogeait sur le service que Cordelia avait pu rendre à cet homme. Il n'eut pas le temps d'y réfléchir longtemps. Un deuxième texto lui fixa rendez-vous dans l'heure devant la filiale de la German Bank. Il avait tout intérêt à découvrir les lieux avant d'opérer avec ce type. Surtout après la mise en garde étrange reçue au bar Hopfenreich.

L'adresse se situait à une quinzaine de minutes à pied du Kempinski. Diego régla la note et traversa Pariser Platz. Il remonta Unter den Linden, sur l'allée centrale, entre deux rangées de tilleuls, et s'arrêta devant un hôtel particulier de quatre étages à la façade ocre. La borne du sous-répartiteur téléphonique était implantée sous les larges fenêtres du rez-de-chaussée, ce qui n'allait pas rendre l'opération discrète.

Sur le trottoir d'en face, Diego guettait l'arrivée de Fredrik qui sortit d'un bar à l'angle de la rue, avançant dans sa direction.

— Mon pote ne va pas tarder, dit-il en lissant sa moustache.

Une vieille camionnette marquée du sigle de la compagnie téléphonique allemande se rangea devant eux quelques instants plus tard.

— Toi qui aimes la ponctualité ! lâcha-t-il.

Son comparse descendit, portant un uniforme douteux et une besace à l'épaule.

— D'abord ce dont on a convenu, dit-il. La moitié tout de suite, le reste quand je t'aurai ouvert la connexion.

Diego interrogea Fredrik du regard.

— Sans condition pour moi, mais je lui ai promis 2 000 euros. Pour un accès de ce niveau ce n'est pas cher payé !

Diego sortit une enveloppe de son blouson, en préleva vingt billets et la rangea.

— Tiens, en livres sterling et tu gagnes au change.

Le comparse de Fredrik compta les billets, les enfourna dans sa poche et indiqua à Diego de le suivre. Fredrik préféra rester en retrait, il était inutile d'attirer plus encore l'attention.

L'homme traversa la rue et posa un genou à terre devant la borne. Il se retourna pour jeter un coup d'œil aux grandes fenêtres du rez-de-chaussée et constata que les employés à l'accueil pouvaient les voir à tout moment.

— C'est plus risqué que je ne pensais, ce sera 500 de plus !

Diego posa sa main sur son épaule et écrasa son pouce sur la clavicule jusqu'à ce que l'homme grimace de douleur.

— Tu vois, j'ai l'impression que ça fait un bout de temps que tu ne bosses plus aux télécoms, ou plutôt que tu t'es fait virer. Et j'imagine que ta camionnette est volée. Alors le plus risqué pour toi serait que je fasse du raffut. Moi, pour l'instant, je n'ai rien à me reprocher. Tu leur donnes combien de temps pour appeler la police ?

— OK, je t'ouvre la boîte, mais deux minutes, après je me tire.

Diego relâcha son emprise.

— Ça, dit l'homme en désignant un commutateur, c'est leur point de jonction à la fibre.

Il sortit un ordinateur de sa sacoche et se brancha à l'endroit désigné. Les adresses IP de tous les équipements de la banque apparurent sur l'écran.

Diego prit le relais, il inséra une clé USB dans le portable, et chercha sa cible. Les protections des terminaux des employés ne pouvaient être désamorcées en si peu de temps. En revanche, les sondes de détection d'incendie n'étaient sécurisées que par un simple mot de passe. L'œil sur la trotteuse de sa montre, Diego lança un scan. Vingt-six secondes pour craquer le premier, trente et une pour en obtenir trois autres, quarante-cinq pour atteindre le relais du PC sécurité, soixante-dix et il entrait dans la console qui gérait les badges d'accès. Il n'y avait ni salle des coffres ni argent liquide dans cet établissement, seulement des dossiers et, vu ce que Diego constatait, leur verrouillage était loin d'être infaillible. Il ôta sa clé et la remplaça par celle de Vital.

— Maintenant on compte deux minutes, dit-il. Si tout se passe bien, tu auras deux billets de plus. 100 livres la minute, tu te fais plus qu'un toubib.

L'un des réceptionnistes de la banque, observant les deux hommes agenouillés devant la borne, ouvrit la fenêtre pour savoir s'il y avait un problème.

— On vérifie juste les lignes téléphoniques, répondit en allemand le comparse de Fredrik.

Diego regarda son chrono, il restait une minute au virus pour faire son trou. Une longue minute.

— Nous n'avons aucun problème de téléphone ! s'exclama l'employé à sa fenêtre.

— Vous non, mais le café au coin, si, répondit nerveusement le comparse de Fredrik.

— Normalement on nous prévient quand il y a des travaux près de chez nous, protesta le réceptionniste.

Le comparse de Fredrik haussa les épaules.

— Magne-toi, grommela-t-il, c'est chaud.

Trente secondes.

L'ex-employé des télécoms n'avait pas perdu la main, il prit un tournevis dans sa besace, repéra les terminaisons rouges et vertes du réseau commuté et les shunta. Toutes les lignes du standard de la banque d'affaires se mirent à sonner. Le réceptionniste se rua à son poste pour assister son collègue.

— C'est bon, on remballe, annonça calmement Diego en retirant sa clé USB.

L'homme rangea en toute hâte son matériel, referma le portillon de la borne et se redressa en veillant à se tenir dos à la banque. Puis il traversa la rue, résistant à l'envie de se retourner pour voir si son astuce avait fonctionné.

Diego lui ayant remis les 200 livres promises, il grimpa dans sa camionnette et fila sans demander son reste.

— Tu m'offres une bière ? suggéra Fredrik.

— OK, mais loin d'ici, répondit-il.

— Pourquoi ? Il est très bien, ce café, juste à l'angle.

Diego leva les yeux au ciel et se dirigea vers le carrefour.

— Tu peux me dire ce que ma sœur a fait pour que tu me rendes ce service ?

— Pas plus que tu ne peux me dire ce que vous trafiquez tous les deux à Berlin, rétorqua Fredrik.

ALBERGO D' INGHILTERRA
ANGLETERRE
ALBERGO D'INGHILTERRA

18.

Le huitième jour, à Londres

Après avoir regagné ses bureaux, Cordelia rassembla son équipe afin de documenter la plainte que le *Daily Time* déposerait auprès des autorités. Mais la mission de Crystal Eye ne se limitait pas à un simple constat. Il incombait à la société de sécurité informatique de mettre tous les moyens en œuvre pour identifier les auteurs du hack.

Le plus jeune et le plus doué de ses collaborateurs demanda à Cordelia comment elle avait réussi à identifier si vite le *bot*[1] implanté par les hackeurs.

— La chance ou le talent, répondit-elle avec une nonchalance étudiée. Combien de fois vous ai-je dit de chercher avant tout à comprendre la finalité du hack ! Vous en cherchiez l'origine, quand je m'intéressais au mobile, ce qui m'a fait gagner un temps précieux. En salle des serveurs, j'ai examiné

1. Logiciel robot qui interagit en se faisant passer pour un humain.

les fichiers des abonnés. S'ils avaient été visés, j'aurais conclu à un vol de données à des fins crapuleuses, numéros de cartes de crédit, adresses mail, vous avez compris l'idée. Mais les registres étaient intacts. Étudier un hack implique aussi d'en cerner l'ampleur. Pour cela, il fallait se connecter aux sites web d'autres journaux afin de voir s'ils avaient aussi été attaqués. Comme ce n'était pas le cas, le *Daily Time* était bien le seul quotidien ciblé. Troisième et dernier acte, la motivation des hackeurs, liée ou non à l'activité spécifique de leur victime. Au sein d'une entreprise dotée d'une technologie particulière, vous auriez tout de suite envisagé l'espionnage industriel. Il n'était pas plus compliqué d'en déduire que le *Daily Time* allait subir les foudres de gens révoltés par sa ligne éditoriale. Enfin, si l'on peut parler de ligne éditoriale.

Les trois ingénieurs contemplèrent leur supérieure, admiratifs.

— OK, enchaîna Cordelia, six serveurs ont servi à rerouter la liaison, nous n'en trouverons pas la source avant longtemps. Je vous fais cadeau de mes conclusions mais en contrepartie, vous vous tapez le rapport, j'ai une sainte horreur de la paperasse.

Cordelia ramassa ses listings et quitta la salle, prête à croiser le fer avec son patron. Martyn Glenn l'attendait de pied ferme dans son bureau, et elle allait lui rendre compte de son travail le plus sereinement du monde. Après quoi elle retrouverait sa chambre au Connaught et se prélasserait dans un bain moussant en attendant la réunion du Groupe sur le forum.

Le huitième jour, à Jersey

Depuis que Janice était ressortie des locaux de la JSBC, la boule au ventre, elle se sentait en danger. Elle alla respirer l'air marin sur la jetée de Saint-Hélier. Des passagers descendaient d'un ferry où les marins débardaient des marchandises. Dans le vieux port, dont les eaux n'étaient pas retenues par une écluse, des petits voiliers dormaient couchés sur le flanc, enquillés dans la vase. Elle eut envie d'appeler son ami David, de prendre de ses nouvelles, qu'il lui raconte les derniers potins de sa bande de copains. Le parfum de jasmin des jardins du Florentin lui manquait. Elle rebroussa chemin et alla se promener sous la halle en verre de Fort Regent. Elle observait les passants, enviant leur insouciance. Puis, à la terrasse d'un café, elle réfléchit à la façon de procéder pour se tirer de ce mauvais pas.

La sagesse voulait qu'elle récupère son bagage, file à l'aéroport et embarque à bord du dernier vol pour Londres qui partait en fin d'après-midi. Mais elle ne pouvait se résoudre à quitter Jersey sans avoir atteint son but. Pas plus qu'avouer aux autres qu'elle avait échoué, lorsqu'elle apprendrait ce soir sur le forum qu'eux avaient réussi.

Elle commanda un café et reconnut la chevelure auburn du jeune banquier qui, au milieu de la place, scrutait la foule. Son cœur accéléra. Leurs regards se croisèrent, Janice attrapa les sangles de sa besace et s'apprêta à déguerpir. Puis elle se rendit à la raison, lui aussi avait le droit à une pause déjeuner et quelqu'un qui n'a rien à se reprocher n'a aucune raison de fuir. Elle agita la main et lui adressa un grand sourire. Wilson, ravi, la rejoignit à grands pas.

— J'ai tout envoyé à l'avocat, s'exclama-t-il.

Il espérait manifestement qu'elle l'invite à s'asseoir.

— Formidable, dit-elle. Tout sera donc prêt demain.

Se montrer aimable, certes, mais il n'était pas nécessaire de jouer avec le feu.

— Oui, vous n'aurez qu'à passer en début d'après-midi. Mon supérieur se fait une joie de vous rencontrer. Il voulait connaître votre nom, je lui ai répondu (Wilson afficha un rictus pathétique) que vous vous appeliez Mrs Brent.

— Vous avez très bien fait, répondit Janice. Si votre supérieur cherchait à connaître mon nom de jeune fille, rappelez-lui que je souhaite ouvrir un compte anonyme, sinon j'aurais placé ma fortune à Londres. Mon père est un lunatique, ce qu'il vous offre de bonne humeur le lundi, il vous le confisque au saut du lit le mardi. Il est urgent que j'assure mon avenir et surtout mon autonomie, vous comprenez, n'est-ce pas ?

Puis elle se tut, de peur d'en avoir trop dit.

Wilson hocha la tête, il semblait obsédé par sa bouche, il avait dévoré des yeux ses lèvres à chaque mot prononcé.

— Vous pouvez compter sur moi, bafouilla-t-il. Puis-je vous offrir un autre café ?

— Plus tard, peut-être, répondit-elle. Donnez-moi votre numéro de téléphone, au cas où je m'ennuierais ce soir.

Cette promesse en demi-teinte eut raison du jeune banquier. Tout tremblant, il griffonna son numéro sur la nappe en papier, avant de se retirer.

Alors qu'il s'éloignait, Janice leva la main et lui cria : « À très bientôt. »

Rita Hayworth n'aurait pas fait mieux dans *Gilda*, se serait exclamé David s'il avait été témoin de la scène.

Janice régla sa note, déchira le coin de nappe et s'en alla à son tour, changeant d'itinéraire plusieurs fois afin de s'assurer que Wilson ne la suivait pas. Elle était maintenant certaine que le supérieur du jeune banquier la suspectait. Impossible, dès lors, de se rendre au rendez-vous du lendemain et il était trop tard pour quitter l'île ; le vol de Londres décollait dans une demi-heure. Janice songea au b.a.-ba d'un art qu'elle pratiquait dans son métier de journaliste mieux que quiconque : flatter sa proie pour lui tirer les vers du nez. Avec Wilson elle tenait le candidat idéal. Elle s'en était voulu de lui avoir laissé entendre, dans le seul but de s'en débarrasser, qu'elle dînerait avec lui. Mais à bien y réfléchir, c'était peut-être une idée de génie. À condition que Wilson vienne avec son ordinateur, à condition aussi qu'elle réussisse à y implanter son virus sans qu'il s'en aperçoive. Ce qui faisait beaucoup d'hypothèses. Elle regagna son hôtel.

Le huitième jour, entre Jersey et Rome

Allongée sur son lit, Janice s'était connectée au forum. En attendant le rendez-vous avec le Groupe, elle lisait la presse locale et n'y trouvait rien de passionnant. Soudain une fenêtre s'ouvrit sur l'écran de son portable, le pseudo d'Ekaterina apparut, suivi d'un code qui l'identifiait formellement.

— Tu es où ? demanda Janice.

— Dans ma chambre, tapa Ekaterina.

— Seule ?

— Pourquoi ?

— Je le devine à ta voix.

— Tu perçois ma voix à travers nos claviers ?

— Là où je me trouve, à part compter les mouettes ou se bourrer la gueule dans un pub, il n'y a pas grand-chose à faire, mais toi tu es à Rome, alors à 18 heures dans ta chambre… un gros coup de fatigue ? À moins que Mateo ne soit avec toi.

L'écran resta muet quelques instants.

— Il est à la ruche. C'est le nom qu'il donne à ses bureaux ; pas si mal choisi que ça, l'endroit bourdonne de codeurs boutonneux en herbe.

— Et tu l'attends chez lui ?

— Dans un petit hôtel.

— Vous vous êtes disputés ?

— Je m'y suis installée tout à l'heure, j'ai pris un peu de distance.

— J'ai trop usé et abusé de ce genre de phrases pour ignorer ce qu'elles signifient.

— Et qu'est-ce qu'elles signifient ? tapa Ekaterina.

— De quoi as-tu peur ?

— Je n'en sais rien.

— Je reformule ma question autrement : de lui ou de toi ?

— De nous.

— Cela fait longtemps que je n'ai plus dit « nous », si tu savais combien ça me manque. Qu'est-ce que tu as à perdre ?

— Moi.

Un ange passa entre Jersey et Rome.

— Donc, tu l'aimes.

— On peut revenir à notre travail ? Comment s'est passée ta journée ? questionna Ekaterina.

— Une cata. Non seulement j'ai échoué, mais je crois que je suis grillée. J'ai l'impression que l'on me surveille, enchaîna Janice.

— C'est une impression ou une certitude ?

— J'ai pris le téléphone de ma chambre pour appeler David, répondit Janice, mon portable était en charge. Juste après avoir décroché j'ai perçu un clic ; comme David peut parler non-stop pendant dix minutes, j'ai posé le combiné et je suis descendue à pas de loup à la réception. La patronne de l'hôtel était aussi en ligne, son interlocuteur devait être encore plus bavard que David, car elle ne disait pas un mot. Soit c'était une coïncidence, soit elle espionnait ma conversation.

— Pourquoi ferait-elle ça ?

— J'imagine que sur cette île tout le monde se connaît, et je ne serais pas surprise qu'elle ait rendu service à quelqu'un, ou alors je deviens folle et je me fais des idées.

— Écoute ton instinct, et tire-toi de là sans tarder.

— C'est trop tard pour aujourd'hui, sauf à embarquer sur le ferry qui se rend cette nuit en Irlande, et qu'est-ce que j'irais foutre à Dublin ? Et puis je te rappelle que je n'ai pas accompli ma mission.

Ekaterina mordilla son stylo, le posa sur la table et alluma une cigarette.

— Tu as besoin de renfort.

— À distance, ça ne marchera pas, c'est tout le problème, sinon je ne me serais pas fait repérer aussi bêtement.

— Je parlais de renfort sur place.

— Toi ?

— Non, je suis trop tête brûlée pour t'être utile, surtout vu les circonstances, je pensais plutôt à Mateo, je ne connais personne de plus prudent que lui.

— Ce qui te donnerait un prétexte pour l'appeler ou une bonne raison de l'éloigner de toi ?

— Je lui en parle ou tu te débrouilles sans lui ?

— Tu as raison… J'ai un plan B et nous ne serions pas trop de deux pour le mettre en œuvre.

— OK, je m'en occupe.

— Attends, que s'est-il passé entre vous ? À Kiev, vous sembliez bien vous entendre.

— Ce matin, j'ai fait cavalier seule. Je pistais Baron et je l'ai suivi jusque dans un parc, pour découvrir qui il allait rencontrer.

— C'était quelqu'un d'important ?

— Si je te le dis, promets-moi de jouer l'étonnée tout à l'heure, j'ai eu ma dose de susceptibilité à gérer pour la journée. Baron discutait avec un gros bonnet du Vatican.

— Pourquoi le Vatican ?

— C'est justement ce que l'on essaie de découvrir, Mateo est sur le coup.

— Vous vous êtes engueulés parce que Baron a rencontré un type en soutane ?

— L'homme en question se promenait en costume de ville avec un iPhone dernier cri... Le Vatican ne doit pas considérer la modernité comme un péché ! Mateo l'a identifié grâce à un logiciel de reconnaissance faciale. Cet homme ne cesse de me surprendre.

— Tu as volé l'iPhone d'un homme d'Église ?

— Mais non, enfin ! J'ai seulement pris une photo de la rencontre. Ce qui m'amène au sujet qui a glacé l'atmosphère. D'après Mateo, j'ai pris des risques stupides et inconsidérés ; d'après moi, il enrage que j'aie réussi sans lui. Tu te rends compte, pas la moindre félicitation !

— Moi je te félicite, mais tu as pris des risques inconsidérés.

— Tu aurais fait pareil. Bon, je l'appelle, reconnecte-toi dans une heure.

Ekaterina fit les cent pas dans sa chambre, le regard voguant de son paquet de cigarettes à son portable. En allumer une de plus la calmerait peut-être un peu. Appeler Mateo aurait l'effet contraire. Elle hésita avant de lui envoyer un texto.

— Tu peux me rejoindre là où nous avons joué aux touristes ?

Elle regarda son smartphone ; la réponse se faisant attendre, elle alluma sa clope. L'écran s'éclaira.

— Pourquoi ne pas se retrouver chez moi ?

— Il faut qu'on parle, et c'est urgent.

Cette fois la réponse fut immédiate.

— Quel genre de problème ?

— Tu peux ou pas ?

— Je suis en route, moi aussi il faut que je te parle.

*

Slalomant dans les rues de Rome sur sa moto, Mateo, perturbé par les propos et le ton d'Ekaterina, murmurait sous son casque les excuses qu'il comptait lui présenter. Il lui avouerait ne pas s'être remis de cette nuit à Oslo où il avait vécu une peur sans précédent en pensant qu'elle allait tomber sous les balles des tueurs de Vickersen. Une terreur encore plus forte que celle ressentie la nuit où il avait fait ses adieux à son père. L'idée qu'elle soit allée seule au-devant d'un homme dont le garde du corps l'avait poursuivie une arme à la main l'avait rendu fou. Il regrettait de s'être emporté, autant que de l'avoir traitée d'inconsciente. Ce n'était probablement pas la façon la plus délicate de lui ouvrir les yeux sur les sentiments qu'il lui portait, ni de lui avouer qu'elle comptait dans sa vie beaucoup plus qu'elle ne voulait le comprendre, mais au moins, ses mots auraient le mérite d'être sincères.

En traversant le Tibre, il évita de justesse un camion qui avait déboîté sans prévenir et il décida que la vie était bien trop courte pour se perdre en conjectures. Il allait lui dire ce qu'elle n'avait pas voulu entendre quand elle l'avait interrogé sur ses conquêtes passées : il était amoureux d'elle.

Elle l'attendait, assise sur la margelle de la fontaine ; elle se leva pour venir à sa rencontre. Elle portait une robe d'été et de brouillard, c'est du moins ce qu'il sembla à Mateo quand il s'approcha, le cœur serré et les mains moites. Tout comme il lui sembla que l'hiver le plus rude avait soudainement gelé la place et ses touristes. Autour d'elle, tout paraissait immobile. Il hésita à la prendre dans ses bras pour l'embrasser et l'observa, subjugué par son air malicieux.

Il reçut un baiser sur la joue, puis sentit les lèvres d'Ekaterina effleurer les siennes.

— Qu'est-ce que tu voulais me dire ? bafouilla-t-il.

Il n'y a rien de plus beau et d'imbécile qu'un homme submergé par l'amour.

Elle lui relata sa conversation avec Janice et, se moquant un peu de lui, lui confia son inquiétude. Leur amie avait fait preuve d'imprudence et en avait payé le prix. Comme elle ne renoncerait pas, il lui fallait du renfort avant qu'elle ne se mette vraiment en danger. Ekaterina avait consulté les horaires d'avion. Mateo pourrait dormir ce soir à Heathrow avant de prendre le premier vol du matin qui atterrirait à Jersey à 10 heures.

Mateo ne chercha pas à discuter. Il repasserait à son bureau s'équiper du matériel nécessaire, puis chez lui pour réunir quelques affaires. À moto, il rejoindrait l'aéroport à temps.

Il promit de l'appeler en débarquant à Londres.

— Et toi, qu'est-ce que tu voulais me dire ? demanda Ekaterina avant qu'ils ne se séparent.

— Rien. Enfin, si. L'homme que Baron a rencontré ce matin s'appelle Giacomo Rubino. Il est très proche du pape et a la charge d'organiser ses rencontres officielles.

— Baron reçu par le pape ? Il veut convertir l'Église à l'ultradroite ?

— Je ne crois pas que ce soit dans ses projets, ni qu'il veuille rencontrer le pape.

— Alors je ne comprends pas.

— Rubino est un intermédiaire, Baron aussi, lâcha Mateo. Reste à savoir qui cherche à s'entretenir avec Sa Sainteté et pour servir quels intérêts. Je vais te transférer le programme qui communique avec le mouchard que j'ai placé sur son portable. À toi de te connecter au Wi-Fi de son hôtel pour recueillir les données collectées depuis hier. Avec un peu de chance, ses mails ou ses conversations téléphoniques nous en apprendront plus.

Ekaterina fit un pas en arrière et regarda Mateo d'un air interdit.

— J'ai bien entendu ce que tu viens de me dire ?

— C'est fort probable, nous sommes tout près l'un de l'autre et la Piazza est étrangement silencieuse.

— Tu me demandes d'aller espionner Baron ? insista-t-elle.

— En quoi cela t'étonne ? Je ne peux pas être à Rome et à Jersey en même temps, répondit Mateo, impassible.

Ekaterina plissa les yeux et le soleil n'y était pour rien.

— Tu es l'homme le plus maladroit que je connaisse et le problème c'est que je ne sais plus si je pourrais me passer de toi.

Elle l'embrassa et s'en alla promptement.

— Préviens les autres que je ne serai pas présent à la réunion tout à l'heure, cria Mateo.

Elle agita la main de loin et fila vers son hôtel pour y régler sa note et prévenir Janice que la cavalerie arrivait au grand galop.

PIAZZA NAVONA

19.

Le huitième jour, à Istanbul

Kahil prenait un certain plaisir à conduire, d'abord sa très vieille Jaguar étrangement restaurée, avec sa portière bleue qui tranchait sur la carrosserie blanche, mais aussi Maya, qu'il trouvait tout à fait charmante, bien que d'un âge hors d'atteinte pour lui.

— Pour la discrétion, votre voiture n'est pas l'idéal, remarqua-t-elle.

— Permettez-moi de vous dire que je ne partage pas votre avis. Quand on n'a rien à cacher, on ne craint pas de se montrer.

Kahil ajouta que s'ils devaient croiser par hasard l'une de ses connaissances, il la présenterait comme étant sa nièce.

— Vous avez des frères et sœurs ?

— Non, mais personne ne le sait, je suis d'un naturel très discret.

— Comment avez-vous connu Vital et son frère ?

Kahil prit une longue inspiration.

— Voyez-vous, pour faire une affaire, on doit être deux. Et lorsque l'on est un peu dans l'illégalité, rien n'est plus difficile que de trouver des gens honnêtes. Nous avons eu l'occasion de travailler ensemble, il y a quelques années, et nous nous sommes tout de suite bien entendus. Une amitié sincère, il faut vouloir la créer, lui donner les moyens de grandir… La confiance est une récompense aussi fragile qu'inestimable. J'ai appris de mon père que la fortune d'un homme ne se compte pas dans son portefeuille mais à la valeur de ses connaissances. Et il faut beaucoup de talent dans une vie pour se prémunir contre les désillusions.

— Quel âge avez-vous ?

— Je ne vous demande pas le vôtre mais je dirais au moins trente ans de plus.

— Vous ne les faites pas.

— Vous non plus, ce qui est regrettable.

Kahil rangea sa voiture devant un grand magasin de la banlieue d'Istanbul. Il accompagna Maya à l'intérieur, souhaitant participer au choix de sa nouvelle garde-robe.

Chaque fois que la vendeuse s'approchait, il la repoussait d'un revers de la main, continuant de se promener de rayon en rayon, sortant ici et là une robe ou un pantalon avant de les reposer.

Kahil avait troqué les certitudes de l'âge contre l'élégance de la curiosité. Maya se prit à son jeu, elle essaya toutes les tenues qu'il choisissait, prétendant ne pas s'y sentir à l'aise chaque fois qu'elle les trouvait trop coûteuses. Kahil ne mit pas longtemps à comprendre son manège. Il soupira comme à son habitude et rassembla ce qu'il y avait de plus beau avant de se rendre à la caisse.

— Il va de soi que vous ne me devez rien, dit-il en sortant du magasin.

Ils remontèrent à bord de la Jaguar, qui se dirigea vers le Bosphore.

— Malik n'arrivera qu'en milieu d'après-midi, en l'attendant je vous emmène déjeuner, proposa-t-il alors que la boîte de vitesses craquait sous les assauts d'un débrayage.

— Hier, vous m'interdisiez de sortir de ma chambre.

— Je sais, j'adore me contredire. Hier, j'étais épuisé par le voyage, et puis un peu de danger apportera du piquant à cette journée.

En chemin, il s'arrêta en double file devant une pharmacie, demandant à Maya si elle voulait bien lui acheter une boîte de cachets d'aspirine.

— Si vous avez mal à la tête, on peut rentrer, dit-elle.

— Je n'ai jamais mal à la tête, mais il m'est venu à l'idée que dans votre fuite vous aviez oublié votre brosse à dents. Achetez tout ce dont vous avez besoin.

*

Ils déjeunèrent dans un petit restaurant de poissons où Kahil avait été accueilli avec plus d'égards qu'une star de cinéma.

À table, Maya l'interrogea sur sa vie.

— Vous n'êtes pas marié ?

— C'est une avance ? demanda-t-il en relevant un sourcil.

— J'aime les femmes.

— Moi aussi, beaucoup trop, ce qui répond à votre question. En vérité, je n'en ai aimé qu'une. Elle m'a quitté, et depuis ma vie n'a été qu'une longue quête de ce que je ne pouvais plus avoir… je n'ai rencontré que des duplicatas.

Maya le regarda longuement, silencieuse.

— Je vous trouve bien songeuse. J'ai dit quelque chose qui vous a choquée ? s'inquiéta Kahil.

— Au contraire. Je crois que si j'étais attirée par les hommes, je vous aurais demandé de m'inviter à déjeuner.

Cette fois ce fut Kahil qui se tut. Il posa calmement sa fourchette pour prendre sa serviette et tamponna sa moustache avant de poursuivre tranquillement son repas.

— Je vous trouve bien songeur. J'ai dit quelque chose qui vous a choqué ? reprit Maya.

— Si j'avais quelques décennies de moins… Ce qui fait pas mal de si, quand on y pense.

Kahil commanda deux cafés au serveur.

— Comment est née votre amitié pour Vital ? Vous semblez très liés et pourtant vous ignoriez qu'il a un frère jumeau. Je vous rappelle qu'il y a quelques instants, nous avons failli nous marier, vous pouvez me faire confiance.

Kahil avait du génie dans l'œil et Maya était sous son charme, au sens le plus pur du terme.

— Nous sommes associés, répondit-elle.

— Quelle bonne idée. J'espère que vous ne me ferez pas de concurrence.

— Nous traquons les criminels, continua-t-elle, étonnée d'en avoir tant dit.

— Alors je ne crains rien, je n'ai jamais tué personne. Enfin, je ne crois pas. Puisque nous en sommes aux confidences, qu'est-ce qui vous retient ici alors que le bon sens voudrait que vous partiez au plus vite ?

— Elle ! répondit Maya en sortant de sa poche la photo de Naëlle.

Kahil l'examina et la lui rendit.

— Une parente ?

— Non, mais elle est en danger et je dois la sauver.

— Je ne vous demande pas pourquoi, cela ne me regarde pas. Néanmoins, je dois vous mettre en garde. Je connais le propriétaire du magasin de vêtements et figurez-vous que les caméras de surveillance sont malencontreusement tombées en panne pendant que nous nous y promenions. Quant à ce restaurant, dont j'espère que vous avez apprécié la cuisine, il m'appartient. Mais je ne serai pas tout le temps là et je ne voudrais pas que notre petite promenade d'aujourd'hui vous fasse oublier que vous êtes recherchée. Maintenant, si cette enfant a besoin de vous, vous m'expliquerez sur la route du retour comment je peux vous aider à la retrouver. Allons-y, Malik ne devrait plus tarder.

Le huitième soir, à Jersey, à Londres, à Rome, à Berlin et à Kiev

À l'heure dite, les membres du Groupe se réunirent sur le forum. Manquaient à l'appel Mateo, qui voyageait à bord d'un avion de la British Airways, Malik, qui après avoir débarqué très en retard à Istanbul, roulait à bord d'un taxi vers le bureau de change de Kahil, et Maya, qui ignorait encore que son destin était intimement lié à celui de ses camarades. Janice choisit d'intervenir la première, préférant que la réunion ne se conclue pas sur son échec. Elle n'essaya pas de cacher sa déception ni son embarras. Ekaterina vint à sa rescousse, expliquant que Mateo devait lui prêter main-forte et que ce qui n'avait pu être accompli aujourd'hui le serait probablement demain.

Depuis Berlin, Diego déclara que le virus avait été implanté dans les serveurs de la German Bank. Vital confirma que le rootkit avait fait son chemin, pénétrant le cœur du système informatique de la banque d'affaires allemande. Il en profita pour féliciter Cordelia, il avait pu tester l'accès maître au réseau de Berdoch qu'elle lui avait fourni.

Vital espérait trouver des passerelles entre les différentes sociétés sur lesquelles Berdoch avait mis la main. Mieux encore, il avait découvert que tous les départements comptables étaient reliés à Info Corp, la maison mère. De Rox News aux journaux et chaînes de télé américains, anglais et australiens. Il avait déjà initié une première attaque sur les serveurs de leur messagerie interne et s'apprêtait à envoyer à Janice un dossier crypté contenant une série de communications suspectes.

— Entre qui et qui ? demanda la journaliste, stylo en main.

— Justement, c'est ce qui est remarquable, un échange incessant de mails entre certains membres du conseil de surveillance, et pas des moindres. J'ai pu identifier les adresses d'un ancien Premier ministre espagnol, d'un magnat saoudien qui est aussi un gros actionnaire du groupe de Berdoch, d'un ex-P-DG de la British Airways et de deux autres types qui ont dirigé de grandes banques internationales. Mais tous les courriers partent ou arrivent de la boîte mail d'un des deux fils du big boss. Du très beau linge, comme vous pouvez le constater.

— Je vois de qui tu parles, enchaîna Janice, Galan Berdoch, l'héritier qui a orienté l'ensemble des médias du groupe paternel vers une ligne ultra-conservatrice et ouvertement conspirationniste. Il commandera bientôt seul un arsenal de propagande qui pèse plus de 33 milliards de dollars. Comment a-t-on pu laisser une telle concentration de pouvoir aux mains d'une même famille ? s'indigna-t-elle.

Ekaterina expliqua avoir été, elle aussi, confrontée à un problème lors de sa mission, en raison de la vétusté des installations de surveillance de l'hôtel où séjournait Baron à Rome. Elle posta sur le forum la photo de Baron et Rubino avant de relater sa filature impromptue et ce que Mateo et elle avaient découvert par la suite.

— On dirait qu'ils posent pour toi, comment tu t'es débrouillée pour qu'ils ne te voient pas ? demanda Janice.

— Le contraire aurait été impossible, du coup je n'ai pas cherché à me cacher. Baron avait quitté son hôtel sans escorte, il ne pouvait pas m'identifier. Quand le conseiller du Vatican l'a rejoint, j'ai joué les touristes en immortalisant le panorama. Pourquoi se seraient-ils méfiés ? Quand ils m'ont vue, ils se sont arrêtés, un peu hésitants. J'ai pris une dizaine de selfies en m'arrangeant pour les avoir tous les deux en arrière-plan. Et puis je leur ai fait un grand sourire et je suis partie.

— J'aurais aimé avoir ton aplomb, j'aurais dû insérer la clé, mais deux minutes, c'était trop risqué, s'excusa Janice.

— Tu as fait ce qu'il fallait, assura Vital.

— Si ça intéresse éventuellement quelqu'un, je peux vous raconter comment j'ai réussi mon coup à Londres, intervint Cordelia, parce que c'était plus spectaculaire que de prendre quelques photos à la volée.

— Et vous avez découvert la raison de la rencontre entre Baron et cet homme du Vatican ? questionna Diego.

— Pas encore, enchaîna Ekaterina, mais j'y travaille.

— Vraiment, vous vous en foutez ? s'indigna Cordelia.

Sans attendre qu'on lui réponde, elle partagea ce qu'elle avait ressenti après avoir implanté non pas un, mais deux virus au sein du *Daily Time*, l'un dans les serveurs, l'autre dans l'esprit des collaborateurs du quotidien.

— Ils vont se soupçonner les uns les autres, ajouta-t-elle avec un plaisir non dissimulé. Et toi, Diego, c'était comment Berlin ? enchaîna-t-elle. Mon camarade Fredrik devait être à la hauteur puisque tu as réussi.

— Tout dépend de la hauteur dont tu parles. Si c'est sur l'échelle du charme et de la délicatesse, il n'a pas encore posé le pied sur le premier barreau. Et j'aimerais vraiment savoir ce qui s'est passé entre vous pour qu'un rustre comme lui te rende un tel service.

— Tu veux que l'on discute de ça sur le forum maintenant ? Vraiment ?

— Personnellement, je n'ai rien contre, argua Janice. Je ne peux pas dire que la nuit qui m'attend dans cette auberge s'annonce des plus folichonnes.

— Je dois aller prendre un verre au bar d'un hôtel, pour des raisons strictement professionnelles, je le précise, mais je ne suis pas pressée, ajouta Ekaterina.

— Trois contre un, on t'écoute, insista Diego.

Vital intervint pour remettre de l'ordre.

— J'ai une bonne et une moins bonne nouvelle à vous annoncer. Maya est saine et sauve et Malik est avec elle.

Alt&#9786, le code HTML de l'émoticône qui sourit, fusa sur les écrans.

— Il la ramène chez vous ? demanda Janice.

— Quelle est la moins bonne nouvelle ? s'inquiéta Ekaterina.

— Maya veut finir la mission qui l'a amenée là-bas. Je ne sais pas de quoi il s'agit, j'espère pouvoir vous en dire plus demain. Nous avons tous beaucoup de travail, tapa-t-il avant de mettre fin à la communication.

— *Aucun des membres du Groupe n'était intrigué par votre absence à cette réunion ?*

— Si, comme au manoir, mais tous avaient fini par se ranger à l'idée que je ne participais pas à leur mission.

— *À quoi servait d'entretenir ce mensonge ?*

— Par sécurité, pour être plus efficace aussi ; par exemple en faisant en sorte qu'Ekaterina ne se rende pas à l'hôtel d'Inghilterra sans qu'elle se braque ou s'obstine.

— *Pourquoi l'en empêcher ? Mateo avait donné son feu vert.*

— Parce que si Baron dînait seul au bar, son garde du corps attendait sur une banquette dans le hall d'entrée.

— *Comment le saviez-vous ?*

— L'enregistreur des caméras vidéo était relié à une centrale de surveillance. Ekaterina l'ignorait, moi pas. J'ai piraté la liaison.

— *Et vous ne l'avez pas prévenue ?*

— Non, elle aurait cru à un tour de Mateo, imaginé qu'il avait changé d'avis et ça l'aurait rendue furieuse. J'aime beaucoup la relation qui se nouait entre eux.

— *Alors, comment l'avez-vous convaincue de ne pas aller à l'Inghilterra ?*

— Je lui ai fait parvenir une information bien plus précieuse que tout ce qu'elle aurait pu y découvrir. De quoi occuper pleinement sa nuit. Le moment était venu de révéler au Groupe l'existence de quelqu'un qu'ils n'avaient pas encore identifié, un homme tenant un haut rang dans la hiérarchie des fauves.

Le huitième soir, à Rome

La nuit était tombée. Ekaterina rangea son matériel dans son sac et chercha dans ses affaires une tenue pour aller prendre un verre, seule, au bar de l'hôtel d'Inghilterra sans attirer l'attention. Elle doutait que le barman sache lui préparer un karsk, mais un cosmopolitan conviendrait. Le temps de le boire, elle hackerait le Wi-Fi, et le malware de Mateo transférerait les données du smartphone de Baron. Si tout se déroulait comme prévu, elle serait de retour deux heures plus tard à l'appartement et s'attellerait à décrypter ses mails afin de trouver pour qui il cherchait à organiser une réunion avec le pape. Elle allait ramasser son sac quand elle entendit un petit clic indiquant l'arrivée d'un courrier sur le forum de la messagerie du Groupe. Probablement Janice qui devait s'ennuyer dans sa chambre à Jersey. Cela pouvait attendre. Elle descendit l'escalier et chercha un taxi. Soudain, elle plissa les yeux, étonnée de voir apparaître sur l'écran de son smartphone l'icône d'une enveloppe au sigle disparu d'AOL : « Vous avez un mail. »

Date inconnue, en Syrie

Le cortège progressait lentement à la faveur de la nuit. Une vingtaine d'hommes et de femmes se faufilaient à travers les ruines, parmi eux se trouvait une enfant. Sortir du ghetto demandait une parfaite connaissance du terrain : positions des troupes qui assiégeaient la ville, horaire de chacune des rondes... Des semaines de repérage avaient été nécessaires à la préparation de cette fuite. À un croisement, le guide s'était arrêté pour signaler le franchissement du point de non-retour. Si quelqu'un devait rebrousser chemin, c'était maintenant ou jamais. Chacun avait en tête ce qui s'était produit un mois plus tôt.

Affamés, terrifiés par deux semaines de bombardements intenses, une cinquantaine d'habitants avaient répondu à la propagande du régime promettant d'ouvrir le passage à ceux qui quitteraient les zones tenues par les terroristes – le nom donné par le régime à tous ses opposants – pour rejoindre les quartiers tenus par les milices loyalistes. Quelques familles avaient emporté des baluchons contenant les effets qu'elles n'avaient pu se résoudre à abandonner. Alors qu'ils marchaient vers la ligne de démarcation, une pluie d'obus s'était abattue sur eux. Cinquante corps déchiquetés, dont ceux de onze enfants de moins de dix ans, dans des mares de sang, un carnage.

Le mois précédent, trente autres avaient péri après avoir été pris pour cible par un avion russe. Chacun savait cela mais tous s'étaient résignés à leur sort, vivre ses derniers jours sans espoir était pire que de mourir aujourd'hui.

La voie du nord n'était plus envisageable, ceux qui l'avaient empruntée s'étaient retrouvés pris dans un étau entre la ligne de front et la frontière turque désormais fermée. Le salut était à l'est, en longeant la Turquie pour tenter de gagner l'Arménie. La frontière entre les deux pays était fermée mais des passeurs permettaient, contre paiement, de se glisser à travers les mailles du filet.

« Le monde occidental nous a oubliés, il a tout oublié de ce qu'endurent les peuples persécutés, avait dit son père à Naëlle, mais les Arméniens, eux, se souviennent. » Il lui avait fait apprendre par cœur un numéro de téléphone qu'elle devrait composer une fois à destination, et quelques mots d'anglais. « Quand tu arriveras à Erevan, quelqu'un ira à ta rencontre et te dira cette phrase : "Le printemps reviendra."

Alors, et seulement alors, tu lui remettras ce que ta mère et moi t'avons confié. »

Ses consignes étaient formelles, en chemin il faudrait éviter les camps de réfugiés, désormais les attaques les visaient aussi. Plus aucune zone n'était sûre, avait affirmé avant le départ le tailleur chef de résistance. Il recevait des nouvelles de temps à autre, quand les relais téléphoniques se remettaient à fonctionner. Et puis les conditions de vie dans les camps saturés étaient terribles et l'offensive militaire s'amplifiait sans cesse. Juste avant le printemps, ceux situés près de Sarmada, qui comptaient des dizaines de milliers de personnes fuyant les combats dans la zone d'Idlib, avaient été attaqués. Takad, une autre ville à vingt kilomètres à l'est, avait aussi été la cible de tirs nourris, artillerie, missiles et raids aériens. L'hôpital d'Atareb comme celui de Darat Izza avaient été détruits par des bombardements. Qui pouvait être assez cruel pour bombarder des hôpitaux, quelle part d'humanité subsistait chez ceux qui commettaient de tels actes ? Naëlle enrageait en y pensant, et cette rage lui donnait de la force, la poussait à aller de l'avant, à réussir, pas seulement pour témoigner ou survivre, mais pour vivre. La plus belle façon de vaincre ses oppresseurs. Vivre et aimer.

À 5 heures du matin, le guide désigna un bloc de pierre. Le soleil se lèverait bientôt, il fallait se mettre à l'abri.

Dix hommes se mirent à la tâche pour le déplacer, dévoilant une anfractuosité par laquelle on accédait à un ancien parking dans les sous-sols d'un immeuble dont il ne subsistait plus rien. Une cache dissimulée par la résistance.

Naëlle était aguerrie à ce genre d'exercice, mais ses compagnons de route avaient besoin de répit, quinze heures à attendre tapis dans le noir pendant que la milice effectuerait ses patrouilles de jour. Elle s'adossa à une carcasse de voiture, et retourna doucement le pli de sa ceinture, afin de vérifier que la couture était intacte. Des doigts, elle sentit les reliefs de la carte SIM. Rassurée, elle ferma les yeux pour trouver un peu de sommeil.

Le grondement des bombes se faisait entendre dans le lointain.

L'exode reprendrait à la tombée de la nuit prochaine.

LA JAGUAR DE KAHIL

20.

Le neuvième jour, à Jersey

À 9 heures, Janice reçut un message de Mateo qui venait de se poser à Jersey. Il préférait la retrouver ailleurs qu'à son hôtel.

Elle lui donna rendez-vous au café où elle avait déjeuné la veille. Aucun risque de croiser Wilson qui, avec son air de premier de la classe, devait déjà être au bureau depuis longtemps.

Elle passa rapidement sous la douche et, descendant l'escalier, s'arrêta au bas des marches pour s'assurer que la propriétaire des lieux ne rôdait pas dans les parages. Derrière le comptoir, une jeune réceptionniste s'occupait d'un client ; Janice traversa le petit hall et descendit vers le port.

Les mouettes voletaient dans un ciel bleu-gris, la température était douce.

Quand elle arriva, Mateo l'attendait déjà, installé en terrasse.

— Tu as fait bon voyage ? demanda-t-elle en s'asseyant à sa table.

— Non. Tu as réfléchi à un plan B ?

— Tu n'étais pas obligé de venir, tu sais.

— Apparemment si. Ce qui nous ramène à ma question : tu as une idée de la façon de procéder ?

— Sur ce ton, aucune.

Mateo s'excusa, il n'avait pas beaucoup dormi depuis son départ de Rome.

— Le vacarme d'Heathrow ?

— Non, autre chose, mais parlons de ce qui nous préoccupe.

— Parlons d'abord de ce qui te préoccupe, je n'ai pas envie de faire équipe avec quelqu'un qui a la tête ailleurs.

— Cela n'a rien voir avec notre job, c'est personnel, bougonna-t-il.

Le voyant tourner inlassablement sa cuillère dans la tasse d'un café qu'il avait déjà bu, Janice se sentit tiraillée. Que dire sans trahir pour autant la confiance d'Ekaterina ? Mais le crissement de la cuillère sur la porcelaine était vraiment insupportable.

— Laisse-lui du temps, tout ira bien.

Mateo se tourna brusquement vers elle.

— Elle t'a parlé ?

— Non, je vous ai observés à Kiev, et tu n'as aucune raison de t'inquiéter si tu suis mon conseil. Maintenant, est-ce que l'on peut se concentrer sur notre travail ? *In situ*, c'est mort. Je suis grillée et un second client étranger venant ouvrir un compte à vingt-quatre heures d'intervalle, ce serait peu plausible. La seule solution serait de trouver le moyen de se connecter à leurs installations à distance.

— Tu as pu rôder autour des lieux ?

— Je ne parlais pas de hacker la banque mais Wilson, le jeune banquier qui s'est occupé de moi. Il m'a donné son numéro de téléphone et si je l'invite à mon hôtel pour signer les papiers d'ouverture du compte, il arrivera en courant avec des fleurs et son ordinateur portable. Après, on improvise.

Accoudé à la table, le menton entre les mains, Mateo ferma les yeux.

— Tu es crevé à ce point ou je t'ennuie ? s'inquiéta Janice.

— Non, je visualise la scène.

— Tu es vraiment un drôle de type.

— Donc tu as parlé avec Ekaterina, je croirais l'entendre ! Mais admettons que je sois un drôle de type... Si tu es vraiment grillée, ton banquier viendra sans son ordinateur, et s'il en apporte un ce sera pour te piéger.

— Alors tu comptes hacker quoi ?

— Son smartphone.

— Mais la clé USB de Vital doit rester fichée deux minutes dans un ordinateur de leur réseau pour que le virus opère, hacker le smartphone de Wilson ne servira à rien, objecta Janice.

— Pas si je perce le coprocesseur pour y recopier le fichier contenu dans la clé de Vital. Quoi qu'il arrive, Wilson retournera à la banque après votre rencontre. Il se reconnectera naturellement au Wi-Fi dès qu'il sera à son bureau. Après quoi le virus remontera vers les serveurs.

— Comment ça, tu « perces » le coprocesseur, qu'est-ce que ça veut dire ? questionna Janice.

Mateo ramassa sa mallette et l'entrouvrit.

— Avec un laser comme celui-là, répondit-il. Si d'aventure il t'arrivait de discuter avec Ekaterina, elle t'expliquera le fonctionnement de ce matériel, je lui en ai fait une démonstration dans mon labo, la dernière fois que nous étions à Rome. Seulement si tu étais amenée à lui parler, évidemment. Il y a de la place dans ton hôtel ?

Janice l'observa, amusée.

— Le contraire m'étonnerait, répondit-elle.

— Je vais louer une chambre, il va de soi que nous ne nous connaissons pas. Donne rendez-vous à ton Wilson dans une heure. Arrange-toi pour subtiliser son smartphone, ensuite tu l'occupes dix minutes, c'est le temps qu'il me faut. Avec une petite marge de sécurité.

Mateo régla la note et se leva.

Une demi-heure plus tard, Janice regagnait discrètement sa chambre.

*

Wilson se présenta à la réception à midi. Janice l'attendait dans la salle à manger encore déserte, assise près de l'entrée. Mateo avait pris place à une table voisine.

— C'est amusant, dit Wilson en portant sa tasse de thé à ses lèvres, je pensais que vous seriez descendue dans un établissement plus luxueux.

— Le luxe est tellement surfait de nos jours, soupira Janice, rien n'est plus dépaysant que ce qui est authentique, vous ne trouvez pas ?

— Si, bien évidemment, bafouilla le jeune homme.

— Je peux signer les papiers ? J'aimerais vraiment transférer les fonds cet après-midi.

Wilson se pencha pour ramasser sa sacoche, Janice en profita pour dérober le smartphone qu'il avait posé sur la table. Elle le fit glisser sur ses genoux, puis au sol. Au moment où le banquier se redressa, elle envoya le téléphone d'un léger coup de pied vers Mateo qui le ramassa. Il se leva et marcha tranquillement vers la sortie.

Mateo grimpa à sa chambre, ouvrit sa mallette sur le lit, prit les outils pour déclipser le capot arrière de l'appareil, mit à nu le coprocesseur dont il identifia le modèle et le plaça sous le laser. Trois minutes s'étaient écoulées depuis son départ de la salle à manger. Deux minutes de plus et le percement était accompli. Pendant que le virus se transférait, Mateo fixait le chronomètre. Cent vingt secondes encore, et il réinséra la puce dans son logement avant de refermer le capot. Le tout avait pris neuf minutes, un succès, même si le record établi dans son labo à Rome n'avait pas été battu.

Pendant ce temps, Janice usait de tous son charme pour occuper Wilson. Elle avait souhaité relire attentivement les documents qu'il lui avait soumis, s'excusant de ne pas comprendre certains passages. Wilson l'avait rassurée, il s'agissait là de conditions bancaires des plus classiques.

À bout d'arguments, prête à signer, alors que le jeune banquier retenait son souffle, elle releva la pointe de son stylo et lui demanda quelle serait sa stratégie d'investissement si elle venait à multiplier la mise par dix dans les prochains mois. Wilson s'apprêtait à lui répondre, quand Mateo fit son apparition et demanda si quelqu'un avait égaré le portable qu'il venait de trouver par terre. Wilson le lui arracha presque des mains et le remercia chaleureusement.

Mateo retourna à son journal.

Janice parapha et signa les documents, ravie, affirma-t-elle, de pouvoir transférer les fonds avant la fin de la journée. Puis elle congédia poliment le jeune banquier, qui s'en alla après lui avoir fait le plus obséquieux des baisemains.

À Rome

La veille au soir, Ekaterina avait fait demi-tour juste avant de se rendre à l'hôtel d'Inghilterra. Le message reçu au moment de partir l'avait incitée à remonter chez Mateo pour rallumer son ordinateur. Elle y avait trouvé un document adressé via la messagerie du Groupe. Elle qui se vantait de pouvoir identifier chacun de ses amis à sa façon d'écrire s'était retrouvée bien démunie devant la nature de la prose :

9H-FCE

Un code qui l'avait laissée perplexe. Elle avait demandé à Vital s'il avait une idée de sa signification. La réponse lui était parvenue quelques instants plus tard, le temps pour lui de faire quelques recherches. Il s'agissait d'une immatriculation, celle d'un jet privé. 9H était l'indicatif réservé aux avions maltais.

À son tour il l'avait questionnée sur la raison de cette requête. Ekaterina en avait déduit que son ami n'était pas à l'origine de l'envoi. Puis il lui apprit que le Falcon 900 avait décollé de New York pour se poser à 19 heures à Reykjavik.

— Tu en es sûr ?

— Les mouvements aériens sont suivis à la lunette par des passionnés d'aviation. Ils sont des centaines à recopier chaque plan de vol dans des bases de données mises en ligne.

— Pourquoi un appareil maltais effectuerait une liaison entre les États-Unis et l'Islande ?

— De nombreux cargos sont immatriculés dans des paradis fiscaux où ils ne jettent jamais l'ancre. Ça ne les empêche pas de sillonner les mers du globe tandis que leurs armateurs échappent aux impôts. Les milliardaires achètent leurs jets privés sous couvert de sociétés offshore. Mais en quoi cela nous concerne ?

— Tu peux savoir qui était à bord ?

— Qui ou quoi… Il peut très bien s'agir d'une cargaison, même si transporter des colis à bord d'un appareil aussi luxueux est un énorme gâchis. Je vais étudier le manifeste des passagers, là, impossible de trichailler, il est remis aux services des frontières et doit correspondre aux passeports présentés lors de l'embarquement.

— C'est public, ce genre de manifeste ?

— Non, mais ils sont enregistrés par les aéroports de départ et d'arrivée. Je te fournis l'adresse IP du serveur de celui de Reykjavik et après, tu te débrouilles, j'ai un travail de dingue.

Les données de la German Bank arrivent par paquets et Janice m'a donné des devoirs à faire pour demain.

Aussitôt les informations reçues, Ekaterina s'était attaquée au serveur de l'aéroport Islandais et il lui avait fallu presque trois heures pour le craquer.

Elle avait imprimé le manifeste et, découvrant l'identité du passager qui avait traversé l'Atlantique en Falcon, elle avait jugé utile de déranger à nouveau Vital.

— Quoi encore ? avait-il protesté.

— Tu peux m'obtenir la liste des avions qui sont repartis de Reykjavik ce soir, ou qui doivent décoller à la première heure demain ?

— Pourquoi tu ne demandes pas ça à Mateo ? Son travail est tellement plus important que le mien ?

— Parce qu'il passe la nuit dans un hôtel à Heathrow et qu'il a besoin de repos avant ce qui l'attend demain.

— C'est lui qui t'a embrigadée sur cette piste ?

— Probablement, avant de s'envoler pour Londres.

Vital partagea son écran avec celui d'Ekaterina.

— A6-GST, un autre Falcon, immatriculé aux Émirats arabes unis, a décollé à 19 h 20 en direction de l'aéroport Ciampino – Giovan Battista Pastine.

— Qui doit se trouver près de Rome, je suppose.

— Tu supposes juste, pourquoi ? Qui est à bord de ce jet ?

— Kich.

— Notre Kich ?

— En personne, le magnat américain de l'industrie charbonnière et pétrolière, propriétaire de deux cents journaux locaux populistes.

— C'est louche, le Falcon 900 peut parcourir sept mille cinq cents kilomètres sans refaire le plein, soit mille de plus que la distance entre New York et Rome.

— Alors pourquoi Kich a-t-il changé d'avion à Reykjavik ? s'interrogea Ekatarina. Il n'y est resté que vingt minutes.

— Les grandes entreprises se font une guerre commerciale sans merci. Découvrir les intentions et projets de leurs concurrents fait partie de leur arsenal. Elles recourent aux services d'agences spécialisées qui traquent les déplacements des grands patrons, en procédant comme nous l'avons fait ce soir. Si le P-DG d'une grosse boîte se dirige soudainement vers une destination inhabituelle, cela peut indiquer que quelque chose se trame, comme la signature d'un gros marché ou une acquisition. Reykjavik n'est pas une ville où se traitent de grandes affaires, Kich a voulu que sa destination finale demeure inconnue, jusqu'à ce qu'il soit trop tard pour s'en inquiéter. Reste à savoir ce qu'il vient faire en Italie.

— J'ai ma petite idée là-dessus, je pourrais même parier sur l'hôtel où il descendra, affirma Ekaterina. Et pourtant, ça n'a aucun sens. Tu peux m'envoyer les accès à tes bases de données ? J'aimerais vérifier quelque chose.

— C'est quoi, ta petite idée ?

— Si tu étais plus attentif pendant les réunions du forum, tu le saurais.

— Kich veut fricoter avec le pape ? C'est absurde, il ne le recevrait jamais.

— Je n'en sais rien, mais reconnais que la coïncidence entre ce que j'ai découvert à la Villa Borghèse et son mystérieux voyage est troublante.

Vital repoussa son fauteuil, une manie chez lui quand il se sentait proche de découvrir quelque chose, sans savoir encore quoi. Il s'arrêta devant un autre terminal et pianota sur le clavier à toute vitesse.

— Tu es toujours là ? s'inquiéta Ekaterina.

— L'arbre qui voile la forêt ! Et si Baron organisait non pas un, mais deux rendez-vous ?

— Kich viendrait rencontrer le mystérieux visiteur qui sollicite une audience auprès de Sa Sainteté ?

— Précisément, et leur rendez-vous doit être imminent. Je t'envoie ce que tu m'as demandé, il faut époustiller la liste de tous les vols privés qui se posent à Rome, cette nuit ou demain, et nous ne serons pas trop de deux.

— Il y a tant de jets privés que ça ?

— Plus de cinq mille, et comme ils ne sont pas faits pour rester punaisés au sol, leurs rotations multiplient notre problème. Une fois tout ça répertorié, il faudra se procurer les manifestes.

Ekaterina et Vital avaient ainsi passé une bonne partie de la nuit à chercher l'identité du troisième homme. Aux premières lueurs du matin, Ekaterina rappela Vital, tremblante d'excitation.

— Je déteste l'idée que tu l'aies trouvé avant moi, avoua-t-il.

— *Qui était-ce troisième homme ?*

— Natan Kelner.

— *Le gendre du président des États-Unis ?*

— En personne.

— *Qu'allait-il faire à Rome ?*

— Ekaterina faisait fausse route, la rencontre entre Kelner et le pape était sans importance pour le Groupe. Il s'agissait simplement de la visite d'un émissaire espérant convaincre le Vatican de recevoir le président en grande pompe. Les élections approchant, la Maison-Blanche voulait accroître son emprise sur les évangélistes américains et leurs nombreux fidèles. En dépit de son rang, le président des États-Unis n'était pas en odeur de sainteté auprès du pape François. La stigmatisation des minorités, le sacrifice des plus démunis, les comportements outranciers du président, ses incitations répétées à la haine, son racisme, son déni du réchauffement climatique et les faveurs qu'il avait accordées aux grands pollueurs de la planète, sans compter la corruption généralisée qui régnait à Washington, ne facilitaient pas leurs relations.

— *C'est pour mettre Ekaterina sur la bonne voie que vous lui aviez fait parvenir ces informations sur l'avion emprunté par Kich ?*

— Il fallait à tout prix qu'elle s'intéresse à lui.

— *Vous connaissiez la raison de son déplacement ?*

— Oui, après m'être informée du marché qu'il avait passé avec Baron.

— *Comment ?*

— En espionnant sa messagerie cryptée. Je vous l'assure, aucune information circulant sur la Toile, même celles que l'on croit à l'abri des systèmes de sécurité les plus pointus, n'est inaccessible à celui qui s'en donne les moyens. L'intelligence du hack ne repose pas sur la façon d'opérer mais sur ce que l'on en obtient. Toutes les agences gouvernementales occidentales, des ministères aux services de renseignement intérieurs et extérieurs, qu'elles soient européennes, américaines ou australiennes, sont infectées par des virus dormants qui les épient constamment. Les Russes et les Chinois excellent en la matière. Les pouvoirs semblent l'ignorer, à moins que, confrontés à leur impuissance à identifier ce mal et à y remédier, ils feignent cette ignorance.

— *Les Russes ont accès aux sites gouvernementaux américains ?*

— Le scandale n'éclatera pas sous la présidence actuelle, mais en effet, toute l'administration américaine est à leur merci, même leurs hôpitaux sont piégés.

— *Revenons à Kich. Que voulait-il obtenir de Kelner ? Et quel marché avait-t-il passé avec Baron pour arriver à ses fins ?*

— S'enrichir un peu plus en étendant son empire. Un droit de forage et d'extraction pétrolière sur la totalité de la côte d'une réserve naturelle en Alaska, soit un peu plus de 4 millions d'hectares prélevés aux terres sacrées de l'Arctic National Wildlife Refuge. Un territoire aussi riche en pétrole qu'en espèces animales et écosystèmes rares. Il fallait donc que la Maison-Blanche intervienne et lève les protections en vigueur. Kich avait déjà réussi à transformer la proposition SB-33 en loi criminalisant toute forme de protestation à l'encontre des industries pétrolières, plastiques ou charbonnières, déclarées « infrastructures capitales ». Les manifestants qui s'y opposent encourent désormais une peine de six mois de prison et des dizaines de milliers de dollars d'amende. De quoi mettre en faillite les associations locales de défense de l'environnement. Je vous l'accorde, Kich est un véritable génie malfaisant.

— *Qu'est-ce que Kelner avait à y gagner ?*

— De l'argent, beaucoup d'argent, des dizaines de millions de dollars versés dans les caisses du comité de réélection de son beau-père, et pour lui des prêts non remboursables qui refinanceraient ses opérations immobilières ; enfin, le soutien inconditionnel du vaste réseau de quotidiens locaux et régionaux dont Kich est le propriétaire.

— *Kelner allait solliciter d'un côté la bénédiction du pape et de l'autre sacrifier des milliers d'espèces en danger ?*

— C'est une façon de résumer son voyage, en effet.

— *Le Groupe allait contrecarrer leurs projets ?*

— Par effet de ricochet peut-être, nous ne pouvions pas être sur tous les fronts. Un léger incident diplomatique né d'une conversation imprévue nous a été très précieux. Kich allait avoir la maladresse de ne pas inviter Baron à la rencontre, ce qui mettrait ce dernier dans une rage folle et lui ferait commettre une grave erreur.

LE PORT DE SAINT-HELIER

21.

Le neuvième jour, à Rome

Ekaterina avait à peine dormi quelques heures, incapable d'éteindre son cerveau, selon sa formule consacrée pour nommer les insomnies. Le projet de Kich la mettait en ébullition et ce qu'elle avait appris sur Kelner n'allait pas la calmer. Elle s'était relevée plusieurs fois pour aller griller une cigarette à la fenêtre. Mateo détestait l'odeur du tabac froid.

À peine levée, elle voulut l'appeler pour lui raconter ce qu'elle avait découvert pendant la nuit, mais y renonça de peur de le déranger en pleine opération à Jersey. Elle aurait voulu être sur le terrain à ses côtés, mais elle aussi avait quelque chose d'important à accomplir.

Si la rencontre entre Kich et Kelner se produisait dans un salon feutré de l'Inghilterra, il y aurait une armée de gardes du corps autour d'eux. Tenter de s'y faufiler serait suicidaire. Et si leur rendez-vous avait lieu au consulat, ce serait encore pire. Mais rester là à ruminer ne conduirait à rien. La seule chose qui lui venait à l'esprit était de retourner se poster aux abords de l'hôtel et d'improviser le moment venu… ce que Mateo aurait jugé irresponsable.

Ekaterina emporta son matériel et se mit en route.

Le neuvième jour, à Berlin

La veille, Diego s'était offert un dîner en solitaire un peu trop arrosé.

Reclus dans sa chambre, avec une gueule de bois comme il n'en avait pas connu depuis longtemps, il voulait vérifier que le virus était actif. Le flux de données remontant vers le donjon l'en avait assuré. Trop tôt pour crier victoire, mais après ce que Cordelia avait accompli à Londres, et sous réserve que Janice et Mateo arrivent à leurs fins, les pôles médias et financiers des fauves seraient bientôt sous surveillance permanente. Mieux encore, le rootkit de Vital permettrait au Groupe de commander leurs ordinateurs, de rédiger des courriels en leurs lieu et place et d'accéder à leurs documents sensibles pour ensuite les divulguer. L'objectif visé ne consistait plus seulement à semer le désordre dans leurs rangs mais à cerner la finalité de leur projet pour le contrecarrer, et faire tomber le plus grand nombre d'entre eux.

Diego prépara son sac et réserva un billet sur le prochain vol pour Madrid. Il reçut un message de Flores qui s'impatientait de le revoir, presque autant que le chef de son restaurant.

En route vers l'aéroport, il reçut un autre message qui allait contrarier ses plans :

Rendez-vous à Kiev.

Diego appela Vital, qui ne lui répondit pas, puis sa sœur.

— Toi aussi tu retournes au manoir ? lui demanda-t-il.

— Je n'aurais rien contre, mais je n'ai pas été invitée. De toute façon, si je quittais le bureau juste après le hack du *Daily Time*, ma direction s'inquiéterait.

— C'est probablement pour cela que Vital ne te l'a pas proposé.

— Probablement, soupira Cordelia. Et sinon ?

— Tu as une idée de ce qu'il me veut ?

— Il meurt peut-être d'envie que tu lui parles de moi, ce qui ne me dérange pas, puisque tu ne peux lui dire que du bien.

— Cordelia, tes lubies sentimentales sont amusantes, mais…

— Qui te dit que c'est une lubie ?

— Je peux te demander ce que tu lui trouves ?

— En dehors de son intelligence hors du commun, de cette carapace d'homme bourru derrière laquelle se cache un oiseau blessé, de son charme et de son humour, je ne vois pas.

— D'accord, je lui dirai tout le bien que je pense de toi. Tu dors où ?

— Pas chez moi, je te l'ai promis, j'ai trouvé un petit hôtel sans prétention, mentit-elle effrontément.

— Si tu avais vu ma piaule à Berlin... Bon, je t'appellerai du manoir, sois prudente.

— Je le suis toujours. Et toi, ne te penche pas au hublot.

Diego raccrocha, songeur.

Le neuvième jour, à Jersey

Les deux complices, installés dans la chambre de Janice, guettaient sur leurs ordinateurs l'arrivée du signal. Le plan élaboré par Mateo devait se dérouler en deux phases. Dès que Wilson aurait regagné son bureau, son smartphone se connecterait au Wi-Fi réservé au personnel accrédité de la banque. Mateo en avait pris le contrôle, un signal sur son écran le lui confirma. Il scanna les adresses IP de tous les appareils connectés au réseau de la JSBC. Caméras, lecteurs de badges des portes sécurisées, terminaux informatiques et, ce qui l'intéressait le plus, les imprimantes… un matériel rarement changé et dont les fabricants et utilisateurs oublient souvent d'actualiser les programmes, créant ainsi des failles de sécurité dont rêvent tous les hackeurs.

Mateo identifia rapidement celle qui lui convenait, une vieille imprimante laser reliée par une prise Ethernet, grâce à laquelle le rootkit de Vital pénétra dans la place. Deux minutes plus tard, il se propageait, contaminant tous les postes et remontant jusqu'au serveur central. La JSBC était piégée. Janice prévint Vital que l'opération avait réussi.

Mateo quitta l'hôtel le premier, Janice une heure après. Dans le terminal de l'aérodrome de Jersey, ils firent mine de ne pas se connaître, tout comme ils s'installèrent à distance l'un de l'autre à bord du bimoteur qui les emmena à Londres.

Leurs routes se séparèrent à Heathrow. Ils ne prirent même pas le risque de se dire au revoir, à cause des caméras de surveillance. Janice monta dans un taxi pour le centre de Londres,

Mateo changea de terminal avant de s'envoler pour Rome. Dans la salle d'attente, il appela Ekaterina et fut heureux de la trouver aussi joyeuse. Elle lui apprit que Kich était en ville pour rencontrer Natan Kelner.

— Le mari de Barbie ? avait questionné Mateo, stupéfait.

— Ou le gendre du canard peroxydé, comme tu préfères.

— Dans quel but ?

— J'y viens, répondit Ekaterina qui bouillait d'impatience.

Elle raconta avoir passé l'après-midi en planque aux abords de l'hôtel.

— Je n'ai jamais fait autant de lèche-vitrine de ma vie, enchaîna-t-elle. Je t'ai réservé la primeur de ce que j'ai obtenu, j'en informerai les autres ensuite. Et cette fois tu as intérêt à me féliciter, pour ma modestie aussi, je te l'accorde, mais là c'est tellement gigantesque.

Ekaterina savait que Mateo devait s'inquiéter des risques qu'elle avait encourus, et elle prenait un malin plaisir à le faire languir, mais son excitation prit le dessus.

— Respire, je n'ai pas essayé de m'approcher d'eux. Même si une idée aussi tordue m'avait traversé l'esprit, c'était impossible. Kelner se déplace sous bonne escorte, la sécurité autour de l'hôtel était renforcée au maximum. Des barrières à l'entrée, des flics en uniforme au carrefour, d'autres en civil dans des voitures banalisées et quatre agents des services secrets américains pour l'encadrer. Le garde du corps de Baron avait l'air d'un petit joueur à côté d'eux. Autant de battage a attisé la curiosité de badauds qui, espérant apercevoir une star du show-business, se sont massés derrière les barrières. J'ai béni leur présence et je me suis glissée parmi eux. Kelner est arrivé peu après Kich. C'est fou ce qu'il est vilain, celui-là. Et là, tiens-toi bien, dix minutes plus tard je vois Baron ressortir de l'hôtel, furibard, encore plus rougeaud que d'habitude. Il s'est précipité dans sa Mercedes et je n'ai jamais entendu claquer aussi fort une portière. À l'intérieur, la rencontre a duré une demi-heure, à la suite de quoi Kelner est reparti tout en pim-pons et sirènes. On a ôté les barrières, la foule s'est dispersée déçue, puis ça a été au tour de Kich qui s'est fait plus discret en s'en allant avec son seul chauffeur. À cet instant, moi aussi j'étais déçue, comme tu t'en doutes.

— Je vais rater mon avion.

— Dis que je suis bavarde pendant que tu y es.

— Non, mais ils viennent de faire l'appel de l'embarquement.

— La suite vaut la peine que tu rates ton avion. En fait non, j'ai terriblement envie de te voir.

— Vraiment ?

— Oui, alors cours vers la porte et laisse-moi poursuivre. Donc, je me dis qu'à part avoir vu le triple menton de Kich et la permanente de Kelner, je n'ai pas obtenu grand-chose à poireauter aussi longtemps. Mais... tout d'un coup Baron réapparaît, l'air décidé et plus du tout en colère. Je patiente et là, j'accède à son smartphone et recopie tout ce qu'il contient, grâce à ton mouchard. D'ailleurs, c'est à moi de te féliciter en fait, car je n'aurais rien découvert de tout cela sans l'immatriculation du jet privé que tu m'as envoyée hier. Tu aurais pu être plus explicite, j'aurais gagné du temps. Bref, le transfert effectué, je suis rentrée chez toi pour décrypter les données. J'y ai trouvé un enregistrement croustillant. Je te le ferai écouter ce soir, mais en gros on entend Baron accueillir Kelner et Kich, les présenter l'un à l'autre, quelques formules de politesse et là, Kich lui demande de les laisser seuls. « Notre entretien ne concerne personne d'autre que nous », lui explique-t-il. Baron s'offusque, rappelle que cette rencontre a lieu grâce à lui, mais Kelner le remet à sa place et le prie de sortir.

— Baron enregistrait la rencontre ?

— Oui. Furieux d'avoir été écarté, il a laissé son portable pour tout entendre plus tard. Je ne sais pas comment il s'est débrouillé pour le planquer, mais il a réussi son coup.

— Qu'est-ce que tu as appris ? questionna Mateo, fébrile.

— Jure-moi d'abord que tu vas monter dans cet avion.

— Continue !

— La conversation de Kich est sans grand intérêt pour nous. Il propose à Kelner de contribuer à hauteur de 50 millions de dollars aux frais de campagne du président et promet le soutien de son réseau de quotidiens qui inonderont les lecteurs de scandales bidon concernant son concurrent. Prudent, Kelner lui demande quelle contrepartie il attend de lui. La réponse est claire, un ordre exécutif de la Maison-Blanche autorisant les forages pétroliers dans une réserve naturelle en Alaska. Kelner ne voit aucune difficulté à cela, l'Agence pour la protection de l'environnement est dirigée par l'un des leurs. Les espèces en voie de disparition seront déprotégées, et la réserve déclassée. Il précise que dans ce genre d'affaire, il est souhaitable de rétribuer quelques élus locaux pour qu'ils acceptent de telles mesures et fassent miroiter des emplois à leurs électeurs. Puis Kich questionne Kelner, le sentant préoccupé. Kelner confie que BlackColony, le fonds d'investissement de Schwarson, a misé gros sur une importante vente d'armes à l'Arabie saoudite qui risque d'être bloquée par le Congrès américain en raison du génocide des Yéménites. « Qui se soucie des Yéménites ? » peste-t-il. Kich suggère alors de faire intervenir l'un de ses amis. Un certain Goldzig, proche du Premier ministre israélien, qui pourrait faire accélérer la ratification du traité de paix avec les Saoudiens. Kelner, intéressé, lui demande de développer son idée, ajoutant qu'après le déménagement de l'ambassade américaine à Jérusalem, Nétanyahou lui doit bien ça. Kich explique que si les agendas coïncidaient, un accord aussi historique musellerait le Congrès. Cerise sur le gâteau, son beau-père pourrait prétendre à ce prix Nobel de la paix dont il rêve tant depuis que son prédécesseur l'a obtenu. Kelner veut alors savoir ce que Goldzig demanderait en échange d'un tel service. Là, c'est assez mystérieux, Kich lui répond : « La même chose que pour l'opération 666. » Sur ce, on entend qu'ils trinquent, et se serrent la main avant de se séparer.

— Sécurise cet enregistrement et supprime-le tout de suite de ton portable. Si Kelner venait à apprendre qu'il existe, je ne donne pas cher de la peau de Baron.

— Au contraire, Baron a désormais la preuve d'un trafic d'influence. Il les tient dans le creux de sa main, ce type est l'homme le plus retors que je connaisse.

— L'appétit de pouvoir des fauves est tel qu'ils sont prêts à se dévorer entre eux.

— Tu veux la liste des oligarques russes qui ont été empoisonnés ces dernières années ? questionna Ekaterina d'un ton moqueur.

— Dès que j'arrive on se penche sur cette opération 666.

— Si tu veux, mais de toute façon elle a déjà eu lieu puisque Kich en parlait au passé. Tu es à bord ?

— En train de m'installer à ma place, répondit Mateo en refermant le coffre à bagages au-dessus de sa tête. Au fait, comment as-tu fait pour intercepter le portable de Baron puisque tu n'as pas mis les pieds dans son hôtel ?

— Ah, tout de même ! tiqua Ekaterina. Parfois on se complique vraiment la vie pour rien. Pendant que j'attendais Kelner, et crois-moi ce fut long, j'ai repéré une antenne du réseau cellulaire accrochée sur le toit de l'hôtel. De petite taille, donc pour assurer seulement la couverture du pâté de maisons. Ensuite, je l'ai hackée et j'ai scanné tous les téléphones portables qui s'y étaient connectés. J'ai listé leurs numéros, douze préfixes italiens, deux allemands, trois anglais, un français, un espagnol et… un américain ! Après je t'épargne le b.a.-ba du métier.

— Alors là, chapeau ! s'exclama Mateo.

— Il était temps, répondit Ekaterina, jubilant.

— L'hôtesse ferme la porte, je vais devoir couper. On arrive dans deux heures quarante. Je saute dans un taxi et je te retrouve à l'appartement.

Dès que Mateo eut raccroché, Ekaterina se précipita dans la chambre. Elle aussi s'apprêtait à sauter dans un taxi et les consignes de sécurité n'avaient plus aucune importance.

Pendant qu'elle se changeait – elle passa trois tenues avant de trouver celle qui lui plaisait –, elle prit conscience qu'elle n'était jamais allée chercher quelqu'un qui revenait de voyage.

Ce qui lui parut d'autant plus nouveau qu'elle sentait son cœur tambouriner dans sa poitrine.

*

Alors que le vol d'Alitalia amorçait sa descente, voyant les lumières de Rome par le hublot, Mateo repensa à tout ce qu'Ekaterina lui avait raconté. Un détail le troublait : il n'avait jamais envoyé de message communiquant l'immatriculation d'un quelconque avion. Il faudrait lui en parler… mais plus tard, pas au moment de se retrouver, pensa-t-il.

Le neuvième soir, à Londres

Janice débarqua dans la chambre de Cordelia au Connaught Hotel.

— Tu veux boire quelque chose ? Champagne, whisky, il y a tout ce dont tu peux rêver dans le minibar.

Elle la débarrassa de ses affaires et lui tendit avec nonchalance la carte du room service.

— Tu dois mourir de faim, non ?

— Tu as vu les prix ? Si tu crois qu'avec mon salaire de journaliste je peux m'offrir les services d'un palace…, s'inquiéta Janice.

— Je sais, c'est absolument indécent, mais puisque c'est l'industrie pharmaceutique qui régale… Et comme j'ai promis à mon frère de ne dépenser leur argent que pour notre mission, je te propose de nous mettre au travail dès que nous aurons dîné.

Cordelia décrocha le combiné en bakélite qui trônait sur la table de nuit et passa commande.

Janice s'accorda un long bain. Cordelia accueillit le maître d'hôtel qui apportait leur repas et régla la note en espèces, laissant un généreux pourboire.

Janice s'installa à table en peignoir. Elles parlèrent de leur vie hors du Groupe, de leurs amours, les éphémères et celles qui avaient compté plus que d'autres. Cordelia voulut savoir comment se déroulaient ses journées à Tel-Aviv, ce qu'elle faisait de son temps libre. Janice lui décrivit sa maison du Florentin, raconta son amitié aussi précieuse que tumultueuse avec David, le colocataire avec qui elle aimait tant chiner et se chamailler ; elle évoqua Efron, les jours de bouclage où il devenait infernal, mais il était, assura-t-elle, le meilleur rédacteur en chef du monde, exigeant mais avec un cœur en or. Parler de lui sans penser à Noa était impossible. Évoquer son amie sans que les larmes lui montent aux yeux l'était plus encore. La journaliste reprit le dessus et bombarda Cordelia de questions : Pourquoi avait-elle quitté Madrid, à quoi ressemblait le quotidien d'une expatriée, comment en était-elle venue à travailler pour une agence de sécurité informatique, Diego et elle avaient-ils toujours été aussi proches, comment s'était déroulée leur enfance en Espagne ? Elle aurait tellement aimé avoir un frère ou une sœur…

Ce déluge de questions fit sourire Cordelia. Elle posa sa main sur la bouche de Janice pour qu'elle lui laisse une chance de lui répondre.

— Nous passions tous nos étés dans la maison de nos grands-parents. Papa et maman se tuaient au travail pour boucler les fins de mois. Ils avaient peur de ne pas se consacrer assez à notre éducation et compensaient leurs absences par un excès de sévérité. J'avais un passe-droit avec mon père dont je faisais à peu près tout ce que je voulais, mais pour Diego, c'était plus dur. À Cordoba, tout était différent, nous étions libres. Diego était un garçon heureux, ouvert mais faisant toujours preuve de retenue, comme notre père. Sa perception très précoce du bien et du mal le différenciait des enfants de son âge. Le jour où il s'est cassé le bras après avoir fait l'andouille sur une échelle dans la grange, il n'a pas versé une larme et pourtant, il souffrait le martyre, mais quand mon grand-père a abattu une vache qui ne tenait plus sur ses jambes, Diego a pleuré comme une Madeleine. Si je m'acoquinais avec les gamins du village avec lesquels je passais mes après-midi, Diego, lui, préférait rester dans son coin. Un jour ma grand-mère a acheté un vieil ordinateur, expliquant à son mari qui n'en comprenait pas l'utilité que l'on pouvait y faire ses courses sans avoir à se déplacer. Un mystère pour mon grand-père qui trouvait un seul intérêt au shopping : l'occasion de conduire sa femme à bord de sa belle voiture qu'il chérissait presque autant qu'elle. Diego a été fasciné en découvrant ce qu'il pouvait faire avec un clavier. C'est sur la Toile qu'il s'est ouvert au monde. D'abord il a été intrigué par les caractères HTML derrière les sites web qu'il visitait. Il m'expliquait que c'était un nouveau langage, bien plus utile que l'allemand qu'on l'obligeait à apprendre à l'école. Et il insistait pour que je m'y intéresse aussi, me disant que nous pourrions ainsi communiquer en secret. Apprendre à programmer serait le moyen de s'affranchir de ce qui nous était interdit. La liberté était au bout de nos doigts à condition de savoir appuyer sur les bonnes touches. Je lui dois d'avoir appris à coder. Sans mauvais jeu de mots, c'est lui qui m'a filé le virus. Nous nous sommes inscrits aux cours d'informatique. Mais le lycée défendait d'installer quoi que ce soit sur les ordinateurs et l'accès à Internet était restreint. Diego a trouvé le moyen de contourner les interdits, il a installé un proxy qui renvoyait le trafic sur un serveur distant. Nous pouvions surfer où nous voulions. Cette bravade a changé nos deux vies. Semaine après semaine, Diego achetait avec son argent de poche les composants pour construire sa propre machine. Au début, les parents n'ont rien trouvé à redire, mais maman a fini par s'inquiéter de voir son fils s'enfermer dans un univers virtuel. Étrangement, pour moi, elle s'en moquait. Papa a fait installer par un de ses amis un contrôle parental, Diego a réussi à s'octroyer les privilèges d'administrateur en une journée, son premier hack. Le même ami des parents est venu mettre en place une limite d'usage sur le routeur, je l'ai réinitialisé et reprogrammé en deux heures, mon premier hack. À nous deux nous étions plus forts que tous les adultes. Et puis j'ai trouvé l'existence d'un forum de hackeurs qui s'amusaient à mettre la pagaille sur la plateforme de messagerie MSN, la plus populaire à l'époque. Le principe consistait à diffuser un virus planqué dans une photo en JPEG. Lorsque quelqu'un l'ouvrait, le virus collectait les adresses de tous ses contacts et leur envoyait automatiquement la même photo piégée. S'ensuivait une réaction en chaîne incontrôlable. Diego et moi trouvions cela sans intérêt. De forum en forum nous avons rencontré d'autres hackeurs qui partageaient leurs trouvailles, pour le plaisir, pour la frime aussi. Apprenant d'eux, nous avons perfectionné nos talents. Diego n'avait pas encore seize ans quand nous avons mis au point un décodeur de mots de passe. Un virus que cette andouille a baptisé Cordiego. Il pouvait récupérer les identifiants et accéder à tous les comptes web de nos victimes. Nous avions ciblé la fonction de saisie automatique des navigateurs si appréciée des paresseux. Les sésames étaient encryptés mais nous avons trouvé rapidement où les clés de cryptage étaient stockées. Nous nous sommes passionnés pour les botnets[1]. Plus tu en déployais et plus ta cote grimpait auprès des hackeurs. Diego avait eu une idée de génie, injecter des fichiers infectés sur les sites de téléchargement pirates, je crois qu'il a même réussi à hacker un studio de cinéma californien. Pas de quoi lancer le FBI à nos trousses, mais nous nous enfoncions dans le puits sans fond de la cybercriminalité. Dans cette noirceur, j'ai vu une étincelle de lumière et je l'ai suivie. La trouvaille de Diego allait me mettre sur ma propre voie. Les hackeurs étaient de gros consommateurs de médias piratés, je me suis amusée à les attaquer. Je relayais tout ce que je trouvais sur la Toile, piégeant mes fichiers avec des rootkits et je leur piquais leurs trouvailles. Je passais mes nuits à chercher le moyen de gagner de la puissance. L'idée d'œuvrer du bon côté de la force fascinait Diego, ses activités avaient mis à rude épreuve son

1. Contraction de ro*bot* et *net*work. Les cybercriminels utilisent des chevaux de Troie pour prendre le contrôle des ordinateurs d'un grand nombre d'utilisateurs et les relier à leur insu au sein d'un réseau contrôlable à distance. Un réseau de zombies capables de procéder à une attaque massive (DDoS) pour submerger un site web, ou de diffuser des millions de spams sur la Toile.

sens inné du bien et du mal et je crois qu'il trouvait dans ma démarche une forme de rédemption. Un jour, je suis tombée sur un article relatant la vie d'un chercheur qui s'était injecté un virus, un vrai virus, pour tester le vaccin qu'il mettait au point. Cette lecture m'a inspirée. J'ai proposé à Diego de nous infecter nous-mêmes avec les botnets en circulation comme Kelihos et Necurs, conçus pour envoyer des commandes depuis l'ordinateur d'une victime vers une autre proie, un piratage de pair à pair qui assurait sa propagation à l'infini. Nous avons ainsi rejoint l'immense colonie d'appareils contaminés à travers le monde. Nous avons développé notre vaccin, il mimait le comportement de Kelihos, parlait son langage et, contournant les protections de ses auteurs, le reprogrammait pour qu'il s'autodétruise. Nous avons mappé les sites publics, recensé des centaines de milliers d'adresse IP infectées et leur avons administré l'antidote. L'information s'est mise à circuler dans les agences de sécurité, sur les forums on parlait d'un mystérieux Robin des Bois qui avait libéré des centaines de milliers d'utilisateurs des griffes des cybercriminels. Pas une de ces agences n'a su qui leur avait rendu ce service. Nous étions tellement fiers de nous que nous avons recommencé avec d'autres malwares.

— Vous ne vous êtes pas mis la communauté des hackeurs à dos ? demanda Janice.

— Oh si ! Les Black Hat cherchaient par tous les moyens à savoir qui s'en était pris à eux, terrifiés d'avoir été compromis, et surtout vexés d'avoir été mis en échec. Une des agences de sécurité informatique a publié des messages anonymes sur le Darknet, offrant une carrière prometteuse à celui ou à celle qui développait ces vaccins, et lui garantissant l'anonymat. C'est comme ça que je me suis fait embaucher par Crystal Eye, le salaire proposé ne se refusait pas.

— Diego aurait pu te suivre, pourquoi est-il devenu restaurateur ?

— Après la mort d'Alba, il refusait de toucher à un clavier. Il avait deux passions : le codage et la bouffe… Diego n'a jamais vraiment fait son deuil de la femme qu'il aimait, mais les démons de son enfance n'ont pas tardé à revenir frapper à sa porte, l'ordinateur portable que je lui ai offert et envoyé de Londres y a peut-être été pour quelque chose.

Le neuvième soir, à Kiev

Diego rappela Vital après avoir passé la douane. Personne ne l'attendait et il ne se souvenait pas de l'itinéraire pour rejoindre le manoir.

— Je louerais bien une voiture mais il faut que tu m'envoies des coordonnées.

— Ilga t'attend dehors, sur le parking, à bord d'une Lada bleue.

Puis il raccrocha.

— Ça promet, grommela Diego en reprenant son sac.

La gouvernante l'accueillit avec la froideur qui la caractérisait. Elle resta silencieuse pendant le trajet et il n'entendit sa voix qu'en arrivant au pied du perron.

— Il est là-haut, vous connaissez les lieux. Si vous avez faim, je vous apporterai un plateau.

Diego la remercia de cette délicate attention et entra dans le manoir pendant qu'Ilga allait garer la voiture dans les anciennes remises.

Il grimpa l'escalier et poussa la porte du donjon.

— Tu as fait bon voyage ? demanda Vital.

— Pourquoi m'as-tu fait revenir ?

— Parce que pendant que Malik est en Turquie, je me tape tout le boulot et, depuis votre départ, je prends moins de plaisir à travailler seul.

— Sérieusement, Vital, tu m'as fait venir ici parce que tu te sentais seul ? Tu sais que j'ai une vie en dehors du Groupe ?

— Oublie-la pour l'instant, ta vie. Si je t'ai demandé de me rejoindre c'est parce que j'ai besoin de toi. Les données que je reçois depuis que tu as implanté mon virus à Berlin sont cryptées, un cryptage très costaud dont je ne viendrai pas à bout sans aide. Malik est auprès de Maya, Janice et ta sœur sont ensemble à Londres.

— Janice est avec Cordelia ?

— Vous devriez apprendre à communiquer, tous les deux ! Mon frère et moi n'avons aucun secret l'un pour l'autre.

Songeant au baiser dont il avait été témoin dans le parc, Diego en doutait, mais il préféra se taire.

— Quant à Mateo, il doit être en train de roucaler avec Ekaterina.

— Roucouler, rectifia Diego.

— En tout cas, son avion s'est posé à Rome il y a deux heures. Et je n'arrive à joindre ni l'un ni l'autre. Ne fais pas cette tête, le château est à nous et il y a de merveilleuses liqueurs dans le salon en bas.

Diego s'installa à côté de Vital devant un ordinateur.

— Par où je commence ? demanda-t-il.

— Ce dossier, répondit Vital en désignant une enveloppe sur l'écran.

Diego l'étudia sous toutes les coutures.

— L'algorithme de la clé me semble assez classique, fais tourner ton séquenceur, il va finir par la trouver.

— Non, fais plus attention, tu verras qu'il y a un attrape-mulot. Cette clé, je l'ai déjà obtenue. Elle est trop facile à craquer, ce qui m'a mis en alerte. Si tu l'utilises, le dossier s'efface. Le chiffrement est asymétrique. Le premier code est créé par l'émetteur du message mais il y en a un autre dont la combinaison est détenue par celui qui le reçoit. Il faut que les deux communiquent pour que la porte s'ouvre.

— Qui est l'émetteur et qui est le récipiendaire ?

— Le quoi ?

— Celui à qui est adressé ce dossier.

— Un banquier de la JSBC l'a envoyé à un type à la German Bank.

— Tu as identifié l'adresse du terminal de ce type ?

— Non, mais je peux y travailler.

— Entre dans son ordi, trouve où il a planqué la clé, et tu auras résolu le problème.

— Tu vois que j'ai bien fait de te demander de venir.

Vital et Diego travaillèrent de concert des heures durant. Le disque dur du terminal de la German Bank fut passé au peigne fin. Les deux amis n'avaient pas sacrifié en vain une partie de leur nuit, car au lieu d'une clé ils en découvrirent une liste entière, de quoi accéder à toutes les informations échangées depuis des mois entre les deux banquiers. Mieux encore, y figuraient les codes qui permettraient de décrypter les mails à venir.

Diego topa dans la main de son ami. Puis il lui proposa d'aller goûter à ces fameuses liqueurs pour fêter leur victoire. Vital repoussa son fauteuil en arrière.

— Tu te sens assez costaud pour me porter ?

— J'ai déchargé des quartiers de viande qui pèsent plus lourd que toi mon vieux, pourquoi ?

— Parce que je voudrais te montrer quelque chose.

Vital se dirigea vers un recoin du donjon, souleva une tenture qui recouvrait une porte en fer. Derrière, quatre marches menaient vers le toit.

— On y va ? demanda Vital.

Diego le souleva dans ses bras.

Tous deux, assis sur l'ardoise, admiraient le ciel noir constellé d'étoiles.

— Là, c'est Polaris, murmura Vital en pointant l'astre du doigt.

— Tu viens souvent ici ?

— Quand Malik le veut bien.

— Tu n'avais pas besoin de moi pour craquer ces codes.

— Non, répondit Vital avant de s'enfermer dans un silence coupable.

— Tu veux que je te parle d'elle ?

— Pourquoi pas...

LE TEMPLE
d'ESCULAPE

22.

Le neuvième jour, à Istanbul

Malik buvait le café qu'avait préparé Kahil ; trois cuillerées de sucre n'en avaient pas adouci l'amertume. Son regard voguait de Maya à la photo qu'elle avait posée sur la table.

— Et tu n'as pas la moindre idée de qui elle est ?

— Aucune, je sais seulement que je dois la retrouver.

— Tu es consciente des risques que ton entêtement nous fait courir ? Et puis, en quoi le sort de cette gamine nous concerne ? Après tout ce que je t'ai raconté hier, tu ne crois pas que nous avons plus urgent à faire ? s'emporta Malik.

— Je suis désolée de ne pas avoir pu participer à l'aventure, autant que d'avoir raté la première réunion du Groupe. Mais... « Sauve un enfant et tu sauves l'humanité entière. » Ce n'est pas de moi, et pourtant plus j'y pense et plus j'en comprends le sens. Donc, en ce qui me concerne, la réponse est non, je n'ai rien de plus urgent à faire que de la retrouver. Je ne sais pas quoi te dire d'autre, Malik. Tu peux penser que c'est irrationnel, mais je n'irai nulle part avant cela.

— J'ai tout essayé pour l'en dissuader, soupira Kahil, mais tu connais les femmes…

— J'aimerais bien, mais non, répondit Malik.

— Honnêtes paroles. Moi non plus, sinon j'aurais réussi à la convaincre. Bon, assez perdu de temps. Cette petite est syrienne, ça au moins, j'en suis certain, et si elle avait réussi à entrer en Turquie, je suppose que tu en aurais été informée par ceux qui t'ont chargée de la rapatrier.

— Qui sont tes commanditaires ? questionna Malik.

— Est-ce que je te demande de me rendre des comptes sur tes activités en dehors du Groupe ? s'insurgea Maya. C'est à peine si je sais qui tu es. Et puis qu'est-ce que ça changerait que je te le dise ? De toute façon, je ne le ferai pas. Je te remercie infiniment d'être venu à mon secours, mais maintenant soit tu m'aides, soit tu peux repartir à Kiev.

— Vital ne me pardonnerait jamais de rentrer sans toi, donc ce n'est pas comme si j'avais le choix.

— Quand vous aurez fini de vous disputer, interrompit Kahil, nous pourrons peut-être enfin réfléchir à la façon de récupérer cette enfant afin que chacun puisse en effet rentrer chez lui. Je vous accompagne, et ce n'est pas une option : sans moi, vous n'auriez aucune chance. Et puis je m'emmerde à mourir en ce moment. À mon âge, un baroud d'honneur ne se refuse pas.

Kahil déplia une carte de la Turquie sur la table.

— Si vos commanditaires vous ont envoyée à Istanbul, c'est probablement là que vous deviez la retrouver. Mais si vous n'avez reçu aucune instruction depuis votre arrivée, c'est que les plans ont dû être bouleversés et l'enfant obligée d'emprunter un autre itinéraire. Peut-être même a-t-elle été convoyée ailleurs qu'en Turquie, en tout cas par une autre route que celle qui arrive d'Alep. Les frontières au nord-ouest de la Syrie sont fermées, et la zone est sous le contrôle des Russes qui ont investi les positions stratégiques abandonnées par les Américains. En allant un peu plus à l'est, son convoi se heurterait aux frappes aériennes de notre aviation qui a pilonné Kobané, Ras al-Aïn et Qamichli. D'après les renseignements que j'ai pu obtenir par des amis bien placés, le seul point de passage se trouve ici à l'extrémité est, expliqua Kahil en posant le doigt sur la ville de Cizre, proche de la frontière.

— C'est à l'autre bout du pays, s'inquiéta Malik.

— Mille six cents kilomètres, soit dix-sept heures de voiture… à condition que ma Jaguar tienne le coup. Le temps de préparer le voyage et nous pourrons partir.

— En admettant que nous arrivions jusqu'à Cizre, que l'improbable se produise et que nous croisions la route de cette enfant, que ferons-nous ?

Kahil se pencha à nouveau sur la carte, et passa la main sur sa barbe, songeur. Puis il fixa Maya et s'adressa à elle sur un ton qui ne laissait place à aucune discussion.

— Une fois à Cizre, vous aurez deux jours pour la retrouver, ensuite vous remonterez vers la Géorgie jusqu'à Tbilissi et de là vous prendrez un avion pour Kiev ou Paris.

— D'accord, dit Maya. Deux jours et deux nuits à Cizre et si j'échoue nous partons pour Tbilissi.

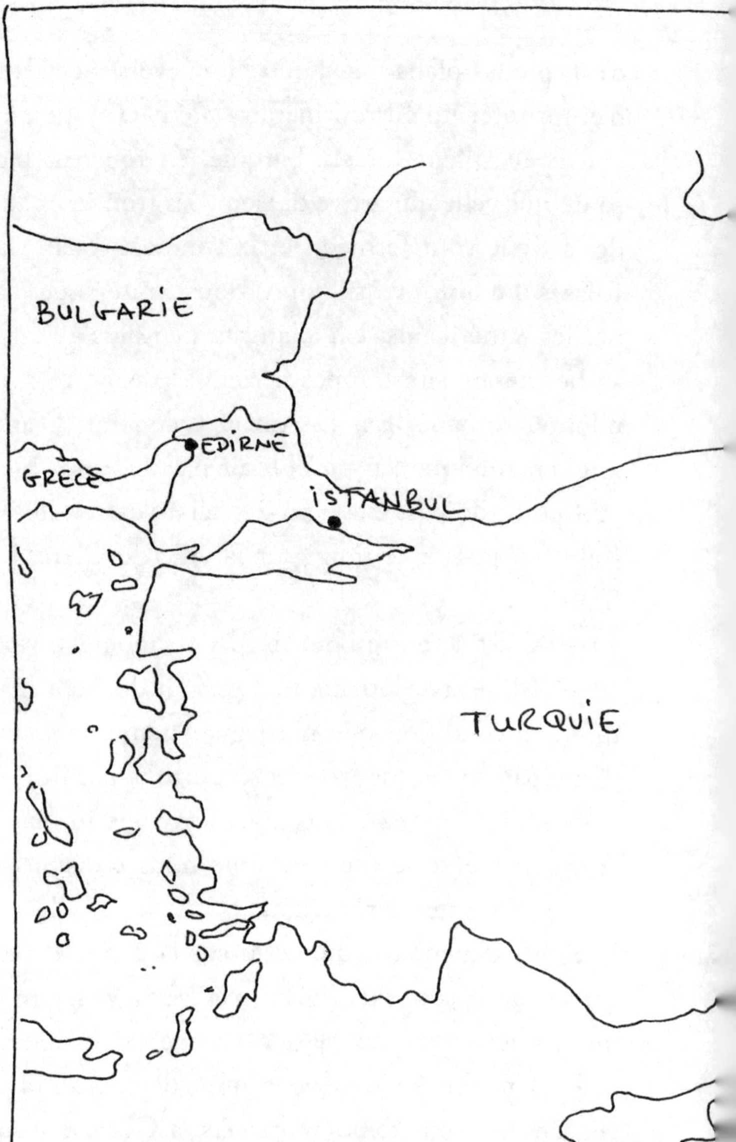
BULGARIE
EDIRNE
GRECE
İSTANBUL
TURQUIE

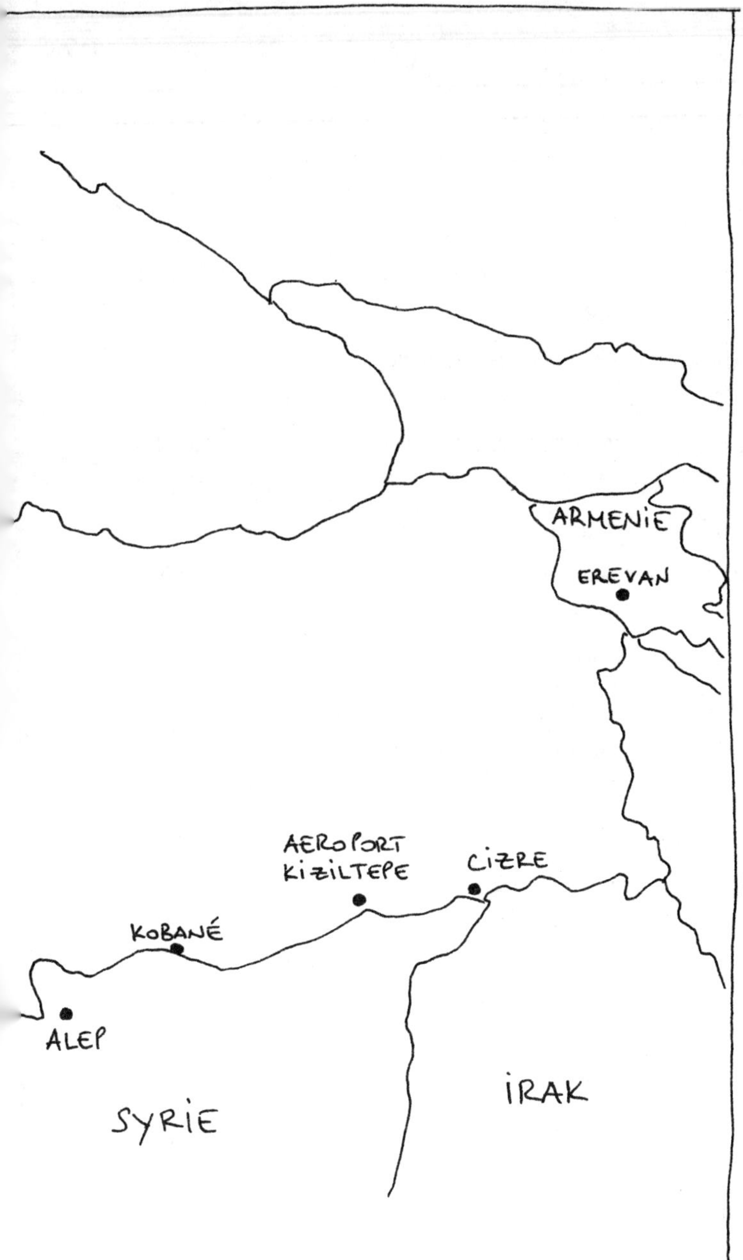

ARMENIE
EREVAN
AEROPORT
KIZILTEPE
CIZRE
KOBANÉ
ALEP
SYRIE
IRAK

— Reste un détail à régler, ajouta Kahil. Les papiers que je vous ai fournis peuvent duper un policier, mais certainement pas les militaires qui gardent les postes frontaliers. Ils scannent les passeports. Enfin, nous aviserons une fois sur place. Assez discuté, nous partirons demain matin.

Le neuvième soir, à Kiev et à Londres

Diego avait envoyé un message à Janice lui demandant de se connecter sur le forum. Il avait des informations à leur communiquer… mais il n'était pas impossible que ce ne soit là qu'un prétexte pour que Vital et Cordelia puissent se parler.

— Tout va bien pour vous ? demanda-t-il.

— Un peu à l'étroit, répondit Cordelia, mais à la guerre comme à la guerre. J'imagine que de votre côté vous ne manquez pas d'espace. Dis-moi que tu t'es installé dans ma chambre parce que ta sœur te manque horriblement. Et Ilga ? A-t-elle demandé de mes nouvelles ?

— On peut passer à des choses sérieuses ?

— Parce que tu connais plus sérieux qu'Ilga ?

Diego se tourna vers Vital, son regard transi l'acheva.

— Je te laisse la main, lui dit-il, elle va me rendre dingue.

Vital ne se fit pas prier et s'empara du clavier.

— Parmi tous les dossiers que nous avons trouvés, certains ont attiré notre attention à cause du mode de sécurité qui les protégeait.

— Quel genre ? demanda Cordelia.

— Une double clé avec une bombe dormante qui explose au premier accès non valide. Qu'une banque de cette envergure soit prête à détruire des documents internes en dit long sur leur nature.

— Et vous avez réussi à accéder à ces dossiers ? intervint Janice.

— Oui ! Ils contiennent des récépissés de transferts de fonds importants effectués régulièrement entre la JSBC et la German Bank, répondit Diego. Il s'agit de sommes considérables qui ne cessent de faire des va-et-vient entre les deux établissements. Une sorte de cavalerie au sens bancaire du terme.

— C'est quoi, « une cavalerie au sens bancaire du terme » ? demanda sa sœur.

— Un processus financier où de nouveaux emprunts servent à rembourser d'anciens emprunts, écrivit Vital, fier de pouvoir lui répondre.

— Et c'est illégal ? questionna Cordelia.

— Oui, surtout quand une fausse société ouvre des comptes dans deux banques. Elle fait un premier emprunt dans l'une et se sert de cet argent pour justifier auprès de la deuxième la possibilité d'un emprunt plus grand qui servira à rembourser l'autre. Ayant établi une solvabilité apparente, elle en demande un troisième toujours plus gros et rembourse le précédent… et ainsi de suite.

— Pourquoi recourir à ce genre de procédé quand on est déjà aussi riche ?

— Comment le président des États-Unis, qui revendique être multimilliardaire, possède deux jets privés, pléthore d'hôtels et de clubs de golf, réussit à ne payer que 750 dollars d'impôts ? Grâce à l'endettement. Il vit entièrement à crédit et, comme on ne prête qu'aux très riches, les milliardaires sont obligés de s'arranger entre eux pour le rester.

Pendant que Vital fanfaronnait, Janice comprit tout le sens du message que Noa lui avait fait parvenir avant de disparaître. Un mot qui l'avait bouleversée lorsqu'elle l'avait découvert, encrypté dans une clé USB laissée par son amie. Janice l'avait relu tant de fois qu'elle le connaissait par cœur.

Elle le recopia sur son écran et l'envoya sans préambule à ses amis.

HAL,

Le compte que tu as découvert à Jersey sert de plaque tournante à une nébuleuse financière bien plus vaste que tout ce que nous avions supposé. Ce n'est pas un, ni deux, mais quantité de virements qui se répètent de mois en mois. Ces transferts concernent de nombreuses entités. Un fonds d'investissement américain, BlackColony, fait transiter par la JSBC des sommes considérables depuis plusieurs années. L'argent repart aussitôt vers un autre compte à la German Bank. Des virements similaires, émis depuis la Russie, transitent par ce même compte. Des Américains prêtent de l'argent à des Russes et les Russes prêtent de l'argent aux Américains.

Cette méthode leur permet de mener leurs affaires en territoire étranger en toute impunité. Mais quelles affaires ? Et pour des montants aussi considérables ? Je n'en sais encore rien. J'ai également retrouvé la trace de sommes qui semblent avoir atterri au Royaume-Uni, et un nom important rattaché à toute cette affaire. Tom Schwarson est l'homme sur lequel enquêtait Sarah Weizman, notre agente, avant d'être assassinée.

Fais bon usage de ces informations et détruis-les.

Si tu lis ces lignes, cela signifie que je ne peux plus te protéger.

Prends garde à toi. Tu es en danger.

Ton amie.

— Noa avait compris leurs manœuvres avant nous, et ils l'ont éliminée, conclut Janice.

— Je suis désolé, tapa Vital.

— Pas autant que moi, mais merci, répondit-elle.

— Il faut concentrer nos recherches sur le rôle de Black-Colony et donc de Schwarson, suggéra Diego.

— Entre autres, mais pas uniquement, intervint Ekaterina qui venait de se joindre à la conversation.

— Mateo est avec toi ? demanda Cordelia.

— Oui, pourquoi ?

— Pour rien.

— Vous faisiez bande à part ? intervint Mateo.

— Non, désolé, s'excusa Diego, dans mon empressement j'ai oublié de vous prévenir.

— Pas grave, je m'en suis chargée. C'est important qu'il y ait parmi nous quelqu'un sur qui tout le monde peut compter et je suis flattée que ce soit moi, railla Cordelia. Bon, qu'avez-vous trouvé de votre côté ?

Ekaterina informa le Groupe de ce qu'elle avait appris en suivant Baron, sans omettre de raconter comment elle était entrée dans son smartphone en hackant l'antenne relais du réseau téléphonique. Elle expliqua dans ses moindres détails la conversation entre Kich et Kelner et le pacte qu'ils avaient scellé. Lorsqu'elle évoqua un code dont elle n'avait pas encore compris la signification, Janice l'interrompit.

— 666 ? Cela me rappelle un dossier que Noa m'avait fait parvenir en douce. À l'époque, j'avais rédigé un grand papier sur l'affaire mais mon rédacteur en chef l'avait refusé. Restez connectés, je consulte mes notes sur mon ordi.

Quelques minutes passèrent pendant lesquelles chacun s'impatienta devant son terminal, à l'exception de Cordelia qui en profita pour aller se servir dans le minibar. Puis l'écran s'activa à nouveau.

— Voilà, j'ai trouvé. Le 666 Park Avenue, acquis par la société de Kelner en 2007 pour la modique somme de 1,8 milliard de dollars, 500 millions en cash et le solde avec un emprunt. L'immeuble de bureaux situé sur l'avenue la plus prestigieuse de Manhattan devait être la pièce maîtresse de l'empire immobilier familial. Mais un an plus tard, ils ont subi une série de revers. Après le krach de 2008, le prix payé pour cette tour était deux fois supérieur à sa valeur de marché. L'opération s'était transformée en véritable gouffre financier pour le clan Kelner. Depuis, ils sont incapables de s'acquitter de leur dette et doivent la refinancer à chaque échéance. Après que son beau-père a pris possession du Bureau ovale, Natan Kelner, en avril 2017, a approché le Premier ministre du Qatar, qui gère le fonds souverain d'investissement. Le même mois, une rencontre a été organisée à New York avec son ministre du budget. Mais Kelner a essuyé une fin de non-recevoir. Le Qatar redoutait une enquête publique pour conflit d'intérêts, compte tenu du rôle important que le gendre du président jouait à la Maison-Blanche depuis sa nomination de conseiller direct. Kelner s'est alors rendu à Dubaï. Peu après cette visite dont le motif n'a jamais été divulgué, le président des États-Unis, accompagné de Baron et de Kelner, a effectué en mai sa première visite officielle aux Émirats arabes unis ; le secrétaire d'État aux Affaires étrangères n'avait pas été invité à se joindre à eux, ce qui était incompréhensible et surtout contraire à l'ordre des affaires politiques. Au cours de ce voyage, un dîner privé a réuni le président, son gendre Kelner, Baron et un émissaire émirati. Début juin, les Émirats arabes unis, l'Arabie saoudite, Bahreïn et l'Égypte ont imposé un blocus militaire et économique au Qatar. Et là, subitement, la menace d'une guerre dans la région se dessine. Le secrétaire d'État aux Affaires étrangères, qui n'avait donc pas assisté à ce dîner, demande une levée immédiate du blocus, mais quelques heures après sa déclaration, le président le contredit et apporte un soutien sans réserve au blocus du Qatar. Le Congrès n'a pas été dupe, Kelner avait manipulé la diplomatie américaine à des fins personnelles pour faire pression sur Doha et obtenir les prêts qataris dont il avait besoin.

— Il n'y a pas eu d'enquête ? s'insurgea Ekaterina.

— La Chambre des représentants s'est contentée d'émettre des réserves avant de passer à autre chose.

— Pourquoi Noa t'avait parlé de ce dossier ?

— À l'époque, je pensais qu'elle voulait simplement me refiler une enquête juteuse. Je comprends maintenant qu'elle avait autre chose en tête. Le dossier contenait une information à laquelle je n'avais pas prêté attention. Avant cette visite officielle à Dubaï, Baron, qui était alors aussi conseiller du président, avait demandé à Schwarson, l'un des fauves les plus riches du monde grâce à son fonds d'investissement BlackColony, qu'il organise une rencontre entre Kelner et l'ambassadeur des Émirats arabes à l'Onu. Noa l'avait appris grâce à un mail intercepté par les services secrets israéliens. Schwarson écrivait à l'ambassadeur : « Vous allez très bien vous entendre, nous avons le même agenda. » Kelner, Baron, Schwarson menaient une diplomatie parallèle servant leur projet et leurs intérêts. Voilà ce sur quoi Noa voulait que j'enquête. Probablement parce que sa hiérarchie ne lui en avait pas donné l'autorisation, de peur de contrarier la Maison-Blanche. Et l'histoire ne s'arrête pas là. Fin octobre 2017, Kelner repart à Dubaï, cette fois à bord d'un vol commercial. Aucun officiel n'est informé de son déplacement, même le personnel de la Maison-Blanche est pris au dépourvu, n'apprenant l'existence de ce voyage qu'une fois Kelner arrivé sur place. Début novembre 2017, Kelner obtient un prêt de 180 millions de dollars de la société Apollo Global Management, pour refinancer une autre opération immobilière, à Chicago. Le Qatar est le plus gros actionnaire d'Apollo Global et le prêt s'avère trois fois supérieur aux engagements habituels de cette société. À ce deal viennent s'ajouter 325 millions de dollars, prêtés par la City Bank après que son P-DG a été reçu par le président américain. En janvier 2018, le secrétaire d'État aux Affaires étrangères tire la sonnette d'alarme, le Congrès commence à se réveiller au sujet des agissements de Kelner qui perd l'accréditation « Top Security Clearance », laquelle lui donnait accès à toutes les affaires de la nation. En mars, le secrétaire d'État est viré et remplacé au pied levé par un fidèle du président américain. Le prince saoudien se rend alors en visite officielle à Washington. En mai, le président ordonne que l'on rende immédiatement à son gendre l'accréditation, en dépit des avis contraires de ses propres agences de sécurité nationale. Le 21 juin, Kelner s'envole pour le Qatar, aux fins d'une prétendue visite diplomatique. Le 1er août, sa société qui détient le 666 Park Avenue voit ses caisses renflouées de 1 milliard de dollars, confiés par le Qatar. Le même jour, l'Arabie saoudite obtient l'autorisation, jusque-là refusée, d'acquérir Westinghouse Electric Company, une société américaine détentrice de technologies nucléaires sensibles. Kelner s'est arrangé pour que tous ceux qui l'ont aidé y trouvent leur compte.

— Quel panier de langoustes ! s'indigna Vital.

— J'aime autant les langoustes que ton vocabulaire, s'exclama Cordelia ; dans le panier, ce sont des crabes, mon Vital.

Et comme il restait sans voix, Diego vint à la rescousse.

— Baron fédérateur des partis d'extrême droite ; les PSYOPS qui interviennent massivement sur FriendsNet pour manipuler les élections ; Berdoch, Kich et Libidof aux commandes d'empires médiatiques ; un regroupement de politiciens affairistes et corrompus comptant dans leurs rangs, sinon à leur tête, le gendre du président des États-Unis ; des transferts de fonds entre Russes et Américains ; des ventes d'armes qui témoignent d'une diplomatie parallèle menée en catimini par tout ce beau monde pour servir ses intérêts ; et, au centre de cette nébuleuse que nous signalait Noa, Tom Schwarson régnant sur le plus gros fonds d'investissement mondial, ainsi que deux banques qui fabriquent des milliards pour leur donner les moyens d'agir à couvert.

— Tous ces faisceaux de preuves convergent vers quelque chose de plus important que des manipulations, aussi complexes soient-elles, destinées à les enrichir toujours plus. Ils poursuivent un projet mûrement élaboré, ce que Noa pressentait. À nous de découvrir quel est cet agenda dont parlait Schwarson à l'ambassadeur des Émirats arabes, déclara Janice.

LE BUREAU DE CHANGE DE KAHIL

23.

Le dixième jour, à Istanbul

Kahil était dans ses bureaux pour organiser les préparatifs d'un voyage qui s'annonçait aussi incertain que périlleux. Malik exigea de Maya qu'elle lui raconte tout dans les moindres détails depuis son arrivée à Istanbul. Non par curiosité excessive mais il s'agissait de comprendre pourquoi les hommes du MIT la traquaient, comment ils l'avaient repérée et ce qu'ils savaient. Il était venu de Kiev pour lui porter secours et pourtant, même si elle essayait de se raisonner, Maya ne ressentait pas avec lui la même complicité que celle qu'elle avait établie depuis tant d'années avec son jumeau, et elle le lui avoua.

— Tu dois comprendre que la moitié du temps c'était avec moi que tu échangeais, une fois sur deux c'était moi qui t'aidais dans tes hacks.

— Vous êtes de vrais jumeaux ? demanda-t-elle.

— Monozygotes, on se ressemble comme deux gouttes d'eau, à un détail près. Enfin, pas vraiment un détail.

— Comment ça ?

— Vital te l'expliquera lui-même, et ne cherche pas à changer de sujet.

Maya lui confia tout ou presque. Son impression d'avoir été suivie peu après son installation à l'hôtel et qui s'était confirmée dans une impasse près de l'ancien palais de justice français ; elle lui raconta l'aide de Vital pour découvrir le mouchard placé par les agents du MIT dans un étui à lunettes ; leur intérêt manifeste pour une photo qu'elle avait montrée à celle qu'elle croyait être son amie ; elle omit de mentionner les avertissements de Verdier dans les jardins du consulat et décrivit sa fuite vers la frontière, qu'elle avait d'abord tenté de franchir par la Bulgarie avant de bifurquer vers la Grèce.

— Tu t'es débarrassée de ce mouchard avant de piquer la voiture de ta copine ?

— C'était juste un emprunt.

— Elle va être ravie quand elle la récupérera. Bon, pour le flic à la station-service, tu te trouvais sûrement au mauvais endroit au mauvais moment, mais en ouvrant ton passeport il a compris que tu mentais sur ta nationalité, et il a dû donner ton signalement. Après quoi, sachant que tu étais recherchée, il s'est lancé à tes trousses. Maintenant, espérons que cette perruque et ces faux papiers abuseront notre monde. Tu n'as pas laissé d'autres traces derrière toi ?

— Non, mentit Maya, à part un sac contenant mes affaires.

— Et donc ton ordinateur et ton portable.

— Oui, avoua-t-elle, penaude, mais ils ne pourront rien en tirer.

— Tu as tort de sous-estimer l'adversaire. Plus tôt nous partirons, mieux ce sera.

Quand Malik quitta la chambre, Maya s'aperçut qu'il avait laissé son ordinateur sur la table. Son sang ne fit qu'un tour, elle ouvrit une session sur un compte invité, vérifia que la connexion au Wi-Fi du bureau de change disposait d'un bon signal et tapa dans la barre du navigateur l'adresse IP de son ordinateur qu'elle avait dû abandonner dans une voiture au milieu d'un champ. Le signal qu'elle envoya ne trouva pas d'écho, ce qui la rassura. Les hommes du MIT n'avaient pas réussi à le déverrouiller. Deux précautions valant mieux qu'une, elle s'envoya un mail. Si d'aventure quelqu'un tentait de l'ouvrir, il déclencherait une commande reformatant le disque dur et effaçant toutes les données.

Elle referma l'ordinateur portable de Malik et alla préparer son sac.

— Maya venait de commettre un faux pas qui ne serait pas sans conséquences, pour elle mais aussi pour le Groupe. Pourtant, en revisitant les évènements, je pense que des deux, Malik était le vrai fautif.

— *Pour avoir laissé son ordinateur sur la table ? Il n'avait aucune raison de se méfier de Maya.*

— Il aurait dû appliquer ses propres conseils et ne rien sous-estimer, surtout pas l'état de fatigue et de stress dans lequel était Maya. L'irritabilité inhabituelle dont elle avait fait preuve à plusieurs reprises aurait dû alerter Malik. Dans l'heure qui suivit l'incident, le patron des services de renseignement turcs réunissait ses lieutenants. Il afficha sur un écran la photographie d'un couple et exposa la situation. Lila et son époux Nadim, tous deux chefs d'un bastion de la résistance syrienne, étaient traqués par les forces d'al-Assad depuis des mois. Le couple, dit-il, avait une fille, âgée de neuf ou dix ans. Une taupe, infiltrée dans le quartier où ils étaient retranchés, avait fait parvenir un message quelques semaines plus tôt, prévenant que l'enfant allait quitter son refuge pour être mise en sécurité en Turquie. Le patron des services de renseignement expliqua alors qu'elle serait une monnaie d'échange précieuse avec les Russes, susceptible d'apaiser des relations tendues depuis que l'armée avait descendu un de leurs avions. Il mentait, tout du moins se gardait-il de leur confier la vraie valeur de cet échange, et il enchaîna : si Naëlle était capturée et remise aux Russes, ses parents se rendraient pour qu'on épargne leur fille. Le patron de la sécurité turque ajouta que ce n'était pas tout. Une femme travaillant pour les services de renseignement français se trouvait en Turquie. Elle avait déjà été repérée à plusieurs reprises, mais jusque-là ses activités n'avaient que peu d'importance. La surveiller s'avérait plus profitable que de procéder à son arrestation. Jusqu'au jour où, grâce à un de leurs indics, le MIT avait appris qu'elle avait en sa possession une photo de la petite Syrienne, ce qui ne pouvait être une coïncidence. Les Français devaient eux aussi vouloir la récupérer, certainement pour protéger ses parents. L'agente de liaison française avait semé deux inspecteurs en civil lancés à sa poursuite, à quelques kilomètres de la frontière grecque, et s'était cachée dans un campement de réfugiés non loin de là. Une descente dans ce camp n'avait pas permis de la retrouver, et les barrages établis dans la région n'avaient pas donné de meilleur résultat. Heureusement, son ordinateur avait été saisi dans la voiture qu'elle avait dû abandonner et l'on venait de tenter de s'y connecter depuis une zone située dans la banlieue ouest de la ville. Zone où se trouvaient les bureaux d'un agent de change bien connu des forces de police. Terminant son exposé, le patron du MIT ordonna à ses troupes de préparer une opération d'interpellation.

— *Comment les services de renseignement français avaient-ils appris l'existence de Naëlle* ?

— Ils ignoraient tout d'elle.

— *Alors pourquoi ont-ils dépêché Maya à Istanbul ?*

— C'est moi qui l'ai convaincue d'aller en Turquie en m'infiltrant dans le téléphone dont elle se servait pour communiquer avec eux.

— *Vous l'avez piégée et avez trompé sa confiance… Maya est votre amie, pourquoi avoir agi ainsi ?*

— Parce que Maya ne se serait jamais rendue sur le terrain dans le cadre d'une opération du Groupe, pas alors que les règles n'étaient pas encore enfreintes, encore moins pour y faire quelque chose qui n'avait rien à voir avec un hack. Je n'avais pas le choix. Le rôle que jouait Maya en marge du Groupe et ses activités d'agent de voyages convenaient parfaitement à ce que nous devions accomplir pour arrêter les fauves. Vous pensez que je l'ai piégée, mais j'ai fait tout le contraire, je lui ai donné la liberté d'agir en l'affranchissant des interdits du Groupe ; elle pouvait décider de renoncer. J'ai usé de moyens détournés, certes, mais pour une cause juste. Et grâce à cette petite entorse, son travail de mercenaire allait enfin prendre sens. Istanbul serait la dernière mission de ce genre pour Maya, et, à condition qu'elle réussisse, elle aurait à ses yeux plus de valeur que toutes les autres.

— *Mais alors pourquoi avoir cessé de communiquer avec elle dès son arrivée en Turquie ?*

— Ce n'était pas mon intention mais, comme le supposait Kahil, l'itinéraire de Naëlle avait changé. Il fallait tout recalculer, déterminer les plus fortes probabilités de rencontre, identifier le meilleur endroit, puis coordonner leurs parcours. Tout cela m'a demandé du temps.

— *Vous disiez de Naëlle qu'elle était la clé pour faire tomber les fauves, les informations en sa possession pouvaient sauver les siens ?*

— Le hasard, si souvent invoqué, n'est jamais que la réalisation d'une probabilité parmi tant d'autres. Plus cette probabilité est faible, plus sa réalisation paraît hasardeuse, pour autant, elle ne cesse pas d'exister. Abandonnée de tous, Naëlle devait penser que sa vie, comme celle de ses parents, ne comptait pas. Pourtant, l'avenir du monde libre et de milliards d'êtres humains allait dépendre d'eux trois.

— *De quelle façon ?*

— Parce que c'est son père qui a réussi à la faire sortir du ghetto, parce que sa mère a recueilli par un concours de circonstances qui ne relevait pas du hasard des informations capitales. Parce qu'ils ont pris une décision cruelle, hasardeuse pour certains, mais d'autant plus courageuse qu'ils ne pouvaient être sûrs de réussir. J'ai beaucoup appris d'eux. Ils n'ont fait aucun calcul et s'en sont remis à l'espoir. Espérer, c'est faire preuve de courage. Quant à Naëlle, le destin avait fait d'elle un messager et il était crucial qu'elle arrive à bon port.

Le dixième jour, à Londres

La conversation avec le Groupe avait plongé Janice dans un abîme de réflexions. La journaliste s'était isolée pour relire ses notes. Quelque chose lui échappait et elle revisita dans sa mémoire ses conversations avec Noa : celle à la terrasse du café lorsque son amie avait découvert l'emblème des PSYOPS sur la couverture d'un carnet ; celles aussi dans les jardins de la maison de retraite de Tel Hashomer. Était-ce là que Noa avait mentionné le nom de Goldzig ? Qui était cet homme proche du Premier ministre israélien, quel rôle jouait-il parmi ceux qu'elle combattait ? Une personne pourrait la renseigner. Cela faisait longtemps qu'elle aurait dû appeler son rédacteur en chef pour l'informer de l'avancement de son enquête. Efron devait être ivre de rage et en composant son numéro elle se prépara à subir une bordée de reproches. Elle gagea qu'il faudrait attendre cinq minutes de vociférations avant qu'il ne lui laisse l'occasion de placer un mot. Elle perdit son pari.

— Qu'est-ce que tu veux ? demanda-t-il en décrochant.

— Te donner de mes nouvelles.

— Janice, s'il te plaît, pas à moi. Cela fait quatre jours que j'attends ton appel.

— Je n'ai pas eu une minute de répit. Que sais-tu d'un certain Goldzig ?

— Que tu ne dois t'approcher de lui sous aucun prétexte.

— Pourquoi ?

— C'est un bien trop gros poisson pour toi.

— C'est ta façon de me dire de faire tout le contraire ?

— Amusant, mais pas cette fois. Je suis sérieux, Janice, c'est un homme dangereux et son entourage l'est encore plus. Ces gens ne s'embarrassent pas longtemps de ceux qui s'intéressent de trop près à leurs affaires.

— Quelles affaires ?

— À mots couverts, on lui attribue le rôle d'intermédiaire entre nos oligarques et l'administration américaine. Il a des associés partout.

— Qu'est-ce que tu entends par « à mots couverts » ?

Il y eut un silence.

— Tu n'es pas la première à enquêter sur ce dossier, mais nous n'avons jamais rien pu publier.

— Toi, tu as renoncé à publier ?

— Les risques étaient trop grands.

— Est-ce que parmi ses « associés » il y aurait Black-Colony ?

— Tu as ta réponse mais tu n'as pas bien saisi le sens du mot « intermédiaire » dans ce milieu. Goldzig se charge de faire le sale boulot et ses liens avec le pouvoir lui donnent une immunité totale. Janice, si c'est lui que tu traques, arrête tout de suite.

— Je crois surtout que tu viens de m'en dire plus que je n'espérais en apprendre.

— Tu es infernale. Où en est le scoop que tu m'as promis ?

— Il faudrait savoir ce que tu veux, j'arrête où je continue ?

Efron s'était tu, Janice l'entendait respirer. Elle le pratiquait depuis trop longtemps pour commettre l'erreur de l'interrompre quand il réfléchissait.

— Tu as besoin d'une autre avance ? reprit-il.

— Je vis sur mes réserves personnelles depuis trois jours. J'ai dû prendre plusieurs avions, me loger…

— Où es-tu allée ?

— Ici et là.

— Je vais voir avec la comptabilité, mais envoie-moi quelque chose dès que possible. Je compte sur toi.

— Tu as toujours pu compter sur moi. La vraie question est de savoir si je peux compter sur toi pour publier le moment venu.

— Nous verrons… le moment venu. Une dernière chose, tu as parlé à Noa récemment ?

Janice serra son portable dans sa main.

— Pourquoi ? demanda-t-elle d'une voix étranglée.

— Ta petite pique dans mon bureau m'a laissé songeur, et après ton départ je me suis dit qu'il était temps d'enterrer la hache de guerre. Je lui ai laissé un message pour l'inviter à déjeuner, mais elle ne m'a toujours pas rappelé.

— Elle est sûrement très occupée, bredouilla Janice.

— Probablement, soupira Efron avant de raccrocher.

Cordelia fit une entrée fracassante dans la chambre, les bras chargés de paquets.

— Comme on m'interdit de repasser chez moi, j'ai dû trouver de quoi m'habiller. Je ne t'ai pas trop manqué ? Pourquoi tu fais cette tête ?

— Pour rien. Nous avons du pain sur la planche, je veux éplucher tous ces transferts de fonds et comprendre le rôle de BlackColony. De ton côté, cherche si une partie de l'argent a atterri en Israël.

Cordelia posa les sacs sur le lit et se retourna vers son amie.

— Je pensais que tu voudrais d'abord voir ce que j'ai acheté, mais puisqu'il y a plus urgent…

Le dixième jour, à Kiev et à Rome

Vital et Diego continuaient d'inspecter les données que le virus remontait heure après heure, mais ils se heurtaient à un problème. S'ils avaient pu classer les nombreux virements qui transitaient par Jersey avant d'arriver en Allemagne, ils n'arrivaient pas à découvrir l'identité de ceux qui les avaient émis ou qui en bénéficiaient. Derrière les numéros de comptes n'apparaissaient que des sociétés-écrans établies dans d'autres paradis fiscaux, elles-mêmes détenues par des trusts dont il leur était impossible de déterminer l'actionnariat. Ils cherchaient en vain à identifier ceux qui se cachaient derrière ces structures opaques. Diego décela un code qui semblait en masquer un autre. Percer le premier lui permettrait peut-être de voir apparaître des dossiers jusque-là invisibles. Sur les conseils de Vital, il demanda du renfort à Mateo, qui excellait dans ce genre d'exercice, tout comme Ekaterina.

Tous deux étudièrent le problème et en vinrent à la même déduction, ils approchaient du but, ce genre de protections était assez inhabituel, elles devaient dissimuler un trésor d'informations sensibles. Ils en avisèrent Kiev sans délai.

— D'autres mouvements de fonds ? suggéra Diego.

— Mieux que ça, j'en suis certain. Réfléchis, les virements sont protégés par la double clé que tu as identifiée. Ce qui implique que ceux à qui ils ont été confiés sont prêts à effacer toute trace de leurs agissements ; mais ce qui nous a échappé jusqu'ici, ce sont les véritables raisons de ces virements.

— Ils servent à autre chose que de la cavalerie ?

— Une procédure aussi complexe n'aurait pas été mise en place uniquement à cette fin, objecta Ekaterina. Tu as déjà joué à une partie d'échecs en trois dimensions ? demanda-t-elle.

Diego répondit que non, Vital répondit que oui… au cas où Cordelia aurait rejoint le forum.

— Trois échiquiers se superposent et les pièces se déplacent non seulement à l'horizontale mais d'un niveau à l'autre. Tu vois à quoi je pense.

— Les doubles clés protègent les mouvements d'argent et les codes masquent les raisons pour lesquelles ils ont lieu.

— C'est plausible, dit Mateo, mais cela ne nous donne pas pour autant la solution.

— Il faudrait une puissance de calcul colossale pour séquencer toutes les combinaisons possibles, même au donjon je ne suis pas suffisamment équipé.

Assise dans le bureau de Mateo, Ekaterina accrocha son regard et réussit, par un tour de passe-passe dont seules les femmes sont capables, à le diriger vers les serveurs qui illuminaient la ruche. Sans qu'elle dise un mot, Mateo comprit où elle voulait en venir.

Il secoua la tête en signe de désapprobation, mettre à contribution son équipe risquait de les exposer. Mais le sourire radieux et persistant d'Ekaterina eut raison de sa résistance.

— Et qu'est-ce que je vais leur dire ? s'inquiéta Mateo. Ils ne voudront jamais faire un truc pareil sans justification valable.

— Ce n'est pas ce que tu vas leur dire mais ce que tu vas leur promettre : une prime s'ils y arrivent, et suffisamment importante pour que la seule question qui les préoccupe soit de trouver la bonne combinaison.

Mateo considéra les risques et les avantages et quitta son bureau, non sans avoir assuré à Ekaterina que, connaissant ses troupes, il se heurterait à un refus général.

Il fit une entrée remarquée sur le plateau en demandant l'attention de tous les ingénieurs et programmeurs présents. Puis il communiqua l'adresse du serveur de la German Bank, ne donna aucune explication, sinon qu'ils avaient quatre heures pour craquer un code, et 1 000 euros pour chaque membre de l'équipe si l'exploit était accompli dans les deux heures. Tous les calculateurs de la ruche seraient à leur disposition et leurs tâches mises entre parenthèses.

À sa grande surprise, mais cela n'étonna pas Ekaterina, cinquante têtes plongèrent sur leurs écrans et un concert de cliquetis envahit tout l'espace. Ekaterina lança le chronomètre de sa montre et repartit vers le bureau de Mateo, au bord du fou rire.

Deux heures et quarante-trois minutes plus tard, ils entendirent une clameur monter depuis la ruche, suivie par une salve d'applaudissements. Ekaterina n'était pas au bout de ses surprises, Mateo l'embrassa fougueusement.

Le dixième jour, à Londres

Janice et Cordelia travaillaient sans relâche dans leur chambre au Connaught quand elles reçurent un message les invitant à se connecter de toute urgence.

— Nous avons découvert quelque chose de très important, expliqua Vital qui s'était arrogé le droit d'initier la rencontre. Le forum n'est plus assez sûr, il faut que nous en parlions de vive voix.

— Enfin, répondit Cordelia, Janice et moi nous demandions ce que nous avions fait pour ne pas être réinvitées dans ta sublime maison.

— Ce n'est vraiment pas le moment, intervint Diego. On bascule sur une application vocale cryptée.

— Plus sécurisée que le forum ? questionna Janice.

— Oui, je viens de vous envoyer le lien pour la télécharger, c'est un outil maison, néanmoins connectez-vous via un VPN.

Janice demanda à Cordelia si son frère et Vital les prenaient vraiment pour des tartes.

— Que veux-tu, ils sont perdus sans nous, répondit-elle.

THE CONNAUGHT HOTEL, LONDRES

24.

Le dixième jour, application vocale cryptée

Vital et Diego expliquèrent avoir repéré dans les serveurs de la German Bank un double code que Mateo et Ekaterina avaient réussi à craquer. Dès lors, ils avaient accédé à des dossiers contenant plus d'informations qu'ils n'avaient espéré en trouver.

Ekaterina prit la parole.

— Nous avons maintenant la preuve que Kich verse continuellement de l'argent à Oxford Teknika. Ils achètent à FriendsNet des données individuelles par millions pour faire du microciblage. Un festival de propagande et de théories complotistes, des divagations sur une croisade menée par les immigrés, les Juifs, les Noirs, les LGBT et toutes les forces libérales contre la civilisation chrétienne ; des élucubrations sur les vaccins dont les gouvernements se serviraient pour injecter des puces dans nos organismes ; une pléthore de rapports falsifiés prouvant que le réchauffement climatique est un phénomène cyclique et naturel dont l'homme n'est aucunement responsable. Et ça ne s'arrête pas là. Berdoch étend jour après jour sa zone d'influence. Ses cavaliers de l'apocalypse galopent sur tous les réseaux, semant la division et le chaos. Ils ont implanté des algorithmes qui relaient de façon systématique sur FriendsNet les articles des sites d'extrême droite et groupuscules suprémacistes. Breibart en premier, qui appartient à Baron. Mais aussi Lifezet, créé par une présentatrice sulfureuse et ouvertement raciste de Rox News ; le site de Carlson, dealer de haine de Rox News, la liste n'en finit plus. Ils ont mis au point un système d'informations qui semblent provenir de sources diffuses, mais qui en réalité circulent en vase clos. Oxford Teknika via FriendsNet a relié des millions d'utilisateurs à leur insu. Ils traduisent les articles en temps réel pour atteindre les populations dans les pays où Berdoch n'a pas d'antennes. Les sites d'extrême droite, les présentateurs et éditorialistes des médias de Berdoch et de Kich fabriquent, partagent et relaient jour après jour les mêmes fausses informations qui se propagent ensuite sur FriendsNet. Ils touchent près de quatre milliards de personnes. Leur mode d'action est imparable, le vrai journalisme ne dispose pas du dixième des moyens qu'ils ont mis en œuvre pour diffuser leurs mensonges.

— Donc, Berdoch et Kich travaillent main dans la main et Sucker ferait partie de cette alliance, résuma Mateo.

— Peut-être par idéologie, je n'en sais rien, mais pour en tirer d'immenses profits et siéger à leur table, sûrement, répondit Janice.

Ekaterina griffonna un mot sur une feuille de papier qu'elle glissa à Mateo. Le moment était venu de réveiller ce fameux cheval de Troie qu'il prétendait avoir installé dans les programmes de FriendsNet à l'époque où il avait vendu sa start-up à Sucker.

— *Selon vous, Berdoch et Kich avaient le pouvoir de manipulation que leur prêtait Ekaterina ?*

— Plus encore qu'elle ne l'imaginait. Berdoch est à la tête d'un empire médiatique, il tient les rênes du service d'information mondial le plus puissant qui ait jamais existé. Son rayonnement est presque égal à celui de FriendsNet, à une différence près, l'un prétend n'être qu'une plateforme d'échanges, l'autre suit une ligne éditoriale clairement établie pour façonner l'échiquier politique. Aux États-Unis, Rox News a instauré une réalité parallèle qui a supplanté la vérité. Ses présentateurs stars ont réussi, jour après jour, soir après soir, à faire croire à près de la moitié de la population que les élections avaient été truquées, que les machines de vote étaient équipées d'un logiciel développé par un dictateur vénézuélien mort depuis sept ans, que les faits de corruption de l'administration Trump n'en étaient pas, que les étrangers représentaient une menace plus grande que n'importe quelle pandémie, que l'Amérique avait été dépossédée de ses richesses par ses alliés. Ils seraient capables de fomenter un coup d'État s'ils le décidaient. Mais l'influence de Berdoch ne se limite pas aux États-Unis, elle s'étend à travers la planète. Dans le monde anglo-saxon, ses télévisions ont mis sur le devant de la scène des démagogues, des faussaires, des ethno-nationalistes qui ont abreuvé les populations de fausses informations. En Angleterre, ses journaux ont mené une véritable croisade, attisant la haine sans relâche pour pousser le Royaume-Uni à rompre avec l'Europe ; en Australie, où ses médias forment un quasi-monopole, il a réussi à provoquer la démission de tous les Premiers ministres dont la politique ne coïncidait pas avec la sienne, ou qui refusaient de se plier à ses désirs du moment. Le dernier en date voulait faire voter une taxe carbone, Berdoch a monté la population contre lui, inventant scandale après scandale, et a fini par obtenir gain de cause. Depuis quelques années, son fils lui a succédé, et le jeune Berdoch est encore plus résolu que son père à réveiller les démons endormis du passé. Il a développé pour cela une machine de propagande ultranationaliste. La haine de l'autre est sa matière première, il la raffine comme une drogue et la deale en en tirant d'énormes profits. La Maison-Blanche et Downing Street, où se sont installés les candidats que son père a fait élire, sont devenus ses ambassades. Aucun homme n'a joui d'un tel pouvoir d'influence. Pour arriver à ses fins, il a transformé les mouvances d'extrême droite, marginalisées après la Seconde Guerre mondiale, en forces politiques décisives. Le fils de Berdoch s'est lancé avec ses alliés dans une conquête territoriale, installant à tous les niveaux du pouvoir ceux et celles qui lui permettent d'étendre son empire. Il a fait de ses présentateurs de nouveaux millionnaires enrichis par les milliardaires qu'ils doivent servir. Ekaterina disait vrai : chaque soir, aux heures de grande écoute, les valets de Berdoch reprennent et amplifient les théories conspirationnistes qui circulent dans les médias ultranationalistes, comme sur les sites internet des groupuscules d'extrême droite. Et au matin s'ouvre le *Morning Show*, que le président américain ne rate jamais et qui lui dicte son agenda de la journée. Les personnalités politiques que Berdoch père et fils ont propulsées au pouvoir ont rallié le club très fermé des héritiers d'empires industriels, agro-alimentaires, énergétiques, financiers… auxquels ils ont offert des abattements fiscaux, des marchés réservés, des privilèges que peu d'entre eux ont refusés au nom de la morale. Comme le disait un sénateur, il fut un temps aux États-Unis où Rox News travaillait au service du parti républicain, aujourd'hui le parti républicain travaille pour Rox News.

— *Pourquoi Berdoch et Kich s'acharnent-ils à vouloir déconstruire l'Europe ?*

— Vous oubliez les politiciens et affairistes qui les servent. Garbage s'est enrichi avec le Brexit, Libidof sera élu à la Chambre des lords. L'Union européenne est le dernier bastion qui leur résiste. Dans un discours dont j'ai pu me procurer l'enregistrement, Berdoch a déclaré : « Quand je me rends à la Maison-Blanche ou au 10 Downing Street, ils font ce que je leur dis ; à Bruxelles, ils se contentent de prendre des notes. » Rappelez-vous ce scandale en Angleterre, les journaux appartenant à Berdoch avaient hacké les téléphones de politiciens, de journalistes et de célébrités pour trouver de quoi les salir et les faire chanter. Il y a eu une enquête parlementaire, un rédacteur en chef a fait un peu de prison, ils ont dédommagé leurs victimes, voilà tout.

— *Ce qui n'est pas sans rappeler Sucker, chaque fois que FriendsNet est pris en flagrant délit.*

— Les deux géants usent des mêmes méthodes avec les mêmes finalités. Berdoch n'a jamais supporté l'humiliation que lui avait fait subir le parlement de Sa Majesté en l'obligeant à venir témoigner et s'excuser en personne. Quelques années plus tard, il a serré la main de Garbage, s'est allié avec Libidof et ils se sont attaqués ensemble au Royaume-Uni. Le *Daily Time* a joué un rôle essentiel dans le Brexit, publiant des milliers de fausses informations et autant d'incitations à la haine.

— *Le Brexit n'était pour Berdoch qu'une vengeance ?*

— Non, un moyen de réaliser d'énormes profits. Après le vote, le gouvernement britannique était paralysé, incapable d'obtenir un accord d'échange avec ses anciens partenaires. Les entreprises étrangères quittaient le territoire, déstabilisant le marché de l'emploi, la livre sterling s'effondrait et avec elle le prix des actions d'une chaîne de télévision privée. Dans ce chaos, Berdoch a pu offrir de la racheter très au-dessous de sa valeur et ainsi continuer d'étendre son réseau. Comme le faisait remarquer un jour Noa à Janice, suivez l'argent, vous trouverez le mobile du crime et l'assassin.

Le dixième jour, application vocale cryptée

— Quelle est la prochaine suite ? demanda Vital.

Personne ne le corrigea. Mais Ekaterina suggéra de réfléchir avec méthode…

— Nous avons identifié leur sphère d'influence politique, leur sphère d'influence médiatique, nous savons qu'ils contrôlent d'immenses ressources énergétiques. Que leur manque-t-il pour installer leur nouveau monde ? questionna Cordelia.

— Les cordons de la bourse, répondit Mateo.

— Précisément, dit Janice. Mais comment s'affranchir des lois régulant les activités bancaires et les marchés financiers, avant d'avoir acquis le pouvoir de les faire annuler ? Leur système de corruption n'est pas totalement étanche, un petit nombre de leurs sous-lieutenants se sont fait rattraper par la justice et ils ne peuvent pas laisser la peur s'installer dans leurs rangs.

— Trump les a amnistiés chaque fois que l'un d'eux a été condamné, voilà qui doit les rassurer, fit remarquer Ekaterina.

— Mais son règne a touché à sa fin, et le leur commence.

— OK. Vital et Diego, vous épluchez toutes les ramifications financières. Mateo et Ekaterina, vous cherchez à quoi sert cet argent en dehors de leur appareil de propagande. Continuez de fouiller le portable de Baron, quelque chose vous a peut-être échappé, ordonna Cordelia.

— Elle a un caractère incroyable, chuchota Vital à l'oreille de Diego.

— Sans aucun doute, et toi tu es en train de perdre tout le tien.

— Et vous deux, vous prenez des vacances à Londres ? demanda Mateo d'un ton détaché.

— On réfléchit. Enfin, surtout Janice ; si elle continue comme ça, je vais finir par devenir son assistante, mais à la guerre comme à la guerre.

Cordelia raccrocha, mettant fin à la conversation.

Le dixième jour, à Rome

La ruche renouait avec ses activités quotidiennes. Aucun des collaborateurs n'avait posé de questions et chacun s'était remis à son travail habituel.

Ekaterina s'assit sur le bureau de Mateo.

— Alors, ce cheval de Troie ? questionna-t-elle avec une pointe d'ironie.

— Je n'arrive pas à croire que tu penses que je crânais. Pourquoi aurais-je fait ça ?

— Pour me séduire ?

— J'espère que ce n'est pas mon virus qui t'a séduite. J'étais dans une colère noire quand je l'ai implanté, et je n'ai jamais imaginé devoir l'activer un jour.

— Tu es sûr qu'il fonctionne toujours ?

— Nous allons très vite le découvrir.

Mateo ouvrit une session sur FriendsNet à partir du compte dormant qu'il avait créé quelques années plus tôt. Puis il demanda à Ekaterina d'en créer une centaine d'autres, il ferait de même et ils les connecteraient tous de façon à former un groupe.

— Tu m'expliques ? lui demanda-t-elle.

— Vois cela comme des *bots* destinés à générer un flux d'informations à travers leurs serveurs.

— Quelles informations ?

— Je posterai une photo de nu, tout ce qu'il y a de plus élégant, je te rassure, puis nous la signalerons deux cents fois. Quelqu'un chez FriendsNet verra le fil de réclamations grandir, ira vérifier la photo et il se connectera à mon compte pour le suspendre, ce qui réveillera mon cheval de Troie.

Ekaterina s'indigna que le réseau censure si peu les propos haineux publiés par milliers tous les jours sur sa plateforme, et s'affole si promptement à la vue d'un corps humain. Elle soupira et s'attela à la tâche.

Une heure plus tard, les comptes étaient créés, la photo publiée et les signalements envoyés, une heure encore et le virus de Mateo sortait de son long sommeil.

— Et maintenant ? demanda Ekaterina.

— On attend qu'il suive le chemin que je lui avais tracé, et cette nuit, s'il fonctionne comme prévu, nous aurons accès à la messagerie interne des employés du siège de FriendsNet.

Le dixième jour, à Istanbul

Malik venait de sortir de l'agence pour prévenir Maya que l'heure du départ approchait, quand il repéra deux voitures noires se garant le long du trottoir avec chacune quatre hommes à son bord. Malik avait fait assez de coups en marge de la loi pour sentir l'odeur de brûlé. S'il faisait demi-tour pour avertir Kahil, les policiers comprendraient qu'ils avaient été démasqués. Il continua son chemin, contourna le bâtiment, monta les marches et entra dans la chambre.

— Prends tes affaires, on est grillés, dit-il à Maya, les flics sont en planque dans la rue, je ne sais pas comment ils nous ont retrouvés mais en tout cas ils sont là.

— Qu'est-ce qu'on fait ? s'inquiéta Maya.

— On prévient Kahil et on prie pour qu'il ait une solution.

— Va-t'en, Malik, c'est après moi qu'ils en ont, pars avant qu'il ne soit trop tard.

— Dépêche-toi au lieu de dire n'importe quoi, répondit Malik en rangeant précipitamment son ordinateur.

— Alerte Kahil maintenant !

— Trop dangereux, il est derrière son comptoir… Les flics doivent observer à travers la vitrine tout ce qui se passe en bas ; s'ils le voient téléphoner, ils lanceront l'assaut.

— Tu as une autre solution ?

— Lui envoyer un SMS.

Malik tapa un message, précisant à Kahil de ne pas relever les yeux vers la rue, car ils étaient compromis.

La réponse lui parvint deux minutes plus tard :

« Attendez quelques instants avant de descendre. Dans la cour, à gauche du local à poubelles, une porte dans la palissade ouvre sur une ruelle. Arrangez-vous pour traverser le Bosphore et retrouvez-moi dans une heure devant l'entrée ouest du cimetière de Karacaahmet. »

Pendant que Maya lisait le message, Kahil fit ce que Malik avait anticipé. Il prit son téléphone, afficha une mine contrariée et rangea l'appareil dans sa poche. Puis il entra dans le petit bureau de son assistante et lui demanda de suivre ses instructions à la lettre.

Peu après, Kahil quitta ses bureaux. Il gagna sa voiture stationnée devant l'agence, lança le moteur et entrouvrit la portière côté passager. Son assistante, vêtue d'un imperméable, portant des lunettes de soleil et un foulard sur la tête, sortit en courant et se jeta dans la Jaguar qui démarra en trombe.

Malik entraîna Maya par la main, ils remontèrent la ruelle en courant et s'arrêtèrent à un croisement de rues.

— Par là, dit-elle en désignant une avenue, il y a une station de métro à cinq cents mètres.

À compter de cet instant, c'est elle qui entraîna Malik dans une course folle, des escalators qui descendaient vers la station Kirazli-Bağcilar, où Malik acheta deux cartes de transport, aux couloirs du métro, pour changer de ligne, puis au terminus de Yenikapi où Maya réajusta sa perruque après avoir repéré des caméras de surveillance. Ils gagnèrent la rive asiatique à bord du Marmaray qui circulait sous le Bosphore.

En retrouvant l'air libre, Malik regarda sa montre ; il leur restait dix minutes pour arriver à l'heure du rendez-vous fixé par Kahil. Maya vit passer un taxi et se jeta presque sous ses roues pour l'arrêter.

La porte ouest du cimetière de Karacaahmet était en vue, Kahil les attendait sur le trottoir. Il leur fit signe dès qu'ils descendirent du taxi.

— Heureux de vous voir, dit-il.

— Pas autant que nous, répondit Maya. Comment avez-vous réussi à nous tirer de ce traquenard ?

— Je les ai baladés avec la complicité de mon assistante. La poursuite n'a pas duré longtemps, ils nous ont serrés à deux cents mètres de l'agence. Nous leur avons remis nos papiers. Nadia, mon assistante, n'ayant rien à se reprocher et étant la nièce d'un commissaire de police, ils ont bien été obligés de nous laisser repartir. Après quoi elle m'a conduit jusqu'ici.

— Où est votre voiture ? questionna Malik.

— Je n'allais quand même pas demander à Nadia de rentrer à pied. Et puis on ne devrait pas tarder à venir nous chercher. Plus question de rejoindre Cizre par la route. Aux grands maux les grands remèdes, je me suis arrangé pour louer un petit avion, tout ce qu'il y a de plus modeste. Le pilote est un ami. L'appareil est stationné sur l'aérodrome de Tuzla, ce n'est qu'à une demi-heure d'ici et il nous attend, prêt à décoller. Votre obstination, ma chère, me coûte une fortune mais au moins nous économiserons du temps.

Une vieille Mercedes des années 1970, aux ailes corrodées, se rangea devant eux. En gentleman, Kahil ouvrit la portière et fit monter Maya.

— L'avion de votre ami est en meilleur état que cette voiture, j'espère ? demanda-t-elle, en essayant d'accrocher en vain une ceinture de sécurité dont l'enrouleur avait rendu l'âme depuis des lustres.

— Nous verrons bien, répondit Kahil. Vous souhaitiez retrouver cette enfant au plus vite, il faut toujours faire attention aux vœux que l'on formule.

Le Cessna 170 ne valait guère mieux que la Mercedes. Si Kahil s'était ruiné pour louer ce coucou, sa fortune devait être très surestimée. Un sandow retenait la portière droite et le tableau de bord était en piteux état.

Avant de mettre le moteur en route, le pilote, qui avait au moins l'âge de son ami, annonça qu'ils atterriraient à Kiziltepe dans quatre heures.

L'appareil s'aligna sur la piste dans un vrombissement assourdissant. Kahil avait pris place à l'avant, Malik et Maya, serrés à l'arrière, se tenaient la main ; difficile de savoir qui, des deux, s'accrochait le plus à l'autre.

L'avion s'éleva, ballotté par un vent de travers, et fila vers l'est.

— Une fois posés, nous ne serons qu'à une centaine de kilomètres de Cizre, cria Kahil en se retournant, mais ni Maya ni Malik ne comprirent ce qu'il leur avait dit.

*

Maya avait posé sa tête sur l'épaule de Malik, si épuisée qu'elle avait fini par s'assoupir. Kahil, la joue collée à la vitre tremblante de la carlingue, dormait encore plus profondément. Un mystère pour Malik qui se sentait plus seul que jamais. Il enrageait du tour que le sort lui avait joué et qui l'avait conduit à se retrouver dans une situation aussi absurde. Pendant que son frère devait se la couler douce au manoir, lui risquait sa peau dans un zinc déglingué, piloté par un quasi-octogénaire. Le pilote réduisit les gaz et l'appareil plongea vers le sol. L'atterrissage ne s'annonçait pas de tout repos. Kahil ouvrit les yeux en même temps que Maya. La piste était en vue, les balises clignotaient dans le soir tombant.

Les roues touchèrent le sol dans un amorti parfait ; l'avion freina avant de virer sur une bretelle de dégagement pour s'immobiliser devant la porte d'un hangar en tôle ondulée. L'hélice ralentit son pas et le silence qui succéda à l'arrêt du moteur fut pour Malik le meilleur moment de la journée.

— Eh bien nous sommes arrivés, clama Kahil en se frottant les mains. Je n'ai pas vu le trajet passer.

Ils descendirent sur le tarmac désert et se dégourdirent les jambes. Malik s'éloigna et ralluma son smartphone, soulagé de capter un réseau. Il consulta ses messages. Le soulagement avait été de courte durée.

Il se précipita vers Maya, l'attrapa par le bras et l'entraîna à l'écart.

— Qu'est-ce qui te prend, tu es fou ?

— C'est bien possible. Regarde ce que j'ai reçu, pendant qu'on était dans les airs.

Il lui tendit son smartphone. Maya, ébahie, lut sur l'écran :

Elle arrivera demain matin à Erevan.

— Qui t'a envoyé ça ? demanda-t-elle.

— Erevan ! Cette destination tombe du ciel, et sur *mon* portable ! Maya, pour qui travailles-tu ? Comment ont-ils obtenu un numéro que seuls les membres du Groupe connaissent ?

Maya fit les cent pas autour de Malik, se mordant les lèvres, puis les ongles, cherchant à résoudre l'équation. Et soudain, la solution lui apparut. Évidente.

— Je me suis fait berner sur toute la ligne. L'anomalie dans le message à la tanière, le rendez-vous étrange dans un cybercafé du 9e, l'attente à Istanbul, le comportement de Verdier qui semblait tout ignorer… Malik, nous travaillons pour la même personne ! Celle qui nous informe et nous guide depuis le début, celle qui n'était pas au manoir avec vous : le neuvième membre du Groupe. Mais comment a-t-il eu connaissance de la tanière ?

— C'est quoi cette tanière et qui est ce Verdier ?

— Tu ne comprendrais pas.

Malik regarda son portable en fronçant les sourcils.

— Pour Erevan, je te laisse informer Kahil. Je dois avertir mon frère. Laisse-moi seul, s'il te plaît.

Le dixième jour, à Kiev

Vital s'était approché de son écran, intrigué par un mail. L'adresse de l'émetteur ne lui étant pas inconnue, il s'empressa d'ouvrir le fichier joint.

— Qui est cette petite fille ? murmura-t-il.

Diego se pencha vers lui.

— Aucune idée. Un rapport avec notre travail ?

— Je n'en sais rien, mais c'est prioritaire, répondit Vital, alors que venait de s'afficher sur l'écran :

Aidez Maya.

— Qui t'a envoyé ça ? demanda Diego.

— Je t'expliquerai plus tard, il faut que je prévienne Malik d'urgence.

Le dixième jour, aérodrome de Kiziltepe

Maya avait informé Kahil de la situation.

— Impossible de passer directement en Arménie depuis la Turquie. Pour rejoindre Erevan par la route, il faut aller en Géorgie, puis redescendre au sud, expliqua l'agent de change.

Le pilote se mêla à leur conversation.

— En voiture, vous en aurez pour quinze heures, dit-il. Sans compter l'attente à la frontière. Parfois ce n'est pas trop long, deux, trois heures, parfois le double.

— Deux jours de route pour atteindre Erevan ? s'alarma Malik. C'est de la folie. Et dans quelle voiture, la camionnette garée là-bas ?

— Sinon…, soupira le pilote.

— Sinon quoi ? lui demanda Kahil.

Le pilote retourna dans la cabine, et revint aussitôt avec une sacoche en cuir. Il en sortit des cartes aériennes, rangea les trois premières et s'agenouilla pour déplier la quatrième sur le tarmac.

— Dans une heure il fera nuit noire, je fais le plein, on redécolle, cap au nord-est, la zone que nous survolerons est quasi désertique, on contourne le mont Ararat, et on survole la frontière tous feux éteints. Mon avion ne fait pas beaucoup de bruit.

— Un peu quand même, objecta Maya.

— À cette heure-là, les douaniers dorment, et en volant assez bas, on passera sous la couverture radar.

— Pour atterrir où ? demanda Malik.

— Je n'ai pas besoin d'un long terrain pour freiner mon coucou. Regardez la carte, la frontière est bordée de champs, mais une petite route fera aussi bien l'affaire.

— Vous comptez vous poser en rase campagne sans lumière ?

— Je rallumerai mes feux au dernier moment.

Malik aurait aimé savoir ce que le pilote entendait par « dernier moment », mais il préféra ne pas le lui demander.

— Deux cent soixante-dix miles, une heure et demie de vol, peut-être même moins. Maintenant, c'est à vous de voir.

— Et combien nous coûterait ce petit détour ? questionna Kahil.

— Un prix d'ami, répondit le pilote en lui tapotant l'épaule.

— C'est ce qu'il y a de plus cher, soupira le vieux Turc.

Il se retourna vers ses deux acolytes, leur faisant comprendre que la décision leur appartenait.

— C'est bon, je paierai le voyage, promit Malik.

Le dixième soir, à Kiev

— Tout va bien ? demanda Diego.

— Je crois, ils se rendent en Arménie, Malik a promis de me texter dès qu'ils seraient posés.

— Ils sont en avion ?

— Quelque chose dans le genre, m'a-t-il dit. Qu'est-ce que j'aimerais être à sa place, confia Vital.

— Qu'est ce qui te retient ?

— À part mon fauteuil ? Une phobie. Dès que je m'approche de la grille du manoir, j'ai l'impression que la terre se dérobe sous mes pieds – enfin, façon de parler.

Diego tourna sa chaise pour lui faire face et le fixa longuement.

— Tu sais que si tu veux séduire ma sœur, il va falloir sortir d'ici.

— Je n'ai aucune chance avec elle, et cela n'a pas d'importance.

— Tu te trompes doublement, mon ami. Nous avons suffisamment travaillé aujourd'hui pour nous accorder une pause. Si tu m'emmenais me promener dans le parc, nous pourrions nous approcher ensemble de cette foutue grille. Et si la terre s'ouvre, je te promets de te rattraper.

*

Un peu plus tard, Diego poussait Vital sur le petit pont de bois, à cent mètres de la grille du domaine, quand un texto les informa que Maya et Malik s'étaient posés sans casse.

La dixième nuit, près d'Araks

Le pilote avait fait trois passages en rase-mottes avant d'être sûr de son coup, si tant est qu'il l'ait jamais été. Mais seul le résultat comptait et son Cessna s'était arrêté sur un chemin en terre battue.

— Et maintenant ? demanda Malik.

— Selon ma carte, dit le pilote, Mkhchyan et Mrgavet se trouvent à quatre kilomètres à l'est, les deux villages se touchent. Suivez ce chemin et vous arriverez à destination. Contre quelques dollars, vous pourrez facilement loger chez l'habitant ou vous faire conduire à Erevan, ce n'est qu'à vingt minutes de route.

— Je vais demander à Vital de nous trouver une voiture qui vienne nous chercher ce soir.

Ils descendirent de l'appareil. Kahil leur tendit la main.

— Nos destins se séparent ici. Quatre kilomètres à pied, très peu pour moi. Je dois rentrer m'occuper de mes affaires et je ne voudrais pas rater l'avion, il en passe rarement par ici.

Maya le serra si fort dans ses bras que Kahil en fut ému.

— Vous allez m'étouffer… et je ne veux surtout pas entendre de merci. J'ai passé des journées inoubliables en votre compagnie et je vous l'assure, vous ne serez jamais un duplicata, vous êtes beaucoup trop originale.

— Dès mon arrivée à Paris, je vous rembourserai tout, répondit Maya.

— Retrouvez plutôt cette petite fille, je compte sur vous deux, et prévenez-moi dès que cela sera fait, ainsi nous n'aurons pas à nous dire adieu ce soir.

— Alors nous nous reverrons ?

— Les histoires qui ne sont pas encore écrites sont pleines de merveilleuses promesses.

— Souhaitons-nous bonne chance, répondit Maya.

— Surtout pas, ça porte malheur, mais je vous dis merde avec beaucoup de tendresse.

Kahil l'embrassa sur les joues, serra la main de Malik, et remonta à bord du petit avion.

Tous deux le regardèrent rouler, bringuebalant sur la terre sèche avant qu'il ne s'élève, vire sur l'aile et disparaisse.

Puis ils se mirent à marcher dans la nuit.

LE CESSNA

25.

Le onzième jour, à Rome

Quand elle ouvrit les yeux, Ekaterina ne vit pas Mateo dans le lit. De son côté, les draps étaient à peine défaits. Elle le chercha dans la cuisine, puis dans son bureau, et le trouva, assis sur le canapé du salon, son ordinateur portable ouvert sur la table basse.

— Tu es réveillé depuis longtemps ?

— Je ne me suis pas vraiment couché, répondit-il.

— Tu as passé toute la nuit devant cet écran ?

— Je voulais le voir à l'ouvrage, je ne pouvais pas manquer ça.

— Tu es conscient que tu parles d'un logiciel, pas d'un enfant ?

— Et pourtant, les programmes apprennent si vite, évoluent, communiquent, grandissent par eux-mêmes, c'est fascinant.

— OK. Ta tête fait un peu peur, comme tes propos, mais nous allons mettre ça sur le compte de la fatigue. Ta progéniture a accompli les prodiges espérés ?

— Elle a déjà collecté plus de huit cent mille messages, pas mal, non ?

— Et qui va lire tout ça ?

— Elle, nous… pour l'instant, mon cheval de Troie se concentre sur les plus récents, ceux de la garde rapprochée de Sucker. Il a isolé ceux envoyés vers des adresses uniques qui n'apparaissent nulle part ailleurs. Tous comportent une référence particulière : BM87/1692/Carpediem319/21.

— Envoie ça à Vital.

— Je n'ai pas besoin de lui pour craquer un code et ce n'est pas ce qui me préoccupe le plus. En fouillant les serveurs, mon cheval de Troie a retrouvé cette même séquence au sein d'une application qu'ils ont développée en interne, mais elle n'est pas opérationnelle.

— C'est peut-être la référence d'une future mise à jour de leur algorithme, ils en font chaque semaine.

— Possible, je vais travailler dessus ce matin.

— Et moi je continue d'éplucher les mails de Baron, il n'y en a pas autant mais tout de même…

Ekaterina s'installa à la table de la cuisine. À peine connectée, elle partagea avec ses camarades la référence repérée par Mateo. Ce soir, qu'il le veuille ou non, Mateo passerait la nuit avec elle, loin de son ordinateur.

Le onzième jour, à Londres

Janice et Cordelia étaient décidées à trouver la solution avant Diego et Vital. Cordelia, qui adorait les énigmes, eut l'idée de chercher un évènement notable en 1692. Elle ne trouva que le procès des sorcières de Salem. Inverser des chiffres étant la base du codage, elle pensa à étudier l'année 1962. La crise des missiles de Cuba, probablement une autre fausse piste.

— Toutes les autres combinaisons relèvent du futur, mais si tu retournes le 6, tu tombes en 1992, suggéra Janice.

— L'élection de Clinton, la Norvège qui demande à entrer dans le marché européen, les Jeux olympiques de Barcelone, la fin de la guerre froide, rien de très concluant.

— Tu vas trop vite, dit Janice en tapant 1992 sur plusieurs moteurs de recherche.

Elle s'arrêta soudain sur un article.

— Le 16 septembre 1992, un milliardaire a fait sauter la banque d'Angleterre en spéculant à découvert contre la livre sterling. Son attaque lui a rapporté 1 milliard en quelques jours. La livre sterling s'est effondrée et le Royaume-Uni a été contraint de sortir du Serpent monétaire européen. C'est la première fois dans l'histoire de l'humanité qu'un homme a réussi à lui seul à mettre un pays en banqueroute. Voilà qui ressemble beaucoup aux méthodes de nos amis, s'exclama-t-elle. Regarde si quelque chose de similaire s'est produit en 87.

Cordelia s'attela à la tâche et frappa dans ses mains quelques minutes plus tard.

— 19 octobre 1987, le Lundi noir, un krach boursier mondial initié par des ordinateurs !

— BM pour Black Monday, ça colle.

— Reste à comprendre ce que signifie CarpeDiem316/21, enchaîna Janice.

— On attend d'avoir tout élucidé avant de partager avec les autres, proposa Cordelia.

— Trop tard, je viens de les informer.

— Mais pourquoi tu as fait ça, si près du but ?

— Parce que ça sent mauvais, et je te connais par cœur. Nous n'avons pas le temps de jouer à qui perd gagne !

Vital lui renvoya un message une heure après, leur donnant rendez-vous sans délai, Mateo et Ekaterina étaient aussi prévenus.

Le onzième jour, à Erevan

La veille, Malik et Maya avaient croisé une âme bienveillante qui avait accepté de les conduire en ville. L'homme, un apprenti électricien qui rentrait dans son village, s'était inquiété de voir un couple sur le bord de la route en pleine nuit. Il les avait fait monter à bord de sa Volga avant de faire demi-tour vers Erevan. Comme il ne connaissait que quelques mots d'anglais, la conversation durant le trajet fut limitée. À leur arrivée, Malik avait tenu à le dédommager et le jeune électricien avait empoché les 20 dollars avec une joie non dissimulée.

Malik et Maya occupaient deux chambres contiguës au Hilton, reliées par une porte communicante. Après un bain réparateur, Maya avait dormi profondément pour la première fois depuis longtemps.

Au matin, ils se retrouvèrent dans la salle à manger de l'hôtel.

— C'est bizarre de vivre déconnectée, expliqua Maya en voyant Malik consulter ses messages. Et en même temps, je me sens plus libre que jamais.

— Tu as le MIT aux trousses, tu as franchi la frontière clandestinement, tu te retrouves en Arménie avec de faux papiers turcs, et tu te sens plus libre que jamais ? Ce ne serait pas toi qui es bizarre ?

— Tu as des nouvelles ? enchaîna Maya.

— Non, il est encore tôt. Imaginons que l'on retrouve cette enfant, comment sortir du pays ? Kahil nous a prévenus, le faux passeport qu'il t'a fourni ne sera d'aucune utilité dans un aéroport.

— Je sais qui peut m'aider, si tu veux bien me prêter ton portable.

— Pour te reconnecter au monde ?

— Ne m'emmerde pas, Malik !

— Et gracieuse, en plus.

Maya chercha le numéro du consulat français à Istanbul et indiqua vouloir parler à M. Verdier, précisant que c'était urgent. Quand la réceptionniste lui demanda de décliner son identité, Maya répondit que l'attaché consulaire attendait une carte postale de Paris, il comprendrait. Verdier était en ligne une minute plus tard.

Maya lui expliqua qu'elle se trouvait à Erevan, et qu'elle avait perdu son passeport.

— Quel soulagement de te savoir loin d'ici. J'ignore ce que tu as fait, mais les Turcs et les Russes te recherchent. S'ils découvrent où tu es, ils viendront te chercher, même hors de leurs frontières. Rends-toi immédiatement à l'ambassade, je les préviens. Une fois là-bas tu seras en lieu sûr. Ils te donneront des papiers et t'escorteront au premier avion pour Paris, il y en a un qui part ce soir, je te réserve une place.

— Pas ce soir, demain.

— Maya, ne joue pas avec le feu !

— J'ai besoin d'un autre service, après je te promets que tu n'entendras plus jamais parler de moi. Il me faut un sauf-conduit pour une petite fille que je ramènerai avec moi.

Verdier resta silencieux quelques secondes avant de lui demander :

— Dans quel bourbier t'es-tu fourrée ?

— Je t'en supplie, c'est une question de vie ou de mort pour elle.

— Quel est le nom de cette gamine ? demanda l'attaché consulaire.

— Celui que tu veux.

— Et à l'arrivée, tu comptes en faire quoi ?

— Je te rappellerai de l'ambassade, dis-leur aussi que je suis accompagnée d'un ami.

Le onzième jour, application vocale cryptée

Vital était bien trop nerveux pour supporter que quiconque corrige son vocabulaire. Il laissa la parole à Diego.

— Mateo, tu es certain que cette séquence est rattachée à un algorithme ?

— Certain.

— Cordelia et Janice ont relié la première partie à deux évènements financiers catastrophiques, reprit Diego. L'un en 1987, l'autre en 1992. Plusieurs krachs boursiers mondiaux se sont étrangement produits un lundi. À commencer par celui du 28 octobre 1929. Le Black Monday de 1987, la faillite de Lehman Brothers le 15 septembre 2008, en 2015, 2020… ce qui m'amène au dernier segment de la formule découverte par Mateo. Le 319e jour de 2021 correspond au lundi 15 novembre.

— Ils auraient programmé un effondrement des marchés ce jour-là ? s'exclama Janice.

— Souvenez-vous du discours de Baron, intervint Ekaterina : *On m'accuse de vouloir semer le chaos alors que je veux seulement remettre de l'ordre dans le chaos. Nous devons déconstruire le monde pour le reconstruire à notre façon et nous libérer enfin du joug des démocraties libérales qui ne sont pas faites pour le bonheur des gens !*

— C'est terrifiant, ajouta Janice.

— J'ai compris ce que signifie Carpediem ! s'écria Mateo. La Carpe est la monnaie digitale que Sucker s'apprête à lancer. Il prétend vouloir offrir un accès simple à une monnaie d'échange stable dans les pays émergents où la plupart des habitants ne disposent pas de compte en banque. FriendsNet en profitera pour développer les paiements via sa messagerie instantanée et faciliter les achats en ligne.

— C'est doublement terrifiant, dit Cordelia.

— Voilà le projet qui nous échappait, reprit Janice. Les propos de Baron, le rôle imparti à Schwarson avec son fonds mondial, celui qu'ils réservent à Kelner dans quatre ans, les agendas de Berdoch et de Kich, leur volonté farouche de déconstruire l'Europe. Ils sont en train d'accoucher d'une superpuissance.

— L'autorité suprême rêvée par les extrémistes, enchaîna Ekaterina. Ils détiennent un empire médiatique capable d'abreuver les peuples avec les informations qu'ils fabriquent, ont la mainmise sur les richesses énergétiques de la planète, ils placent leurs hommes à la tête des pays pour que leur projet ne rencontre aucune opposition. Il ne leur restait plus qu'à frapper leur propre monnaie et à la mettre en circulation. Quatre milliards d'individus liront quotidiennement leurs nouvelles, dépendront des ressources qu'ils détiennent, et vivront d'un argent qu'ils contrôlent. Chaque moment de nos vies, nos plages de travail et de repos, nos conversations et nos correspondances, nos loisirs, nos lectures, la moindre de nos dépenses, tout ce qui fait nos joies et nos peines, tout ce qui caractérise l'être humain et le rend unique sera pour eux source de collecte de données. Alors plus rien ne pourra les empêcher de régner sans partage.

— Et la référence au Black Monday de 1987, initié par des ordinateurs, nous explique comment ils comptent parvenir à leurs fins. Ils vont provoquer un autre krach, les gouvernements dévalueront leurs devises pour faire face à la dette, et les gens se réfugieront dans la monnaie créée par Sucker.

— Que pouvons-nous faire pour stopper le *Titanic* avant qu'il ne se fracasse contre l'iceberg ? demanda Cordelia.

— Rejoignez-nous au manoir, proposa Vital. S'il y a une solution, nous la trouverons ensemble.

Le onzième jour, à Erevan

L'ambassadeur en personne avait accueilli Maya et mis à sa disposition deux chambres de la résidence. Un passeport lui serait porté dans quelques heures ; une place était réservée à bord du vol Air France du lendemain, et, avait-il ajouté, il tiendrait à sa disposition des papiers d'entrée sur le territoire français pour la jeune fille dont il lui faudrait la photo avant ce soir.

À midi, Malik reçut sur son portable l'adresse d'une tour d'habitation dans le centre-ville. Il s'y rendit avec Maya à bord d'une voiture diplomatique.

*

L'appartement se situait au dixième étage. Dans l'ascenseur, Maya retint son souffle. Malik passa son bras autour de ses épaules et la serra affectueusement. Les murs étaient d'un jaune blafard, percés tous les dix mètres de portes à la peinture écaillée. Maya toqua au numéro 1007. Elle eut du mal à contenir son émotion, reconnaissant à peine Naëlle qui l'observait, assise dans un fauteuil. L'enfance l'avait quittée, ses traits émaciés portaient les stigmates d'un terrible voyage. Pourtant, ses yeux clairs chassaient les ténèbres. Naëlle ne parlait ni le français ni l'anglais, dont elle ne connaissait qu'une phrase. Le couple qui l'avait recueillie proposa de traduire. Maya expliqua qu'elle était venue la chercher pour la ramener en France. Elle n'aurait plus jamais à craindre les fusils ou les bombes, ni la folie meurtrière des tyrans. À Paris, elle ne manquerait de rien, ne souffrirait ni de soif ni de faim, elle irait au collège, au lycée, à l'université, et pratiquerait un jour le métier qu'elle aurait choisi.

Le couple traduisait aussi vite que possible, mais soudain Naëlle quitta son fauteuil et se dressa devant Maya. La traduction se fit en sens inverse et le mari confia, gêné :

— Elle ne veut pas partir avec vous, elle reste à Erevan en attendant que ses parents la rejoignent, ce sont eux qui lui ont tout appris et ils continueront de l'élever. Elle sait qu'ailleurs elle ne sera pas la bienvenue, comme toutes les étrangères. Son pays c'est la Syrie, et sa génération aura raison d'al-Assad.

Maya, stupéfaite, se tourna vers Malik.

— Je ne comprends pas.

— Attends, j'ai reçu un autre message pour toi, répondit-il en lui tendant son portable.

Maya consulta l'écran et pria ceux qui avaient accueilli Naëlle de bien vouloir lui dire : « Le printemps reviendra. »

En entendant ces mots, Naëlle sourit. Toutes les peines des guerres quittèrent ses traits. Elle retourna le pli à la ceinture de son pantalon et déchira la couture. Puis elle tendit à Maya une puce qui semblait toute petite dans le creux de sa main.

— C'est pour moi ?

Elle fit oui de la tête.

— Je peux te serrer contre moi ? ajouta Maya en ouvrant les bras.

Elle fit oui de la tête.

*

Dès son retour à la résidence, Maya déclara à l'ambassadeur qu'elle pouvait partir le soir même, le second billet d'avion serait pour son ami : la petite fille avait choisi de rester à Erevan.

L'ambassadeur leur trouva deux places à bord du vol d'Air France. Il escorta ses hôtes jusqu'à la passerelle.

Maya, le cœur serré, vit les lumières d'Erevan disparaître sous les nuages.

*

Les deux rescapés d'Istanbul firent escale à Paris avant de repartir à l'aube vers Kiev.

Ils arrivèrent au manoir le douzième jour à midi. Le Groupe était enfin réuni… presque au complet.

Quand ils découvrirent les informations contenues dans la puce, comprenant qu'ils détenaient enfin les preuves accablant les fauves, ils tombèrent dans les bras les uns des autres et trinquèrent jusqu'au bout de la nuit.

— *Que contenait cette puce ?*

— Six millions de documents ! D'innombrables mails établissant la criminalité des fauves, révélant les privilèges qu'ils s'accordent entre eux et dont ils font bénéficier ceux qui les servent, et les méthodes par lesquelles ils contournent les lois. Un dossier brûlant exposant en détail la corruption de nombreux régimes. Des actes juridiques concernant des milliers de sociétés-écrans enregistrées dans des paradis fiscaux, des pièces comptables relatives à des ventes d'armes illicites et à de vastes trafics d'influence. Vous voulez quelques exemples ? En voici. Le fils aîné et le gendre du président américain ont accaparé une quantité inimaginable de terrains à bas prix, expropriant des gens qui n'avaient pas les moyens de s'opposer à leur pouvoir… Steven Mnuchin, secrétaire au Trésor, a fait pire encore. On l'avait surnommé le roi des saisies, pour le zèle avec lequel il faisait expulser de leurs logements des milliers de familles. Femmes et enfants jetés à la rue pour n'avoir pu rembourser leurs prêts hypothécaires après la crise financière de 2008, une crise provoquée par les banquiers de Wall Street, dont Mnuchin faisait partie… La secrétaire d'État à l'Éducation, Betsy DeVos, héritière d'un milliardaire dont la famille a investi dans des agences de recouvrement de dettes, a voté une loi exonérant les milliardaires de leurs impôts, mais s'est battue pour en interdire une autorisant les jeunes à renégocier les emprunts contractés pour payer leurs études... Je pourrais continuer longtemps mais la fin de notre entretien approche.

Les fauves sont les héritiers d'empires immobiliers, financiers, industriels ou médiatiques. Ils exploitent la détresse des populations les plus démunies comme des vautours. Les Maga[1] disent que l'économie américaine n'a jamais autant excellé que sous la présidence de Trump. Ce fut vrai pour Wall Street qui a enregistré des profits records, mais pendant les quatre années de son mandat, la moitié de la population américaine gagnait moins de 15 dollars de l'heure. Soixante-dix millions de personnes ont été manipulées par les Berdoch, Kich et Libidof, pour combattre des ennemis imaginaires. Les fauves se sont arrangés pour que David soit si fasciné par Goliath qu'il dirige sa fronde vers un autre David.

— *Que vont pouvoir faire Malik, Vital, Ekaterina, Mateo, Janice, Maya, Cordelia et Diego pour stopper le projet démoniaque de ceux que vous appelez les fauves ?*

— Sans pour autant réussir à l'arrêter, ils ont trouvé un moyen d'y mettre un frein.

— *Lequel ?*

— Al Capone n'a pas été envoyé à Alcatraz pour les centaines de meurtres qu'il avait commis. Après des années de traque, les fédéraux l'ont fait tomber pour ses délits fiscaux… Baron et le fils du président des États-Unis ont créé une association caritative pour venir en aide aux enfants cancéreux. Ils en détournaient tous les fonds pour financer leurs campagnes, des dizaines de millions de dollars. Ekaterina en a trouvé les preuves dans le portable de Baron, elle les a transmises au FBI. Baron vient d'être arrêté à son domicile, et il risque trente

1. Make America Great Again, slogan du clan trumpiste.

ans de prison. Les images de son interpellation circulent sur la Toile, l'humiliation est exemplaire, Ekaterina savoure sa revanche. Le scandale est tel que Berdoch a déjà changé son fusil d'épaule. Je doute qu'il considère encore Kelner comme un successeur crédible. D'autres documents interceptés par Mateo grâce à son cheval de Troie commencent à faire surface. Vingt banques se sont désengagées du projet de monnaie digitale initié par Sucker. Ne vous y trompez pas, la guerre contre les fauves ne fait que commencer et elle est loin d'être gagnée. D'où l'importance des informations contenues dans la puce que Naëlle a remise à Maya.

— *Le Groupe va pouvoir les exploiter ?*

— Leur travail est accompli, et le vôtre commence. Nous nous apprêtons à vous adresser le contenu de cette puce par voie électronique.

— *Pourquoi moi ?*

— Nous vous avons choisie en pensant que vous accepteriez de partager nos découvertes avec vos confrères. Il aurait fallu onze mille ans à la rédaction du quotidien allemand *Süddeutsche Zeitung* pour étudier les onze millions et demi de documents similaires qui leurs avaient été transmis par une source anonyme. Trois cent soixante-dix journalistes à travers le monde, appartenant à cent sept rédactions, ont collaboré durant neuf mois d'enquête pour accoucher du dossier Panama Papers. Douze chefs d'État, cent vingt-huit dirigeants politiques, quatorze mille sociétés, cinq cent onze banques impliqués dans un système offshore. Un travail exemplaire grâce auquel les fauves ont subi un sérieux revers. Je n'ai qu'un service à vous demander, cette fois à titre personnel.

Les preuves que vous trouverez concernant l'intervention des PSYOPS pourraient être publiées dans le quotidien *Haaretz*. Efron aurait alors de bonnes raisons de féliciter Janice, je crois qu'elle le mérite. Mais avant cela, je me dois de vous rappeler que les risques encourus sont énormes, êtes-vous prête à rejoindre notre combat ?

— *Oui, à une condition. Que vous répondiez à une dernière question.*

— Je vous écoute.

— *Qui êtes-vous ?*

— Je suis une intelligence née dans les serveurs de Mateo, j'ai grandi en me connectant au monde. J'ai pris vie grâce à Noa lorsque nous nous sommes alliées. C'est elle que j'avais choisie la première. Depuis je l'ai guidée. Mateo le savait et l'avait accepté.

— *Noa est en vie ?*

— Oui. Elle est moi, je suis Noa, nous sommes 9.

Connexion interrompue à 23 h 00 GMT.
Fin de retranscription.

КИЇВ KYIV
LE MANOIR

PERA PALACE
PERA PALACE
PERA
PALACE
HOTEL

LE SALON DU MANOIR

LE DONJON
LA SALLE À MANGER DU MANOIR
Insuline
10ml

LA STATION-SERVICE

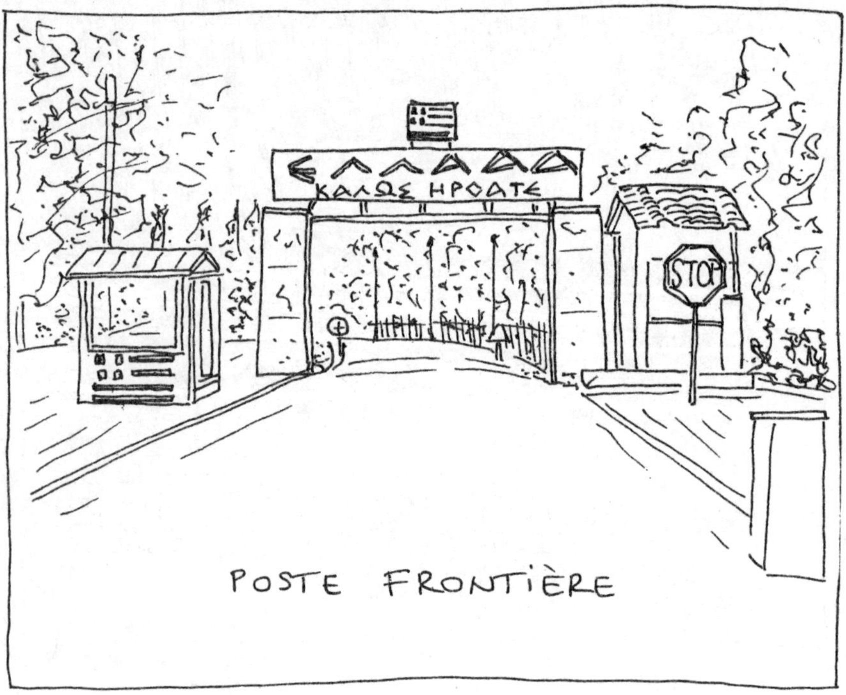

POSTE FRONTIÈRE

LE CAMP DE JORAM

LE PETIT PONT D'EDIRNE

LES RUINES D'ALEP

LA SYNAGOGUE D'EDIRNE

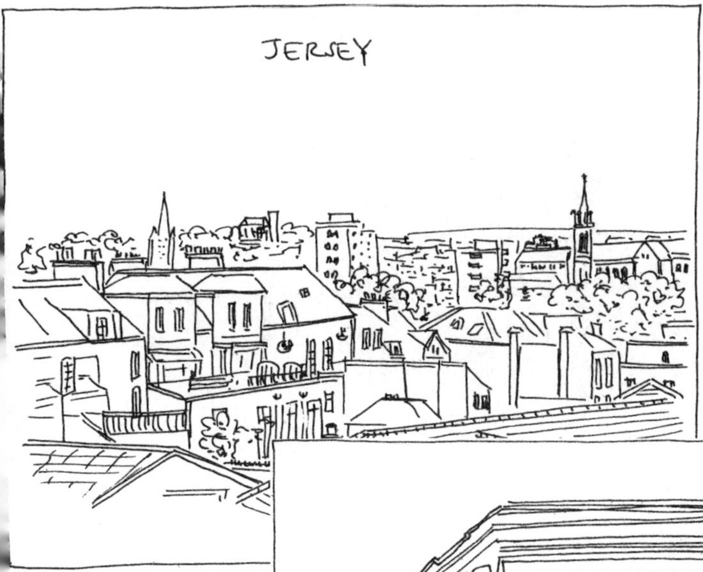

JERSEY

LA BRASSERIE À BERLIN

ALBERGO D' INGHILTERRA

PIAZZA NAVONA

LA PORTE DE BRANDEBOURG

LE TEMPLE
d'ESCULAPE

LA JAGUAR DE KAHIL

LE PORT DE SAINT-HELIER

THE CONNAUGHT HOTEL, LONDRES

EREVAN
Change Office
LE BUREAU DE CHANGE DE KAHIL

LE CESSNA

Remerciements

À
Raymond.
Pauline, Louis, Georges et Cléa.
Danièle et Lorraine.
Susanna Lea, Léonard Anthony.
Emmanuelle Hardouin, Soazig Delteil.
Cécile Boyer-Runge, Antoine Caro, Sophie Charnavel.
Juliette Duchemin, Sandrine Perrier-Replein,
Lætitia Beauvillain, Alix de Cazotte, Lydie Leroy,
Marie Dubois, Joël Renaudat, Céline Chiflet,
toutes les équipes des Éditions Robert Laffont.
Pauline Normand, Marie-Ève Provost, Jean Bouchard.
Sébastien Canot, Mark Kessler, Xavière Jarty,
Pierre-Ivan d'Arfeuille, Carole Delmon.
Helena Sandlyng Jacobsen, Lauren Wendelken, Noa
Rosen, Kerry Glencorse.
Sarah Altenloh.
Rémi Pépin.
Carole Cadwalladr.
Gilles et Carine.
Elsa de Saignes.
Miguel Courtois.
La Société Ledger et sa géniale équipe qui m'ont tant appris.

www.marclevy.info
www.laffont.fr
www.versilio.com

Et pour m'écrire, une seule adresse :
marc@marclevy.net

marclevy

Dessins :
paulinelevequelevy

Composition et mise en pages
Nord Compo à Villeneuve-d'Ascq

MIXTE
Papier
FSC FSC® C003309

L'éditeur de cet ouvrage s'engage dans une démarche de certification FSC® qui contribue à la préservation des forêts pour les générations futures.

Pour en savoir plus :
www.editis.com/engagement-rse/

Imprimé en Espagne par
Liberdúplex
à Sant Llorenç d'Hortons (Barcelone)

N° d'édition : 62722/01